Rolo do manuscrito de Os 120 dias de Sodoma.

Os 120 dias de Sodoma

COLEÇÃO PÉROLAS FURIOSAS

Donatien Alphonse François, o marquês de Sade (1740-1814), foi certamente um dos autores da literatura universal que mais sondaram os limites do homem, trazendo à luz (em pleno iluminismo) aquilo que a cultura sempre tentou ocultar: a violência do erotismo em suas mais variadas formas de transgressão. A tônica de seus principais romances, escritos ao longo de quase trinta anos em onze diferentes prisões sob três regimes distintos, é a da libertação do indivíduo mediante a corrupção dos costumes. Relegado ao esquecimento por muito tempo (somente o século XX o restituiu à luz e o consagrou), o perseguido autor de *Justine* e tantos outros livros escandalosos, "o espírito mais livre que jamais existiu", nas palavras de Apollinaire, é hoje considerado um clássico, ao lado de Racine ou de Shakespeare um dos maiores escritores de sua época.

A coleção *Pérolas Furiosas* reúne pela primeira vez em língua portuguesa as principais obras desse transgressor do espírito, que via na literatura uma possibilidade de criar um mundo às avessas, onde tudo é levado às últimas consequências. Sade nos faz ver o impossível nas entrelinhas dessa realidade absurda na qual, paradoxalmente, nega-se a vida e os homens para melhor afirmá-los, vale dizer, para glorificá-los.

Marquês de Sade

OS 120 DIAS DE SODOMA

ou

A ESCOLA DA LIBERTINAGEM

Tradução e notas
Alain François

ILUMINURAS

Coleção Pérolas Furiosas
dirigida por Contador Borges

Capa
Michaella Pivetti
sobre *Two Women* (1915), guache e lápis sobre papel [32,8 x 49,7 cm], Egon Schiele, cortesia Museum Graphische Sammlung Albertina, Viena e *Kneeling Girl, Resting on Both Elbows* (c. 1917), guache e *crayon* preto sobre papel [28,7 x 44,3 cm], Egon Schiele, cortesia Museum Sammlung Leopold, Viena.

Revisão
Ariadne Escobar Branco
Tatiana Faria
Jane Pessoa

Este livro segue as novas regras do Acordo Ortográfico da Língua Portuguesa.

Dados Internacionais de Catalogação na Publicação (CIP)
(Câmara Brasileira do Livro, SP, Brasil)

Sade, Marquês de, 1740-1814.
Os 120 dias de Sodoma ou A Escola da libertinagem / Marquês de Sade ; tradução e notas Alain François. – São Paulo : Iluminuras, 2006, – [5. reimpressão, 2015].

Título original: Les 120 journées de Sodome ou L'École du libertinage
Bibliografia
ISBN 85-7321-245-4

1. Ficção francesa 2. Sade, Marquês de, 1740-1814 - Crítica e interpretação
I. François, Alain II. Título. III. Título: A escola da libertinagem.

06-1972 CDD-843

Índices para catálogo sistemático:
1. Ficção : Literatura francesa 843

ILUMINURAS
desde 1987

Rua Salvador Corrêa, 119 - 04109-070 - São Paulo/SP - Brasil
Tel./ Fax: 55 11 3031-6161
iluminuras@iluminuras.com.br
www.iluminuras.com.br

ÍNDICE

INVENTÁRIO DO ABISMO

Eliane Robert Moraes*

Cento e vinte dias, seiscentas paixões. Quatro meses de libertinagem, quatro classes de vícios. A cada dia, cinco modalidades, somando cento e cinquenta por mês. Para dar conta dessas cifras, uma comitiva formada por quarenta e seis pessoas, distribuídas em oito categorias distintas, das quais sete pertencem à classe dos súditos. Oito meninos, oito meninas e oito fodedores. Quatro criadas e seis cozinheiras. Quatro esposas. Quatro narradoras. Por fim, na classe dos senhores, os quatro libertinos que sempre merecem designação individualizada: Curval, Durcet, Blangis e o Bispo.

A esses números que apresentam ao leitor "a narrativa mais impura já escrita desde que o mundo existe", somam-se outros tantos que servem invariavelmente para precisar, com a maior exatidão possível, as atividades levadas a termo no castelo de Silling. No capítulo dos horários, por exemplo, a jornada é inflexível: os devassos devem acordar diariamente às dez horas da manhã; às onze é servido o desjejum; segue-se a inspeção dos haréns e, entre uma e duas da tarde "e nem mais um minuto", adverte o narrador, eles permanecem na capela devotada às volúpias coprofágicas. Das duas às três, durante a refeição dos súditos, os senhores descansam na sala de conversação. Seu almoço dura exatamente duas horas e, uma vez terminado, há espaço para um repouso de quinze minutos. Às seis em ponto a comitiva se reúne na Câmara de Assembleias para dar início aos trabalhos do dia, que se prolongam por quatro horas. A ceia é servida às dez da noite, seguida de uma orgia que deve cessar pontualmente às duas da madrugada, quando todos se recolhem.

---

* É professora titular de Estética e Literatura na PUC-SP e no Centro Universitário Senac-SP. Publicou, entre outros, os livros *Sade – a felicidade libertina* (Imago, 1994), *O corpo impossível* (Iluminuras/Fapesp, 2002) e *Lições de Sade – ensaios sobre a imaginação libertina* (Iluminuras, 2006).

O protocolo dos horários talvez baste para sugerir a relevância da precisão numérica nesse livro que, a começar pelo título, opera com uma prodigiosa quantidade de algarismos, sinais, medidas, listas e toda sorte de cálculos. Nada escapa à contabilidade do quarteto de Silling, que registra desde o número de garrafas de vinho saboreadas pelos senhores em uma refeição até a quantia de carne branca ingerida por um súdito cujas fezes serão servidas na ceia; desde as proporções dos órgãos sexuais dos fodedores até o inventário de bundas disponíveis para uma orgia; desde o total de chicotadas recebidas pelos súditos em uma noite até o cômputo das mutilações realizadas ao longo de um mês. Nada escapa a essa contabilidade porque, ao lado das cenas lúbricas, as operações aritméticas são fundamentais para singularizar o "catálogo de perversões" que inaugura a obra do marquês de Sade sob o título de Os 120 dias de Sodoma.

Vale lembrar que, assim como o sexo, os números são inequívocas fontes de prazer no mundo do deboche. Antes de mais nada porque a enumeração sadiana visa a explicitar as cifras do gozo e, por tornar manifesto o que normalmente se vela, representa uma contestação aos discursos alusivos que só se referem a matérias sexuais por meio de subterfúgios retóricos. Ali onde o código literário do século XVIII não tolera qualquer enunciação frontal, sujeitando a metáfora ao pudor, o marquês tem a ousadia de introduzir o mais extremo realismo, associando-o aos mais bizarros caprichos da imaginação. Ou, dizendo de outro modo, a enumeração libertina se traduz em prazer por implicar sempre uma contravenção seja ela literária, moral ou até mesmo física, já que o narrador almeja "aquecer o leitor a ponto de lhe custar algum sêmen".

Além disso, convém recordar que a fantasia libertina também se alimenta amiúde dos balanços das realizações levadas a cabo por seus artífices. "Nada excita mais do que uma grande quantidade" diz um dos senhores de Silling ao tomar ciência do total de vítimas de uma jornada particularmente bem-sucedida, reiterando a satisfação que as altas cifras podem lhes proporcionar. Por certo, a quantidade evoca a abundância, o luxo, o poder e outras figuras da riqueza sem as quais esses personagens nem ao menos poderiam imaginar as "extravagâncias da luxúria" a que se abandonam diariamente.

De fato, a amplitude da dilapidação que está no horizonte das atividades da libertinagem supõe reservas sem fim, sejam elas de dinheiro, de energia, de corpos, ou do que mais for necessário para sua plena realização. Mas, uma vez contabilizadas, as somas esbanjadas em função do gozo físico são repostas em um plano simbólico que opera significativa inversão de sinais: o que foi dilapidado torna-se então objeto de acumulação. Lê-se na 42ª modalidade das paixões complexas: "Encontra-se com trinta mulheres por dia e faz com que cada uma delas cague em sua boca; come o cagalhão das três ou quatro mais belas. Repete essa diversão cinco vezes por semana, o que totaliza sete mil e oitocentas mulheres por ano. Quando Champville o conhece ele já tem setenta anos de idade e está em atividade há cinquenta". Como que convidando o leitor a partilhar desses prazeres, Sade lança a ele a tarefa de completar a conta para chegar a uma cifra ainda mais surpreendente.

Na aventura libertina há sempre esse desejo de abarcar as maiores quantidades, de alcançar os marcos inatingíveis, de realizar a derradeira somatória, insinuando a aposta em um projeto que busca a saturação. Com efeito, também nesse capítulo, a matemática sadiana opera em paralelo à economia dos corpos, respondendo à mesma exigência de preencher todos os espaços vazios. Daí o privilégio dado às adições e multiplicações, mesmo quando se trata de dar conta do que foi desmembrado ou subtraído. Contudo, como "um excesso sempre conduz ao outro", segundo a categórica síntese de Curval, a saturação do deboche não resulta em qualquer empenho de esgotamento, mas sim na manutenção da própria contabilidade. Ou, se quisermos, na manutenção do excesso.

Saturar significa inventariar, enumerar, catalogar. Trata-se de criar um catálogo, o mais completo possível, contendo toda sorte de elementos disponíveis que, de alguma forma, possam servir à libertinagem. Uma vez realizado esse inventário, a possibilidade do deboche fica garantida, pois dele depende o inesgotável jogo ao qual os personagens sadianos se abandonam com rigor e obstinação, revelando o sentido maior de suas elocubrações aritméticas: a combinatória.

O intento combinatório implica uma recusa frontal ao sentimento amoroso, já que sua realização tem por base a indiferenciação entre os sujeitos, a substituição de uns pelos outros, a intercambialidade dos corpos. Fiel a esse princípio, o sistema de variações da libertinagem destina-se a criar o máximo de possibilidades entre os elementos disponíveis, vale dizer, entre aquilo que o quarteto prefere chamar de "objetos da luxúria". Ora, dado que o gozo dos devassos deriva das quantidades, as combinações se tornam a solução ideal para lhes garantir o mais alto grau de rentabilidade do sistema: além de esgotar o plano previsto, elas criam condições para a ocorrência da surpresa, valor libertino por excelência.

Combinar, variar, diversificar: é precisamente essa a lógica do gigantesco balanço sexual proposto por Sade, cujo principal fundamento reside nos detalhes que diferenciam as paixões. São portanto essas variações, resultado das combinatórias mais improváveis e sutis, que o narrador convida o leitor a apreciar na notável introdução do livro: "Quanto à diversidade, esteja seguro de que é exata; estude bem aquela paixão que à primeira vista parece assemelhar-se a uma outra e verá que a diferença existe e que, por ínfima que seja, ela possui precisamente esse refinamento, esse toque que distingue e caracteriza o gênero de libertinagem sobre o qual se discorre aqui".

Tal qual um inventário do abismo, as jornadas sadianas submetem essas variações à prova da insaciedade libertina, para criar um catálogo paradoxal que, no intento de registrar todas as possibilidades do sexo, termina por render-se ao ilimitado do desejo. É o que se testemunha neste romance: se, na introdução, o marquês promete oferecer seiscentas paixões, delimitando um número redondo, já no final do livro, o projeto de exatidão numérica não se realiza. Basta notar que a classe de paixões assassinas não completa as cento e cinquenta modalidades previstas, conforme o próprio autor assinala: "148. A última. (Verificar por que faltam essas duas, estavam todas no rascunho.) O último senhor que se abandona à última paixão que nós designaremos sob o nome de inferno foi..." Com essa falta, a lista não se conclui, abrindo-se sobre um horizonte indeterminado: assim como o corpo, a cifra é precipitada ao seu ponto de fuga.

Aí reside a radicalidade da "filosofia lúbrica" de Sade, que reconcilia a abstração aritmética com a irredutível imanência do corpo para recusar a milenar separação entre ideia e matéria. Aí reside a particularidade desse monumental catálogo, franqueado à vertigem da imaginação. Cento e vinte dias, quinhentas e noventa e oito paixões. O desejo lançado ao infinito.

OS 120 DIAS DE SODOMA

ou

A ESCOLA DA LIBERTINAGEM

INTRODUÇÃO

As guerras consideráveis que Luís XIV travou durante seu reinado, espoliando as finanças do Estado e os recursos do povo, enriqueceram secretamente uma multidão de sanguessugas sempre atenta às calamidades públicas, que provocam e nunca aplacam, para tirar proveito com maiores vantagens. O fim daquele reinado, por sinal tão sublime, talvez tenha sido uma das épocas do império francês em que mais surgiram dessas fortunas obscuras que não resplandecem senão por um luxo e devassidões tão nefastas quanto elas. Pouco antes do fim desse reinado e do Regente tentar forçar essa multidão de vigaristas a restituir tudo que tomara, por meio do famoso tribunal conhecido como *Chambre de Justice*[1], quatro dentre eles imaginaram as singulares orgias de devassidão que vamos relatar. Enganar-se-ia quem imaginasse que apenas plebeus se dedicaram a essa extorsão fiscal[2], pois era encabeçada por senhores muito notáveis. O Duque de Blangis e seu irmão, o Bispo de..., que assim acumularam fortunas imensas, são provas incontestáveis de que a nobreza não desprezava mais do que outros a possibilidade de enriquecer desse modo. Esses dois ilustres personagens, intimamente ligados, tanto pelos prazeres como pelos negócios, ao famoso Durcet e ao Presidente de Curval, foram os primeiros a conceber a devassidão cuja história escrevemos e, tendo informado seus dois amigos, os quatro tornar-se-iam os protagonistas dessas orgias.

Havia mais de seis anos que, unidos por uma conformidade de riquezas e gostos, nossos quatro libertinos planejavam estreitar mais ainda seus laços por meio de alianças em que a devassidão desempenharia um papel muito maior do que qualquer outro dos motivos que costumam fundamentar tais vínculos; eis o modo como se arranjaram. O Duque de Blangis, viúvo de três mulheres, uma das quais lhe dera duas filhas, percebera que o Presidente de Curval manifestava uma certa vontade de desposar sua filha mais velha; mesmo sabendo perfeitamente de todas as liberdades que o pai tomara com ela, o Duque, como dizia, imaginou subitamente essa tríplice aliança. "Quereis Julie como esposa", disse ele a Curval, "consinto sem hesitar, impondo uma única condição: que vós não sintais ciúmes dela, e que, embora sendo vossa esposa, ela possa continuar mantendo comigo as mesmas complacências que sempre teve. Ademais, quero que vós junteis a mim para convencer nosso amigo comum, Durcet, a me conceder sua filha Constance, por quem, confesso, tenho mais ou menos os mesmos sentimentos que alimentais por Julie." "Todavia", disse Curval, "decerto não ignorais que Durcet, tão libertino quanto vós..." "Sei tudo quanto se pode saber", continuou o Duque. "Ora, será que com a nossa idade e o nosso modo de pensar, coisas assim nos podem deter? Pensais que quero uma mulher para torná-la minha amante? Apenas a quero para servir meus caprichos, para velar, encobrir uma infinidade de pequenas devassidões secretas que o manto do Himeneu oculta primorosamente. Em suma: quero-a como quereis minha filha; ou julgais que ignoro tanto vosso intuito como vossos desejos? Nós, libertinos, queremos esposas que sejam nossas escravas; sua qualidade de esposas as torna mais submissas do que amantes, e bem sabeis o quanto vale o despotismo para os prazeres do nosso agrado."

Neste momento entra Durcet. Mal tinham os dois amigos lhe participado sua conversa e o devasso, extasiado por essa deixa que lhe permitia confessar seus sentimentos para com Adélaïde, filha do Presidente, já aceitara o Duque como genro sob condição de tornar-se o mesmo para Curval. Os três casamentos foram logo decididos e tantos os dotes como as cláusulas foram imensos. Tão descomedido quanto seus dois amigos, o Presidente logo confessou, o que em nada desagradou a Durcet, seu pequeno comércio secreto com a própria filha, o que levou esses três pais, cada qual querendo conservar seus direitos e ampliá-los mais ainda, a concordar que as três moças, vinculadas a seus esposos unicamente pelos bens e pelo nome, não deviam pertencer, quanto a seus corpos, a nenhum deles mais do que a outro, mas antes de modo igual a cada um, sob pena das mais severas punições, caso elas tentassem infringir qualquer uma das cláusulas às quais estariam sujeitas. Na véspera dos casamentos, o Bispo de..., já ligado aos dois amigos de seu irmão pelos prazeres, propôs incluir um quarto elemento na aliança, caso quisessem deixá-lo compartilhar dos três outros. Tal elemento, a segunda filha do Duque, ou seja, sua sobrinha, pertencia-lhe bem mais do que se poderia imaginar. Tivera relações com sua cunhada, e ambos os irmãos sabiam sem sombra de dúvida que a existência dessa jovem, chamada Aline, se devia mais certamente ao Bispo do que ao Duque. O Bispo, que se encarregara de cuidar de Aline desde o berço, não a vira, como se pode supor, adquirir encantos sem deles querer gozar. Assim, ele se encontrava em pé de igualdade com seus comparsas e o suplemento que propunha ao comércio tinha o mesmo grau de malefício ou de degradação. Ademais, como os encantos e a terna juventude de Aline excediam em muito os de suas três companheiras, a proposta foi aceita sem pestanejar. O Bispo, assim como os três outros, sem entretanto deles abrir mão, cedia seus direitos, e cada um dos nossos quatro personagens assim ligados passou, portanto, a ser marido de quatro mulheres.

Desse acordo, o qual convém recapitular para a facilidade do leitor, resultou o seguinte: que o Duque, pai de Julie, tomou Constance, filha de Durcet, por esposa; que Durcet, pai de Constance, tomou Adélaïde, filha do Presidente, por esposa; que o Presidente, pai de Adélaïde, tomou Julie, filha mais velha do Duque, por esposa; e que o Bispo, tio e pai de Aline, tomou as três outras por esposa, e cedeu esta a seus amigos, com ressalva dos direitos que continuava a se reservar sobre ela.

Celebraram essas felizes núpcias numa magnífica propriedade do Duque, no Bourbonnais, e deixo para os leitores imaginarem as orgias que lá ocorreram. A necessidade de retratar outras tantas nos proíbe o prazer que sentiríamos ao descrever estas. Com isso, a parceria dos nossos quatro amigos ficara ainda mais estável, e como importa familiarizar o leitor com eles, uma breve exposição de seus pendores lúbricos bastará, a meu ver, para esclarecer as características dessas devassidões, até que as retomemos, cada uma por sua vez e separadamente, para desenvolvê-las melhor ainda.

A sociedade mantinha um fundo comum que cada um deles administrava alternativamente, durante seis meses; os recursos desse fundo, apenas destinados aos prazeres, eram imensos. A fortuna excessiva de cada um lhes permitia coisas muito singulares neste ponto e o leitor não se deve espantar quando souber que, a cada ano, dois milhões eram destinados aos prazeres da boa mesa e da lubricidade.

Quatro famosas alcoviteiras cuidavam das mulheres, e igual número de mercúrios[3] ocupavam-se dos homens, sem outros afazeres que os de encontrar-lhes, tanto na capital como nas províncias, tudo aquilo que, num e noutro gênero, melhor conviria para saciar-lhes a sensualidade. Cada semana realizavam regularmente quatro ceias, em quatro casas de campo diferentes, situadas em quatro diferentes pontos de Paris. Destinada exclusivamente aos prazeres da sodomia, a primeira dessas ceias só admitia homens. Compareciam regularmente dezesseis jovens entre vinte e trinta anos, cujas faculdades imensas permitiam aos nossos quatro heróis, na condição de mulheres, desfrutarem os prazeres mais sensuais. Eram escolhidos apenas pelo tamanho do seu membro e era quase imprescindível que esse membro soberbo apresentasse uma tal magnificência que nunca pudesse ter penetrado mulher alguma. Essa era uma cláusula essencial, raramente desobedecida, uma vez que nada poupavam em termos de despesas. Entretanto, para usufruírem simultaneamente de todos os prazeres, juntavam a esses dezesseis maridos um mesmo número de rapazes muito mais jovens que deviam fazer as vezes de mulheres. Suas idades oscilavam entre doze e dezoito anos e, para serem admitidos, precisavam exibir um vigor, formas, graças, uma feição, uma inocência e uma candura bem superiores a tudo o que nossos pincéis poderiam retratar. Mulher alguma era admitida nessas orgias masculinas nas quais se punha em prática tudo o que Sodoma e Gomorra inventaram de mais licencioso. A segunda ceia era dedicada a moças finas que, obrigadas a renunciar ao orgulho de sua ostentação e à arrogância costumeira de seu porte em virtude das quantias que recebiam, haviam de se entregar aos caprichos mais anômalos e, com certa frequência, aos ultrajes que nossos libertinos se compraziam em lhes infligir. Eram geralmente doze e, como Paris não conseguiria suprir esse gênero com a variedade e a frequência necessárias, essas noitadas alternavam-se com outras, em que apenas se admitia o mesmo número de mulheres respeitáveis, desde a classe dos procuradores até a dos oficiais. Dentre uma ou outra dessas categorias, existem, em Paris, mais de quatro ou cinco mil mulheres que a necessidade ou o luxo obrigam a participar desse tipo de orgias; basta ter ótimos servidores para encontrá-las e nossos libertinos, que sempre se esmeraram nesse ponto, descobriram maravilhas nessas classes singulares. Embora se tratasse de mulheres honestas, deviam submeter-se a tudo e a libertinagem, que nunca admite limite algum, exalta-se notavelmente por sujeitar a horrores e infâmias aquelas que a natureza e a convenção social pareciam ter posto a salvo de tais provações. Quem aceitasse ir havia de fazer tudo, e como nossos quatro celerados tinham todos os gostos da mais crapulosa e insigne devassidão, esse consentimento essencial a seus desejos não era um mero detalhe. A terceira ceia era reservada às criaturas mais vis e hediondas que se pudessem encontrar. Para os que conhecem os desregramentos da devassidão, tal refinamento parecerá muito natural; nada mais voluptuoso do que chafurdar, por assim dizer, na imundície com criaturas dessa espécie; aí estão o mais completo abandono, a mais monstruosa crápula, o mais pleno aviltamento e esses prazeres, comparados aos saboreados na noite anterior, ou às criaturas distintas que os proporcionaram, apimentavam muito a ambos os excessos. Nessa ceia, como a devassidão era mais completa, nada faltava para torná-la tão variada quanto picante. Cem putas compareciam durante seis horas e as cem raramente saíam inteiras. Mas não precipitemos as coisas; tal refinamento se prende a detalhes aos quais ainda não chegamos. O quarto jantar era reservado às donzelas. Recebiam apenas as que tinham entre sete e quinze anos. Sua condição era irrelevante, só a aparência contava: tinham de ser encantadoras e havia de se ter certeza de sua castidade: era preciso que fossem autênticas. Incrível refinamento da libertinagem. Não se tratava, seguramente, de colher todas essas rosas, pois não conseguiriam, uma vez que vinte eram sempre oferecidas e que apenas dois, entre nossos quatro libertinos, tinham condição de praticar esse ato; quanto aos restantes, o financista era absolutamente incapaz de chegar a uma ereção, e o Bispo, embora pudesse desonrar uma virgem, só conseguia gozar de um modo que a deixava sempre intacta. Seja como for, a presença dessas vinte donzelas era necessária, e as que eles não danificavam pessoalmente tornavam-se, diante deles, a presa de alguns criados tão devassos quanto eles, os quais sempre tinham a seu serviço por vários motivos. Além dessas quatro ceias, havia outra, secreta e particular, todas as sextas-feiras, com bem menos participantes do que nas quatro acima, embora, talvez, fosse infinitamente mais cara. Nesta só eram admitidas quatro moças de boa estirpe, arrancadas da casa dos pais à força de artimanhas e dinheiro. As mulheres de nossos libertinos participavam com frequência dessa libertinagem, que sua extrema submissão, seus cuidados, seus serviços, tornavam sempre mais ardente. Quanto à mesa desses jantares, inútil dizer que a profusão e a delicadeza reinavam juntas; cada uma dessas refeições não custava menos de dez mil francos e reunia tudo o que a França e as nações estrangeiras pudessem oferecer de mais raro e requintado. Os vinhos e os licores tinham o mesmo primor e a mesma abundância e havia frutas de todas as estações, inclusive em pleno inverno; em suma: podemos garantir que a mesa do maior monarca da terra certamente não era servida com tanto luxo e magnificência. Voltemos um pouco atrás e retratemos ao leitor, da melhor forma possível, cada um desses quatro personagens em particular, sem embelezá-los nem tentar seduzir ou cativar, mas com os próprios pincéis da natureza, a qual, apesar de toda sua desordem, costuma ser sublime, mesmo quando mais se corrompe. Pois, diga-se de passagem, embora o crime não possua o tipo de delicadeza encontrado na virtude, não é ele sempre mais sublime? Não tem um caráter constante de grandeza e sublimidade que prevalece e sempre prevalecerá sobre os encantos monótonos e efeminados da virtude?

Quereis falar-nos da utilidade de um ou de outra? Será que nos cabe sondar as leis da natureza, ou decidir se, sendo-lhe o vício tão necessário como a virtude, ela talvez nos inspire de modo igual um pendor para um ou para a outra, em razão de suas necessidades próprias? Mas continuemos.

O Duque de Blangis, que aos dezoito anos já era dono de uma fortuna imensa, a qual só fez aumentar em razão de suas extorsões fiscais, foi acometido por todos os incômodos que surgem aos milhares em torno de um homem jovem, rico e influente, que tudo pode permitir-se: com frequência, em tais casos, os vícios são a medida das forças e quanto mais facilmente se consegue tudo, menos freios haverá para aqueles. Houvesse o Duque recebido da natureza algumas qualidades primitivas, talvez tivessem compensado os perigos de sua posição. Entretanto, essa mãe extravagante parece por vezes compactuar com a fortuna para que esta favoreça todos os vícios, os quais concede a certos seres de quem espera zelos muito diferentes do que aqueles que a virtude supõe, pela simples razão de que necessita tanto destes como dos outros; a natureza, digo, para que Blangis pudesse abusar da riqueza imensa que lhe reservara, havia precisamente lhe insuflado todos os movimentos e inspirações necessários. Além de um espírito muito nefasto e malvado, dera-lhe a alma mais celerada e inflexível e uma desordem de gostos e caprichos donde nascia a pavorosa libertinagem para a qual o Duque tinha tanta inclinação. Nascera falso, implacável, imperioso, bárbaro, egoísta, tão pródigo para seus prazeres quanto avarento quando havia de ser útil, mentiroso, guloso, beberrão, covarde, sodomita, incestuoso, assassino, incendiário, ladrão, sem que virtude alguma compensasse tantos vícios. E digo mais: não apenas não venerava nenhuma delas, como abominava todas; era comum ouvi-lo dizer que, para ser verdadeiramente feliz nesse mundo, um homem somente havia de se entregar a todos os vícios, sem nunca se permitir virtude alguma, pois não se tratava apenas de sempre fazer o mal, como também de nunca fazer o bem. "Muita gente", dizia o Duque, "só se volta para o mal quando suas paixões as levam a isso; passado o desvario, sua alma tranquila retoma serenamente o caminho da virtude e, ao passarem assim sua vida de combates em erros e de erros em arrependimentos, acabam sem que seja possível dizer exatamente que papel desempenharam na terra". "Tais seres", continuava, "hão de ser infelizes, sempre oscilantes, sempre indecisos; sua vida inteira consiste em detestar de manhã o que fizeram à noite. Certos de se arrependerem dos prazeres que provam, estremecem ao permiti-los, de modo que se tornam ao mesmo tempo virtuosos no crime e criminosos na virtude." "Meu caráter mais sólido", acrescentava nosso herói, "nunca se desmentiria desse modo. Nunca hesito em minhas escolhas, e sempre certo de encontrar prazer nas que faço, nenhum arrependimento jamais vem embotar seus encantos. Firme nos princípios que tomei como certos, desde a mais tenra idade, ajo sempre em coerência com eles. Deram-me a conhecer o vazio e o nada da virtude: odeio-a e ninguém nunca me verá voltar a ela. Convenceram-me de que apenas o vício podia inspirar no homem essa vibração moral e física, fonte das mais deliciosas volúpias; a ele me entrego. Plenamente convencido de que a existência do criador é um absurdo revoltante no qual nem mesmo as crianças acreditam mais, desde cedo me coloquei acima das quimeras da religião. Não sinto a menor necessidade de restringir minhas inclinações no intuito de agradá-lo. Recebi essas inclinações da natureza e irritá-la-ia se a elas resistisse; se ela as fez malévolas, é porque se tornaram necessárias a seus desígnios. Sou apenas uma máquina em suas mãos, que ela move a seu bel-prazer e não há crime meu que não lhe sirva; quanto mais os inspira em mim, mais ela precisa deles: eu seria um tolo, caso lhe resistisse. Portanto, nada há contra mim, a não ser leis que desafio; meu ouro e meu crédito me colocam acima desses flagelos vulgares que devem apenas afligir o povo." Se alguém levantasse a objeção de não obstante existirem, em todos os homens, ideias do justo e do injusto que somente poderiam ser fruto da natureza, uma vez que se encontram igualmente entre todos os povos, mesmo entre os não civilizados, o Duque responderia afirmativamente que essas ideias nunca eram senão relativas, que o mais forte sempre achava muito justo o que o mais fraco via como injusto e que bastava mudar suas posições respectivas para que, ao mesmo tempo, ambos mudassem também seu modo de pensar; donde concluía que nada havia de realmente justo, a não ser o que gerava prazer, e de injusto, senão o que trazia penas; que no momento em que tomava cem luíses do bolso de um homem, fazia uma coisa muito justa para si mesmo, muito embora o homem roubado devesse ver isso com outros olhos; não sendo, então, todas essas ideias senão arbitrárias, haveria de ser louco quem se deixasse acorrentar por elas. Com raciocínios desse tipo, o Duque legitimava todos os desregramentos e, como não lhe faltava espírito, seus argumentos pareciam decisivos. Moldando, portanto, sua conduta na sua filosofia, o Duque, desde a mais tenra idade, entregara-se irrestritamente aos desvarios mais vergonhosos e extraordinários. Como já disse, seu pai morrera jovem, deixando-o dono de uma fortuna imensa; entretanto, ele havia estipulado uma cláusula para que o moço deixasse sua mãe fruir, enquanto vivesse, de grande parte dessa fortuna. Essa condição logo desagradou a Blangis e o celerado, só encontrando no veneno um meio de impedi-la, deu cabo imediatamente à tarefa. Contudo, o velhaco, que assim debutava na carreira do vício, não ousou agir pessoalmente: exortou uma de suas irmãs, com a qual vivia em intriga criminosa, a encarregar-se da execução, convencendo-a de que, caso fosse bem-sucedida, poderia fruir de parte da fortuna que a ele caberia com essa morte. Ora, a moça abominou essa ação e o Duque, vendo que seu segredo malconfidenciado poderia ser traído, decidiu na hora juntar à sua vítima aquela que quisera ter por cúmplice. Levou a ambas para uma de suas terras de onde as infelizes jamais voltaram. Nada é mais estimulante do que um primeiro crime impune. Após essa provação, o Duque soltou todos seus freios. Bastava um ser qualquer opor o mais leve entrave a seus desejos para ele logo recorrer ao veneno. Dos assassinatos necessários, logo passaria aos assassinatos por volúpia: concebeu esse infeliz desregramento que faz com que se encontrem prazeres nos males de outrem; sentiu que uma violenta comoção aplicada em um adversário qualquer trazia à massa dos nervos uma vibração cujo efeito, ao irritar os espíritos animais que correm na concavidade desses nervos, obriga-os a pressionar os nervos eretores e a produzir, a partir desse abalo, o que se chama de sensação lúbrica. Em consequência, passou a cometer roubos e assassinatos, unicamente por princípio de devassidão e libertinagem, assim como um outro se contenta em procurar mulheres para inflamar as mesmas paixões. Aos vinte e três anos, mancomunado com três companheiros de vício nos quais infundira sua filosofia, pararam uma diligência numa estrada principal, estupraram tanto os homens quanto as mulheres, e assassinaram todos em seguida; apoderaram-se do seu dinheiro, do qual, certamente, estes não precisariam mais, e se encontraram, na mesma noite, no baile da Ópera, de modo a terem um álibi. Esse crime ocorreu com requintes: duas moças encantadoras foram estupradas e massacradas nos braços de suas mães; acrescentaram a isso uma infinidade de outros horrores e ninguém ousou suspeitá-lo. Farto de uma esposa encantadora que seu pai lhe destinara pouco antes de morrer, o jovem Blangis logo a despachou para junto das almas de sua mãe, de sua irmã e de todas suas outras vítimas, para desposar outra bastante rica, mas publicamente desonrada e que ele sabia muito bem ser amante de seu irmão. Era a mãe de Aline, mencionada acima, um dos personagens de nosso romance. Como a primeira, essa segunda esposa foi logo sacrificada e substituída por uma terceira, logo imolada como a segunda. Dizia-se, na sociedade, que era a enormidade de sua constituição que matava assim todas suas mulheres e, como ele tinha mesmo essa aparência gigantesca, o Duque deixou essa opinião se difundir ocultando a verdade. Esse colosso pavoroso fazia realmente pensar em Hércules ou num centauro: o Duque media cinco pés e onze polegadas[4], membros de grande força e energia; muito vigor nas articulações e muita elasticidade nos nervos... Acrescentai a isso um semblante másculo e altivo, enormes olhos negros, lindas sobrancelhas castanho-escuras, um nariz aquilino, belos dentes, uma aparência de saúde e frescor, ombros largos, uma compleição robusta e ao mesmo tempo perfeitamente delineada, lindos quadris, nádegas esplêndidas, as pernas mais bonitas do mundo, uma índole vigorosa, a força de um cavalo e o membro de um autêntico jumento, surpreendentemente peludo, dotado da faculdade de perder esperma tantas vezes quanto quisesse por dia, mesmo aos cinquenta anos, sua idade à época, quase sempre em ereção, com oito polegadas exatas de circunferência por doze de comprimento e tereis o retrato do Duque de Blangis como se o tivésseis desenhado pessoalmente. Se essa obra-prima da natureza já era violenta em seus desejos, o que dizer dele, meu deus do céu! quando arrebatado pela embriaguez da volúpia. Não era mais um homem, era um tigre enfurecido. Ai de quem servia a suas paixões nessas horas: gritos medonhos, blasfêmias atrozes irrompiam de seu peito inchado; parecia, então, lançar chamas pelos olhos, espumando, relinchando, podendo ser tomado pelo próprio deus da lubricidade. Nesses momentos, independentemente do que o fazia gozar, suas mãos sempre perdiam o controle, e há quem já o viu, em mais de uma oportunidade, estrangular mulheres na hora de seu pérfido esporro. Tendo-se restabelecido, seu desvario logo era substituído pelo mais completo descaso a respeito das infâmias que acabava de se permitir, e dessa indiferença, dessa espécie de apatia, nasciam quase imediatamente novas centelhas de volúpia. Em sua juventude, o Duque chegou a esporrar dezoito vezes num único dia sem parecer mais esgotado na última perda do que na primeira. Sete ou oito vezes, em vinte quatro horas, sequer o assustavam, apesar de seu meio século de vida. Havia quase vinte e cinco anos que se afeiçoara à sodomia passiva, cujas investidas suportava com o mesmo vigor com que ele mesmo as infligia ativamente, logo a seguir, quando lhe agradava mudar de papel. Aguentara um desafio de até cinquenta e cinco investidas num dia. Dotado, como mencionamos, de uma força portentosa, uma única mão lhe bastava para estuprar uma moça, como já comprovara várias vezes. Um dia, apostou que conseguiria sufocar um cavalo entre suas pernas e o animal espichou no exato momento que indicara. Seus descomedimentos à mesa excediam os da cama, se isto é possível. Ninguém conseguia imaginar para onde ia a imensidade de alimentos que engolia. Costumava fazer três refeições, todas muito demoradas e fartas, que só tinham em comum dez garrafas de vinho de Borgonha; já chegara a beber trinta delas e estava louco para encontrar alguém que apostasse que ele não seria capaz de chegar a cinquenta. Ora, sua embriaguez adquiria as cores de suas paixões e bastava os licores ou os vinhos aquecerem sua alma para que se enfurecesse; então era preciso amarrá-lo. Uma prova de que a alma raramente reflete as disposições corporais, apesar disso tudo — quem diria? —, uma criança decidida apavoraria esse colosso. Caso não pudesse lançar mão de seus ardis ou de traições para se livrar de seu inimigo, tornava-se tímido e covarde e, a simples ideia do mais inofensivo combate em igualdade de forças, o teria feito fugir até o fim do mundo. Havia, entretanto, segundo o uso, participado de uma ou duas campanhas, mas se desonrara a tal ponto que abandonara imediatamente o serviço. Sustentando sua torpeza com tanto espírito quanto impudência, asseverava, altivo, ser perfeitamente impossível pessoas sensatas censurarem sua covardia como um defeito, pois não passava de um desejo de conservação.

Mantendo absolutamente os mesmos traços morais e adaptando-os a uma existência física infinitamente inferior àquela que acabamos de delinear, obtém-se o retrato do Bispo de..., seu irmão. A negrura na alma era a mesma, assim como o pendor para o crime, o desprezo pela religião, o ateísmo, a velhacaria, mas tinha o espírito mais flexível e mais destro, mais criatividade para causar a morte de suas vítimas, uma cintura fina e leve, um corpo pequeno e franzino, uma saúde cambaleante, nervos muito delicados, maior refinamento nos prazeres, faculdades medíocres, um membro muito comum, até pequeno; contudo, ele se poupava com tal arte e ejaculava tão pouco que sua imaginação constantemente inflamada o tornava suscetível de sentir prazer tão frequentemente quanto seu irmão; de resto, sensações tão refinadas, uma excitação tão prodigiosa, no sistema nervoso, que costumava desmaiar ao esporrar e quase sempre perdia os sentidos ao fazê-lo. Aos quarenta e cinco anos, tinha uma fisionomia muito fina, olhos bastante bonitos, mas uma boca e dentes feios, o corpo branco, sem pelos, a bunda pequena, mas bem torneada, e um pau com cinco polegadas de circunferência por seis de comprimento. Idólatra da sodomia ativa e passiva, com uma clara preferência por esta última, passava a vida sendo enrabado e esse prazer, que nunca requer um grande desgaste de forças, combinava perfeitamente com seus recursos limitados. Mais adiante comentaremos seus outros gostos. Quanto à mesa, levava os excessos quase tão longe quanto seu irmão mais velho, embora os enfeitasse com um pouco mais de sensualidade. Tão celerado quanto este, Monsenhor possuía traços que, sem dúvida, o igualavam às ações incomuns do herói que acabamos de retratar. Contentar-nos-emos em citar um; bastará para instruir o leitor naquilo que um homem desses, tendo feito o que se lerá a seguir, sabe, pode e é capaz de fazer.

Um de seus amigos, poderosamente rico, tivera, no passado, um caso com uma moça da alta sociedade que lhe dera dois filhos, uma menina e um menino. Entretanto, nunca pudera desposá-la e ela se tornara mulher de outro. Embora dono de uma imensa fortuna, o amante dessa infeliz morreu jovem; não tendo parentes realmente próximos, ocorreu-lhe deixar todos seus bens aos dois infelizes frutos do seu caso. Na hora da morte, confiou seu projeto ao Bispo e o encarregou desses dois dotes imensos, repartidos em duas carteiras iguais que entregou ao Bispo, confiando-lhe a educação dos dois órfãos, até atingirem a idade prescrita pelas leis para que pudessem receber o que cabia a cada um. Também pediu ao prelado que, até esse momento chegar, fizesse valorizar os fundos de seus pupilos, de modo a dobrar sua fortuna. Afirmou ainda seu desejo de que a mãe ignorasse eternamente o que fazia para seus filhos e exigiu terminantemente que ela nunca ficasse sabendo. Tomadas essas disposições, o moribundo fechou os olhos e Monsenhor se viu dono de quase um milhão em notas bancárias e de duas crianças. O celerado não hesitou muito: o moribundo não falara senão com ele, a mãe havia de ignorar tudo e os filhos tinham apenas quatro ou cinco anos de idade. Tornou público que seu amigo, ao morrer, deixara seus bens aos pobres e, no mesmo dia, o gatuno deles se apoderou. Entretanto, não lhe bastava arruinar essas duas infortunadas crianças; de posse da autorização de seu amigo, o Bispo, que nunca cometia um crime sem já conceber outro na hora, foi retirar essas crianças do pensionato obscuro onde eram criadas e as colocou em casa de gente sua, decidindo desde já que logo serviriam a suas pérfidas volúpias. Esperou completarem treze anos. O moço chegou a essa idade primeiro; dele se serviu, adestrou-o para todas suas devassidões e, como era extremamente bonito, divertiu-se com ele por quase oito dias. A moça, contudo, não teve tanta sorte: era muito feia quando completou a idade prescrita, o que, entretanto, não reteve o furor lúbrico do nosso celerado. Satisfeitos seus desejos, temia que, se os deixasse vivos, os dois conseguissem descobrir algo do segredo que lhes dizia respeito. Conduziu-os para uma propriedade de seu irmão e, certo de reencontrar num novo crime as centelhas de lubricidade que o gozo acabara de lhe fazer perder, imolou ambas às suas ferozes paixões e sua morte deu-se em meio a episódios tão picantes e cruéis que sua volúpia renasceu dos tormentos que lhes infligiu. Agora, esse segredo está infelizmente bem guardado demais, mas nenhum libertino minimamente ancorado no vício ignora o império do assassinato sobre os sentidos e o quanto este determina voluptuosamente um esporro. Eis uma verdade que o leitor haverá de guardar em mente antes de empreender a leitura de uma obra que busca tanto desenvolver esse sistema. Uma vez tranquilo quanto a todos esses acontecimentos, Monsenhor voltou a gozar em Paris do fruto de seus crimes audaciosos, e sem o menor arrependimento por ter burlado as intenções de um homem cuja situação impedia de sentir qualquer pena ou prazer.

O Presidente de Curval era o decano da sociedade. Com quase sessenta anos e singularmente gasto pela devassidão, mais parecia um esqueleto. Era alto, seco e magro, com olhos fundos e baços, uma boca lívida e malsã, o queixo elevado, o nariz comprido. Coberto de pelos como um sátiro, suas costas mais lembravam uma tábua e suas nádegas moles e caídas, cuja pele murcha por tantas chicotadas podia ser torcida com os dedos sem que ele nada sentisse, pareciam dois esfregões sujos flutuando no alto de suas coxas. No meio dessas, sem que fosse preciso apartá-las, oferecia-se um imenso orifício cujo diâmetro enorme, cheiro e cor, lembravam mais uma cloaca do que um olho do cu; e, para coroar tais atrativos, constava dos hábitos pessoais desse porco de Sodoma deixar sempre essa parte num tal estado de imundice que se podia ver a todo instante uma crosta de duas polegadas de espessura em volta. Debaixo de uma barriga tão enrugada quanto lívida e flácida, vislumbrava-se, numa floresta de pelos, uma ferramenta que podia ter aproximadamente oito polegadas de comprimento por sete de circunferência em estado de ereção, mas para atingi-la, o que era raro, dependia de uma furiosa sequência de coisas. Contudo, ainda acontecia ao menos duas ou três vezes por semana, e então o Presidente penetrava indistintamente qualquer buraco, muito embora o do traseiro de um menino lhe fosse infinitamente mais precioso. O Presidente era circuncidado, de modo que a cabeça de seu pau nunca estava coberta, disposição que facilita muito o gozo e à qual todas as pessoas voluptuosas deveriam submeter-se. Mas se tal procedimento sói manter essa parte mais limpa, este não era o caso de Curval, uma vez que, tão sujo nessa parte como na outra, essa cabeça descoberta, já naturalmente muito grossa, ganhava, desse modo, pelo menos uma polegada de circunferência. Igualmente sórdido em toda sua pessoa, o Presidente, que a isso acrescia gostos no mínimo tão porcos quanto sua pessoa, tornava-se um personagem cuja presença tão fedorenta podia não agradar a todos: mas seus compadres, que não se escandalizavam por tão pouco, nem tocavam nesse assunto. Poucos homens foram tão ágeis e devassos quanto o Presidente; no entanto, completamente apático e absolutamente embrutecido, restava-lhe apenas a depravação e a crápula da libertinagem. Eram necessárias mais de três horas de excesso, e dos mais infames, para lograr sentir uma cócega voluptuosa. Quanto ao esporro, embora ocorresse quase todos os dias, com mais frequência até que a ereção, era muito difícil de se conseguir; ou antes, apenas lhe ocorria quando realizava coisas tão singulares, e geralmente tão cruéis ou sórdidas, que os agentes de seus prazeres costumavam desistir, o que provocava nele uma espécie de cólera lúbrica que, às vezes, por seus efeitos, alcançava melhor êxito do que todos seus esforços. Curval estava tão profundamente mergulhado no lamaçal do vício e da libertinagem que lhe era praticamente impossível falar em outra coisa, e suas expressões mais sujas estavam sempre em sua boca e em seu coração. Entremeava-as com as mais vigorosas blasfêmias e imprecações, insufladas pelo verdadeiro horror que sentia, assim como seus compadres, por tudo que lembrasse a religião. Exacerbada pela embriaguez quase contínua em que se comprazia, essa desordem de espírito conferia-lhe, havia alguns anos, uma aparência de imbecilidade e de embrutecimento, fonte, segundo dizia, de suas mais caras delícias. Nascido tão guloso quanto beberrão, apenas ele conseguia acompanhar o Duque e, como veremos no decorrer desta história, realizava proezas nesse quesito que, sem dúvida, deixarão nossos mais ilustres glutões abismados. Havia dez anos que Curval não exercia mais seu cargo, não apenas porque não tinha mais condições como também, acredito, porque, mesmo se as tivesse, o teriam intimado a se afastar pelo resto de sua vida.

Curval levara uma vida muito libertina, todos os tipos de desregramentos eram-lhe familiares e seus próximos desconfiavam muito que sua imensa fortuna se devia a dois ou três assassinatos execráveis. Seja como for, a história que se segue mostra o quanto esse tipo de excesso tinha o dom de comovê-lo poderosamente. Essa aventura que, infelizmente, tivera um certo alarde, foi justamente a que lhe valeu sua exclusão da Corte. Seu relato dará ao leitor uma ideia do caráter desse homem.

Na vizinhança de seu palacete morava um infeliz carregador de rua que, pai de uma mocinha encantadora, era tão ridículo a ponto de ter sentimentos. Por mais de vinte vezes, todo tipo de mensagens, com propostas relativas à sua filha e visando a corromper esse infeliz e sua mulher, não lograram sensibilizá-los; Curval, responsável por essas incumbências, a quem a multiplicação das recusas só fazia irritar, já não sabia mais o que fazer para gozar da mocinha e submetê-la a seus caprichos libidinosos, quando, simplesmente, imaginou mandar rodar[5] o pai e levar sua filha para a cama. O plano, do qual participaram dois ou três pilantras contratados pelo Presidente, foi tão bem concebido quanto executado. Antes do fim do mês o infeliz carregador foi envolvido num crime imaginário, aparentemente cometido diante de sua porta, que o levou direto para os cárceres da *Conciergerie*[6]. O Presidente, como bem imaginam, logo cuidou do caso e, como não queria demora, graças a suas tramoias e a seu dinheiro, o infeliz carregador foi condenado, três dias depois, a ser rodado vivo, sem nunca ter cometido outro crime senão querer resguardar sua honra e conservar a de sua filha. Entretanto, as solicitações recomeçaram. Procuraram a mãe para explicar-lhe que só dela dependia salvar o marido: bastava satisfazer o Presidente para arrancar seu marido da sorte horrível que o aguardava. Não havia mais como hesitar. A mulher buscou informar-se: sabia-se perfeitamente bem a quem se dirigiria e os conselheiros foram comprados para responder, sem tergiversar, que ela não deveria hesitar um segundo sequer. A infortunada levou em prantos a própria filha aos pés do juiz; este prometeu tudo o que ela queria, mas sem o menor desejo de cumprir sua palavra. Caso a cumprisse, o celerado temia que o marido, posto em liberdade, fizesse um escândalo ao ver o preço que sua vida custara, mas, principalmente, deliciava-se de um modo bem mais picante ao receber o que queria sem nada ter de cumprir. Isto oferecia a seu espírito episódios de perversidade que ampliavam sua pérfida lubricidade; e eis como fez para tornar a cena mais infame e picante possível. Seu palacete parisiense ficava em frente a um lugar onde, por vezes, executavam criminosos. Como o delito fora cometido em seu bairro, conseguiu que a execução se desse no referido local. Na hora indicada, mandou levar para a sua casa a mulher e a filha daquele infeliz. Todas as janelas que davam para a praça estavam fechadas, de maneira que não se via, das dependências onde ele recebia suas vítimas, nada do que lá pudesse ocorrer. O celerado, sabendo a hora exata da execução, escolheu esse momento para deflorar a menina nos braços de sua mãe, e tudo foi arranjado com tanta destreza e precisão que o celerado esporrou no cu da filha precisamente no momento em que o pai expirava. Assim que executou o serviço, exclamou: "Vinde ver", disse a suas duas princesas, abrindo uma janela que dava para a praça, "vinde ver como mantive a palavra." E as infelizes viram, uma o pai, a outra o marido, expirando nas mãos do carrasco. Ambas caíram desmaiadas, mas Curval pensara em tudo: o desmaio fora a sua agonia, pois ambas haviam sido envenenadas e jamais reabriram os olhos. Apesar das muitas precauções que tomara para envolver todo esse caso nas trevas do mais profundo mistério, algo acabou resvalando; a morte das mulheres foi ignorada, mas ele foi considerado suspeito de prevaricação no caso do marido. O motivo quase veio à tona e tudo resultou na sua aposentadoria. Desse momento em diante, sem mais decoro a respeitar, Curval se lançou num novo mar de erros e crimes. Mandou buscar vítimas em todos os cantos para imolá-las à perversidade de seus gostos. Por um refinamento de atroz crueldade, embora fácil de compreender, a classe dos desafortunados era a que ele mais gostava de castigar com sua raiva pérfida. Dia e noite, várias mulheres procuravam para ele, nos sótãos e cortiços, tudo o que a miséria podia oferecer de mais abandonado e, sob pretexto de prestar socorro, quer os envenenava, um de seus passatempos prediletos, quer os atraía para sua casa e os imolava à perversidade de seus gostos. Homens, mulheres, crianças, tudo alimentava sua cólera e, nesse particular, cometeu excessos que lhe valeriam mil vezes perder a cabeça num cadafalso, se seu crédito e seu ouro não o tivessem salvo por mil vezes. Pode-se bem imaginar que um tal ser não tinha mais religião do que seus dois confrades; sem dúvida, abominava-a tão soberanamente quanto eles, embora tenha feito mais, no passado, para extirpá-la dos corações, pois, desfrutando de seu espírito contrário a ela, era o autor de várias obras de efeitos prodigiosos, e esse sucesso, que não lhe saía da memória, ainda constituía uma de suas mais caras volúpias.

Quanto mais multiplicamos os objetos de nossos gozos...

> *Colocar aqui o retrato de Durcet, como aparece no caderno 18, encadernado em cor-de-rosa e, após terminar esse retrato com essas palavras do caderno:...* os débeis anos da infância, *recomeçar assim:*

Durcet tem cinquenta e três anos; é pequeno, baixo, largo e corpulento; o rosto agradável e jovial, a pele muito clara. Todo o seu corpo, principalmente os quadris e as nádegas, assemelha-se totalmente ao de uma mulher; sua bunda é fresca, gorda, firme e rechonchuda, embora o cu seja excessivamente largo em razão do hábito da sodomia; seu pau é extraordinariamente pequeno: não excede duas polegadas de circunferência por quatro de comprimento e nunca fica duro; seus esporros são raros e muito custosos, pouco abundantes e sempre precedidos por espasmos que o lançam numa espécie de fúria, a qual o impele ao crime; tem peito de mulher, uma voz suave e agradável, e, quando em sociedade, se comporta muito bem, embora sua cabeça seja no mínimo tão depravada quanto a de seus confrades; foi colega de escola do Duque, e ainda brincam juntos todos os dias. Um de seus maiores prazeres é sentir o membro enorme do Duque roçando seu ânus.

Enfim, caro leitor, são estes os quatro celerados em cuja companhia passaremos alguns meses. Retratei-os o melhor que pude para que os conhecesses profundamente e que nada te espante no relato de seus diferentes desregramentos. Foi-me impossível entrar nos pormenores de seus gostos: divulgá-los prejudicaria o interesse e o plano principal desta obra. Mas no decorrer do relato, bastará acompanhá-los com atenção para perceber facilmente seus pecadinhos costumeiros e que mania voluptuosa melhor delicia cada um em particular. *Grosso modo*, tudo que se pode dizer, por enquanto, é que eram geralmente dados à sodomia, que os quatro se faziam enrabar regularmente e veneravam traseiros. O Duque, entretanto, em razão da enormidade de sua constituição e, sem dúvida, antes por crueldade do que por gosto, ainda metia em bocetas com o maior prazer. O Presidente também, por vezes, embora muito mais raramente. O Bispo, por sua vez, as detestava tão soberanamente que o simples fato de ver uma tolhia sua ereção por seis meses. Só conheceu uma na vida, a de sua cunhada, e no intuito de gerar uma criança que pudesse, um dia, proporcionar-lhe os prazeres do incesto; já vimos o êxito que teve. Quanto a Durcet, idolatrava as bundas com, no mínimo, tanto ardor quanto o Bispo, mas o gozo que obtinha delas era um mero acessório; suas investidas favoritas dirigiam-se a um terceiro templo. Desvendaremos esse mistério mais adiante. Terminados os retratos essenciais à inteligência desta obra, daremos, agora, aos leitores uma ideia das quatro esposas desses respeitáveis maridos.

Que contraste! Constance, esposa do Duque e filha de Durcet, era uma mulher alta e esguia, digna de retrato, modelada como se as Graças tivessem sentido prazer em embelezá-la. A elegância de sua silhueta nada retirava a seu frescor: mesmo assim, era carnuda e rechonchuda e essas formas deliciosas, que se ofereciam numa pele mais clara do que lírios, faziam imaginar que o Amor em pessoa tivera o cuidado de moldá-las. Seu rosto era um pouco comprido e seus traços, extraordinariamente nobres, tinham mais majestade do que gentileza e mais grandeza do que delicadeza. Seus olhos eram grandes, pretos e cheios de fogo, sua boca extremamente pequena e enfeitada com os dentes mais lindos que se possa imaginar; uma língua fina, estreita, do mais belo encarnado e um hálito mais doce que o próprio perfume de rosas. Tinha o peito cheio, muito redondo, branco e firme como o alabastro; seus quadris, extraordinariamente arqueados, desciam deliciosamente até as nádegas mais artísticas e precisamente talhadas que há muito a natureza não produzia. Eram de uma redondeza perfeita, não muito grandes, mas firmes, brancas, rechonchudas, e só se entreabriam para oferecer o olhinho mais limpo, mais formoso e delicado; um matiz do mais tenro cor-de-rosa enfeitava esse cu, encantador refúgio dos mais doces prazeres da lubricidade. Mas, meu deus do céu!, como conservou por tão pouco tempo esses encantos! Quatro ou cinco investidas do Duque arruinaram logo todas suas graças e Constance, após o casamento, logo não passou da imagem de um belo lírio que a tempestade acaba de desfolhar. Duas coxas redondas e perfeitamente torneadas sustentavam um outro templo, menos delicioso, sem dúvida, mas que oferecia ao espectador tantos encantos que minha pena em vão tentaria retratá-los. Constance era quase virgem quando o Duque a desposou, pois, como já dissemos, seu pai, o único homem que conhecera, a deixara perfeitamente intacta daquele lado. Os mais bonitos cabelos negros caíam em cachos naturais por cima de seus ombros e, quando assim queria, chegavam até os lindos pelos da mesma cor que sombreavam essa pequena e voluptuosa boceta, tornando-se um novo ornamento que não haveria como deixar de mencionar, e acabavam de dotar essa criatura angélica, de aproximadamente vinte e dois anos, de todos os encantos que a natureza podia prodigalizar a uma mulher. A todas essas graças, Constance acrescentava um espírito justo, agradável e até mesmo mais elevado do que deveria, na triste situação em que seu destino, do qual tinha horror, a colocara; sem dúvida, teria sido bem mais feliz com percepções menos delicadas. Durcet, que a criara mais como uma cortesã do que como sua filha e que não se preocupou senão em lhe conferir mais talentos do que bons costumes, nunca conseguira, entretanto, destruir os princípios de honestidade e de virtude que a natureza parecia ter tido o cuidado de incutir em seu coração. Não tinha religião, pois nunca lhe falaram disso nem teriam tolerado que ela praticasse seu exercício, mas nada disso apagara nela esse pudor, essa modéstia natural, independentes das quimeras religiosas e que, numa alma honesta e sensível, dificilmente se apagam. Nunca saíra da casa de seu pai e o celerado, desde os doze anos, a tornara escrava de seus prazeres crapulosos. Encontrou muita diferença nos que o Duque satisfazia com ela; seu físico se alterou sensivelmente com essa distância enorme. E no dia seguinte àquele em que o Duque a deflorara por trás, ficou terrivelmente doente: acreditou-se que seu reto estivesse definitivamente danificado. Entretanto, sua juventude, sua saúde e o efeito de alguns tópicos salutares logo devolveram ao Duque o uso dessa via proibida e a infeliz Constance, obrigada a acostumar-se a esse suplício cotidiano, que não era o único, restabeleceu-se inteiramente e se habituou a tudo.

Adélaïde, esposa de Durcet e filha do Presidente, possuía uma beleza talvez superior à de Constance, mas de um gênero absolutamente diferente. Com vinte anos, era baixa, esguia, extremamente franzina e delicada, digna de retrato, e tinha os mais lindos cabelos loiros que se pudessem ver. O ar de interesse e de sensibilidade, que emanava de toda sua pessoa e principalmente de seus traços, dava-lhe a aparência de uma heroína de romance. Seus olhos, extraordinariamente grandes, eram azuis; exprimiam ao mesmo tempo ternura e decência. Duas grandes sobrancelhas delgadas, mas singularmente desenhadas, ornamentavam uma testa pouco elevada, mas de uma nobreza, de um encanto tal que parecia o próprio templo do pudor. Seu nariz estreito, ligeiramente apertado em cima, descia imperceptivelmente em forma semiaquilina. Seus lábios eram finos, bordados do mais vivo encarnado e sua boca um pouco grande, único defeito de sua celeste fisionomia, só se abria para revelar trinta e duas pérolas que a natureza parecia ter semeado entre rosas. Tinha o pescoço um pouco comprido, singularmente preso, e, por um hábito bastante natural, sempre reclinava ligeiramente a cabeça sobre o ombro direito, sobretudo quando escutava; mas quanta graça lhe conferia essa postura interessante! Seus seios pequenos, bem redondos, muito firmes e bem sustentados, mal enchiam a mão; eram como duas pequenas maçãs que o Amor, brincando, trouxera do jardim de sua mãe. Seu peito era ligeiramente apertado e por isso, muito sensível. Seu ventre liso parecia cetim; uma moitinha loira e rala fazia as vezes de peristilo para o templo em que Vênus parecia exigir sua homenagem. Esse templo era estreito, a ponto de não se poder nem introduzir um dedo sem fazê-la gritar e, entretanto, graças ao Presidente, havia quase dois lustros que a pobre criança não era mais virgem, nem desse lado, nem do outro, tão delicioso, que ainda nos resta pintar. Quantos encantos nesse segundo templo! Que curva dorsal! Que nádegas bem torneadas! Quanta brancura e encarnado reunidos! Entretanto, o conjunto era um pouco pequeno. Delicada em todas suas formas, Adélaïde era antes um esboço do que um modelo de beleza; parecia que a natureza quisera apenas indicar em Adélaïde o que tinha enfatizado tão majestosamente em Constance. Bastava entreabrir essa bunda deliciosa para que um botão de rosa se oferecesse aos olhos em todo seu frescor e no mais terno encarnado com que a natureza quis presenteá-la. E como era apertada.... minúscula! Somente a duras penas o Presidente lograra êxito em suas investidas, o que nunca conseguira repetir senão duas ou três vezes. Menos exigente, Durcet a afligia menos nesse aspecto, mas desde que se tornara sua esposa, com quantas outras complacências cruéis, com quantas outras submissões perigosas ela havia de pagar por essa pequena vantagem! Por sinal, entregue aos quatro libertinos pelo arranjo acertado, quantas investidas cruéis ela ainda havia de enfrentar e, entre tantas outras, desse gênero que Durcet justamente lhe poupava! Adélaïde tinha a mente que seu rosto presumia, ou seja, era extremamente romanesca; os lugares ermos estavam entre os que mais lhe proporcionavam prazer e neles costumava derramar lágrimas involuntárias, lágrimas que não se estudam suficientemente e que o pressentimento parece arrancar da natureza. Perdera recentemente uma amiga a quem venerava e essa perda horrenda assombrava constantemente sua imaginação. Conhecendo perfeitamente o próprio pai e sabendo a que ponto levava o desvario, tinha certeza de que sua jovem amiga fora vítima das perfídias do Presidente, que nunca a convencera a lhe conceder certas coisas, fato este não todo inverossímil. Adélaïde imaginava que algum dia ele faria o mesmo com ela, o que tampouco era improvável. No tocante à religião, o Presidente não tivera com ela o mesmo cuidado de Durcet em relação a Constance; deixara nascer e fomentar-se nela esse preconceito, imaginando que seus discursos e seus livros o destruiriam facilmente. Enganara-se: a religião é um alimento para uma alma como a de Adélaïde. Por mais que o Presidente pregasse, a fizesse ler, a jovem permaneceu devota, e todos esses desregramentos com os quais não compactuava, dos quais era vítima e que ela odiava, em nada contribuíam para afastá-la das quimeras que faziam a felicidade de sua vida. Rezava a Deus escondida e cumpria secretamente seus deveres de cristã, mas era sempre punida com muito rigor, quer por seu pai ou por seu marido, assim que um ou o outro percebesse. Adélaïde aturava tudo com paciência, convencida de que o Céu a compensaria um dia. Seu caráter, por sinal, era tão doce quanto seu espírito e sua vontade de fazer o bem, uma das virtudes que mais levava seu pai a detestá-la, beirava o excesso. Curval, a quem a classe desprezível dos indigentes irritava, não fazia senão humilhá-los e aviltá-los mais ainda, procurando entre eles suas vítimas; sua generosa filha, ao contrário, abriria mão de seu próprio sustento para providenciar o do pobre e, muitas vezes, fora vista carregando às escondidas todas as somas destinadas a seus prazeres. Durcet e o Presidente a repreenderam e a recriminaram tanto que corrigiram nela esse abuso, tirando-lhe absolutamente todos os meios de praticá-lo. Não tendo senão suas lágrimas a oferecer ao infortúnio, Adélaïde continuava derramando-as sobre seus males, e seu coração impotente, embora ainda sensível, não conseguia deixar de ser virtuoso. Soube um dia que uma infeliz mulher, impelida por uma necessidade extrema, prostituiria a própria filha para o Presidente. Encantado, o devasso já se preparava para o gozo desse gênero que mais lhe agradava; Adélaïde mandou vender um de seus vestidos, às escondidas, e imediatamente fez com que o dinheiro chegasse às mãos da mãe, desviando-a, assim, com esse pequeno socorro e um bom sermão, do crime que estava preste a acontecer. Quando veio a saber disso, o Presidente (que ainda não casara sua filha) procedeu a tais violências contra ela, que ficou quinze dias de cama. E nem assim cessaram os ternos movimentos dessa alma sensível.

Julie, mulher do Presidente e filha mais velha do Duque, superaria as duas primeiras, não fosse por um defeito, capital para muita gente, mas que talvez influenciara a paixão que Curval sentia por ela; isto comprova o quanto os efeitos das paixões são inconcebíveis e sua desordem, fruto da aversão e da saciedade, não se pode comparar senão a seus desregramentos. Julie era alta, bem-feita, embora bem gorda e rechonchuda, os mais lindos olhos castanho-escuros imagináveis, um nariz encantador, traços salientes e graciosos, os mais belos cabelos castanhos, o corpo branco, em deliciosos volumes, uma bunda que poderia ter servido de modelo àquela que Praxíteles esculpiu; sua boceta era quente, estreita e de gozo tão agradável quanto pode ser esse local, e ela tinha lindas pernas e pés encantadores. Tinha entretanto a boca pior ornada, os dentes mais infectos e, por hábito, era mais imunda em todas as partes do corpo, principalmente nos dois templos da lubricidade, que nenhum outro ser, antes, nenhum outro ser exceto o Presidente, adepto dos mesmos defeitos que sem dúvida amava; nenhum outro, certamente, apesar de todos seus encantos, arranjar-se-ia com ela. Mas Curval era doido por ela: seus mais divinos prazeres eram colhidos nessa boca nojenta, que ele delirava ao beijar; e, quanto a sua imundície natural, muito longe de censurá-la, pelo contrário, instigou-a tanto que acabou conseguindo que ela celebrasse o mais perfeito divórcio com a água. A esses defeitos, Julie somava outros, embora, sem dúvida, menos desagradáveis: era muito gulosa, tinha inclinação pela bebedeira e possuía poucas virtudes; acredito que se tivesse ousado, a putaria não lhe causaria terror. Criada pelo Duque num abandono total de princípios e costumes, seguia bastante essa filosofia e, por tudo isso, sem dúvida, daria um belo sujeito;[7] mas, por um efeito muito estranho da libertinagem, sói acontecer de uma mulher com nossos defeitos nos agradar muito menos em nossos prazeres do que outra que só possua virtudes: uma se assemelha a nós, não a escandalizamos; a outra se apavora e isso é certamente um encanto a mais. O Duque, apesar da enormidade de sua constituição, gozou de sua filha, mas teve de esperar que ela completasse quinze anos e, mesmo assim, não conseguiu evitar que saísse muito prejudicada da aventura, a ponto de, quando quis casá-la, ter de suspender seus gozos e contentar-se com prazeres menos perigosos para ela, embora no mínimo tão cansativos: Julie pouco lucrou ao passar para as mãos do Presidente que, como sabemos tinha um pau muito grosso; por outro lado, por mais sórdida que ela mesma fosse por negligência, não se acomodava, absolutamente, com uma sujeira de devassidão tal como a do Presidente, seu caro esposo.

Aline, irmã menor de Julie e, na realidade, filha do Bispo, destoava tanto dos hábitos quanto do caráter e dos defeitos de sua irmã. Era a mais jovem das quatro: mal completara dezoito anos; tinha uma fisionomia pequena, picante, fresca, quase rebelde, um narizinho arrebitado, olhos castanho-escuros cheios de vivacidade e de expressão, uma boca deliciosa, uma cintura muito bem delineada embora um pouco grande, carnuda, a pele ligeiramente morena, mas doce e bela, a bunda um tanto volumosa, mas bem torneada, o mais voluptuoso par de nádegas que se poderia oferecer ao olho de um libertino, uma linda moita castanho-escuro rodeando uma boceta ligeiramente rebaixada, "à inglesa", como se diz, mas perfeitamente estreita; quando foi oferecida à assembleia, era inteiramente donzela. Ainda o era, na ocasião das jornadas cuja história vamos descrever, e veremos como essa pureza foi aniquilada. Quanto ao seu cu, o Bispo gozava dele serenamente, todos os dias, desde que ela completara oito anos, mas sem conseguir transmitir-lhe esse gosto. De fato, apesar de seu ar malicioso e alegre, a isso não se prestava senão por obediência e ainda não demonstrara o menor prazer ao participar das infâmias que a afligiam diariamente. O Bispo a mantivera numa ignorância profunda; mal sabia ler e escrever e ignorava absolutamente o que era religião. Seu espírito natural não passava da criancice; respondia fazendo gracinhas e ainda brincava; gostava muito de sua irmã, detestava soberanamente o Bispo e temia o Duque como o fogo. Chorou no dia de suas núpcias, quando se viu em meio a quatro homens, mas acabou fazendo tudo o que queriam dela, sem prazer nem má vontade. Era sóbria, muito limpa e seu único defeito era um excesso de preguiça, a indolência predominando em todas suas ações e em toda sua pessoa, apesar da vivacidade que brilhava em seus olhos. Ela abominava o Presidente quase tanto quanto seu tio, e Durcet, embora não a poupasse, era o único por quem não parecia sentir a menor repugnância.

São essas, portanto, caro leitor, os oito personagens principais cuja companhia iremos desfrutar. Já é hora de desvendar-vos o objeto dos prazeres singulares a que se propunham.

Entre os verdadeiros libertinos, admite-se que as sensações comunicadas pelo órgão do ouvido são as que mais agradam e deixam as mais vivas impressões. Em consequência, nossos quatro celerados, que queriam que a volúpia impregnasse seus corações tão íntima e profundamente quanto neles pudesse penetrar, tinham, para tanto, imaginado algo bastante singular. Tratava-se do seguinte: depois de terem se cercado de tudo o que melhor pudesse saciar a lubricidade dos outros sentidos, queriam, nessa situação, que lhes fossem contados, com os maiores detalhes e segundo uma ordem determinada, todos os diferentes desregramentos dessa devassidão, todas suas ramificações e adjacências, em suma: tudo o que, em língua de libertinagem, denomina-se paixões. É impossível imaginar a que ponto os homens as variam, quando sua imaginação se inflama. As diferenças entre eles, já excessivas em todas suas outras manias e todos seus outros gostos, é maior ainda nesse ponto, e quem pudesse definir e detalhar esses desregramentos talvez realizasse um dos mais bonitos trabalhos que se possa ver sobre os costumes e talvez um dos mais interessantes. Tratava-se, portanto, de encontrar pessoas que pudessem dar conta de todos esses excessos, de analisá-los, ampliá-los, detalhá-los, graduá-los e realçar, mediante isso, o interesse de um relato. Em consequência, tomaram a seguinte decisão. Após muita pesquisa e inúmeras informações, localizaram quatro mulheres de uma certa idade (condição necessária, pois a experiência era, nesse caso, a coisa mais essencial), quatro mulheres, eu dizia, que, tendo passado suas vidas na mais excessiva devassidão, tinham condições de relatar de modo exato todos esses requintes. E, como se esmeraram em selecioná-las dotadas de uma certa eloquência e de uma feição espiritual própria ao que delas se exigia, depois de terem se entendido e recordado, as quatro tiveram condições de expor, cada uma nas aventuras de sua vida, todos os mais extraordinários desregramentos da devassidão e isso numa ordem tal que a primeira, por exemplo, mencionaria, no relato dos acontecimentos de sua vida, as cento e cinquenta paixões mais simples e os desregramentos menos rebuscados ou mais corriqueiros; a segunda, do mesmo modo, igual número de paixões mais singulares e de um ou vários homens com várias mulheres; a terceira, também dentro de sua história, devia introduzir cento e cinquenta manias das mais criminosas e ultrajantes às leis, à natureza e à religião; e como todos esses excessos levam ao assassinato e que os assassinatos cometidos por libertinagem variam infinitamente e tantas vezes quanto a imaginação inflamada do libertino adota diferentes suplícios, a quarta devia incluir, nos acontecimentos de sua vida, o relato detalhado de cento e cinquenta dessas diferentes torturas. Enquanto isso, nossos libertinos, cercados, como já se disse, de suas mulheres, além de vários outros objetos de todos os gêneros, escutariam, inflamariam suas cabeças e acabariam apagando, quer com suas mulheres ou com esses diferentes objetos, o ardor que as narradoras produziriam. Sem dúvida alguma, nada havia de mais voluptuoso nesse projeto do que a maneira luxuriosa com que foi levado a efeito, e essa maneira junto com esses diferentes relatos vão formar esta obra que, dito isto, recomendo a todo devoto abandonar logo se não quiser escandalizar-se, pois já constatou que seu enredo nada tem de casto e, ousemos responder-lhe de antemão, sua execução o será muito menos ainda.

Como as quatro atrizes de que falamos desempenham um papel muito essencial nessas memórias, acreditamos, nem que por isso tenhamos de pedir desculpas ao leitor, ainda ser de nossa obrigação retratá-las. Elas irão narrar e agir: assim sendo, como mantê-las desconhecidas? Embora houvesse, sem dúvida, projetos nos quais se serviriam física e moralmente dessas quatro criaturas, não espereis aqui retratos de beleza. Seja como for, apenas seu espírito e sua experiência interessavam e, nesse sentido, não havia como fazer melhor escolha.

A senhora Duclos era o nome da encarregada do relato das cento e cinquenta paixões simples. Era uma mulher de quarenta e oito anos, ainda com um certo frescor e fortes resquícios de beleza: olhos muito bonitos, pele muito clara, uma das bundas mais bonitas e rechonchudas possíveis de se ver; a boca fresca e limpa, seios soberbos e lindos cabelos castanho-escuros; a cintura grossa; entretanto era educada e tinha toda a aparência e o tom de uma moça de fino trato. Como veremos, ela passara sua vida em lugares onde tivera plenas condições de estudar aquilo que irá narrar e era claro que o faria com espírito, facilidade e interesse.

A senhora Champville era uma mulher alta de aproximadamente cinquenta anos, esguia, bem-feita e da mais voluptuosa aparência no olhar e na feição; fiel imitadora de Safo, era sua personificação até em seus menores movimentos e gestos mais simples e em suas mínimas falas. Arruinara-se sustentando mulheres e, sem esse gosto ao qual costumava sacrificar o que conseguia ganhar no mundo, teria tido uma vida abastada. Fora mulher pública por muito tempo e, havia alguns anos exercia a profissão de alcoviteira, embora se limitasse a um certo número de clientes, todos devassos confiáveis e de uma certa idade; nunca atendia jovens e essa condição prudente e lucrativa ajudava a melhorar sua situação financeira. Já fora loira, mas uma tonalidade mais comportada começava a invadir sua cabeleira. Seus olhos ainda eram muito bonitos, azuis, com uma expressão muito agradável. Sua boca era linda, ainda fresca e perfeitamente conservada; sem peitos, o ventre bonito; Nunca fizera *envie*[8] e tinha uma moita ligeiramente elevada em meio a qual sobressaía seu clitóris, que chegava a mais de três polegadas quando excitado: roçar-lhe essa parte sempre a levava a espasmos, mais ainda quando esse serviço era executado por outra mulher. Sua bunda era muito flácida e gasta, inteiramente mole e murcha e tornara-se tão insensível, por causa de hábitos libidinosos que sua história nos desvendará, que se podia fazer com ela tudo o que se quisesse sem que ela nada sentisse. Coisa bastante singular, e certamente muito rara, sobretudo em Paris, pois era tão donzela por este lado como uma moça que sai do convento, e talvez, sem as orgias malditas de que participou, e participou com pessoas que só queriam coisas extraordinárias, e a quem, consequentemente, agradou, talvez, eu dizia, sem essas orgias, ela tivesse levado esse seu cabaço singular até o túmulo.

A Martaine, uma gorda matrona de cinquenta e dois anos, muito fresca e sadia, dotada das maiores e mais belas nádegas que se possa ter, oferecia uma particularidade exatamente oposta. Passara sua vida numa devassidão sodomita e era tão familiarizada com ela que não sentia absolutamente prazer senão desse modo. Uma deformidade natural (era lacrada), lhe impedira de conhecer outra coisa e entregara-se a esse tipo de prazer movida por essa impossibilidade de fazer outra coisa e por hábitos primeiros que faziam com que se limitasse a essa lubricidade, na qual, diziam, ela continuava deliciosa. Ela encarava tudo e nada temia; os mais monstruosos instrumentos não a apavoravam, ela até os preferia, e a sequência dessas memórias talvez no-la revele combatendo valentemente ainda sob os estandartes de Sodoma como o mais intrépido dos bugres.[9] Ela tinha traços bastante graciosos, mas uma aparência lânguida e definhada começava a murchar seus encantos, e se não fosse por sua corpulência, que ainda a sustentava, já passaria por muito gasta.

Quanto a Desgranges, era o vício e a luxúria personificados: alta, esbelta, com cinquenta e seis anos, pálida e macilenta, olhos embaciados, lábios mortos, apresentava a imagem do crime prestes a perecer por falta de forças. Já fora morena; há quem pretenda que até tivera um belo corpo; pouco depois, não passava de um esqueleto que não podia inspirar senão desgosto. Sua bunda murcha, gasta, marcada, rasgada, parecia mais papel furta-cor do que pele humana e o seu olho era tão amplo e engelhado que os mais grossos instrumentos podiam nela penetrar a seco, sem que nada sentisse. Para cúmulo de agrados, essa generosa atleta de Citera, ferida em inúmeras batalhas, tinha uma mama a menos e três dedos decepados; ela mancava, e faltavam-lhe seis dentes e um olho. Talvez fiquemos sabendo mais adiante em que tipo de ataques fora tão maltratada; o que está certo, é que nada a tinha corrigido e se seu corpo era a imagem da feiura, sua alma era o receptáculo de todos os vícios e crimes mais inusitados. Incendiária, parricida, incestuosa, sodomita, tríbade, assassina, envenenadora, culpada de estupros, roubos, abortos e outros sacrilégios, não mentiria quem afirmasse não haver um único crime no mundo que essa devassa não tivesse cometido ou mandado cometer. Seu ofício atual era a cafetinagem; era uma das fornecedoras prediletas da alta sociedade e como, além de tanta experiência, usava de um jargão bastante agradável, fora escolhida para cumprir o quarto papel de narradora, o que incluía os maiores horrores e infâmias. Quem, melhor do que uma criatura que os praticara todos, poderia fazer isso?

Encontradas as mulheres perfeitas para o que se desejava, faltava cuidar dos acessórios. Desejaram, primeiro, cercar-se de grande número de objetos luxuriosos de ambos os sexos, mas ao lembrarem que o único local onde essas orgias lúbricas podia ocorrer com toda a comodidade era justamente um castelo na Suíça, que pertencia a Durcet e para o qual mandara a pequena Elvire[10], e que esse castelo, de dimensões modestas, não poderia alojar tantos habitantes e que, ademais, podia ser imprudente e até perigoso levar tanta gente, acabaram optando por um total de trinta e dois sujeitos, narradoras incluídas, a saber: os quatro, oito meninas, oito meninos, oito homens dotados de membros monstruosos para as volúpias da sodomia passiva e quatro criadas. Mas queriam requinte nisso tudo; dedicaram um ano inteiro a esses detalhes, gastaram rios de dinheiro e, para obterem o que a França pudesse oferecer de mais delicioso, eis as precauções tomadas em relação às oito moças. Mandaram dezesseis alcoviteiras inteligentes, cada uma com duas assistentes, nas dezesseis principais províncias da França, enquanto uma décima sétima faria o trabalho apenas em Paris. Cada uma dessas fornecedoras deveria comparecer numa propriedade do Duque, perto de Paris, na mesma semana, exatos dez meses antes da partida: esse era o tempo dedicado às suas buscas. Cada uma devia trazer nove sujeitos, num total de cento e quarenta e quatro[11], entre os quais apenas oito seriam escolhidos. Recomendaram às alcoviteiras que se preocupassem apenas com a nascença, a virtude e as feições mais deliciosas possíveis. Deviam conduzir suas buscas principalmente em casas honestas, pois eles não aceitariam nenhuma moça que não fora comprovadamente raptada quer de um convento com pensionistas de qualidade, quer do seio de sua família, família que havia de ser distinta. Todas que não fossem acima da classe da burguesia e que, nessas classes superiores, não fossem muito virtuosas, muito virgens nem muito perfeitamente belas, seriam impiedosamente recusadas. Espiões vigiavam os procedimentos dessas mulheres e informavam na hora à sociedade a respeito do que faziam. Para cada sujeito encontrado conforme o que se desejava, recebiam trinta mil francos com todas as despesas pagas. Foi assombroso o que isso custou. Quanto à idade, fora fixado entre doze e quinze anos e todas que estavam acima ou abaixo eram impiedosamente recusadas. Enquanto isso, com as mesmas condições, os mesmos recursos e as mesmas despesas, com uma idade igualmente fixada entre doze e quinze anos, dezessete agentes de sodomia também percorriam tanto a capital quanto as províncias; e seu encontro era marcado para um mês depois da escolha das moças. Quanto aos moços, que doravante passaremos a chamar de fodedores, o tamanho de seus membros foi o único critério: nada queriam abaixo de dez ou doze polegadas de comprimento por sete e meia de circunferência. Oito homens trabalharam para esse desígnio em todo o reino e o encontro foi marcado para um mês após o dos meninos. Embora a história dessas escolhas e dessas recepções não faça parte de nosso objeto, não está fora de propósito abordá-la aqui, para revelar melhor ainda o gênio de nossos quatro heróis. Parece-me que tudo o que serve para melhor descrevê-los e lançar luz sobre orgias tão extraordinárias quanto as que vamos descrever não pode ser visto como mero tira-gosto.

Chegado o momento do encontro com as meninas, todos foram para a propriedade do Duque. Como algumas alcoviteiras não conseguiram alcançar sua cota de nove e outras perderam uns sujeitos no caminho, quer por doença ou fuga, apenas cento e trinta compareceram ao encontro marcado. Mas que encantos, meu deus do céu! Creio jamais se ter visto tantos reunidos. Treze dias foram dedicados a esse exame e a cada dia examinavam dez. Os quatro amigos formavam um círculo, em meio ao qual comparecia a menina, primeiramente vestida do modo em que estava no momento do rapto. A cafetina que a sequestrara contava sua história: se faltasse algo às suas condições de nobreza e de virtude, nada mais queriam saber, e a garota era despachada na hora, sem apelo, sem o auxílio de ninguém, e a alcoviteira perdia tudo o que gastara para trazê-la. Expostos esses detalhes, a cafetina se retirava e interrogavam a menina para confirmar se o que acabava de se dizer dela era verdade. Se tudo se confirmasse, a cafetina voltava para erguer o vestido da mocinha por trás, de modo a expor suas nádegas à assembleia; era a primeira coisa que queriam examinar. O menor defeito nessa parte fazia com que fosse expulsa na hora; se, ao contrário, nada faltasse a essa espécie de encanto, mandavam despi-la e, nesse estado, ela desfilava cinco ou seis vezes diante de cada um de nossos libertinos. Viravam-na para cá, viravam-na para lá, apalpavam-na, cheiravam-na, abriam-na, examinavam os cabaços, tudo isso com frieza, sem que jamais a ilusão dos sentidos viesse perturbar o exame. Feito isso, a criança se retirava e ao lado de seu nome escrito num bilhete, cada examinador escrevia: *aceita* ou *recusada* e assinava o bilhete, sem comunicar sua opinião; em seguida esses bilhetes eram colocados numa caixa; examinadas todas abriam a caixa: para que uma moça fosse aceita era preciso que o nome dos quatro amigos estivesse a seu favor no bilhete. Bastava um deles não concordar para que ela fosse logo dispensada e todas, implacavelmente, como já disse, a pé, sem socorro nem guia, exceto uma dúzia talvez com as quais nossos libertinos se divertiram, uma vez feitas as escolhas e que, depois, cederam a suas alcoviteiras. Nessa primeira rodada, cinquenta sujeitos foram excluídos. Reexaminaram as oitenta que restavam, mas com muito mais minúcia e severidade: o mais leve defeito tornava-se desde já motivo de exclusão. Uma delas, bela como a luz, foi mandada embora porque tinha um dente um pouco mais alto do que os outros; mais de vinte outras seguiram o mesmo caminho apenas por serem filhas de burgueses. Trinta foram eliminadas nessa segunda rodada: restavam, portanto, apenas cinquenta. Resolveram proceder a esse terceiro exame apenas depois de perderem sua porra por obra e graça desses cinquenta sujeitos, de modo que, com os sentidos perfeitamente acalmados, pudessem chegar a uma escolha mais deliberada e acertada. Cada um dos amigos ficou com um grupo de doze ou treze dessas mocinhas. Dirigidos por alcoviteiras, os grupos se revezaram de um ao outro. Mudaram tão artisticamente as atitudes, foram tão prestativas, em suma, criou-se tanta lubricidade que o esperma ejaculou, as cabeças ficaram tão calmas que trinta daquele último total também foram excluídas após essa rodada. Restavam apenas vinte; doze ainda sobravam. Acalmaram-se por novos meios, qualquer um que achassem poder fazer surgir seu desgosto, mas as vinte permaneceram: afinal, quem eliminar num grupo de criaturas tão singularmente celestes que pareciam obra da própria divindade? Empatadas em termos de beleza, era portanto necessário buscar nelas algo que pudesse ao menos conferir a oito delas uma espécie de superioridade sobre as doze outras, e a proposta do Presidente, para tanto, era bem digna de todo o desvario que reinava em sua cabeça. Não importa, o expediente foi aceito; tratava-se de saber quais delas executariam melhor uma coisa que as mandariam fazer com frequência. Bastaram quatro dias para decidir de vez essa questão e doze foram finalmente dispensadas, mas não de graça, como as outras; serviram de divertimento completo e de todos os modos por oito dias. Em seguida, como já disse, elas foram cedidas às alcoviteiras, que logo se enriqueceram prostituindo sujeitos tão distintos quanto aqueles. Quanto às oito escolhidas, foram colocadas num convento até o momento da partida e, para se reservarem o prazer de gozar delas na época escolhida, não as tocaram até lá.

Não me arriscaria a retratar essas beldades: todas eram tão igualmente superiores que meus pincéis tornar-se-iam necessariamente monótonos. Contentar-me-ei em nomeá-las e afirmar, com razão, ser perfeitamente impossível representar tais arranjos de graças, encantos e perfeições, e que se a natureza quisesse dar ao homem uma ideia do que ela pode formar de mais esmerado, não lhe apresentaria outros modelos.

A primeira chamava-se Augustine, filha de um barão do Languedoc; tinha quinze anos e fora raptada de um convento em Montpellier.

A segunda chamava-se Fanny: era filha de um conselheiro do parlamento da Bretanha, raptada no castelo de seu próprio pai.

A terceira chamava-se Zelmire: tinha quinze anos, era filha do conde de Terville, que a adorava. Ele a levara consigo a uma caça, numa de suas terras na Beauce e, tendo-a deixado sozinha na floresta por um instante, ela fora raptada imediatamente. Era filha única, com quatrocentos mil francos de dote, e, no ano seguinte, iria desposar um fidalgo muito importante. Foi a que mais chorou e se desesperou com o horror de sua sorte.

A quarta chamava-se Sophie: tinha quatorze anos e era filha de um nobre bastante abastado que vivia em suas terras no Berry. Fora raptada durante um passeio com sua mãe. Esta, querendo defendê-la, foi jogada num rio onde sua filha a viu perecer diante dos próprios olhos.

A quinta chamava-se Colombe: filha de um conselheiro do parlamento, era de Paris; tinha treze anos e fora raptada ao voltar, com sua governanta, à noitinha, ao seu convento, depois de um baile de crianças. A governanta fora apunhalada.

A sexta chamava-se HÉBÉ: tinha doze anos, era filha de um capitão de cavalaria, homem de posse que vivia em Orléans. A jovem fora seduzida e raptada do convento onde era criada; duas religiosas tinham sido subornadas com muito dinheiro. Era impossível ver algo mais sedutor e delicado.

A sétima chamava-se ROSETTE: tinha treze anos e era filha do tenente-general de Chalon-sur-Saône. Seu pai acabara de morrer; encontrava-se no campo, na casa de sua mãe, perto da cidade e fora raptada sob os olhos da própria família, por tratantes fingindo-se de ladrões.

A última chamava-se MIMI ou MICHETTE: tinha doze anos, era filha do marquês de Senanges e fora raptada nas terras de seu pai, no Bourbonnais, durante um passeio de caleche em que a deixaram fazer sozinha com duas ou três mulheres do castelo, que foram assassinadas.

Percebe-se que os preparativos dessas volúpias custaram muito dinheiro e muitos crimes. Com pessoas assim, de pouco valiam os tesouros e, quanto aos crimes, vivia-se então num século em que ainda não eram investigados e punidos como começaram a sê-los desde então. Tudo saiu tão bem, que nossos libertinos jamais foram perturbados com as consequências e não houve senão algumas buscas.

Chegou então o momento de examinar os meninos. Por serem mais acessíveis, compareceram em maior número. Os alcoviteiros apresentaram cento e cinquenta deles e, certamente, não seria exagero afirmar que, pelo menos, se igualavam à classe das moças, tanto por suas feições deliciosas como por suas graças infantis, sua candura, inocência e nobreza. Trinta mil francos eram pagos por cada um, o mesmo preço das meninas, mas os empreiteiros não arriscavam perder nada, pois, sendo essa caça mais delicada e bem mais ao gosto de nossos amigos, fora decidido que ninguém perderia suas despesas. É bem verdade que os que não satisfizessem seriam mesmo dispensados, mas, como se serviriam deles, também seriam pagos. O exame procedeu como o das mulheres. Examinaram dez por dia, com a precaução muito sábia e que fora um tanto negligenciada demais com as moças, eu dizia, com a precaução de esporrar sempre por obra e graça dos dez apresentados, antes de proceder ao exame. Quase excluíram o Presidente, de cuja depravação dos gostos desconfiavam; sentiram-se burlados, na escolha das moças, por seu maldito pendor para a infâmia e a degradação. Ele prometeu controlar-se e somente a duras penas conseguiu manter a palavra, pois quando uma imaginação ferida ou depravada se acostumou a esses tipos de ultrajes contra o bom gosto e a natureza, ultrajes que a encantam tão deliciosamente, é muito difícil trazê-la de volta ao caminho certo: a vontade de servir seus gostos parece tirar-lhe a faculdade de dominar seus juízos. Quando despreza o realmente belo e não aprecia senão o que há de horrível, sentencia como pensa; e voltar a sentimentos mais verdadeiros parecer-lhe-ia prejudicar princípios dos quais nunca gostaria de se afastar. Cem sujeitos foram unanimemente recebidos uma vez acabadas as primeiras sessões e foi preciso rever cinco vezes em seguida esses juízos para chegar ao pequeno número que apenas devia ser admitido. Três vezes seguidas permaneceram cinquenta, quando foi preciso lançar mão de recursos singulares para desempatar de algum modo esses ídolos que o prestígio embelezava mais ainda, apesar de tudo o que já haviam tentado, para escolher apenas os que queriam admitir. Imaginaram vesti-los de moças: vinte e cinco foram descartados com essa artimanha que, emprestando a um sexo idolatrado o aparato daquele que provoca fastio, os depreciou e fez cair quase toda a ilusão. Mas nada poderia mudar o escrutínio quanto aos vinte e cinco últimos. Por mais que tentassem, por mais que perdessem porra, por mais que só escrevessem os nomes nos bilhetes na hora exata do esporro, por mais que usassem o meio que funcionara para as moças, esses vinte e cinco sempre permaneciam. Decidiram recorrer a um sorteio. Eis os nomes que deram aos escolhidos, sua idade, sua origem e o relato de sua aventura, pois renuncio aos retratos: os traços do Amor em pessoa, certamente, não eram tão delicados e os modelos que inspiraram a Albani os traços de seus anjos divinos eram-lhes certamente bem inferiores.

Zelamir[12] tinha treze anos; era filho único de um nobre do Poitou que o criava com o maior cuidado em suas terras. Fora enviado a Poitiers para visitar uma parente, escoltado por um único criado. Nossos bandidos, que o esperavam, assassinaram o criado e se apoderaram da criança.

Cupido, da mesma idade, estudava no colégio de La Flèche e era filho de um nobre das redondezas dessa cidade. Ficaram à sua espreita e o raptaram durante um passeio que os alunos faziam aos domingos. Era o mais bonito do colégio.

Narciso tinha doze anos; era cavaleiro da ordem de Malta. Raptaram-no em Rouen onde seu pai ocupava um cargo honroso e compatível com a nobreza. Estava a caminho do colégio Louis-le-Grand, em Paris, quando foi raptado.

Zéfiro, o mais delicioso dos oito, supondo que a beleza excessiva dos oito deixasse margem para escolhas, era de Paris, onde estudava num pensionato famoso. Seu pai, oficial-general, fez todo o possível para recuperá-lo, mas não teve o menor êxito. Subornaram o dono do pensionato com muito dinheiro e este entregou sete garotos dos quais seis haviam sido recusados. Ele virou a cabeça do Duque, que protestou que se fosse preciso um milhão para poder enrabar esta criança, ele o daria na hora. Reservou-se sua castidade, o que lhe foi unanimemente concedido. Ó terna e delicada criança, que desproporção! Que sorte horrível te haviam reservado!

Celadão era filho de um magistrado de Nancy. Foi raptado em Lunéville onde fora visitar uma tia. Mal chegara aos quatorze anos. Esse foi o único a ser seduzido mediante uma garota de sua idade com a qual lhe conseguiram um encontro: fingindo amor por ele, a pequena tratante o atraiu na armadilha; como ele era mal vigiado, o golpe deu certo.

Adônis tinha quinze anos. Foi raptado no Collège du Plessis onde estudava. Era filho de um Presidente da *grand-chambre*[13]; por mais que este apresentasse queixas e movesse céus e mundos, as precauções foram tais que nunca mais ouviu falar nele. Curval, que era louco por Adônis havia dois anos e o conhecera na casa de seu pai, providenciara tanto os recursos como as informações necessárias para roubá-lo. Os outros ficaram espantados diante de um gosto tão razoável quanto este numa cabeça tão depravad, e Curval, todo orgulhoso, aproveitou a deixa para revelar a seus confrades que, por vezes, como se podia ver, ainda tinha bom gosto. A criança o reconheceu e chorou, mas o Presidente o consolou garantindo que ele mesmo arrebentaria seu cabaço; e, enquanto proferia essa consolação tão comovente, esfregava seu enorme instrumento nas suas nádegas. De fato, pediu esse favor à assembleia que o concedeu sem a menor dificuldade.

Hiacinto tinha quatorze anos e era filho de um oficial aposentado numa cidadezinha de Champanha. Pegaram-no durante uma caçada, uma de suas maiores paixões, na qual seu pai cometeu a imprudência de deixá-lo ir sozinho.

Gitão tinha treze anos. Fora raptado em Versailles, entre os pajens de Grande Coudelaria do Rei. Era filho de um homem de condição do Nivernais que o levara para lá não havia nem seis meses. Raptaram-no facilmente durante um passeio que fizera sozinho na Avenida de Saint-Cloud. Tornou-se a paixão do Bispo, a quem se reservou sua castidade.

Essas eram as divindades masculinas que nossos libertinos preparavam para sua lubricidade: veremos, no seu devido tempo e lugar, o uso que deles fizeram. Restavam cento e quarenta e dois sujeitos, mas não desprezaram essa caça como tinham feito com a outra: nenhum foi mandado embora sem antes ter servido. Nossos libertinos passaram um mês com eles no castelo do Duque. Como estavam às vésperas da partida, todas as providências diárias e corriqueiras já haviam sido tomadas, e isso serviu de divertimento até a hora da partida. Uma vez inteiramente saciados disso, imaginaram um meio prazeroso para se livrar deles: venderam-nos a um corsário turco. Desse modo, todos os rastros se apagavam e recuperava-se parte dos custos. O turco foi pegá-los perto de Mônaco, aonde chegaram em pequenos grupos, e os levou para a escravidão; sorte horrível, sem dúvida, mas que não deixou de divertir plenamente nossos quatro celerados.

Chegara a hora de escolher os fodedores. Os recusados desta classe não seriam fonte de muito incômodo; escolhidos numa idade razoável bastaria pagar os custos de sua viagem e de seus serviços e mandá-los de volta para suas casas. Por sinal, os oito alcoviteiros que os procuravam tiveram muito menos pena, uma vez que os tamanhos eram quase determinados e não havia exigências quanto às outras condições. Chegaram, portanto, cinquenta. Dentre os vinte mais robustos, escolheram os oito mais jovens e mais bonitos, e esses oito, como não serão mencionados em detalhes, salvo os quatro mais robustos, contentar-me-ei em nomeá-los.

Hércules, realmente lapidado como o deus cujo nome recebera, tinha vinte e seis anos e era dotado de um membro de oito polegadas e duas linhas de circunferência por dezesseis de comprimento. Nunca se vira nada tão belo e majestoso quanto essa ferramenta quase sempre ereta, que com oito esporros apenas, como comprovaram, enchia exatamente uma *pinte*[14]. Além disso, ele também era delicado e tinha uma fisionomia muito interessante.

Antínoo, assim denominado porque, a exemplo do *bardache*[15] de Adriano, possuía, juntamente com o mais belo pau do mundo, um instrumento de oito polegadas de circunferência por doze de comprimento, a bunda mais voluptuosa, o que é muito raro. Tinha trinta anos e o mais belo rosto do mundo.

Quebra-cu tinha um brinquedo tão agradavelmente talhado que lhe era quase impossível enrabar alguém sem romper seu cu, o que lhe valera tal apelido. A cabeça de seu pau lembrava um coração de boi: tinha oito polegadas três linhas de circunferência; o membro tinha apenas oito, mas era arqueado de tal modo que rasgava exatamente o ânus quando o penetrava, e essa qualidade, tão cara a libertinos embotados como os nossos, fez com que ele fosse singularmente procurado.

VARA-AO-CÉU[16], assim chamado porque sua ereção era perpétua, independentemente do que fizesse; possuía uma ferramenta de onze polegadas de comprimento por sete polegadas e onze linhas de circunferência. Dispensaram outras ainda maiores, pois custavam a ficar duras, ao passo que a deste, por mais que esporrasse num só dia já estava em pé ao menor afago.

As quatro outras ferramentas tinham aproximadamente o mesmo tamanho e formato. Os quarenta e dois sujeitos recusados serviram de entretenimento durante quinze dias, e ao ficarem satisfeitos, tendo-os deixado em pele e osso, mandaram-nos embora, regiamente pagos.

Faltava ainda escolher as quatro criadas, sem dúvida, o mais pitoresco. O Presidente não era o único cujos gostos fossem depravados; seus três amigos, e principalmente Durcet, tinham um certo apego por essa maldita mania da crápula e da devassidão que vê um encanto mais picante num objeto velho, nojento e sujo do que no que a natureza tem formado de mais divino. Seria incontestavelmente difícil explicar essa fantasia, embora exista em muitas pessoas. A desordem da natureza traz consigo uma espécie de condimento que age sobre o gênero nervoso com talvez tanta ou mais força do que suas mais singulares belezas. Já foi comprovado que o horrível, a fealdade, as coisas horrendas, são o que mais agrada quando se está com o membro ereto: ora, onde melhor se encontram essas características do que num objeto viciado? Certamente, se a sujeira agrada no ato da lubricidade, quanto mais sórdido este for, mais agradará; e existe seguramente bem mais sujeira num objeto viciado do que num objeto intacto ou perfeito. Não resta a menor dúvida a esse respeito. Por sinal, a beleza é coisa simples, a fealdade é que é coisa extraordinária e todas as imaginações ardentes sempre preferem, sem dúvida, uma coisa extraordinária em termos de lubricidade a uma coisa simples. A beleza, o frescor nunca impressionam senão em sentido simples; a fealdade, a degradação desferem um golpe bem mais firme, a comoção é bem mais forte, a agitação deve, portanto, ser mais viva. Logo, não é de se espantar, segundo esse princípio, que tanta gente prefira, para seu gozo, uma mulher velha, feia e mesmo fedorenta a uma moça fresca e linda, o que não deve espantar mais, digo, quanto encontrar um homem que prefira passear pelo solo árido e tosco das montanhas do que nas veredas monótonas das planícies. Todas essas coisas dependem da nossa conformação, de nossos órgãos, do modo como se afetam e não somos mais senhores de mudar nossos gostos sobre isso quanto o somos de modificar as formas de nossos corpos. Seja como for, tal era, como já dissemos, o gosto hegemônico tanto do Presidente como, quase certamente, de seus três confrades, pois a escolha das criadas foi unânime, escolha que, como vamos ver, denotava bem na sua organização essa desordem e essa depravação que acabamos de retratar. Ordenaram, portanto, que buscassem em Paris, com o maior cuidado, as quatro criaturas necessárias para preencher essa função e por mais nojento que isto possa ser, o leitor haverá, todavia, de permitir-me essa descrição: ela é essencial por demais à parte dos costumes cujo desenvolvimento é um dos principais objetos desta obra.

A primeira chamava-se Marie. Fora criada de um famoso salteador, esquartejado havia pouco; ela, por sua vez, fora apenas açoitada e marcada[17]. Tinha cinquenta e oito anos, quase nenhum cabelo, o nariz torto, os olhos baços e remelosos, a boca grande e ainda guarnecida com seus trinta e dois dentes, é verdade, embora amarelos como enxofre; era alta, esguia, e tivera quatorze filhos os quais dizia ter matado por asfixia, por medo de torná-los maus sujeitos. Seu ventre era ondulado como as águas do mar e uma de suas nádegas era carcomida por um abscesso.

A segunda chamava-se Louison. Tinha sessenta anos, baixa, corcunda, caolha e manca, mas um belo traseiro para sua idade e a pele ainda bastante bonita. Era malvada como o diabo e sempre disposta a cometer todos os horrores e excessos que lhe ordenassem.

Thérèse tinha sessenta e dois anos. Era alta e esguia, parecendo um esqueleto, sem um único fio de cabelo na cabeça, nem um único dente na boca, abertura de seu corpo que exalava um cheiro capaz de derrubar. Tinha o cu crivado de feridas e as nádegas tão prodigiosamente flácidas que se podia enrolar sua pele em torno de um bastão; pela largura e pelo odor, o buraco desse belo cu parecia a boca de um vulcão, uma verdadeira cloaca; em toda sua vida, dizia ela, nunca o limpara, o que comprovava perfeitamente que ainda havia nele merda de sua infância. Quanto a sua vagina, era o receptáculo de todas as imundíces e de todos os horrores, um verdadeiro sepulcro cuja fetidez provocava desmaios. Tinha um braço torto e mancava de uma perna.

Fanchon era o nome da quarta. Fora enforcada seis vezes em efígie[18] e não existia um único crime na terra que não houvesse cometido. Tinha sessenta e nove anos, um nariz chato; era baixa e gorda, vesga, quase sem testa e apenas sobravam em sua fuça fedorenta dois velhos dentes prestes a cair; uma erisipela cobria seu traseiro e hemorroidas do tamanho de um punho pendiam de seu ânus;

um cancro horrível devorava sua vagina e uma de suas coxas fora inteiramente queimada. Estava bêbada durante três quartos do ano e em sua embriaguez, como seu estômago era muito fraco, vomitava por todo canto. O olho de seu cu, apesar das trouxas de hemorroidas que o guarneciam, era tão naturalmente amplo que ela peidava, com ou sem barulho, e muitas vezes o fazia sem mesmo perceber.

Independentemente do serviço da casa durante a estadia proposta, essas quatro mulheres deviam ainda tomar parte de todas as assembleias para dispensarem todos os diferentes cuidados e serviços de lubricidade que se pudesse exigir delas.

Tomadas todas essas providências, como o verão já começara, não se cuidou mais senão do transporte das diferentes coisas que, durante os quatro meses de estadia nas terras de Durcet, deviam tornar sua habitação mais cômoda e agradável. Mandaram levar uma grande quantidade de móveis e espelhos, mantimentos, vinhos e licores de todos os tipos; mandaram operários e, aos poucos, os sujeitos, que Durcet, que tomara a dianteira, recebia, alojava e instalava à medida que chegavam. Já está na hora de fazer aqui, para o leitor, uma descrição do famoso templo destinado a tantos sacrifícios luxuriosos durante os quatro meses previstos. Nela verá com que cuidado escolheram um retiro afastado e solitário, como se o silêncio, o distanciamento e a tranquilidade fossem os poderosos veículos da libertinagem e como se tudo o que, por essas qualidades, incute um terror religioso aos sentidos devesse obviamente revestir a luxúria com mais um encanto. Retrataremos esse retiro, não como ele era antigamente, mas no estado tanto de embelezamento como de solidão ainda mais perfeita em que os cuidados dos quatro amigos o deixaram.

Para se chegar até ele, devia-se primeiro ir à Basileia e atravessar o Reno; do outro lado, a estrada ficava estreita a ponto de ser preciso descer das carruagens. Pouco depois, chegava-se à Floresta Negra, na qual era preciso se embrenhar por aproximadamente quinze léguas numa estrada difícil, tortuosa e absolutamente impraticável sem guia. Nessa altura alcançava-se uma perigosa aldeia de carvoeiros e guardas-florestais. Ali começavam as terras de Durcet e a aldeia lhe pertencia. Como os habitantes daquele pequeno vilarejo eram quase todos ladrões ou contrabandistas, Durcet não tivera dificuldades em fazer deles seus amigos; a primeira ordem que receberam foi justamente a de não deixar quem quer que seja chegar ao castelo depois de primeiro de novembro, dia em que a sociedade devia estar inteiramente reunida. Armou esses seus fiéis vassalos, concedeu-lhes alguns privilégios que há muito solicitavam e essa barreira foi fechada. De fato, a descrição a seguir revelará o quanto, uma vez essa porta bem fechada, tornava-se difícil alcançar Silling, nome do castelo de Durcet. Assim que se passava a carvoaria, devia-se começar a escalar uma montanha quase tão alta como o monte São Bernardo e de abordagem infinitamente mais difícil, pois apenas se pode chegar em seu topo a pé. Não que as mulas não passassem, mas tantos precipícios beiravam a vereda que se deve seguir que há maior perigo em se expor sobre elas. Seis das que transportavam mantimentos e equipamentos neles pereceram assim como dois operários que insistiram em montar em duas. São necessárias quase cinco longas horas para se atingir o cume da montanha, o qual oferece uma outra espécie de singularidade que, pelas precauções tomadas, tornou-se uma nova barreira tão insuperável que apenas os pássaros conseguiriam vencer. Esse capricho singular da natureza é uma fenda de mais de trinta toesas no topo da montanha, entre sua parte setentrional e sua parte meridional, de tal modo que, sem a ajuda da arte, após escalar a montanha, tornava-se impossível descer pelo outro lado. Durcet mandara ligar essas duas partes, que têm entre si um precipício de mais de mil pés de profundidade, por uma formosa ponte de madeira, que foi derrubada assim que os últimos carregamentos chegaram: e, desse momento em diante, não havia mais nenhuma possibilidade de comunicação com o castelo de Silling. Pois, ao descer pela parte setentrional, alcançava-se uma pequena planície, de aproximadamente cinco mil braças quadradas, cercada por todo lado por rochedos farpados cujos cumes estão envoltos em nuvens e que rodeiam a planície como um para-vento, sem apresentar a menor abertura entre si. Essa passagem, chamada de caminho da ponte, é, portanto, a única que se possa usar para chegar à pequena planície e, uma vez destruída, nenhum habitante da terra, de qualquer espécie que se queira supor, seria capaz de alcançá-la. Ora, é justamente em meio a essa pequena planície tão bem cercada, tão bem protegida, que se encontra o castelo de Durcet. Ademais, um muro de trinta pés de altura o cerca, após o qual um fosso muito fundo e cheio de água defende ainda um último paredão, formando um corredor circular; uma poterna baixa e estreita adentra finalmente até um grande pátio interno em torno do qual estão todos os alojamentos. Extremamente vastos e muito bem mobiliados graças aos últimos arranjos tomados, esses alojamentos oferecem primeiro, no piso térreo, uma galeria imensa. Note-se que retratarei os apartamentos não como podiam ser antes, mas do modo como foram arranjados e distribuídos em função do plano projetado. Da galeria saía-se numa linda sala de jantar, forrada por armários em forma de torres que, comunicando diretamente com as cozinhas, dispunham da facilidade de se poder servir quente, prontamente, sem que nenhum serviçal fosse necessário. Dessa sala de jantar, enfeitada com tapetes, estufas de ferro, otomanas, excelentes poltronas, e tudo o que podia torná-la tão cômoda quanto agradável, passava-se para um salão de companhia, simples, sem muito requinte, mas extremamente aquecido e enfeitado com móveis de excelente qualidade. Esse salão comunicava com um gabinete de reunião, destinado às narrativas das narradoras: era, por assim dizer, o campo de batalha dos combates planejados, o quartel-general das assembleias lúbricas, e como ele fora decorado para tanto, merece uma breve descrição mais detalhada. Tinha uma forma semicircular. Na parte curva, encontravam-se quatro nichos revestidos de grandes espelhos, cada qual com uma otomana confortabilíssima; por sua construção, esses quatro nichos ficavam exatamente de frente para a parte reta do semicírculo em cuja parede estava encostado um trono elevado em quatro pés, destinado à narradora. Essa posição a colocava não apenas bem em frente aos quatro nichos destinados a seus auditores, mas ainda, uma vez que o círculo era pequeno, não a deixava longe demais deles, dando-lhes condições de não perder uma única palavra de sua narrativa, uma vez que se encontrava assim como um ator num palco, e os auditores, em seus nichos, como que num anfiteatro. Abaixo do trono havia um pequeno palanque sobre o qual ficariam os sujeitos de libertinagem trazidos para acalmar a irritação dos sentidos produzida pelos relatos: esse palanque, assim como o trono, era recoberto por tapetes de veludo preto com franjas de ouro, os nichos eram revestidos de um estofo semelhante, igualmente enriquecido, mas na cor azul-escuro. No fundo de cada nicho, uma pequena porta abria para um *garde-robe*[19] contíguo destinado a acomodar os sujeitos desejados entre os do palanque, caso não se quisesse executar a volúpia para qual se chamara esse sujeito diante de todos. Esses *garde-robes* eram decorados com sofás e todos os outros móveis necessários às impurezas de toda espécie. De ambos os lados do trono, uma coluna isolada se erguia até o teto; nelas se prenderia qualquer sujeito que cometesse um erro justificando uma correção. Todos os instrumentos necessários a essa correção estavam dependurados na coluna, e essa vista imponente ajudava a manter a submissão tão essencial às orgias dessa espécie; submissão de onde nasce quase todo o encanto da volúpia na alma dos atormentadores. O salão comunicava com um gabinete que, nessa parte, constituía a extremidade do alojamento. Extremamente secreto e à prova de som, muito quente e muito escuro durante o dia, esse gabinete era uma espécie de alcova; era reservado para os embates face a face ou certas outras volúpias secretas que serão explicadas mais adiante. Para passar à outra ala, era preciso voltar e, na galeria, no fundo da qual havia uma belíssima capela, existia uma passagem para a ala paralela que perfazia o contorno do pátio interno. Nesta, encontrava-se uma antecâmara que dava acesso a quatro apartamentos muito bonitos, cada qual com uma alcova e um *garde-robe*. Acolchoadas com o mesmo damasco de três cores que o estofamento da mobília, lindas camas à moda turca ornamentavam esses apartamentos cujas alcovas ofereciam tudo o que a mais sensual lubricidade pode exigir, até com requintes. Esses quatro quartos destinavam-se aos quatro amigos e, como eram muito quentes e confortáveis, neles ficaram primorosamente acomodados. Conforme combinaram, não havia alojamentos privativos para suas esposas, que deviam compartilhar dos seus aposentos. O segundo andar oferecia aproximadamente o mesmo número de cômodos, embora divididos diferentemente. Num lado, encontrava-se, primeiro, um vasto apartamento com oito nichos, cada qual com uma pequena cama: destinava-se às moças. Ao seu lado encontravam-se dois pequenos quartos para as duas velhas que delas cuidariam; mais adiante, dois lindos quartos idênticos alojariam duas das narradoras. Dando a volta, encontrava-se um apartamento semelhante com oito nichos em alcova para os oito jovens rapazes, também com dois quartos ao lado para as duas aias que iriam vigiá-los, e, mais adiante, dois outros quartos idênticos, para as duas outras narradoras. Acima do que se acaba de descrever, oito lindos capuchinhos[20] serviriam de alojamento para os oito fodedores, embora não fosse previsto que eles se deitassem muito em suas camas. No andar térreo, ainda havia as cozinhas com seis alcovas para os seis seres que aí trabalhariam, dentre os quais as três famosas cozinheiras. Foram preferidas a homens, para orgias como essas, e acredito que com razão. Eram ajudadas por três moças robustas, mas nenhuma delas havia de aparecer nos prazeres ou a eles era destinada, e se as regras impostas neste ponto foram infringidas foi apenas porque nada detém a libertinagem e não há nada como lhe impor limites para ampliar e multiplicar os desejos. Uma dessas três criadas cuidaria das numerosas reses que haviam trazido, pois, exceto as quatro velhas destinadas ao serviço doméstico, não havia absolutamente nenhum serviçal além dessas três cozinheiras e suas assistentes. Ademais, a depravação, a crueldade, a aversão, a infâmia, todas as paixões previstas ou sentidas, os impeliram a edificar um outro local, do qual urge agora apresentar um esboço, uma vez que as leis essenciais ao interesse da narração impedem que o retratemos por completo. Junto ao estrado do altar do pequeno templo cristão que mencionamos na galeria, uma pedra fatal erguia-se artisticamente. Ela assinalava uma escada em caracol, muito estreita e íngreme, cujos trezentos degraus levavam às entranhas da terra, até uma espécie de masmorra abobadada, onde se abriam três portas de ferro, na qual se encontrava tudo o que a arte mais cruel e a barbárie mais refinada podem inventar de mais atroz, tanto para apavorar os sentidos quanto para executar horrores. E quanta tranquilidade ali! Como havia de se sentir seguro o celerado que o crime para lá conduzia com uma vítima! Estava em casa, fora da França, num país seguro, no fundo de uma floresta inabitável, num reduto dessa floresta na qual, pelas medidas tomadas, apenas os pássaros do céu poderiam chegar, e no fundo das entranhas da terra. Ai, mil vezes ai! à infeliz criatura que, em tal abandono, se encontrasse à mercê de um celerado sem lei nem religião, a quem o crime divertia e que não tinha outro interesse senão suas paixões, nem respeitava outras medidas senão as leis imperiosas de suas pérfidas volúpias. Não sei o que vai acontecer por lá, mas, sem ferir o interesse da narração, posso adiantar que, quando se a descreveu ao Duque, ele esporrou três vezes em seguida.

Enfim, estando tudo pronto e perfeitamente arrumado, os sujeitos já instalados, o Duque, o Bispo, Curval e suas mulheres partiram, acompanhados pelos quatro assistentes fodedores (pois, como já se disse, Durcet e sua mulher, assim como todo o restante, haviam tomado a dianteira). A duras penas, conseguiram chegar ao castelo na noite do 29 de outubro. Durcet, que fora ao seu encontro, mandou cortar a ponte na montanha assim que a atravessaram. Mas não foi só isso: havendo examinado o local, o Duque decidiu que, uma vez que todos os mantimentos estavam dentro e que não havia mais a menor necessidade de sair, era preciso, para prevenir ataques externos pouco temidos e evasões que o eram muito mais, era preciso, eu dizia, mandar murar todas as portas de acesso e trancafiar-se de modo absoluto no local, como numa cidadela sitiada, sem deixar a menor passagem, quer ao inimigo, quer ao desertor. O conselho foi seguido; entrincheiraram-se dentro de tal maneira que não era mais possível dizer onde havia portas, e acomodaram-se dentro segundo as disposições que acabamos de ler. Os dois dias que os separavam de primeiro de novembro foram dedicados ao repouso dos sujeitos, para que estivessem viçosos assim que as cenas de devassidão fossem começar, e os quatro amigos trabalharam num estatuto, por eles assinado e promulgado aos sujeitos tão logo redigido. Antes de entrarmos no nosso assunto, é essencial trazê-lo ao conhecimento do nosso leitor que, graças à descrição exata que lhe fizemos de tudo, poderá, então, acompanhar ligeira e voluptuosamente o relato sem que nada perturbe sua inteligência ou venha embaraçar sua memória.

Levantaremos todos os dias às dez da manhã. Nessa hora, os quatro fodedores que não estiveram de serviço durante a noite irão visitar os amigos, cada um levando consigo um garotinho; passarão sucessivamente de um aposento a outro. Agirão ao bel-prazer e segundo os desejos dos amigos, embora nas preliminares os meninos servirão apenas para o prazer dos olhos, pois está decidido e acertado que as oito mocinhas somente perderão o cabaço das conas no mês de dezembro, e o de seus cus, assim como o dos oito meninos, só serão sacrificados no decorrer de janeiro, e isso de modo a deixar a volúpia mais irritada pelo aumento de um desejo constantemente inflamado e nunca satisfeito, estado que deve necessariamente levar a um certo furor lúbrico que os amigos gostam de provocar como uma das situações mais deliciosas da lubricidade.

Às onze horas, os amigos irão até o aposento das mocinhas onde será servido o desjejum, composto por chocolate ou torradas com vinho da Espanha, ou outros restauradores apropriados. Esse desjejum será servido pelas oito mocinhas nuas, ajudadas pelas duas velhas Marie e Louison, encarregadas do harém das mocinhas, as duas outras sendo encarregadas do dos rapazes. Se os amigos sentirem vontade de cometer impudores com as mocinhas durante, antes ou depois desse desjejum, elas deverão se entregar com a resignação devida e à qual não podem faltar sem serem severamente punidas. Fica acertado que não haverá orgias secretas e particulares naquele momento e que os eventuais instantes de devassidão haverão de se passar entre eles e diante de todos os que assistirem ao desjejum.

As mocinhas terão por costume geral se ajoelharem sempre cada vez que avistarem ou encontrarem um dos amigos e deverão assim permanecer até que as mandem se levantar. Apenas elas, as esposas e as velhas estarão sujeitas a essa lei. Os outros estão dispensados dela, embora todos igualmente devam tratar cada um dos amigos por Monsenhor. Antes de deixar o aposento das mocinhas, o amigo responsável pelo mês (o intuito é que cada mês um amigo controle o detalhe de tudo e que cada um tenha a sua vez, conforme a seguinte ordem: Durcet em novembro, o Bispo em dezembro, o Presidente em janeiro e o Duque em fevereiro), portanto, o amigo encarregado do mês, antes de deixar o aposento das mocinhas, examinará uma por uma, para ver se estão de acordo com o que lhes foi exigido, o que será comunicado toda manhã às velhas e decidido em função da necessidade que se terá de tê-las neste ou naquele estado. É expressamente proibido ir ao *garde-robe*, a não ser na capela, que foi especialmente arrumada e reservada para esse fim, mas só com autorização especial, a qual costuma ser recusada, por justa causa. O amigo responsável pelo mês examinará com cuidado, logo depois do desjejum, todos os *garde-robes* particulares das mocinhas, e em caso de uma ou outra contravenção aos dois itens acima mencionados, a delinquente será condenada a uma pena aflitiva.

Daí passarão para o aposento dos rapazes, de modo a realizar no local as mesmas visitas e condenar igualmente os delinquentes à pena capital. Os quatro garotinhos que não tiverem ficado com os amigos pela manhã recebê-los-ão no momento em que chegarem a seu aposento e tirarão os calções na sua frente; os outros quatro ficarão de pé sem nada fazer, aguardando as ordens que lhes serão dadas. Os senhores poderão ou não desfrutar lubricamente desses quatro que ainda não terão visto neste dia, mas o que quer que façam haverá de ser em público; a essa hora, não haverá orgias privativas. À uma hora, tanto as mocinhas quanto os rapazes, maiores ou menores, que conseguirem permissão para fazer suas necessidades prementes, isto é, as pesadas (e, além de difícil de se obter, essa permissão somente será concedida, no máximo, a um terço dos sujeitos), estes, digo, irão à capela onde tudo foi artisticamente arranjado para as volúpias condizentes com esse gênero. Lá encontrarão os quatro amigos que deverão aguardá-los até as duas horas, e nunca mais tarde, que os prepararão, conforme julgarem conveniente, para as volúpias do gênero que sentirem vontade de saciar. Das duas às três, serão servidas as duas primeiras mesas onde se comerá no mesmo horário, uma no grande aposento das mocinhas, a outra no dos mocinhos. As três criadas da cozinha servirão essas duas mesas. À primeira sentar-se-ão as oito mocinhas e as quatro velhas; à segunda, as quatro esposas, os oito mocinhos e as quatro narradoras. Durante esse almoço, os senhores ficarão no salão social onde deverão conversar até as três. Pouco antes dessa hora, os oito fodedores, arrumados e adornados da melhor maneira possível, entrarão nessa sala. Às três será servido o almoço dos amigos, e os oito fodedores serão os únicos a gozar da honra de serem admitidos nela. Esse almoço será servido pelas quatro esposas nuas, ajudadas pelas quatro velhas vestidas de mágicas. Estas retirarão os pratos das torres trazidos pelas criadas e os entregarão às esposas que os colocarão sobre a mesa. Durante a refeição, os oito fodedores poderão fazer nos corpos nus das esposas todas as carícias que quiserem, sem que estas possam recusá-las ou fugir delas; poderão até insultá-las, ficar de vara erguida enquanto estas os servirem e apostrofá-las com todas as invectivas que mais lhes agradarem.

Os quatro amigos sairão da mesa às cinco, e somente eles (os fodedores retirar-se-ão até a hora da assembleia geral), os quatro amigos, eu dizia, passarão para o salão, onde dois garotinhos e duas garotinhas nus, trocados a cada dia, lhes servirão café e licores. Nesse momento, contudo, não se permitirá volúpias que possam excitá-los; terão de limitar-se a simples gracejos. Um pouco antes das seis, as quatro crianças que serviram deverão se retirar prontamente para se vestirem. Às seis em ponto, os senhores passarão para o grande gabinete destinado às narrativas, o qual foi descrito acima. Cada um se acomodará em seu nicho, e esta será a ordem seguida pelos outros: sobre o trono já mencionado sentar-se-á a narradora; os estrados abaixo de seu trono estarão guarnecidos por dezesseis crianças, arranjadas de modo que quatro, duas mocinhas e dois rapazes, se encontrem de frente a um dos nichos; logo, cada nicho terá um desses quartetos à sua frente: cada quarteto será especialmente reservado ao nicho em frente ao qual se posicionará, sem que o nicho ao lado possa ter qualquer pretensão sobre ele; esses quartetos serão alterados a cada dia de modo que um mesmo nicho nunca se defronte com o mesmo quarteto. Cada criança do quarteto terá o braço cingido por uma corrente de flores artificiais cuja ponta ficará no nicho, de modo que, quando o dono do nicho quiser essa ou aquela criança de seu quarteto, só precisará puxar a guirlanda para que a criança venha correndo jogar-se a seus pés. Acima do quarteto, haverá uma velha a ele vinculada, às ordens do chefe do nicho desse quarteto. As três narradoras que não estiverem no seu mês ficarão sentadas numa banqueta, ao pé do trono, sem tarefa alguma, embora às ordens de todos. Os quatro fodedores destinados a passar a noite com os amigos serão dispensados de assistir à assembleia; ficarão em seus aposentos preparando-se para a noite que sempre lhes exigirá proezas. Os quatro outros ficarão cada um aos pés de um dos amigos, em seu nicho, e estes estarão em seu sofá ao lado de uma das esposas, as quais se revezarão. Essa esposa estará sempre nua; o fodedor usará um colete e ceroulas de tafetá cor-de-rosa; a narradora do mês, assim como suas três companheiras, estará vestida de cortesã elegante; os mocinhos e as mocinhas dos quartetos estarão sempre diferente e elegantemente trajados, um quarteto à moda asiática, outro à espanhola, outro à turca, e o quarto, à grega; e no dia seguinte de outro modo, mas todos esses trajes serão de tafetá e gaze: a parte inferior do corpo jamais deve estar apertada e a soltura de um alfinete bastará para desnudá-la. Quanto às velhas, serão trajadas alternadamente de irmãs franciscanas, religiosas, fadas, mágicas e às vezes de viúvas. As portas dos gabinetes adjacentes aos nichos estarão sempre entreabertas, e cada gabinete, muito bem aquecido por fogões de convecção, estará guarnecido de todos os móveis necessários às mais diversas luxúrias. Quatro velas queimarão em cada um desses gabinetes e cinquenta no salão. Às seis em ponto, a narradora começará sua narração, que os amigos poderão interromper quando bem quiserem. Essa narração durará até às dez da noite e, nesse momento, já que visam a inflamar a imaginação, todas as lubricidades serão permitidas, salvo, contudo, as que poderiam prejudicar a ordem do arranjo feito para as deflorações, a qual haverá de ser sempre rigorosamente respeitada. Entretanto, poderão fazer tudo o que bem entenderem com seu fodedor, a esposa, seu quarteto, a velha do quarteto, e mesmo com as narradoras, se essa fantasia lhes ocorrer, quer seja em seu nicho ou no gabinete que lhe é adjacente. A narração será suspensa durante todo o tempo necessário aos prazeres de quem precisou interrompê-la, e só será retomada quando estes estiverem saciados. Às dez, o jantar será servido. As esposas, as narradoras e as oito mocinhas irão prontamente jantar juntas e à parte; jamais se admitirá mulheres no jantar dos homens, e os amigos jantarão com os quatro fodedores que não estiverem de serviço à noite e quatro dos mocinhos. Os quatro outros servirão, ajudados pelas velhas. Após o jantar, todos passarão para o salão de assembleia para a celebração do que se chama de "as orgias". Ali, todos se reunirão, tanto aqueles que terão jantado à parte como aqueles que terão jantado com os amigos, menos os quatro fodedores de serviço à noite. O salão será singularmente aquecido e iluminado por lustres. Nele, todos estarão nus: narradoras, esposas, mocinhas, mocinhos, velhas, fodedores, amigos, todos estarão misturados, esticados em almofadas, no chão, e, a exemplo dos animais, se trocarão, se mesclarão, cometerão incesto, adultério, sodomia, e, excetuando as deflorações, entregar-ser-ão a todos os excessos e a todas as devassidões que melhor possam inflamar suas cabeças. Chegada a hora das deflorações, dedicar-se-ão a isso; uma vez deflorada a criança, poder-se-á gozar dela quando e do modo que se quiser. Às duas da manhã em ponto, as orgias cessarão. Os quatro fodedores destinados ao serviço da noite, vestindo elegantes roupas íntimas, virão cada um buscar o amigo com o qual deverá deitar-se. Para passar a noite na companhia de seu fodedor, o amigo poderá levar consigo uma das esposas ou um dos sujeitos deflorados, quando isto tiver acontecido, ou ainda uma narradora, ou uma velha. Isso dependerá apenas de seu bel-prazer, com a ressalva de seguirem arranjos sábios de modo que cada um troque de lugar todas as noites ou possa fazê-lo.

Essa será a ordem e o arranjo de cada jornada. Afora isso, cada uma das dezessete semanas da estadia no castelo será marcada por uma festa. Haverá primeiro casamentos que descreveremos em seu devido tempo e lugar. Entretanto, uma vez que os primeiros desses casamentos serão realizados entre as mais jovens crianças, as quais não poderão consumá-los, nada mudarão na ordem estabelecida para as deflorações. Os casamentos entre os maiores só deverão ocorrer após as deflorações, e sua consumação em nada as prejudicará, uma vez que, nessa ação, apenas se gozará do que já tiver sido colhido.

As quatro velhas serão responsáveis pelo bom comportamento das quatro crianças. Quando estas cometerem erros, elas deverão apresentar suas queixas ao amigo encarregado do mês, e os castigos serão aplicados em comum, todos os sábados à noite, na hora das orgias. Uma lista precisa será mantida até aquele momento. As infrações cometidas pelas narradoras terão a metade da pena imposta às crianças, porque seu talento serve e é preciso sempre respeitar os talentos. No que diz respeito às infrações das esposas ou das velhas, os castigos serão sempre o dobro dos das crianças. Todo sujeito que manifestar alguma recusa ao que lhe for pedido, mesmo quando lhe for impossível atender o pedido, será severamente punido: cabe a ele prever e tomar as devidas precauções. Durante as orgias de devassidão, a menor risada ou falta de atenção, de respeito ou de submissão constituirá um dos erros mais graves e mais cruelmente castigados. Todo homem flagrado com uma mulher será punido com a perda de um membro, caso não tiver recebido permissão para dela gozar. O menor ato de religião por parte de um dos sujeitos, qualquer que seja, será punido de morte. Prescreve-se expressamente que os amigos não recorram, em todas as assembleias, senão às falas mais lascivas e mais devassas e às expressões mais sujas, mais fortes e mais blasfematórias.

O nome de Deus nunca será pronunciado a não ser acompanhado por invectivas ou imprecações, o que se repetirá com a maior frequência possível. O tom será sempre o mais brutal, duro e imperioso com as mulheres e os mocinhos, e mais submisso, indecoroso e depravado com os homens, os quais os amigos tomarão por maridos enquanto fizerem papel de mulheres. Aquele dentre os senhores que faltar a todas essas instruções, ou que alegar um único clarão de razão e sobretudo passar um único dia sem deitar-se bêbado, pagará dez mil francos de multa.

Quando um amigo quiser fazer suas necessidades mais pesadas, uma mulher da classe que ele julgar mais adequada haverá de acompanhá-lo para dispensar-lhe os cuidados que ele julgar necessários durante esse ato.

Nenhum dos sujeitos, quer dentre os homens ou dentre as mulheres, poderá praticar os deveres de asseio, quaisquer que sejam, e muito menos aqueles que se seguem às necessidades mais pesadas, sem uma permissão expressa do amigo responsável pelo mês. Caso esta lhe for recusada e, apesar disso, ele as aliviar, sua punição será das mais rudes. As quatro esposas não terão nenhuma espécie de prerrogativa sobre as outras mulheres; pelo contrário, serão sempre tratadas com o máximo rigor e a maior desumanidade, sendo com frequência destinadas aos trabalhos mais vis e pesarosos, como, por exemplo, a limpeza dos *garde-robes* comuns e particulares localizados na capela. Esses *garde-robes* só serão esvaziados a cada oito dias, e sempre por seus cuidados, e elas serão rigorosamente punidas caso resistirem ou cumprirem mal sua tarefa.

Se um sujeito qualquer tentar fugir durante a sessão da assembleia, será punido de morte na hora, seja ele quem for.

As cozinheiras e suas ajudantes serão respeitadas, e os senhores que infringirem essa lei pagarão mil luíses de multa. Todas essas multas serão especialmente empregadas, de volta à França, para começar a custear novas orgias, quer desse gênero quer de outro.

Tomados esses cuidados e promulgados esses regulamentos no dia 30, o Duque passou a manhã do dia 31 verificando tudo, mandando ensaiar tudo e sobretudo examinando com cuidado os locais, para checar se davam margem quer a um ataque, quer a alguma fuga. Após concluir que apenas algum pássaro ou diabo poderia sair ou entrar, ele apresentou seu relatório à sociedade e passou a noite do dia trinta e um exortando as mulheres. Todas se juntaram, por ordem sua, no salão das narrativas, e, tendo subido à tribuna ou na espécie de trono destinado à narradora, eis aproximadamente o discurso que proferiu:

"Frágeis e acorrentadas criaturas, destinadas apenas a nossos prazeres, espero que não tenhais a ilusão de acreditar que o império tão ridículo quanto absoluto que vos concedem no mundo vos seja outorgado aqui. Mil vezes mais submissas do que os escravos, não deveis esperar senão humilhação, e a obediência há de ser a única virtude que vos aconselho cultuar: é a única condizente com o estado em que vos encontrais. E, sobretudo, não confieis demais em vossos encantos. Acostumados demais a tais armadilhas, bem podeis imaginar que nunca morderíamos essa isca. Lembrai-vos constantemente que embora nos serviremos de todas vós, nenhuma deverá ter a menor presunção de nos inspirar um sentimento de piedade. Indignados contra os altares que até podem nos arrancar algumas migalhas de elogio, nossa altivez e nossa libertinagem indignadas os lançam por terra assim que a ilusão satisfizer nossos sentidos e, em nós, o desprezo, geralmente seguido de ódio, substitui na hora o prestígio da imaginação. Por sinal, o que poderíeis nos oferecer que já não conhecemos de cor? O que poderíeis nos oferecer que não calcássemos aos pés, geralmente na própria hora do delírio? De nada adianta escondê-lo: vosso serviço será duro, pesaroso e severo. As menores faltas serão punidas na mesma hora com castigos corporais e aflitivos. Devo, portanto, recomendar-vos exatidão, submissão e abnegação total de vós mesmas e, sobretudo, não dais ouvidos senão a nossos desejos; sejam eles vossas únicas leis: deveis antecipá-los, prevê-los, fazê-los nascer. Não que tenhais muito a ganhar com essa conduta, mas teríeis muito a perder não a respeitando. Examinai vossa situação, o que sois, o que somos, e que essas reflexões vos estremeçam. Estais fora da França, no fundo de uma floresta inabitável, atrás de montanhas íngremes cujos acessos foram cortados assim que por eles passastes. Estais trancafiadas numa cidadela impenetrável; ninguém sabe de vossa presença aqui; fostes apartadas de vossos amigos e parentes: já estais mortas para o mundo e apenas respirais para nossos prazeres. E quem são os seres a quem estais agora subordinadas? Celerados convictos e reconhecidos, cujo deus é sua lubricidade, cuja lei é sua depravação, cujo freio é sua devassidão; são homens dissolutos, sem deus, sem princípios, sem religião. O menos criminoso dentre nós está maculado com tantas infâmias que não conseguiríeis contá-las e, a seus olhos, a vida de uma mulher... de uma mulher apenas? Que nada, de todas as que moram na superfície deste globo, é tão indiferente quanto a de uma mosca. Sem dúvida, poucos serão os excessos a que não chegaremos: que nenhum deles vos cause repugnância; entregai-vos sem pestanejar e apenas opondes a todos paciência, submissão e coragem. E se, porventura, alguma de vós sucumbir nos destemperos de nossas paixões, que se conforme bravamente; não estamos nesse mundo para sempre, e morrer jovem é o que de mais feliz pode ocorrer a uma mulher. Acabamos de ler-vos regulamentos muito sábios e muito adequados tanto a vossa segurança como a nossos prazeres. Respeitai-os cegamente e esperai o pior de nossa parte caso nos irritardes com uma conduta errônea. Sei que algumas dentre vós têm vínculos conosco, dos quais talvez vos orgulheis e pelos quais espereis indulgência. Seria um grave erro contar com isso: nenhum vínculo é sagrado aos olhos de pessoas como nós, e quanto mais sagrados vos parecerem, mais seu rompimento atiçará a perversidade de nossas almas. Filhas e esposas é a vós que agora me dirijo: não esperai nenhuma prerrogativa de nossa parte; sabei que sereis tratadas com maior rigor do que as outras, e isso precisamente para vos mostrar o quão desprezíveis são, a nossos olhos, os vínculos a que nos julgueis talvez acorrentados. De resto, não esperai que vos especifiquemos sempre as ordens que quereremos que executeis: um gesto, um olhar e, com frequência, um simples sentimento interno de nossa parte as revelarão, e sereis punidas tanto por não tê-las adivinhado e previsto, quanto se, após terdes sido notificadas, tivessem provocado qualquer desobediência de vossa parte. Compete a vós desenredar nossos movimentos, nossos olhares, nossos gestos, esclarecer sua expressão, e sobretudo não vos enganardes quanto a nossos desejos. Suponhamos, por exemplo, que esse desejo fosse o de ver uma parte de vosso corpo e que vós viésseis desastradamente oferecendo outra: percebeis a que ponto tal engano atrapalharia nossa imaginação e o risco que se correria ao esfriar a cabeça de um libertino que, digamos, estivesse aguardando um rabo para o seu esporro e alguém, por imbecilidade, lhe oferecesse uma boceta. Via de regra, não deveis vos apresentar de frente senão raramente; lembrai-vos que essa parte infecta que a natureza só formou por desrazão é sempre a que mais nos repugna. E mesmo quanto a vossos cus, haveis de tomar certas precauções ao oferecê-lo, quer dissimulando o execrável antro que lhe é vizinho, quer evitando em certos momentos revelar-nos esse cu num determinado estado em que outros diferentemente de nós desejariam sempre encontrá-lo. Vós deveis me entender, aliás, as quatro aias vos darão mais tarde instruções que explicarão tudo. Em suma: estremecei, antecipai, obedecei, e com isso, mesmo não sendo muito felizes, talvez não sereis infelizes por completo. Ademais, nada de intrigas entre vós, nenhum laço, nada dessa amizade imbecil de mocinhas que, por um lado, amolece o coração e, por outro, o torna mais arredio e menos disposto à única e simples humilhação à qual sois destinadas. Lembrai-vos que não vos olharemos como criaturas humanas, mas apenas como animais alimentados para o serviço que deles se espera e espancados quando se recusam a servir. Percebestes a que ponto vos é proibido tudo o que possa sugerir um ato de religião qualquer; lembro que poucos crimes serão mais severamente punidos quanto este. Sabemos por demais que ainda há entre vós algumas idiotas que não conseguem abjurar da ideia desse deus infame nem abominar sua religião: essas serão cuidadosamente vigiadas, não o escondo, e chegaremos aos últimos desatinos contra elas, caso, por desgraça, vierem a ser flagradas. Que essas tolas criaturas se persuadam e se convençam, portanto, de que a existência de deus é uma loucura que não tem, em toda a terra, vinte sectários, hoje em dia, e que a religião que ele invoca não passa de uma fábula ridícula inventada por velhacos cujo interesse em nos enganar é por demais visível no presente. Em suma: decidi por vós mesmas: se houvesse um deus, e se esse deus tivesse poderes, como poderia permitir que a virtude que o honra e que professais fosse sacrificada, como será o caso, ao vício e à libertinagem? Como permitiria, esse deus onipotente, que uma criatura fraca como eu, que diante dele não passaria de um carrapato aos olhos de um elefante, como permitiria, digo, que essa fraca criatura o insultasse, o escarnecesse, o desafiasse, o afrontasse e o ofendesse, como tenho o prazer em fazer a cada hora do dia?"

Tendo proferido esse pequeno sermão, o Duque desceu da cátedra e, salvo as quatro velhas e as quatro narradoras que sabiam muito bem estarem aí antes como sacrificadoras e sacerdotisas do que como vítimas, exceto essas oito, eu dizia, todas desataram a chorar, e o Duque, que pouco se importava com isso, as deixou conjeturarem, cochicharem, queixarem-se entre si e, certo de que as oito espiãs lhe relatariam tudo, foi passar a noite com Hércules, da tropa dos fodedores, que se tornara seu mais íntimo favorito como amante ativo, enquanto o pequeno Zéfiro conquistara para sempre o primeiro lugar em seu coração como amante passivo. Como o dia seguinte havia de amanhecer já em conformidade com os arranjos tomados, cada um se acertou a seu modo para a noite, e assim que o relógio tocou dez horas da manhã, as cortinas do palco da libertinagem se abriram, palco que não mudaria em nada, muito menos quanto ao que fora prescrito, até o dia vinte e oito de fevereiro, inclusive.

Agora, amigo leitor, prepara teu coração e teu espírito para o relato mais impuro já feito desde que o mundo existe, pois não há livro semelhante nem entre os antigos nem entre os modernos. Imagina que todo gozo honesto ou prescrito por esse animal de que não paras de falar sem conhecê-lo e a quem chamas de natureza, todos esses gozos, eu dizia, serão expressamente excluídos desta coletânea e quando, porventura, os encontrardes, estarão sempre acompanhados de algum crime ou coloridos de alguma infâmia. Sem dúvida, muitos dos desregramentos que encontrarás aqui retratados desagradar-te-ão; alguns entretanto aquecer-te-ão a ponto de te custarem porra, e isso nos basta. Se não tivéssemos dito e analisado tudo, como poderíamos adivinhar aqueles que te convêm? Cabe a ti tomar a tua parte e deixar o resto; um outro fará o mesmo; e, aos poucos, tudo encontrará seu devido lugar. Esta é a história de uma magnífica refeição em que seiscentos pratos diversos serão oferecidos a teu apetite. Apreciarás todos? Não, sem dúvida! Mas esse número prodigioso ampliará os limites de tua escolha, e, encantado por esse aumento de faculdades, não te atrevas a repreender o anfitrião que te presenteia. Faze o mesmo aqui: escolhe e deixa o resto, sem vituperar contra esse resto sob pretexto que não tem o talento de te agradar. Lembra-te que agradará a outros, e sejas filósofo. Acerca da diversidade, estejas assegurado de que ela é precisa; estuda bem as paixões que te parecem assemelhar-se a outra sem a menor diferença, e verás que essa diferença existe e, por mais leve que seja, ela apenas tem esse refinamento, essa delicadeza que distinguem e caracterizam o gênero de libertinagem aqui tratado. De resto, essas seiscentas paixões são ilustradas pelo relato das narradoras: é mais uma coisa de que o leitor deve estar informado. Teria sido monótono demais detalhá-las de outro modo e uma por uma, sem as integrar no corpo de uma narrativa. Entretanto, como algum leitor desavisado desse tipo de assuntos talvez pudesse confundir as paixões designadas com a aventura ou o simples acontecimento da vida da narradora, distinguimos cuidadosamente cada uma dessas paixões por um traço à margem, acima do qual está o nome que se pode dar a essa paixão. Esse traço está justamente na linha em que começa o relato dessa paixão, e há sempre uma alínea onde ela acaba. Contudo, como há muitos personagens em ação nessa espécie de drama, apesar do cuidado que se tomou, nesta introdução, de retratá-los e designá-los todos, apresentaremos um quadro com o nome e a idade de cada ator, e um breve esboço de seu retrato. Cada vez que se encontrar nos relatos um nome que nada evoca, poder-se-á recorrer a esse quadro ou, mais acima, aos retratos por extenso, caso esse breve esboço não baste para lembrar o que foi dito.

Personagens do romance da Escola da Libertinagem

O Duque de Blangis, cinquenta anos, tem feições de um sátiro, e é dotado de um membro monstruoso e de uma força descomunal. Pode-se considerá-lo como o receptáculo de todos os vícios e de todos os crimes. Matou a mãe, a irmã e três de suas mulheres.

O bispo de... é seu irmão; quarenta e cinco anos, mais magro e delicado que o Duque, uma boca sórdida. É velhaco, hábil, fiel sectário da sodomia ativa e passiva; despreza absolutamente qualquer outra espécie de prazer; matou cruelmente duas crianças cuja fortuna considerável um seu amigo deixara em suas mãos. Seu sistema nervoso tem tanta sensibilidade que quase desmaia ao esporrar.

O Presidente de Curval, sessenta anos, é um homem alto, seco, magro, de olhos encovados e baços, e a boca malsã; é a personificação da crápula e da libertinagem; sua sujeira corporal é repugnante, o que lhe causa volúpia. Foi circuncidado: sua ereção, embora rara e difícil, ocorre, e ele ainda ejacula quase todos os dias. Embora goste preferencialmente de homens, não despreza uma donzela. Seus gostos têm a particularidade de fazer-lhe apreciar tanto a velhice como tudo o que se lhe assemelha em termos de imundície. É dotado de um membro quase tão grosso quanto o do Duque. Há alguns anos encontra-se como que embrutecido pela devassidão e bebe muito. Deve sua fortuna unicamente a assassinatos e é culpado de um particularmente medonho que se pode ver em detalhes no seu retrato. Quando esporra, sente uma espécie de cólera lúbrica que o leva às crueldades.

Durcet, financista de cinquenta e três anos, é pequeno, baixo e atarracado, mas seu corpo é vigoroso, belo e branco. Grande amigo e colega de escola do Duque, tem o porte e todos os gostos de uma mulher; como sua pequenez o impede de dar prazer às mulheres, ele as tem imitado, e se faz foder durante todas as horas do dia. Aprecia muito o gozo com a boca, o único que pode lhe dar prazeres como agente. Seus únicos deuses são seus prazeres, e está sempre disposto a tudo lhes sacrificar. É fino, hábil e cometeu muitos crimes. Envenenou a própria mãe, a mulher e a sobrinha para conseguir sua fortuna. Sua alma é firme e estoica, absolutamente insensível à piedade. Já não tem mais ereções e suas ejaculações são raríssimas. Seus instantes de crise são precedidos por uma espécie de espasmo que o lança numa cólera lúbrica, perigosa para aqueles ou aquelas que servem às suas paixões.

Constance é mulher do Duque e filha de Durcet. Tem vinte e dois anos, uma beldade romana, mais majestosa do que delicada, volumosa, embora bem-feita; tem um corpo magnífico, a bunda singularmente moldada e digna de servir de modelo, os cabelos e os olhos muito pretos. Sofre muito com o horror de sua sorte, possui espírito e um vasto fundo de virtude natural que nada pôde destruir.

Adélaïde, mulher de Durcet e filha do Presidente, é uma linda boneca de vinte anos; loira, com olhos muito tenros e de um belo azul vivo; tem todas as feições de uma heroína de romance: um pescoço longo e bem delineado e uma boca um pouco grande, seu único defeito; seus peitos e sua bunda são pequenos mas, embora delicados, brancos e bem delineados. Com seu espírito romanesco e seu coração terno, ela é excessivamente virtuosa e devota, e se esconde para cumprir seus deveres de cristã.

Julie, mulher do Presidente e filha mais velha do Duque, tem vinte e quatro anos; gorda, rechonchuda, tem lindos olhos castanho-escuros, um bonito nariz, traços bem definidos e agradáveis, mas uma boca horrorosa. Tem poucas virtudes e até fortes disposições para a imundície, a bebedeira, a gula e a putaria. Seu marido a ama justamente por causa do defeito de sua boca: essa singularidade consta dos gostos do Presidente. Nunca lhe foram inculcados princípios nem religião.

Aline, sua irmã menor, considerada filha do Duque, é na verdade filha do Bispo com uma das mulheres do Duque. Tem dezoito anos, uma fisionomia muito ardente e agradável, cheia de frescor, olhos castanho-escuros, nariz arrebitado, ar malicioso, embora seja essencialmente indolente e preguiçosa. Parece não ter mais caráter e detesta muito sinceramente todas as infâmias das quais se tornou vítima. O Bispo a deflorou por trás quando tinha dez anos. Deixaram-na na mais santa ignorância e ela não sabe ler nem escrever. Detesta o Bispo e morre de medo do Duque. Ama muito sua irmã, é sóbria e asseada, responde com graça e criancice; sua bunda é encantadora.

A Duclos, primeira narradora, tem quarenta e oito anos, beleza bem conservada, muito frescor, e a bunda mais bela que se possa ter. Tem cabelos escuros, e é cheia e carnuda.

A Champville, cinquenta anos, é magra, bem-feita e tem olhos lúbricos; é tríbade, tudo nela o denuncia. Trabalha atualmente como alcoviteira. Já foi loira, tem olhos lindos, o clitóris longo e sensível, a bunda gasta pelo serviço e, no entanto, ainda virgem.

A Martaine, cinquenta e dois anos, é cafetina; é uma gorda matrona cheia de saúde e frescor; lacrada, desconhece outro prazer que o de Sodoma, para o qual parece ter sido especialmente criada, pois, apesar da idade, tem a bunda mais bela possível: é tão grande e acostumada às introduções que aguenta os mais grossos instrumentos sem pestanejar. Ainda conserva traços bonitos, embora comecem a fenecer.

A Desgranges, cinquenta e seis anos, é a maior celerada que jamais existiu. Alta, magra, pálida, já teve cabelos castanho-escuros; é a imagem do crime em pessoa. Sua bunda murcha com seu imenso orifício lembra papel furta-cor. Ela tem uma mama, três dedos e seis dentes a menos: *fructus belli*. Não existe um único crime que não tenha praticado ou mandado executar. Conversa agradavelmente e possui espírito; atualmente, é uma das alcoviteiras favoritas da alta sociedade.

Marie, a primeira das aias, tem cinquenta e oito anos. Foi açoitada e é toda marcada; foi criada de ladrões. Tem olhos baços e remelentos, o nariz torto, dentes amarelos, uma nádega corroída por um abscesso. Assassinou seus quatorze filhos.

Louison, a segunda aia, tem sessenta anos; é baixa, corcunda, caolha e manca, embora ainda possua um belo traseiro. Está sempre disposta ao crime e é extremamente má. Estas duas primeiras são destinadas às mocinhas, as duas outras, aos rapazes.

Thérèse tem sessenta e dois anos, desdentada e sem nenhum fio de cabelo; parece um esqueleto; possui uma boca fétida, uma bunda crivada de feridas e o buraco excessivamente largo. Sua imundície e seu fedor são atrozes; ela manca e tem um braço torto.

Fanchon, sessenta e nove anos, foi enforcada seis vezes em efígie e cometeu todos os crimes imagináveis. Vesga, baixa e gorda, com nariz achatado, ela não tem testa e restam-lhe apenas dois dentes. A erisipela recobre sua bunda, um pacote de hemorroidas sai do buraco; um cancro devora-lhe a vagina; ela tem uma coxa queimada e um câncer corrói-lhe o seio. Está sempre bêbada e vomita, peida e caga por todo canto e a todo instante sem se dar conta.

O harém das meninas

Augustine, filha de um barão de Languedoc, quinze anos, rosto fino e atento.

Fanny, filha de um conselheiro de Bretanha, quatorze anos, ar doce e terno.

Zelmire, filha do conde de Torville, fidalgo da Beauce; quinze anos, ar nobre e uma alma muito sensível.

Sophie, filha de um nobre de Berry, traços encantadores, quatorze anos.

Colombe, filha de um conselheiro do Parlamento de Paris, treze anos, muito frescor.

Hébé, filha de um oficial de Orléans, um ar muito libertino e olhos encantadores: tem doze anos.

Rosette e Michette, ambas com aparência de lindas virgens. A primeira tem treze anos e é filha de um magistrado de Chalon-sur-Saône; a outra tem doze, e é filha do marquês de Sénanges: fora raptada no Bourbonnais, na casa de seus pais.

Sua cintura, o resto de seus encantos, e principalmente suas nádegas estão acima de qualquer expressão. Foram escolhidas entre cento e trinta outras.

O *harém dos meninos*

ZELAMIR, treze anos, filho de um nobre de Poitou.

CUPIDO, mesma idade, filho de um nobre de perto de La Flèche.

NARCISO, doze anos, filho de uma personalidade de Rouen, cavaleiro de Malta.

ZÉFIRO, quinze anos, filho de um oficial-general de Paris; destinado ao Duque.

CELADÃO, filho de um magistrado de Nancy; tem quatorze anos.

ADÔNIS, filho de um Presidente da *grand-chambre* de Paris, destinado a Curval.

HIACINTO, quatorze anos, filho de um oficial aposentado de Champanha.

GITÃO, pajem do rei, doze anos, filho de um nobre do Nivernais.

Nenhuma pena conseguiria retratar as graças, os traços e os encantos secretos dessas oito crianças, acima de qualquer palavra, escolhidas, como se sabe, entre muitas outras.

Oito fodedores

HÉRCULES, vinte e seis anos, bastante bonito, mas terrivelmente perverso; favorito do Duque; seu pau tem oito polegadas, duas linhas de circunferência por dezesseis de comprimento; esporra muito.

ANTÍNOO tem trinta anos, homem muito lindo; seu pau tem oito polegadas de circunferência por doze de comprimento.

QUEBRA-CU, vinte e oito anos, ar de sátiro, tem o pau torto; sua cabeça, ou glande, é enorme: mede oito polegadas, três linhas de circunferência, e o corpo do pau, oito polegadas por dezesseis de comprimento; esse pau majestoso é completamente curvo.

VARA-AO-CÉU tem vinte e cinco anos, é muito feio, mas sadio e vigoroso; grande favorito de Curval; seu membro, sempre erguido, mede sete polegadas, onze linhas de circunferência por onze de comprimento.

Os quatro outros, medindo entre nove, dez e onze polegadas de comprimento e entre sete polegadas e meia e sete polegadas, nove linhas de circunferência, têm entre vinte e cinco e trinta anos.

Fim da introdução

Omissões que cometi nesta introdução:

1) É preciso dizer que Hércules e Vara-ao-céu são, o primeiro, um muito mau elemento e o outro, muito feio, e que nenhum dos oito nunca gozou com homens nem com mulheres.

2) Que a capela serve de garde-robe*; detalhar como foi arranjada para este uso.*

3) As alcoviteiras e os alcoviteiros, em suas expedições, eram acompanhados por assassinos às suas ordens.

4) Falar do câncer de Fanchon e dar mais detalhes dos peitos das criadas e também das figuras das dezesseis crianças.

Primeira parte

AS CENTO E CINQUENTA PAIXÕES SIMPLES,
OU DE PRIMEIRA CLASSE,
QUE COMPÕEM AS TRINTA JORNADAS DE NOVEMBRO
ILUSTRADAS PELA NARRAÇÃO DE DUCLOS,
ÀS QUAIS ACRESCEU-SE
OS ACONTECIMENTOS ESCANDALOSOS DO CASTELO,
EM FORMA DE DIÁRIO, DURANTE AQUELE MÊS.

PRIMEIRO DIA

No dia primeiro de novembro, todos se levantaram às dez horas da manhã, conforme a prescrição dos regulamentos, os quais, por juramento entre si, deviam ser respeitados em tudo. Assim que acordaram, os quatro fodedores que não tinham dividido a cama dos amigos levaram Zéfiro ao quarto do Duque, Adônis ao de Curval, Narciso ao de Durcet e Zelamir ao do Bispo. Embora os quatro fossem muito tímidos e ainda meio sem jeito, estimulados por seus guias, cumpriram muito bem seu dever, e o Duque esporrou. Os três outros amigos, mais reservados e menos pródigos de sua porra, fizeram penetrar tanto quanto ele, mas sem nada pôr da sua. Às onze, passaram ao aposento das mulheres onde as oito jovens sultanas apareceram nuas e assim serviram o chocolate. Marie e Louison, que presidiam esse harém, as ajudavam e guiavam. Os amigos apalparam e beijaram muito, e as coitadas das oito pequenas infelizes, vítimas da mais insigne lubricidade, enrubesciam, se escondiam com as mãos, tentavam defender seus encantos, para acabarem mostrando tudo, quando percebiam o quanto seus pudores irritavam e zangavam seus mestres. O Duque, que logo ficou de pau duro, comparou a circunferência de sua ferramenta com a cintura delgada e delicada de Michette: a diferença era de apenas três polegadas. Durcet, que era o responsável do mês, fez os exames e as visitas prescritas. Constatadas as infrações de Hébé e Colombe, ambas tiveram sua punição imediatamente prescrita e marcada para o sábado seguinte, na hora das orgias. Elas choraram, mas não os sensibilizaram. De lá, passaram ao aposento dos rapazes. Os quatro que não tinham se apresentado de manhã, a saber: Cupido, Celadão, Hiacinto e Gitão, despiram seus calções conforme lhes fora ordenado, e essa visão divertiu nossos amigos por um instante. Curval beijou os quatro na boca e o Bispo brincou rapidamente de bater uma punheta neles, enquanto o Duque e Durcet faziam outra coisa. Fizeram as visitas, nenhuma infração foi encontrada. À uma hora, os amigos foram até a capela, onde, como sabemos, estava estabelecido o gabinete dos *garde-robes*. As necessidades previstas para a noite os fizeram recusar muitas permissões, e só compareceram Constance, Duclos, Augustine, Sophie, Zelamir, Cupido e Louison. Os outros também tinham pedido, mas exigiu-se deles que se reservassem para a noite. Nossos quatro amigos, postados em torno do assento previsto para esse desígnio, mandaram esses sete sujeitos sentarem-se um após o outro e se retiraram depois de se terem fartado com o espetáculo. Desceram então até o salão onde, enquanto as mulheres comiam, conversaram entre si até serem servidos. Os quatro amigos se colocaram cada um entre dois fodedores, segundo a regra que tinham estabelecido a si mesmos de nunca admitir mulheres à sua mesa, e as quatro esposas nuas, ajudadas pelas velhas vestidas de irmãs franciscanas, serviram a mais magnífica e suculenta refeição possível. Ninguém poderia ser mais delicado e hábil do que as cozinheiras que trouxeram, e elas eram tão bem pagas e tão bem preparadas que tudo não poderia sair senão às mil maravilhas. Havendo essa refeição de ser mais leve que o jantar, contentaram-se com quatro serviços sublimes, cada qual composto de doze pratos. Beberam vinho de Borgonha com os petiscos, Bordeaux com as entradas, Champanha com os assados, Hermitage com o *entremets*[21], Tokay e vinho Madeira com a sobremesa. Aos poucos, as cabeças iam se aquecendo. Os fodedores, aos quais eram concedidos, nesse momento, todos os direitos sobre as esposas, maltrataram-nas um pouco. Constance foi até empurrada e levou um tapa por ter demorado a trazer um prato a Hércules, o qual, sentindo-se nas boas graças do Duque, acreditou poder levar a insolência a ponto de bater e molestar sua mulher, o que apenas arrancou risadas deste. Curval, muito ébrio na hora da sobremesa, jogou um prato no rosto de sua mulher, o qual lhe teria rachado o crânio caso esta não tivesse se esquivado. Durcet, vendo que um de seus vizinhos ficara de pau duro, não fez cerimônias e, embora à mesa, desabotoou os calções e apresentou seu cu. O vizinho o enrabou e, terminada a operação, voltaram a beber como se nada tivesse acontecido. O Duque logo tratou de imitar com Vara-ao-céu a pequena infâmia de seu velho amigo e apostou, embora o pau fosse enorme, que conseguiria virar três garrafas de vinho friamente enquanto este o enrabava. Quanta experiência, calma e frieza na libertinagem! Ganhou sua aposta, e como já não estava mais sóbrio, pois essas três garrafas se somavam a outras quinze, acabou ficando um tanto atordoado. O primeiro objeto que se lhe apresentou foi sua mulher, que chorava por causa dos maus-tratos de Hércules. Essa visão o animou a tal ponto que se entregou imediatamente a excessos com ela que ainda não nos é possível contar. Percebendo o quanto nos é difícil, nesse início, pôr ordem em nossas matérias, o leitor nos perdoará por ainda deixarmos vários detalhezinhos encobertos. Finalmente passaram ao salão, onde novos prazeres e novas volúpias esperavam nossos campeões. Ali, café e licores lhes foram servidos por um quarteto encantador composto por Adônis e Hiacinto, entre os meninos, e Zelmire e Fanny entre as meninas. Thérèse, uma das aias, os dirigia, pois a regra exigia que, em qualquer lugar onde duas ou três crianças se encontrassem reunidas, uma aia havia de guiá-las. Nossos quatro libertinos, embora meio ébrios, estavam decididos a respeitar suas leis, e se contentaram com beijos e carícias, mas sua cabeça libertina soube temperá-los de todos os refinamentos da devassidão e da lubricidade. Acreditaram, por um momento, que o Bispo fosse perder porra em razão das coisas tão extraordinárias que exigia de Hiacinto, enquanto Zelmire lhe batia uma punheta. Seus nervos já entravam em rebuliço e uma crise de espasmos já tomava conta de todo seu físico, mas ele se conteve, afastou para longe de si os objetos tentadores prestes a triunfar sobre seus sentidos e, sabendo que ainda havia muitas coisas por vir, reservou-se pelo menos para o fim do dia. Beberam seis diferentes tipos de licores e três variedades de cafés, e chegada a hora, os dois pares se retiraram para se vestirem. Após uma soneca de quinze minutos, nossos amigos passaram ao salão do trono, como apelidaram o aposento destinado às narrativas. Os amigos se sentaram em seus sofás, o Duque com seu querido Hércules a seus pés, e junto dele, nua, Adélaïde, mulher de Durcet e filha do Presidente, e o quarteto diante dele, que respondia a seus chamados expressos por meio das guirlandas, assim como foi explicado, era composto por Záfiro, Gitão, Augustine e Sophie em trajes de pastores, presididos por Louison, que fazia o papel de sua mãe, vestida de velha camponesa. Curval tinha a seus pés Vara-ao-céu, no sofá Constance, mulher do Duque e filha de Durcet, e como quarteto, quatro jovens espanhóis, cada sexo vestido com um costume o mais elegante possível, a saber: Adônis, Celadão, Fanny e Zelmire, presididos por Fanchon como aia. O Bispo tinha a seus pés Antínoo, sua sobrinha Julie no sofá e quatro selvagens quase nus como quarteto: os meninos eram Cupido e Narciso, e as meninas, Hébé e Rosette, presididos por uma velha amazona interpretada por Thérèse. Durcet tinha Quebra-cu como fodedor e por perto Aline, filha do Bispo, e à sua frente quatro pequenas sultanas, com os meninos vestidos de meninas, adereços que salientavam no mais alto grau as figuras encantadoras de Zelamir, Hiacinto, Colombe e Michette. Uma velha escrava árabe, representada por Marie, dirigia esse quarteto. As três narradoras, suntuosamente vestidas à moda das mocinhas finas de Paris, sentaram-se abaixo do trono, sobre um banco a elas destinado, e a senhora Duclos, narradora do mês, em roupas íntimas muito leves e elegantes, com muito ruge e diamantes, após instalar-se em seu estrado, começou assim a história dos acontecimentos de sua vida, na qual ela devia ilustrar detalhadamente as cento e cinquenta primeiras paixões, designadas como *paixões simples*:

"Não é pouca coisa, senhores, dirigir-se a um círculo como o vosso. Acostumados a tudo o que a literatura produz de mais fino e mais delicado, como ireis suportar o relato informe e grosseiro de uma infeliz criatura como esta, que nunca recebeu outra educação senão aquela que a libertinagem me deu? Contudo, vossa indulgência me tranquiliza; já que não exigis senão naturalidade e verdade, o que, sem dúvida, me permite aspirar aos vossos elogios. Minha mãe tinha vinte e cinco anos quando me deu à luz, e eu era sua segunda filha; a primeira era uma moça seis anos mais velha que eu. Minha mãe não era de família ilustre. Era órfã de pai e mãe, desde muito jovem, e como seus parentes residiam perto dos Récollets[22], em Paris, quando se viu abandonada e sem nenhum recurso, obteve desses bons padres a permissão de ir pedir esmola em sua igreja. Mas, como conservara alguma juventude e frescor, ela logo chamou a atenção e, aos poucos, da igreja, subiu para os quartos, de onde desceu prenha. Minha irmã devia a vida a tais aventuras, e é mais do que provável que a minha não tenha outra origem. Entretanto, os bons Padres, felizes com a docilidade de minha mãe e vendo o quanto era útil para a comunidade, recompensaram-na de suas penas concedendo-lhe o aluguel das cadeiras de sua igreja; mal conseguira esse posto, minha mãe, com a permissão de seus superiores, desposou um dos carregadores de água da casa, que nos adotou imediatamente, minha irmã e eu, sem a menor relutância. Nascida na igreja, eu, por assim dizer, morava muito mais na igreja do que em nossa casa. Ajudava minha mãe a arrumar as cadeiras, auxiliava os sacristãos em suas diversas operações, e caso fosse necessário, teria servido a missa, embora ainda estivesse com apenas cinco anos. Um dia em que voltava de minhas santas ocupações, minha irmã me perguntou se já tinha encontrado Padre Laurent. 'Não', lhe disse. 'Ora, me respondeu, ele te observa, eu sei; quer te mostrar o que já me revelou. Não fujas, olhe bem para ele sem te apavorar; ele não te tocará, mas te mostrará algo muito engraçado, e, se deixares, ele te recompensará bem. Aqui, nos arredores, a mais de quinze de nós ele fez ver do mesmo jeito. É o seu prazer e a todas nos deu algum presente.' Vós bem imaginais, senhores, que era a deixa não apenas para que eu não evitasse o Padre Laurent, como também para que o procurasse. O pudor fala muito baixo na idade que eu tinha, e não seria este silêncio, quando saímos das mãos da natureza, uma prova certa de que esse sentimento artificial se deve muito menos a essa primeira mãe do que à educação. Fui correndo para a igreja e, enquanto atravessava um pequeno pátio situado entre a entrada da igreja ao lado do convento e o convento, dei de cara com o Padre Laurent. Era um religioso de aproximadamente quarenta anos com uma linda fisionomia. Ele me parou: 'Aonde vais, Françon', perguntou-me. 'Arrumar umas cadeiras, Padre'. 'Bem, bem, tua mãe as arrumará. Venha, venha para esse gabinete', me disse arrastando-me para um cômodo que ali se encontrava, 'vou te mostrar algo que nunca viu.' Segui-o, ele fechou a porta atrás de nós, e colocando-me bem à sua frente: 'Olhe, Françon', me disse retirando de seus calções um pau tão monstruoso que pensei que fosse desmaiar de pavor, 'olhe, minha pequena', continuava ele, batendo punheta, 'já viste algo semelhante...? Chamam isto de pau, minha pequena, sim, de pau... Isto serve para foder, e o que vais ver, o que vai jorrar daqui a pouco, é a semente que te deu origem. Eu o mostrei à tua irmã, e mostro-o a todas as mocinhas de tua idade; traga-me mais, traga-me outras, faça como tua irmã que me apresentou mais de vinte... Eu lhes mostrarei meu pau e farei jorrar minha porra em seu rosto... É minha paixão, minha pequena, não tenho outra... E vais ver'. Imediatamente senti-me coberta por um orvalho branco que me deixou toda manchada. Algumas gotas até entraram em meus olhos porque minha pequena cabeça encontrava-se exatamente à altura dos botões de seus calções. Enquanto isso, Laurent gesticulava. 'Ah! que bela porra... que bela porra estou perdendo', gritava; 'ela te cobriu inteirinha!' E, acalmando-se aos poucos, guardou tranquilamente a ferramenta no lugar e saiu às pressas, não sem antes enfiar doze soldos na minha mão e recomendar-me que lhe trouxesse minhas amiguinhas. Como podeis imaginar facilmente, a primeira coisa que fiz foi contar tudo à minha irmã, que me enxugou inteira com o maior cuidado para que nada transparecesse e que, por me ter proporcionado essa pequena felicidade, exigiu metade do meu ganho. Tendo aprendido minha lição, na expectativa de tal partilha, dediquei-me a levar ao Padre Laurent o maior número possível de mocinhas. Entretanto, um dia lhe trouxe uma já conhecida; ele a recusou e me deu três soldos para me estimular: 'Nunca vejo a mesma duas vezes, minha pequena', me disse, 'traga-me aquelas que nunca experimentei, jamais as que te disserem que já ficaram comigo'. Pus todo o meu empenho: em três meses, fiz com que Padre Laurent conhecesse mais de vinte garotas novas, com as quais empregou, para seu prazer, exatamente os mesmos procedimentos que utilizara comigo. Além da cláusula de escolher apenas desconhecidas, respeitava infinitamente também sua recomendação quanto à idade: não podiam ter menos de quatro anos, nem mais de sete. Minha pequena fortuna ia de vento em popa, até que minha irmã, percebendo que me tornara sua rival, ameaçou contar tudo à minha mãe caso eu não parasse meu lindo comércio, e tive que renunciar ao Padre Laurent."

"Entretanto, como minhas funções me levavam sempre aos arredores do convento, no dia em que completei sete anos, conheci um novo amante cuja mania, embora muito infantil, era um pouco mais séria. Chamava-se Padre Louis; era mais velho do que Laurent e tinha na sua atitude algo bem mais libertino. Ele me alcançou na porta da igreja enquanto entrava e induziu-me a subir até seu aposento. Comecei por me fazer de rogada, mas tendo ele me assegurado que três anos antes minha irmã o visitara e que, todos os dias, ali recebia garotas de minha idade, segui-o. Mal entramos em sua cela, ele a trancou, e servindo elixir numa taça, ele logo tratou de me fazer tomar três grandes copos imediatamente. Terminado esse preparativo, o reverendo, mais afetuoso que seu confrade, começou a me beijar, e, se divertindo muito, abriu meu saiote e levantou minha camisa até o colete, apesar de minhas tímidas defesas, apossando-se de todas as partes dianteiras que acabara de desvendar; depois de apalpar e considerá-las à vontade, perguntou-me se não queria mijar. Singularmente compelida a essa necessidade pela forte dose de bebida que acabara de me fazer engolir, garanti-lhe que sentia a maior vontade possível, mas que não queria fazer isso diante dele. 'Oh! Por Deus, sim, pequena tratante', acrescentou o devasso, 'oh! por Deus sim, vós o fareis diante de mim, e pior ainda, sobre mim. Olhai', me disse, 'tirando seu pau dos calções, eis a ferramenta que ides inundar; haveis de mijar nele'. E então me pegando e me instalando sobre duas cadeiras, abriu minhas pernas, uma em cada cadeira, o máximo que pode e pediu para que eu me agachasse. Segurando-me nessa posição, colocou um vaso debaixo de mim, acomodou-se num banquinho na altura do vaso, com a ferramenta na mão, exatamente abaixo de minha boceta. Com uma das mãos, segurava-me pelos flancos, com a outra masturbava-se; como nessa posição minha boca se encontrava à altura da sua, ele a beijava. 'Vamos, minha pequena, mija, dizia-me, inunda meu pau com esse licor encantador cujo jato quente tem tanto império sobre meus sentidos! Mija, meu coração, mija e trata de inundar minha porra.' Louis se animava, se excitava; era fácil ver que essa operação singular era a que melhor deleitava seus sentidos. O mais delicioso êxtase veio premiá-lo no exato momento em que as águas com as quais me inflara o estômago jorravam com a maior abundância, e juntos enchemos o mesmo vaso, ele de porra, eu de urina. Concluída a operação, Louis usou aproximadamente o mesmo discurso que Laurent; quis fazer de sua putinha uma cafetina, e dessa vez, fazendo pouco caso das ameaças de minha irmã, levei atrevidamente até Louis todas as crianças que conhecia. Ele mandou que todas fizessem a mesma coisa e, como podia rever cada uma duas ou três vezes sem a menor repugnância e me pagava sempre por fora, independentemente do que eu cobrava de minhas pequenas camaradas, em menos de seis meses era dona de uma pequena quantia de que podia desfrutar a meu bel-prazer, com a única precaução de me esconder de minha irmã."

"Duclos", interrompeu o Presidente nesse ponto, "não fostes prevenida de que vossos relatos devem conter detalhes maiores e mais minuciosos? Que só podemos julgar o que a paixão que narrais tem de relativo aos costumes e ao caráter do homem enquanto não dissimulais nenhuma de suas circunstâncias? Que, por sinal, as menores circunstâncias servem infinitamente àquilo que esperamos de vossos relatos para irritar nossos sentidos?" "Sim", Monsenhor, disse Duclos, "avisaram-me para não descuidar de detalhe algum e mencionar todos os pormenores cada vez que estes ajudassem a lançar luz sobre os caracteres ou o gênero. Terei cometido alguma omissão deste tipo?" "Sim", disse o Presidente, "não tenho a menor ideia de como é o pau de vosso segundo recoleto, e nenhuma ideia de seu esporro. E mais, ele friccionou vossa boceta e deixou que nela encostasse seu pau? Vede, quantos detalhes negligenciados!" "Perdão", disse Duclos, "consertarei meus erros atuais e vigiar-me-ei no futuro. O Padre Louis tinha um membro muito comum, mais comprido do que grosso e, no geral, de feição bastante usual. Lembro-me até que custava a ficar duro e que apenas ficou mais consistente no instante da crise. Ele não bateu punheta na minha boceta, contentando-se em alargá-la o mais possível com seus dedos para que a urina jorrasse melhor. Ele aproximou muito dela seu pau duas ou três vezes e seu esporro foi contido, breve, e só disse essas palavras de desvario: 'Ah, porra, mija, minha pequena, mija! que lindo chafariz vamos, mija, não vede que estou esporrando?' Entremeava tudo isso com beijos na minha boca que nada tinham de muito libertino." "É isto, Duclos", disse Durcet, "o Presidente estava certo; eu não conseguia imaginar nada no primeiro relato, mas agora posso conceber vosso homem." "Um momento, Duclos", disse o Bispo, "vendo que ela ia recomeçar; de minha parte, tenho uma necessidade um pouco mais imperiosa do que mijar; isso me tenta há um bom tempo e sinto que deve ter desfecho." Dizendo isto, puxou Narciso contra si. O fogo jorrava pelos olhos do prelado; ele espumava; seu pau estava colado ao ventre: a porra contida queria escapar a qualquer custo, o que só era possível por meio de violentos recursos. Arrastou sua sobrinha e o garotinho para o gabinete. Tudo foi paralisado: um esporro era importante demais para que o restante não ficasse suspenso e tudo havia de torná-lo ainda mais delicioso. Entretanto, dessa vez, a natureza não atendeu os anseios do prelado, e alguns minutos depois de ter se trancafiado no gabinete, voltou furioso, no mesmo estado de ereção; dirigiu-se a Durcet, que era o responsável do mês: "Faze-me o favor de incluir este engraçadinho nas punições de sábado", disse, "arremessando violentamente a criança para longe, e, que elas sejam rigorosas!". Ficou claro, então, que o jovem não conseguira satisfazê-lo, e Julie foi cochichar o fato a seu pai. "Ora, por Deus, escolhe outro", lhe disse o Duque, "escolhe em nossos quartetos, se o teu não te satisfez." "Oh! minha satisfação agora em nada se compara ao que desejava ainda há pouco", disse o prelado. "Sabeis onde nos leva um desejo malogrado. Prefiro me conter, mas que não se poupe este engraçadinho", continuou, "é tudo o que peço." "Ah! Podes crer que ele será corrigido", disse Durcet, "é sempre bom que o primeiro sirva de exemplo aos outros. Estou aborrecido em ver-te neste estado; tenta outra coisa, faze algo para esporrar." "Monsenhor", disse a Martaine, "estou plenamente disposta a vós satisfazer, e se vossa grandeza quiser..." "Ah! não, não, por Deus", disse o Bispo, "não sabeis que em muitas ocasiões não se deseja o cu de uma mulher? Esperarei, esperarei... Que a Duclos prossiga; esporrarei hoje à noite; haverei de encontrar um que me satisfaça." Após as gargalhadas que a franqueza libertina do Bispo ("*Em muitas ocasiões não se deseja o cu de uma mulher*") arrancou dos amigos, a narradora retomou seu relato nestes termos:

"Acabara de completar sete anos quando, um dia em que, segundo meu costume, trouxera a Louis uma de minhas pequenas camaradas, encontrei-o junto a outro de seus confrades. Como nunca ocorrera antes, fiquei surpresa; mas, como ameaçava retirar-me, Louis tranquilizou-me, e entramos atrevidamente, minha pequena companheira e eu. 'Aí está, Padre Geoffroi', disse Louis a seu amigo, empurrando-me em sua direção, 'não te disse que ela é uma graça? Sim, é verdade', disse Geoffroi, 'colocando-me no seu colo e beijando-me. Quantos anos tendes, minha pequenina?' 'Sete anos, meu Padre.' 'Quer dizer: cinquenta a menos do que eu', disse o bom Padre beijando-me novamente. Durante essa rápida conversa, o xarope estava sendo preparado e, segundo o uso, fizeram-nos engolir três grandes copos cada. Contudo, como eu não costumava tomar xarope quando trazia presas para Louis, já que ele só oferecia isso àquela que eu lhe trazia, e como eu não costumava ficar, mas, pelo contrário, logo me retirava, fiquei surpresa dessa vez com a precaução, e no tom da mais ingênua inocência, perguntei: 'Por que me fazeis beber, meu Padre? Quereis que eu mije?'. 'Sim, pequenina', disse Geoffroi que ainda me segurava entre suas coxas e cujas mãos já passeavam pelas minhas partes dianteiras, 'sim, queremos que mijeis, e vai ser comigo que vai se passar a aventura, um pouco diferente talvez do que já fizestes aqui. Vinde em minha cela, deixemos Padre Louis com vossa amiguinha, e vamos cuidar do nosso lado. Voltaremos quando nossas tarefas forem cumpridas.' Antes de sairmos, Louis pediu-me em voz baixa para ser bem complacente com seu amigo, que não me arrependeria. A cela de Geoffroi era próxima à de Louis e lá chegamos sem sermos vistos. Mal entramos, Geoffroi, após ter trancafiado a porta, pediu para que tirasse minhas saias. Obedeci, e ele mesmo levantou minha camisa até acima do umbigo e, tendo me sentado na beira de sua cama, abriu minhas coxas o mais que pode, rebaixou-me mais ainda, de modo que apresentasse meu ventre por inteiro e que meu corpo repousasse apenas no lombo. Ele me pediu para manter-me firme nessa postura e começar a mijar logo que sua mão batesse de leve em uma de minhas coxas. Então, considerando-me por um momento nesta atitude e enquanto, com uma mão, esforçava-se em abrir os lábios da boceta, com a outra, desabotoou os calções e começou a chocalhar com movimentos rápidos e violentos um pequeno membro negro e todo mirrado que não parecia muito disposto a responder ao que dele se exigia. Para ter mais êxito, nosso homem, entregando-se a seu hábito com gosto, tratou logo de fornecer-lhe o maior grau de titilação possível: assim, ajoelhou-se entre minhas pernas, examinou mais um instante o interior do pequeno orifício que lhe apresentava, nele aplicou várias vezes a boca rosnando entre os dentes falas luxuriosas de que não me lembro, pois, na época, não as entendia, e continuava sacudindo seu membro que não parecia se comover muito com isso. Finalmente, seus lábios grudaram hermeticamente nos de minha boceta, e, recebendo o sinal combinado, soltei na boca do sujeito o excedente de minhas entranhas, inundando-o com o fluxo de uma urina que ele sorvia com a mesma rapidez com que eu a lançava em sua goela. Com isso, seu membro se desdobrou, sua cabeça altiva ergueu-se quase até uma de minhas coxas, e senti que ela a regou orgulhosamente com as marcas estéreis de seu vigor débil. Tudo fora tão bem calculado que engolia as últimas gotas no instante preciso em que seu pau, ainda confuso com a vitória, chorava-a com lágrimas de sangue. Geoffroi, titubeando, levantou-se, e percebi que, uma vez apagado o ardor, ele não tinha para com seu ídolo um fervor de culto tão religioso como quando o delírio, incendiando sua homenagem, ainda sustentava seu prestígio. Ele me deu doze soldos de modo bastante brusco, abriu a porta, não me pediu, como os outros, que eu lhe trouxesse outras garotas (aparentemente já sabia onde se abastecer) e, mostrando-me o caminho da cela de seu amigo, disse-me para retirar-me, pois, como a hora de seu ofício estava chegando, não podia me acompanhar; trancafiou-se de novo sem me dar o tempo de responder."

"É... realmente", disse o Duque, "muita gente não suporta o momento de enfrentar a perda da ilusão. Parece que o orgulho sofre por se mostrar a uma mulher num tal estado de fraqueza e que o desgosto nasce do embaraço que se sente então." "Não", respondeu Curval, que Adônis, de joelhos, masturbava, e cujas mãos deslizavam pelo corpo de Zelmire, "não, meu amigo, o orgulho nada tem a ver com isso; mas o objeto, que, em si, não tem valor, a não ser o que nossa lubricidade lhe confere, mostra-se absolutamente tal como é uma vez apagada a lubricidade. Quanto mais violenta a irritação, mais o objeto se despoja quando essa irritação não o sustenta mais, assim como ficamos mais ou menos cansados em virtude do maior ou menor grau de exercício que fizemos, e o desgosto que sentimos então não passa do sentimento de uma alma saciada à qual a felicidade desagrada porque acaba de cansá-la." "Entretanto", disse Durcet, "desse desgosto costuma nascer um projeto de vingança cujas consequências funestas já vimos." "Trata-se então de outra coisa", retomou Curval, "e como a sequência dessas narrativas talvez nos oferecerá exemplos do que estais dizendo, não apressemos as dissertações que esses fatos produzirão naturalmente." "Presidente, dize a verdade", disse Durcet, "prestes a desvairar como estás, acho que, no momento, preferes preparar-te para sentir como se goza do que dissertar sobre quando se desgosta." "Nada disso... Só uma palavra", disse Curval, "sou da maior frieza... Certamente", continuou, beijando Adônis na boca, "esta criança é encantadora... Mas não se pode fodê-la; não conheço nada pior do que vossas leis!... É preciso aceitar cada coisa... cada coisa... Vamos, vamos, continua Duclos, pois sinto que vou fazer besteiras, e quero que minha ilusão se sustente pelo menos até eu ir para a cama." O Presidente, ao ver que sua ferramenta começava a rebelar-se, mandou de volta as duas crianças a seu lugar e, deitando-se de novo junto a Constance que, sem dúvida, por mais linda que fosse não o exaltava tanto, pressionou mais uma vez Duclos a continuar, e esta obedeceu prontamente nestes termos:

"Fui encontrar a minha pequena camarada. Louis já havia terminado, e mediocremente felizes, ambas deixamos o convento, eu quase decidida a nunca mais voltar. O tom de Geoffroi humilhara o meu pequeno amor-próprio e, sem aprofundar de onde vinha meu desgosto, não gostei de suas sequelas, nem de suas consequências. Entretanto, estava escrito em meu destino que ainda teria algumas aventuras neste convento, e o exemplo de minha irmã, que, segundo me disse, lidara com mais de quatorze deles, havia de me convencer que minhas aventuras libertinas ainda não haviam chegado ao seu fim. Percebi isso três meses depois dessa última aventura, com as solicitações que me fez um desses bons reverendos, um homem de aproximadamente sessenta anos. Não houve artimanha à qual não recorresse para me convencer a ir a seu aposento. Uma acabou funcionando tão bem que lá me encontrei num belo domingo de manhã sem saber nem como nem por quê. O velho devasso, a quem chamavam de Padre Henri, lá me trancafiou assim que me viu entrar e me beijou afetuosamente. 'Ah! pequena gatuna', gritou ele, de tanta alegria, 'agora estás em meu poder, e dessa vez não vais conseguir fugir de mim'. Fazia muito frio; meu pequeno nariz estava cheio de ranho, coisa bastante comum em crianças. Quis assoá-lo. 'Ei! não, não', disse Henri impedindo-me, 'deixa que cuido disso, pequenina'. Tendo me deitado em sua cama com a cabeça ligeiramente inclinada de lado, sentou-se perto de mim e colocou minha cabeça para trás no seu colo. Nessa posição, ele parecia devorar com os olhos essa secreção de meu cérebro. 'Oh! que linda ranhosa, dizia pasmado, como vou chupá-la!' Curvando-se então sobre minha cabeça e enfiando meu nariz inteiro em sua boca, não apenas devorou todo aquele ranho de que estava cheia, como também enfiou lascivamente a ponta de sua língua em minhas duas narinas em alternância, e isso com tanta arte, que provocou dois ou três espirros que redobraram esse corrimento que desejava e devorava com tanto empenho. Mas senhores, não me pedi detalhes deste, que nada vi; e quer ele nada tenha feito ou quer ele o tenha feito em seus calções, nada percebi, pois, entre tantos beijos e lambidas, nada deu a entender que tivesse chegado a um êxtase mais forte, e consequentemente, acredito que não tenha esporrado. Também não levantou minhas vestes, e suas mãos não se desencaminharam; garanto-vos que a fantasia daquele velho libertino poderia funcionar com a moça mais honesta e novata do mundo, sem que esta pudesse ver nisso a menor lubricidade."

"O mesmo não se deu com aquele que o acaso me ofereceu no próprio dia em que completara nove anos. Padre Étienne era o nome do libertino, já havia pedido várias vezes à minha irmã para que me levasse até ele, e ela insistiu para que eu fosse vê-lo (sem porém levar-me até lá de medo que nossa mãe, que já desconfiava de algo, ficasse sabendo), quando, um dia, deparei-me frente a frente com ele, num canto da igreja, perto da sacristia. Foi tão delicado e usou argumentos tão persuasivos, que não me fiz de rogada. Padre Étienne, de aproximadamente quarenta anos, era forte, saudável e vigoroso. Mal acabamos de entrar em seu aposento, ele me perguntou se eu sabia masturbar um pau. 'Infelizmente!', disse corando, 'mal sei do que estais falando.' 'Pois bem! Vou te ensinar, minha pequena', disse-me beijando-me afetuosamente a boca e os olhos; 'meu único prazer é o de instruir mocinhas, e minhas aulas são tão boas que nunca as esquecem. Começa por te livrar dessas tuas saias, pois já que vou te ensinar o que é necessário fazer para me dar prazer, é justo que eu também te ensine o que deves fazer para sentir prazer, e para tanto, é preciso que nada nos atrapalhe. Vamos, comecemos contigo. O que vês aqui', disse, colocando minha mão na minha moita, 'chama-se boceta, e, para que provoques nela cócegas deliciosas, deves proceder assim: com um dedo, esfrega delicadamente essa pequena elevação que sentes aqui, a que chamam de clitóris.' Depois, fazendo-me praticar: 'Aí, minha pequena, isso mesmo, enquanto uma de tuas mãos trabalha nesse local, faze com que o dedo da outra se introduza imperceptivelmente nessa fenda deliciosa...'. E colocando minha mão na posição correta: 'Isso, assim mesmo... e então, não sentes nada?', disse ele enquanto praticava sua lição. 'Não, meu Padre, eu juro', respondi ingenuamente. 'Nossa! É porque és jovem demais, mas, dentro de dois anos, verás o prazer que isto te trará.' 'Esperai', lhe disse, 'creio, entretanto, estar sentindo algo.' Esfregava-me o quanto podia, nos lugares que me havia indicado... De fato, algumas ligeiras titilações voluptuosas acabavam de me convencer que a receita não era uma quimera, e o uso frequente que, desde então, fiz desse profícuo método assegurou-me cada vez mais da habilidade de meu mestre. 'Agora é a minha vez', disse Étienne, 'pois teus prazeres irritam meus sentidos, e preciso compartilhá-los, meu anjo. Segura', me disse, fazendo-me empunhar uma ferramenta tão monstruosa que minhas pequenas mãos mal podiam conter, 'segura, minha pequena, isso se chama de pau, e este movimento', continuou ele, conduzindo meu punho em sacudidas rápidas, 'este movimento chama-se punheta. Assim, neste momento, estás me batendo uma punheta. Vamos, pequenina, com mais força! Quanto mais rápidos e apressados teus movimentos, mais apressarás o momento de minha embriaguez. Contudo, respeita algo essencial, acrescentou, continuando a dirigir minhas sacudidas, não te esqueças de manter a cabeça sempre descoberta. Nunca a recobre com essa pele que chamamos de prepúcio: se o prepúcio chegar a encobrir essa parte que chamamos de glande, todo meu prazer dissipar-se-á. Vamos, minha criança', continuava meu mestre, 'deixemos que eu faça em ti o que fazes em mim.' Espremeu-se em meu peito ao dizer isso, enquanto eu continuava agindo, e colocou então suas mãos de modo tão hábil, e moveu os dedos com tanta arte, que o prazer acabou atingindo-me, e é de fato a ele que devo essa primeira lição. Então, como minha cabeça começou a girar, descuidei da minha tarefa, e o reverendo, que ainda não estava prestes a terminar, consentiu em renunciar um instante a seu prazer para cuidar apenas do meu. Quando eu o provara por completo, ele me fez retomar o serviço que meu êxtase me obrigara a interromper e me mandou expressamente não mais me distrair e cuidar apenas dele. Fiz com toda minha alma, pois era justo: eu lhe devia mesmo algum reconhecimento. Empenhei-me com tanta boa vontade e respeitei tão exatamente tudo o que me tinha pedido, que o monstro, vencido por sacudidas tão premidas, acabou vomitando toda sua raiva e me cobriu com seu veneno. Étienne então pareceu arrebatado pelo mais voluptuoso delírio. Beijou minha boca com ardor, enquanto manuseava e masturbava minha boceta, e o desvario de suas falas desvendava mais ainda sua desordem. Os f... e os b... entremeados aos nomes mais tenros caracterizavam esse delírio que durou muito tempo e do qual o galante Étienne, muito diferente de seu confrade engolidor de urina, apenas saiu para me dizer que eu era encantadora, rogou que tornasse a vê-lo, pois me trataria todas as vezes como acabara de fazer. Botou um *petit écu*[23] na minha mão, reconduziu-me onde me havia encontrado e me deixou toda maravilhada e encantada com essa nova boa fortuna que, reconciliando-me com o convento, me levou a tomar a resolução de voltar a ele com frequência no futuro, convencida de que quanto mais velha me tornasse, mais agradáveis seriam as aventuras que nele encontraria. Mas este não era o meu destino: acontecimentos mais importantes me esperavam num novo mundo, e, voltando para casa, fiquei sabendo de notícias que logo turvaram a embriaguez em que me lançara o feliz desfecho dessa minha última história."

Nesse instante, um sino ressoou no salão: era o anúncio de que o jantar era servido. Em consequência, Duclos, unanimemente aplaudida pelo início interessante de sua história, desceu de sua tribuna, e depois de terem se restabelecido ligeiramente da desordem em que cada um se encontrava, ocuparam-se novamente de prazeres indo às pressas buscar os que Comus[24] lhes oferecia. Essa refeição devia ser servida pelas oito garotas nuas. Elas estavam prontas na hora em que mudaram de salão, pois cuidaram de sair alguns minutos antes. Devia haver uns vinte comensais: os quatro amigos, os oito fodedores e os oito meninos. Entretanto, o Bispo, sempre furioso com Narciso, não permitiu que participasse da festa, e como haviam combinado terem entre si complacências mútuas e recíprocas, ninguém nem pensou em pedir a revogação do mandado, e o garoto foi trancafiado sozinho num gabinete obscuro à espera do momento das orgias, quando Monsenhor talvez se reconciliasse com ele. As esposas e as narradoras foram prontamente jantar em seus aposentos particulares, para estarem prontas para as orgias; as velhas dirigiram o serviço das oito meninas, e passaram à mesa. Essa refeição, bem mais substancial que o almoço, foi servida com muito mais magnificência, brilho e esplendor. Serviram primeiro uma sopa de lagostim e petiscos compostos de vinte pratos. Depois trouxeram vinte entradas que, a seguir, foram substituídas por outras vinte entradas finas, compostas apenas por peitos de aves e caças disfarçadas de todas as maneiras possíveis e imagináveis. Estas foram substituídas por assados em que havia tudo o que se pode imaginar de mais raro. Em seguida, chegaram confeitarias frias, que logo cederam o lugar a vinte seis *entremets* de todas as aparências e formas. Tiraram a mesa e o que acabara de ser retirado foi substituído por uma coleção completa de confeitarias açucaradas, frias e quentes. Finalmente, chegou a sobremesa, com um número prodigioso de frutas, apesar da estação, seguidas por sorvetes, chocolate e licores que tomaram a mesa. Quanto aos vinhos, variavam com cada serviço: no primeiro, Borgonha; no segundo e no terceiro, dois tipos diferentes de vinhos italianos; no quarto, vinho do Reno; no quinto, vinhos do vale do Ródano; no sexto, Champanha e vinhos gregos de dois tipos com os dois diferentes serviços. As cabeças ficaram prodigiosamente aquecidas. Durante o jantar, ao contrário do almoço, não era permitido repreender muito as criadas: sendo a quinta-essência do que a sociedade oferecia, elas deviam ser um pouco mais poupadas, mas em compensação, permitiram-se com elas doses furiosas de torpeza. Meio bêbado, o Duque declarou que não iria beber mais nada além da urina de Zelmire, e dela sorveu dois grandes copos que a mandou encher, depois de fazê-la subir na mesa e agachar sobre seu prato. "Que bela façanha esta", disse Curval, "engolir mijo de donzela!" e chamando Fanchon para junto de si: "Vem, cadela", disse, "é da própria fonte que quero sorver". E, inclinando a cabeça entre as pernas dessa velha bruxa, engoliu gulosamente os jorros impuros da urina envenenada que esta lhe arremessava direto no estômago. Enfim, as falas foram se inflamando, abordando diferentes pontos dos costumes e da filosofia, e deixo que o leitor reflita se sua moral foi bem apurada. O Duque iniciou um elogio da libertinagem e provou que ela tinha seu lugar na natureza e que quanto mais se multiplicassem seus desregramentos, melhor esta se serviria. Sua opinião foi unanimemente aceita e aplaudida, e levantaram-se para ir pôr em prática os princípios que acabaram de estabelecer. Tudo estava pronto no salão das orgias: as mulheres já se encontravam lá, nuas, deitadas em pilhas de almofadas no chão, misturadas com os jovens efebos que, para tanto, haviam deixado a mesa pouco depois da sobremesa. Nossos amigos chegaram cambaleantes, duas velhas os despiram, e eles caíram sobre o rebanho como lobos invadindo um redil. O Bispo, cujas paixões estavam ferozmente irritadas pelos obstáculos que impediram seu jorro, apoderou-se da bunda sublime de Antínoo enquanto Hércules o fodia, e vencido por essa última sensação e pelo serviço relevante e tão desejado que Antínoo, provavelmente, lhe prestou, acabou derramando grandes fluxos de sêmen tão precipitados e acres que desmaiou no seu êxtase. As fumaças de Baco vieram acabar de subjugar seus sentidos entorpecidos pelo excesso da luxúria, e nosso herói passou do desvanecimento a um sono tão profundo que foram obrigados a carregá-lo para sua cama. O Duque não ficou atrás. Curval, lembrando a oferta que Martaine fizera ao Bispo, intimou-a a consumá-la e deleitou-se com ela enquanto o enrabavam. Mil outros horrores, mil outras infâmias acompanharam e seguiram-se a estas, e nossos três bravos campeões, pois o Bispo não estava mais naquele mundo, nossos valorosos atletas, digo, escoltados pelos quatro fodedores do serviço noturno, que não estavam presentes, mas vieram buscá-los, se retiraram com as mesmas mulheres que tinham em seus sofás durante a narração, infelizes vítimas de suas brutalidades, e às quais, certamente, infligiram mais ultrajes do que carícias e às quais, sem dúvida, deram mais desgosto do que de prazer. Esta foi a história da primeira jornada.

SEGUNDO DIA

Levantaram-se na hora usual. Completamente restabelecido de seus excessos, o Bispo, muito escandalizado por terem-no deixado dormir sozinho, havia tocado a campainha, às quatro da manhã, para que Julie e o fodedor que lhe era destinado viessem cumprir seu ofício. Chegaram imediatamente, e, em seus braços, o libertino tornou a mergulhar em novas lubricidades. Após o café da manhã, segundo o uso, Durcet vistoriou o aposento das mocinhas, e encontrou novas delinquentes, apesar de todas as advertências que lhes fizeram. Michette era culpada num certo gênero de falta, e Augustine, a quem Curval mandara permanecer o dia inteiro num determinado estado, encontrava-se no estado exatamente oposto: como não se lembrara, pedia mil desculpas, prometendo que não aconteceria mais; mas o quatrunvirato foi inflexível e ambas foram inscritas na lista das punições do primeiro sábado. Como todos estavam singularmente descontentes com a falta de destreza de todas essas mocinhas na arte da masturbação e impacientes com o que o relato da véspera havia despertado neles, Durcet propôs que, na parte da manhã, uma hora fosse dedicada a ensinar-lhes este ofício, e que cada um por sua vez levantaria uma hora mais cedo, sendo o horário desse exercício das nove às dez, cada um teria de levantar, digo, às nove horas para colaborar nesse exercício. Decidiram que quem cumprisse essa função sentar-se-ia tranquilamente no meio do harém, numa poltrona, e que cada uma das meninas, conduzidas e guiadas pela Duclos, a melhor batedora de punheta do castelo, viria exercitar-se nele, com Duclos dirigindo sua mão e movimentos, e que ela lhes ensinaria a maior ou menor velocidade necessária às suas sacudidas em função do estado do paciente; ela ainda prescreveria suas atitudes e posturas durante a operação, e haveria punições rigorosas para aquelas que, ao cabo da primeira quinzena, não conseguisse um êxito perfeito nessa arte e necessitasse de mais aulas. Foi-lhes especialmente recomendado e muito justamente, conforme os princípios do recoleto, que mantivessem sempre a glande descoberta durante a operação e que a mão desocupada no ato cuidasse, enquanto isso, de roçar constantemente as partes vizinhas, segundo as diferentes fantasias daqueles com quem estivessem lidando. Esse projeto do financista agradou a todos. A pedido, Duclos deixou um consolo em seu aposento, com o qual elas poderiam sempre exercitar seu punho para conferir-lhe a espécie de agilidade necessária. Confiaram a Hércules a mesma função com os meninos, sempre bem mais hábeis nessa arte do que as meninas, por se tratar apenas de fazer nos outros o que fazem em si mesmos; uma semana foi o suficiente para que eles se tornassem os mais deliciosos batedores de punheta que fosse possível encontrar. Naquela manhã, nenhum deles estava em falta, e como o exemplo de Narciso, na véspera, fizera com que quase todas as permissões fossem recusadas, somente estavam na capela Duclos, dois fodedores, Julie, Thérèse, Cupido e Zelmire. Curval ficou de pau muito duro; tinha se inflamado sobremaneira de manhã com Adônis, durante a visita dos meninos, e todos acreditaram que fosse esporrar, vendo Thérèse e os dois fodedores em ação, mas ele se conteve. O almoço foi tranquilo, mas o caro Presidente, que tinha abusado singularmente demais de bebida e licenciosidade durante a refeição, inflamou-se de novo na hora do café, servido por Augustine, Michette, Zelamir e Cupido, dirigidos pela velha Fanchon, a quem, por excentricidade, mandaram ficar nua como as crianças. Esse contraste despertou um novo furor lúbrico em Curval, que se entregou a alguns desregramentos requintados com a velha e Zelamir, o que lhe valeu, enfim, a perda de sua porra. Com o membro erguido, o Duque empurrava Augustine; berrava, xingava, disparatava, e a coitadinha, tremendo em pé, recuava sempre, feito pomba diante da ave de rapina que a espreita e está prestes a torná-la sua presa. Entretanto, contentou-se com alguns beijos libertinos e lhe deu uma primeira lição, como prelúdio àquela que começaria a ter no dia seguinte. E como os dois outros amigos, menos animados, já estavam tirando seu cochilo, nossos dois campeões foram imitá-los, e somente acordaram às seis, para irem ao salão de histórias. Todos os quartetos da véspera haviam sido mudados, tanto no que diz respeito aos sujeitos como às roupas, e nossos amigos estavam assim acompanhados nos sofás: o Duque, por Aline, filha do Bispo e, consequentemente, sua sobrinha ao menos; o Bispo, por sua cunhada Constance, mulher do Duque e filha de Durcet; Durcet, por Julie, filha do Duque e mulher do Presidente; e Curval, para que acordasse e se animasse um pouco, por sua filha Adélaïde, mulher de Durcet, uma das criaturas que mais tinha prazer em chatear em razão de sua virtude e devoção. Ele começou com algumas brincadeiras de mau gosto e, tendo lhe ordenado que adotasse, durante toda a sessão, uma posição muito conforme a seus gostos, embora muito desconfortável para a pobrezinha, ameaçou-a de todos os efeitos de sua ira caso a abandonasse por um instante sequer. Como tudo estava pronto, Duclos subiu à sua tribuna e retomou assim o fio de sua narração:

"Havia três dias que minha mãe não aparecia em casa, quando seu marido, muito mais preocupado com os pertences e o dinheiro dela do que com a criatura em si, teve a ideia de entrar em seu aposento, onde costumavam guardar o que tinham de mais precioso. Qual não foi seu espanto quando, no lugar daquilo que buscava, encontrou apenas um bilhete de minha mãe que lhe pedia para se conformar com a perda que sofria, pois tinha decidido separar-se dele para sempre, e como não tinha dinheiro, tinha mesmo de tomar tudo o que levara; de resto, ele apenas devia culpar a si mesmo e aos maus-tratos que lhe infligira por ela o abandonar; ademais ela lhe deixava duas moças que equivaliam ao que levava consigo. Contudo, o sujeito estava muito longe de achar que um valesse pelo outro, e o fato de ele ter nos mandado embora graciosamente, rogando-nos para nem mesmo dormir em casa, foi a prova decisiva de que não concordava com a minha mãe. Muito pouco aflitas com essa grosseria que nos dava plena liberdade, à minha irmã e a mim, para nos entregarmos à vontade ao tipo de vida que começava a nos agradar tanto, apenas pensamos em levar nossos poucos pertences e nos despedimos tão prontamente do caro padrasto quanto lhe agradara nos dispensar. Minha irmã e eu mudamos imediatamente para um pequeno aposento nas imediações, até decidirmos o que fazer de nossas vidas. Ali, nossos primeiros pensamentos foram para o destino de nossa mãe. Não duvidamos um minuto sequer de que ela estivesse no convento, decidida a viver secretamente com algum padre, ou deixando-se sustentar por ele em algum canto por perto, e acreditávamos nisso sem muitas preocupações, quando um frade do convento veio nos trazer um bilhete que nos fez mudar nossas conjeturas. A mensagem dizia, em substância, que o melhor conselho, para nós, seria o de ir, tão logo anoitecesse, ao convento, na casa do próprio Superior que escrevia o bilhete; que ele nos esperaria na igreja até as dez horas da noite e nos levaria até o lugar onde estava nossa mãe, junto a quem ele teria o prazer de nos fazer compartilhar a felicidade e a tranquilidade atual. Ele nos exortava firmemente a não deixar de assim fazer e, sobretudo, a esconder nossos procedimentos com o maior cuidado, pois era essencial que nosso padrasto nada soubesse de tudo o que fazia para minha mãe e para nós. Minha irmã, que à época contava quinze anos e, consequentemente, possuía mais espírito e mais razão do que eu, que tinha apenas nove, depois de responder que pensaria a respeito e de dispensar o portador do bilhete, não deixou de se espantar com todas essas manobras. 'Não iremos, Françon. Aí tem coisa. Se essa proposta fosse honesta, por que minha mãe não haveria de acrescentar um recado a este, ou pelo menos assinasse? E com quem estaria ela, minha mãe, no convento? Há aproximadamente três anos que o padre Adrien, seu melhor amigo, não se encontra mais lá. Desde aquela época, ela só vai lá de passagem, pois não tem mais nenhuma intriga firme. Por que teria ela escolhido esse refúgio? O superior não é, nem nunca foi, seu amante. Sei que ela já se divertiu com ele duas ou três vezes, mas ele não é homem de se ligar a uma mulher exclusivamente por isso, pois ninguém é mais inconstante e até mesmo brutal com as mulheres do que ele, uma vez saciado seu capricho. Desse modo, de onde viria tanto interesse por nossa mãe? Aí tem coisa, podes acreditar. Nunca gostei daquele velho superior: ele é malvado, duro, brutal. Uma vez, me levou a seu aposento, onde havia mais três outros, e pelo que me ocorreu, jurei nunca mais pisar lá. Por mim, ficamos longe de todos esses monges marotos. Vou ser bem franca, Françon, tenho uma conhecida, e ouso até dizer boa amiga: chamam-na de senhora Guérin. Há dois anos que a venho frequentando e, desde então, não houve uma semana em que ela não me arranjasse um bom encontro íntimo, mas não daqueles de doze soldos, como os que fazíamos no convento: nenhum me valeu menos de três *écus*[25]. Olha, eis aqui a prova, continuou minha irmã mostrando-me uma bolsa contendo mais de dez luíses, estás vendo que tenho o bastante para viver. Pois bem, na minha opinião, você podia muito bem fazer a mesma coisa. A senhora Guérin te receberá, tenho plena certeza disso; ela te viu oito dias atrás quando veio me buscar para um desses encontros, e me encarregou de te propor alguns também, pois, por mais jovem que és, ela sempre encontrará aqueles com quem possa te colocar. Imita a mim, te peço, e logo estaremos por cima em nossos negócios. De resto, nada mais posso te dizer, pois exceto esta noite, quando pagarei tuas despesas, não contes mais comigo, irmãzinha. Cada um por si, neste mundo. Ganhei isto com meu corpo e meus dedos; faze a mesma coisa. E se sentires vergonha, vai para o inferno, e, sobretudo, não me procures mais; realmente, depois do que acabei de te dizer, não te daria um copo d'água, nem que aparecesse diante de mim com uma língua de dois pés de comprimento. Quanto à minha mãe, longe de estar zangada com sua sorte, qualquer que seja, afirmo que dela me alegro e quero mais que essa puta esteja tão distante que eu nunca a reveja enquanto viver. Sei o quanto me atrapalhou no meu ofício, e me lembro de todos os lindos conselhos que a sacana me dava, enquanto fazia três vezes pior. Minha amiga, o diabo que a carregue e, sobretudo, não a traga de volta! É tudo o que lhe desejo.' Como, a bem da verdade, eu não tinha nem o coração mais tenro, nem a alma mais elevada que minha irmã, aceitei de boa-fé todas as invectivas com que condenava essa excelente mãe, e lhe agradecendo pelas informações que me dava, prometi ir com ela ver aquela senhora e, uma vez que esta me adotasse, deixaria de estar a seu cargo. Quanto à recusa de ir ao convento, concordei com ela. 'Se ela de fato está feliz, tanto melhor para ela', disse, 'neste caso também podemos ser felizes do nosso lado, sem precisarmos compartilhar da sua sorte. E se for uma armadilha contra nós, haveremos de evitá-la.' Então minha irmã me beijou. 'Vejo agora que és uma boa moça. Vamos, vamos, podes ter certeza que faremos fortuna. Eu sou linda, e tu também: ganharemos o que quisermos, minha amiga. Mas não podemos nos apegar, lembra-te disso. Hoje um, amanhã outro, é preciso ser puta, minha querida, puta na alma e no coração. Quanto a mim', continuou, 'fica sabendo que sou tão puta agora que não há confissão, nem padre, nem conselho, nem admoestação que possam me tirar do vício. Santo Deus, mostraria a bunda nas calçadas com tanta tranquilidade quanto beberia um copo de vinho. Imita-me, Françon, temos tudo a ganhar dos homens com complacência; o ofício é um pouco duro no começo, mas depois a gente se acostuma. Tantos homens, tantos gostos; deves primeiro saber disso. Um quer uma coisa, outro quer outra, mas o que importa é que estamos aí para obedecer, a gente se submete: tudo passa depressa, mas o dinheiro fica.' Confesso que estava confusa por ouvir falas tão desregradas na boca de uma moça tão jovem e que sempre me parecera decente. Entretanto, como meu coração compartilhava desse espírito, logo lhe confirmei que estava não apenas disposta a imitá-la em tudo, mas ainda a fazer pior do que ela caso fosse necessário. Encantada comigo, ela me beijou novamente, e como começava a ficar tarde, mandamos buscar uma galinha e um bom vinho; jantamos e deitamos juntas, decididas a nos apresentar à Guérin na manhã seguinte e pedir-lhe que nos aceite como suas pensionistas. Foi durante esse jantar que minha irmã me ensinou tudo o que ainda ignorava a respeito da libertinagem. Ela se exibiu inteiramente nua diante de mim, e posso garantir que era uma das mais lindas criaturas que então havia em Paris. A mais linda pele, a opulência mais agradável e, apesar disso, o corpo mais ágil e mais interessante possível, os mais lindos olhos azuis, e todo o resto dentro das medidas. Também fiquei sabendo, então, o quanto a senhora Guérin valorizava isso e com que prazer ela a entregava a seus clientes que, jamais cansados dela, sempre a exigiam de novo. Mal havíamos nos deitado quando nos lembramos que esquecêramos inadvertidamente de mandar uma resposta ao superior, o qual talvez se irritasse com a nossa negligência: era preciso não contrariá-lo, pelo menos enquanto continuássemos no bairro. Mas como reparar o descuido? Já passava das onze horas, e decidimos deixar as coisas se resolverem sozinhas. Ora, parece que o superior tinha muito apego por essa aventura, o que permite deduzir que trabalhava mais para si próprio do que para a pretensa felicidade de que nos falava, pois, mal acabara de soar meia-noite quando bateram de leve à nossa porta. Era o superior em pessoa. Ele nos aguardara, dizia, por duas horas; devíamos ao menos ter lhe mandado uma resposta. E tendo sentado perto de nossa cama, nos disse que nossa mãe estava determinada a passar o resto de seus dias num pequeno aposento secreto que eles tinham no convento e no qual lhe serviam as melhores comidas do mundo, condimentadas na companhia dos manda-chuvas da casa, os quais vinham passar metade do dia com ela e outra jovem mulher, sua companheira; dependia apenas de nós irmos nos juntar a elas; mas no entanto, como éramos jovens demais para nos fixar, ele apenas nos engajaria por três anos, ao fim dos quais jurava devolver-nos a liberdade, e pagar mil *écus* a cada uma; e que minha mãe o encarregara de nos garantir que teria o maior prazer em nos ver compartilhar sua solidão. 'Meu padre', disse desaforadamente minha irmã, 'agradecemos vossa proposta. Entretanto, na nossa idade, não queremos nos trancafiar num claustro para tornar-nos putas de padres; já fizemos isso em demasia.' O superior renovou suas instâncias; nelas imprimia um tal ardor e um tal empenho que provavam claramente até que ponto ele desejava ter sucesso em sua empreitada. Por fim, vendo que não teria êxito, quase enfurecido, jogou-se sobre minha irmã. 'Pois bem, sua putinha!', disse, 'satisfaze-me pelo menos mais uma vez, antes que eu te deixe'. E desabotoando os calções montou sobre ela, que não resistiu, convencida de que, ao deixá-lo satisfazer suas paixões, se livraria dele mais cedo. O devasso, prendendo-a debaixo de si com seus joelhos, ficou agitando uma ferramenta dura e bastante grossa a quatro linhas do rosto de minha irmã. 'Que belo rosto', gritou, 'que carinha de puta! Vou inundá-la de porra! Ah, santo Deus!' E então as eclusas se abriram, o esperma jorrou, e toda a fisionomia de minha irmã, principalmente seu nariz e sua boca, ficou coberta das provas da libertinagem de nosso homem, cujas paixões talvez não se teriam saciado com tão pouco, caso seu projeto tivesse tido êxito. Depois de jogar um *écu* na mesa e reacender sua lanterna: 'Sois umas pequenas imbecis, umas meretrizes', disse, 'acabeis de desperdiçar vossa fortuna. Pudera o céu punir-vos por isso, fazendo-vos cair na miséria e pudera eu ter o prazer de ver-vos nesse estado, para minha vingança: esses são meus últimos desejos.' Minha irmã, que enxugava seu rosto, lhe devolveu prontamente todas suas imprecações, nossa porta se fechou para só tornar a se abrir na manhã seguinte, e passamos pelo menos o resto da noite tranquilas. 'O que acabaste de ver, disse minha irmã, é uma de suas paixões favoritas. Ele é louco para esporrar no rosto das garotas. Ainda se ficasse nisso... Mas, infelizmente, o velhaco tem muitos outros gostos e tão perigosos que os temo muito...' Vencida pelo sono, minha irmã adormeceu antes de acabar a frase, e o dia seguinte, que nos traria outras aventuras, não nos deixou pensar mais nesta."

"De manhã cedo, levantamos e, após nos arrumarmos da melhor maneira possível, fomos até a casa da senhora Guérin. Nossa heroína morava na rua Soli, num apartamento muito limpo, no primeiro andar, que dividia com seis mocinhas de dezesseis a vinte e dois anos, todas muito viçosas e muito lindas. Por favor, senhores, permiti que eu somente as descreva à medida que isso se torne necessário. A senhora Guérin encantou-se com o projeto que trazia minha irmã em sua casa, pois havia tempo que queria isso, e nos recebeu e hospedou ambas com o maior prazer. 'Por mais jovem que seja essa criança', disse-lhe minha irmã mostrando-me, 'ela vos servirá bem, eu garanto. Ela é doce, gentil, tem um caráter muito bom e a putaria mais decidida dentro da alma. Tendes muitos devassos entre vossos conhecidos que querem crianças, aqui está uma do jeito que gostam... Empregai-a.' Virando para mim, Guérin me perguntou se estava disposta a tudo. 'Sim senhora', respondi com um ar atrevido que a agradou, 'a tudo para ganhar dinheiro.' Apresentou-nos a nossas novas companheiras de quem minha irmã já era muito conhecida e que, por amizade a ela, lhe prometeram cuidar de mim. Almoçamos todas juntas e em suma, senhores, foi assim que acabei instalada num bordel. Não demorou muito até encontrarem um cliente para mim. Naquela mesma noite chegou um velho comerciante embrulhado num casaco, e Guérin casou-me com ele para minha estreia. 'Ora!', disse ao velho libertino apresentando-me a ele, 'bem sei que as apreciais sem pelos, senhor Duclos: garanto-vos que esta não os tem.' 'De fato', disse o velho original examinando-me, 'ela parece bem criança. Quantos anos tendes, minha pequena?' 'Nove anos, senhor.' 'Nove anos... Muito bem, senhora Guérin, como sabeis, gosto delas assim. E mais jovens ainda, se as tivésseis: pela morte de Deus,[26] eu as pegaria assim que desmamassem.' A Guérin despediu-se rindo de sua fala e nos trancou juntos. Então, o velho libertino, aproximando-se de mim, beijou-me duas ou três vezes na boca. Com uma de suas mãos conduziu a minha, e me fez tirar de sua braguilha uma ferramenta nem um pouco dura, e agindo sempre sem falar muito, abriu minhas saias, deitou-me no sofá, com a camisa levantada até o peito; posicionando-se a cavalo sobre minhas coxas, que ele havia deixado o mais abertas possível, com uma de suas mãos entreabria minha pequena boceta ao máximo que podia, e, com a outra, se masturbava por cima, com todas as suas forças. 'Que lindo passarinho', dizia, sacudindo-se e suspirando de prazer, 'como te aprisionaria se eu pudesse! Mas não consigo mais; ainda que tentasse por quatro anos, esse pau infame não ficaria duro. Abre, abre minha pequerrucha, abre mais.' E, ao cabo de uns quinze minutos, acabei vendo meu homem suspirar com mais força. Alguns 'santo Deus' vieram dar mais energia a suas expressões; e senti todas as bordas da minha cona inundadas com esperma quente e espumante que o tratante, por não ter condição de lançá-lo dentro, se esforçava ao menos em fazer penetrar ali com seus dedos. Mal terminara, sumiu como um relâmpago, e enquanto ainda tratava de me enxugar, meu galante já estava na rua. Esta é a origem, senhores, do meu nome Duclos: era uso, naquela casa, que cada moça adotasse o nome do primeiro homem com quem lidasse, e eu segui a moda."

"Um instante", disse o Duque. "Não quis interromper antes de chegardes a uma pausa, mas já que chegastes a uma, explicai-me melhor duas coisas: a primeira se tivestes notícias de vossa mãe ou nunca mais soubestes de seu paradeiro, e a segunda, se as causas da antipatia que sentistes, vossa irmã e vós, para com ela, estavam naturalmente em vós ou tinham uma causa. Isso tem a ver com a história do coração humano, e é isso que nos interessa mais particularmente." "Monsenhor", respondeu Duclos, "nem minha irmã nem eu tivemos mais notícias daquela mulher." "Bem", disse o Duque, "é óbvio nesse caso: não é Durcet?" "Incontestavelmente", respondeu o financista. "Sem sombra de dúvida... e fostes muito felizes em não cair na armadilha, pois nunca teriam voltado." "É incrível", disse Curval, "como essa mania se difunde." "Meu Deus, é que ela é muito deliciosa", disse o Bispo. "E quanto ao segundo ponto?", disse o Duque dirigindo-se à narradora. "O segundo ponto, Monsenhor, é o do motivo de nossa antipatia; ser-me-ia muito difícil, meu Deus, dar conta dele; mas ela era tão violenta em nossos corações que nos confessamos mutuamente que teríamos sido capazes de envenená-la caso não tivéssemos conseguido nos livrar dela de outro modo. Nossa aversão era a maior possível, e como ela não nos dava motivos para tanto, é mais do que verossímil que esse sentimento em nós não era senão obra da natureza." "E quem dúvida disso?", disse o Duque. "Ocorre-lhe todos os dias inspirar aos homens a inclinação mais violenta para aquilo que chamam de crime, e por mais que a envenenásseis vinte vezes, essa ação em vós nunca teria sido senão o resultado desse pendor que ela vos teria inspirado para esse crime, pendor que ela vos indicava ao dotar-vos de uma antipatia tão forte. É loucura imaginar que se deva algo à própria mãe. Sobre o que se fundamentaria essa gratidão? Sobre o fato de ela ter gozado enquanto a fodiam? Só faltava isso! Quanto a mim, vejo apenas motivos para ódio e desprezo. Ela nos dá a felicidade ao nos dar à luz?... Longe disso; ela nos arremessa num mundo cheio de escolhos, e cabe a nós fazer o melhor para evitá-los. Lembro-me que tive uma, antigamente, e que me inspirava mais ou menos os mesmos sentimentos que Duclos sentia em relação à sua: eu a abominava. Assim que pude, mandei-a para o outro mundo, e nunca senti volúpia tão viva como a de vê-la fechar os olhos para nunca mais os reabrir."

Neste instante irrompeu um choro horrendo num dos quartetos, justamente o do Duque. Viram que a jovem Sophie desatou a chorar. Dotada de um coração muito diferente do desses celerados, essa conversa evocou em seu espírito a recordação querida daquela que lhe dera à luz, e morreu tentando defendê-la de seus raptores, e essa ideia cruel em sua terna imaginação provocara torrentes de lágrimas. "Ah! por Deus", disse o Duque, "que coisa excelente. É vossa mãezinha que chorais, pequena ranheta, não é? Vinde, vinde, vou consolar-vos." E o libertino aquecido pelas preliminares e pelos discursos, e pelo que nele operavam, exibiu um pau fulgurante, que parecia exigir um esporro. Enquanto isso, Marie (a aia daquele quarteto) trouxe a criança. Suas lágrimas corriam em abundância, e a fantasia de noviça, que vestia naquele dia, parecia conferir ainda mais charme a essa dor que a embelezava. Era impossível encontrar coisa mais linda. "Maldito Deus", disse o Duque, levantando-se freneticamente, "que bom bocado! Quero fazer o que Duclos acaba de contar: quero lambuzar de porra sua boceta... que seja despida". E todos, em silêncio, aguardavam o desfecho dessa pequena escaramuça. "Oh! senhor, senhor", gritou Sophie atirando-se aos pés do Duque, "respeitai ao menos minha dor! Estou chorando a sorte de uma mãe que me foi muito cara, faleceu defendendo-me e nunca mais a verei de novo. Tende piedade de minhas lágrimas e concedei-me ao menos essa única noite de descanso." "Ah! porra", disse o Duque manuseando seu pau que ameaçava o céu, "nunca pensei que essa cena pudesse ser tão voluptuosa. Despe-a; despe-a logo!", disse a Maria, enfurecido, "ela já deveria estar nua." E Aline, que estava no sofá do Duque, derramava rios de lágrimas, assim como a terna Adélaïde, que gemia no nicho de Curval, o qual, longe de compartilhar da dor dessa bela criatura, a admoestava violentamente por ter abandonado a postura que lhe havia imposto enquanto observava com o mais vivo interesse o desfecho dessa deliciosa cena. Nisso, haviam despido

Sophie sem a menor consideração por sua dor; colocaram-na na posição que Duclos acabara de descrever, e o Duque anunciou que iria esporrar. Mas como fazer? O que Duclos acabara de narrar era executado por um homem que não tinha ereção, que não podia dirigir o esporro de seu pau flácido onde queria. Não era o caso aqui: a cabeça ameaçadora da ferramenta do Duque não parava de ameaçar o céu, e seria preciso, por assim dizer, colocar a criança acima dele. Não sabiam como proceder, e, entretanto, quanto mais obstáculos encontravam, mais o Duque, irritado, xingava e blasfemava. Finalmente, a Desgranges veio acudi-lo. Nada do que diz respeito à libertinagem era estranho a essa velha bruxa. Ela apanhou a criança e a colocou tão habilmente no seu colo que, de qualquer maneira que o Duque se posicionasse, a ponta de seu pau roçava sua vagina. Duas criadas vieram segurar as pernas da criança, e, nem que esta fosse a hora de sua defloração, jamais teria apresentado vagina mais linda. Mas só isso não bastava: era preciso uma mão hábil para fazer transbordar a torrente e dirigi-la exatamente para o seu destino. Blangis não queria arriscar essa operação crucial colocando-a nas mãos de uma criança inábil. "Usa a Julie", disse Durcet, "ficarás contente; ela já bate punheta como um anjo." "Porra", disse o Duque, "ela não vai conseguir, conheço a safada; só porque sou seu pai, ela vai morrer de medo." "Meu deus, aconselho-te um menino", disse Curval, "pega Hércules, seu punho é flexível." "Só quero a Duclos", disse o Duque, "é a melhor de todas nossas punheteiras, permiti que deixe um instante seu posto e venha." Duclos se apresentou, toda orgulhosa dessa preferência declarada. Levantou sua manga até o cotovelo e, empunhando o enorme instrumento desse Monsenhor, começou a chocalhá-lo, a cabeça sempre descoberta, a mexer nele com tanta arte, a agitá-lo com sacudidas tão rápidas e ao mesmo tempo tão bem ajustadas ao estado em que seu paciente se encontrava, que a bomba acabou estourando mesmo sobre buraco que devia cobrir e o inundou; o Duque berrou, xingou, praguejou. Duclos não se intimidou; seus movimentos eram determinados pelo grau de prazer que proviam. Antínoo, estrategicamente colocado, enfiava delicadamente o esperma na vagina, à medida que corria, e o Duque, vencido pelas mais deliciosas sensações, viu, expirando em volúpia, amolecer aos poucos, nos dedos de sua punheteira, o fogoso membro cujo ardor acabara de inflamá-lo tão poderosamente. Ele se jogou no seu sofá, Duclos voltou para seu lugar, a criança enxugou-se, consolou-se, retornou a seu quarteto, e o relato se reiniciou, deixando os espectadores convencidos de uma verdade da qual estavam, acredito, compenetrados havia muito tempo: a ideia do crime sempre soube inflamar os sentidos e nos levar à lubricidade.

"Fiquei muito surpresa", disse Duclos, retomando o fio de seu discurso, "ao ver todas minhas companheiras rirem quando as encontrei e me perguntaram se tinha me enxugado, e mil outras coisas que provavam que sabiam muito bem o que acabara de fazer. Não me deixaram curiosa por muito tempo, e minha irmã, levando-me a um aposento contíguo àquele onde os encontros costumavam acontecer e no qual acabara de ser trancada, me mostrou um buraco que dava diretamente para o sofá e do qual se via facilmente tudo o que nele ocorria. Ela me disse que essas mocinhas se divertiam entre si vendo por ali o que os homens faziam com suas companheiras e que eu era livre para ir quando bem entendesse, contanto que não estivesse ocupado, pois costumava acontecer, dizia, desse respeitável buraco servir a mistérios sobre os quais me instruiria na hora certa. Não passaram oito dias que eu já desfrutava desse prazer. Uma manhã em que vieram procurar uma moça chamada Rosalie, uma das mais lindas loiras possíveis de se encontrar, fiquei curiosa para ver o que iam fazer com ela. Escondi-me, e eis a cena que testemunhei. O homem com quem estava lidando não tinha mais de vinte e seis ou trinta anos. Assim que ela entrou, mandou que sentasse num banquinho muito alto e destinado a essa cerimônia. Assim que ela se instalou, ele desprendeu todos os grampos que seguravam sua cabeleira e deixou flutuar até o chão a floresta de cabelos loiros e esplêndidos que ornamentava a cabeça dessa bela moça. Tirou um pente de seu bolso, penteou-os, desembaraçou-os, acariciou-os, beijou-os, alternando cada ação com um elogio sobre a beleza dessa cabeleira que o ocupava tão singularmente. Acabou sacando de seus calções um pequeno pau seco e muito teso que embrulhou prontamente nos cabelos de sua Dulcineia e, masturbando-se na sua nuca, esporrou passando a outra mão em volta do pescoço de Rosalie, e cobrindo sua boca de beijos, guardou sua ferramenta morta. Vi os cabelos de minha companheira completamente melados de porra; ela os enxugou, os prendeu de novo, e nossos amantes se separaram."

"Um mês depois, vieram buscar minha irmã para um personagem que nossas moças me pediram para olhar porque também tinha uma fantasia bastante barroca. Tratava-se de um homem de uns cinquenta anos. Mal entrou e, sem preliminares nem carícias, mostrou seu traseiro à minha irmã que, a par da cerimônia, o fez abaixar sobre a cama, apoderou-se daquela velha bunda mole e engelhada, enfiou seus cinco dedos no orifício e começou a chocalhá-los com uma força tão furiosa que a cama estalava. Enquanto isso, nosso homem, sem nunca mostrar outra coisa, se agitava, se sacudia, acompanhava os movimentos que ela lhe imprimia, facilitava-os com lubricidade e gritou que estava esporrando e gozando com o maior dos prazeres. A agitação fora mesmo violenta, pois minha irmã estava encharcada de suor. Mas que episódio fraco e que imaginação mais estéril!"

"Se aquele que me apresentaram pouco depois não trouxe muito mais detalhes, pelo menos parecia mais voluptuoso, e, para mim, sua mania tinha mais o tom da libertinagem. Era um homem gordo de uns quarenta e cinco anos, baixo, parrudo, mas sadio e vigoroso. Como ainda não tinha visto um homem com gostos parecidos, meu primeiro reflexo, assim que fiquei com ele, foi o de levantar minhas saias até o umbigo. Um cão ao qual se mostra um bastão não faria cara mais feia: 'Ei! Ventre de Deus, menina, virai essa cona para lá, por favor'. Enquanto isso, rebaixou minhas saias com mais pressa do que eu quando as levantara. 'Essas putinhas', continuou mau humorado, 'só têm bocetas para nos mostrar! Por vossa causa, talvez eu não consiga esporrar esta noite... antes de conseguir tirar essa cona infame da cabeça.' E, dizendo isso, virou-me e levantou metodicamente meu saiote por trás. Nessa postura, conduziu-me, sempre segurando minhas saias levantadas; e para ver os movimentos de minha bunda enquanto eu andava, mandou que me aproximasse da cama, sobre a qual me deitou de bruços. Examinou então meu traseiro com a mais escrupulosa atenção, sempre tapando com uma mão a vista de minha cona que ele parecia temer mais que o fogo. Finalmente, após me advertir para dissimular o quanto pudesse essa parte indigne (como disse), mexeu com as duas mãos por muito tempo e com lubricidade no meu traseiro. Ele o abria, o fechava, às vezes levava nele sua boca, e eu a senti até, uma vez ou duas, diretamente encostada no buraco; mas ele ainda não se tocava, nada indicava isso. Sentindo-se, no entanto, aparentemente pressionado, preparou-se para o desfecho de sua operação. 'Deitai-vos no chão', me disse, jogando nele algumas almofadas, 'aqui, sim, assim... Com as pernas bem abertas, a bunda ligeiramente levantada e o buraco o mais aberto possível. Assim, ótimo!', continuou vendo minha docilidade. E então, pegando um banquinho, ele o colocou entre minhas pernas e veio sentar em cima, de modo que seu pau, que agora sacara dos calções e sacudia, ficasse por assim dizer na altura do buraco que venerava. Então seus movimentos tornaram-se mais rápidos. Com uma mão ele se masturbava, com a outra, abria minhas nádegas, e alguns elogios temperados com muitos xingamentos compunham seu discurso: 'Ah! santo Deus, que belas nádegas', exclamava, 'que buraco lindo, ah... como vou inundá-lo!'. E cumpriu sua promessa. Senti-me encharcada; o libertino parecia aniquilado por seu êxtase. Como é verdade que o culto oferecido a esse templo sempre tem mais ardor do que aquele que arde sobre o outro! Ele foi embora depois de ter prometido voltar a me ver, uma vez que satisfazia tão bem seus desejos. De fato, voltou no dia seguinte, mas sua inconstância lhe fez preferir minha irmã. Fui observá-los e vi que ele empregava absolutamente os mesmos procedimentos, e que minha irmã a eles se prestava com a mesma complacência."

"E a tua irmã, tinha uma bela bunda?", perguntou Durcet. "Um único ponto bastará para que possais julgar, Monsenhor", disse Duclos. "Um famoso pintor, encarregado de fazer uma Vênus de lindas nádegas, pediu, no ano seguinte, para que ela lhe servisse de modelo, após ter procurado, dizia, todas as alcoviteiras de Paris sem nada encontrar que a valesse." "Muito bem, como ela tinha quinze anos e que temos aqui mocinhas dessa idade, compara seu traseiro", continuou o financista, "com o de alguns que tens aqui sob teus olhos." Duclos correu os olhos sobre Zelmire e disse ser-lhe impossível encontrar algo que, não apenas no que dizia respeito à bunda, mas também ao rosto, parecesse mais, em todos os pontos, com sua irmã. "Vamos, Zelmire", disse o financista, "vinde logo me apresentar vossas nádegas." Ela fazia justamente parte do seu quarteto. A encantadora moça aproximou-se tremendo. Colocaram-na ao pé do sofá, deitada de bruços; levantaram suas ancas com almofadas; o buraquinho apareceu por inteiro. O devasso, cujo pau mal endurecera, beijou e manuseou o que se lhe apresentava. Ordenou que Julie o masturbasse; esta obedeceu. Suas mãos se desencaminharam em outros objetos, a lubricidade o embriagou, seu pequeno instrumento, com as sacudidas voluptuosas de Julie, ameaçou endurecer por um momento, o devasso xingou, a porra correu, e chamaram para o jantar.

Como a mesma profusão reinava em todas as refeições, descrever uma, é descrever todas. Mas como quase todo o mundo tinha esporrado, precisavam agora retomar as forças e, em consequência, beberam muito. Zelmire, que chamavam de irmã da Duclos, foi extremamente festejada nas orgias e todo mundo quis beijar sua bunda. O Bispo deixou sua porra nela, e, por causa dela, os outros três tornaram a ficar de pau duro, e foram se deitar como na véspera, isto é, cada um com as mulheres que tinham em seus sofás e com um dos quatro fodedores que não tinham aparecido desde o almoço.

TERCEIRO DIA

O Duque levantou-se às nove em ponto. Coube a ele começar a prestar-se às lições que Duclos deveria dar às moças. Acomodou-se numa poltrona e, durante uma hora, enfrentou as diversas carícias, poluções, masturbações e posturas de cada uma dessas moças, conduzidas e guiadas por sua professora, e, como bem se pode imaginar, sua índole fogosa irritou-se furiosamente com tal cerimônia. Precisou de consideráveis esforços sobre si mesmo para não perder sua porra, mas, bastante senhor de si, soube se conter e, triunfante, voltou gabando-se por ter resistido a essa investida e desafiou seus amigos a enfrentá-la com a mesma fleuma. Isso os levou a estabelecerem apostas e uma multa de cinquenta luíses foi determinada para aquele que esporrasse durante as aulas. Em vez do desjejum e das visitas, aquela manhã foi dedicada a ajustar o quadro das dezessete orgias projetadas para o fim de cada semana, e a definir de uma vez por todas as deflorações, as quais tinham mais condição de decretar então, já que conheciam os sujeitos um pouco melhor. Por esse quadro regulava de maneira decisiva todas as operações da campanha, acreditamos ser necessário comunicá-lo ao leitor. Parece-nos que, depois de vê-lo, por conhecer a destinação dos sujeitos, ele lhes daria maior atenção no resto das operações.

Quadro dos projetos do resto da temporada

No dia sete de novembro, fim da primeira semana, celebrar-se-á de manhã o casamento de Michette e Gitão e ambos esposos, cuja idade não permite que se unam, assim como seria o caso para as três núpcias seguintes, serão separados naquela mesma noite, e não se dará mais consideração a essa cerimônia, que apenas servirá para a diversão do dia. Proceder-se-á, naquela mesma noite, à correção dos sujeitos inscritos na lista do amigo do mês.

Do mesmo modo e segundo as mesmas cláusulas acima, celebrar-se-ão, no dia quatorze, o casamento de Narciso e Hébé.

No dia vinte e um, o de Colombe e Zelamir.

No dia vinte e oito, o de Cupido e Rosette

No dia quatro de dezembro, com as narrativas da Champville já devendo permitir esse tipo de empreitadas, o Duque deflorará Fanny.

No dia cinco, Fanny será casada com Hiacinto, que desfrutará de sua jovem esposa diante da assembleia. Esta será a festa da quinta semana e, à noite, far-se-ão as correções de costume, uma vez que os casamentos serão celebrados pela manhã.

No dia oito de dezembro, Curval deflorará Michette.

No dia onze, o Duque deflorará Sophie.

No dia doze, para celebrar a festa da sexta semana, Sophie será casada com Celadão segundo as mesmas cláusulas do casamento acima. O que não se repetirá mais com as núpcias seguintes.

No dia quinze, Curval deflorará Hébé.

No dia dezoito, o Duque deflorará Zelmire, e no dia dezenove, para celebrar a festa da sétima semana, Adônis desposará Zelmire.

No dia vinte, Curval deflorará Colombe.

No dia vinte e cinco, dia de Natal, o Duque deflorará Augustine, e no dia vinte e seis, para a festa da oitava semana, Zéfiro desposará Augustine.

No dia vinte e nove, Curval deflorará Rosette. Os arranjos acima foram feitos de modo que Curval, menos dotado que o Duque, tenha as mais jovens para si.

No dia primeiro de janeiro, primeiro dia em que as narrativas de Martaine permitirão pensar em novos prazeres, proceder-se-á às deflorações sodomitas na seguinte ordem:

No dia primeiro de janeiro, o Duque enrabará Hébé.

No dia dois, para celebrar a nona semana, Hébé, já deflorada pela frente por Curval e por trás pelo Duque, será entregue a Hércules que dela desfrutará, como prescrito, diante da assembleia.

No dia quatro, Curval enrabará Zelamir.

No dia seis, o Duque enrabará Michette, e no dia nove, para celebrar a festa da décima semana, a mesma Michette, cuja boceta terá sido deflorada por Curval, e cujo cu, pelo Duque, será entregue a Quebra-cu que dela desfrutará etc.

No dia onze, o Bispo enrabará Cupido.

No dia treze, Curval enrabará Zelmire.

No dia quinze, o Bispo enrabará Colombe.

No dia dezesseis, para a festa da décima primeira semana, Colombe, cuja boceta terá sido deflorada por Curval e cujo cu, pelo Bispo, será entregue a Antínoo que dela desfrutará etc.

No dia dezessete, o Duque enrabará Gitão.

No dia dezenove, Curval enrabará Sophie.

No dia vinte e um, o Bispo enrabará Narciso.

No dia vinte e dois, o Duque enrabará Rosette.

No dia vinte e três, para a festa da décima segunda semana, Rosette será entregue a Vara-ao-céu.

No dia vinte e cinco, Curval enrabará Augustine.

No dia vinte e oito, o Bispo enrabará Fanny.

No dia trinta, para a festa da décima terceira semana, o Duque receberá Hércules como esposo e Zéfiro como esposa, e o casamento se cumprirá, assim como os três seguintes, diante de todo mundo.

No dia seis de fevereiro, para a festa da décima quarta semana, Curval tomará Quebra-cu por marido e Adônis por mulher.

No dia treze de fevereiro, para a festa da décima quinta semana, o Bispo tomará Antínoo por marido e Celadão por mulher.

No dia vinte de fevereiro, para a festa da décima sexta semana, Durcet tomará Vara-ao-céu por marido e Hiacinto por mulher.

Quanto à festa da décima sétima semana, que cairá no dia vinte e sete de fevereiro, véspera do encerramento das narrativas, ela será celebrada por sacrifícios para os quais os senhores se reservam *in petto* a escolha das vítimas.

Segundo esses arranjos, a partir do dia trinta de janeiro todos os cabaços haverão de ser quebrados, exceto os dos quatro jovens rapazes que os senhores tomarão por mulheres e que permanecerão intactos até lá, para que o divertimento dure até o fim da viagem. À medida que os sujeitos forem deflorados, substituirão as esposas nos sofás, durante as narrativas, e, à noite, estarão junto aos senhores, alternadamente, e à sua escolha, com os quatro últimos gitões, os quais os senhores reservam como suas mulheres para o último mês. A partir do instante em que uma moça ou um menino deflorado terá substituído uma esposa no sofá, esta será repudiada. Daí em diante, cairá no descrédito geral e só terá lugar abaixo das criadas. Quanto a Hébé, doze anos, Michette, doze anos, Colombe, treze anos, e Rosette, treze anos, à medida que forem sendo entregues aos fodedores e por eles possuídas, cairão no mesmo descrédito, e só serão admitidas nas volúpias duras e brutais, terão o mesmo lugar que as esposas repudiadas e serão tratadas com o mais extremo rigor. E a partir do dia 24 de janeiro todas as quatro estarão no mesmo ponto nesse particular.

Esse quadro mostra que o Duque desvirginará pela frente Fanny, Sophie, Zelmire, Augustine, e por trás Hébé, Michette, Gitão, Rosette e Zéfiro; que Curval desvirginará pela frente Michette, Hébé, Colombe, Rosette e por trás Zelamir, Zelmire, Sophie, Augustine e Adônis; que Durcet, que não gosta de boceta, apenas desvirginará por trás Hiacinto, que receberá por mulher; e que o Bispo, que fode apenas cu, arrebentará os cabaços sodomitas de Cupido, Colombe, Narciso, Fanny e Celadão.

Tendo sido o dia todo gasto tanto na elaboração desses ajustes, quanto no seu comentário, e ninguém tendo sido flagrado em falta, tudo passou sem incidentes até a hora da narração, na qual, os arranjos sendo os mesmos, embora sempre variados, a famosa Duclos subiu à sua tribuna e retomou nestes termos sua narração da véspera:

"Um homem jovem, cuja mania, bem pouco libertina na minha opinião, embora nem por isso menos singular, apareceu na casa da senhora Guérin pouco tempo depois da última aventura de que vos falei ontem. Ele precisava de uma ama de leite jovem e fresca; ele mamava e esporrava nas coxas dessa boa mulher enquanto se fartava com seu leite. Seu pau me pareceu muito mesquinho e toda sua pessoa bastante fraca, e seu esporro foi tão suave quanto sua operação."

"Surgiu outro, no dia seguinte, no mesmo aposento, cuja mania, sem dúvida, vos parecerá mais divertida. Ele queria que a mulher fosse embrulhada num véu que lhe escondesse hermeticamente todo o peito e todo o rosto. A única parte do corpo que desejava ver e que precisava possuir o mais alto grau de superioridade era a bunda; todo o resto era-lhe indiferente e, certamente, teria se zangado se chegasse a pôr os olhos nisso. A senhora Guérin lhe trouxe uma mulher de fora, de uma feiura amarga e perto de cinquenta anos, mas cujas nádegas eram esculpidas como as de Vênus. Nada de mais belo poderia se oferecer à vista. Eu quis ver essa operação. A velha aia, toda encoifada, foi logo se colocar de bruços na beira da cama. Nosso libertino, homem de aproximadamente trinta anos e que me pareceu ser de *robe*[27], levantou-lhe as saias até acima dos quadris e extasiou-se ao ver as beldades de seu gosto assim oferecidas. Apalpou, abriu essas nádegas esplêndidas, beijou-as com ardor, e sua imaginação se incendiando muito mais em razão do que supunha do que teria efetivamente visto, caso a mulher tivesse sido desvendada, mesmo que fosse linda; imaginava estar lidando com a própria Vênus, e ao cabo de uma carreira bastante curta, sua ferramenta, que endurecera com tantas sacudidas, arremessou uma chuva benigna sobre as nádegas esplêndidas expostas a seus olhos. Seu esporro foi vivo e impetuoso. Ele estava sentado diante do objeto de seu culto; uma de suas mãos o abria enquanto, com a outra, se masturbava, e ele gritou dez vezes: 'Que bela bunda! Ah! Que delícia inundar de porra uma bunda dessas!'. Levantou-se assim que terminou e bateu asas sem mesmo demonstrar o menor desejo de saber com quem acabara de lidar."

"Um jovem padre solicitou minha irmã algum tempo depois. Era jovem e bonito, mas mal se podia distinguir seu pau, de tão pequeno e mole. Deitou-a quase nua num sofá, ajoelhou-se entre suas coxas e, segurando suas nádegas com as duas mãos, com uma roçou o lindo buraquinho de seu traseiro. Enquanto isso aplicou sua boca na boceta de minha irmã. Roçou seu clitóris com a língua, e o fez tão admiravelmente, de modo tão compassado e tão igual nesses dois movimentos, que em três minutos mergulhou-a no delírio. Vi sua cabeça inclinar-se, seus olhos desvairar, e a patifa gritou: 'Ah! meu caro padre, me matas de prazer'. O hábito do padre era o de engolir justamente o licor que sua libertinagem fazia derramar. Foi o que fez, e sacudindo-se, agitando-se por sua vez enquanto operava junto ao sofá em que estava minha irmã, vi-o derramar no chão as marcas certas de sua virilidade. Minha vez chegou no dia seguinte, e posso garantir-lhes, senhores, que foi uma das mais doces operações em que me vi na minha vida. O padre patife ganhou minhas primícias, e a primeira porra que perdi foi na sua boca. Mais apressada que minha irmã em devolver o prazer que me dera, apanhei automaticamente seu pau flutuando, e minha pequena mão devolveu-lhe o que sua boca me fizera sentir com tanta delícia."

Nesse ponto, o Duque teve de interromper. Singularmente aquecido pelas masturbações às quais tinha se submetido de manhã, acreditou que esse tipo de lubricidade, executado com a deliciosa Augustine cujos olhos despertos e gatunos anunciavam a índole mais precoce, far-lhe-ia perder uma porra que ardia vivamente demais nos seus colhões. Ela estava no seu quarteto e muito lhe agradava; seu cabaço era-lhe destinado: ele a chamou. Naquela noite, ela estava vestida de marmota e era encantadora com essa fantasia. A aia levantou suas saias e a acomodou na postura descrita por Duclos. O Duque apoderou-se primeiro das nádegas, ajoelhou-se, introduziu um dedo na porta do ânus que roçou ligeiramente, pegou o clitóris, que essa adorável criança já tinha muito pronunciado, e chupou-o. As Languedocianas têm temperamento, o que Augustine comprovou: seus lindos olhos se animaram, ela suspirou, suas coxas se abriram mecanicamente; e o Duque teve a felicidade de colher uma jovem porra que, sem dúvida, corria pela primeira vez. Mas duas felicidades não ocorrem em seguida. Existem libertinos tão endurecidos no vício que, quanto mais simples e delicada é a coisa que fazem, menos sua maldita cabeça se irrita com isso. Nosso caro Duque era desse tipo; engoliu o esperma dessa deliciosa criança sem que o seu quisesse correr. Imaginaram por um momento, pois nada mais inconsequente que um libertino, por um momento, dizia eu, que ele fosse acusar essa infeliz coitadinha, a qual, toda confusa por ter cedido à natureza, escondia sua cabeça entre as mãos e tentou fugir de volta para o seu lugar. "Que coloquem outra", disse o Duque lançando olhares furiosos para Augustine, "prefiro chupar todas a não perder minha porra." Trouxeram-lhe Zelmire, a segunda moça de seu quarteto, que também lhe era destinada. Ela tinha a mesma idade que Augustine, mas o pesar de sua situação impedia nela todas as possibilidades de um prazer que, talvez sem isso, a natureza lhe permitisse sentir também. Levantaram suas saias acima de duas pequenas coxas mais brancas que alabastro, revelando uma moitinha inchada, coberta por uma leve penugem que mal começava a nascer. Instalaram-na; obrigada a se submeter, ela obedeceu mecanicamente, mas por mais que o Duque se empenhasse, nada vinha. Levantou-se furioso após quinze minutos e, correndo até seu gabinete com Hércules e Narciso: "Ah! porra", disse, "já vi que este não é o tipo de caça de que preciso", disse falando das duas moças, "e que só vou conseguir com este". Ignora-se a que excessos ele se entregou, mas, após um instante, ouviram-se gritos e berros que comprovavam que a vitória fora alcançada e que, para um esporro, rapazes eram veículos sempre bem mais certeiros do que as mais adoráveis moças. Enquanto isso, o Bispo também tinha se trancafiado com Gitão, Zelamir e Vara-ao-céu, e a veemência de seu esporro tendo também ressoado nos ouvidos de todos, os dois irmãos que, ao que tudo indicava, tinham se entregado a excessos praticamente iguais, voltaram escutar mais tranquilamente o resto do relato que nossa heroína retomou nestes termos:

"Quase dois anos se passaram sem que surgissem outros personagens na casa da Guérin, a não ser pessoas com gostos comuns demais para serem contados aqui, ou aquelas de quem acabo de vos falar, quando mandaram que eu me arrumasse e, sobretudo, lavasse muito bem minha boca. Obedeci, e desci quando me avisaram. Um homem de aproximadamente cinquenta anos, gordo e forte, estava com Guérin. 'Pronto, aqui está, senhor', disse ela. 'Tem apenas doze anos e é limpa e pura como se acabasse de sair do ventre de sua mãe; isso posso garantir.' O cliente examinou-me, mandou-me abrir a boca, examinou meus dentes, cheirou meu hálito e, sem dúvida satisfeito com tudo, passou comigo ao templo destinado aos prazeres. Sentamo-nos ambos bem em frente um do outro e muito perto. Nada mais sério que meu amante, nada mais frio, mais fleumático. Ele me fitava, me olhava com os olhos semicerrados, e eu não conseguia compreender no que tudo isso ia dar, quando, rompendo o silêncio, ele acabou me pedindo para encher minha boca com o máximo de saliva possível. Obedeci, e quando achou que minha boca estava cheia, atirou-se ardorosamente ao meu pescoço, passou seu braço em torno da minha cabeça de modo a prendê-la e, grudando seus lábios nos meus, bombeou, puxou, lambeu e engoliu afoitamente tudo o que havia acumulado do licor encantador que parecia deixá-lo em puro êxtase. Ele puxou minha língua para si com o mesmo furor e, assim que a sentiu seca e percebeu que nada mais havia na minha boca, mandou-me recomeçar a operação. Repetiu a sua e refiz a minha oito ou dez vezes em seguida. Chupava minha saliva com tanto furor que fiquei com o peito oprimido. Acreditei que, pelo menos, algumas centelhas de prazer fossem coroar seu êxtase; estava enganada. Sua fleuma, que apenas se desmanchou um pouco quando de suas ardentes sucções, voltava assim que acabava, e, quando lhe disse que não aguentava mais, voltou a me olhar, a me fitar, como fizera no início, levantou-se sem proferir uma palavra, pagou a Guérin e saiu."

"Ah! Santo Deus, santo Deus!", disse Curval, "sou contudo mais feliz do que ele, pois esporro." Todas as cabeças se levantaram, e todos viram o caro Presidente fazendo em Julie, sua mulher e companheira de sofá naquele dia, a mesma coisa que Duclos acabara de narrar. Sabiam que essa paixão o agradava muito, salvo por alguns detalhes que Julie lhe oferecia de modo satisfatório, ao passo que a jovem Duclos, com eles certamente não presenteara seu amante, considerando-se os refinamentos que este exigira, os quais o Presidente estava longe de desejar.

"Um mês depois", disse Duclos, a quem mandaram continuar, "tive de lidar com um chupador da via exatamente oposta. Tratava-se de um velho padre que, depois de me ter previamente beijado e acariciado o traseiro durante mais de meia hora, enfiou sua língua no buraco, e arremessou-a, fazendo-a penetrar, virando e revirando-a com tanta arte que acreditei quase senti-la no fundo de minhas entranhas. Mas aquele, menos fleumático, enquanto abria minhas nádegas com uma mão, se masturbava muito voluptuosamente com a outra e esporrou puxando meu ânus para si com tanta violência, afagando-o tão lascivamente que compartilhei seu êxtase. Quando acabou, examinou mais um instante minhas nádegas, fitou esse olho que acabara de alargar, não conseguiu se abster de nele plantar mais uma vez seus beijos, e bateu asas, garantindo-me que tornaria a me pedir frequentemente pois estava muito feliz com a minha bunda. Manteve a palavra e, durante quase seis meses, veio executar em mim três ou quatro vezes por semana a mesma operação com a qual me tinha tão bem acostumado e que ele não mais a realizava sem me fazer expirar de prazer. Fato este, aliás, que me pareceu ser-lhe bastante indiferente, pois nunca me deu a impressão de querer saber ou mesmo de se preocupar com isso. Quem sabe, sendo os homens tão extraordinários, se até isso não lhe teria desagradado."

Nisso, Durcet, que esse relato acabara de inflamar, quis, como o velho padre, chupar o olho de um cu, mas não o de uma moça. Chamou Hiacinto: entre todos, era quem mais lhe agradava. Ele o instalou, beijou seu cu, masturbou seu pau, chupou-o. Pelo estremecimento de seus nervos, pelo espasmo que sempre precedia seu esporro, acreditaram que seu peixinho feio, que Aline sacudia do melhor jeito que podia, fosse finalmente derramar seu sêmen, mas o financista não era tão pródigo de sua porra: mal ficou de pau duro. Quiseram mudar de objeto, ofereceram-lhe Celadão, mas de nada adiantou. Um sino abençoado, que anunciava o jantar, veio salvar a honra do financista. "Não é culpa minha", disse rindo a seus compadres, "vós vistes, ia chegar à vitória; mas esse maldito jantar a adiou. Mudemos de volúpia. Voltarei mais ardente ainda aos combates do amor quando Baco me tiver coroado." O jantar, tão suculento, alegre e lúbrico como sempre, foi seguido por orgias em que fizeram muitas pequenas infâmias. Embora muitas bocas e cus tenham sido chupados, uma das coisas com que mais se divertiram foi esconder o rosto e o peito das moças e apostar para saber quem as reconheceria examinando apenas suas nádegas. Se o Duque errou algumas vezes, os três outros estavam tão habituados a bundas que não erraram uma única vez sequer. Foram deitar-se e o dia seguinte trouxe novos prazeres e algumas novas reflexões.

QUARTO DIA

Para melhor distinguir a cada momento do dia aqueles dentre os jovens, fossem moças ou rapazes, cujos cabaços lhes pertenceriam, os amigos decidiram que passassem a usar, além de seus diversos trajes, uma fita nos cabelos para indicar a quem pertenciam. Consequentemente, o Duque adotou o cor-de-rosa e o verde, e quem quer usasse uma fita cor-de-rosa pela frente, sua boceta lhe pertenceria, assim como todos os que usassem uma verde por trás lhe dariam posse do traseiro. Daquele momento em diante, Fanny, Zelmire, Sophie e Augustine passaram a usar um laço cor-de-rosa numa das mechas do cabelo, e Rosette, Hébé, Michette, Gitão e Zéfiro colocaram um verde na parte traseira de seus cabelos, como prova dos direitos que o Duque tinha sobre seus cus. Curval escolheu o preto pela frente e o amarelo por trás, de modo que Michette, Hébé, Colombe e Rosette passaram a usar constantemente um laço preto na frente, e Sophie, Zelmire, Augustine, Zelamir e Adônis colocaram um amarelo na sua nuca. Durcet marcou apenas Hiacinto com uma fita lilás por trás, e o Bispo, que tinha para si cinco primícias sodomitas, ordenou a Cupido, Narciso, Celadão, Colombe e Fanny que usassem um laço violeta por trás. Independentemente do traje que viessem a usar, jamais deveriam tirar essas fitas, e num simples olhar, ao ver um desses jovens com tal cor por diante e outra por trás, logo sabiam quem tinha direitos sobre seu cu e quem tinha direitos sobre sua cona. Curval, que passara a noite com Constance, queixou-se vivamente dela de manhã. Não se sabe exatamente qual foi o motivo de suas queixas; basta muito pouco para desagradar um libertino. De qualquer modo, faria com que fosse inscrita na lista de punições do próximo sábado, quando essa linda pessoa anunciou estar grávida, pois Curval, o único de quem se poderia suspeitar disso, além do seu marido, apenas a conhecera carnalmente no começo dessas orgias, isto é, havia quatro dias. Essa notícia divertiu muito nossos libertinos pelas volúpias clandestinas que iriam lhes render. O Duque não conseguia acreditar. Seja como for, esse acontecimento lhe valeu a isenção da pena que receberia em caso contrário, por ter desagradado a Curval. Queriam deixar a pera amadurecer, uma mulher grávida os divertia, e o que isso prometia para o futuro divertia ainda bem mais lascivamente sua pérfida imaginação. Dispensaram-na do serviço de mesa, das punições e de mais alguns outros detalhezinhos que, no seu estado, não lhes dariam mais volúpia vê-la cumprir; mas ela continuou a cumprir as obrigações do sofá e, até nova ordem, a compartilhar a cama de quem quisesse escolhê-la: foi Durcet, naquela manhã, que se submeteu aos exercícios de masturbações, e, como seu pau era extraordinariamente pequeno, ele deu muito trabalho às alunas, que, no entanto, estudaram. Mas o pequeno financista, que passara a noite fazendo as vezes de mulher, não conseguiu fazer as de homem. Ele foi inflexível, intratável, e nem mesmo a arte dessas oito encantadoras alunas, dirigidas pela mais hábil professora, fez com que erguesse ao menos o nariz. Saiu disso todo triunfante, e como a impotência sempre gera um pouco dessa espécie de humor que os libertinos chamam de impliquismo[28], suas visitas foram surpreendentemente severas. Rosette entre as moças e Zelamir entre os rapazes foram suas vítimas: um não estava como haviam pedido que se encontrasse explicaremos mais adiante este enigma e a outra infelizmente havia se desfeito daquilo que lhe ordenaram guardar. Apenas Duclos, Marie, Aline e Fanny, dois fodedores de segunda classe e Gitão compareceram aos lugares públicos. Curval, que estava de pau singularmente duro naquele dia, inflamou-se muito com Duclos. O almoço, pontuado por discursos muito libertinos, não o acalmou, e o café servido por Colombe, Sophie, Zéfiro e seu caro amigo Adônis acabou de abrasar sua cabeça. Agarrou este último e, jogando-o num sofá, enfiou, aos xingos, seu enorme membro entre suas coxas por trás, e como essa enorme ferramenta excedia em mais de seis polegadas do outro lado, mandou o mocinho masturbar fortemente o que sobrava enquanto começou a masturbar a criança acima do pedaço de carne no qual a mantinha espetada. Enquanto isso, apresentava à assistência um cu tão sujo quanto largo, cujo orifício impuro veio tentar o Duque. Vendo essa bunda ao seu alcance, direcionou-lhe seu instrumento nervoso sem deixar de chupar a boca de Zéfiro, operação que iniciara antes de nele surgir a ideia que estava executando. Curval, que não esperava tal investida, blasfemou de alegria. Tripudiou, abriu-se, prestou-se. Naquele momento, a jovem porra do encantador menino que ele masturbava gotejou sobre a cabeça enorme de seu instrumento enfurecido. A porra quente com que se sentiu molhado, as sacudidas reiteradas do Duque que também começava a esporrar, tudo o impeliu, tudo o determinou, e ondas de um sêmen espumoso vieram inundar a bunda de Durcet que se postara ali, diante dele, para, como disse, que nada se perdesse, e cujas nádegas brancas e rechonchudas foram lentamente submergidas por um licor encantador que teria preferido sentir em suas entranhas. Enquanto isso, o Bispo não ficou ocioso; chupou alternadamente os divinos olhos do cu de Colombe e de Sophie; mas cansado, provavelmente, por alguns exercícios noturnos, nem deu prova de vida, e como todos os libertinos que o capricho e o desgosto tornam injustos, acusou duramente essas duas deliciosas crianças pelas falhas por demais merecidas de sua débil natureza. Cochilaram alguns instantes e, tendo chegado a hora das narrativas, foram escutar a adorável Duclos que retomou seu relato do seguinte modo:

"Houvera algumas mudanças na casa da senhora Guérin", disse nossa heroína. "Duas moças muito lindas acabavam de encontrar tolos para sustentá-las, que elas enganaram como todas fazemos. Para substituir essa perda, nossa cara mãe lançara os olhos sobre a filha de um taberneiro da rua Saint-Denis, de treze anos de idade, uma das mais lindas criaturas possíveis de se ver. Contudo, como a pequenina, tão sábia quanto pia, resistia a todas as suas seduções, Guérin, depois de recorrer a um meio muito hábil para atraí-la, um dia, em sua casa, entregou-a logo às mãos do personagem singular cuja mania vos descreverei. Era um eclesiástico de cinquenta e cinco, cinquenta e seis anos, mas que, de tão saudável e vigoroso, nem parecia ter quarenta. Nenhum ser no mundo tinha um talento mais singular que esse homem para impelir moças ao vício e, como esta era sua arte mais sublime, também se tornou seu único prazer. Toda sua volúpia consistia em erradicar os preconceitos da infância, em fazer desprezar a virtude e em pintar o vício com as mais lindas cores. Não poupava nada: quadros sedutores, promessas lisonjeiras, exemplos deliciosos, tudo era tão habilmente empregado e arrumado, tudo era tão artisticamente adequado à idade e ao tipo de espírito da criança, que nunca falhava. Em apenas duas horas de conversa, transformava irremediavelmente em puta a mocinha mais sábia e sensata e, nos trinta anos em que vinha exercendo essa profissão em Paris, segundo confessara à senhora Guérin, aliás uma de suas melhores amigas, seu currículo incluía mais de dez mil moças seduzidas e por ele entregues à libertinagem. Ele prestava serviços iguais a mais de quinze alcoviteiras, e mesmo quando não estava prestando seus serviços a uma delas, agia por conta própria corrompendo todas que encontrava para, em seguida, enviá-las a suas clientes. Ora, o que é muito extraordinário e que faz, senhores, com que eu vos cite a história desse personagem singular, é que nunca gozava do fruto de seus trabalhos; trancafiava-se sozinho com a criança, mas apesar de todos os recursos que seu espírito e sua eloquência lhe ofereciam, saía sempre muito inflamado. Não havia dúvida de que a operação irritava seus sentidos, mas era impossível saber onde nem como os saciava. Por mais que o examinassem, nunca viram nele senão um fogo prodigioso em seu olhar no final de seu discurso, alguns movimentos com a mão na parte dianteira de seus calções, que denunciava uma ereção certa, produzida pela obra diabólica que cometia, mas era só. Ele entrou e se trancafiou com a jovem taberneira. Fiquei espreitando; o encontro foi demorado; o sedutor recorreu a um patético surpreendente, a criança chorou, animou-se, pareceu entrar numa espécie de arrebatamento. Foi então que os olhos do personagem se inflamaram ainda mais e se pode observar os gestos nos seus calções. Pouco depois se levantou, a criança abriu os braços como que para abraçá-lo, e ele a beijou como um pai, sem a menor espécie de lubricidade. Ele saiu, e três horas depois a mocinha chegava à casa da senhora Guérin com seus pertences."

"E o homem?", disse o Duque. "Sumiu logo depois de sua lição", respondeu Duclos. "Sem voltar para ver o desfecho de sua obra?" "Não, Monsenhor, ele não tinha dúvida; nunca falhou com nenhuma." "Eis um personagem muito extraordinário", disse Curval. "O que augurais disso, senhor Duque?" "Auguro", respondeu este, "que ele se inflamava com essa mesma sedução e que esporrava em seus calções". "Não", disse o Bispo, "nada disso; isso não passava de preparo para a sua devassidão, e ao sair de lá, aposto que ia consumar outras maiores." "Outras maiores?", disse Durcet. "E que volúpia mais deliciosa poderia encontrar do que a de gozar de sua própria obra, uma vez que só dependia dele?" "Muito bem!", disse o Duque, "aposto que adivinhei: isso, como dizeis, era apenas um preparativo: ele se inflamava a cabeça corrompendo moças para depois enrabar rapazes... Aposto que era bugre." Perguntaram à Duclos se não tinha nenhuma comprovação daquilo que supunham, e se ele também seduzia mocinhos. Nossa narradora respondeu não ter prova alguma, e apesar da afirmação do Duque ser muito verossímil, cada um permaneceu em suspenso quanto ao caráter daquele estranho predicador e, depois de admitirem em consenso que sua mania era realmente deliciosa, mas que precisava consumar seus frutos ou fazer pior depois, Duclos retomou assim o fio de sua narração:

"No dia seguinte ao da vinda de nossa jovem novata, que se chamava Henriette, chegou um devasso cuja fantasia nos levou, a ela e a mim, juntas, a atuar simultaneamente. Esse novo libertino não tinha outro prazer do que o de observar por um buraco todas as volúpias um tanto singulares que ocorriam num aposento vizinho. Gostava de espreitá-las e encontrava assim nos prazeres alheios um alimento divino para sua lubricidade. Colocaram-no no aposento de que vos falei e no qual eu ia com tanta frequência, assim como minhas companheiras, espiar, para me divertir, as paixões dos libertinos. Meu papel era diverti-lo enquanto observaria, e a jovem Henriette passou ao outro apartamento com o chupador de cu de quem vos falei ontem. A paixão muito voluptuosa daquele devasso era o espetáculo que queriam dar a meu espreitador, e para melhor inflamá-lo e tornar sua cena mais picante e mais agradável de se ver, avisaram o primeiro que a moça que lhe entregavam era novata e que seu primeiro encontro íntimo seria com ele. O ar de pudor e de infância da pequena taberneira o convenceu facilmente. Desse modo, ele foi tão quente e lúbrico quanto possível nos seus exercícios libidinais, e nem sequer suspeitou ser observado. Quanto ao meu homem, o olho colado no buraco, uma mão sobre minhas nádegas, a outra no seu pau que agitava aos poucos, ele parecia regular seu êxtase com o daquele que espiava. 'Ah! que espetáculo!', dizia de vez em quando... 'Que bela bunda essa mocinha tem e como esse bugre a beija bem!' Finalmente, tendo o amante de Henriette esporrado, o meu tomou-me nos braços e, depois de me ter beijado um momento, virou-me, manipulou, beijou e lambeu lascivamente meu traseiro até inundar minhas nádegas com as provas de sua virilidade."

"Masturbando-se ele mesmo?", disse o Duque. "Sim, Monsenhor", retomou Duclos, "e, garanto-vos, masturbando um pau cuja pequenez incrível não vale a pena de um detalhe."

"O personagem que surgiu a seguir", continuou Duclos, "talvez não merecesse estar na minha lista, se não me tivesse parecido digno de vos citar pela circunstância, para mim bastante singular, que acrescentava a seus prazeres, por sinal bastante simples, e que mostrar-vos-á até que ponto a libertinagem degrada no homem todos os sentimentos de pudor, de virtude e de honestidade. Este não queria ver, queria ser visto. E sabendo que existiam homens cuja fantasia era a de espreitar as volúpias alheias, pediu à senhora Guérin que determinasse a um homem com esse gosto que se escondesse para proporcionar-lhe o espetáculo de seus prazeres. Guérin avisou o homem que eu divertira alguns dias antes no buraco e, sem lhe dizer que o homem que ele observaria bem sabia que estava sendo espiado, o que teria perturbado suas volúpias, ela o fez acreditar que ficaria à vontade olhando o espetáculo que iria lhe oferecer. O observador trancou-se no aposento do buraco com a minha irmã e eu fiquei com o outro. Este era um jovem de vinte e oito anos, belo e saudável. Instruído do lugar onde ficava o buraco, ele se postou bem em frente, sem afetação, e colocou-me ao seu lado. Eu o masturbei. Assim que ficou de pau duro, levantou-se, mostrou seu pau ao espreitador, virou-se, mostrou a bunda, levantou minhas saias, mostrou a minha, pôs-se de joelhos diante dele, esfregou meu ânus com a ponta do nariz, arregaçou-o, exibiu tudo com delícia e precisão e esporrou masturbando a si mesmo, enquanto me segurava com as saias levantadas por trás diante do buraco, de modo que aquele que lá estava pudesse ver ao mesmo tempo, naquele momento decisivo, minhas nádegas e o pau inflamado de meu amante. Se este se deleitou, deus sabe o que o outro não deve ter sentido. Minha irmã disse que ele chegou ao sétimo céu e que confessou nunca ter sentido tanto prazer, e que com isso suas nádegas ficaram inundadas ao menos tanto quanto as minhas."

"Se o moço tinha um belo pau e belas nádegas", disse Durcet, "era o bastante para obter um lindo esporro." "Esta deve mesmo ter sido deliciosa", disse Duclos, "pois seu pau era muito grande, bastante grosso e sua bunda tão suave, tão rechonchuda e lindamente torneada como a do próprio deus Amor." "Entreabristes suas nádegas?", perguntou o Bispo, "mostrastes o cu ao examinador?" "Sim, Monsenhor", disse a Duclos, "ele mostrou o meu, abri o seu, e ele o apresentou do modo mais lascivo do mundo." "Assisti a uma dúzia de cenas dessas, na minha vida", disse Durcet, "quanta porra não me custaram. Poucas são mais deliciosas de se fazer: falo de ambas, pois é tão gostoso espiar quanto querer ser visto."

"Outro personagem com aproximadamente o mesmo gosto, continuou Duclos, me levou às Tulherias[29] alguns meses depois. Ele queria que eu aliciasse homens e viesse masturbá-los bem debaixo de seu nariz, no meio de um monte de cadeiras entre as quais se escondia; depois de eu ter masturbado assim sete ou oito para ele, ele se instalou num banco, numa das alamedas mais passageiras, levantou minhas saias por trás, mostrou minha bunda aos passantes, sacou seu pau e mandou que o masturbasse diante de todos os transeuntes, o que, embora fosse de noite, provocou um tal escândalo que, quando derramou cinicamente sua porra, havia mais de dez pessoas em torno de nós, e tivemos de fugir para não sermos desonrados."

"Quando contei nossa história à Guérin, ela riu e me disse que tinha conhecido um homem, em Lyon, onde uns rapazes fazem profissão de alcoviteiros, um homem, dizia eu, cuja mania era no mínimo tão singular. Ele se fantasiava como os mercúrios públicos, e levava pessoalmente fregueses a duas moças que pagava e sustentava para isso; em seguida, escondia-se num canto para espiar esses clientes em ação; a moça que subornava para tanto não deixava de lhe mostrar o pau e as nádegas do libertino com quem estava, única volúpia do gosto do nosso falso mercúrio e que tinha a arte de lhe fazer perder porra."

Como, aquela noite, Duclos acabara seu relato mais cedo, ocuparam o resto da noite, antes do momento do serviço, com algumas de suas lubricidades prediletas; e como fora o cinismo que aquecera suas cabeças, não passaram aos gabinetes e cada um se divertiu diante dos outros. O Duque mandou Duclos se despir completamente, curvar-se, apoiar-se no respaldo de uma cadeira e ordenou à Desgranges que o masturbasse sobre as nádegas de sua camarada, de modo que a cabeça de seu pau roçasse o olho do cu da Duclos a cada sacudida. Juntaram a isso alguns outros episódios que a ordem dos temas ainda não nos permite desvendar; seja como for, o olho do cu da narradora foi completamente regado e o Duque, muito bem servido e muito completamente cercado, esporrou com berros que comprovaram a que ponto sua cabeça se aquecera. Curval se fez foder, o Bispo e Durcet, por seu lado, fizeram com ambos os sexos coisas muito estranhas, e chegou a hora do jantar. Depois do jantar, dançaram; as dezesseis crianças, quatro fodedores e as quatro esposas formaram três contradanças, mas todos os atores daquele baile estavam nus, e nossos libertinos, deitados indolentemente em sofás, divertiam-se deliciosamente com todas as diferentes belezas que cada um por sua vez oferecia nas diversas atitudes que a dança obrigava a adotar. Tinham perto de si as narradoras que os masturbavam mais ou menos rapidamente em virtude do maior ou menor grau de prazer que sentiam, mas, exaustos pelas volúpias do dia, ninguém esporrou, e cada um foi encontrar na sua cama as forças necessárias para se entregar a novas infâmias no dia seguinte.

QUINTO DIA

Era a vez de Curval, naquela manhã, submeter-se às masturbações da escola, e como as moças começavam a progredir, somente resistiu a duras penas às sacudidas multiplicadas, às posturas lúbricas e variadas dessas oito mocinhas encantadoras. Mas como queria se preservar deixou seu posto, desjejuaram e decidiram, naquela manhã, que os quatro jovens amantes dos senhores, a saber: Zéfiro, favorito do Duque, Adônis, amado de Curval, Hiacinto, amigo de Durcet, e Celadão, do Bispo, seriam, desde então, admitidos a todas as refeições ao lado de seus amantes, no aposento dos quais deitariam regularmente todas as noites, favor que compartilhariam com as esposas e os fodedores; o que acabava com uma cerimônia que, como se sabe, costumavam fazer de manhã, a qual consistia no fato de os quatro fodedores que não tinham dormido com eles levassem quatro rapazes. Eles viriam sozinhos, e quando os senhores passassem no aposento dos jovens rapazes, seriam recebidos com as cerimônias prescritas apenas pelos quatro que sobravam. O Duque que, havia dois ou três dias, estava se entusiasmando pela Duclos, cuja bunda achava esplêndida e cuja fala, agradável, exigiu que ela também dormisse no seu aposento; tendo este exemplo agradado, Curval exigiu a velha Fanchon, por quem era louco, no seu. Os dois outros esperaram mais algum tempo para encher esse quarto lugar de favor em seus apartamentos, à noite. Decidiram nessa mesma manhã que os quatro jovens amantes que acabavam de escolher teriam como trajes corriqueiros, todas as vezes que não seriam obrigados a usar as vestes a caráter, como nos quartetos, teriam, dizia eu, a roupa e os adornos que vou descrever. Usariam uma espécie de pequeno sobretudo estreito, amplo e leve, folgado como um uniforme prussiano, mas infinitamente mais curto, mal alcançando o meio das coxas; esse pequeno sobretudo, preso no peito e nas abas como todo uniforme, devia ser de cetim cor-de-rosa forrado com tafetá branco, as bandas e as guarnições seriam de cetim branco e, por baixo, haveria uma espécie de veste curta ou colete, também de cetim branco, assim como a ceroula; entretanto essa ceroula teria uma abertura em forma de coração por trás, da cintura para baixo, de modo que, passando a mão por essa fenda, se chegasse à bunda sem a menor dificuldade; apenas um grande nó numa fita a fecharia, e quando se queria ter a criança inteiramente nua nessa parte, bastava soltar a fita, a qual era da cor escolhida pelo amigo ao qual seu cabaço pertencia. Seus cabelos, com algumas madeixas negligentemente levantadas nos lados, ficariam completamente livres e flutuantes por trás, sendo simplesmente atados por uma fita da cor prescrita. Um pó muito perfumado e de uma cor entre cinza e rosa coloraria sua cabeleira. Suas sobrancelhas muito cuidadas e geralmente pintadas de preto, além de um pouco de pó vermelho sempre nas suas bochechas, acabariam por realçar o brilho de sua beleza; sua cabeça ficaria nua; uma meia de seda branca bordada de cor-de-rosa na parte dos calcanhares cobriria suas pernas que sapatos cinzas, atados por um grande laço cor-de-rosa, calçariam agradavelmente. Uma gravata de gaze voluptuosamente atada combinaria com um pequeno jabô de renda, e, olhando os quatro assim, podia-se garantir que, sem dúvida, nada se podia ver de mais encantador no mundo. Do momento em que foram assim adotados, todas as permissões do gênero das que, por vezes, se concediam de manhã, lhes foram terminantemente recusadas, e foram-lhes concedidos, por sinal, os mesmos direitos que os fodedores tinham sobre as esposas: poderiam maltratá-las a seu bel-prazer, não apenas nas refeições, como também em todos os outros momentos do dia, certos que nunca seriam censurados por isso. Terminadas essas ocupações, procederam às visitas corriqueiras. A bela Fanny, a quem Curval tinha mandado dizer para encontrar-se num dado estado, encontrou-se no estado oposto (tudo isso ficará claro mais adiante), e foi inscrita no caderno das correções. Entre os moços, Gitão fizera o que lhe fora proibido fazer e também foi inscrito. Uma vez as funções da capela cumpridas, que tiveram pouquíssimos sujeitos, passaram à mesa. Essa foi a primeira refeição servida em que os quatro amantes eram admitidos. Cada um se sentou ao lado de quem o apreciava, o qual o tinha à sua direita e seu fodedor favorito à sua esquerda. Esses encantadores pequenos convívios alegraram demais a refeição; os quatro eram muito gentis, tinham muita doçura e começavam a se prestar do melhor jeito possível ao tom da casa. Muito bem disposto naquele dia, o Bispo, não parou de beijar Celadão durante quase toda a refeição, e como essa criança devia estar no quarteto que serviria o café, saiu um pouco antes da sobremesa. Quando Monsenhor, que acabara de inflamar-se a cabeça com ele, o viu de novo, nuzinho, no salão do lado, não aguentou mais. "Santo Deus! Disse todo em fogo, uma vez que não posso enrabá-lo, pelo menos farei nele o que Curval fez ontem com o seu *bardache*[30]." E, enquanto dizia isso, agarrou o garotinho, deitou-o no ventre e enfiou-lhe seu pau entre as coxas. O libertino estava no sétimo céu, os pelos de seu pau roçavam o lindo buraco que mais queria perfurar; uma de suas mãos manipulava as nádegas do delicioso Amorzinho, enquanto a outra lhe masturbava o pau. Ele colava sua boca na boca daquela linda criança, bombeava o ar de seu peito, engolia sua saliva. O Duque, para excitá-lo com o espetáculo de sua libertinagem, se postou diante dele lambendo o cu de Cupido, o segundo dos rapazes que serviam o café naquele dia. Curval veio sob seus olhos se fazer masturbar por Michette, e Durcet lhe ofereceu as nádegas escancaradas de Rosette. Tudo concorria para lhe fornecer o êxtase ao qual visivelmente aspirava; este ocorreu, seus nervos estremeceram, seus olhos se acenderam; teria sido pavoroso para qualquer um menos para aqueles que sabiam quais eram, sobre ele, os terríveis efeitos da volúpia. Finalmente a porra jorrou e correu sobre as nádegas de Cupido, o qual, nesse último momento, tiveram o cuidado de colocar abaixo de seu pequeno camarada, para receber essas provas de virilidade que, entretanto, não se deviam a ele. Chegara a hora das narrativas, todos se instalaram. Por uma disposição bastante singular, cada pai, naquele dia, tinha a própria filha no seu sofá, o que não os assustou, e Duclos retomou nestes termos:

"Como vós não exigistes, senhores, que eu fizesse um relatório exato daquilo que ocorria comigo diariamente na casa da senhora Guérin, mas, simplesmente, contasse os acontecimentos um tanto singulares que marcaram alguns desses dias, silenciarei vários casos pouco interessantes da minha infância, que apenas vos ofereceriam repetições monótonas daquilo que já ouvistes, e vos direi que acabava de completar meu décimo sexto ano, já com uma experiência muito extensa da profissão que exercia, quando a sorte me reservou um libertino cuja fantasia diária merece ser relatada. Era um Presidente austero, com quase cinquenta anos e que, segundo a senhora Guérin, que me disse conhecê-lo havia muitos anos, exercia regularmente todas as manhãs a fantasia com a qual vou entreter-vos. Sua cafetina regular acabava de se aposentar, não sem antes recomendá-lo aos cuidados de nossa cara mãe, e foi comigo que começou em sua casa. Ele ficava sozinho no buraco de que vos falei. No meu aposento, que era contíguo, encontrava-se um grosseirão ou um *savoyard*[31], ou seja, um homem do povo, mas limpo e sadio; era tudo o que ele exigia: a idade e o rosto não importavam. Devia, sob seus olhos, e o mais perto possível do buraco, masturbar esse honesto grosseirão, a par de tudo, e que achava muito agradável ganhar assim algum dinheiro. Depois de ter me prestado sem a menor restrição, a tudo o que o caro homem podia desejar de mim, eu o fazia esporrar num pires de porcelana e o abandonava assim que tivesse derramado a última gota, correndo rapidamente para o outro aposento. Meu homem, que lá me esperava em êxtase, se jogava sobre o pires, engolia a porra ainda quente; a dele corria; com uma mão eu excitava sua ejaculação e com a outra recolhia preciosamente o que caía e, a cada jato, levando minha mão muito rapidamente à boca do devasso, fazia com que, o mais rápida e habilmente que podia, ele engolisse a própria porra à medida que a derramava. Era só isso. Ele não me tocou nem me beijou, mal levantou as minhas saias, e, levantando-se de sua poltrona com tanta fleuma quanto acabara de mostrar calor, pegou sua bengala e foi embora, dizendo que eu masturbava muito bem e que havia muito bem entendido seu gênero. No dia seguinte, trouxeram outro homem, pois ele precisava que este mudasse todos os dias, assim como a mulher. Minha irmã ficou com ele; ele saiu contente, para recomeçar no dia seguinte; e, durante todo o tempo que estive na casa da senhora Guérin, não o vi uma única vez faltar a essa cerimônia às nove em ponto da manhã, sem jamais levantar as saias de uma única moça, embora algumas destas fossem mesmo encantadoras."

"Ele queria ver a bunda do estivador?", disse Curval. "Sim, Monsenhor", respondeu Duclos, "precisava ter cuidado, enquanto se divertia o homem cuja porra ele comia, para virá-lo e revirá-lo, e precisava também que o grosseirão virasse e revirasse a moça em todos os sentidos." "Ah! Assim eu entendo", disse Curval, "pois eu não entenderia muito de outro modo."

"Pouco depois", continuou Duclos, "vimos chegar no harém uma moça de aproximadamente trinta anos, bastante bonita, mas ruiva como Judas. Primeiro, acreditamos que fosse uma nova companheira, mas ela logo nos desenganou ao nos dizer que só vinha para um encontro. O homem a quem se destinava essa nova heroína logo chegou por seu lado. Era um financista gordo bastante bem-apessoado, e a singularidade de seu gosto, uma vez que era a ele que se destinava uma moça de quem, provavelmente, nenhum outro quereria, essa singularidade, dizia eu, me deu a maior vontade de ir observá-los. Mal ficaram no mesmo aposento, a moça ficou nuazinha e nos mostrou um corpo muito branco e rechonchudo. 'Vamos, pula, pula!', disse-lhe o financista, 'vai aquecendo, sabes muito bem que quero que sue'. E eis a ruiva dando cambalhotas, correndo pelo aposento, pulando feito cabrita, e nosso homem olhando-a enquanto se masturbava, e tudo isso sem que eu sequer pudesse adivinhar o intuito da aventura. Quando a criatura estava suando em bica, ela se aproximou do libertino, levantou um braço e lhe fez cheirar sua axila de onde o suor corria por todos os poros. 'Ah! isso, isso!', disse nosso homem ao farejar com ardor esse braço todo melado, debaixo de seu nariz, 'que cheiro, como me arrebata!' A seguir, ajoelhou-se diante dela, cheirou-a e, do mesmo modo, aspirou sua vagina e seu cu; mas sempre voltava às axilas, seja porque essa parte o deleitava muito mais, seja porque nela encontrava mais perfume; era sempre nesta parte que sua boca e seu nariz voltavam com maior afã. Finalmente, um pau bastante comprido, embora pouco grosso, pau que chocalhava vigorosamente havia mais de uma hora sem nenhum sucesso, achou por bem erguer o nariz. A moça se posicionou, o financista veio encaixar-lhe o pássaro sob a axila por trás, ela apertou o braço, formando, ao que me parece, um lugar muito estreito com aquele local. Enquanto isso, pela posição, ele gozava da vista e do cheiro da outra axila; apossando-se dela, lá enfiou seu focinho inteiro e esporrou lambendo, devorando essa parte que lhe dava tanto prazer."

"E era necessário", perguntou o Bispo, "que essa criatura fosse absolutamente ruiva?" "Absolutamente", disse Duclos. "Como sabeis, Monsenhor, essas mulheres têm nessa parte um aroma infinitamente mais violento, e o sentido do olfato era sem dúvida aquele que, uma vez excitado por coisas fortes, melhor despertava nele os órgãos do prazer." "Que seja", retomou o Bispo, "mas parece-me, por Deus, que teria preferido cheirar a bunda daquela mulher a farejá-la debaixo do braço." "Ah, ah!", disse Curval, "ambos têm muitos encantos, e garanto-vos que se houvésseis provado saberíeis o quanto são deliciosos." "Quer dizer, senhor Presidente", disse o Bispo, "que este guisado também vos agrada?" "Pois dele provei", disse Curval, "e embora sempre acrescentasse mais detalhes, garanto-vos que nunca o pratiquei sem que me custasse porra." "Pois bem! posso muito bem adivinhar de que detalhes estais falando, não é", retomou o Bispo, "vós cheirastes a bunda..." "Ei! pronto, pronto", interrompeu o Duque. "Não lhe peçais confissão, Monsenhor; ele nos diria coisas que ainda não devemos escutar. Continuai, Duclos, e não deixeis estes falastrões competir assim convosco."

"Havia", retomou nossa narradora, "mais de seis semanas que Guérin proibia terminantemente que minha irmã se lavasse e exigia que ela, pelo contrário, se mantivesse no estado mais sujo e mais impuro que lhe fosse possível, sem que adivinhássemos seus motivos, quando, finalmente, chegou um velho devasso cheio de espinhas que, parecendo meio bêbado, perguntou grosseiramente à Guérin se a puta estava bem suja. 'Oh! isto, eu garanto', disse Guérin. Ficam juntos, trancafiam-se; vou voando até o buraco; mal chego, vejo minha irmã a cavalo, nua, sobre um grande bidê cheio de vinho de Champanha, onde nosso homem, armado de uma grande esponja, a limpava, a encharcava, recolhendo com cuidado até as menores gotas que corriam de seu corpo ou de sua esponja. Havia tanto tempo que minha irmã não limpara parte alguma de si mesma, pois impediram-lhe até limpar-se o traseiro, que o vinho logo adquiriu uma cor escura e suja e, sem dúvida, um cheiro que não devia ser dos mais agradáveis. Contudo, quanto mais esse licor se corrompia com as sujeiras de que se impregnava, mais agradava ao nosso libertino. Ele provou, achou delicioso; muniu-se de um copo e, com meia dúzia de copadas, engoliu o vinho nojento e putrefato no qual acabava de lavar um corpo há muito tempo carregado de sujeiras. Após beber, agarrou minha irmã, deitou-a de bruços na cama e derramou nas suas nádegas e no orifício bem aberto as águas do impudico sêmen que os impuros detalhes de sua mania nojenta fizeram borbulhar."

"Entretanto, outra, bem mais suja ainda, devia logo se oferecer a meus olhares. Tínhamos na casa uma dessas mulheres que se chamam de aliciadoras, em jargão de bordel, e cuja profissão é a de correr dia e noite atrás de novos fregueses. Essa criatura, que tinha mais de quarenta anos, além de encantos muito murchos e que nunca foram muito sedutores, tinha o horrível defeito de ter pés fétidos. Era exatamente o sujeito que convinha para o marquês de... Ele chegou, apresentaram-lhe a senhora Louise (era o nome de nossa heroína), ele a achou deliciosa, e assim que esteve com ela no santuário dos prazeres, mandou que tirasse os sapatos. Louise, a quem haviam rogado que não trocasse a roupa de baixo nem os sapatos durante mais de um mês, ofereceu ao marquês um pé infecto que teria feito qualquer outro vomitar: mas era precisamente o que esse pé tinha de mais salgado e nojento que melhor inflamava nosso homem. Ele o agarrou, o beijou com ardor, sua boca afastou um por um cada dedo e sua língua ia recolhendo com o mais vivo entusiasmo em cada intervalo essa borra enegrecida e fedorenta que a natureza ali depositara e que a falta de cuidado de si multiplicara. Não só a trazia para a sua boca, como a engolia, a saboreava, e a porra que perdeu masturbando-se nessa expedição tornou-se a prova cabal do excessivo prazer que ela lhe proporcionara."

"Ora, essa não entendi", disse o Bispo. "Devo logo trabalhar para vos fazer compreendê-la", disse Curval. "O quê! Tendes esse gosto?...", perguntou o Bispo. "Olhai para mim", disse Curval. Levantaram-se, aproximaram-se, e viram este incrível libertino, que reunia em si todos os gostos da mais crapulosa luxúria, abraçando o pé repugnante de Fanchon, essa criada suja e velha que descrevemos melhor acima, e pasmando-se de luxúria ao chupá-la. "Entendo tudo isso", disse Durcet. "Basta ser embotado para entender todas essas infâmias; a saciedade as inspira à libertinagem, que manda executá-las imediatamente. Cansada das coisas simples, a imaginação se desaponta, e a pequenez de nossos recursos, a fraqueza de nossas faculdades, a corrupção de nosso espírito, nos levam a abominações."

"Este, sem dúvida, era o caso do velho *Commandeur des Carrières*[32], disse Duclos retomando, um dos melhores clientes da Guérin. Ele queria apenas mulheres estropiadas quer pela libertinagem, pela natureza ou pela mão da justiça. Em suma: apenas aceitava zarolhas, cegas, mancas, corcundas, sem pernas, manetas, desdentadas, com algum membro mutilado, ou chicoteadas e marcadas, ou ainda claramente marcadas por algum outro castigo da justiça; e, além disso, sempre na idade mais madura. Na cena que espiei, deram-lhe uma mulher de cinquenta anos, marcada como ladra pública e, além do mais, caolha. Essa dupla degradação pareceu-lhe um tesouro. Trancafiou-se com ela, mandou-a se despir, beijou arrebatado os sinais certeiros de seu aviltamento nos seus ombros, chupou com ardor cada ruga dessa chaga que chamava de honrosa. Feito isso, todo seu ardor transferiu-se para o olho do cu: entreabriu as nádegas, beijou deliciosamente o cu murcho que encerravam, chupou-o por muito tempo, antes de voltar a escarranchar-se nas costas da moça, para esfregar seu pau nas marcas da justiça que portavam, elogiando-a por ter merecido esse triunfo; então, curvando-se sobre seu traseiro, consumiu o sacrifício beijando de novo o altar em que acabara de prestar tão longa homenagem e verteu uma porra abundante sobre essas marcas lisonjeiras que tanto aqueceram sua cabeça."

"Santo Deus", disse Curval, a quem a lubricidade, naquele dia, fazia perder a cabeça, "vede, meus amigos, vede nesse pau duro, o quanto me inflama o relato dessa paixão." E, chamando a Desgranges: "Vem, bugra impura", disse-lhe, "tu que tanto aparentas àquela que se acaba de descrever, vem me proporcionar o mesmo prazer que ela deu ao *commandeur*". Desgranges aproximou-se. Apreciador desses excessos, Durcet ajudou o Presidente a despi-la. Ela começou a se fazer de rogada; desconfiaram do porquê e censuraram-na por esconder uma coisa que a tornaria muito mais querida da sociedade. Finalmente, despiram suas costas marcadas em que um V e um M[33] revelavam que sofrera por duas vezes a desonrosa operação cujos vestígios, entretanto, acendem tão completamente os impudicos desejos de nossos libertinos. O resto daquele corpo gasto e marcado, aquela bunda lembrando tafetá furta-cor, aquele buraco infecto e amplo que se mostrava em seu meio, aquela mutilação de uma mama e de três dedos, aquela perna curta que fazia com que mancasse, aquela boca desdentada, tudo isso aqueceu, animou nossos dois libertinos. Durcet a chupou pela frente, Curval por trás e, embora objetos da maior beleza e do mais extremo frescor estivessem sob seus olhos, prestes a satisfazer seus mais leves desejos, é com aquele que a natureza e o crime desonraram, marcaram, é com o objeto mais sujo e mais nojento que nossos dois devassos em êxtase queriam experimentar os mais deliciosos prazeres... Como explicar o homem, depois disso! Ambos pareciam disputar aquele cadáver antecipado, como dois cães mergulhados na carniça, e depois de se terem entregado aos mais sujos excessos, acabaram derramando sua porra, e apesar da exaustão em que esse prazer os deixara, talvez, na hora, tivessem partido para outros novos, embora do mesmo gênero de crápula e de infâmia, se a hora do jantar não lhes tivesse lembrado de cuidar de outros prazeres. O Presidente, desesperado por ter perdido sua porra e que, nesses casos, nunca se reanimava a não ser com excessos de comida e bebida, fartou-se como um verdadeiro porco. Ele quis que o pequeno Adônis masturbasse Vara-ao-céu, e lhe fez engolir a porra; ainda insatisfeito com essa última infâmia imediatamente executada, levantou-se dizendo que sua imaginação lhe sugeria coisas ainda mais deliciosas do que tudo isso, e, sem muito mais explicações, arrastou consigo Fanchon, Adônis e Hércules, foi se trancafiar na alcova do fundo e apenas reapareceu para as orgias; mas num estado tão grandioso que ainda teve condição de nelas proceder a mil outros horrores, todas mais singulares umas do que as outras, mas que a ordem essencial que impusemos não nos permite ainda descrever a nossos leitores. Foram deitar, e Curval, o inconsequente Curval que, tendo, naquela noite, a divina Adélaïde, sua filha, como companheira, poderia passar com ela a mais deliciosa das noites, foi encontrado, na manhã seguinte, esparramado sobre a nojenta Fanchon, com a qual fizera novos horrores durante toda a noite, enquanto Adônis e Adélaïde, privados de seus leitos, estavam um numa caminha muito afastada e a outra no chão, num colchão.

SEXTO DIA

Como era a vez de Monsenhor ir apresentar-se às masturbações, ele foi. Se as discípulas da Duclos tivessem sido homens, Monsenhor, muito provavelmente, não teria resistido. Entretanto, a seus olhos, uma pequena fenda no baixo ventre representava um agravo furioso, e mesmo que as Graças em pessoas o tivessem cercado, bastava que essa maldita fenda se oferecesse para que ele abrandasse. Portanto, resistiu feito herói; até acredito que nem ficou de pau duro, e retomaram a sequência das operações. Estava claro que morriam de vontade de encontrar as oito moças em erro, de modo a se proporcionarem, no dia seguinte, o funesto sábado de correção, de modo a se proporcionarem, dizia eu, naquele momento, o prazer de castigar as oito. Seis já estavam na lista; a doce e bela Zelmire foi a sétima, e, em toda boa-fé, será que merecia mesmo? Ou será que o prazer da correção à qual se propunham com ela não levou a melhor sobre a verdadeira equidade? Deixemos o caso com a consciência do sábio Durcet e contentemo-nos em narrar. Outra dama muito bela que veio engrossar a lista das delinquentes foi a terna Adélaïde. Durcet, seu esposo, queria, dizia, dar o exemplo perdoando-a menos que qualquer outra, e fora com ele mesmo que ela acabara de falhar. Ele a levara num dado lugar, onde os serviços que devia lhe prestar após certas funções estavam longe de ser limpos. Ninguém é depravado como Curval, e, embora ela fosse sua filha, não tinha, absolutamente, seus gostos. Quer tenha resistido, se portado mal, ou tivesse sido apenas implicância por parte de Durcet, ela foi inscrita no livro das penitências, para a satisfação geral da assembleia. E como a visita dos rapazes não levou a nada, passaram aos prazeres secretos da capela, prazeres tanto mais picantes e singulares que se recusava até aos que pediam para neles serem admitidos a permissão de vir proporcioná-los. Naquela manhã, compareceram apenas Constance, dois dos fodedores subalternos, e Michette.

No almoço, Zéfiro, que alegrava a todos cada vez mais tanto pelos encantos que pareciam embelezá-lo a cada dia, como pela libertinagem notória de que fazia mostra, Zéfiro, dizia eu, insultou Constance que, embora não servisse mais, ainda estava presente no almoço. Chamou-a de fabricante de crianças e lhe deu uns tapas no ventre como lição, disse, por ter botado ovo com seu amante, a seguir beijou o Duque, acariciou-o, bateu-lhe uma breve punheta, e soube inflamar-lhe o crânio tão bem que Blangis jurou que a tarde não acabaria sem que o encharcasse de porra. O garotinho provocou-o, disse duvidar que isso fosse acontecer. Como estava de serviço no café, ele saiu na sobremesa e reapareceu nu, para o servir, diante do Duque. No momento em que deixou a mesa, este, animadíssimo, começou com algumas brejeirices; chupou-lhe a boca e o pau, colocou-o numa cadeira diante dele, com o traseiro na altura de sua boca e o chupou por quinze minutos dessa maneira. No fim seu pau se rebelou, ergueu a cabeça altiva, e o Duque viu claramente que essa homenagem exigia finalmente oblação. Entretanto, como tudo fora proibido, exceto o que se fizera na véspera, o Duque conformou-se em imitar seus compadres. Curvou Zéfiro num sofá, colocou-lhe a ferramenta entre as coxas, mas ocorreu o que havia sucedido a Curval: dez polegadas da ferramenta ficaram de fora. "Faz como eu", disse-lhe Curval, "masturba a criança em cima do teu pau, rega tua glande com sua porra." Mas o Duque achou mais agradável enfileirar dois de uma vez. Pediu a seu irmão para ali acomodar Augustine; instalaram-na, as nádegas contra as coxas de Zéfiro, e o Duque que, por assim dizer, fodia uma moça e um menino ao mesmo tempo, para aumentar ainda mais a lubricidade, agitou o pau de Zéfiro sobre as lindas nádegas redondas e brancas de Augustine, as quais inundou com sua porrinha infantil que, como bem se pode imaginar, excitada por essa coisa tão linda, não demorou muito para derramar-se em abundância. Curval achou o caso agradável e vendo a bunda do Duque escancarada e demandando um pau, como todos os cus de bugres quando estão de pau duro, veio lhe devolver o que dele recebera na antevéspera, e o caro Duque mal sentiu as voluptuosas sacudidas dessa intromissão, que sua porra, jorrando quase simultaneamente com a de Zéfiro, foi inundar pelo outro lado as bordas do templo cujas colunas Zéfiro regava. Mas Curval não esporrou e, retirando do cu do Duque sua ferramenta toda orgulhosa e tesa, ameaçou o Bispo, que se masturbava do mesmo modo entre as coxas de Gitão, de submetê-lo ao mesmo tratamento que acabara de infligir ao Duque. O Bispo o desafiou, o combate se travou; o Bispo foi enrabado e veio perder deliciosamente entre as coxas da linda criança que acariciava uma porra libertina tão voluptuosamente provocada. Enquanto isso, Durcet, espectador benevolente, tendo para si apenas Hébé e a aia, embora quase caindo de bêbado, não perdia seu tempo e entregava-se silenciosamente a infâmias que ainda teremos de manter veladas. Finalmente a calma voltou, adormeceram e, chegando às seis horas, nossos atores acordaram para ir ao encontro dos novos prazeres que Duclos lhes reservava. Naquela noite, os quartetos haviam mudado de sexo: todas as mocinhas estavam vestidas de marujos e os mocinhos, de *grisettes*[34]. Que visão mais arrebatadora! Nada aquece tanto a lubricidade como essa pequena troca voluptuosa: amamos encontrar num menino o que o faz parecer com uma menina; e a moça é bem mais interessante quando, para agradar, toma emprestado o sexo que gostaríamos que ela tivesse. Naquele dia, cada um tinha a própria esposa no seu sofá; louvaram-se reciprocamente por uma ordem tão religiosa e, todo mundo estando pronto para escutar, Duclos retomou, como se verá, a sequência de suas lúbricas histórias.

"Na casa da senhora Guérin, havia uma moça de aproximadamente trinta anos, loira, um tanto rechonchuda, mas singularmente branca e fresca. Chamava-se Aurore; tinha uma boca encantadora, dentes lindos e uma língua voluptuosa, mas, quem diria, por defeito de educação ou fraqueza de estômago, essa adorável boca tinha o defeito de deixar escapar a todo instante uma quantidade portentosa de ventos; e, sobretudo quando havia comido muito, demorava até uma hora até conseguir parar de soltar arrotos capazes de fazer girar um moinho. Estão certos os que dizem que não há defeito que não encontre um sectário, e essa bela moça, em virtude mesmo desse defeito, tinha um, e dos mais ardentes. Era um sábio e sério doutor da Sorbonne que, cansado de comprovar em pura perda a existência de Deus na sua escola, vinha por vezes ao bordel se convencer da existência da criatura. Ele avisava, e naqueles dias Aurore se empanturrava. Curiosa de ter aquele devoto frente a frente, fui voando até o buraco, e uma vez reunidos esses amantes, após algumas carícias preliminares, todas dirigidas à boca, vejo nosso retórico instalar delicadamente sua cara companheira numa cadeira, sentar-se em frente dela e, depositando-lhe suas relíquias, no mais deplorável dos estados, entre as mãos: 'Agi minha bela criança', lhe disse, 'agi: conheceis os meios de me tirar deste estado de langor; adotai-os rapidamente, conjuro-vos, estou louco para gozar'. Aurore recebeu a ferramenta flácida do doutor numa mão e com a outra agarrou-lhe a cabeça, colou sua boca na dele onde começou a despejar-lhe uns sessenta arrotos, um atrás do outro. Nada poderia descrever o êxtase daquele servidor de Deus. Estava no sétimo céu, respirava, engolia tudo o que ela nele lançava, parecia que ficaria desolado caso perdesse o mais leve sopro, e, enquanto isso, suas mãos se desencaminhavam no peito e sob os saiotes de minha companheira. Contudo, essas carícias não eram senão secundárias; o objeto único e crucial era essa boca que o enchia de suspiros. Finalmente seu pau, inchado pelas cócegas voluptuosas que sentia graças a essa cerimônia, acabou esporrando na mão de minha companheira, e ele foi embora jurando nunca ter sentido tanto prazer."

"Um homem mais extraordinário exigiu de mim, algum tempo depois, uma peculiaridade que não merece ser silenciada. Naquele dia, Guérin me mandara comer, quase forçada, tão copiosamente como eu vira, alguns dias antes, minha companheira almoçar. Ela tivera o cuidado de mandar servir tudo de que eu mais gostava no mundo, e de me avisar, ao sair da mesa, de tudo o que eu havia de fazer com o velho libertino com o qual ia me juntar; a seguir fez-me engolir três grãos de emético num copo de água quente. O devasso chegou; tratava-se de um assíduo que já vira muitas vezes na casa de Guérin, sem nunca me preocupar com o que vinha fazer. Beijou-me, enfiou uma língua suja e nojenta dentro da minha boca, cujo fedor acabou determinando o efeito do vomitório. Percebeu que meu estômago revirava, entrou em êxtase: 'Coragem, minha pequena' gritava, 'coragem! Não vou desperdiçar uma gota sequer'. Prevenida de tudo o que tinha de fazer, sentei-o num sofá e deitei sua cabeça numa das bordas. Suas pernas estavam abertas; desabotoei seus calções, empunhei seu instrumento curto e flácido que não dava sinal da menor ereção, chacoalhei, e ele abriu a boca. Enquanto o masturbava e recebia as carícias de suas mãos impudicas que passeavam pelas minhas nádegas, atirei-lhe na boca, à queima-roupa, toda a digestão imperfeita de um almoço que o emético trazia de volta. Nosso homem estava no sétimo céu, extasiou-se, engoliu, foi buscar ele mesmo nos meus lábios a impura ejaculação que o embebedava, não perdeu uma gota, e quando acreditou que a operação chegara ao fim, provocou seu retorno graças a cócegas com sua língua; e seu pau, esse pau que mal conseguia tocar, de tão arrasada por minha crise, esse pau que, sem dúvida, apenas se inflamava com tais infâmias, se inchou, levantou-se sozinho e, chorando, deixou nos meus dedos a prova insuspeita das impressões que essa sujeira lhe proporcionara."

"Ah! santo Deus", disse Curval, "que deliciosa paixão, mas poder-se-ia refiná-la mais ainda." "E como?", disse Durcet numa voz entrecortada pelos suspiros da lubricidade. "Como?", disse Curval, "ei! Santo Deus, pela escolha da moça e das iguarias." "Da moça... Ah! Entendi, gostaria de ter uma Fanchon." "Sem dúvida." "E as iguarias?", continuou Durcet que Adélaïde masturbava. "As iguarias?", retomou o Presidente, "ai! Duplo deus, forçando-a a me devolver o que eu acabaria de lhe entregar deste mesmo modo." "Isto é", retomou o financista cuja cabeça começava a desvairar completamente, "vomitarias na sua boca, e ela deveria engolir e devolver?" "Precisamente." Ambos correram a seu gabinete, o Presidente com Fanchon, Augustine e Zelamir, Durcet com Desgranges, Rosette e Vara-ao-céu. Os outros tiveram de esperar quase meia hora antes que Duclos pudesse retomar os relatos. Acabaram reaparecendo. "Acabas de fazer sujeiras", disse o Duque a Curval que voltou primeiro. "Algumas", disse o Presidente, "esta é a felicidade da vida, e, quanto a mim, só aprecio a volúpia no que tem de mais sujo e nojento." "Mas ao menos, alguma porra foi derramada?" "Não digo nada", disse o Presidente, "crês, então, que todos se parecem contigo e, como tu, têm porra para perder a cada instante? Deixo esses esforços contigo e com outros vigorosos campeões, como Durcet", continuou ele, vendo este voltar mal se aguentando em pé de tanta exaustão. "É verdade", disse o financista, "não aguentei. Essa Desgranges é tão suja nos seus discursos e nos seus modos, tem tanta facilidade para tudo o que se quer..." "Vamos, Duclos", disse o Duque, "retomai, pois se não lhe cortarmos a palavra, esse pequeno indiscreto vai nos contar tudo o que fez, sem refletir no quanto é pavoroso gabar-se assim dos favores que se recebe de uma linda mulher." E, obediente, Duclos retomou assim sua história:

"Como vós, senhores, gostais tanto dessas brincadeiras", disse nossa narradora, "fiquei zangada por não terdes retido vosso entusiasmo mais um instante, pois o efeito teria sido melhor, a mim parece, depois do que ainda tenho para vos contar esta noite. O que o senhor Presidente pretendeu estar faltando para aperfeiçoar a paixão que acabo de contar se encontra palavra por palavra na que segue. Lamento ele não me ter deixado o tempo de acabar. O velho Presidente de Saclanges oferecia, palavra por palavra, as singularidades que o senhor de Curval parecia desejar. Para enfrentá-lo, a decana de nosso capítulo fora escolhida. Era uma moça gorda e alta, de aproximadamente trinta e seis anos, cheia de espinhas, bêbada, xingadora, com o tom de uma regateira, e chula, a despeito de ser, por sinal, bastante linda. O Presidente chegou; serviram-lhes o jantar; ambos se embriagaram, ambos ficaram fora de razão, ambos vomitaram um na boca do outro, ambos engoliram e se devolveram mutuamente o que se emprestaram. Acabaram caindo nos destroços do jantar, nas sujeiras com as quais acabavam de regar o parquete. Enviaram-me, então, pois minha camarada não tinha mais força nem consciência. Era, entretanto, o momento crucial para o libertino. Encontrei-o no chão, de pau ereto e duro como uma barra de ferro; empunhei sua ferramenta, o Presidente balbuciou, xingou, me puxou para si, chupou minha boca e esporrou como um touro, ainda virando e revirando-se, e continuando a chafurdar na imundície."

"Pouco depois, essa mesma moça nos deu o espetáculo de uma fantasia no mínimo tão suja quanto esta. Um monge gordo, que a pagava muito bem, veio montar a cavalo sobre seu ventre, as coxas de minha companheira estavam abertas ao máximo e atadas a móveis pesados para que não pudesse mexê-las. Nessa posição, serviram várias iguarias sobre o baixo-ventre da moça, na pele, sem prato algum. O rapaz agarrava uns pedaços com sua mão, enfiava-os na cona aberta de sua Dulcineia, virava e revirava-os lá dentro e não os comia senão depois de estarem completamente impregnados com os sais que a vagina lhe fornecia."

"Eis uma maneira de almoçar completamente nova", disse o Bispo. "E que não vos agradaria, não é, Monsenhor", disse Duclos. "Não! Ventre de Deus", respondeu o servidor da igreja, "não aprecio tanto as bocetas". "Pois bem!", retomou nossa narradora, "escutai, então, como vou encerrar minhas narrativas de hoje. Tenho certeza de que vos agradará muito mais."

"Havia oito anos que estava na casa da senhora Guérin. Acabava de completar meu décimo sétimo aniversário e, durante esse tempo, não houve um único dia em que não visse chegar regularmente, todas as manhãs, um certo *fermier général*[35] pelo qual se tinha muita consideração. Era um homem, então, com aproximadamente sessenta anos, gordo, baixo e parecendo bastante, em todos os pontos, com o senhor Durcet. Como ele, tinha frescor e opulência. Cada dia precisava de uma moça nova, e as da casa apenas lhe serviam no pior dos casos ou quando a de fora faltava ao encontro. O senhor Dupont, era o nome de nosso financista, era tão exigente na escolha das moças como nos seus gostos. Ele não queria de modo algum que a moça fosse uma puta, a não ser quando não havia outro jeito, como acabo de dizer: exigia que fossem operárias, lojistas, sobretudo vendedoras de moda. A idade e a cor também eram determinadas: haviam de ser loiras, e ter entre quinze e dezoito anos, nem mais nem menos, e além de qualquer outra qualidade, precisavam ter a bunda torneada e de uma impecabilidade tão singular que a menor espinha no cu tornava-se motivo de exclusão. Quando eram donzelas, pagava dobrado. Naquele dia, esperavam, para ele, uma jovem operária de rendaria de dezesseis anos, cuja bunda era reputada como verdadeiro modelo; mas ele não sabia que este era o presente que lhe destinavam. Quando a moça mandou avisar que não conseguiria se livrar de seus pais naquela manhã e para não a esperar, Guérin, que sabia que Dupont nunca me vira, determinou que me vestisse de burguesa, fosse tomar um fiacre no alto da rua, chegasse em sua casa quinze minutos depois de Dupont ter entrado e representasse bem meu papel, fazendo-me passar por uma aprendiz de moda. Ora, acima de qualquer cuidado, o mais importante era o de encher imediatamente meu estômago com meia-libra de anis, após o que tomei um grande copo de licor balsâmico que ela me deu e cujo efeito havia de ser aquele que ides entender agora. Tudo foi devidamente executado; felizmente, tínhamos algumas horas de vantagem, motivo pelo qual nada faltou. Cheguei fazendo-me de tolinha. Apresentaram-me ao financista que, primeiro, me examinou atentamente, mas, como eu me controlava do modo mais escrupuloso, nada pode descobrir em mim algo que desmentisse a história que lhe contaram. 'Ela é donzela?', perguntou Dupont. 'Não por este lado', disse Guérin colocando a mão sobre meu ventre, 'mas pelo outro, eu garanto.' Ela mentia tão descaradamente! Seja como for, nosso homem acreditou, e isto é o que importa. 'Vamos, levantai suas saias', disse Dupont. E Guérin levantou minhas saias por trás, inclinando-me ligeiramente sobre ela, e desvendou assim ao libertino o templo inteiro de sua homenagem. Ele examinou, tocou por um momento minhas nádegas, suas mãos as entreabriam e, sem dúvida feliz com seu exame, disse que a bunda era linda, e que ia se satisfazer com ela. Em seguida fez-me algumas perguntas sobre minha idade, a profissão que exercia, e contente com minha pretensa inocência e o ar de ingenuidade que afetava, acompanhou-me até seu apartamento, pois tinha um exclusivo na casa de Guérin, onde ninguém entrava a não ser ele e que não se podia espiar de lugar nenhum. Assim que entramos, trancou cuidadosamente a porta e, após considerar-me por um instante, perguntou-me com um tom e um ar bastante brutais, caráter que conservaria durante toda a cena, perguntou-me, dizia eu, se era mesmo verdade que nunca me tinham fodido pelo cu. Como meu papel exigia que não conhecesse uma tal expressão, pedi para que repetisse, protestando que não entendia; quando seus gestos me fizeram compreender o que queria dizer de uma maneira tal que não havia como não entender, respondi com um misto de terror e pudor que ficaria muito aflita caso tivesse de me prestar a tais infâmias. Então, mandou-me tirar apenas as saias, e assim que obedeci, deixando minha camisa escondendo ainda a parte dianteira, ele a levantou no traseiro o quanto pode debaixo prendendo-a no meu corpete, mas como, ao me despir, meu echarpe caíra, revelando o meu peito inteiro, ele se zangou. 'Ao diabo que carregue as mamas!', gritou. 'Ei! Quem pediu mamas? Eis o que me faz perder a paciência com todas essas criaturas: é sempre essa impudente mania de mostrar os mamões.' E instando-me a cobri-los aproximei-me dele como que para pedir desculpas, mas, vendo que lhe mostrava as partes dianteiras pela atitude que eu ia tomar, ele se enfureceu mais uma vez: 'Ei! Ficai do modo como a coloquei, pela morte de Deus', disse agarrando meus quadris e recolocando-me de maneira a não lhe apresentar senão minha bunda, 'ficai assim, com os diabos! Não queremos nem vossa boceta nem vosso peito: apenas precisamos de vossa bunda.' Enquanto isso, levantou-se e me levou até a beira da cama, sobre a qual instalou-me meio deitada de bruços, sentando-se em seguida num assento muito baixo entre minhas pernas; com este arranjo, ocorria que sua cabeça estava exatamente na altura da minha bunda: examinou-me mais um instante e, achando que tudo ainda não estava certo, levantou-se para colocar uma almofada debaixo do meu ventre e alçar minha bunda mais ainda para trás; sentou-se de novo, examinou, tudo com muita frieza, com a fleuma da libertinagem refletida. Após um momento, apossou-se de minhas nádegas, abriu-as, aplicou sua boca aberta no cu, e lá a colou hermeticamente; logo, seguindo a ordem que havia recebido e a extrema necessidade que sentia, soltei no fundo de sua goela o peido mais estrondoso que, talvez, jamais recebera em sua vida. Ele se retirou furioso: 'O quê? Pequena insolente', disse-me, 'tendes a ousadia de peidar na minha boca?' E colocou-a de volta imediatamente. 'Sim, senhor', disse soltando um segundo fumo, 'é assim que trato quem beija meu cu.' 'Pois bem! Peida, vamos, peida, sua sacaninha! Já que não consegues te reter, peida o quanto quiseres e o quanto puderes.' Então, não me contive mais, nada pode expressar a necessidade de soltar ventos que a droga que engolira me deu; e nosso homem, em êxtase, os recebia ora na boca, ora nas narinas. Após quinze minutos desse exercício, ele acabou se deitando num sofá, para o qual me puxou, sempre com minhas nádegas no seu nariz, e ordenou que o masturbasse naquela postura continuando um exercício que lhe fazia sentir prazeres tão divinos. Peidei, masturbei, chacoalhei um pau mole e pouco mais comprido e grosso do que um dedo; de tantas sacudidas e peidos, a ferramenta acabou se retesando. O aumento do prazer de nosso homem, o momento de sua crise, me foi anunciado por um redobramento de iniquidade de sua parte. Era sua língua que então provocava meus peidos; era ela que se lançava no fundo do meu ânus, como para provocar seus ventos, era sobre ela que queria que os soltasse; ele perdeu a razão, sua cabeça estava longe, percebi, e a pequena ferramenta feia veio regar tristemente meus dedos com sete ou oito gotas de um esperma claro e amarronzado que acabaram devolvendo-o à razão. Mas como, nele, a brutalidade tanto fomentava o desvario como o substituía muito rapidamente, mal me deu tempo de me rearrumar. Trovejava, rosnava, em suma: oferecia-me a imagem odiosa do vício uma vez satisfeita sua paixão e essa inconsequente impolidez que, quando o prestígio cai, vem vingar-se com desprezo do culto usurpado pelos sentidos."

"Eis um homem que prefiro a todos aqueles que o precederam", disse o Bispo... "E sabeis se, no dia seguinte, ele obteve sua pequena novata de dezesseis anos?" "Sim, Monsenhor, ele a teve e, no dia seguinte, uma donzela de quinze anos, mais linda ainda. Como poucos homens pagavam tanto, poucos eram tão bem atendidos." Tendo essa paixão aquecido cabeças tão acostumadas a desordens dessa espécie e lhes lembrado um gosto que elas honravam tão universalmente, não quiseram esperar mais tempo para pô-la em prática. Cada um recolheu o que pode e o tomou um pouco em cada canto. O jantar veio; também foi entremeado por quase todas as infâmias que acabavam de escutar; o Duque mandou Thérèse se embriagar e vomitar em sua boca; Durcet fez todo o harém peidar e recebeu mais de sessenta na noite. Quanto a Curval, em cuja cabeça passava todo tipo de extravagâncias, disse que queria realizar suas orgias sozinho e foi trancafiar-se na alcova do fundo com Fanchon, Marie, Desgranges e trinta garrafas de vinho de Champanha. Os quatro precisaram ser carregados: encontraram-nos nadando nas águas de suas sujeiras e o Presidente adormecido, a boca colada à da Desgranges que ainda vomitava. Os três outros amigos quer dentro de gêneros semelhantes ou não, fizeram, no mínimo, tanto quanto ele; também passaram suas orgias bebendo, embebendo seus *bardaches*, fazendo-nos vomitar, fazendo as mocinhas peidarem e fazer sabe-se lá o quê; e sem a Duclos que, tendo conservado sua razão, colocou tudo em ordem e fez com que fossem se deitar, muito provavelmente, a aurora, com seus dedos de rosa, ao entreabrir as portas do palácio de Apolo, os teria encontrado mergulhados em suas sujeiras, muito mais como porcos do que como homens. Precisando apenas de repouso, cada um deitou sozinho e foi retomar no colo de Morfeu um pouco de força para o dia seguinte.

SÉTIMO DIA

Os amigos não se preocuparam mais em ir se prestar uma hora toda manhã às lições de Duclos. Cansados com os prazeres da noite, temendo, por outro lado, que essa operação lhes fizessem perder porra cedo demais, e julgando, além do mais, que essa cerimônia os enfastiava cedo demais de volúpias e objetos que tinham interesse em poupar, concordaram que, toda manhã, um dos fodedores os substituiria, alternadamente. Fizeram as visitas. Apenas faltava uma das moças para que as oito tivessem de passar pela correção: a bela e interessante Sophie, acostumada a respeitar todos seus deveres. Por mais ridículos que estes pudessem lhe parecer, ela os respeitava; mas Durcet, que havia avisado Louison, sua aia, soube tão bem fazê-la cair numa armadilha que ela foi declarada faltosa e, em consequência, inscrita no livro fatal. A doce Aline, também examinada de bem perto, foi igualmente julgada culpada, e, desse modo, a lista da noite incluía, portanto, as oito moças, duas esposas e quatro meninos. Tomadas essas diligências, não pensaram mais senão em cuidar do casamento que devia coroar a festa projetada para o fim da primeira semana. Nenhuma permissão de necessidades públicas na capela foi concedida naquele dia, Monsenhor trajou-se pontificalmente, e foram para o altar. O Duque, que representava o pai da moça, e Curval, que representava o do moço, trouxeram, um Michette e o outro Gitão. Ambos estavam extraordinariamente alinhados em trajes de passeio, mas em sentido contrário, isto é, o moço estava de menina e a moça, de menino. Em razão da ordem que nos prescrevemos para as matérias, temos infelizmente de deter mais um pouco o prazer que, sem dúvida, o leitor sentiria ao conhecer os detalhes dessa cerimônia religiosa; mas, certamente, chegará o momento em que poderemos desvendá-los. Passaram ao salão e, enquanto esperavam a hora do almoço, nossos quatro libertinos, trancafiados sozinhos com esse encantador pequeno casal, os fizeram despir-se e os obrigaram a fazer juntos tudo o que sua idade lhes permitia das cerimônias matrimoniais, com exceção, entretanto, da introdução do membro viril na vagina da mocinha, penetração que tinha tudo para acontecer uma vez que o mocinho estava de pau muito duro, mas não foi permitida para que nada estragasse uma flor destinada a outros usos. Fora isso, deixaram-nos se tocar, se acariciar: a jovem Michette masturbou seu maridinho, e Gitão, com a ajuda de seus mestres, bateu uma ótima punheta na sua mulherzinha. Entretanto, ambos começavam a sentir demais a escravidão em que se encontravam para que a volúpia, mesmo aquela que sua idade lhes permitia sentir, pudesse nascer em seus pequenos corações. Almoçaram; os esposos participaram do festim, mas, no café, as cabeças tendo se aquecido com eles, foram despidos, assim como estavam Zelamir, Cupido, Rosette e Colombe que serviam o café naquele dia. E, a foda entre coxas tendo se tornado moda naquele momento do dia, Curval apoderou-se do marido, o Duque da mulher, e os encoxaram. O Bispo que, uma vez tomado seu café, se obstinava no cu encantador de Zelamir, que chupava e fazia peidar, logo enfiou nele do mesmo modo, enquanto Durcet fazia suas pequenas malvadezas prediletas no cu encantador de Cupido. Nossos dois principais atletas não esporraram e, apoderando-se logo, um de Rosette, o outro de Colombe, enfiaram-nas de quatro, entre as coxas, assim como acabavam de fazer com Michette e Gitão, ordenando a essas encantadoras crianças que masturbassem com suas lindas mãozinhas, e segundo as instruções recebidas, os monstruosos pedaços de paus que ultrapassam seu ventre; enquanto isso, os libertinos manuseavam à vontade os saudáveis e deliciosos traseiros de seus pequenos deleites. Entretanto, não derramaram porra, pois sabiam que tarefas deliciosas os aguardavam à noite e pouparam-se. A partir de então, os direitos dos jovens esposos desvaneceram, e seu casamento, embora realizado segundo as regras, não passou de brincadeira. Cada um integrou o seu quarteto, e todos foram escutar a Duclos que retomou assim sua história:

"Se assim vos convier, senhores, um homem, com aproximadamente os mesmos gostos que o financista com o qual terminei meus relatos de ontem à noite, vai começar os de hoje. Era um magistrado de aproximadamente sessenta anos que juntava à singularidade de suas fantasias a de querer apenas mulheres mais velhas do que ele. Guérin lhe deu uma velha cafetina amiga sua cujas nádegas enrugadas não ofereciam senão a imagem de um velho pergaminho usado para umectar tabaco. Tal era, entretanto, o objeto que devia receber as homenagens de nosso libertino. Ele se ajoelhou diante desse cu decrépito, beijou-o amorosamente; este peidou no seu nariz, o libertino se extasiou, abriu a boca, este também se abriu, e sua língua foi buscar com entusiasmo o vento suave que este lhe mandava. Enquanto isso, ele não conseguiu resistir ao delírio no qual o lançava esta operação. Tirou de seus calções um membro velho e pequeno, pálido e engelhado como a divindade que homenageava. 'Ah! vamos, peida, peida, minha cara!', gritava masturbando-se com todas suas forças. 'Peida, coração, somente teus peidos poderão desencantar esta ferramenta enferrujada.' A cafetina redobrou, e o libertino bêbado de volúpia perdeu entre as pernas de sua deusa duas ou três infelizes gotas de esperma às quais deveu todo seu êxtase."

Oh, tremendo efeito do exemplo! Quem diria? No mesmo instante, e como se tivessem se concertado de antemão, nossos quatro libertinos chamaram as aias de seus quartetos. Apossaram-se de suas nádegas velhas e feias, solicitaram peidos que obtiveram, e estavam a ponto de se sentirem tão felizes como o magistrado, quando a lembrança dos prazeres que os esperavam nas orgias veio contê-los. Ora, como lembraram, pararam por aí, cada qual dispensou sua Vênus, e Duclos continuou:

"Não me deterei muito na próxima, senhores", disse essa adorável moça, "sei que ela tem pouco sectários entre vós, mas como me ordenaram dizer tudo, obedeço. Um homem muito jovem e de rosto muito lindo teve a fantasia de lamber-me a boceta durante minhas regras. Fiquei deitada de bruços, com as coxas abertas; ele, de joelhos diante de mim, chupou-a levantando meus quadris com suas duas mãos para melhor colocar a cona ao seu alcance. Engoliu a porra e o sangue, pois agiu tão habilmente e era tão bonito que esporrei. Ele se masturbou, estava no sétimo céu, parecia que nada no mundo podia lhe dar tanto prazer e o esporro mais quente e mais ardente, que veio enquanto operava, logo bastou para disso me convencer. No dia seguinte ele viu Aurore, pouco depois minha irmã, e em um mês passou todas em revista, após o quê, sem dúvida, foi fazer a mesma coisa em todos os outros bordéis de Paris."

"Esta fantasia, tendes de concordar, senhores, não é mais singular do que a de um homem, outrora amigo da Guérin e que ela abastecera por muito tempo, garantiu-nos, cuja volúpia consistia em comer fetos de abortos. Avisavam-no cada vez que uma moça se encontrava nesse estado; ele acorria e engolia o embrião pasmando-se de volúpia."

"Conheci aquele homem", disse Curval, "nada mais certo de que existiu e tinha esses gostos." "Seja", disse o Bispo, "mas o que sei de tão certo quanto vosso homem, é que eu não o imitaria." "E por quê?", disse Curval. "Estou convencido que isso pode produzir um esporro, e se Constance quiser me deixar fazer isso, já que dizem que está grávida, prometo fazer o senhor seu filho chegar antes do termo e devorá-lo como uma sardinha." "Oh! todos conhecem vosso horror por mulheres grávidas", respondeu Constance, "sabe-se muito bem que apenas vos desfizestes da mãe de Adélaïde porque ficou grávida uma segunda vez, e se Julie acreditar em mim, saberá se cuidar." "É certo", disse o Presidente, "que não gosto de prole, e que quando a besta está prenha, inspira-me um desgosto furioso, mas daí a imaginar que matei minha mulher por causa disso é um ledo engano vosso. Sabei, sua putinha, que não preciso de motivo para matar uma mulher e sobretudo uma vaca como vós, e que teria o maior prazer em impedir que tenhais vosso bezerrinho, se ele me pertencesse." Constance e Adélaïde desandaram a chorar, e essa circunstância começou a desvendar o ódio secreto que o Presidente nutria contra essa encantadora esposa do Duque; este, muito longe de apoiá-la nessa discussão, respondeu a Curval que devia saber que detestava prole tanto quanto ele e que se, de fato, Constance estava grávida, ainda não tinha parido. Nesse ponto, as lágrimas de Constance redobraram; ela estava no sofá de Durcet, seu pai, que, à guisa de consolo, lhe disse que se não se calasse imediatamente, apesar de seu estado, ele a poria para fora chutando sua bunda. A pobre infeliz deixou recair em seu coração ferido as lágrimas que nela censuravam e se contentou em dizer: "Pobre de mim, meu Deus do céu!, estou muito infeliz, mas meu destino é esse e devo cumpri-lo". Adélaïde, que desandara em lágrimas e que o Duque, no sofá do qual ela estava, atormentava com todas suas forças para fazê-la chorar mais ainda, também conseguiu secar seu pranto, e como essa cena um tanto trágica, embora muito divertida para a alma celerada de nossos libertinos, terminara, Duclos retomou nestes termos:

"Havia, na casa da Guérin, um aposento de construção bastante agradável e que apenas servia para um único homem. Tinha um teto duplo, e essa espécie de sobreloja muito baixa e na qual não se podia ficar senão deitado, servia para ajustar o libertino da espécie singular cuja paixão servi. Ele se trancafiava com uma moça nessa espécie de alçapão, e sua cabeça estava posicionada de modo a ficar na altura de um buraco que dava no aposento de cima. A moça trancada com o dito homem não tinha outra função senão masturbá-lo, e eu, no andar de cima, devia fazer a mesma coisa em outro homem. O buraco, apenas visível, parecia aberto por negligência, e eu, como que para limpar o parquete e não estragá-lo, devia, ao masturbar meu homem, fazer com que a porra caísse no buraco e, consequentemente, sobre o rosto do outro, que estava exatamente abaixo dessa abertura. Tudo fora construído com tanta arte que nada parecia, e a operação era sempre coroada de sucesso: no momento em que o paciente recebia a porra daquele que eu masturbava acima no nariz, ele juntava a sua própria, e tudo estava feito."

"Contudo, a velha de quem vos falei agora há pouco reapareceu, mas para lidar com outro campeão. Este, um homem de aproximadamente quarenta anos, a mandou se despir e, em seguida, lambeu todos os orifícios de seu velho cadáver; cu, boceta, boca, nariz, axila, orelha, nada foi poupado, e o devasso, a cada lambida, engolia tudo o que recolhia. Mas não parou por aí, mandou-a mastigar fatias de bolos que engolia da sua boca assim que ela as triturava; pediu que guardasse por muito tempo na boca goles de vinho com os quais devia lavar a boca e gargarejar e que ele engolia do mesmo modo; e, enquanto isso, seu pau encontrava-se em tal portentosa ereção que a porra parecia prestes a escapar sem precisar de ajuda. Sentindo-a finalmente prestes a jorrar, precipitou-se sobre a velha, enfiou-lhe um metro de língua no cu e esporrou como um furibundo."

"Ei! Santo Deus", disse Curval, "será preciso ser jovem e linda para fazer a porra correr? Mais uma vez, entre todos os gozos, é a coisa suja que atrai a porra: assim, quanto mais suja, mais ela deve ser voluptuosamente derramada." "São sais", disse Durcet, "que, ao se exalarem do objeto que nos serve na volúpia, vêm irritar nossos espíritos animais e pô-los em movimento; ora, quem dúvida que tudo o que é velho, sujo ou fedido tem uma quantidade maior desses sais e, consequentemente, mais facilidade para nos irritar e determinar nossa ejaculação?" Discutiram mais um momento essa tese entre si mas, como havia muito trabalho para se fazer depois do jantar, mandaram servir um pouco mais cedo, e na sobremesa, as moças, todas condenadas a penitências, voltaram para o salão onde haviam de ser punidas junto com os quatro rapazes e as duas esposas igualmente condenadas, o que configurava um total de quatorze vítimas, a saber: as oito moças conhecidas, Adélaïde e Aline, e os quatro meninos, Narciso, Cupido, Zelamir e Gitão. Nossos amigos, já embriagados com a força da volúpia muito a seu gosto que os esperava, acabaram de irritar sua cabeça com uma portentosa quantidade de vinhos e licores, e saíram da mesa para passar ao salão, onde os pacientes os esperavam, num tal estado de embriaguez, furor e lubricidade que, certamente, ninguém queria estar no lugar desses infelizes delinquentes. Naquele dia, apenas estariam presentes nas orgias os culpados e as quatro velhas para o serviço. Todos estavam nus, soluçando, chorando, todos esperavam sua sorte, quando o Presidente, sentando-se numa poltrona, perguntou a Durcet o nome e a falta de cada sujeito. Durcet, tão ébrio quanto seu confrade, pegou o caderno e quis ler, mas, como os objetos lhe pareceram turvos e não conseguiu dar conta deles, o Bispo o substitui pois, embora tão bêbado como seu confrade, resistia melhor ao vinho; ele leu em voz alta, um por vez, o nome de cada culpado e seu erro;

e logo o Presidente proferia uma penitência proporcional às forças e à idade do delinquente, entretanto sempre muito dura. Acabada essa cerimônia, executaram. Desespera-nos o fato de a ordem de nosso plano nos impedir de descrever aqui essas lúbricas correções, mas que nossos leitores não nos guardem rancor. Sentem como nós a impossibilidade em que nos encontramos de satisfazê-los por enquanto; mas, podem ter certeza que nada perderão. A cerimônia foi muito demorada: havia quatorze sujeitos para serem punidos, e a isso misturaram episódios muito prazerosos. Sem dúvida, tudo foi delicioso pois nossos quatro celerados esporraram e se retiraram tão cansados eles mesmos, tão ébrios tanto de vinhos como de prazeres que, sem o socorro dos quatro fodedores que vieram buscá-los, nunca teriam conseguido chegar a seus apartamentos onde, não obstante o que acabavam de fazer, novas lubricidades ainda os aguardavam. O Duque que, naquela noite, tinha Adélaïde na sua cama, repeliu-a. Estivera entre as corrigidas, e fora tão bem corrigida por ele, que, tendo completamente derramado porra em sua honra, não a quis mais para aquela noite e, mandando-a deitar num colchão no chão, cedeu seu lugar a Duclos, cada vez mais nas suas boas graças.

OITAVO DIA

Os exemplos da véspera tendo impressionado, não acharam nem conseguiram achar ninguém que estivesse em falta no dia seguinte. As lições continuaram com os fodedores, e como não houve nenhum acontecimento até o café, retomaremos aquela jornada nesse momento. Estava sendo servido por Augustine, Zelmire, Narciso e Zéfiro. As fodas em coxas recomeçaram; Curval apoderou-se de Zelmire e o Duque de Augustine, e depois de ter admirado e beijado suas lindas nádegas, que, naquele dia, não sei bem por quê, tinham graças, encantos, e exibiam uma vermelhidão que não se havia observado nelas antes, depois, dizia eu, que nossos libertinos tivessem beijado bastante e acariciado essas encantadoras bundinhas, exigiram peidos. O Bispo que segurava Narciso já tinha obtido alguns; ouviam-se aqueles que Zéfiro lançava na boca de Durcet... Por que não imitá-los? Zelmire conseguira, mas, por mais que Augustine fizesse e se esforçasse, por mais que o Duque a ameaçasse com uma sorte, no próximo sábado, igual àquela que experimentara na véspera, nada saiu, e a pobre pequenina já chorava quando um peido sem som veio finalmente satisfazê-lo. Ele respirou e, satisfeito com essa marca de docilidade da linda criança de quem gostava bastante, enfiou sua ferramenta enorme entre suas coxas e, retirando-a no momento de seu esporro, regou-lhe completamente as duas nádegas. Curval fizera a mesma coisa com Zelmire, mas o Bispo e Durcet se contentaram com o que se chama de *petite oie*[36]. Após a sesta, passaram ao salão, onde a bela Duclos, adornada, naquele dia, com tudo o que melhor podia fazer esquecer sua idade, pareceu realmente linda sob as luzes, e isso a ponto de nossos libertinos, aquecidos por sua causa, apenas consentirem a deixá-la continuar se, do alto de sua tribuna, mostrasse suas nádegas à assembleia. “Ela realmente tem uma bela bunda”, disse Curval. “Pois é, meu amigo”, disse Durcet, “eu te garanto que raramente vi melhores.” Recebidos esses elogios, nossa heroína rebaixou suas saias, sentou-se e retomou o fio de sua história assim como leitor verá, caso se dê a pena de continuar, o que lhe aconselhamos para o interesse de seus prazeres.

"Uma reflexão e um acontecimento fizeram com que, senhores, o resto do que vos contarei não ocorra mais no mesmo campo de batalha. A reflexão é muito simples: o estado deplorável da minha bolsa a provocou. Após nove anos na casa da senhora Guérin, sem, entretanto, gastar quase nada, não tinha poupado nem cem luíses. Essa mulher, extremamente hábil e entendendo o melhor para seus interesses, encontrava sempre um meio não apenas de guardar para ela pelo menos dois terços das receitas, mas ainda de aplicar descontos elevados no outro terço. Essa manha acabou me desagradando, e como outra cafetina, chamada Fournier, solicitava-me vivamente a ir morar com ela, sabendo que essa Fournier recebia em sua casa velhos devassos de bem melhor estirpe e bem mais ricos do que os da senhora Guérin, decidi despedir-me desta e ir à casa da outra. O acontecimento que veio apoiar minha reflexão foi a perda de minha irmã; estava muito apegada a ela, e não pude ficar muito mais tempo numa casa em que tudo a trazia à minha lembrança, mas na qual ela não mais se encontrava. Havia quase seis meses, essa minha cara irmã recebia visitas de um grande homem seco e negro, cuja fisionomia me desagradava infinitamente. Trancafiavam-se juntos, e não sei o que lá faziam, pois minha irmã nunca quis me contar e eles não ficavam num lugar onde poderia vê-los. Seja como for, uma bela manhã, ela veio ao meu aposento, beijou-me e me disse que sua fortuna estava feita, que iria ser sustentada por aquele grande homem de quem eu não gostava, e tudo o que fiquei sabendo é que ela ia viver à custa da beleza de suas nádegas. Feito isso, ela me deu seu endereço, fechou suas contas com Guérin, nos beijou a todas e foi embora. Dois dias depois, não deixei, como bem podeis imaginar, de ir ao endereço indicado, mas ninguém sabia do que eu estava falando. Percebi muito bem que minha irmã fora enganada, pois não conseguia imaginar que ela pudesse querer me privar do prazer de vê-la, isso nem me passou pela cabeça. Ao me queixar do acontecido à Guérin, vi que esta sorriu maliciosamente e se recusou a se explicar: disso concluí, portanto, que estava a par de toda a aventura, mas que não queria que eu a desvendasse. Tudo isso me abalou e me levou a tomar minha decisão, e como não terei mais oportunidades de vos falar dessa cara irmã, dir-vos-ei, senhores, que, apesar de inúmeras investigações e de todos os cuidados que tomei para reencontrá-la, jamais me foi possível saber o que acontecera com ela."

"Claro", disse então Desgranges, "pois, vinte e quatro horas depois de ter te deixado, já não existia mais. Ela não te enganou, estava sendo lograda, mas Guérin sabia do que se tratava." "Justo céu! O que me estais dizendo", respondeu Duclos. "Que desgraça! Embora impossibilitada de vê-la, eu ainda acreditava que estivesse viva." "Ledo engano", retomou Desgranges, "mas ela não te mentira: foi a beleza de suas nádegas, a superioridade espantosa da sua bunda que lhe valeu a aventura em que acreditou poder fazer fortuna e na qual apenas encontrou a morte." "E o grande homem seco?", disse Duclos. "Ele não passava de intermediário nessa aventura, não trabalhava por sua conta." "Mas, como?", disse Duclos, "ele a via assiduamente havia seis meses?" "Para enganá-la", retomou Desgranges, "mas retoma teu relato; esses esclarecimentos poderiam aborrecer esses senhores, e este caso me diz respeito, ainda hei de contar tudo em detalhe." "Chega de compaixão, Duclos", disse-lhe o Duque secamente ao ver que ela custava a reter algumas lágrimas involuntárias, "aqui desconhecemos esses pesares e ainda que toda a natureza desabasse, isso não nos arrancaria sequer um suspiro. Deixai os choros aos imbecis e às crianças, e que nunca sujem as bochechas de uma mulher arrazoada a quem estimamos." Com essas palavras nossa heroína se conteve e logo retomou seu relato.

"Em virtude das duas causas que acabo de explicar, decidi-me, então, senhores, e como Fournier me oferecia um alojamento melhor, uma mesa muito melhor servida, encontros bem melhores pagos embora mais pesarosos, mas sempre com partilha igual e sem desconto algum, determinei-me imediatamente. A senhora Fournier ocupava então uma casa inteira, e cinco moças jovens e lindas compunham seu harém; fui a sexta. Achareis bom que eu faça aqui como fiz na casa da senhora Guérin, isto é, que apenas descreva minhas companheiras à medida que forem desempenhando seu papel. Logo no dia após minha chegada acharam-me uma função, pois havia muitos clientes em sua casa, e era frequente termos cinco ou seis por dia cada uma. Contudo, assim como fiz até agora, apenas vos falarei daqueles que podem excitar vossa atenção por seu condimento ou sua singularidade."

"O primeiro homem que vi na minha nova estada era um pagador de rendas, homem de aproximadamente cinquenta anos. Mandou que me ajoelhasse com a cabeça deitada na cama e, instalando-se também na cama, de joelhos, acima de mim, bateu uma punheta na minha boca, ordenando-me que a mantivesse muito aberta. Não perdi uma gota, e o devasso divertiu-se prodigiosamente com as contorções e os esforços para vomitar que esse gargarejo nojento provocou em mim."

"Permiti-me, senhores", continuou Duclos, "que eu coloque juntas, embora tenham ocorrido em momentos diferentes, as quatro aventuras deste mesmo gênero que ainda vivenciei na casa da senhora Fournier. Sei que esses relatos não desagradarão ao senhor Durcet, que me será grato por entretê-lo, no resto da noite, com um gosto que ele ama e que me deu a honra de conhecê-lo pela primeira vez."

"O quê", disse Durcet, "vais me fazer desempenhar um papel na tua história?" "Se assim permitir, senhor", respondeu Duclos, "lembrando apenas de avisar esses senhores quando chegar a vossa vez." "E meu pudor... O quê! Vais desvendar assim todas minhas torpezas diante de todas essas moças?" Cada um tendo rido do temor jocoso do financista, Duclos retomou assim:

"Um libertino, muito mais velho e muito mais nojento que aquele que acabo de citar, veio me dar a segunda representação dessa mania. Mandou-me deitar nua numa cama, deitou-se em posição inversa sobre mim, colocou seu pau na minha boca e sua língua na minha boceta, e, nessa atitude, exigiu que eu lhe devolvesse as titilações de volúpia que, dizia, sua língua me proporcionaria. Salivei o mais que pude. Era meu cabaço para ele; ele lambeu, chafurdou e trabalhou, sem dúvida, com todas suas manobras, infinitamente mais para si do que para mim. Seja como for, fiquei impassível, muito feliz por não estar horrivelmente enojada, e o libertino esporrou; operação que, segundo pedira a Fournier, a qual me havia avisado de tudo, operação, dizia eu, que o ajudei a realizar o mais lascivamente possível, apertando meus lábios, salivando, exprimindo o melhor que pude na minha boca o suco que se exalava e passando minha mão nas suas nádegas para roçar seu ânus, assim como me pedira para fazer, e que ele, por sua vez, fazia tudo para facilitar... Tudo acabado, nosso homem bateu asas garantindo à Fournier que jamais lhe haviam fornecido uma moça que soubesse contentá-lo melhor do que eu."

"Pouco depois dessa aventura, curiosa de saber o que vinha fazer naquela casa uma velha bruxa de mais de setenta anos e que parecia esperar um freguês, disseram-me que, de fato, este era o caso. Excessivamente curiosa de ver para que serviria um tal emplastro, perguntei a minhas companheiras se não havia, num de seus aposentos, um lugar de onde pudesse espiar, assim como na casa de Guérin. Tendo uma me respondido que sim, lá me levou, e como havia lugar para dois, lá nos instalamos, e eis o que vimos e escutamos, pois, como um simples tabique separava os dois quartos, era muito difícil perder alguma palavra. A velha chegou primeiro e após considerar-se no espelho, ajustou-se, sem dúvida, como se acreditasse que seus encantos ainda fossem ter algum sucesso. Alguns minutos depois, vimos chegar o Dafne dessa nova Cloé. Tinha no máximo sessenta anos; era pagador de rendas, homem muito abastado e que preferia gastar seu dinheiro com putas de refugo como aquela do que com lindas moças, e isso por essa singularidade de gosto que entendeis, segundo dizeis, senhores, e explicais tão bem. Ele se avançou, olhou com despeito sua Dulcineia que lhe fazia uma profunda reverência. 'Deixa de modos, velha safada', disse o devasso, 'dispa-te... Mas, primeiro, deixa-me ver, tens dentes?' 'Não, senhor, não me resta nenhum', disse a velha abrindo sua boca infecta... 'Queira conferir.' Então nosso homem se aproximou e, agarrando-lhe a cabeça, aplicou-lhe nos lábios um dos beijos mais ardentes que eu tenha visto em toda minha vida; não apenas beijava, mas chupava, devorava, enfiava amorosamente sua língua o mais profundamente possível na goela putrefata, e a boa velha, que havia muito não se encontrara numa tal festa, devolvia tudo com tal ternura... que me seria difícil descrever-vos. 'Vamos', disse o financista, 'dispa-te.' Enquanto isso, ele também tirou seus calções e exibiu um membro negro e engelhado que não prometia engrossar tão cedo. Contudo, a velha estava nua e vinha desaforadamente oferecer a seu amante um velho corpo amarelo, rijo, seco, descaído e descarnado, cuja descrição, apesar do ponto em que chegaram vossas fantasias sobre isto, vos daria horror demais para que eu queira empreendê-la. Entretanto, longe de enojado, nosso libertino extasiou-se; agarrou-a, puxou-a para si. Na poltrona em que se masturbava enquanto esperava que ela se despisse, lançou-lhe mais uma vez sua língua na boca e, virando-a, foi render na hora sua homenagem ao reverso da medalha. Vi-o distintamente mexer nas nádegas, mas o que estou dizendo? nádegas? Dois esfregões enrugados que caíam de seus quadris em ondulações até suas coxas. Em suma, assim como eram, abriu-as, aplicou voluptuosamente seus lábios sobre a cloaca infame que elas encerravam, enfiou-lhe a língua várias vezes, e tudo isso enquanto a velha se esforçava em dar alguma consistência ao membro morto que ela chocalhava. 'Vamos ao que interessa', disse o Celadão, 'sem meu episódio predileto, todos os teus esforços seriam inúteis. Avisaram-te?' 'Sim, senhor.' 'E sabes bem que é preciso engolir?' 'Sim, meu totó, sim, meu chuchu, engolirei, devorarei tudo o que fizer.' Enquanto isso o libertino deitou-a na cama de cabeça para baixo; nessa postura pôs sua ferramenta molenga no seu bico, enfiou-a até aos colhões, voltou a agarrar as duas pernas de seu objeto de gozo, colocou-as sobre seus ombros de modo que seu focinho se encontrasse exatamente aninhado entre as nádegas da aia. Sua língua tornou a entrar até o fundo daquele delicioso orifício; a abelha que vai bombear o néctar da rosa não chupa mais voluptuosamente. Entretanto, a velha chupava e nosso homem se agitava. 'Porra!', exclamou após quinze minutos desse exercício libidinal, 'chupa, chupa, sua bugra, chupa e engole, está correndo, duplo deus! está correndo, não está sentindo?' Começou, então, a beijar tudo o que a ele se oferecia, coxas, vagina, nádegas, ânus... tudo foi lambido, tudo foi chupado. A velha engoliu, e o pobre caduco, que se retirou tão mole quanto entrou e que muito provavelmente esporrou sem ereção, foge, cheio de vergonha pelo seu desvario, e chega à porta o mais prontamente possível para evitar ver de sangue-frio o objeto hediondo que acabara de seduzi-lo."

"E a velha?", disse o Duque.

"A velha tossiu, cuspiu, assoou o nariz, vestiu-se assim que pode e foi embora."

"Alguns dias depois, chegou a vez dessa mesma companheira que me tinha dado o prazer dessa cena. Sendo uma moça de aproximadamente dezesseis anos, loira e com a mais interessante fisionomia do mundo, não deixei de ir vê-la em ação. O homem com quem a juntaram era no mínimo tão velho como o pagador de rendas. Mandou ela se ajoelhar entre suas pernas, prendeu sua cabeça agarrando-a pelas orelhas e enfiou na sua boca um pau que me pareceu mais sujo e repugnante do que esfregão arrastado numa sarjeta. Minha pobre companheira, vendo aproximar-se de seus lábios frescos essa coisa nojenta quis se jogar para trás, motivo pelo qual nosso homem a segurava como um porco, pelas orelhas. 'Vamos, piranha', disse-lhe, 'te fazes de rogada?' Ameaçando chamar Fournier que, sem dúvida, lhe recomendara muita complacência, ele conseguiu vencer suas resistências. Ela abriu os lábios, recuou, abriu-os mais uma vez e acabou engolindo, soltando soluços, essa relíquia infame na mais linda das bocas. Desse momento em diante, o celerado não deixou de proferir palavras de baixo calão. 'Ah, sacana!', dizia enfurecido, 'precisa de modos para chupar o mais belo pau da França! Achas que se vai ao bidê todos os dias somente para ti? Vamos, chupa, safada! Chupa tua guloseima.' E, inflamando-se com esses sarcasmos e o desgosto que inspirava na minha companheira (tanto é verdade, senhores, que o desgosto que em nós inspirais acirra vosso gozo), o libertino se extasiou e deixou na boca dessa pobre moça provas inequívocas de sua virilidade. Menos complacente que a velha, nada engoliu, e muito mais enojada do que ela, vomitou na hora tudo o que tinha no estômago, e nosso libertino, enquanto se rearrumava sem lhe dar a menor atenção, ria entre os dentes das consequências cruéis de sua libertinagem.

"Chegou a minha vez, mas fui mais feliz que as duas anteriores, pois haviam me destinado o próprio Amor e, depois de tê-lo satisfeito, restou-me apenas um espanto por poderem existir gostos tão estranhos num jovem tão bem-feito para se agradar. Chegou, mandou me despir, estendeu-se na cama, ordenou que me agachasse sobre seu rosto e que, com minha boca, tentasse fazer esporrar um pau muito medíocre, mas que ele me recomendara e cuja porra me suplicou engolir, assim que a sentisse correr. 'Mas não ficai ociosa enquanto isso', acrescentou o pequeno libertino, 'que vossa boceta inunde minha boca de urina, a qual prometo engolir assim como engolireis minha porra, e que essa bela bunda peide no meu nariz.' Comecei a agir e cumpri minhas três tarefas ao mesmo tempo com tanta arte que seu passarinho esporrou logo todo seu furor na minha boca e, enquanto eu engolia, meu Adônis fazia a mesma coisa com a urina com a qual eu o inundava, tudo isso enquanto aspirava os peidos com os quais não parava de perfumá-lo."

"Na verdade, senhorita", disse Durcet, "bem poderíeis ter deixado de revelar assim as criancices de minha juventude." "Ah! ah!", retrucou o Duque rindo. "O quê? Tu que mal consegues encarar uma boceta hoje em dia fazia-as mijar naquela época?" "É verdade", disse Durcet, "tenho até vergonha, é pavoroso ter torpezas dessa espécie na consciência; agora mesmo, meu amigo, estou sentindo todo o peso dos arrependimentos... Bundas deliciosas", gritou no seu entusiasmo, beijando a de Sophie que puxara a si para manuseá-la um momento, "divinas bundas. O quanto me arrependo das homenagens que deixei de vos prestar! Ah! bundas deliciosas, prometo-vos um sacrifício expiatório, prometo nunca mais na minha vida desviar-me de vossos altares." E esse belo traseiro tendo-o aquecido um tanto, o libertino colocou a novata numa postura muito indecente sem dúvida, mas na qual, como vimos acima, podia fazer com que ela mamasse seu passarinho enquanto chupava o ânus mais saudável e mais voluptuoso. Entretanto, enfarado demais quanto aquele prazer, Durcet raramente encontrava nele vigor; por mais que o chupassem, por mais que ele devolvesse, precisou retirar-se no mesmo estado de desfalecimento e adiar, xingando e injuriando a moça, para algum outro momento mais feliz os prazeres que a natureza lhe recusava por enquanto. Nem todo mundo foi tão infeliz. O Duque, que passara para seu gabinete com Colombe, Zelamir, Quebra-cu e Thérèse, deixava ouvir berros que provavam sua felicidade, e Colombe, que, ao sair de lá, cuspia com todas suas forças, não deixou mais dúvida quanto ao templo que ele tinha honrado. Quanto ao Bispo, naturalmente deitado em seu sofá, as nádegas de Adélaïde sobre o nariz e o pau na sua boca, pasmava ao fazer a moça peidar, enquanto Curval, de pé, fazia Hébé embocar seu enorme trompete, e perdeu sua porra desvairando em outros lugares.

Então serviram. O Duque sustentou, no jantar, que se a felicidade consistia na inteira satisfação de todos os prazeres dos sentidos, era difícil alguém ser mais feliz do que eram. "Esta fala não é a de um libertino", disse Durcet. "Como podeis ser felizes, uma vez que podeis vos satisfazer a todo momento? Não é no gozo que consiste a felicidade, é no desejo, é rompendo os freios que a ele se opõem. Ora, será que tudo isso se encontra aqui, onde apenas preciso desejar para ter? Juro, acrescentou, que, desde que aqui estou, minha porra não correu uma única vez para os objetos que aqui estão; apenas se derramou para aqueles que não estão aqui. E, por sinal", acrescentou o financista, "a meu ver, falta uma coisa essencial à nossa felicidade: o prazer da comparação, prazer que não pode nascer senão do espetáculo dos infelizes, e não vemos nenhum aqui. É da visão de quem sofre e não goza daquilo que tenho que nasce o charme de poder se dizer: portanto, sou mais feliz do que ele. Em qualquer lugar onde os homens serão iguais e onde essas diferenças faltarem, a felicidade nunca existirá. É a história do homem que apenas conhece bem o preço da saúde quando adoece." "Neste caso", disse o Bispo, "estabeleceríeis, portanto, um gozo real em ir contemplar as lágrimas dos que a miséria aflige?" "Muito certamente", disse Durcet, "talvez não haja, no mundo, volúpia mais sensual do que a de que estais falando." "O quê, sem aliviá-los?", disse o Bispo, que estava se empenhando em fazer com que Durcet se estendesse sobre um assunto tanto do gosto de todos e que todos o sabiam muito capaz de tratar a fundo. "O que chamais de aliviar?", disse Durcet. "Ora, a volúpia que nasce para mim dessa doce comparação entre seu estado e o meu não existiria mais se eu os aliviasse, pois então, tirando-os de seu estado de miséria, far-lhes-ia provar um instante de felicidade que, assimilando-os a mim, apagaria todo o gozo da comparação." "Pois bem", disse o Duque, "segundo ists, seria preciso, de algum modo, para melhor estabelecer essa diferença essencial à felicidade, seria preciso, dizia eu, antes agravar sua situação." "Não há a menor dúvida quanto a isso", disse Durcet, "e isso explica as infâmias pelas quais fui censurado durante toda a minha vida. Pessoas que não conheciam meus motivos me chamavam de inflexível, feroz e bárbaro, mas, indiferente a todas as denominações, seguia meu curso; cometi, admito, o que os tolos chamam de atrocidades; mas obtinha gozos dessas comparações deliciosas, e era feliz." "Confessa tudo", lhe disse o Duque, "admite que, por mais de vinte vezes, chegaste a arruinar infelizes, apenas para servirem nesse sentido os gostos perversos que reconheces aqui." "Mais de vinte vezes?", disse Durcet, "Mais de duzentas, meu amigo e, sem exagerar, poderia citar mais de quatrocentas famílias hoje em dia reduzidas à mendicância apenas por minha causa." "Tiraste proveito disso, pelo menos?", disse Curval. "Quase sempre, mas muitas vezes apenas o fiz por essa espécie de malvadeza que, quase sempre, desperta em mim os órgãos da lubricidade. Fico de pau duro quando faço o mal, encontro no mal um encanto suficientemente picante para despertar em mim todas as sensações do prazer e pratico-o apenas pelo mal, e sem outro interesse do que ele." "Não há nada que eu conceba tão bem como esse gosto", disse Curval. "Quando estava no Parlamento, cem vezes votei para mandar enforcar infelizes que eu bem sabia serem inocentes, e nunca me entreguei a essa pequena injustiça sem sentir dentro de mim mesmo aquela cócega voluptuosa com a qual os órgãos do prazer dos colhões se inflamam muito rapidamente. Bem podeis julgar o que senti quando fiz pior." "Está certo", disse o Duque, cujos miolos começavam a inflamar-se enquanto manipulava Zéfiro, "que o crime tem charmes suficientes para inflamar sozinho todos os sentidos, sem que sejamos obrigados a recorrer a nenhum outro expediente; e ninguém concebe como eu que tanto os crimes afastados da libertinagem como os que lhe pertencem deixam de pau duro. Eu que vos falo, fiquei de pau duro enquanto roubava, assassinava, incendiava, e tenho a plena certeza de que não é o objeto da libertinagem que nos anima, mas a ideia do mal; em consequência, que é apenas por causa do mal que se fica de pau duro e não do objeto, de tal modo que se este objeto fosse privado da possibilidade de nos permitir fazer o mal, não nos excitaríamos mais com ele." "Nada mais certo", disse o Bispo, "e daí nasce a certeza do maior prazer com a coisa mais infame e o sistema de que não devemos nos afastar, que é que quanto mais quisermos fazer nascer o prazer do crime, mais pavoroso haverá de ser o crime. E quanto a mim, senhores", acrescentou, "se me for permitido citar-me, confesso estar a ponto de não mais sentir essa sensação de que falais, de não mais senti-la, dizia eu, nos pequenos crimes, e se aquele que eu cometer não reunir tanto negror, tanta atrocidade, tanta velhacaria e traição quanto for possível, a sensação não nasce mais." "Bom", disse Durcet, "mas será possível cometer crimes como os concebemos e dos quais estais falando? No meu caso, confesso que minha imaginação, nesse ponto, sempre foi além dos meus recursos; sempre concebi mil vezes mais do que fiz e sempre me queixei da natureza que, embora me desse o desejo de aviltá-la, sempre me privou dos meios para tanto." "Apenas há dois ou três crimes para se cometer no mundo", disse Curval, "e, uma vez estes cometidos, tudo está feito; o resto é inferior e não sentimos mais nada. Quantas vezes, santo Deus, eu não desejei poder atacar o sol, privar o universo dele, ou usá-lo para abrasar o mundo? Isso é que seria um crime, e não os pequenos desregramentos a que nos entregamos, que se limitam a metamorfosear, cada ano, uma dúzia de criaturas em moitas de terra." Nessa altura, como as cabeças estavam se acendendo, duas ou três moças já tendo sofrido as consequências disso, e os paus estavam começando a se retesarem, saíram da mesa para ir derramar em lindas bocas as águas desse licor cujas titilações agudas demais faziam proferir tantos horrores. Limitaram-se, naquela noite, aos prazeres da boca, mas inventaram cem modos de variá-los, e quando deles ficaram bem saciados, foram tentar encontrar em algumas horas de descanso as forças necessárias para recomeçar.

NONO DIA

Naquela manhã, Duclos avisou que achava prudente oferecer às moças outros fantoches para o exercício da masturbação que os fodedores que empregavam e suspender as lições, pois pensava que estavam suficientemente instruídas. Acrescentou, com muita razão e verossimilhança, que empregar esses jovens conhecidos pelo nome de fodedores podia resultar em intrigas que era prudente evitar, e que por sinal esses jovens de nada valiam para aquele exercício, uma vez que esporravam logo, num claro desperdício dos prazeres que os cus desses senhores esperavam deles. Decidiram, portanto, que as lições cessariam, tanto mais que, entre as moças, já havia quem masturbasse maravilhosamente. Augustine, Sophie e Colombe podiam disputar em habilidade e ligeireza de punho com as mais famosas masturbadoras da capital. Entre todas, Zelmire era a menos hábil: não que não fosse muito lesta e hábil em tudo o que fizesse, mas seu caráter terno e melancólico não lhe permitia esquecer seus pesares e ela andava sempre triste e pensativa. Na inspeção do café da manhã, sua aia acusou-a de ter sido surpreendida, na véspera, à noite, rezando a Deus antes de ir deitar. Trouxeram-na, interrogaram-na, perguntaram-lhe o assunto de suas rezas. Ela começou por se recusar a falar, mas em seguida, vendo-se ameaçada, confessou chorando que rogava que Deus a livrasse dos perigos em que se encontrava e, sobretudo, antes que perdesse a virgindade. O Duque, então, declarou que ela merecia a morte, e mandou que lessem o artigo expresso dos regulamentos sobre esse quesito. "Pois bem", disse ela, "matai-me! Deus, a quem invoco, ao menos, terá piedade de mim. Matai-me antes de me desonrar; e essa alma que a Ele dedico voará pura, ao menos, para junto de seu seio. Estarei livre do tormento de ver e ouvir tantos horrores todo dia." Uma resposta em que reinava tanta virtude, candura e amenidade deixou nossos libertinos de pau prodigiosamente duro: houve quem opinou a favor de deflorá-la imediatamente, mas o Duque, lembrando-lhes os compromissos invioláveis que tinham assumido, contentou-se em condená-la, o que foi unanimemente aceito por seus comparsas, a uma violenta punição no sábado seguinte; por enquanto, viria de joelhos chupar quinze minutos o pau de cada um dos amigos com sua boca, sendo advertida de que, em casos de recidiva, ela perderia decididamente a vida e seria julgada com todo o rigor das leis. A pobre criança veio efetivar a primeira parte de sua penitência, mas o Duque, que a cerimônia tinha aquecido e que, uma vez pronunciada a sentença, passara prodigiosamente a mão em sua bunda, esporrou todo seu sêmen nessa linda boquinha, como um sacripanta, ameaçando estrangulá-la caso ela rejeitasse uma gota sequer, a infeliz da coitadinha engoliu tudo, não sem furiosas repugnâncias. Os três outros foram chupados cada um por sua vez, mas não perderam nada, e depois das corriqueiras cerimônias da inspeção aos rapazes e da capela que, naquela manhã, pouco rendeu porque tinham recusado quase todo mundo, almoçaram e passaram ao café. Este estava sendo servido por Fanny, Sophie, Hiacinto e Zelamir. Curval imaginou foder entre as coxas de Hiacinto e obrigar Sophie a vir chupar o que sobraria de seu pau do outro lado, entre as coxas de Hiacinto. A cena foi prazerosa e voluptuosa; ele bateu uma punheta no garotinho, que esporrou no nariz da mocinha, e o Duque, sendo o único que podia imitar esta cena, devido ao comprimento de seu pau, se arranjou do mesmo modo com Zelamir e Fanny. Entretanto, como o mocinho ainda não esporrava, privou-o de um episódio muito agradável de que Curval gozara. Em seguida, Durcet e o Bispo brincaram com as quatro crianças e também fizeram com que os chupassem, mas ninguém esporrou e, depois de uma breve sesta, passaram ao salão de histórias onde, uma vez todo mundo instalado, Duclos retomou assim o fio de suas narrativas:

"Com outros que não vós, senhores", disse essa adorável moça, "eu temeria iniciar o assunto das narrativas que vai nos ocupar toda essa semana, mas, por mais crapuloso que seja, conheço por demais vossos gostos para, em vez de recear desagradar-vos, estar pelo contrário muito convencida de vos deleitar. Aviso que ides escutar sujeiras abomináveis; mas vossas orelhas estão acostumadas com elas, vossos corações as amam e desejam, de modo que abordarei meu assunto sem mais delongas. A casa da senhora Fournier tinha um velho cliente que chamávamos de o cavaleiro, não sei bem por que nem como, e cujo costume era o de vir todas as noites à casa para uma cerimônia tão simples quanto bizarra: desabotoava seus calções, e cada uma de nós por sua vez havia de neles depositar suas fezes. Logo reabotoava os calções e saía com muita pressa, levando esse pacote. Enquanto o abastecíamos, ele se masturbava um pouco, mas nunca o vimos esporrar, nem sabíamos aonde ia com seu troço assim encalçado."

"Oh, por Deus!", disse Curval, que nunca ouvia nada sem já sentir vontade de fazê-lo, "quero que caguem nos meus calções e vou guardar isso a noite toda". Ordenando a Louison que viesse lhe prestar esse serviço, o velho libertino deu a todos a representação efetiva do gosto cujo relato acabaram de escutar. "Vamos, prossiga", disse fleumaticamente à Duclos alojando-se no sofá, "apenas a bela Aline, minha encantadora companheira desta noite, poderia incomodar-se, pois, no que me diz respeito, acomodo-me muito bem com isso". E Duclos retomou nestes termos:

"Prevenida", disse ela, "de tudo o que deveria ocorrer na casa do libertino onde me mandavam, vesti-me de menino, e como tinha apenas vinte anos, cabelos bonitos e um lindo rosto, essa roupa me caía maravilhosamente. Antes de sair, tomei a precaução de fazer no meu calção o que o senhor Presidente acaba de mandar fazer no seu. Meu homem me esperava em sua cama; aproximei-me; ele me beijou duas ou três vezes na boca muito lascivamente, disse-me que era o moço mais bonito que jamais vira, e enquanto me elogiava, tentou desabotoar meu calção. Fiz-me de rogada, com a única intenção de melhor inflamar seus desejos, ele insistiu, conseguiu, mas como vos descrever o êxtase que o arrebatou quando viu o pacote que eu carregava, e as marcas que deixara nas minhas nádegas? 'O quê, pequeno tratante', disse-me, 'cagaste nos calções?... Mas como pudeste fazer uma porcaria dessas?' E, na hora, segurando-me ainda virada e com os calções arriados, masturbou-se, chocalhou-se, grudou nas minhas costas e lançou sua porra sobre o pacote, enquanto me enfiava sua língua na boca."

"Ei! O quê!", disse o Duque, "ele não tocou em nada, não manipulou nada do que penso?" "Não, Monsenhor", disse Duclos, "disse-vos tudo e não estou escondendo nenhuma circunstância. Mas peço-vos um pouco de paciência, chegaremos por graus ao que quereis ouvir."

"'Vamos conhecer um muito agradável', disse-me uma de minhas companheiras; 'ele não precisa de garota, diverte-se sozinho.' Fomos até o buraco, instruídas de que, no aposento ao lado daquele aonde iria, havia um vaso de latrina que nos haviam ordenado encher nos quatro últimos dias, o qual devia conter mais de doze troços. Nosso homem chegou; tratava-se um velho *sous-fermier*[37] de aproximadamente setenta anos. Trancafiou-se, foi direto ao pote que sabia conter os perfumes cujos gozos pedira. Pegou-o e, sentando-se numa poltrona, examinou amorosamente durante uma hora todas as riquezas de que se apossara. Cheirou, tocou, manipulou, parecia tirá-los todos, um após o outro, para ter o prazer de melhor contemplá-los. No final, extasiado, sacou de sua braguilha um velho trapo preto que chocalhou com toda a força; enquanto uma mão masturbava, a outra se enfiava no vaso e levava até esta ferramenta que estava sendo festejada um alimento capaz de inflamar seus desejos; nem com isso esta se ergueu. Existem momentos em que a natureza é tão rebelde que os excessos que melhor nos deleitam nada conseguem arrancar dela. Por mais que esforçasse, nada se elevou; contudo, de tantas sacudidas, com a mesma mão que acabava de ser mergulhada no próprio excremento, a ejaculação saiu: o homem se enrijeceu, jogou-se para trás, cheirou, respirou, esfregou seu pau e esporrou sobre o montão de merda que tanto acabara de deleitá-lo."

"Outro jantou face a face comigo e quis na mesa doze pratos cheios das mesmas iguarias, entremeadas com as do jantar. Ele farejava, cheirava um de cada vez, e me ordenou que o masturbasse, após a refeição, sobre aquele que lhe parecera mais belo."

"Um jovem *maître des requêtes*[38] pagava por lavagens a que quiséssemos nos submeter. Quando fiquei com ele, realizei sete, que me administrou, todas elas, com a própria mão. Assim que tivesse segurado um por alguns minutos, precisava subir numa escada dupla debaixo da qual ele se instalava, e devolver sobre seu pau, que ele mesmo masturbava, toda a imersão com a qual acabara de banhar minhas entranhas."

Imagina-se facilmente que essa noite inteira foi dedicada a sujeiras aproximadamente do mesmo gênero das que acabaram de ouvir, e nisso acreditaremos tanto mais facilmente que esse gosto era unânime em nossos quatro amigos, e embora Curval fosse quem o tivesse no mais alto grau, os três outros também o apreciavam muito. Os oito troços das mocinhas foram entremeados aos pratos do jantar, e nas orgias não resta dúvida de que acrescentaram os dos mocinhos a isso tudo, e assim se terminou essa nona jornada cujo fim viram chegar com tanto mais prazer por saberem que, no dia seguinte, ouviriam, sobre esse objeto que tanto prezavam, relatos um pouco mais pormenorizados.

DÉCIMO DIA

Lembrai-vos de velar melhor no começo o que ides esclarecer aqui.

À medida que avançamos, podemos esclarecer melhor nosso leitor quanto a alguns feitos que fomos obrigados a ocultar-lhe no começo. Agora, por exemplo, podemos revelar-lhe qual era o objeto das inspeções da manhã nos quartos das crianças, o que os levava a puni-las quando essas inspeções revelavam algum delinquente e que tipo de volúpias provavam na capela: era terminantemente proibido aos sujeitos, independentemente de seu sexo, ir ao *garde-robe* sem permissão expressa, para que essas necessidades, assim conservadas, pudessem abastecer as necessidades de quem as desejasse. A inspeção servia para comprovar que ninguém havia infringido esta ordem: o amigo do mês visitava com cuidado todos os vasos do aposento e, caso encontrasse um cheio, o sujeito era inscrito na hora no livro das punições. Entretanto, concediam uma facilidade àqueles ou àquelas que não podiam mais se conter: ir um pouco antes do almoço à capela que fora transformada em *garde-robe* e concebida de tal modo que nossos libertinos pudessem gozar do prazer que a satisfação daquela necessidade podia lhes proporcionar; e os outros, os que conseguiam guardar seu pacote, perdiam-no no decorrer do dia do modo que mais agradasse aos amigos e sempre, com toda certeza, de uma das maneiras cujos detalhes vamos ouvir, uma vez que esses detalhes abrangeriam todos os modos de se entregar a esse tipo de volúpia. Havia ainda outro motivo pela punição: a chamada cerimônia do bidê não agradava sobremaneira nossos quatro amigos: Curval, por exemplo, não suportava que os sujeitos com quem ia lidar se lavassem; mesma coisa para Durcet, motivo pelo qual ambos avisavam a aia dos sujeitos com os quais previam divertir-se no dia seguinte, a qual lhes proibia usarem, em hipótese alguma, qualquer ablução ou esfrega, não importando a sua natureza; quanto aos dois outros, que nada tinham contra isso, embora não lhes fosse tão essencial como aos dois primeiros, prestavam-se à execução desse episódio, e se, depois do aviso de se encontrar impuro, um sujeito se atrevesse a estar limpo, era inscrito na hora no rol das punições. Este foi o caso de Colombe e Hébé, naquela manhã. Haviam cagado, na véspera, durante as orgias e, sabendo que serviriam o café no dia seguinte, Curval, que planejava divertir-se com ambas e até avisara que exigiria peidos, havia ordenado que deixassem bem as coisas no estado em que estavam. Quando as crianças foram deitar, nada disso fizeram. Na inspeção, Durcet, avisado, ficou muito surpreso de encontrá-las limpinhas; pediram desculpas dizendo que não se lembraram, o que não impediu que fossem inscritas no livro das punições. Naquela manhã, nenhuma permissão de capela foi concedida. (Queira o leitor lembrar-se do que entenderemos com isto de agora em diante.) Previam o quanto iam precisar daquilo à noite, durante a narração, e queriam reservar tudo para aquele momento. Naquele dia, também acabaram com as lições de masturbação dos mocinhos; tornaram-se inúteis, e todos masturbavam como as mais hábeis putas de Paris. Zéfiro e Adônis se sobrepujavam essencialmente por sua agilidade e ligeireza, e poucos paus não ejaculariam até o sangue, quando masturbados por mãozinhas tão ágeis e deliciosas. Mais uma vez não houve novidade até o café; este era servido por Gitão, Adônis, Colombe e Hébé. Avisadas, as quatro crianças estavam recheadas de todas as drogas que melhor pudessem provocar ventos, e Curval, que se propusera a fazer peidar, recebeu-os em grande quantidade. O Duque se fez chupar por Gitão, cuja boquinha mal conseguia encerrar o pau enorme que se lhe apresentava. Durcet fez com Hébé seus pequenos horrores prediletos e o Bispo fodeu Colombe nas coxas. Seis horas tocaram, passaram ao salão onde, tudo estando pronto, Duclos começou a narrar o que se vai ler:

"Acabara de chegar na casa da senhora Fournier uma nova companheira que, em virtude do papel que vai desempenhar no detalhe da paixão que se segue, merece que eu a descreva pelo menos em traços gerais. Era uma jovem operária da moda, tornada devassa pelo sedutor de quem vos falei na casa de Guérin, e que também trabalhava para Fournier. Tinha quatorze anos, cabelos castanhos, olhos castanho-escuros e cheios de fogo, o mais voluptuoso rostinho que se pudesse ver, pele branca como o lírio e suave como cetim, bastante bem-feita, embora ligeiramente gorda, leve inconveniente do qual resultava a bunda mais saudável e bonitinha, mais rechonchuda e branca que, talvez, houvesse em Paris. O homem com quem a vi em ação, pelo buraco, era sua estreia, pois ela ainda era donzela e muito certamente por todos os lados, motivo pelo qual um bocado desses não podia ser entregue senão a um grande amigo da casa: era o velho padre de Fierville, tão conhecido pelas suas riquezas quanto pelas suas devassidões, gotoso até a ponta dos dedos. Chegou cheio de paixão, instalou-se no aposento, inspecionou todos os utensílios que se tornariam necessários, preparou tudo; nisso, a pequena chegou; chamava-se Eugénie. Ligeiramente assustada pelo rosto grotesco de seu primeiro amante, baixou os olhos e corou. 'Vinde, vinde', disse o libertino, 'e mostrai-me vossas nádegas.' 'Senhor...', disse a criança desconcertada. 'Vamos, vamos', disse o velho libertino. 'Não há nada pior do que essas novicinhas; não concebem que se queira ver uma bunda. Vamos, levantai, levantai!' A pequena acabou indo, por medo de desagradar à Fournier a quem prometera ser bem complacente, e levantou pela metade, a parte de trás. 'Mais alto, vamos, mais alto', disse o velho devasso. 'Pensai que eu mesmo vou me dar a esse trabalho?' E, no final, a bela bunda apareceu por inteira. O abade examinou-a, mandou-a ficar reta, curvar-se, apertar as pernas, abri-las, e encostando-a contra a cama, esfregou um momento com grosseria todas as suas partes dianteiras, que pusera para fora, contra a linda bunda de Eugénie, como que para eletrizar-se, como que para extrair para si um pouco do calor daquela linda criança. Então, passou aos beijos, ajoelhou-se para ficar mais à vontade e, segurando com as duas mãos essas lindas nádegas na maior abertura possível, tanto sua língua como sua boca foram ali buscar tesouros. 'Não me enganaram', disse, 'tendes uma bunda bastante linda. Há muito tempo não cagais?' 'Agora há pouco, senhor', disse a pequena. 'Antes de eu subir, a senhora pediu para que tomasse essa providência.' 'Ah! ah!... então não há mais nada nas suas entranhas', disse o devasso. 'Pois bem, vamos ver.' Apoderando-se então da seringa, encheu-a de leite, voltou para perto de seu objeto, apontou a cânula e lançou o clister. Eugénie, avisada, se prestou a tudo, e mal o remédio lhe chegou no ventre, ele, deitando-se num sofá, mandou que se escarranchasse sobre ele e lhe devolvesse todo seu pequeno negócio na boca. A tímida criatura se posicionou como ele pedira, fez força, o libertino masturbou-se, a boca hermeticamente colada sobre o orifício, não deixou que nenhuma gota do precioso licor que daí escorria se perdesse. Engoliu tudo com o mais preciso cuidado, e, mal chegara ao último gole, derramou sua porra, mergulhando em delírio. Mas qual será esse humor, esse desgosto que, em quase todos os verdadeiros libertinos, segue a queda de suas ilusões? Atirando brutalmente a mocinha para longe assim que acabou, o abade arrumou-se, disse que o haviam enganado quando disseram que a criança cagara, que ela certamente não cagara e que ele engolira metade de seu troço. Cabe observar que o abade apenas queria leite. Trovejou, xingou, ofendeu, disse que nada pagaria, que nunca voltaria; que nem valia a pena ele se deslocar por causa de uma ranhentinha dessas, e foi embora acrescentando a isso mil outras invectivas que ainda terei a oportunidade de vos contar numa outra paixão na qual constituem o ponto principal, enquanto aqui não passaram de um mero acessório."

"Por Deus", disse Curval, "que homem mais delicado: zangou-se porque recebeu um pouco de merda? E aqueles que a comem!" "Paciência, paciência, Monsenhor", disse Duclos, "permiti que meu relato siga a ordem que exigistes, e vereis que chegaremos aos libertinos singulares de que estais falando."

Esta tira foi escrita em vinte noites das sete às dez, e acabou neste 12 de setembro de 1785.

Ledes o resto no seu reverso. O que segue dá sequência ao fim do anverso.

"Dois dias depois, chegou a minha vez. Como me avisaram, estava me retendo havia trinta e seis horas. Meu herói era um velho capelão do rei, tão tolhido pela gota como o anterior. Apenas devia me aproximar dele nua, mas com a parte dianteira e os seios cobertos com o maior cuidado; recomendaram-me essa cláusula com a maior urgência, garantindo-me que se, por acaso, a menor aparência dessas partes viesse a se mostrar, eu nunca conseguiria fazê-lo esporrar. Aproximei-me, ele examinou atentamente meu traseiro, perguntou-me minha idade, se era verdade que eu tinha uma forte vontade de cagar, de que espécie era minha merda, se era mole, se era dura, e mil outras indagações que me pareciam animá-lo, pois aos poucos, enquanto conversava, seu pau se ergueu, o que ele me mostrou. Esse pau, de aproximadamente quatro polegadas de comprimento por duas ou três de circunferência, tinha, apesar de seu viço, um ar tão humilde e tão lastimável que era quase preciso usar óculos para desconfiar de sua existência. Agarrei-o, entretanto, a pedido de meu homem, e vendo que minhas sacudidas irritavam bastante bem seus desejos, ele se propôs a consumir o sacrifício. 'Mas ela é mesmo real, minha filha', disse-me, 'essa vontade de cagar que me anunciais. Pois não gosto de ser enganado. Vamos ver, vamos ver se realmente tendes merda no cu.' Ao dizer isso, enfiou-me o dedo do meio de sua mão direita no ânus enquanto, com a esquerda, sustentava a ereção que eu excitara em seu pau. Esse dedo sondador não precisou ir muito longe para se convencer da real necessidade que garantia sentir. Mal tocou, já se extasiou: 'Ah, ventre de Deus!', disse, 'ela não me enganou, a galinha vai botar, acabei de sentir o ovo'. Encantado, o devasso beijou-me na hora o traseiro, e vendo que estava apertada e que se tornava impossível conter-me, mandou-me subir numa espécie de máquina bastante similar àquela que tendes aqui, senhores, em vossa capela: aí, meu traseiro, perfeitamente exposto a seus olhos, podia deitar seu negócio num vaso colocado ligeiramente abaixo, a dois ou três dedos de seu nariz. Essa máquina fora feita para ele, que a usava com uma certa frequência, pois passava poucos dias sem vir na casa de Fournier para semelhante expedição, tanto com mulheres de fora como com moças da casa. Uma poltrona, colocada abaixo do aro que sustentava minha bunda, servia de trono ao personagem. Assim que me viu em posição, postou-se e me mandou começar. Alguns peidos serviram de prelúdio; ele os respirou. Finalmente o troço surgiu; ele se extasiou: 'Caga, minha pequena, caga, meu anjo!', exclamou cheio de fogo. 'Deixa-me ver bem o troço sair de tua bela bunda.' E ele o ajudava; seus dedos, apertando o ânus, facilitavam a explosão; ele se masturbava, observava, embebedava-se de volúpia, e o excesso de prazer acabou por transportá-lo completamente fora de si, seus gritos, seus suspiros, suas carícias, tudo me convenceu que chegara ao último estágio do prazer, o que se confirmou quando virei a cabeça e vi sua ferramenta em miniatura derramar algumas gotas de esperma no mesmo vaso que eu acabara de encher. Este saiu sem raiva; até me garantiu que me daria a honra de me visitar de novo, embora eu fosse convencida do contrário, sabendo muito bem que ele nunca visitava duas vezes a mesma moça."

"Como entendo isso", disse o Presidente que beijava a bunda de Aline, sua companheira de sofá. "É preciso chegar ao ponto em que nos encontramos, é preciso estar reduzido à escassez que nos aflige para fazer cagar uma bunda mais de uma vez." "Senhor Presidente", disse o Bispo, "tendes um certo tom de voz ofegante que me revela que estais de pau duro." "Ah! Sem comentários", retomou Curval, "estou beijando as nádegas da senhorita vossa filha, que nem tem a complacência de me soltar um peidozinho de nada." "Logo, sou mais feliz que vós", disse o Bispo, "pois a senhora vossa mulher acaba de me soltar o mais belo e mais copioso dos troços..." "Vamos, senhores, silêncio, silêncio!", disse o Duque, cuja voz parecia ser abafada por algo que lhe cobria a cabeça; "silêncio, pela morte de Deus! Estamos aqui para ouvir e não para agir." "Queres então dizer que nada estás fazendo", lhe disse o Bispo, "e que é para melhor escutar que estás chafurdando em meio a três ou quatro bundas." "Vamos, vamos, ele tem razão. Continua, Duclos, será mais comportado de nossa parte escutar besteiras que fazê-las, precisamos nos reservar." Enquanto Duclos ia retomar, ouviram-se os berros corriqueiros e as blasfêmias costumeiras dos esporros do Duque, o qual, cercado por seu quarteto, perdia lascivamente sua porra, masturbado por

Augustine que, segundo disse, lhe batia a mais deliciosa das punhetas, e fazendo com Sophie, Zéfiro e Gitão um monte de besteirinhas muito semelhantes ao gênero daquelas que se narrava. "Ah, santo Deus", disse Curval, "não suporto esses maus exemplos. Nada melhor para esporrar do que um esporro, e eis que essa putinha", disse falando de Aline, "que nada conseguia ainda há pouco, faz agora tudo o que se quer... Não importa, conter-me-ei. Ah!, por mais que cague, safada, por mais que cague, não esporrarei!" "Vejo bem, senhores", disse Duclos, "que depois de vos ter pervertidos, cabe a mim devolver-vos a razão, e para conseguir isso, vou retomar meu relato sem esperar vossas ordens." "Ei! não, não", disse o Bispo, "eu não sou tão reservado quanto o senhor Presidente; a porra está me irritando, é preciso que jorre." E, enquanto dizia isso, viram-no fazer diante de todo mundo coisas que a ordem que nos prescrevemos não nos permite desvendar ainda, mas cuja volúpia fez muito rapidamente derramar o esperma cuja irritação começava a incomodar seus colhões. Quanto a Durcet, absorto na bunda de Thérèse, não o ouviram e, muito provavelmente, a natureza estava lhe recusando o que concedia aos dois outros, pois ele não costumava ficar mudo quando ela lhe concedia favores. Então, vendo todos acalmados, Duclos retomou assim a sequência de suas lúbricas aventuras:

"Um mês depois, conheci um homem que era quase preciso estuprar para uma operação bastante similar àquela que acabo de vos relatar. Caguei num prato e trouxe-lhe debaixo do nariz, numa poltrona onde ele se ocupava a ler sem parecer prestar atenção em mim. Então, invectivou-me, perguntou-me como tinha a insolência de fazer coisas como essa diante dele, mas logo cheirou o troço, olhou-o e o manuseou. Eu lhe pedi desculpas pela minha licença, ele continuou me dizendo besteiras e esporrou, com o troço sob o nariz, dizendo-me que iria me reencontrar e que um dia eu haveria de me ver com ele."

"Um quarto, em festas semelhantes, recorria apenas a mulheres de setenta anos. Eu o vi em ação com uma que tinha pelo menos oitenta anos. Estava deitado num sofá e a matrona, escarranchada sobre ele, lhe depositou seu velho negócio sobre o ventre enquanto lhe masturbava um pau velho e rijo que quase não esporrou."

"Havia na casa de Fournier outro móvel bastante singular: era uma espécie de latrina na qual um homem podia se colocar de tal modo que seu corpo ficava num outro aposento e apenas sua cabeça se encontrasse no lugar do vaso. Eu estava do lado de seu corpo e, de joelhos entre suas pernas, chupava o seu pau do melhor jeito que podia durante a operação. Ora, essa cerimônia singular exigia que um homem do povo, pago para isso sem saber nem aprofundar o que fazia, entrasse pelo lado onde estava o assento da cadeira, sentasse nele e aí soltasse suas fezes que, desse modo, caíam direto sobre o rosto do paciente de quem eu cuidava. Mas este homem precisava ser mesmo um grosseirão, escolhido entre tudo o que a crápula podia oferecer de mais pavoroso; além do mais, precisava ser velho e feio. Mostravam-lhe antes, e caso todas essas qualidades não fossem reunidas, ele não o aceitava. Eu não vi nada, mas ouvi: o momento do choque foi o do esporro de meu homem, sua porra jorrou na minha goela à medida que o troço lhe cobria a face, e eu o vi sair de lá num estado que me confirmou que fora bem atendido. O acaso, uma vez acabada a operação, me fez encontrar o senhor que acabara de servir-lhe: era um bom e honesto rapaz, nascido na Auvergne, que trabalhava de ajudante de pedreiro, e ficara muito feliz por receber um *petit écu* numa cerimônia que, livrando-o apenas do supérfluo de suas entranhas, lhe parecia infinitamente mais doce e agradável do que de carregar baldes de cimento. Ele era pavoroso de tanta feiura e parecia ter mais de quarenta anos."

"Renego Deus", disse Durcet, "eis como há de ser." E passando ao seu gabinete com o mais velho dos fodedores, Thérèse e Desgranges, ouviram-no bradar alguns minutos depois, mas, ao voltar, não quis comunicar à companhia os excessos aos quais acabara de se entregar. Serviram. O jantar foi no mínimo tão libertino quanto soia ser, e os amigos tendo tido a fantasia, depois deste jantar, de se arrumarem cada um por seu lado, naquele momento, em vez de se divertirem todos juntos como costumavam fazer, o Duque ocupou a alcova do fundo com Hércules, Martaine, sua filha Julie, Zelmire, Hébé, Zelamir, Cupido e Marie. Curval apoderou-se do salão de história com Constance, que estremecia sempre que precisava encontrar-se com ele, que nada fazia para tranquilizá-la, Fanchon, Desgranges, Quebra-cu, Augustine, Fanny, Narciso e Zéfiro. O Bispo passou ao salão de assembleia com Duclos, que, naquela noite, fez uma infidelidade ao Duque para vingar-se da que este lhe fazia ao levar Martaine, com Aline, Vara-ao-céu, Thérèse, Sophie, a encantadora pequena Colombe, Celadão e Adônis. Quanto a Durcet, permaneceu na sala de jantar ,cujas mesas haviam sido limpas e na qual haviam jogado tapetes e almofadas. Lá se trancafiou, dizia eu, com Adélaïde, sua cara esposa, Antínoo, Louison, Champville, Michette, Rosette, Hiacinto e Gitão. Mais do que qualquer outra razão, um redobramento de lubricidade sem dúvida ditara esse arranjo, pois as cabeças inflamaram-se tanto, naquela noite que, de comum acordo, ninguém se deitou, mas em compensação não se pode imaginar o quanto fizeram de sujeiras e infâmias em cada aposento. Quase ao raiar do dia, quiseram voltar à mesa, embora tivessem bebido muito durante a noite. Todos lá se amontoaram, e as cozinheiras, que tinham sido acordadas, mandaram ovos mexidos, *chincaras*, sopas de cebola e omeletes. Beberam mais ainda, mas Constance estava mergulhada numa tristeza que nada conseguia acalmar. O ódio de Curval crescia juntamente com seu pobre ventre. Por isso, ela acabara de sofrer, durante as orgias daquela noite, exceto golpes, pois haviam combinado de deixar a pera engrossar, acabara de sofrer, dizia, exceto isso, tudo o que se pode imaginar em termos de maus-tratos. Ela quis se queixar com Durcet e com o Duque, seu pai e seu marido, que a mandaram ao diabo e disseram-lhe que ela devia mesmo ter algum defeito que eles não percebiam para desagradar assim ao mais virtuoso e honesto dos humanos: foi tudo o que obteve. E foram se deitar.

DÉCIMO PRIMEIRO DIA

Levantaram-se muito tarde, suprimiram absolutamente, para aquele dia, todas as cerimônias de uso, e começaram pela mesa ao sair da cama. O café, servido por Gitão, Hiacinto, Augustine e Fanny, foi bastante tranquilo. Entretanto, Durcet fez questão de ver Augustine peidar, e o Duque de foder Fanny na boca. Ora, como do desejo ao efeito há apenas um passo em tais cabeças, satisfizeram-se. Por sorte, Augustine estava preparada; ela soltou quase uma dúzia na boca do pequeno financista, que quase o deixaram de pau duro. Quanto a Curval e ao Bispo, eles fizeram questão de alisar as nádegas dos dois mocinhos, antes de todos passarem ao salão de história.

"'Olha', disse-me um dia a pequena Eugénie, que começava a se familiarizar conosco, e que seis meses de bordel haviam-na tornado ainda mais linda, 'olha, Duclos', disse-me, levantando suas saias, 'como a senhora Fournier quer que meu cu fique o dia todo.' E, ao dizer isso, mostrou-me uma crosta de merda de uma polegada de espessura, com a qual seu lindo olhinho do cu estava inteiramente rodeado. 'E o que ela quer que tu faças com isso?', perguntei. 'É para um velho senhor que vem hoje à noite', disse, 'e que quer encontrar-me com merda no cu'. 'Pois bem', disse, 'ele vai ficar feliz, pois é impossível ter mais do que isto.' E acrescentou que depois de ela ter cagado, Fournier a tinha lambuzado de propósito. Curiosa para ver essa cena, assim que chamaram essa linda criaturinha, fui voando até o buraco. Era um monge, mas um daqueles que chamam de figurão; era da ordem dos Cîteaux[39], gordo, grande, vigoroso, beirando os sessenta anos. Acariciou a criança, beijou-a na boca e, tendo-lhe perguntado se estava bem limpa, levantou suas saias para verificar por si mesmo um estado indubitável de asseio que Eugénie lhe garantia, mesmo sabendo muito bem da verdade, porque assim lhe haviam recomendado. 'O quê, pequena patifa!', lhe disse o monge ao ver o estado das coisas. 'O quê, ousais dizer-me que estais limpa com um cu tão sujo? Deve haver mais de quinze dias que não limpais vossa bunda. Vede como isso me entristece; afinal, quero vê-lo limpo e, em função disso, cabe a mim tomar esse cuidado.' Enquanto dizia isso, tinha encostado a moça numa cama e se ajoelhara, debaixo de suas nádegas, abrindo-as com suas duas mãos. Primeiro pareceu apenas observar a situação; parecia surpreso; aos poucos, foi-se acostumando, sua língua se aproximou e retirou uns pedaços, seus sentidos se inflamaram, seu pau levantou, seu nariz, sua boca, sua língua, tudo parecia estar trabalhando junto, seu êxtase parecia tão delicioso que mal lhe restava o poder de falar; a porra acabou subindo: agarrou o próprio pau, masturbou-o e, esporrando, acabou limpando tão perfeitamente esse ânus que nem havia sinal de que pudesse ter estado sujo alguma hora. Mas o libertino não se deteve aí, e essa voluptuosa mania, para ele, não passava de uma preliminar. Levantou-se, beijou mais uma vez a mocinha, mostrou-lhe uma bunda gorda, feia e suja e mandou que ela a agitasse e socratizasse[40]; essa operação o deixou de pau duro de novo, ele se reapoderou da bunda da minha companheira, acometeu-a com novos beijos, mas como o que ele fez depois não é da minha alçada, nem cabe nessas narrativas preliminares, deixarei à senhora Martaine o cuidado de vos falar dos arrebatamentos de um celerado que ela conheceu bem demais, e, para evitar toda pergunta de vossa parte, senhores, às quais não me seria permitido responder em razão de vossas próprias leis, achareis bom que eu passe a outro detalhe."

"Só uma coisa, Duclos", disse o Duque. "Falarei com meias palavras: assim tuas respostas não infringirão nossas leis. O monge o tinha grosso e aquela era a primeira vez que Eugénie..." "Sim, Monsenhor, era a primeira vez, e o monge o tinha quase tão grosso como o vosso." "Ah, porra!", disse Durcet, "que boa cena, como queria tê-la assistido!"

"Talvez tivésseis essa mesma curiosidade", disse Duclos retomando, "com o personagem que passou alguns dias depois pelas minhas mãos. Provida de um vaso contendo oito ou dez troços recuperados em qualquer canto e dos quais nem gostaria de conhecer os autores, era preciso que, com minhas mãos, eu o esfregasse inteirinho com essa pomada odorífera. Nada se devia poupar, nem mesmo o rosto, e quando cheguei ao seu pau que eu masturbava ao mesmo tempo, o porco infame, que se olhava complacentemente num espelho, naquele estado, deixou na minha mão as provas de sua triste virilidade."

"Finalmente chegamos lá, senhores, finalmente a homenagem vai ser prestada ao verdadeiro templo. Mandaram-me ficar pronta; eu me reservava havia dias. Tratava-se de um comendador de Malta que, para tal operação, via todas as manhãs uma moça diferente; a cena ocorria na casa dele. 'Que lindas nádegas', disse-me beijando meu traseiro. 'Mas minha filha', continuou, 'não basta ter um bela bunda, é preciso ainda que essa bela bunda cague. Estais com vontade?' 'Senhor, estou morrendo de vontade', respondi. 'Ah, por Deus! Que delícia', disse o comendador. 'É o que se chama de atender aos mínimos desejos; mas, minha criança, far-me-íeis o favor de cagar no penico que vos apresentarei?' 'Meu Deus, senhor', respondi, 'eu cagaria em qualquer lugar, de tanta vontade que sinto, até mesmo em vossa boca...' 'Ah! na minha boca! Que moça deliciosa! Pois bem, é justamente este o único vaso que tenho para vos oferecer.' 'Então apresentai-o, senhor, apresentai-o muito rapidamente', respondi, 'pois não aguento mais.' Ele se instalou, escarranchei-me sobre ele; enquanto operava, masturbava-o; ele segurou meus quadris com suas mãos e recebeu, embora o devolvesse pedaço por pedaço, tudo o que eu lhe depositei no bico. Entretanto, extasiou-se; meu punho mal bastou para fazer jorrar as torrentes de sêmen que perdeu; masturbei, terminei de cagar, nosso homem se extasiava, e, quando o deixei, estava encantado comigo, ao menos foi o que teve a complacência de mandar dizer à senhora Fournier enquanto pedia-lhe outra moça para o dia seguinte."

"Aquele que se seguiu, com aproximadamente os mesmos episódios, a eles acrescentava o de guardar os pedaços na boca por muito mais tempo. Reduzia-os a fluido com o qual enxaguava a boca por muito tempo e apenas os devolvia em forma de água."

"Um quinto tinha uma fantasia mais bizarra ainda, se é que isso é possível. Ele queria encontrar quatro troços sem uma única gota de urina no vaso de uma latrina. Trancafiava-no sozinho no aposento onde estava esse tesouro: ele nunca levava uma moça consigo, e precisávamos ter o maior cuidado que tudo fosse tão bem fechado, que não pudesse ser nem visto nem vislumbrado por lado algum. Então ele agia: contudo, é-me impossível dizer-vos como, pois ninguém nunca o viu. Tudo o que se sabe é que quando voltávamos ao aposento, depois, encontrávamos o vaso totalmente vazio e extremamente limpo: entretanto, o que ele fazia com os quatro troços, acredito que até o diabo em pessoa mal conseguiria vos dizer. Ele tinha a facilidade de jogá-los em algum lugar, mas talvez fizesse outra coisa com eles. O que parece fazer acreditar que ele não fazia com eles essa outra coisa que poderíeis supor, é que ele deixava à senhora Fournier o cuidado de lhe fornecer os quatro troços sem nunca se informar de quem provinham nem nunca fazer sobre eles a menor recomendação. Um dia, para ver se o que íamos lhe dizer o assustaria, susto que poderia nos dar alguma luz quanto à sorte dos troços, dissemo-lhe que aqueles que lhe deram, naquele dia, eram de várias pessoas malsãs e sofrendo de sífilis. Ele riu conosco sem se zangar, o que, entretanto, deveria ter feito se usasse esses troços para outra coisa ao invés de descartá-los. Quando, algumas vezes, tentamos levar nossas indagações mais adiante, ele nos mandou calar e nunca soubemos muito mais dele."

"É tudo o que tenho a vos dizer esta noite", disse Duclos, "até que eu inicie, amanhã, uma nova ordem de coisas, pelo menos no tocante à minha existência; uma vez que no que diz respeito a esse gosto encantador que idolatrais, terei a honra de vos entreter com ele por pelo menos mais dois ou três dias, senhores."

As opiniões se dividiram quanto à sorte dos troços do homem de quem se acabara de falar, e enquanto raciocinavam mandaram soltar alguns; e o Duque, que queria que todo mundo visse o quanto estava gostando de Duclos, mostrou a toda a sociedade a maneira libertina como se divertia com ela, e a facilidade, a habilidade, a prontidão, acompanhadas das mais lindas falas, com a qual esta tinha a arte de satisfazê-lo. O jantar e as orgias foram bastante tranquilos, e como não houve nenhum acontecimento notável até a noite seguinte, recomeçaremos a história da décima segunda jornada pelos relatos com os quais Duclos a alegrou.

DÉCIMO SEGUNDO DIA

"A nova situação que vou abordar, senhores", disse Duclos, "obriga-me a deter-me por um instante em detalhes pessoais. Afigura-se melhor os prazeres que se descreve quando é conhecido o objeto que os causa. Acabava de completar vinte e um anos. Tinha cabelos castanho-escuros, e, apesar disso, a pele da mais agradável brancura. A imensidão de cabelos que cobriam minha cabeça recaía em madeixas flutuantes e naturais quase até o fim de minhas coxas. Tinha os olhos que me vedes e que sempre foram considerados bonitos. Minha cintura estava ligeiramente cheia, embora grande, flexível e esguia. Quanto a meu traseiro, parte tão interessante para os libertinos de hoje, era, segundo todos diziam, superior a tudo o que se podia ver de mais sublime nesse gênero, e poucas mulheres em Paris o tinham tão deliciosamente torneado: era cheio, redondo, muito farto e rechonchudo, sem que esses volumes diminuíssem em nada sua elegância; o mais leve movimento desvendava imediatamente esse botão de rosa que tanto amais, senhores, e que, concordo convosco, é o atrativo mais delicioso numa mulher. Apesar de tanto tempo de libertinagem, era impossível ser mais fresca, tanto por causa da boa índole que a natureza me dera como por minha extrema sabedoria quanto aos prazeres que podiam fenecer meu frescor ou prejudicar a minha índole. Gostava muito pouco de homens, e apenas tive um único apego. Em mim, só a cabeça era libertina, embora o fosse extraordinariamente; e depois de ter-vos pintado meus encantos, é muito justo que vos fale um pouco de meus vícios. Sempre amei as mulheres, senhores, não o escondo. Entretanto, não no mesmo grau que minha cara companheira, a senhora Champville que, sem dúvida, vos contará como se arruinou por elas; mas sempre as preferi aos homens nos meus prazeres, e os que elas me proporcionavam sempre tiveram sobre meus sentidos um império mais poderoso que as volúpias masculinas. Além disso, tive o defeito de gostar de roubar: é incrível o quanto cultivei essa mania. Plenamente convencida de que todos os bens devem ser iguais na terra e que apenas a força e a violência se opõem a essa igualdade, primeira lei da natureza, procurei corrigir a sorte e restabelecer o equilíbrio do melhor modo que pude. E sem essa maldita mania talvez ainda estaria com o benfazejo mortal de quem vou vos falar."

"E tens roubado muito na tua vida?", perguntou-lhe Durcet. "Espantosamente, senhor; se não houvesse sempre gasto tudo o que eu roubava, seria muito rica hoje em dia." "Mas colocaste nisso alguns detalhes agravantes?", continuou Durcet. "Houve arrombamentos de porta, abusos de confiança, logro manifesto?" "Tudo o que poderia ter", disse Duclos. "Não achei que devia deter-me nesses objetos para não perturbar a ordem de minha narração, mas como vejo que isso pode divertir-vos, não deixarei mais, doravante, de vos falar disso. Sempre me censuraram por acrescentar outro defeito a este, o de um coração muito malvado; mas será culpa minha? Não é da natureza que recebemos nossos vícios ou nossas perfeições, e poderia eu abrandar esse coração que se fizera insensível? Não me lembro, na minha vida, de ter chorado nem sobre meus males nem muito menos sobre os de outrem. Amei minha irmã e perdi-a sem a menor dor: testemunharam com que fleuma acabei sabendo de sua perda. Se, pela graça de Deus, visse o universo inteiro perecer, não derramaria uma lágrima." "Eis como se deve ser", disse o Duque. "A compaixão é a virtude dos tolos e, se examinarmos bem, vemos que apenas ela nos faz desperdiçar volúpias. Mas com esse defeito, deves ter cometido crimes, já que a insensibilidade conduz direto a isso?" "Monsenhor", disse Duclos, "as regras que tendes prescritas aos nossos relatos me proíbem falar-vos de muitas coisas; deixastes esse cuidado às minhas companheiras. Mas basta que lhes diga uma coisa: é que, quando elas se retratarão como celeradas a vossos olhos, podereis ter a certeza de que nunca vali mais do que elas." "Eis o que se chama fazer justiça a si mesma", disse o Duque. "Vamos, continua; é preciso contentar-se com aquilo que nos dirás, uma vez que nós mesmos te limitamos, mas lembra-te que terás de me contar teus pecadilhos particulares face a face."

"Não vos esconderei nada, Monsenhor. Tomara que, depois de me ter ouvido, não vos arrependais de ter concedido um pouco de benevolência a um sujeito tão malvado. Deixai-me retomar. Apesar de todos esses defeitos e, sobretudo, o de desconhecer por completo o sentimento humilhante da gratidão, que apenas admitia como um fardo injurioso para a humanidade da qual degrada completamente a altivez que recebemos da natureza, apesar de todos esses defeitos, dizia eu, minhas companheiras gostavam de mim e, dentre todas, era a mais procurada pelos homens. Tal era minha situação, quando um *fermier général* chamado d'Aucourt veio se divertir na casa de Fournier. Como ele era um de seus clientes, embora mais com moças de fora do que com as da casa, tinha-se muita consideração para com ele, e a senhora, que fazia questão que nos conhecêssemos, me avisou com dois dias de antecedência de guardar para ele o que sabeis e de que ele gostava mais do que nenhum dos homens que ainda havia conhecido; vereis pelos detalhes. D'Aucourt chega e, depois de me medir da cabeça aos pés, repreendeu a senhora Fournier por não lhe ter fornecido antes tão linda criatura. Agradeci-lhe a honestidade, e subimos. D'Aucourt era um homem de aproximadamente cinquenta anos, gordo, rechonchudo, mas com um rosto agradável, tinha espírito e, o que mais me agradava nele, uma doçura e uma honestidade de caráter que me encantaram de saída. 'Deveis ter a mais bela bunda do mundo', disse-me puxando-me para si e enfiando sua mão debaixo das minhas saias, a qual dirigiu imediatamente ao traseiro: 'Sou um conhecedor, e moças com vossa feição têm quase sempre um bela bunda. Pois bem! Não dizia?', continuou, depois de tê-la apalpado por um instante. 'Como é saudável, como é redonda!' Então, virou-me agilmente levantando minhas saias sobre meus quadris com uma mão e apalpando com a outra, pôs-se em dever de admirar o altar ao qual dirigiria seus votos. 'Por Deus!', gritou. 'É realmente uma das mais lindas bundas que já vi em toda minha vida, embora já tenha visto muitas... Abri... Vamos ver esse morango... para que eu o chupe... para que eu o devore... Esta realmente é uma bunda muita bela, na verdade... Ei! dize-me, minha pequena, avisaram-vos?' 'Sim, senhor.' 'Disseram-lhe que mando cagar?' 'Sim, senhor.' 'E vossa saúde?', retomou o financista. 'Oh! Senhor, está segura.' 'É que eu levo a coisa um pouco mais longe', continuou, 'e se não fostes perfeitamente sadia, correria riscos.' 'Senhor', disse, 'podeis fazer tudo o que quiserdes. Respondo de mim como da criança que acaba de nascer; podeis agir em segurança.' Depois desse preâmbulo, sempre segurando minhas nádegas abertas, d'Aucourt mandou que me debruçasse sobre ele, e colando sua boca na minha, chupou minha saliva por quinze minutos. Apenas se detinha para soltar alguns 'porra!' e logo voltava a bombear amorosamente. 'Cospe, cospe na minha boca', dizia-me de vez em quando, 'enche-a bem de saliva.' E então sentia sua língua revirando em minhas gengivas, enfiando-se o mais adiante que alcançava e parecendo atrair tudo o que encontrava para si. 'Vamos', disse, 'estou de pau duro, mãos à obra'. Então voltou a admirar minhas nádegas, mandando-me dar impulso a seu pau. Saquei uma ferramenta grossa como três dedos, sem aspereza e comprida, com quase cinco polegadas, a qual estava muito rígida e enfurecida. 'Tirai as saias', disse-me d'Aucourt, 'vou tirar meus calções; é preciso que ambas as partes tenham as nádegas livres para a cerimônia que vamos realizar.' Assim que viu que eu obedecera: 'levantai bem', continuou, 'vossa camisa prendendo-a sob vosso corpete e desobstrui inteiramente o traseiro... Deitai-vos na cama'. Sentou-se então numa cadeira e voltou a acariciar minhas nádegas, cuja visão parecia embriagá-lo. Uma hora abriu-as, e senti sua língua penetrar no mais profundo para verificar de modo incontestável, dizia, se era mesmo verdade que a galinha estava com vontade de botar: estou repetindo suas próprias expressões. Entretanto, eu não o tocava; ele mesmo agitava ligeiramente aquele pequeno membro seco que eu acabara de pôr a descoberto. 'Vamos minha filha', disse, 'vamos agir; a merda está pronta, senti-a, lembrai de cagar aos poucos e de esperar sempre que eu tenha devorado um pedaço antes de soltar outro. Minha operação é demorada, mas não a apressai. Uma batidinha nas nádegas vos avisará quando soltar, mas há de ser sempre a granel.' Tendo então se colocado o mais à vontade possível em relação ao objeto de seu culto, grudou sua boca, e eu lhe depositei quase logo um pedaço de troço do tamanho de um ovinho. Ele o chupou, virou-o e revirou-o mil vezes em sua boca, mastigou-o, saboreou-o, e, após dois ou três minutos, vi-o claramente engolir. Soltei outro: mesma cerimônia, e como minha vontade era portentosa, fiz dez vezes em seguida sua boca se encher e se esvaziar sem que ele parecesse saciado. 'Acabou, senhor', disse-lhe no final. 'Tentaria em vão, agora.' 'Sim, minha pequena', disse ele, 'acabou mesmo? Vamos, portanto, preciso esporrar, sim, esporrar enquanto limpo essa bela bunda. Ah, santo Deus! Quanto prazer estás me dando! Nunca comi merda tão deliciosa, posso garantir isso à terra inteira. Dá, dá, meu anjo, dá essa bela bunda que vou chupá-la e devorá-la ainda mais.' E enfiando quase a língua toda enquanto ele mesmo se masturbava, o libertino derramou sua porra nas minhas pernas, não sem uma multidão de falas sujas e de xingamentos, necessários, ao que me pareceu, para completar seu êxtase.

Uma vez terminado, sentou-se, colocou-me perto de si e, olhando-me com interesse, perguntou se não estava cansada da vida de bordel e se teria algum prazer em encontrar alguém que consentisse a me tirar dela. Vendo-o seduzido, fiz-me de rogada, e para evitar-vos detalhes que nada teriam de interessante para vós, depois de uma hora de debate, deixei-me convencer, e foi decidido que, já no dia seguinte, eu iria viver na casa dele por vinte luíses por mês e mais comida; que, como era viúvo, não haveria inconveniente em eu ocupar uma sobreloja de seu palacete; que lá, teria uma moça para me servir e a companhia de três de seus amigos e de suas respectivas amantes, com os quais se reunia para jantares libertinos quatro vezes por semana, ora na casa de um, ora na casa de outro; que minha única ocupação seria comer muito, e sempre o que ele mandaria servir pois, fazendo o que ele fazia, era essencial que eu me alimentasse a seu modo, que comesse bem, disse, e dormisse para que as digestões fossem fáceis, que me purgasse regularmente todos os meses, e que lhe cagasse na boca duas vezes por dia; que esse número não devia apavorar-me uma vez que, enchendo-me de comida como ia fazer, talvez tivesse até necessidade de fazer três vezes e não duas. O financista, como primeira garantia do trato, entregou-me um lindíssimo diamante, beijou-me, disse-me para acertar tudo com Fournier e para ficar pronta na manhã seguinte, quando ele mesmo iria me buscar. Logo me despedi de todo mundo; meu coração não se arrependia de nada, pois ignorava a arte de apegar-se, mas meus prazeres sentiram saudades de Eugénie, com a qual, havia seis meses, tinha laços muito íntimos, e fui embora. D'Aucourt me recebeu maravilhosamente e ele mesmo me instalou no lindo apartamento que devia me servir de alojamento; logo fui perfeitamente instalada. Era condenada a fazer quatro refeições, das quais era banida uma infinidade de coisas que, entretanto, aprecio muito, como peixe, ostras, conservas salgadas, ovos e toda espécie de laticínios; mas, na verdade, era tão bem recompensada que seria maldade de minha parte eu me queixar. Meu trivial consistia em muitos peitos de aves e caças desossadas preparadas dos mais variados modos, pouca carne de vaca, nenhuma espécie de gordura, pouquíssimo pão e frutas. Precisava comer essas espécies de carnes inclusive no desjejum e à noite no jantar; naquelas horas, serviam-nas sem pão, e D'Aucourt aos poucos me rogou para abster-me completamente de pão, a ponto que, no fim, não comia mais nenhum pedaço, e também havia cortado as sopas. Como tinha previsto, resultou daquele regime duas defecações por dia, muito adocicadas, muito moles e com o mais delicioso dos gostos, segundo dizia, o que não seria o caso com comida normal; e podemos acreditar nele, pois era um conhecedor. Nossas operações ocorriam quando ele acordava e quando ia se deitar. Os detalhes eram aproximadamente os mesmos que aqueles que vos contei: começava sempre por chupar muito tempo minha boca, que havia sempre de lhe apresentar em seu estado natural e nunca lavada; apenas era-me permitido enxaguá-la depois. Por sinal, ele não esporrava a cada vez. Nosso arranjo não exigia fidelidade alguma de sua parte: D'Aucourt me mantinha em sua casa como o prato principal, como o carro-chefe, mas nem por isto deixava de, todas as manhãs, ir divertir-se em outro lugar. Dois dias depois de minha chegada, seus camaradas de devassidão vieram jantar na casa dele, e como cada um dos três oferecia no gosto que estamos analisando um gênero de paixões diferente embora igual no fundo, achareis bom, senhores, que, como devo acrescentar casos à nossa coletânea, insista ligeiramente sobre as fantasias às quais se entregavam. Os convivas chegaram. O primeiro era um velho conselheiro do Parlamento de aproximadamente sessenta anos, que se chamava d'Erville; tinha por amante uma mulher de quarenta anos, muito linda, e sem outros defeitos que um pouco de volumes demais; chamava-se senhora du Cange. O segundo era um militar aposentado, entre quarenta e cinco e cinquenta anos, que se chamava Després; sua amante era uma lindíssima pessoa de vinte e seis anos, loira, com o mais lindo corpo que se pudesse ver; chamava-se Marianne. O terceiro era um velho padre de sessenta anos, que se chamava du Coudrais e cuja amante era um garotinho de dezesseis anos, belo como o dia e que fazia passar por seu sobrinho. Serviram na sobreloja da qual ocupava uma parte. A refeição foi tão alegre quanto delicada, e notei que a moça e o mocinho seguiam aproximadamente o mesmo regime que eu. Era impossível ser mais libertino do que D'Erville; seus olhos, suas falas, seus gestos, tudo denunciava a devassidão, tudo retratava a libertinagem. Després tinha um ar mais frio, mas nem por isso a luxúria deixava de ser a alma de sua vida. Quanto ao abade, era o mais orgulhoso ateu que se pudesse ver: as blasfêmias voavam dos seus lábios quase a cada palavra. Quanto às moças, elas imitavam seus amantes, eram tagarelas e, entretanto, de tom bastante agradável. Por sua vez, o menino me pareceu tão tolo quanto bonito, e por mais que a du Cange, que parecia ter uma queda por ele, lhe lançasse, de vez em quando, tenros olhares, ele mal parecia desconfiar. Todos os decoros se perderam na sobremesa e os discursos tornaram-se tão sujos quanto as ações. D'Erville felicitou d'Aucourt por sua nova aquisição e perguntou-lhe se eu tinha uma bela bunda, e se cagava bem. 'Por Deus! Respondeu-lhe meu financista, só depende de ti ficar sabendo; sabes que entre nós todos os bens são comuns e que nos emprestamos tão facilmente nossas amantes quanto nossas bolsas.' 'Ah! por Deus!', disse D'Erville, 'aceito.' E pegando-me logo pela mão, propôs-me passar a um gabinete. Como eu hesitava, du Cange disse-me desaforadamente: 'Vamos, vamos, senhorita, não temos frescuras aqui; cuidarei de vosso amante enquanto isso'. E D'Aucourt, cujos olhos consultara, tendo anuído, segui o velho conselheiro. Ele, senhores, é quem vai oferecer-vos, assim como os dois seguintes, os dois episódios do gosto de que estamos tratando e que devem compor a maior parte de minha narração desta noite."

"Assim que fui trancada com D'Erville, muito aquecido pelas fumaças de Baco, ele me beijou na boca com os maiores transportes e me lançou três ou quatro soluços de vinho de Aï que quase me fizeram rejeitar pela boca aquilo que ele logo me pareceu morrer de vontade de ver sair pelo outro lado. Levantou minhas saias, examinou meu traseiro com toda a lubricidade de um libertino consumado, e disse-me não se espantar da escolha de D'Aucourt, pois eu tinha uma das mais bonitas bundas de Paris. Ele pediu para que começasse com alguns peidos, e após receber meia dúzia, dedicou-se a beijar minha boca, enquanto manipulava e abria fortemente minhas nádegas. 'A vontade está vindo?', perguntou-me. 'Já chegou por inteiro', disse. "Pois bem, linda criança', disse-me, 'cagai neste prato.' E, para tanto, trouxera um de porcelana branca, que segurou enquanto eu fazia força e ele examinava escrupulosamente o troço saindo de meu traseiro, espetáculo delicioso que o embriagava, dizia, de prazer. Assim que terminei, ele retomou o prato, aspirou deliciosamente a iguaria voluptuosa que esta continha, manipulou, beijou, farejou o troço, e, dizendo-me que não aguentava mais e que a lubricidade o embriagava quando via um troço mais delicioso do que qualquer um que jamais vira em sua vida, pediu que chupasse seu pau. Embora essa operação nada tivesse de muito agradável, o temor de deixar D'Aucourt zangado por falhar com seu amigo me fez aceitar tudo. Ele se instalou numa poltrona, com o prato numa mesa vizinha sobre a qual deitou metade do seu corpo, o nariz sobre a merda; esticou as pernas, coloquei-me sobre um assento mais baixo, perto dele, e tendo tirado de sua braguilha uma amostra de pau muito flácido em vez de um membro real, eu me vi, apesar de minha repugnância, fazendo uma chupetinha naquela bela relíquia, esperando que, ao menos, ganharia alguma consistência na minha boca: estava enganada. Assim que a acolhi, o libertino começou sua operação; devorou, mais do que comeu, o belo ovinho fresquinho que acabara de botar: isso lhe tomou três minutos, durante os quais suas extensões, seus movimentos, suas contorções, anunciaram-me uma volúpia das mais ardentes e das mais expressivas. Entretanto, por mais que ele fizesse, nada se levantou, e a ferramentazinha feia, depois de ter chorado de despeito na minha boca, retirou-se mais vergonhosa ainda do que nunca e deixou seu mestre nesse abatimento, nesse abandono, nesse esgotamento, que são a funesta sequência das volúpias."

"Voltamos. 'Ah! Renego Deus', disse o conselheiro. 'Nunca vi cagar assim.' Apenas estavam o abade e seu sobrinho quando voltamos, e como estavam oficiando, posso descrever-vos o detalhe logo. Por mais que todos trocassem de amante, na sociedade, du Coudrais sempre contente nunca escolhia outra nem cedia nunca a sua. Ter-lhe-ia sido impossível, me disseram, divertir-se com uma mulher; era a única diferença entre D'Aucourt e ele. De resto, ele agia do mesmo modo durante a cerimônia, e quando chegamos, o mocinho estava apoiado numa cama, apresentando sua bunda a seu caro tio que, de joelhos diante dele, recebia amorosamente na sua boca e engolia em seguida, enquanto ele mesmo masturbava um pau muito pequeno que vimos dependurado entre suas coxas. O abade esporrou apesar de nossa presença jurando que esta criança cagava cada dia melhor."

"Marianne e D'Aucourt, que se divertiam juntos, apareceram logo, e foram seguidos por Desprès e du Cange, que, diziam, não passaram dos amassos enquanto me esperavam. 'Pois', disse Desprès, 'ela e eu somos velhos conhecidos, enquanto vós, minha bela rainha, que vejo pela primeira vez, me inspirais o mais ardente desejo de divertir-me completamente convosco.' 'Mas, senhor', disse-lhe, 'o conselheiro tomou tudo; nada mais tenho para oferecer-vos.' 'Pois bem', disse-me rindo, 'eu não vos pedi nada, sou eu quem vou fornecer tudo; apenas preciso dos vossos dedos.' Curiosa de ver o que esse enigma significava, segui-o, e assim que ficamos a sós, pediu para beijar minha bunda apenas por um minuto. Eu a ofereci, e depois de dois ou três chupões no cu, desabotoou seus calções e me pediu para lhe devolver o que acabara de me prestar. A atitude em que estava me deixava ligeiramente desconfiada; a cavalo numa cadeira, sustentava-se pelas próprias costas, tendo debaixo de si um vaso para receber. Assim, vendo-o prestes a realizar ele mesmo a operação, eu lhe perguntei que necessidade havia de eu beijar sua bunda. 'A maior, meu coração', respondeu-me, 'pois minha bunda, a mais caprichosa de todas as bundas, nunca caga senão quando beijada.' Obedeci, mas sem muito arriscar, e ele, ao perceber isso: 'Mais perto, pela morte de Deus, mais perto, senhorita', disse-me imperiosamente. 'Sentiríeis medo de um pouco de merda?' Por condescendência, acabei levando meus lábios até as bordas do olho; mas mal os sentiu, derramou, e a irrupção foi tão violenta que uma de minhas bochechas ficou toda manchada. Apenas lhe bastou um único jato para encher o prato; em toda a minha vida, nunca vira um troço desses: só ele enchera uma saladeira muito funda. Nosso homem se apoderou dela, deitou-se na beira da cama, apresentou-me seu cu cheio de merda e ordenou que o masturbasse fortemente enquanto ia mandar de volta às suas entranhas o que acabava de derramar. Por mais sujo que fosse esse traseiro, tive de obedecer. Sem dúvida sua amante assim faz, disse-me; não posso me fazer mais de rogada do que ela. Enfiei três dedos no orifício lamacento que se apresentava; nosso homem ficou no sétimo céu, mergulhou nos próprios excrementos, neles chafurdou, deles se alimentou, uma de suas mãos segurando o prato, enquanto a outra chocalhava um pau que despontava muito majestosamente entre suas coxas. Enquanto isso redobrei meus cuidados, surtiram efeito; percebi pelo aperto de seu ânus que os músculos eretores estavam prestes a lançar sêmen; não me perturbei, o prato se esvaziou e meu rapaz esporrou."

"De volta ao salão, encontrei meu inconstante D'Aucourt com a bela Marianne. O gatuno havia ficado com ambas. Apenas lhe restava o pajem, do qual, acredito, teria se acomodado muito bem se o padre ciumento houvesse concordado em cedê-lo. Uma vez todos juntos de novo, falaram em pôr-se todos nus e fazer uns diante dos outros algumas extravagâncias. Gostei muito do projeto, uma vez que daria condição de ver o corpo de Marianne, o qual tinha muita vontade de examinar. Era delicioso, firme, branco, sustentado, e sua bunda, que manipulei duas ou três vezes brincando, me pareceu uma verdadeira obra-prima. 'De que vos serve uma moça tão linda', disse a Després, 'para o prazer de que me pareceis gostar?' 'Ah!', disse ele, 'ainda não conheceis todos nossos mistérios.' Foi-me impossível saber muito mais e embora tenha convivido mais de um ano com eles, nem um nem o outro quiseram me esclarecer nada, e nunca fiquei sabendo do resto de suas inteligências secretas que, quaisquer fossem, não impediam que o gosto que seu amante satisfizera comigo fosse uma paixão completa e digna, sob todos os aspectos, de constar nesta coletânea. O que podia ocorrer de resto havia de ser episódico e, certamente, já foi ou ainda será narrado em nossos saraus. Depois de algumas libertinagens bastante indecentes, alguns peidos, mais alguns restinhos de troços, muitas falas com grandes impiedades por parte do abade, que parecia sentir uma de suas mais perfeitas volúpias ao proferi-las, vestimo-nos de novo e cada um foi deitar. Na manhã seguinte, cheguei como de costume para o despertar de D'Aucourt, sem que nem um nem o outro nos censurássemos nossas pequenas infidelidades da véspera. Disse-me que além de mim, não conhecia nenhuma moça que cagasse melhor que Marianne. Fiz-lhe algumas perguntas a respeito do que ela fazia com um amante que se bastava a si mesmo, mas ele respondeu que era segredo e que nem um nem o outro nunca quiseram revelá-lo. Então, meu amante e eu retomamos nossa pequena rotina. Não estava confinada na casa de D'Aucourt a ponto de ele não me permitir sair às vezes. Ele confiava, dizia, plenamente na minha honestidade; eu havia de perceber o perigo ao qual o exporia caso afetasse minha saúde, e ele me deixava decidir sobre tudo. Fui-lhe, portanto, fiel e prestigiei-o no que dizia respeito a essa saúde para a qual ele tinha um interesse tão egoísta, mas quanto a todo o resto achei-me no direito de fazer quase tudo o que me traria dinheiro e, em consequência, como Fournier solicitava vivamente que eu voltasse a ter encontros em sua casa, eu me entreguei a todas que me garantiam um bom lucro. Pois não era mais uma moça da casa, mas uma senhorita mantida por um *fermier général* que, para lhe agradar, aceitava ir passar uma hora em sua casa... Imaginai o quanto isso se pagava. Foi durante essas infidelidades passageiras que encontrei o novo sectário de merda de quem vou falar-vos."

"Um momento", disse o Bispo, "não quis interromper-vos antes que chegásseis a uma pausa, mas agora que chegastes a uma, esclarecei-nos, por favor, dois ou três objetos essenciais dessa última parte. Quando celebrastes as orgias depois dos encontros íntimos, o abade, que até então apenas acariciara seu *bardache*, foi-lhe infiel e vos manipulou, e os outros fizeram o mesmo com suas mulheres para acariciar o moço?" "Monsenhor", disse Duclos, "nunca o abade deixou seu moço; ele até mal olhou para nós, embora estivéssemos nuas e a seu lado. Mas ele brincou com as bundas de D'Aucourt, de Desprès e de D'Erville; beijou-as, lambeu-as; D'Aucourt e D'Erville cagaram-lhe na boca, e ele engoliu mais de metade de cada um desses dois troços. Mas quanto às mulheres, ele não as tocou. O que não foi o caso dos três outros amigos com o seu jovem *bardache*; beijaram-no, lamberam seu cu, e Desprès se trancafiou com ele para não sei que operação."

"Bom", disse o Bispo, "vedes que não dissestes tudo, e que isso, que não estava nos contando, forma mais uma paixão, uma vez que oferece a imagem do gosto de um homem que deixa outros homens, embora muito idosos, cagar em sua boca." "É verdade, Monsenhor", disse Duclos. "Fazei-me sentir meu erro melhor, mas não fico zangada, pois, desse modo, o meu sarau acabou e já foi longo demais. Um certo sino que logo escutaremos ter-me-ia convencido de que não teria tempo para terminar a noite com a história que ia começar, e, para vosso bom prazer, a guardaremos para amanhã."

De fato, o sino tocou, e como ninguém esporrara durante o sarau e, logo, todos os paus estavam muito duros, foram jantar prometendo-se compensar isso nas orgias. Mas o Duque não aguentou esperar até lá, e tendo ordenado que Sophie viesse lhe apresentar suas nádegas, mandou essa linda moça cagar e engoliu o troço à guisa de sobremesa. Durcet, o Bispo e Curval todos igualmente ocupados, mandaram, o primeiro Hiacinto, o segundo Celadão e o terceiro Adônis realizar a mesma operação. Este último, não tendo conseguido satisfazer, foi inscrito no livro fatal de punições, e Curval, xingando como um celerado, vingou-se com a bunda de Thérèse, que lhe soltou à queima-roupa o mais completo troço que fosse possível ver. As orgias foram libertinas, e Durcet, renunciando aos troços dos jovens, disse que apenas queria para sua noite os de seus três velhos amigos.

Contentaram-no, e o pequeno libertino esporrou como um cavalo devorando a merda de Curval. A noite veio pôr um pouco de calma em tantas intemperanças e restituir desejos e forças a nossos libertinos.

DÉCIMO TERCEIRO DIA

O Presidente, que deitara naquela noite com sua filha Adélaïde e com ela se divertira até o momento de seu primeiro sono, a tinha relegado a um colchão, no chão, perto de sua cama, para dar seu lugar a Fanchon, que ele sempre queria ter por perto quando a lubricidade o despertava, o que ocorria quase todas as noites. Por volta das três horas, despertava num sobressalto, xingava e blasfemava como um celerado. Uma espécie de furor lúbrico o tomava então, o qual, às vezes, se tornava perigoso. Por isso gostava de ter a velha Fanchon perto de si naquelas horas, pois era quem melhor encontrava uma maneira de acalmá-lo, seja oferecendo-se a si mesma, seja apresentando-lhe logo alguns dos objetos que dormiam no seu aposento. Naquela noite, o Presidente, que logo se lembrou de algumas infâmias praticadas contra sua filha antes de dormir, a pediu de volta para recomeçá-las, mas esta não estava lá. Pode-se imaginar o tumulto e a confusão que um tal acontecimento logo provocou. Curval levantou-se enfurecido, exigindo sua filha; acenderam velas, procuraram, revistaram, nada encontraram. O primeiro movimento foi o de passar ao aposento das moças; inspecionaram todas as camas, e acabaram encontrando a interessante Adélaïde, em roupas de baixo, sentada perto da de Sophie. Essas duas moças encantadoras, unidas por um caráter de ternura igual, uma piedade, sentimentos de virtude, de candura e de amenidade perfeitamente iguais, tinham se afeiçoado uma pela outra com a mais bela ternura e consolavam-se mutuamente da sorte pavorosa que as afligia. Ninguém desconfiara até então, e acabariam descobrindo que não era a primeira vez que isso ocorria; também ficaram sabendo que a mais velha mantinha a outra nos melhores sentimentos e recomendava-lhe, sobretudo, não se afastar da religião e de seus deveres para com um Deus que, um dia, as consolaria de todos seus males. Deixo o leitor imaginar o furor e as brutalidades de Curval quando lá encontrou a bela missionária. Agarrou-a pelos cabelos e, cobrindo-a de injúrias, arrastou-a até seu aposento, onde a atou à coluna da cama, e deixando-a lá até a manhã seguinte, refletindo sobre seu despropósito. Cada um dos amigos tendo acorrido até lá, imagina-se facilmente com que afã Curval mandou inscrever as duas delinquentes no livro de punições. O Duque opinava por uma correção imediata, e a que propunha nada tinha de suave; mas, tendo o Bispo objetado de modo muito arrazoado sobre o que ele queria fazer, Durcet se contentou de inscrevê-las. Não havia porque incriminar as velhas. Naquela noite, eles as haviam mandado dormir em seu aposento. Isso logo revelou um defeito de administração, e arranjaram-se para que, no futuro, permanecesse sempre assiduamente ao menos uma velha no aposento das moças e uma no dos rapazes. Voltaram a deitar-se, e Curval, que a raiva apenas tornara mais cruelmente impudico, infligiu à sua filha coisas que ainda não podemos narrar, mas que, ao precipitar seu esporro, o fizeram pelo menos voltar a dormir tranquilo. No dia seguinte, todas as galinhas estavam tão apavoradas que não acharam nenhuma delinquente; no aposento dos rapazes, acharam apenas o pequeno Narciso, a quem Curval tinha proibido, na véspera, de limpar a bunda, pois o queria merdoso no café que aquela criança devia servir naquele dia, que, infelizmente, tendo esquecido a ordem, havia limpado seu ânus com o maior cuidado. Por mais que dissesse que seu erro era remediável, uma vez que tinha vontade de cagar, mandaram-no segurar-se e nem por isso deixaram de inscrevê-lo no livro fatal: cerimônia que o temível Durcet veio executar na hora sob seus olhos, fazendo-lhe perceber a enormidade de seu erro, o qual talvez chegasse a fazer falhar o esporro do senhor Presidente. Constance, que não incomodavam mais neste ponto por causa de seu estado, Desgranges e Quebra-cu foram os únicos a ganhar permissão de capela, e os outros receberam a ordem de se reservar para a noite. O acontecimento da noite anterior animou a conversa do almoço; caçoaram do Presidente por deixar assim seus pássaros pularem fora da gaiola; o vinho de Champanha lhe devolveu sua alegria, e passaram ao café. Narciso e Celadão, Zelmire e Sophie, o serviram. Esta última estava muito envergonhada; perguntaram-lhe quantas vezes isto ocorrera, ela respondeu que era apenas a segunda e que a senhora Durcet lhe dava tão bons conselhos que, na verdade, era muito injusto punir ambas por isso. O Presidente garantiu-lhe que o que ela chamava de bons conselhos eram na realidade muito maus na sua situação e que a devoção que aquela incutia em sua cabeça apenas serviria para que fosse punida todos os dias; que, onde se encontrava, ela não devia ter outros mestres nem outros deuses que seus três compadres e ele, nem outra religião do que servi-los e obedecer-lhes cegamente em tudo. E, enquanto predicava, mandou-a ajoelhar-se entre suas pernas e ordenou que chupasse seu pau, o que a pobre infeliz fez tremendo. O Duque, sempre partidário das fodas em coxas, por falta de melhor, fodia Zelmire dessa maneira, fazendo com que cagasse na sua mão, devorando tudo assim que recebia, enquanto Durcet fazia Celadão esporrar na sua boca, e o Bispo fazia Narciso cagar. Entregaram-se a alguns minutos de sesta, e uma vez instalados no salão de narrações, Duclos retomou assim o fio de sua história:

"O galante octogenário a quem Fournier me destinava era, senhores, um *maître des comptes*[41], baixo, gordo e com um rosto muito desagradável. Instalou um vaso entre nós, colocamo-nos de costas um para o outro, cagamos ao mesmo tempo, ele se apossou do vaso, misturou os dois troços com seus dedos, e os engoliu, enquanto eu o fazia esporrar na minha boca. Mal olhou para meu traseiro. Não o beijou, mas seu êxtase não foi menos vivo por isso; tripudiou, jurou enquanto devorava e esporrava, e foi embora dando-me quatro luíses por essa bizarra cerimônia."

"Entretanto meu financista me dava cada vez mais confiança e amizade, e essa confiança, da qual eu não tardei a abusar, tornou-se logo a causa de nossa eterna separação. Um dia que me deixara sozinha em seu gabinete, notei que enchia sua bolsa, antes de sair, numa gaveta muito grande e cheia de ouro. 'Oh! Que bela presa', disse a mim mesma. E tendo desde esse instante concebido a ideia de apossar-me daquela soma, observei com o maior cuidado tudo o que podia fazer com que me apropriasse dela. D'Aucourt não trancava essa gaveta, mas levava a chave do gabinete, e tendo visto que tanto a porta como a fechadura eram muito fracas, imaginei que precisaria de muito poucos esforços para arrombar uma e outra com facilidade. Adotado esse projeto, apenas cuidei de aproveitar com afã o primeiro dia em que D'Aucourt se ausentaria o dia inteiro, o que ocorria duas vezes por semana, nos seus dias de bacanal particular, em que ele, Desprès e o abade iam fazer coisas que a senhora Desgranges vos contará talvez, mas que não são de minha alçada. Esse instante favorável logo chegou. Os criados, tão libertinos quanto seu amo, nunca deixavam de ir às suas próprias orgias naquele dia, de modo que eu me encontrava quase sozinha em casa. Impaciente para executar meu projeto, fui logo até a porta do gabinete, lançando-a para dentro com um soco; voei até a gaveta, encontrei a chave: já sabia. Peguei tudo o que nela encontrei; havia mais de três mil luíses. Enchi meus bolsos, revistei as outras gavetas; um escrínio muito lindo se ofereceu a meus olhos, peguei-o; mas o que mais encontrei nas outras gavetas daquela bendita secretária!... Feliz D'Aucourt! Que sorte a tua que tua imprudência fora descoberta apenas por mim! Havia o suficiente para mandá-lo rodar, senhores, só posso vos dizer isso. Independentemente dos bilhetes claros e expressivos que Desprès e o abade lhe mandaram sobre suas bacanais secretas, havia todos os móveis que serviam para essas infâmias... Mas pararei por aqui; os limites que me prescrevestes impedem-me de dizer-vos muito mais a respeito, e Desgranges vos explicará tudo isso. Quanto a mim, meu roubo perpetrado, fugi tremendo interiormente de todos os perigos que eu talvez correra por frequentar tais celerados. Parti para Londres, e como minha estadia nessa cidade onde vivi seis meses no maior luxo não vos ofereceria, senhores, nenhum dos únicos detalhes que vos interessam, permiti que eu pule rapidamente essa parte dos acontecimentos de minha vida. Apenas conservara relações em Paris com Fournier, e como ela me deixou saber do alvoroço que o financista fazia por causa daquele infeliz roubo, acabei decidindo calá-lo, escrevendo secamente que aquela que encontrara o dinheiro também encontrara outras coisas, e que, caso decidisse continuar suas diligências, consentia, mas que diante do mesmo juiz onde eu entregaria o que havia nas gavetas pequenas, o intimaria para que entregasse o que estava nas grandes. Nosso homem calou, e como seis meses depois a devassidão dos três acabou vindo a público, eles mesmos tiveram de partir para um país estrangeiro; mais nada tendo a temer, voltei a Paris, e será preciso eu confessar meu mau comportamento, senhores? Lá voltei tão pobre quanto parti, tanto que fui obrigada a voltar à casa de Fournier. Como tinha apenas vinte e três anos, as aventuras não me faltaram. Descartarei as que não são de nossa alçada e voltarei, para vosso bom prazer, senhores, às únicas que despertarão algum interesse vosso."

"Oito dias depois da minha volta, colocaram no aposento destinado aos prazeres um barril cheio de merda. Meu Adônis chegou; era um santo eclesiástico, mas tão embotado por aqueles prazeres que apenas conseguia emocionar-se com o excesso que vou descrever. Ele entrou; estava nua. Olhou um momento minhas nádegas e, em seguida, depois de tê-las tocado bastante brutalmente, mandou-me despi-lo e ajudá-lo a entrar no barril. Despi-o, segurei-o; o porco velho entrou no seu elemento; por um buraco preparado para tanto, após um instante, sacou seu pau amolecido e ordenou que o masturbasse apesar das sujeiras e dos horrores de que estava coberto. Obedeci; ele mergulhou a cabeça no barril, chafurdou, engoliu, berrou, esporrou, e de lá foi se jogar numa banheira onde o deixei nas mãos de duas criadas da casa que o limparam durante quinze minutos."

"Outro surgiu pouco depois. Oito dias antes, havia cagado e mijado num vaso cuidadosamente conservado; esse tempo era necessário para que o troço estivesse no ponto em que nosso libertino o desejava. Era um homem de aproximadamente trinta e cinco anos que, desconfiei, trabalhava nas finanças. Ao entrar perguntou-me onde estava o vaso; apresentei-o, ele o farejou: 'É certo mesmo', disse-me, 'que foi feito há oito dias?'. 'Posso garantir-vos isso, senhor', disse-lhe, 'e vedes como já está quase mofado.' 'Oh! É disso que preciso', disse-me. 'Ele nunca vai sê-lo demais para mim. Deixai-me ver, por favor', continuou, 'a bela bunda que cagou isto.' Eu a apresentei. 'Vamos', disse, 'colocai-a bem em frente, e de modo que me sirva de vista enquanto vou devorar sua obra'. Instalamo-nos, ele provou, extasiou-se, retomou sua operação e devorou num minuto essa deliciosa iguaria interrompendo-se apenas para observar minhas nádegas, mas sem nenhuma outra espécie de episódio, pois ele nem mesmo sacou seu pau de seus calções."

"Um mês depois, o libertino que se apresentou quis lidar apenas com Fournier em pessoa. E que objeto ele estava escolhendo, meu Deus do Céu! Ela tinha então sessenta e oito anos completos; uma erisipela comia-lhe toda a pele, e os oito dentes podres com os quais sua boca era decorada lhe transmitiam um cheiro tão fétido que se tornava quase impossível falar-lhe de perto. Mas eram justamente esses defeitos que encantavam o amante com o qual iria lidar. Curiosa de ver uma cena dessas, fui voando até o buraco: Adônis era um velho médico, embora mais jovem do que ela. Assim que ele a segurou, beijou-a na boca por quinze minutos, em seguida, fazendo com que lhe apresentasse uma velha bunda rija que parecia com as mamas de uma vaca velha, beijou-a e chupou-a com avidez. Trouxeram-lhe uma seringa e três meias garrafas de licor; o sectário de Esculápio lançou, por meio da seringa, a anódina bebida nas entranhas de sua Íris, ela recebeu e segurou; enquanto isso, o médico não parava de beijá-la, de lamber todas as partes de seu corpo. 'Ah! meu amigo', acabou dizendo a velha matrona, 'não aguento mais, não aguento mais! Prepara-te meu amigo, preciso devolver.' O aluno da escola de Salerno se ajoelhou, tirou de seus calções um trapo preto e engelhado que ele mesmo masturbou com muita pompa; Fournier acomodou seu bundão feio na sua boca, fez força, o médico bebeu; sem dúvida havia troços misturados ao líquido, tudo desceu, o libertino esporrou e, morto de bêbado, caiu para trás. Assim esse devasso satisfazia ao mesmo tempo duas paixões: sua bebedeira e sua lubricidade."

"Um momento", disse Durcet. "Esses excessos sempre me deixam de pau duro. Desgranges", continuou, "suponho que tens uma bunda muito semelhante à que Duclos acabou de descrever: venha aplicá-la no meu rosto." A velha cafetina obedeceu. "Solta, solta!", disse-lhe Durcet, cuja voz parecia abafada sob essa pavorosa duplicata de nádegas. "Solta, bugra! Se não for líquido, será sólido, e engolirei do mesmo modo." A operação se finalizou enquanto o Bispo fazia a mesma coisa com Antínoo, Curval com Fanchon e o Duque com Louison. Mas nossos quatro atletas, peritos em todos esses excessos, a eles se entregaram com sua fleuma costumeira, e os quatro troços foram engolidos sem que, em parte alguma, uma única gota de porra fosse derramada.

"Vamos, termina agora, Duclos", disse o Duque. "Se não estamos mais tranquilos, ao menos somos menos impacientes e em melhor estado para te escutar." "Infelizmente! senhores", disse nossa heroína, "a que me resta a vos contar esta noite é, acredito, muito simples demais para o estado em que vos vejo. Não importa, é a sua vez; e é preciso que ela ocupe seu lugar:"

"O herói da aventura era um velho brigadeiro dos exércitos do rei. Precisava despi-lo inteiro, em seguida cobri-lo com fraldas como uma criança; nesse estado, eu devia cagar diante dele num prato e lhe fazer comer meu troço com a ponta dos meus dedos à guisa de papinha. Tudo foi feito, nosso libertino engoliu tudo e esporrou nas suas fraldas imitando os gritos de uma criança."

"Recorreremos, portanto, às crianças", disse o Duque, "uma vez que concluis com uma história de crianças." "Fanny", continuou ele, "vinde cagar na minha boca, e lembrai de chupar meu pau enquanto isso, pois ainda preciso esporrar." "Que tudo seja feito assim como requerido", disse o Bispo. "Aproximai-vos, portanto, Rosette; ouviste o que se ordenou à Fanny; fazei a mesma coisa." "Que essa mesma ordem vos sirva", disse Durcet a Hébé, que também se aproximou. "É preciso, portanto, seguir essa moda", disse Curval. "Augustine, imitai vossas companheiras e fazei, minha filha, fazei derramar simultaneamente tanto minha porra em vossa goela como vossa merda na minha boca." Tudo foi executado, e dessa vez tudo funcionou; ouviram-se por todo canto peidos merdosos e esporros e, satisfeita a lubricidade, foram contentar o apetite. Mas as orgias foram mais refinadas e mandaram todas as crianças deitar. Essas horas deliciosas foram empregadas apenas com os quatro fodedores de elite, as quatro criadas e as quatro narradoras. Nelas, embebedaram-se completamente e fizeram horrores de uma sujeira tão completa que não poderia descrevê-las sem causar dano aos quadros menos libertinos que ainda me resta oferecer aos leitores. Curval e Durcet foram carregados inconscientes, mas o Duque e o Bispo, mantendo os sentidos tão frios como se nada tivessem feito, nem por isso deixaram de se entregar, o resto da noite, às suas volúpias corriqueiras.

DÉCIMO QUARTO DIA

Naquele dia perceberam que o clima vinha favorecer ainda os projetos infames de nossos libertinos e subtraí-los melhor do que suas próprias precauções aos olhos do universo inteiro. Caíra uma quantidade pavorosa de neve que, ao cobrir o vale vizinho, parecia vedar o retiro de nossos quatro celerados da aproximação até dos animais; pois, quanto aos humanos, mais nenhum podia querer ousar chegar até eles. Não se pode imaginar o quanto a volúpia é favorecida por essa segurança e o que se empreende quando se pode dizer: "Estou sozinho aqui, estou no fim do mundo, longe de todos os olhares e sem que nenhuma criatura possa chegar até mim; nada mais de freios, nada mais de barreiras". A partir daquele momento, os desejos se manifestam com uma impetuosidade que não conhece mais limites, e a impunidade que os favorece aumenta bem deliciosamente toda embriaguez. Ali sobram apenas Deus e a consciência: ora, que força pode ter o primeiro freio aos olhos de um ateu de coração e de reflexão? E qual império pode ter a consciência sobre aquele que está tão acostumado a vencer seus arrependimentos que, para ele, quase se tornam gozos? Infeliz rebanho, entregue aos dentes assassinos de tais celerados, como teríeis estremecido se a experiência, que ainda vos fazia falta, vos houvesse permitido o uso destas reflexões! Esse dia era o da festa da segunda semana; apenas se ocuparam em celebrá-la. O casamento que se devia celebrar era o de Narciso e Hébé, mas o que havia de cruel é que ambos esposos estavam na lista das punições da mesma noite. Assim, do seio dos prazeres do Himeneu, haveriam de passar às amarguras da escola; que pesar! O pequeno Narciso, que tinha espírito, notou isso, mas nem por isso deixaram de praticar as cerimônias corriqueiras. O Bispo oficiou, conjungiram os dois esposos e permitiram que fizessem, um no outro e diante dos olhos de todo mundo, tudo o que quisessem. Mas quem acreditaria? A ordem já era generosa demais, e o garotinho, que se instruía muito bem, encantadíssimo com as feições de sua pequena mulher e não podendo vir a cabo de foder nela, ia, entretanto, deflorá-la com seus dedos caso o deixassem continuar. Opuseram-se a isso em tempo, e o Duque, dela se apoderando, a fodeu imediatamente nas coxas, enquanto o Bispo fazia a mesma coisa com o esposo. Almoçaram, e ambos foram admitidos no festim, e como os fizeram comer prodigiosamente, ambos, ao saírem da mesa, satisfizeram, cagando, um a Durcet, a outra a Curval, os quais engoliram deliciosamente essas pequenas digestões infantis. O café foi servido por Augustine, Fanny, Celadão e Zéfiro. O Duque ordenou que Augustine masturbasse Zéfiro e que este lhe cagasse na boca enquanto esporraria. A operação teve um êxito tão maravilhoso que o Bispo quis que Celadão fizesse a mesma coisa: Fanny bateu-lhe uma punheta, e o garotinho recebeu ordem de cagar na boca de Monsenhor assim que sentisse sua porra derramar. Mas não houve, neste caso, um sucesso tão brilhante como no outro; a criança não conseguiu cagar enquanto estava esporrando; entretanto, como isso não passava de uma provação e que os regulamentos nada estatuíam a esse respeito, não lhe infligiram nenhuma punição. Durcet fez Augustine cagar, e o Bispo, que estava de pau muito duro e firme, mandou Fanny chupá-lo enquanto ela lhe cagava na boca; ele esporrou e, como sua crise foi violenta, ele brutalizou ligeiramente Fanny e, infelizmente, não pôde fazer com que fosse punida, por mais vontade que ele parecesse ter de que isso acontecesse. Nada havia de mais implicante que o Bispo. Assim que esporrara, queria mais que o diabo carregasse o objeto de seu gozo; sabia-se, e nada havia que as moças, as esposas e os jovens rapazes temessem tanto como lhe fazer perder porra. Depois da sesta, passaram ao salão onde cada um tendo ocupado seu lugar, Duclos retomou assim o fio de sua narração:

"Às vezes, meus encontros se davam na cidade, e como costumavam ser mais lucrativos, Fournier esforçava-se por conseguir o mais que podia. Um dia, ela me mandou à casa de um velho Cavaleiro de Malta, que me abriu uma espécie de armário cheio de compartimentos, cada qual com um vaso de porcelana em que estava um troço. Esse velho devasso era mancomunado com uma de suas irmãs que era abadessa num dos mais respeitáveis conventos de Paris. Essa boa moça, por solicitação dele, lhe mandava todas as manhãs caixas cheias dos troços de suas mais lindas pensionistas. Ele guardava tudo isso metodicamente, e quando cheguei, mandou-me pegar o número que me indicou e que era o mais antigo. Eu lhe apresentei. 'Ah!', disse, 'é o de uma moça de dezesseis anos, bela como a luz. Masturba-me enquanto vou comê-lo.' Toda a cerimônia consistia em chocalhar e apresentar-lhe minhas nádegas enquanto ele devorava e, em seguida, em botar no mesmo prato meu troço no lugar daquele que acabara de engolir. Olhava-me fazer, limpava minha bunda com a língua e esporrava enquanto me lambia o ânus. A seguir, fechava as gavetas, pagava-me, e nosso homem, que eu visitava assim bastante cedo, tornava a dormir como se nada houvesse acontecido."

"Um outro, que a mim pareceu mais extraordinário (era um velho monge), entrava, pedia oito ou dez troços das primeiras pessoas que encontrava, moças ou rapazes, não lhe importava. Ele os misturava, sovava-os, mordia no meio e esporrava devorando pelo menos metade enquanto eu o chupava."

"Um terceiro foi, sem dúvida aquele que mais desgosto me deu na minha vida. Ele mandou que eu abrisse bem a boca. Estava nua, deitada no chão, num colchão, e ele se escarranchou sobre mim; depositou seu troço na minha goela, e o farsante voltou para comê-lo na minha boca enquanto regava minhas mamas com sua porra."

"Ah, ah! Como é agradável, este", disse Curval. "Por Deus, estou justamente com vontade de cagar, preciso provar. Quem eu deveria escolher, senhor Duque?" "Quem?", retrucou Blangis. "Meu Deus, eu vos aconselharia Julie, minha filha; ela está aí, ao alcance de vossa mão, amai sua boca, servi-vos dela." "Obrigada por me recomendar", disse Julie mostrando repugnância. "O que eu vos fiz para que digais tais coisas contra mim?" "Ei! já que isso a zangou", disse o Duque, "como se trata de uma moça bastante boa, escolhei a senhorita Sophie; é saudável, é bonita, tem apenas quatorze anos." "Pronto, que assim seja; vou de Sophie", disse Curval cujo pau turbulento começava a gesticular. Fanchon trouxe a vítima; o coração da miserável pobrezinha se revolta de antemão. Curval riu, aproximou seu bundão feio e sujo daquele rostinho encantador, dando a ideia de um sapo que ia murchar uma rosa. Masturbaram-no, a bomba saiu. Sophie não perdeu uma migalha, e o crápula veio bombear de volta o que ele mesmo soltara e engoliu tudo em quatro bocadas, enquanto chocalhavam-no sobre o ventre da pobre pequena infeliz que, acabada a operação, vomitou tripas e entranhas no nariz de Durcet, que recebeu tudo com grande pompa e bateu uma punheta enquanto se deixava cobrir por isso. "Vamos, Duclos, continua", disse Curval, "e alegra-te do efeito de teus discursos; vê como funcionam." Então Duclos retomou nestes termos, encantadíssima no fundo da alma por ter tanto êxito com seus relatos:

"O homem que eu vi depois daquele cujo exemplo acaba de vos seduzir", disse Duclos, "queria absolutamente que a mulher que lhe fosse apresentada tivesse uma indigestão. Em consequência, Fournier, que não me havia avisado de nada, me fez engolir no almoço uma certa droga que amoleceu minha digestão e a tornou fluida, como se minhas fezes se devessem a alguma purga. Nosso homem chegou e, após alguns beijos preliminares no objeto de seu culto, uma vez que eu não podia suportar atraso por causa das cólicas que começavam a me atormentar, me deixou à vontade para operar. A injeção saiu, eu segurava seu pau, ele se pasmou, engoliu tudo, pediu mais; eu o abasteci com uma segunda rodada, logo seguida por uma terceira, e o passarinho do libertino deixou finalmente entre meus dedos provas inequívocas da sensação que experimentara."

"No dia seguinte, lidei com um personagem cuja mania barroca terá talvez alguns sectários dentre vós, senhores. Começaram por instalá-lo no aposento ao lado daquele onde costumávamos operar e no qual estava aquele buraco tão cômodo para as observações. Lá ficou sozinho. Um outro ator me esperava no aposento vizinho: era um cocheiro de fiacre que mandaram escolher ao acaso e que fora avisado de tudo. Como também eu fora avisada, representamos muito bem nossos papéis. Tratava-se de fazer o condutor de faetonte cagar precisamente em frente ao buraco, de modo que o libertino escondido nada perdesse da operação. Eu recebia o troço num prato, ajudando para que fosse depositado inteiro, abria as nádegas, apertava o ânus, sem nada esquecer de tudo o que pode ajudar a cagar comodamente. Assim que meu homem acabou, agarrei seu pau e o fiz esporrar sobre sua merda, tudo isso sempre bem à vista de nosso observador. Finalmente, com o pacote pronto, saí voando até o outro aposento. 'Tomai, engoli rapidamente senhor', gritei, 'ainda está quente!' Ele não se fez de rogado; agarrou o prato, ofereceu-me seu pau que masturbei, e o tratante engoliu tudo o que eu lhe apresentara, enquanto sua porra jorrava sob os movimentos elásticos de minha mão diligente."

"Qual era a idade do cocheiro?", disse Curval. "Aproximadamente trinta anos", disse Duclos. "Oh! só isso", respondeu Curval. "Durcet vos dirá quando quiserdes que conhecemos um homem que fazia a mesma coisa, e exatamente com as mesmas circunstâncias, mas com um homem de sessenta a setenta anos que era preciso escolher entre tudo o que a ralé do povo tinha de mais crapuloso." "Mas só é bonito assim", disse Durcet cuja ferramentazinha começava a levantar o nariz desde a aspersão de Sophie. "Aposto, quando quiserem, fazer isso com o decano dos inválidos." "Estais de pau duro, Durcet", disse o Duque, "eu vos conheço: quando começais a vos tornar sujo é que vossa porrinha está fervendo. Tomai! Não sou o decano dos inválidos, mas para satisfazer vossa intemperança, ofereço-vos o que tenho nas entranhas e acredito que será copioso." "Oh, ventre de Deus!", disse Durcet, "isso é uma boa fortuna, meu caro Duque." O Duque ator se aproximou, Durcet se ajoelhou debaixo das nádegas que iam enchê-lo de prazer; o Duque fez força, o financista engoliu, e o libertino, que este excesso de crápula arrebatou, esporrou jurando nunca ter sentido tanto prazer. "Duclos", disse o Duque, "venha devolver-me o que dei a Durcet." "Monsenhor", respondeu nossa narradora, "bem sabeis que já fiz, hoje de manhã, pois vós mesmo o engoliste." "Ah! É verdade, é verdade", disse o Duque. "Pois bem! Martaine preciso, portanto, recorrer a ti, pois nada quero de bunda de criança: sinto que minha porra quer jorrar, mas que custará a se entregar, motivo pelo qual quero algo singular." Entretanto Martaine estava no mesmo caso que Duclos; Curval a fizera cagar pela manhã. "O quê! Duplo deus!", disse o Duque, "será que não vou conseguir um troço esta noite?" Thérèse, então, avançou e veio oferecer a bunda mais suja, mais ampla e mais fedida que fosse possível ver. "Ah! Que assim seja", disse o Duque instalando-se, "e se na desordem em que me encontro este cu infame não surtir efeito, não sei mais a que será preciso que eu recorra!" Thérèse fez força, o Duque recebeu; o incenso era tão pavoroso quanto o templo do qual exalava, mas quem se encontra de pau tão duro como o Duque nunca se queixa do excesso de sujeira. Bêbado de volúpia, o celerado engoliu tudo e fez jorrar no nariz de Duclos que o masturbava as provas as mais incontestáveis de seu másculo vigor. Passaram à mesa, as orgias foram consagradas às penitências. Naquela semana, havia sete delinquentes: Zelmire, Colombe, Hébé, Adônis, Adélaïde, Sophie e Narciso. A terna Adélaïde não foi poupada. Zelmire e Sophie também ficaram com algumas marcas dos tratos que lhes foram infligidos, e sem mais detalhes, uma vez que as circunstâncias ainda não nos permitem isso, cada um foi deitar e retomar nos braços de Morfeu as forças necessárias para sacrificar novamente a Vênus.

DÉCIMO QUINTO DIA

O dia seguinte às correções raramente oferecia culpados. Não houve nenhum naquele dia, mas sempre estritos quanto às permissões para cagar de manhã, concederam este favor apenas a Hércules, Michette, Sophie e Desgranges, e Curval quase esporrou ao ver esta última operar. Fizeram poucas coisas no café, contentando-se em manipular nádegas e alguns cus e, chegada a hora, foram prontamente instalar-se no gabinete de história, no qual Duclos retomou nestes termos:

"Acabara de chegar na casa da Fournier uma moça de aproximadamente doze a treze anos, sempre fruto das seduções daquele homem singular de quem vos falei. Mas duvido que havia muito tempo ele não pervertia uma moça tão delicada, tão fresca e tão bonita. Era loira, alta para sua idade, linda de se pintar, uma fisionomia terna e voluptuosa, os olhos mais bonitos que se pudesse ver, e de toda sua encantadora pessoa emanava um conjunto suave e interessante que acabava tornando-a ainda mais encantadora. Mas a que aviltamento tantos encantos iam ser entregues e que começo vergonhoso não lhes prepararam! Era a filha de uma vendedora de tecidos do Palácio, muito abastada e que muito certamente era fadada a uma sorte mais feliz do que a de ser puta. Mas quanto mais suas pérfidas seduções faziam suas vítimas perder a felicidade, melhor nosso homem gozava. De saída, a pequena Lucile foi destinada a satisfazer os caprichos sujos e nojentos de um homem que, não contente de ter o gosto mais crapuloso, ainda queria exercê-lo com uma donzela. Ele chegou: era um velho notário cheio de ouro e que, com sua riqueza, tinha toda a brutalidade que a avareza e a luxúria conferem a uma velha alma quando nela estão reunidas. Mostraram-lhe a criança; por mais linda que ela fosse, sua primeira reação foi de desdém; resmungou, xingou entre seus dentes que não era mais possível, naqueles dias, encontrar uma moça linda em Paris; perguntou finalmente se era mesmo donzela, garantiram-lhe que sim, propuseram mostrar-lhe: 'Eu, ver uma cona, senhora Fournier, eu, ver uma cona?

Nem pensai nisso, acredito; já me viste examinar muitas desde que frequento vossa casa? Uso-as, é verdade, mas de uma maneira, creio, que não demonstra nenhum apego meu a elas'. 'Pois bem! senhor', disse Fournier, 'neste caso, acreditai em nós, garanto que ela é virgem como a criança que acaba de nascer.' Subiram, e como bem podeis imaginar, curiosa com tal encontro, fui instalar-me no meu buraco. A pobrezinha da Lucile estava com uma vergonha que somente poderia descrever com as expressões superlativas que precisaria empregar para descrever a impudência, a brutalidade e o mau humor de seu sexagenário amante. 'Pois bem! O que estais fazendo plantada aí, como um animal?', disse-lhe num tom brusco. 'Preciso pedir para que levantai vossas saias? Já não deveria eu ter visto vossa bunda há mais duas horas?... Pois bem! Vamos logo!' 'Mas, senhor, o que devo fazer?' 'Ei, santo Deus! Isso é pergunta?... O que precisais fazer? Precisais levantar vossas saias e mostrar-me vossas nádegas.' Lucile obedeceu tremendo e descobriu uma bundinha branca e bonitinha como se fosse a da própria Vênus. 'Hum... Que bela medalha, disse o brutalhão... Aproximai-vos...' Em seguida, empunhando-lhe duramente as nádegas e abrindo-as: 'É verdade que nunca vos fizeram nada por aí?'. 'Oh! Senhor, nunca ninguém me tocou.' 'Vamos! Peidai.' 'Mas, senhor, não consigo.' 'Pois bem! Esforçai-vos.' Ela obedeceu, um leve vento escapou e veio retinir na boca envenenada do velho libertino que se deleitou murmurando. 'Sentis vontade de cagar?', continuou o libertino. 'Não, senhor.' 'Pois bem! Mas eu sinto, e muita, ficai sabendo. Assim preparai-vos para satisfazer-me... Tirai essas saias.' Elas desapareceram. 'Instalai-vos nesse sofá, com as coxas bem levantadas e a cabeça muito baixa.' Lucile se posicionou, o velho notário a dispôs de modo que suas pernas muito abertas deixassem à mostra sua linda coninha na maior abertura possível, e colocada de tal maneira na altura da bunda de nosso homem que ele pudesse usá-la como penico. Pois tal era sua celeste intenção, e para tornar o vaso mais cômodo, ele começou por abri-la com as duas mãos com toda a força. Instalou-se, fez força, um troço veio se pousar no santuário no qual o próprio Amor não teria desdenhado ter um templo. Ele se virou e, com seus dedos, enfiou o mais profundamente que pôde na vagina escancarada o sujo excremento que acabava de soltar. Voltou para sua posição, soltou um segundo, um terceiro, e para cada um, sempre procedeu à mesma cerimônia de introdução. Finalmente, no último, ele fez isso com tanta brutalidade que a pequenina soltou um grito e talvez perdeu, nessa nojenta operação, a flor preciosa com a qual a natureza a dotara apenas para perdê-la no Himeneu. Esta era a hora de gozo de nosso libertino. Ter enchido a jovem e linda coninha de merda, calcá-la e recalcá-la lá dentro, tal era sua delícia suprema. Enquanto agia, sacou uma espécie de pau de sua braguilha; por mais mole que estivesse, chocalhou-o e conseguiu, sempre cuidando de sua nojenta obra, derramar no chão algumas gotas de um esperma raro e podre e do qual deveria muito lamentar a perda quando se devia apenas a tais infâmias. Uma vez seu negócio acabado, ele bateu em retirada; Lucile se lavou, e tudo acabou."

"Destinaram-me um, algum tempo depois, cuja mania me pareceu mais nojenta ainda. Era um velho conselheiro da *grand-chambre*. Precisava não só olhá-lo cagar, mas ajudá-lo, facilitar com meus dedos o derramamento da matéria apertando, abrindo, comprimindo de maneira adequada seu ânus, e uma vez realizada a operação, limpar muito cuidadosamente com minha língua toda a parte que acabara de ser sujada."

"Ah, por Deus! Eis de fato uma tarefa bem cansativa", disse o Bispo. "Será que essas quatro damas que aqui vedes, e que, entretanto, são nossas esposas, filhas ou sobrinhas, não têm essa incumbência todos os dias? E para que diabo serviria, eu lhe pergunto, a língua de uma mulher, a não ser para limpar cus. Quanto a mim, apenas lhe conheço este uso Constance", acrescentou para essa bela esposa do Duque que se encontrava então no seu sofá, "queira demonstrar à Duclos vossa arte nesse quesito; pronto, aqui está minha bunda toda suja, ela não foi limpa desde hoje de manhã, eu a reservava para vós... Vamos, exibi vossos talentos." E a infeliz, acostumada demais com esses horrores, os executou como uma mulher consumada. O que produzem, meu Deus do céu, o temor e a escravidão! "Oh, por Deus!", disse Curval apresentando seu orifício lamacento e feio à encantadora Aline, "não serás o único a dar esse exemplo aqui. Vamos! putinha", disse a essa bela e virtuosa moça, "superai vossa companheira." Ela obedeceu. "Vamos, continua, Duclos", disse o Bispo, "apenas queríamos revelar-te que teu homem não exigia nada de singular demais e que uma língua de mulher só serve para limpar uma bunda." A adorável Duclos riu e continuou com o que se vai ler:

"Permiti-me, senhores", disse, "que interrompa um instante o relato das paixões para vós comunicar um acontecimento que não tem nenhuma relação com ele. Apenas diz respeito a mim mesma, mas como me ordenaste seguir com os acontecimentos interessantes de minha história mesmo quando não cabiam no relato dos gostos, acredito que este é de uma natureza que não deve ser silenciada. Havia muito tempo que estava na casa da senhora Fournier, tornando-me a mais antiga no seu harém e aquela em quem mais confiava. Era eu quem costumava arranjar os encontros e receber o dinheiro. Essa mulher fizera as vezes de minha mãe, socorreu-me em diferentes necessidades, escrevera-me fielmente na Inglaterra, abrira-me gentilmente sua casa quando do meu retorno, quando meus problemas me levaram a lá desejar de novo exilar-me. Por vinte vezes, emprestou-me dinheiro e muitas vezes nem exigiu que a pagasse de volta. Chegara o momento de lhe provar meu reconhecimento e de corresponder a sua extrema confiança em mim, e ides julgar, senhores, como minha alma se abria à virtude e o acesso fácil que a ela tinha. Fournier adoeceu e seu primeiro cuidado foi de mandar me chamar. 'Duclos, minha filha, eu te amo', disse-me, 'sabes disso e vou provar-te isso pela extrema confiança que vou ter em ti neste momento. Acredito que, apesar de tua cabeça má, sejas incapaz de enganar uma amiga; estou muito doente, estou velha e não sei, consequentemente, o que vai ser disso. Tenho parentes que vão se jogar sobre minha sucessão; quero pelo menos frustrá-los dos cem mil francos que tenho em ouro nesse cofrinho. Toma, minha filha', disse, 'aqui estão, a ti os entrego mas exijo que disponhas deles do modo que vou te prescrever.' 'Oh, minha cara mãe', disse-lhe abrindo-lhe os braços, 'essas precauções me desolam; elas serão certamente inúteis, mas se infelizmente se tornarem necessárias, juro-vos que seguirei precisamente vossas intenções.' 'Eu acredito, minha filha', disse-me. 'Por isso lancei os olhos sobre ti. Esse cofrinho contém, portanto, cem mil francos em ouro; tenho alguns escrúpulos, minha cara amiga, alguns arrependimentos da vida que levei, da quantidade de moças que tenho lançado no crime e arrancado a Deus. Quero, portanto, empregar dois recursos para que a divindade seja menos severa para comigo: o da esmola e o da reza. As duas primeiras porções dessa soma, que serão de quinze mil francos cada, irão uma aos capuchinhos da rua Saint-Honoré, para que esses bons Padres rezem perpetuamente uma missa para a salvação de minha alma; a outra, do mesmo montante, entregarás, assim que fechar os olhos, ao padre da paróquia, de modo que ele a distribua na forma de esmolas entre os pobres do bairro. A esmola é uma excelente coisa, minha filha; nada como ela para consertar, aos olhos de Deus, os pecados que cometemos na terra. Os pobres são seus filhos e ele ama todos aqueles que os aliviam; nunca o agradamos tanto como com esmolas. É o verdadeiro modo de ganhar o céu para si, minha filha. Quanto à terceira parte, de sessenta mil libras, logo depois de minha morte, irás entregá-la ao chamado Petignon, aprendiz de sapateiro, na rua du Bouloir. Esse infeliz é meu filho, ele nem desconfia. É um bastardo adulterino; quero dar a esse infeliz órfão, ao morrer, provas de minha ternura. Quanto às dez mil outras libras restantes, minha cara Duclos, quero que as guarde como uma fraca prova de meu apego por ti e para te compensar o trabalho que terás para cuidar do restante. Tomara que essa pequena soma te ajude a encontrar um partido e a deixar a indigna profissão que exercemos, na qual não há salvação, nem esperança de jamais consegui-la.' Interiormente encantada por abocanhar uma soma tão boa e muito decidida, por medo de me confundir nas divisões, de fazer apenas um único lote para mim mesma, desandei artificiosamente a chorar nos braços da velha matrona, reafirmando-lhe meus juramentos de fidelidade, e não me preocupei mais senão com os meios de impedir que um cruel retorno de saúde viesse mudar sua resolução. Esse meio se apresentou já no dia seguinte: o médico receitou um emético, e como eu cuidava dela, foi a mim que entregou o pacote, recomendando-me usá-lo em duas vezes, e tomar muito cuidado para separá-lo mesmo, pois eu a mataria caso lhe desse tudo de uma vez só; apenas devia administrar a segunda dose caso a primeira não surtisse bastante efeito. Prometi ao Esculápio ter todos os cuidados possíveis e, assim que virou as costas, banindo de meu coração todos esses sentimentos fúteis de reconhecimento que teriam detido uma alma fraca, afastando todo arrependimento e toda fraqueza, e considerando apenas meu ouro, o doce charme de possuí-lo e as cócegas deliciosas que sempre se sente cada vez que se projeta uma má ação, prognóstico certo do prazer que ela trará, entregando-me apenas a tudo isso, disse, tratei imediatamente de misturar as duas doses num copo de água e apresentei a bebida à minha doce amiga, que, engolindo com segurança, nisso logo encontrou a morte que eu me esforçara por lhe proporcionar. Não posso vos descrever o que senti enquanto via minha obra ter êxito. Cada um dos vômitos nos quais sua vida se esvaía produzia uma sensação realmente deliciosa em toda minha organização: escutava-a, olhava-a, estava completamente ébria. Abria-me os braços, dirigia-me um último adeus, e eu gozava, já formando mil projetos com esse ouro que ia possuir. Não demorou muito; Fournier morreu naquela mesma noite e vi-me dona do pecúlio."

"Duclos", disse o Duque, "diga a verdade: te masturbaste? A sensação fina e voluptuosa do crime alcançou a volúpia?" "Sim, Monsenhor, confesso; e esporrei cinco vezes em seguida desde o começo da noite." "Logo é verdade", disse o Duque gritando, "logo é verdade que o crime tem por si só um tal atrativo, que independentemente de toda volúpia, ele pode bastar para inflamar todas as paixões e lançar no mesmo delírio que os próprios atos de lubricidade! E então?..." "Então, senhor Duque, mandei enterrar honrosamente a patroa, herdei do bastardo Petignon, tive o cuidado de não mandar rezar missas e muito menos de distribuir esmolas, espécie de ação que sempre tive em verdadeiro horror, por mais que Fournier falasse bem disso. Afirmo ser preciso que existam miseráveis no mundo, que a natureza assim quer, assim exige, e que pretender restabelecer o equilíbrio é ir contra suas leis, se ela quis desordem." "O quê, Duclos", disse Durcet, "tens princípios! Que felicidade ver os que tens nesse ponto; todo alívio trazido ao infortúnio é um crime real contra a ordem da natureza. A desigualdade que instalou entre nossos indivíduos prova que essa discordância a agrada, uma vez que a estabeleceu e que a quer nas fortunas como nos corpos. Assim como é permitido ao fraco consertá-la pelo roubo, também é permitido ao forte restabelecê-la ao recusar seus socorros. O universo não subsistiria um instante sequer se a semelhança entre todos os seres fosse perfeita; é dessa dessemelhança que nasce a ordem que mantém e conduz tudo. É, portanto, preciso evitar perturbá-la. Por sinal, acreditando fazer um bem a essa infeliz classe de homens, faço muito mal à outra, pois o infortúnio é a sementeira onde o rico vai buscar os objetos de sua luxúria ou de sua crueldade; eu o privo desse ramo de prazer ao impedir por meus socorros que essa classe se entregue a ele. Portanto, com minhas esmolas, apenas agradei ligeiramente uma parcela da raça humana, e prejudiquei prodigiosamente a outra. Logo, considero a esmola não somente como uma coisa má em si, mas considero-a ainda como um crime real contra a natureza que, ao nos apontar as diferenças, nunca pretendeu que as perturbássemos. Assim, muito longe de ajudar o pobre, de consolar a viúva e aliviar o órfão, se ajo segundo as verdadeiras intenções da natureza, não apenas os deixarei no estado em que a natureza os colocou, mas ajudarei até suas visadas ao prolongar-lhes esse estado e ao me opor vivamente a sua mudança, e acharei, para isso, que todos os meios são lícitos." "O quê", disse o Duque, "até mesmo roubá-los ou arruiná-los?" "Certamente", disse o financista. "Até mesmo aumentar seu número, uma vez que sua classe serve para outra, e que ao multiplicá-los, se faço um pouco de pena a uma, farei muito bem à outra." "Eis um sistema bem duro, meus amigos", disse Curval. "Dizem, entretanto, ser doce fazer o bem dos miseráveis!" "Que abuso!", retrucou Durcet, "esse gozo não se compara ao outro. O primeiro é quimérico, o outro é real; o primeiro se deve a preconceitos, o outro se embasa na razão; pelo órgão do orgulho, a mais falsa de todas nossas sensações, um pode titilar um instante o coração, o outro é um verdadeiro gozo da mente e que inflama todas as paixões pelo próprio fato de contrariar as opiniões comuns. Numa palavra, um me deixa de pau duro", disse Durcet, "e sinto muito pouca coisa com o outro." "Mas será que devemos sempre relacionar tudo a nossos sentidos?", disse o Bispo. "Tudo, meu amigo", disse Durcet. "Eles são os únicos que devem nos guiar em todas as ações da vida, pois apenas seu órgão é realmente imperioso." "Mas milhares de crimes podem nascer desse sistema", disse o Bispo. "Ei, o que me importa o crime", respondeu Durcet, "contanto que me deleite. O crime é um modo da natureza, uma maneira com a qual move o homem. Por que não quereis que eu me deixe mover tanto por ela neste sentido como no da virtude? Ela precisa de ambos, e sirvo-a tanto num como no outro. Mas ei-nos numa discussão que nos levaria longe demais. A hora do jantar vai tocar, e Duclos está muito longe de ter cumprido sua tarefa. Continuai, moça encantadora, continuai, e ficai certa de que acabastes de nos confessar uma ação e sistemas que vos merecem nossa eterna estima assim como a de todos os filósofos."

"Minha primeira ideia, assim que minha boa patroa foi enterrada, foi a de eu mesma retomar sua casa e mantê-la no mesmo pé que ela. Comuniquei esse projeto a minhas companheiras, e todas, sobretudo Eugénie, que continuava sendo minha favorita, me prometeram considerar-me como sua matrona. Eu já não era jovem demais para desmerecer esse título: tinha quase trinta anos e toda a razão necessária para dirigir o convento. Assim senhores, não foi mais na condição de moça do mundo que vou acabar o relato de minhas aventuras, mas na de abadessa, bastante jovem e linda para ter seus próprios clientes, como isso frequentemente ocorreu e não deixarei de chamar vossa atenção para esse fato cada vez que ocorrer. Todos os clientes de Fournier permaneceram comigo, e tive a arte de atrair novos, tanto pela limpeza de meus apartamentos como pela excessiva submissão de minhas garotas a todos os caprichos dos libertinos e pela escolha feliz de meus sujeitos."

"O primeiro cliente que me chegou era um velho tesoureiro de França, velho amigo de Fournier. Eu o destinei à jovem Lucile, pela qual pareceu entusiasmar-se. Sua mania costumeira, tão suja quanto desagradável para a moça, consistia em cagar no próprio rosto de sua Dulcineia, em lambuzá-lo todo com seu troço e, em seguida, beijá-la, chupá-la nesse estado. Por amizade por mim, Lucile deixou o velho sátiro fazer tudo o que quis, e ele lhe esporrou sobre o ventre beijando e beijando de novo sua obra nojenta."

"Pouco depois, chegou outro que Eugénie atendeu. Ele mandava trazer um barril cheio de merda, nele mergulhava a garota nua e lambia todas as partes de seu corpo engolindo, até torná-la tão limpa como a encontrara. Tratava-se de um famoso advogado, homem rico e muito conhecido e que, tendo apenas parquíssimas qualidades para fazer mulheres gozarem, remediava a esse estado de coisas com esse tipo de libertinagem que amara por toda sua vida."

"O marquês de..., velho freguês de Fournier, veio, pouco depois de sua morte, garantir-me sua boa disposição. Assegurou-me que continuaria vindo à minha casa, e para disso me convencer, essa mesma noite ficou com Eugénie. A paixão desse velho libertino consistia, primeiro, em beijar prodigiosamente a boca da moça. Engolia tanto quanto podia de sua saliva, em seguida beijava-lhe as nádegas por quinze minutos, fazia-a peidar, e finalmente exigia o negócio maior. Assim que acabava, ele guardava o troço na sua boca e, fazendo a moça debruçar-se sobre ele, para abraçá-lo com uma mão e masturbá-lo com a outra, enquanto provava o prazer dessa masturbação titilando o buraco merdoso, era preciso que a moça viesse comer o troço que acabava de lhe depositar na boca. Embora pagasse muito caro por esse gosto, ele encontrava muito poucas moças dispostas a se prestar a isso. Eis por que o marquês veio me fazer sua corte; ele era tão cioso em conservar minha freguesia que eu podia sê-lo em conservar a sua."

Naquele instante, o Duque aquecido disse que, por mais que fossem chamar para o jantar, ele queria, antes de passar à mesa, executar aquela fantasia. Eis como procedeu: mandou Sophie aproximar-se, recebeu seu troço na boca, em seguida obrigou Zelamir a vir comer o troço de Sophie. Essa mania poderia ter-se tornado um gozo para qualquer outro que para uma criança como Zelamir; não suficientemente formado para perceber todas suas delícias, este viu apenas desgosto nisso e quis fazer maneiras. Mas o Duque o tendo ameçado de toda sua fúria caso hesitasse um único instante, ele obedeceu. Acharam a ideia tão prazerosa que cada um a imitou mais ou menos, pois Durcet pretendeu que era preciso compartilhar os favores e que não era justo que os garotinhos comessem a merda das moças enquanto as moças nada teriam para si. Consequentemente, mandou Zéfiro cagar na sua boca e ordenou que Augustine viesse comer a marmelada, o que essa bela e interessante moça fez vomitando até o sangue. Curval imitou essa inversão e recebeu o troço de seu caro Adônis, que Michette veio comer não sem imitar a repugnância de Augustine. Quanto ao Bispo, imitou seu irmão, e mandou a delicada Zelmire cagar na sua boca, obrigando Celadão a vir engolir a geleia. Houve detalhes de repugnância muito interessantes para libertinos aos olhos de quem os tormentos infligidos são gozos. O Bispo e o Duque esporraram, os dois outros, quer não conseguiram ou não quiseram, e todos foram jantar. Elogiou-se surpreendentemente a atuação de Duclos. "Ela teve o espírito de sentir", disse o Duque, que a protegia surpreendentemente, "que o reconhecimento era uma quimera e que seus vínculos nunca haviam nem de parar nem de suspender os efeitos do crime, porque o objeto que nos serviu não tem o menor direito a nosso coração; ele apenas trabalhou para este, sua única presença é uma humilhação para uma alma forte, e é preciso odiá-lo ou livrar-se dele." "Isso é tão verdadeiro", disse Durcet, "que nunca vereis um homem de espírito buscar atrair qualquer reconhecimento para si. Muito certo de assim se criar inimigos, nunca trabalhará para isso." "Não é para vos dar prazer que aquele que vos serve trabalha", interrompeu o Bispo, "mas apenas para se pôr acima de vós por suas boas ações. Ora, pergunto o que merece um tal projeto. Ao nos servir, ele não diz: 'eu vos sirvo, porque quero vos fazer bem'; ele apenas diz: 'eu vos agrado para vos rebaixar e para me colocar acima de vós'." "Essas reflexões", disse Durcet, "comprovam portanto o abuso dos serviços que se presta e o quanto a prática do bem é absurda. Mas, nos dizem, é para si mesmos: seja para aqueles cuja fraqueza de alma pode se prestar a estes pequenos gozos mas àqueles em quem causam aversão, como nós, seriam, acredito, muito tolos ao se proporcioná-los." Esse sistema tendo aquecido as cabeças, beberam muito e foram celebrar orgias, para as quais nossos inconstantes libertinos imaginaram mandar as crianças se deitarem e passar parte da noite bebendo apenas com as quatro velhas e as quatro narradoras e de assim se entregarem, cada qual tentando superar o outro, nas infâmias e atrocidades. Como, entre essas doze interessantes pessoas, não havia uma única que não merecera ser enforcada ou rodada várias vezes, deixo o leitor pensar e imaginar o que aí se disse. Das falas passaram às ações, o Duque aqueceu-se, e não sei nem por que nem como, mas pretenderam que Thérèse guardasse algum tempo suas marcas. Seja como for, deixemos nossos atores passar dessas bacanais ao casto leito de suas esposas que haviam preparado para cada um, aquela noite, e vejamos o que ocorreu no dia seguinte.

DÉCIMO SEXTO DIA

Todos os nossos heróis levantaram-se saudáveis como se voltassem da confissão, exceto o Duque, que começava a ficar ligeiramente esgotado. Culparam Duclos por isso: estava claro que essa moça dominava inteiramente a arte de lhe proporcionar volúpias e ele confessou apenas esporrar lascivamente com ela. Isso apenas comprova o quanto é verdade que, para essas coisas, tudo se deve absolutamente ao capricho, e que a idade, a beleza, a virtude, nada disso importa, apenas se trata de ter um certo tato bem mais frequentemente dominado por beldades em seus outonos, do que por aquelas sem experiência que a primavera ainda coroa com todos seus dons. Outra criatura na sociedade que também começava a se tornar muito adorável e muito interessante, era a Julie. Já prenunciava imaginação, devassidão e libertinagem. Bastante política para sentir que precisava de proteção, bastante falsa para acariciar aqueles com quem, talvez, no fundo, pouco se preocupava, tornava-se amiga de Duclos para tentar cair sempre um pouco nos favores de seu pai cujo crédito na sociedade ela conhecia. Cada vez que chegava sua vez de se deitar com o Duque, ela se unia tão bem a Duclos, empregava tanta habilidade e tanta complacência que o Duque era sempre certo de obter esporros deliciosos quando estas duas criaturas se esmeravam para satisfazê-lo. Contudo, ele estava ficando prodigiosamente enjoado de sua filha, e talvez sem o socorro de Duclos, que a sustentava com todo seu crédito, ela nunca poderia ter êxito nas suas visadas. Seu marido, Curval, chegara aproximadamente ao mesmo ponto e embora, por meio de sua boca e de seus beijos impuros, ela ainda obtivesse alguns esporros, o desgosto, entretanto, não era afastado: parecia até nascer do próprio fogo de seus impudicos beijos. Durcet a tinha em muito pouca estima, e ela não o fizera esporrar duas vezes desde que haviam chegado. Portanto, apenas lhe restava o Bispo, que apreciava muito seu jargão libertino e que via nela a mais bela bunda do mundo. Está certo que ela a tinha cheia como a da própria Vênus. Ela se refugiou, portanto, daquele lado, pois ela queria absolutamente agradar, a qualquer preço; como ela sentia uma necessidade extrema de proteção, queria uma. Apenas compareceram na capela, naquele dia, Hébé, Constance e Martaine, e não encontraram ninguém em falta, de manhã. Depois de os três sujeitos terem depositado seus troços, Durcet sentiu vontade de fazer a mesma coisa. O Duque, que naquela manhã andava à roda de sua bunda, aproveitou esse momento para se satisfazer, e ambos se trancaram na capela com apenas Constance que se reservaram para esse serviço. O Duque se satisfez, e o pequeno financista lhe cagou completamente na boca. Esses senhores não pararam por aí, e Constance disse ao Bispo que ambos fizeram infâmias juntos, durante meia hora sem parar. Como já disse, eram amigos de infância e, desde então, nunca pararam de se lembrar de seu prazer de alunos. Quanto a Constance, ela serviu para pouca coisa nesse embate; limpou cus, chupou e bateu uma punheta nos paus, quando muito. Passaram ao salão onde, depois de um pouco de conversa entre si, vieram chamá-los para o almoço. Este foi esplêndido e libertino como de costume, e, depois de algumas carícias e beijos libertinos, e dos vários discursos escandalosos que o temperaram, passaram ao salão no qual Zéfiro e Hiacinto, Michette e Colombe, esperavam para servir o café. O Duque fodeu Michette nas coxas, e Curval, Hiacinto; Durcet fez Colombe cagar e o Bispo fodeu a boca de Zéfiro. Curval, lembrando uma das paixões narradas na véspera por Duclos, quis cagar na cona de Colombe; a velha Thérèse, que participava do café, a instalou e Curval agiu. Mas como ele soltava fezes prodigiosas e proporcionais à imensa quantidade de víveres com que se entupia todos os dias, quase tudo caiu no chão e foi apenas superficialmente, por assim dizer, que merdificou esta coninha virgem tão linda, que, certamente, a natureza não parecia ter destinado a tão sujos prazeres. O Bispo, deliciosamente masturbado por Zéfiro, perdeu sua porra filosoficamente, juntando ao prazer que sentia o do quadro delicioso de que se tornara espectador. Ficou furioso; repreendeu Zéfiro, repreendeu Curval, brigou com todo o mundo. Fizeram-lhe engolir um grande copo de elixir para reparar suas forças. Michette e Colombe deitaram-no num sofá para sua sesta, e não o deixaram. Ele acordou bastante bem restabelecido, e para devolver-lhe melhor ainda suas forças, Colombe o chupou um instante: sua ferramenta levantou o nariz, e passaram ao salão de história. Naquele dia, ele tinha Julie no seu sofá; como gostava bastante dela, essa visão lhe devolveu um pouco de bom humor. O Duque tinha Aline, Durcet, Constance, e o Presidente, sua filha. Tudo estando pronto, a bela Duclos se instalou em seu trono e começou assim:

"Está muito errado dizer que o dinheiro adquirido mediante um crime não traz felicidade. Não há sistema tão falso, garanto. Tudo prosperava; nunca Fournier vira tantos clientes em sua casa. Foi então que uma ideia, um tanto cruel, confesso, me passou pela cabeça, mas que, todavia, ouso acreditar, senhores, não vos desagradará num certo aspecto. Pareceu-me que quando não se faz a alguém o bem que a ele se devia fazer, existe uma certa volúpia malvada em lhe fazer mal, e minha pérfida imaginação inspirou-me essa implicância libertina contra esse mesmo Petignon, filho de minha benfeitora e ao qual fora encarregada de entregar uma fortuna muito atraente, certamente, para esse infeliz, e que eu já começara a dissipar em loucuras. Eis o que fez nascer essa oportunidade. Esse infeliz aprendiz de sapateiro, casado com uma pobre moça de sua condição, tinha como único fruto desse Himeneu desafortunado uma filha de aproximadamente doze anos, e que me descreveram como unindo aos traços da infância todos os atributos da mais terna beleza. Essa criança que criavam como pobres, embora com todo o cuidado que podia permitir a indigência dos pais, de quem ela era a menina dos olhos, me pareceu uma excelente presa. Petignon nunca viera na casa; ignorava os direitos que tinha sobre ela. Mas, assim que Fournier dele me falou, meu primeiro cuidado foi o de me informar a seu respeito e de todos seus familiares, e foi assim que fiquei sabendo que ele possuía um tesouro em casa. Naquela época, o marquês de Mesanges, libertino famoso e por profissão, de quem Desgranges sem dúvida terá mais de uma vez a oportunidade de vos falar, veio me pedir para lhe obter uma donzela com menos de treze anos, e isso custe o que custar. Não sei o que queria fazer com ela, pois não passava por ser um homem muito rigoroso neste ponto, mas ele apenas impunha uma condição: depois que seu cabaço fosse constatado por peritos, ele a compraria de minhas mãos por uma soma prescrita e, a partir daquele momento, ele não lidaria com mais ninguém, uma vez que, dizia, a criança seria expatriada e talvez nunca voltasse para a França. Como o marquês era um de meus clientes, e que vos ireis vê-lo em cena logo, fiz tudo para satisfazê-lo, e a filhinha de Petignon me pareceu positivamente o de que ele precisava. Mas como expatriá-la? A criança nunca saía, era educada na própria casa, era retida com uma sabedoria, uma circunspecção que não me deixavam a menor esperança. Naquele momento, também não podia recorrer àquele famoso devassador de moças de quem falei: estava no interior, e o marquês me apressava. Portanto, apenas me restava um meio, o qual servia perfeitamente à pequena malvadez secreta que me levava a cometer esse crime, pois o agravava. Resolvi procurar podres do marido e da mulher, tentar fazer prender ambos e, encontrando-se assim a mocinha quer menos impedida ou na casa de amigos, seria fácil atraí-la na minha armadilha. Portanto, lancei atrás deles um procurador amigo meu, pau para toda obra, no qual podia confiar para tais lances de habilidade. Informou-se, descobriu credores, excitou-os, sustentou-os; resultado: oito dias depois, marido e mulher estavam presos. A partir daquele momento tudo se tornou fácil; uma alcoviteira hábil logo abordou a mocinha abandonada na casa de vizinhos pobres; ela veio a minha casa. Tudo correspondia a sua descrição: tinha a pele mais doce e mais branca, os peitinhos mais rechonchudos, melhor formados... Em suma: era difícil encontrar uma criança mais linda. Como ela me custara quase vinte luíses, somando tudo, e que o marquês queria pagá-la uma soma prescrita, além da qual não pretendia nem ouvir mais falar nem lidar com ninguém, entreguei-a por cem luíses, e como se tornava essencial, para mim, que ninguém ficasse sabendo de meus procedimentos, contentei-me em ganhar sessenta luíses nesse negócio, e repassei mais vinte para que meu procurador embaralhasse as coisas de tal modo que o pai e a mãe dessa mocinha não pudessem, por muito tempo, ter notícias de sua filha. Tiveram notícias; era impossível esconder sua fuga. Os vizinhos culpados de negligência se desculparam como puderam, e quanto ao caro sapateiro e à sua esposa, meu procurador agiu tão bem que nunca puderam remediar a esse acidente, pois ambos morreram na prisão após quase onze anos. Ganhei duas vezes nesse pequeno infortúnio, uma vez que me garantia ao mesmo tempo a posse certa da criança que eu vendera, assim como a de sessenta mil francos que me foram pagos por ela. Quanto à mocinha, o marquês dissera a verdade: nunca mais ouvi falar nela e, muito provavelmente a senhora Desgranges haverá de vos contar o fim desta história. Já está na hora de voltarmos à minha e aos acontecimentos diários que podem oferecer-vos os detalhes voluptuosos dos quais começamos a lista."

"Oh, por Deus!", disse Curval, "gosto de tua prudência até a loucura. Há nisso uma perversidade refletida, uma ordem que não poderia me agradar mais; e, por sinal, a implicância de ter ido dar o golpe de misericórdia numa vítima que ainda apenas esfolara acidentalmente, me parece de um refinamento, em termos de infâmia, que se pode colocar a par de nossas obras-primas." "Talvez eu tivesse feito pior", disse Durcet, "pois afinal essas pessoas podiam ser soltas; há tantos tolos no mundo que somente pensam em aliviar essas pessoas: enquanto viviam, eram preocupações para ti." "Senhor", retomou Duclos, "quando não se tem no mundo o crédito que tendes e quando, para suas velhacarias, é preciso recorrer a subordinados, a circunspecção costuma se tornar necessária e, então, não se ousa tudo o que se gostaria muito de fazer." "É verdade, é verdade", disse o Duque. "Ela não podia fazer muito mais." E essa adorável criatura retomou assim a sequência de sua narração.

"É pavoroso, senhores", disse essa bela moça, "ter ainda de vos falar de torpezas similares àquelas de que vos falo há vários dias. Mas exigistes que eu reúna tudo o que podia a elas estar relacionado e não deixo nada velado. Mais três exemplos dessas sujeiras atrozes, e passaremos a outras fantasias. O primeiro que vos citarei é o de um velho *directeur des domaines*[42], de aproximadamente sessenta e seis anos. Ele mandava a mulher ficar nua, e depois de lhe acariciar um instante as nádegas com mais brutalidade do que delicadeza, obrigava-a a cagar diante dele, no chão, no meio do aposento. Após gozar dessa visão, ele vinha, por sua vez, depor seu troço no mesmo lugar e, em seguida, misturando ambos com as duas mãos, obrigava a moça a vir de quatro comer esse guisado, sempre apresentando bem seu traseiro, que ela devia ter tido o cuidado de deixar muito merdoso. Ele se masturbava durante a cerimônia e esporrava quando tudo estava comido. Poucas moças, como bem podeis acreditar, senhores, consentiam em submeter-se a tais porcarias e, entretanto, ele precisava delas jovens e frescas... Eu as encontrava porque tudo se pode encontrar em Paris, mas eu fazia com que pagasse caro por isso."

"O segundo dos três exemplos que me restam narrar nesse gênero exigia do mesmo modo uma furiosa docilidade por parte da moça; mas como o libertino a queria extremamente jovem, encontrava mais facilmente ainda crianças para se prestarem a essas coisas do que moças já feitas. Eu dei àquele que irei vos mencionar uma moça com treze, quatorze anos, muito linda, que vendia flores. Ele chegou, mandou a moça tirar apenas o que a cobria da cintura para baixo; manipulava-lhe um instante o traseiro, fazia-a peidar; em seguida aplicava em si mesmo quatro ou cinco lavagens que obrigava a mocinha a receber na boca e a engolir à medida que o fluxo caía na sua goela. Enquanto isso, como estava escarranchado sobre seu peito, com uma mão masturbava um pau bastante grosso e com a outra sovava sua moita que, por causa disso, precisava sempre não ter o mais leve pelo. Aquele de quem vos falo quis ainda recomeçar depois de seis lavagens, porque seu esporro não viera. A mocinha, que vomitava a cada vez, pediu graças, mas ele lhe riu na cara e não deixou de continuar, e foi apenas neste sexto que vi sua porra correr."

"Um velho banqueiro vem finalmente fornecer-nos o último exemplo dessas sujeiras consideradas como elemento principal, pois vos aviso que, como acessório, elas voltarão ainda frequentemente. Este precisava de uma mulher linda, mas de quarenta a quarenta e cinco anos e cujos peitos fossem extremamente flácidos. Assim que ficou com ela, mandou-a despir-se apenas da cintura para cima, e após manusear brutalmente suas mamas: 'Que belas tetas de vaca!', gritou. 'Para que podem servir tripas dessas, a não ser para limpar minha bunda?' Em seguida, apertava-as, retorcia uma com a outra, puxava-as, amassava-as, cuspia em cima e, às vezes, colocava seu pé sujo em cima, sempre dizendo que um peito era uma coisa muito infame e que não concebia a que a natureza destinara essas peles, nem porque com elas estragara e desonrara o corpo da mulher. Depois de todos esses discursos extravagantes, despiu-se completamente. Mas, meu Deus do céu! Que corpo! Como descrevê-lo, senhores? Não passava de uma úlcera, com pus gotejando o tempo todo dos pés à cabeça e cujo cheiro infecto podia ser sentido até do aposento vizinho onde me encontrava. Tal era, entretanto, a bela relíquia que precisava chupar."

"Chupar?", disse o Duque.

"Sim, senhores", disse Duclos, "chupar dos pés à cabeça sem deixar de passar a língua num único lugar do tamanho de uma moeda de um luís de ouro. Por mais que eu tenha avisado a moça que lhe entregara, assim que ela viu esse cadáver ambulante, recuou com horror. 'O quê, safada', disse, 'parece que te enojo? Entretanto tens de me chupar, tua língua há de lamber absolutamente todas as partes do meu corpo. Ah! não te faças tanto de enojada! Outras já o fizeram; vamos, vamos; sem frescuras.'"

"Está coberto de razão quem diz que por dinheiro se faz qualquer coisa; a infeliz que eu lhe entregara encontrava-se na mais extrema miséria, e tinha dois luíses a ganhar: ela fez tudo o que ele quis, e o velho gotoso, encantado por sentir uma língua no seu corpo hediondo abrandar a acridade que o devorava, masturbou-se voluptuosamente durante a operação. Quando ela acabou, e, como bem podeis acreditar, não foi sem terríveis enjoos por parte dessa infeliz, quando ela acabou, dizia, ele mandou a moça deitar no chão, de costas, pôs-se a cavalo sobre ela, cagou-lhe nas mamas, e apertando-as depois, uma após a outra, limpou-se assim o traseiro. Mas de esporro, não vi nada, e fiquei sabendo, algum tempo depois, que ele precisava de várias operações semelhantes para obter um; e como o homem raramente voltava duas vezes ao mesmo lugar, nunca mais o revi, o que, na verdade, me aliviou."

"Meu Deus", disse o Duque, "acho o desfecho da operação desse homem muito arrazoado, pois nunca entendi que mamas pudessem realmente servir a outra coisa senão limpar cus." "Está certo", disse Curval, que manipulava bastante brutalmente as da terna e delicada Aline, "está certo, na verdade, mamas são uma coisa muito infame. Mal vejo umas sem ficar enfurecido; sinto ao ver isto, um certo nojo, uma certa repugnância... Apenas uma boceta me faria sentir repulsa maior." E, dizendo isso, arrojou-se no seu gabinete, arrastando Aline pelo seio, mandando que Sophie e Zelmire, ambas de seu harém, e Fanchon o seguissem. Não se sabe exatamente o que lá fez, mas ouviram-se um grande grito de mulher e, pouco depois, os berros de seu esporro. Ele voltou; Aline chorava e segurava um lenço sobre seu seio, e como todos esses acontecimentos nunca provocavam nenhuma sensação senão, quando mais, a de rir, Duclos retomou incontinenti o fio de sua história:

"Lidei pessoalmente", disse, "alguns dias depois, com um velho monge cuja mania, mais cansativa para a mão, não era, entretanto, tão repugnante para os sentidos. Ele me entregou um bundão feio cuja pele parecia pergaminho: precisava sovar-lhe a bunda, manuseá-la, apertá-la com todas minhas forças, mas, quando chegava ao cu, nada parecia suficientemente violento para ele; precisava puxar as peles dessa parte, esfregá-las, beliscá-las, agitá-las fortemente entre meus dedos, e era apenas com o vigor dessa operação que derramava sua porra. Enquanto isso, ele mesmo se masturbava durante a operação, e mal levantou minhas saias. Mas esse homem devia estar muito acostumado com essa manipulação, pois seu traseiro, por sinal flácido e pendente, era, entretanto revestido de uma pele tão espessa quanto couro."

"No dia seguinte, sem dúvida em razão dos elogios que fez no seu convento à minha maneira de agir, ele me trouxe um de seus confrades, na bunda do qual precisava aplicar tapas com todas minhas forças com uma mão; mas aquele, mais libertino e examinador, visitava cuidadosamente, antes, as nádegas da mulher; e minha bunda foi beijada, linguada por dez ou doze vezes em seguida, cujos intervalos eram preenchidos por tapas na sua. Quando sua pele ficava vermelha, seu pau levantava, e posso garantir que se tratava de um dos mais lindos instrumentos que ainda tivesse manuseado; então, ele o botou entre minhas mãos, ordenando-me que o masturbasse enquanto continuava dando tapas com a outra."

"Ou muito me engano", disse o Bispo, "ou chegamos à vez das fustigações passivas." "É, Monsenhor", disse Duclos, "e como minha tarefa de hoje acabou, achareis bom que eu protele até amanhã o começo dos gostos dessa natureza que ainda nos ocuparão por várias noitadas seguidas." Como restava ainda quase meia hora antes do jantar, Durcet disse que, para se dar apetite, queria tomar algumas lavagens; suspeitavam que isso fosse acontecer, e todas as mulheres estremeceram, mas a decisão estava tomada, não havia como voltar atrás. Thérèse, que o servia naquele dia, garantiu que aplicava uns maravilhosos; e da afirmação passou à comprovação e foi assim que o pequeno financista ficou com as entranhas carregadas, ele acenou para que Rosette viesse esticar o bico. Houve algumas reticências, algumas dificuldades, mas ela teve de obedecer, e a pobrezinha engoliu dois, nem que fosse para devolvê-los depois, o que, como bem se pode imaginar, não demorou muito. Felizmente, chegou a hora do jantar, pois, sem dúvida, ele ia recomeçar. Mas essa notícia tendo mudado a disposição de todos os espíritos, foram cuidar de outros prazeres. Nas orgias, soltaram-se algumas fezes em mamas e fizeram muitos cus cagarem; o Duque comeu diante de todo mundo o troço de Duclos, enquanto essa bela moça o chupava e as mãos do devasso se desencaminhavam um pouco por cada canto; sua porra correu em abundância, e Curval tendo-o imitado com a Champville, falaram finalmente em ir se deitar.

DÉCIMO SÉTIMO DIA

A terrível antipatia do Presidente por Constance estourava a cada dia. Ele passara a noite com ela após um acordo particular com Durcet a quem ela cabia e, no dia seguinte, queixou-se dela de modo muito amargo. "Uma vez que por causa de seu estado", disse, "não se quer submetê-la às correções corriqueiras, de medo de ela parir antes da hora em que estaremos dispostos a receber esse fruto, é preciso, santo Deus", dizia-ele, "encontrar ao menos um meio de punir essa puta quando faz besteiras." Mas vejamos como é esse maldito espírito dos libertinos. Quando se analisa esse erro prodigioso, ó leitor, adivinha do que se tratava: era ter infelizmente se virado para frente quando requeriam seu traseiro, e esses erros não se perdoavam. Mas o que havia de pior ainda, era que ela negava o fato; pretendia, com bastante fundamento, ser uma calúnia do Presidente, que buscava apenas acabar com ela, e que ela nunca deitava com ele sem que inventasse tais mentiras. Mas como as leis eram categóricas a esse respeito, e que nunca se acreditava nas mulheres, trataram de saber como punir, no futuro, essa mulher sem risco de fenecer seu fruto. Decidiram que a cada delito, ela seria obrigada a comer um troço, em consequência do que Curval exigiu que ela começasse imediatamente. Todos aprovaram. Como, naquele momento, estavam desjejuando no aposento das moças; mandaram buscá-la, o Presidente cagou no meio do aposento, e ordenaram que ela fosse de quatro devorar o que aquele homem cruel acabara de fazer. Ela se ajoelhou, pediu perdão, não comoveu ninguém; a natureza tinha colocado bronze em vez de corações naqueles peitos. Nada mais agradável que todas as momices que a pobrezinha fez antes de obedecer, e Deus sabe o quanto se divertiram. Finalmente, ela teve de aceitar; seu coração pulou pela garganta no meio da operação; mesmo assim teve de completá-la, e tudo foi comido. Cada um de nossos celerados, excitado por essa cena, ao assisti-la, se fazia masturbar por uma mocinha, e Curval, singularmente excitado pela operação e por Augustine que o masturbava maravilhosamente, sentindo-se pronto a derramar, chamou

Constance que mal acabava sua triste refeição: "Venha, sua puta", disse, "quando se devorou o peixe, é preciso pôr molho; este é branco, venha recebê-lo". Ela ainda teve de passar por isso, e Curval, que enquanto operava fazia Augustine cagar, abriu a comporta na boca da infeliz esposa do Duque, enquanto engolia a merdinha fresca e delicada da interessante Augustine. Fizeram as inspeções; Durcet achou merda no penico de Sophie. A jovem pediu desculpas dizendo que ficara indisposta. "Não", disse Durcet manuseando o troço, "isso não é verdade: fezes de indigestão ficam revoltas, e este é um troço muito sadio." Logo tirou seu funesto caderno, e nele inscreveu o nome dessa encantadora criatura, que correu para esconder suas lágrimas e deplorar sua situação. Todo o resto estava em ordem, mas no aposento dos rapazes, Zelamir, que tinha cagado na véspera nas orgias e a quem mandaram dizer para não limpar a bunda, a limpara sem permissão. Tudo isso constava entre os crimes capitais: Zelamir foi inscrito. Durcet, apesar disso, beijou sua bunda e fez com que o chupasse um instante; em seguida passaram à capela, onde viram cagar dois fodedores subalternos, Aline, Fanny, Thérèse e a Champville. O Duque recebeu na sua boca o troço de Fanny e o comeu, o Bispo o de dois fodedores dos quais engoliu um, Durcet o da Champville, e o Presidente, o de Aline, que mandou, apesar de seu esporro, fazer companhia ao de Augustine. A cena de Constance tinha aquecido as cabeças, pois havia muito tempo não se permitiam tais extravagâncias de manhã. Falaram em moral no almoço. O Duque disse que não concebia como as leis, na França, seviciavam contra a libertinagem, uma vez que a libertinagem, ao ocupar os cidadãos, os divertiam das cabalas e das revoluções; o Bispo disse que as leis não seviciavam positivamente contra a libertinagem, mas contra seus excessos. Então, analisaram estes últimos, e o Duque provou que nenhum era perigoso, nenhum podia ser suspeito para o governo, e que havia, então, não apenas crueldade, mas até absurdo, em querer reprovar tais detalhes. Dos discursos passaram aos efeitos. O Duque, meio bêbado, entregou-se aos braços de Zéfiro, e chupou por uma hora a boca daquela linda criança, enquanto Hércules, aproveitando a situação, enfiava sua enorme ferramenta no ânus do Duque. Blangis o deixou fazer, e sem outra ação, sem outro movimento do que beijar, mudou de sexo sem mesmo perceber. Seus companheiros entregaram-se, por seu lado, a outras infâmias, e foram tomar café. Como acabavam de fazer muitas besteiras, este foi bastante tranquilo e, talvez, foi o único de toda a temporada em que não houve porra derramada. Duclos, já no seu estrado, esperava a companhia, e uma vez esta instalada, enunciou-se do seguinte modo:

"Acabava de sofrer uma perda na minha casa que me afetou de várias maneiras: Eugénie, que eu amava apaixonadamente, e que me era singularmente útil por causa de suas extraordinárias complacências para tudo o que podia me trazer dinheiro, Eugénie, disse, acabara de ser raptada do modo mais singular. Um doméstico tendo pago a soma combinada viera buscá-la, segundo disse, para um jantar no campo, que lhe valeria talvez sete ou oito luíses. Eu não estava em casa quando isso ocorreu, pois nunca a deixaria sair assim com um desconhecido; mas apenas se dirigiram a ela, e ela aceitou... Nunca mais a revi."

"Nunca mais a revereis", disse Desgranges. "O encontro que lhe propuseram foi o último de sua vida, e a mim caberá desvendar esta parte do romance daquela bela moça." "Ah! Meu Deus do céu!", disse a Duclos, "uma moça tão linda, vinte anos, o rosto mais fino e mais agradável!" "E acrescentai", disse Desgranges, "o mais belo corpo de Paris: todos esses encantos lhe foram funestos. Mas continuai, e não misturemos as circunstâncias."

"Foi Lucile", disse Duclos, "quem a substituiu tanto no meu coração como na minha cama, mas não nos empregos da casa, pois ela estava muito longe de ter a mesma submissão e a mesma complacência. Seja como for, foi entre suas mãos que deixei pouco depois o pregador dos Beneditinos que, de vez em quando, vinha visitar-me, e que costumava divertir-se com Eugénie. Depois de esse bom Padre masturbar a cona com sua língua e chupar bem a boca, era preciso açoitá-lo de leve com varas, apenas no pau e nos colhões, e ele esporrava sem ficar de pau duro, apenas pela esfregação, pela aplicação das varas naquelas partes. Seu maior prazer, então, consistia em ver a moça fazer pular no ar com a ponta das varas as gotas de porra que saíam de seu pau."

"No dia seguinte, lidei pessoalmente com um no traseiro do qual era preciso aplicar cem varadas caprichadas; antes ele beijava o traseiro, e, enquanto levava as varadas, ele mesmo se masturbava."

"Um terceiro ainda me quis, algum tempo depois, mas este colocava mais cerimônia em todos esses pontos: ficara avisada com oito dias de antecedência, e precisava que passasse todo esse tempo sem lavar nenhuma parte de meu corpo, e, principalmente nem a cona, nem a bunda, nem a boca; que, a partir do aviso, deixasse de molho num vaso cheio de urina e de merda pelo menos três punhados de varas. Então ele chegava; era um velho cobrador de impostos, homem muito abastado, viúvo, sem filhos, e muito acostumado a se divertir deste modo. A primeira coisa de que se informou foi saber se eu havia seguido exatamente a abstinência de abluções que me prescrevera; eu lhe garanti que sim, e, para disso se convencer, ele começou por aplicar-me um beijo nos lábios que, provavelmente, o satisfez, pois subimos, e eu sabia que se, nesse beijo que me deu eu estando de jejum, ele tivesse percebido que havia usado algum asseio, ele não ia querer ir mais adiante. Subimos, portanto; ele olhou as varas no pote onde eu as havia colocado, em seguida, ordenando que me despisse, veio com cuidado farejar todas as partes de meu corpo que me tinha mais expressamente proibido de lavar. Como eu tinha sido muito obediente, nelas provavelmente achou o cheiro que desejava, pois o vi inflamar-se nas suas roupas e gritar: 'Ah! porra! É isso mesmo, é isso mesmo que quero!'. Então manuseei seu traseiro por minha vez; parecia exatamente com couro fervido, tanto pela cor quanto pela dureza da pele. Depois de ter acariciado, manuseado, escancarado essa bunda áspera por um instante, agarrei as varas, e, sem enxugá-las, comecei por lhe infligir dez pancadas com todas minhas forças; mas não somente ele não se mexeu, como minhas pancadas mal pareceram ter arranhado essa indestrutível cidadela. Depois desse primeiro tempo, eu lhe enfiei três dedos no ânus e comecei a agitá-los com todas minhas forças; mas nosso homem era igualmente insensível em toda parte: nem mesmo se contorceu. Acabadas essas duas primeiras cerimônias, veio a sua vez de agir: encostei minha barriga na cama, ele se ajoelhou, abriu minhas nádegas, e fez sua língua passear em alternância nos dois buracos, os quais, provavelmente, segundo suas ordens não deviam estar muito cheirosos. Depois de ele ter chupado à vontade, açoitei-o de novo e socratizei-o, ele se ajoelhou de novo e me lambeu, e assim por diante pelo menos quinze vezes. Finalmente, instruída de meu papel e baseando-me no estado de seu pau que observava sem nele tocar, com o maior cuidado, quando de uma de suas genuflexões, soltei-lhe meu troço no nariz. Ele se jogou para trás, disse-me que eu era uma insolente, e esporrou masturbando-se ele mesmo e lançando gritos que daria para ouvir da rua, sem a precaução que eu tinha tomado para impedir que pudessem filtrar. Contudo, o troço caiu no chão; ele apenas o viu e o cheirou, não o recebeu na sua boca nem tocou nele. Ele tinha recebido pelo menos duzentas chicotadas e, posso garantir, sem que sequer parecesse, sem que seu traseiro empedernido por um longo hábito ostentasse sequer a menor marca."

"Oh! Por Deus", disse o Duque, "eis uma bunda, Presidente, que chega a superar a tua." "Está certo", disse Curval balbuciando, porque Aline o masturbava, "está bem certo que o homem de quem se falou tem positivamente tanto minhas nádegas como meus gostos, pois aprecio infinitamente a ausência de bidê, mas eu gostaria que esta última fosse mais longa: quereria que não se houvesse tocado em água por ao menos três meses." "Presidente, estás de pau duro", lhe disse o Duque. "Assim credes?", disse Curval. "Meu Deus, perguntai isso a Aline, ela vos dirá em que pé está, pois, quanto a mim, estou tão acostumado com este estado que nunca percebo nem quando para, nem quando começa. Tudo o que posso garantir-vos é que, no momento em que vos falo, queria uma puta muito impura; queria que desentupisse para mim uma cloaca, que seu cu cheirasse muito à merda, e que sua cona tivesse cheiro de maresia. Ó Thérèse! Tu, cuja sujeira remonta ao dilúvio, tu que, desde o batismo, não limpaste teu cu, e cuja infame cona empesteia a três léguas de distância, vem trazer tudo isso para meu nariz, por favor, e acrescenta até um troço se quiseres." Thérèse aproximou-se; com seus encantos sujos, nojentos e murchos, esfregou o nariz do Presidente, e até depositou o troço desejado; Aline masturbou, o libertino esporrou; e Duclos retomou assim a sequência de sua narração:

"Um solteirão, que recebia todos os dias uma moça diferente para a operação que vou narrar, mandou uma de minhas amigas pedir que fosse visitá-lo, e instruíram-me então do cerimonial em uso na casa desse devasso costumeiro. Cheguei, ele examinou-me com esse olhar fleumático que o hábito da libertinagem dá, olhar certeiro e que, num minuto, aprecia o objeto que se lhe oferece. 'Disseram-me que tínheis uma bela bunda', disse-me, 'e como, há quase sessenta anos, arrasto decididamente uma asa por lindas nádegas, quis ver se mereceis vossa reputação... Levantai vossas saias.' Essas palavras enérgicas eram uma ordem suficiente; não só ofereci a medalha, mas aproximei-a o mais que pude do nariz daquele libertino por profissão. Primeiro fiquei reta; aos poucos fui me curvando e mostrei-lhe o objeto de seu culto sob todas as formas que pudessem mais agradá-lo. A cada movimento, sentia as mãos do devasso passearem na superfície e aperfeiçoarem a situação, quer consolidando-a, quer dobrando-me mais um pouco para melhor me adequar a seu gosto. 'O buraco é muito amplo', disse-me, 'é preciso que vos tenhais prostituído furiosamente à moda sodomita em vossa vida.' 'Infelizmente, senhor', disse-lhe, 'vivemos num século em que os homens são tão caprichosos que, para agradá-los, é preciso se prestar um pouco a tudo.' Senti então sua boca se colar hermeticamente no meu olho do cu, e sua língua tentar penetrar dentro do orifício. Agarrei habilmente a oportunidade, assim como me recomendaram, e deixei correr na sua língua o vento mais opulento e mais suave. O processo não o desagradou em nada, mas também não o comoveu muito; finalmente, após meia dúzia, levantou-se e me levou até o espaço entre sua cama e a parede, onde me mostrou um balde de faiança no qual quatro punhados de varas estavam de molho; acima do balde estavam pendurados vários açoites presos a pregos por ganchos dourados. 'Armai-vos com uma ou outra dessas armas', disse-me o devasso. 'Aqui está minha bunda: como vedes, ela é seca, magra e muito endurecida; tocai.' E como acabava de obedecer: 'Como vedes', continuou, 'é um velho couro endurecido por pancadas e que ainda se aquece, mas apenas com os excessos mais incríveis. Vou ficar nessa posição', disse, estendendo-se na parte de baixo de sua cama, deitado de bruços com as pernas no chão. 'Empregai alternadamente cada um desses dois instrumentos, ora as varas, ora o açoite. Vou demorar, mas tereis um aviso certeiro da aproximação do desfecho: assim que vereis que acontecerá algo extraordinário com essa bunda, ficai pronta para imitar o que vereis; trocaremos de lugar, ajoelhar-me-ei diante de vossas lindas nádegas, fareis o que me tereis visto fazer, e eu esporrarei. Mas acima de tudo, não vos impacienteis, pois, vos aviso mais uma vez, vai demorar muito, muito tempo.' Comecei, trocando de objeto assim como me recomendara. Mas que fleuma, meu Deus do céu! Eu estava em bicas; para eu bater mais à vontade, ele me havia mandado desnudar o braço até o pescoço. Havia mais de quarenta e cinco minutos que lhe aplicava com toda a força, ora as varas, ora o açoite, e nem por isso minha tarefa parecia avançar. Nosso devasso, imóvel, não mexia mais do que se estivesse morto; parecia que saboreava em silêncio os movimentos internos de volúpia que recebia dessa operação, mas nenhum vestígio externo, nenhuma aparência de que sequer influísse na sua pele. Finalmente, tocaram as duas da tarde e eu estava labutando desde as onze; de repente, vi-o levantar os quadris, abrir as nádegas; passei e repassei minhas varas em certos intervalos, sem deixar de chicotear; um troço saiu, chicoteei, minhas pancadas fizeram a merda voar no assoalho. 'Vamos, coragem', disse-lhe, 'estamos chegando ao porto.' Então nosso homem se levantou enfurecido; seu pau duro e malicioso estava colado contra seu ventre. 'Imitai-me', disse, 'imitai-me, apenas preciso de merda para vos dar porra.' Debrucei-me prontamente no seu lugar, ele se ajoelhou como tinha dito, e botei em sua boca um ovo que para tanto guardava havia quase três dias. Ao recebê-lo, sua porra jorrou, e ele se jogou para trás berrando de prazer, mas sem engolir e sem mesmo guardar mais de um segundo o troço que acabava de pôr. De resto, exceto vós, senhores, que, provavelmente, sois mestres nesse gênero, tenho visto poucos homens ter crispações mais agudas; ele quase desmaiou ao derramar sua porra. A sessão me valeu dois luíses."

"Mal cheguei em casa, encontrei Lucile lidando com um outro ancião que, sem a menor carícia preliminar, se fazia simplesmente fustigar do alto dos quadris até as pernas com varas marinadas em vinagre e as pancadas eram administradas enquanto a força de seu braço aguentava, aquele terminava a operação fazendo-se chupar. A moça postava-se de joelhos diante dele assim que ele fazia um sinal, e deixando seus velhos colhões usados flutuarem sobre suas mamas, ela agarrava a ferramenta flácida em sua boca na qual o pecador arrependido não demorava a chorar seus erros."

E tendo Duclos terminado com isso o que tinha a dizer para aquela noite, como a hora do jantar ainda não chegara, fizeram algumas brejeirices enquanto esperavam. "Deves estar exausto, Presidente", disse o Duque a Curval. "Hoje te vi dar dois esporros e tens pouco costume de perder tal quantidade de porra num só dia." "Apostemos que consigo um terceiro", disse Curval enquanto amarrotava as nádegas de Duclos. "Oh! tudo o que você quiser", disse o Duque. "Mas com uma condição", disse Curval, "que tudo me seja permitido." "Ah! não", retorquiu o Duque, "bem sabes que há coisas que nos prometemos não fazer antes das épocas em que nos serão contadas. Sermos enrabados está entre elas: antes de a isso proceder devíamos esperar que nos citassem, na ordem prescrita, algum exemplo dessa paixão; entretanto, com o consentimento de todos, senhores, passamos por cima disso. Existem muitos gozos particulares que devíamos ter nos proibido também até a hora de sua narração, e que toleramos conquanto ocorram quer em nossos quartos quer em nossos gabinetes. Acabas de praticar um agora há pouco com Aline: ou será que ela soltou um grito tão penetrante e, agora, está com seu lenço sobre o peito sem motivo? Pois bem! Escolhe, portanto, quer nesses gozos misteriosos, quer nos que nos permitimos publicamente, e que teu terceiro esporro se deva apenas a uma dessas espécies de coisas, e aposto cem luíses que não consegues." Então o Presidente perguntou se poderia passar à alcova do fundo, com os sujeitos que ele quisesse; concederam-lhe isso, com a única cláusula que a Duclos estaria presente e que apenas se acreditaria nela quanto à verdade desse esporro. "Tudo bem", disse o Presidente, "aceito". E, para começar, ele mandou Duclos aplicar-lhe primeiro, diante de todo mundo, quinhentas chicotadas; feito isso, ele levou consigo sua cara e fiel amiga Constance, a quem pediram, entretanto, que nada fizesse que pudesse prejudicar sua gravidez; a ela acrescentou sua filha Adélaïde, Augustine, Zelmire, Celadão, Zéfiro, Thérèse, Fanchon, Champville, Desgranges, e Duclos com três fodedores. "Ah! porra", disse o Duque, "não combinamos que empregarias tantos sujeitos." Mas o Bispo e Durcet, tomando o partido do Presidente, garantiram que não foram mencionados números. O Presidente foi, portanto, trancafiar-se com sua tropa, e após meia hora em que o

Bispo, Durcet e Curval, com o que restava de sujeitos, não ficaram rezando a Deus, após meia hora, disse, Constance e Zelmire voltaram chorando, e o Presidente chegou logo em seguida com o resto de sua tropa, sustentado por Duclos que testemunhou de seu vigor e certificou que, com toda justiça, ele merecia uma coroa de mirto. O leitor achará bom que não lhe revelássemos o que o Presidente fez: as circunstâncias ainda não nos permitem isso; mas ele ganhara a aposta e isso era o essencial. "Eis cem luíses", disse ao recebê-los, "que me servirão a pagar uma multa à qual temo ser logo condenado." Esta é mais uma coisa que rogamos o leitor nos permita não lhe explicar antes que ocorra, mas que lhe dá uma ideia do quanto esse celerado previa suas faltas de antemão e de como se resignava à punição que deviam lhe valer, sem se entristecer nem muito menos querer preveni-las ou evitá-las. Como apenas ocorreram coisas corriqueiras, deste instante até o das narrativas do dia seguinte retomarem, levaremos logo nosso leitor até lá.

DÉCIMO OITAVO DIA

A Duclos, bela, enfeitada, e sempre mais brilhante do que nunca, começou assim os relatos de sua décima oitava noite:

"Acabava de fazer a aquisição de uma criatura gorda e alta chamada Justine; tinha vinte e cinco anos, cinco pés e seis polegadas de altura, membros como os de uma criada de taverna, mas traços bonitos, uma pele linda, e o mais belo corpo do mundo. Como minha casa vivia cheia desses tipos de velhos devassos que não encontram qualquer noção de prazer senão nos suplícios que lhes fazemos sentir, acreditei que uma tal pensionista apenas podia me prestar grandes serviços. Já no dia seguinte à sua chegada, para comprovar seus talentos fustigadores que me haviam tão prodigiosamente elogiado, mandei-a lidar com um velho *commissaire de quartier*[43], que era preciso fustigar com toda a força debaixo do peito até os joelhos e do meio das costas até as panturrilhas, e isso até que o sangue jorrasse por toda parte. Acabada a operação, o libertino levantava simplesmente as saias da moça e lhe soltava seu pacote sobre as nádegas. Justine se comportou como verdadeira heroína de Citera, e nosso devasso veio confessar-me que possuía aí um tesouro, e que, até aquele dia, nunca fora fustigado como essa patifa fizera."

"Para mostrar-lhe o quanto a prezava, juntei-a, poucos dias depois, a um velho inválido de Citera que se fazia dar mais de mil chicotadas em todas as partes do corpo indistintamente, e quando estava todo ensanguentado, a moça precisava mijar na própria mão e esfregar com sua urina todas as partes mais molestadas de seu corpo. Uma vez passada essa loção, ela retomava sua tarefa; ele esporrava então e a moça recolhia com cuidado na sua mão a porra que ele entornava, e o friccionava uma segunda vez com esse novo bálsamo. Consegui sucessos iguais com minha nova compra, e cada dia mais elogios; mas não era mais possível empregá-la com o campeão que se apresentara desta vez."

"Esse homem singular de feminino queria apenas os trajes, pois, de fato, precisava que fosse um homem; explicando-me melhor, era por um homem vestido de mulher que o devasso queria ser açoitado. E a que arma recorria, além do mais! Não imagineis que fossem varas: era um feixe de chibatas de vime com o qual se devia rasgar-lhe barbaramente as nádegas. Na realidade, como cheirava ligeiramente a sodomia, eu não devia muito cuidar disso; entretanto, como se tratava de um velho cliente de Fournier, homem que realmente prezava nossa casa havia muito tempo e que, pela sua posição, podia-nos prestar algum serviço, não me fiz de rogada, e tendo mandado travestir-se lindamente um mocinho de dezoito anos que, às vezes, cuidava de nossas compras e que tinha um rosto muito lindo, apresentei-o armado do feixe de vime. Nada mais agradável do que essa cerimônia (bem imaginais que quis vê-la). Ele começou por examinar bem sua pretensa donzela e, sem dúvida, tendo-a achado muito de seu agrado, começou por cinco ou seis beijos na boca que cheiravam a fogueira de longe; feito isto, mostrou suas nádegas e, parecendo, na sua fala, sempre tomar o moço por uma moça, mandou que as manipulasse e as amarrotasse com uma certa dureza; o moço, que eu tinha bem instruído, fez tudo o que se lhe pedia. 'Vamos', disse o devasso, 'açoitai-me e, sobretudo, não me poupai.' O mocinho se apoderou do maço de varas e logo aplicou, com todo o vigor de seu braço, cinquenta pancadas nas nádegas que lhe eram oferecidas; o libertino, que já exibia as vigorosas marcas dessas chibatas, arremessou-se sobre sua masculina açoitadora, levantou suas saias, uma mão verificou seu sexo, a outra agarrou avidamente as duas nádegas. Não soube qual templo honrar primeiro: a bunda acabou levando a melhor, nela grudou sua boca com ardor. Ah! Como é diferente o culto prestado à natureza por aquele de que dizem que a ultraja! Justo Deus, se esse ultraje fosse real, teria a homenagem tanto ardor? Jamais bunda de mulher foi beijada como foi a daquele mocinho; três ou quatro vezes a língua do devasso desapareceu por inteiro no ânus. Voltando finalmente em posição: 'Ah, cara criança!', gritou, 'continua tua operação.' Flagelou-o de novo; mas como ele estava mais animado, sustentou essa segunda investida com muito mais força. Ficou em sangue; desta vez seu pau subiu, e mandou com afã o jovem objeto de seus transportes empunhá-lo. Enquanto aquele o manuseava, ele quis lhe devolver o mesmo serviço; levantou de novo suas saias, mas é pelo pau que ele se interessa dessa vez: tocou-o, masturbou-o, agitou-o, e o introduziu logo em sua boca. Depois dessas carícias preliminares, apresentou-se uma terceira vez às pancadas. Essa última cena o deixou completamente enfurecido; jogou seu Adônis na cama, deitou-se sobre ele, prensou ao mesmo tempo seu pau e o dele, grudou sua boca nos lábios daquele lindo menino, que conseguira aquecer com suas carícias, e propiciou-lhe um prazer divino ao mesmo tempo em que ele próprio o provou; ambos esporraram ao mesmo tempo. Nosso libertino, encantado pela cena, tentou apagar meus escrúpulos, e me fez prometer proporcionar-lhe com frequência o mesmo prazer, seja com esse ou outros moços. Querendo trabalhar para sua conversão, garanti-lhe que tinha moças encantadoras que o açoitariam tão bem quanto: nem quis saber de vê-las."

"Acredito", disse o Bispo. "Quando se tem decididamente gosto por homens, não se muda mais; a distância é tão extrema que não deixa margem à menor tentação." "Monsenhor", disse o Presidente, "esboçai aqui uma tese que mereceria uma dissertação de duas horas." "E que sempre acabaria em favor de minha asserção", disse o Bispo, "porque é incontestável que um menino vale mais que uma moça." "Certamente", retrucou Curval, "mas poder-se-ia, entretanto, dizer-vos que existem objeções a esse sistema e que, para uma certa espécie de prazeres, como aqueles, por exemplo, de que nos falarão Martaine e Desgranges, uma moça vale mais do que um menino." "Discordo", disse o Bispo. "Mesmo para os prazeres a que aludis, um menino vale mais que uma moça. Considerai isso pelo lado do mal, que é quase sempre o verdadeiro encanto do prazer, o crime parecer-vos-á maior com um ser absolutamente de vossa espécie do que com um da outra e, a partir daquele momento, a volúpia duplica." "Sim", disse Curval, "mas esse despotismo, esse império, essa delícia, que nasce do abuso que se faz de sua força sobre o fraco..." "Existe exatamente do mesmo modo", respondeu o Bispo. "Se a vítima é mesmo vossa, esse império que, nesses casos, acreditais mais bem estabelecido com uma mulher do que com um homem, apenas se deve ao preconceito, apenas se deve ao uso que submete a vossos caprichos mais ordinariamente esse sexo que o outro. Entretanto, renunciais por um instante a esses preconceitos de opinião, se o outro está perfeitamente em vosso poder: com a mesma autoridade reencontrareis a ideia de um crime maior, e necessariamente vossa lubricidade há de dobrar." "Eu penso como o Bispo", disse Durcet, "e uma vez que está certo que o império está bem estabelecido, acredito ser mais delicioso exercer o abuso de força em seu semelhante do que numa mulher." "Senhores", disse o Duque, "agradeceria se pudésseis adiar vossas discussões até a hora das refeições e não empregásseis estas horas, que são destinadas a escutar as narrativas, com sofismas." "Ele está certo", disse Curval. "Vamos, Duclos, retomai." E a adorável diretora dos prazeres de Citera retomou nos seguintes termos:

"Um velho escrivão do parlamento", disse ela, "veio me visitar uma manhã, e como já estava acostumado, desde o tempo da Fournier, a lidar apenas comigo, não quis mudar seu método. Tratava-se, enquanto o masturbava, de esbofeteá-lo gradualmente, isto é, primeiro sem muita força, e cada vez mais forte, à medida que seu pau ficava mais consistente, e finalmente com toda a força quando ele esporrava. Eu dominava tão bem a mania daquele personagem, que na vigésima bofetada fazia sua porra jorrar."

"Na vigésima!", disse o Bispo. "Pelo corpo de Deus! Nem precisaria de tantas para eu brochar de vez." "Como vês, meu amigo", disse o Duque, "cada um tem sua mania; nunca devemos censurar, nem estranhar a de ninguém. Vamos, Duclos, mais uma e termina."

"A que me resta narrar-vos esta noite", disse Duclos, "me foi contada por uma de minhas amigas; ela vivia havia dois anos com um homem que nunca ficava de pau duro sem antes receber vinte petelecos no nariz, ter as orelhas puxadas até o sangue, as nádegas, o pau e os colhões mordidos. Excitado pelas duras titilações desses preliminares, ele ficava de pau duro como um garanhão, e esporrava xingando como um diabo, quase sempre no rosto daquela de quem acabava de receber tão singular tratamento."

De tudo o que acabara de se dizer, os senhores tendo aquecido seu cerebelo apenas com o que dizia respeito às fustigações masculinas, somente imitaram, naquela noite, essa fantasia. O Duque mandou Hércules bater nele até o sangue, Durcet, Vara-ao-céu; o Bispo, Antínoo; e Curval, Quebra-cu; o Bispo, que nada fizera do dia todo, esporrou, dizem, nas orgias, comendo o troço que mandara Zelamir guardar havia dois dias. E foram deitar.

DÉCIMO NONO DIA

De manhã, após algumas observações feitas sobre a merda dos sujeitos destinados às lubricidades, decidiram que precisavam provar uma coisa de que Duclos falara nas suas narrativas: isto é, a supressão do pão e da sopa em todas as mesas, exceto a dos senhores. Esses dois objetos foram subtraídos, mas redobraram, em compensação, as aves e as caças. Não demoraram oito dias para perceber uma diferença essencial nos excrementos: ficaram mais suaves, derretiam melhor na boca, tinham uma delicadeza infinitamente superior, e acharam que o conselho de D'Aucourt à Duclos era o de um libertino verdadeiramente versado nesses assuntos. Pretenderam que disso talvez resultasse uma ligeira alteração dos bafos. "Ei! O que importa!", retorquiu Curval, a quem o Duque objetava, "é muito malvisto dizer que é preciso, para dar prazeres, que a boca de uma mulher ou de um mocinho seja absolutamente sadia. Deixemos de lado toda mania, conceder-vos-ei tanto quanto quiserdes que quem quer uma boca fedorenta apenas age por depravação, mas concedei-me por vosso lado que uma boca que não tem o menor cheiro não dá nenhuma espécie de prazer no beijo: é sempre preciso que haja um certo sal, um certo ardor para todos aqueles prazeres, e este picante apenas se encontra num pouco de sujeira. Por mais limpa que seja a boca, o amante que a chupa certamente faz uma sujeira, e nem desconfia que é essa própria sujeira que o agrada. Dai mais grau de força a esse movimento, e querereis que essa boca tenha algo de impuro: que não feda à podridão ou a cadáver, vá lá, mas que tenha apenas um cheiro de leite ou de criança, eis o que afirmo não poder ser. Assim o regime que mandaremos seguir terá, quando mais, o inconveniente de alterar ligeiramente sem corromper, e é tudo o que se precisa."

As inspeções da manhã não deram em nada: todos se controlavam. Ninguém pediu permissão para o *garde-robe* da manhã, e passaram à mesa. No serviço, Adélaïde, não conseguindo atender Durcet que a mandara peidar num copo de vinho de Champanha, foi inscrita na hora no livro fatal por esse marido bárbaro que, desde o começo da semana, fazia de tudo para encontrá-la em erro. Passaram ao café; era servido por Cupido, Gitão, Michette e Sophie. O Duque fodeu Sophie nas coxas fazendo-na cagar na sua mão para se lambuzar o rosto, o Bispo o imitou com Gitão e Curval, com Michette; Durcet, por sua vez, fodeu na boca de Cupido, a quem acabara de fazer cagar. Ninguém esporrou e, após a sesta, foram escutar Duclos.

"Um homem que nunca tínhamos visto", disse aquela adorável moça, "veio nos propor uma cerimônia bastante singular: tratava-se de atá-lo no terceiro degrau de uma escada dupla; nesse terceiro degrau atavam-se seus pés, seu corpo em que portava, e suas mãos levantadas eram atadas na parte superior da escada. Ele estava nu nessa situação; era preciso flagelá-lo com toda a força, e com o cabo das varas quando as pontas ficavam gastas. Ele estava nu, não era absolutamente necessário tocá-lo, nem ele se tocava; contudo, após uma certa dose, seu instrumento monstruoso tomava vigor, víamo-lo balançar entre os degraus como o badalo de um sino e pouco depois, com impetuosidade, lançar sua porra no meio do aposento. Desataram-no, ele pagou, e tudo estava feito."

"No dia seguinte, ele nos mandou um de seus amigos a quem precisava picotar o pau, os colhões, as nádegas e as coxas, com uma agulha de ouro; ele não esporrava senão quando estava em sangue. Tratei desse eu mesma, e como ele sempre pedia para ir aumentando a força, foi quando enfiei a agulha quase até a cabeça na sua glande que eu vi jorrar sua porra na minha mão. Quando o soltei, ele se jogou sobre minha boca que chupou prodigiosamente, e tudo estava feito."

"Um terceiro, outro conhecido dos dois primeiros, ordenou que flagelasse com cardos todas as partes do seu corpo indistintamente. Deixei-o em sangue; olhou-se num espelho, e somente quando se viu naquele estado soltou sua porra, sem nada tocar, sem nada manipular, sem nada exigir de mim."

"Aqueles excessos me divertiam muito, e tinha uma volúpia secreta ao servi-los; por isso, todos aqueles que a eles se entregavam ficavam encantados comigo. Foi aproximadamente na época dessas três cenas que um fidalgo dinamarquês, que me fora mandado para encontros íntimos de um gênero diferente, os quais não eram da minha alçada, teve a imprudência de vir à minha casa com dez mil francos em diamantes, tanto quanto em joias, e quinhentos luíses de ouro em espécie. A presa era boa demais para deixá-la escapar: entre Lucile e mim, o nobre foi roubado até seu último soldo. Ele quis dar queixa, mas como subornava fortemente a polícia, e que, naquela época, com ouro, fazia-se dela o que se queria, o nobre recebeu ordem de calar e seus pertences ficaram comigo, exceto algumas joias que precisei ceder aos oficiais para gozar tranquilamente do resto. Nunca me acontecera exercer um roubo sem que uma felicidade me ocorresse no dia seguinte: esta boa fortuna foi um novo freguês, mas um desses clientes diários que se pode considerar como o prato de resistência de uma casa. Tratava-se de um velho cortesão que, cansado das homenagens que recebia no palácio dos reis, gostava de vir mudar de papel em casas de putas. Foi comigo que ele quis principiar; precisava ensinar-lhe sua lição, e a cada erro que cometia, era condenado a se ajoelhar e a receber, ora nas mãos, ora no traseiro, vigorosas pancadas de uma férula de couro, igual àquelas que os professores usam em sala de aula. Cabia a mim perceber quando ele estava bem em fogo; apossava-me então de seu pau e o chocalhava habilmente, sempre admoestando-o, chamando-o de pequeno libertino, de mau sujeitinho, e outras invectivas infantis que o faziam esporrar voluptuosamente. Tal cerimônia devia ocorrer em minha casa cinco vezes por semana, mas sempre com uma nova moça e bem instruída, e eu receberia vinte e cinco luíses por mês por isso. Conhecia tantas mulheres em Paris que era-me fácil prometer-lhe o que requeria e cumprir; tive esse encantador aluno por dez anos na minha pensão, até que decidisse ir tomar outras lições no inferno."

Entretanto, estava ficando velha, e embora meu rosto fosse do tipo que se conserva, começava a perceber que os homens apenas queriam lidar comigo por capricho. Eu tinha, todavia, clientes bastante bons, embora com trinta e seis anos, e o resto das aventuras de que participei ocorreu, para mim, desta idade até os quarenta anos."

"Embora estivesse, como disse, com trinta e seis anos, o libertino de quem irei vos contar a mania que vai encerrar esta noite apenas quis lidar comigo. Era um padre, com aproximadamente sessenta anos (pois nunca recebia senão pessoas de uma certa idade, e toda mulher que quiser fazer fortuna nessa nossa profissão há de me imitar neste ponto, sem dúvida). O santo homem chegou e, assim que ficamos juntos, pediu para ver minhas nádegas. 'Aqui está a mais linda bunda da terra', disse-me. 'Mas infelizmente não vai ser ela a me fornecer a pitança que vou devorar. Tomai', disse-me, colocando-me suas nádegas entre as mãos, 'aqui está aquela que me vai fornecê-la... Faze-me cagar, por favor.' Apoderei-me de um vaso de porcelana que pus no meu colo, o abade se posicionou na altura, apertei seu ânus, escancarei-o, em suma, apliquei-lhe todas as diferentes agitações que imaginei poder apressar sua evacuação. Esta ocorreu; um enorme troço encheu o prato, ofereci-o ao libertino, ele o agarrou, voou por cima dele, o devorou, e esporrou após quinze minutos da mais violenta fustigação administrada por mim sobre essas mesmas nádegas que acabavam de botar tão belo ovo. Tudo era engolido; ele compassava tão bem sua tarefa, que sua ejaculação apenas acontecia no último bocado. Durante todo o tempo em que eu o açoitava, não parava de excitá-lo com discursos do tipo: 'Vamos, pequeno tratante', dizia-lhe, 'pequeno sórdido! Como podeis comer merda assim? Ah! Vou ensinar-vos, engraçadinho, por vos entregar a tais infâmias!'. Com esses procedimentos e esses discursos o libertino chegava ao cúmulo do prazer."

Então, Curval, antes do jantar, quis dar à sociedade o espetáculo verdadeiro de que Duclos apenas acabara de dar uma descrição. Chamou Fanchon; esta o fez cagar, e o libertino devorou, enquanto a velha bruxa o esfolava com toda a força. Essa lubricidade tendo aquecido as cabeças, quiseram merda por todos os lados, e então Curval, que não esporrara, misturou a seu troço o de Thérèse que fez cagar imediatamente. O Bispo, acostumado a se inspirar nos gozos de seu irmão, fez a mesma coisa com Duclos, o Duque com Marie, e Durcet com Louison. Era atroz, incrível, repito, recorrer a velhas meretrizes como aquelas, quando se tinha à sua disposição objetos tão bonitos: mas, como sabem, a saciedade nasce em meio à abundância, e é no meio das volúpias que os suplícios melhor deleitam. Feitas essas sujeiras que custaram apenas um esporro, o do Bispo, passaram à mesa. Como estavam querendo sujeiras, não quiseram, nas orgias, senão as quatro velhas e as quatro narradoras, e dispensaram todos os outros. Disseram tantas, fizeram tantas, que desse modo todo mundo acabou indo embora, e nossos libertinos foram deitar apenas nos braços da exaustão e da embriaguez.

VIGÉSIMO DIA

Ocorrera algo de muito agradável na noite anterior: o Duque, completamente bêbado, em vez de voltar para seu aposento, fora deitar na cama da jovem Sophie, e por mais que essa criança lhe dissesse que o que estava fazendo era contra as regras, ele não abriu mão, e afirmava estar na sua cama com Aline, que devia ser sua mulher da noite. Mas como ele podia tomar com Aline liberdades que ainda lhe eram proibidas com Sophie, quando ele quis pôr esta em postura para divertir-se à vontade, e que a pobre criança, à qual ainda nada fizeram de tal, sentiu a enorme cabeça do pau do Duque bater à porta estreita de sua jovem bunda e querer arrombá-la, a pobrezinha começou a soltar gritos pavorosos e saiu correndo, nuazinha no meio do aposento. O Duque a seguiu, xingando como um diabo atrás dela, sempre a tomando por Aline: "Sua bugra", dizia-lhe, "seria essa sua primeira vez?". E pensando agarrá-la em sua fuga, caiu na cama de Zelmire que tomou pela sua, e beijou essa moça, pensando que Aline voltara à razão. Mesmo processo com esta do que com a outra, porque, decididamente, o Duque queria se satisfazer; mas assim que Zelmire percebeu o projeto, imitou sua companheira, que fugira primeiro, vendo bem que não havia outros meios de pôr um termo a esse quiproquó senão ir buscar tanto luz como alguém de sentido frio que pudesse vir pôr ordem nisso tudo e, em consequência, fora chamar Duclos. Mas esta, que se embriagara feito um animal nas orgias, estava deitada quase sem sentidos atravessada na cama do Duque, e não pôde acudi-la. Desesperada, não sabendo a quem recorrer numa tal circunstância, e ouvindo todas suas camaradas chamarem por socorro, ela ousou entrar no aposento de Durcet que dormia com Constance, sua filha, e contou o que estava ocorrendo. Seja como for, Constance ousou levantar-se, apesar dos esforços que Durcet, bêbado, fazia para retê-la, dizendo-lhe que queria esporrar. Ela pegou uma vela e foi ao aposento das moças: achou todas de camisa no meio de seu aposento, com o Duque perseguindo-as uma após a outra acreditando sempre lidar apenas com a mesma, que pensava ser Aline, a qual, dizia, virara bruxa naquela noite. Finalmente Constance lhe mostrou seu erro, e pediu-lhe permissão para conduzi-lo até seu aposento onde encontraria Aline muito submetida a tudo o que gostaria dela exigir, o Duque que, muito bêbado e de muito boa-fé, não tinha realmente outro desígnio senão enrabar Aline, se deixou levar; essa bela moça o recebeu, e deitaram-se; Constance foi embora, e tudo voltou à calma no aposento das moças. Riram muito, o dia seguinte, dessa aventura noturna, e o Duque afirmou que se, infelizmente, num tal caso, arrancasse um cabaço, não teria sido sujeito a multa porque estava bêbado: garantiram-lhe que estava se enganando, e que teria, sim, de pagá-la, e muito bem paga. Como de costume desjejuaram no aposento das sultanas e todas confessaram ter ficado com um medo horrendo. Entretanto, nenhuma foi achada em falta, apesar da revolução; tudo também estava em ordem no aposento dos rapazes e o almoço, assim como o café, não tendo oferecido nada de extraordinário, passaram ao salão de história, onde Duclos, bem recuperada de seus excessos da véspera, divertiu a assembleia, naquela noite, com os cinco relatos seguintes:

"Ainda fui eu, senhores", disse, "que atendi o próximo que irei vos contar. Era um médico; seu primeiro cuidado foi o de visitar minhas nádegas e, como as achou esplêndidas, ficou mais de uma hora sem fazer outra coisa senão beijá-las. Em seguida, acabou me confessando suas pequenas fraquezas: tratava-se de cagar; eu o sabia, e tinha tomado minhas disposições em consequência. Enchi um vaso de porcelana branca que me servia para esses tipos de empreitadas; assim que ficou de posse do meu troço, voou em cima dele e o devorou; mal estava fazendo isso, armei-me de um vergalho (tal era a ferramenta com a qual precisava acariciar-lhe o traseiro), ameacei-o, bati, ralhei-o pelas infâmias que estava praticando, e sem escutar-me, o libertino, enquanto engolia, esporrou, e bateu asas com a rapidez do raio, jogando um luís sobre a mesa."

"Entreguei outro, pouco depois, às mãos de Lucile que teve pouco trabalho para fazê-lo esporrar. Precisava primeiro estar certo de que o troço que iam lhe apresentar era de uma velha pobretona e, para ter certeza disso, a velha havia de operar diante dele. Arranjei-lhe uma de setenta anos, cheia de úlceras e erisipela, e que, havia quinze anos, não tinha mais um dente nas gengivas: 'É bom, é excelente', disse, 'é assim que as quero'. Em seguida, trancafiando-se com Lucile e o troço, essa moça, tão hábil quanto complacente, havia de incitá-lo a comer essa merda infame. Ele a cheirava, olhava-a, tocava-a, mas tinha muita dificuldade em decidir-se a ir mais longe. Então, recorrendo a meios pesados, Lucile colocou a pá no fogo e, retirando-a em brasa, anunciou-lhe que ia queimar-lhe as nádegas para determiná-lo a fazer o que dele requeria, caso não se decidisse imediatamente. Nosso homem estremeceu, tentou mais uma vez: mesmo desgosto. Então Lucile, sem mais poupá-lo, abaixou seus calções e, expondo uma bunda feia e murcha, toda escoriada por similares operações, e lhe chamuscou ligeiramente as nádegas. O devasso xingou, Lucile redobrou, acabou por queimá-lo muito forte no meio do traseiro; a dor o determinou finalmente, mordeu um bocado; foi excitado de novo por novas queimaduras, e no fim comeu tudo. Este foi o momento de seu esporro, e raramente vi tão violentos; soltou altos berros, rolou pelo chão; pensei que ficara frenético ou epiléptico. Encantado com nossos bons modos, o libertino prometeu-me sua freguesia, mas contanto que eu lhe desse sempre a mesma moça e novas velhas. 'Quanto mais nojentas', disse-me, 'melhor vos pagarei. Não imaginai, acrescentou, até que ponto levo a depravação neste quesito; quase nem ouso admiti-lo a mim mesmo.'"

"Um de seus amigos, que me mandou no dia seguinte, a levava, na minha opinião, bem mais longe que ele, pois, a única diferença era que em vez de chamuscar suas nádegas, era preciso batê-las com força com pinças incandescentes, além dessa única diferença, disse, ele precisava do troço do mais velho, sujo e nojento de todos os grosseirões. Um velho serviçal de oitenta anos, que tínhamos na casa havia muitíssimo tempo, agradou-o surpreendentemente para essa operação; e ele engoliu deliciosamente o troço ainda quente, enquanto Justine o surrava com pinças que mal conseguia segurar de tão ardentes. Ainda era preciso beliscar com elas grandes pedaços de carne e quase tostá-los."

"Outro mandava picarem suas nádegas, seu ventre, seus colhões e seu pau com uma grande sovela de sapateiro, e isso com aproximadamente as mesmas cerimônias, isso é até conseguir comer um troço que eu lhe apresentava num penico sem que ele quisesse saber de quem era."

"Não se pode imaginar, senhores, até onde os homens levam o delírio no fogo de sua imaginação. Cheguei a ver um que, sempre segundo os mesmos princípios, exigia que eu o surrasse com violentas bengaladas nas nádegas, até que houvesse comido o troço que ele mandava tirar diante dele do fundo mesmo da cloaca da casa. E seu pérfido esporro não corria na minha boca, com essa empreitada, senão quando tinha devorado essa vasa impura."

"Tudo se concebe", disse Curval enquanto manipulava as nádegas de Desgranges. "Estou convencido que se pode ir mais longe ainda do que tudo isso." "Mais longe?", disse o Duque, que manuseava com certa firmeza o traseiro nu de Adélaïde, sua mulher do dia. "E que diabo queres que se faça?" "Pior", disse

Curval, "pior! E acho que nunca se faz o bastante quanto a todas essas coisas." "Concordo com ele", disse Durcet, que Antínoo estava enrabando, "e sinto que minha cabeça refinaria mais ainda todas essas porcarias." "Aposto que sei o que Durcet quer dizer", disse o Bispo, "que ainda não operava." "De que diabos se trata, então?", disse o Duque. O Bispo levantou-se então para ir falar no ouvido de Durcet, que disse que era isso mesmo e o Bispo foi repeti-lo a Curval, que disse: "Ei! realmente, é", e ao Duque, que gritou: "Ah! porra, nunca teria pensado naquela". Como esses senhores não se explicaram melhor, é-nos impossível saber o que queriam dizer. E, mesmo que o soubéssemos, acredito que seria melhor, por pudor, manter isso velado, pois muitas coisas devem ser apenas indicadas; uma prudente circunspecção assim exige; existem orelhas castas, e estou infinitamente convencido de que o leitor já nos é grato por toda a que empregamos com ele; quanto mais ele for adiante, mais seremos, neste ponto, dignos de seus mais sinceros elogios, disso podemos desde já quase certificá-lo. Afinal, independentemente do que se pode dizer a respeito, cada um tem sua alma para salvar: e de que punição, tanto neste mundo como no outro, não é digno aquele que, sem nenhuma moderação, se deleitaria, por exemplo, divulgando todos os caprichos, todos os desgostos, todos os horrores secretos aos quais os homens estão sujeitos no fogo de sua imaginação. Seria revelar segredos que devem ser dissimulados para a felicidade da humanidade; seria empreender a corrupção geral dos costumes, e precipitar seus irmãos de cristandade em todos os desregramentos onde tais quadros poderiam levá-los; e Deus, que vê o fundo de nossos corações, esse Deus poderoso que fez o céu e a terra, e que há de nos julgar um dia, sabe que não teríamos vontade de ouvi-Lo censurar-nos por tais crimes!

Acabaram alguns horrores que haviam começado. Curval, por exemplo, fez Desgranges cagar; os outros fizeram quer a mesma coisa com diferentes sujeitos, quer outras coisas que da mesma estirpe, e foram jantar. Nas orgias, Duclos, tendo ouvido esses senhores dissertarem sobre o novo regime alimentar descrito acima, cujo objeto era o de tornar a merda mais abundante e delicada, lhes disse que estava espantada de ver aficionados como eles ignorarem o verdadeiro segredo para obterem troços muito abundantes e delicados. Interrogada quanto a como se devia proceder, ela disse que o único meio era dar imediatamente uma leve indigestão ao sujeito, não o fazendo comer coisas contrárias ou malsãs, mas obrigando-o a comer precipitadamente fora das horas das refeições. A experiência foi tentada logo naquela noite: foram despertar Fanny, de quem ninguém quis naquela noite e que fora dormir depois do jantar, obrigaram-na a comer imediatamente quatro biscoitos enormes, e na manhã seguinte, ela forneceu um dos maiores e mais bonitos troços que já haviam obtido. Adotaram, portanto, esse sistema, com a condição, entretanto, de não dar pão, que Duclos aprovou e que somente podia melhorar os frutos que o outro segredo produziria. Não se passou um dia sem que dessem, assim, meias indigestões a essas moças e a esses lindos mocinhos, e não se pode imaginar o que com isso obtiveram. Digo isso de passagem, de modo que se algum amador quiser usar esse segredo, ele se convença de que certamente não existe nenhum melhor. O resto da noite não tendo produzido nada de extraordinário, foram dormir para melhor poder preparar, no dia seguinte, as núpcias brilhantes de Colombe e Zelamir, que deviam formar a celebração da festa da terceira semana.

VIGÉSIMO PRIMEIRO DIA

Desde cedo, ocuparam-se com essa cerimônia, segundo o costume, mas, não sei dizer se de propósito ou não, a jovem esposa foi encontrada culpada de manhã: Durcet garantiu que encontrara merda em seu penico. Ela negou veementemente, disse que, para fazê-la punir, a velha viera fazer isso, e que elas eram frequentemente vítimas desses embustes quando os senhores queriam puni-las: por mais que falasse, não foi escutada, e como seu maridinho já estava na lista, divertiram-se muito com o prazer de corrigir ambos. Entretanto, os jovens esposos foram levados com toda a pompa, depois da missa, ao grande salão de companhia onde a cerimônia devia se completar antes da hora da refeição. Ambos tinham a mesma idade e entregaram a moça nua a seu marido, permitindo-lhe fazer com ela tudo o que gostaria. Nada mais eloquente que o exemplo; e era impossível receber um pior e mais contagioso. Assim, o jovem pulou de vez sobre sua pequena mulher, e como estava de pau muito duro, embora ainda não esporrasse, ele teria inevitavelmente enfiado nela; mas embora a brecha teria sido mínima, os senhores punham toda sua glória para que nada alterasse essas tenras flores que queriam colher sozinhos. Por esse motivo, o Bispo, cortando o entusiasmo do jovem, tirou proveito para si mesmo da ereção e o mandou pôr na sua bunda a ferramenta muita bonita e já muito formada com a qual Zelamir queria foder sua jovem metade. Que diferença para esse moço! E que distância entre a bunda muito ampla do velho Bispo e a jovem cona estreita de uma virgenzinha de treze anos! Mas tratava-se de pessoas com as quais não se podia raciocinar. Curval apoderou-se de Colombe que fodeu nas coxas pela frente, enquanto lambia seus olhos, sua boca, suas narinas e todo seu rosto. Alguém sem dúvida lhe prestou alguns serviços enquanto isso, pois ele esporrou, e Curval não era um homem que perdia sua porra por causa de tais ninharias. Almoçaram; os dois esposos foram admitidos para o café como o haviam sido para a refeição, café que, naquele dia, era servido pela elite dos sujeitos, isto é, Augustine, Zelmire, Adônis e Zéfiro. Curval, que queria ficar de pau duro de novo, quis absolutamente ter merda, e Augustine lhe soltou o mais belo troço que se pudesse fazer. O Duque se fez chupar por Zelmire; Durcet, por Colombe; e o Bispo, por Adônis. Este último cagou na boca de Durcet, após terminar com o Bispo. Mas nada de porra; ela se tornava rara: ninguém se poupara desde o começo, e como sentiam que teriam uma extrema necessidade dela no fim, pouparam-se. Passaram ao salão de histórias, onde a bela Duclos, convidada a mostrar seu traseiro antes de começar, o expôs libertinamente aos olhos da assembleia e retomou assim o fio de seu discurso:

"Mais um traço de meu caráter, senhores", disse essa bela moça, "depois do qual, tendo-o revelado o bastante, podereis julgar o que dele vos esconderei a partir do que dele vos disse, e me dispensar de falar mais de mim. A mãe de Lucile acabara de cair numa miséria pavorosa e, pelo maior acaso do mundo essa encantadora moça, que nunca mais tivera notícias dela desde que fugira de sua casa, ficou sabendo de seu infeliz desamparo. Uma de nossas alcoviteiras, à espreita de uma moça que um de meus clientes me pedia do mesmo gênero que a que havia fornecido ao marquês de Mesanges, isto é, para eu vender e nunca mais ouvir falar dela, uma de nossas alcoviteiras, digo, veio me relatar, enquanto eu estava na cama com Lucile, que encontrara uma mocinha de quinze anos, muito certamente donzela, extremamente linda, e que parecia, dizia, como duas gotas de água, com a senhorita Lucile, mas que se encontrava num tal estado de miséria que seria preciso guardá-la alguns dias para engordá-la antes de vendê-la. Descreveu então a velha mulher com quem a encontrara e o estado de indigência pavoroso em que se encontrava essa mãe. Com esses traços, o detalhe da idade e do rosto, e tudo o que dizia respeito à criança, Lucile teve um pressentimento secreto de que podia muito bem se tratar de sua mãe e de sua irmã: sabia que deixara esta com pouca idade com sua mãe, quando de sua fuga, e pediu-me permissão para ir confirmar suas suspeitas. Meu espírito infernal sugeriu-me aqui um horrorzinho cujo efeito abrasou tão prontamente meu físico que, mandando nossa alcoviteira sair logo e não conseguindo acalmar o abrasamento de meus sentidos, comecei por pedir a Lucile que me masturbasse. A seguir, parando em meio à operação: 'O que queres ir fazer na casa dessa velha', lhe disse, 'e qual é teu desígnio?'. 'Ei!, mas', disse Lucile, que ainda não ganhara meu coração, longe disso... 'aliviá-la, se puder, principalmente se for a minha mãe.' 'Imbecil', disse-lhe empurrando-a para longe, 'vai, vai sacrificar sozinha a teus indignos preconceitos populares, e perca, por não ousar enfrentá-los, a melhor oportunidade de irritar teus sentidos com um horror que te fará esporrar por dez anos!' Espantada, Lucile me olhava e vi bem, então, que precisava lhe explicar uma filosofia que ela estava longe de entender. Assim fiz e lhe fiz compreender o quanto são vis os vínculos que nos amarram aos autores de nossos dias; demonstrei-lhe que uma mãe, por nos ter carregado em seu seio, em vez de merecer algum reconhecimento nosso, apenas merecia ódio, uma vez que, pelo seu único prazer, e com o risco de nos expor a todas as desgraças que podiam nos atingir no mundo, ela nos tinha, entretanto, dado à luz na única intenção de satisfazer sua brutal lubricidade. Acrescentei a isso tudo o que se podia dizer para escorar esse sistema que o bom-senso dita, e que o coração aconselha quando não está absorto pelos preconceitos da infância. 'E que importa', acrescentei, 'se essa criatura está feliz ou não? Sentes algo em razão de sua situação? Afasta esses vínculos vis de que acabo de te demonstrar o absurdo, e isolando então inteiramente essa criatura, separando-a completamente de ti, verás que não apenas seu infortúnio deve ser-te indiferente, mas ainda que pode se tornar muito voluptuoso redobrá-lo. Pois, afinal, deves-lhe ódio, isso está demonstrado, e te vingas; cometes o que os tolos chamam de má ação, e sabes o império que o crime sempre teve sobre os sentidos. Eis, portanto, dois motivos de prazer nos ultrajes que quero que lhe faças: as delícias da vingança, e as que se prova sempre que se faz o mal.' Quer eu tenha empregado com Lucile mais eloquência do que aqui para vos narrar o fato, quer seu espírito, já muito libertino e muito corrompido, avisou imediatamente seu coração da volúpia de meus princípios, ela os apreciou, e vi suas lindas bochechas colorirem-se com essa chama libertina que nunca deixa de aparecer cada vez que se rompe um freio. 'Pois bem!', disse-me, 'o que se deve fazer?' 'Divertirmo-nos com isso', disse, 'e ganhar dinheiro. Quanto ao prazer, está certo, se adotas meus princípios; quanto ao dinheiro, também está certo, uma vez que posso usar tanto tua velha mãe quanto tua irmã para dois encontros diferentes que se tornarão muito lucrativos.' Lucile aceitou, e masturbei-a para incitá-la melhor ainda ao crime, e não nos ocupamos mais senão dos arranjos. Começarei por detalhar-vos o primeiro plano, uma vez que se encaixa na classe dos gostos que me cabe contar-vos, embora eu o desloque ligeiramente de seu lugar para seguir a ordem dos acontecimentos, e quando ficareis sabendo dessa primeira parte de meus projetos, logo os informarei a respeito da segunda."

"Havia um homem, na sociedade, muito rico, com muito crédito e de um desregramento de espírito que ultrapassava tudo o que se poderia dizer. Como apenas o conhecia com o título de conde, achareis bom, por mais que conhecesse seu nome, que eu apenas o designe por esse título. O conde estava na plena força das paixões, com mais de trinta e cinco anos, sem fé, sem lei, sem deus, sem religião, e dotado sobretudo, como vós, senhores, de um invencível horror pelo que se chama do sentimento de caridade; dizia ser acima de suas forças compreendê-lo, e não admitia que se pudesse imaginar ultrajar a natureza a ponto de perturbar a ordem que esta colocara nas diferentes classes de seus indivíduos, elevando um por socorros no lugar do outro, e usando para esses socorros absurdos e revoltantes somas muito mais agradavelmente empregadas em seus prazeres. Imbuído desses sentimentos, ele não se limitava a isso; não só encontrava um gozo real ao recusar socorros, mas até melhorava esse gozo por ultrajes ao infortúnio. Uma de suas volúpias, por exemplo, consistia em mandar buscar cuidadosamente aqueles abrigos tenebrosos, em que a indigência faminta come como pode um pão regado com suas lágrimas e ganho com seu trabalho. Ficava de pau duro ao ir não apenas gozar da amargura de tais choros mas até... mas até ao redobrar sua fonte e arrancar, quando podia, o infeliz suporte dos dias desses desgraçados. E esse gosto, não era uma fantasia, era um furor; não conhecia, dizia ele, delícias mais vivas, e nada podia melhor irritar, inflamar sua alma do que esse excesso. Um dia, garantiu-me que isso não era o fruto da depravação: tinha essa extraordinária mania desde a infância, e seu coração, perpetuamente endurecido contra os acentos queixosos do infortúnio, nunca concebera sentimentos mais doces. Como é essencial que conheçais o sujeito, é preciso antes que saibais que esse mesmo homem tinha três paixões diferentes: a que irei vos contar, uma que a Martaine vos explicará, lembrando-vos dele, pelo seu título, e outra mais atroz ainda que Desgranges vos reservará sem dúvida para o fim de seus relatos, como uma das mais fortes que, provavelmente, tenha para vos narrar. Mas comecemos pela que me diz respeito. Logo que fui avisar o conde da existência do abrigo desafortunado que havia descoberto, e do que continha, ele ficou arrebatado de alegria. Mas, como negócios da maior importância para sua fortuna e sua carreira, que desprezava tanto menos que via nela uma espécie de escora a seus desregramentos, como disse, seus negócios iam ocupá-lo por quase quinze dias, e como não queria perder a mocinha, preferiu perder algo do prazer que essa primeira cena prometia, e garantir a segunda. Em consequência, ordenou-me mandar raptar a criança na hora a qualquer preço que fosse, e mandar remetê-la ao endereço que me indicou. E para não vos manter muito mais tempo em suspenso, senhores, esse endereço era o de Desgranges, que o fornecia para essas terceiras orgias secretas. Em seguida, marcamos um dia. Até lá, fomos encontrar a mãe de Lucile, tanto para preparar o reencontro com sua filha como para achar um meio de raptar sua irmã. Lucile, bem instruída, apenas reencontrou sua mãe para insultá-la, dizer-lhe que por sua causa ela caíra na libertinagem, e mil outros discursos semelhantes que dilaceraram o coração dessa pobre mulher e estragaram todo o prazer que teve em reencontrar sua filha. Acreditei, nesse começo, encontrar nossa trama, e ressaltei para a mãe que, tendo retirado sua filha mais velha da libertinagem, oferecia-me para dela retirar a segunda. Mas o ardil não funcionou; a infeliz chorou e disse que por nada no mundo se lhe arrancaria o único socorro que lhe restava na sua segunda filha; que ela era velha, enferma, que recebia cuidados dessa criança, e que privá-la dela significaria arrancar sua vida. Aqui, confesso por minha vergonha, senhores, que senti um pequeno movimento no fundo de meu coração que me indicou que minha volúpia cresceria com o refinamento de horror que eu ia, nesse caso, pôr no meu crime, e tendo avisado a velha que, dentro de poucos dias, sua filha tornaria a visitá-la com um homem de posses que poderia lhe prestar grandes serviços, retiramo-nos, e eu não me ocupei senão em empregar meus truques corriqueiros para me apoderar dessa moça. Eu a havia examinado bem, ela valia a pena: quinze anos, um belo porte, uma pele muito linda e traços muito bonitos. Três dias depois, ela chegava, e depois de tê-la examinado por todas as partes de seu corpo e nada ter encontrado que não fosse muito encantador, muito rechonchudo e muito saudável, apesar da má comida a que esteve condenada havia muito tempo, eu a mandei à senhora Desgranges, com quem tinha comércio pela primeira vez na minha vida. Nosso homem acabou voltando de seus negócios; Lucile o levou para ver a sua mãe, e aqui começa a cena que hei de vos descrever. Acharam a velha mãe em sua cama, sem fogo, embora em meio a um inverno muito frio; perto de sua cama, havia uma vasilha de madeira que continha um pouco de leite no qual o conde mijou assim que entrou. Para evitar toda espécie de confusão e tornar-se dono do retiro, o conde tinha pagado dois marotos fortes para ficar na escadaria e se oporem à força a toda subida ou descida despropositada. 'Velha safada', disse-lhe o conde, 'viemos aqui com tua filha que aqui está, e que, meu Deus, é uma puta muito linda; viemos, velha bruxa, aliviar teus males, mas é preciso que os retrate para nós. Vamos', disse sentando-se e começando a apalpar as nádegas de Lucile, 'vamos, detalha-nos teus sofrimentos.' 'Infelizmente!', disse a boa mulher, 'venhais com essa patifa antes para insultá-los do que para aliviá-los'. 'Tratante!', disse o conde, 'ousas insultar tua filha? Vamos', disse levantando-se e arrancando a velha de seu grabato, 'fora da cama já, e pede-lhe desculpas de joelhos pelo insulto que acabas de lhe fazer.' Não havia como resistir. 'E vós,

Lucile, levantai vossas saias, fazei vossa mãe beijar vossas nádegas, que eu me certifique de que as beija mesmo e que a reconciliação se restabeleça.' A insolente Lucile esfregou sua bunda no velho rosto de sua pobre mãe, cobrindo-a de insultos. O conde deixou a velha se deitar de novo, e recomeçou a conversa: 'Repito', continuou ele, 'que se me narrais todas vossas dolências, eu as aliviarei'. Os infelizes acreditam em tudo o que se lhes diz, adoram se queixar; a velha disse tudo o que sofria, e queixou-se sobretudo amargamente do rapto de sua filha, acusando vivamente Lucile de saber onde esta se encontrava, uma vez que a dama com quem viera visitá-la, havia pouco, propusera tomar cuidado dela, e disso deduzia, com bastante razão, que aquela dama a raptara. Entretanto, o conde, diante da bunda de Lucile, a quem mandara tirar as saias, beijando de vez em quando essa bela bunda e masturbando a si mesmo, escutava, interrogava, pedia detalhes, e regulava todas as titilações de sua pérfida volúpia sobre as respostas que obtinha. Mas quando a velha disse que a ausência de sua filha que lhe dava o sustento com seu trabalho ia conduzi-la lentamente ao túmulo, uma vez que tudo lhe faltava e apenas vivia, havia quatro dias, daquele resto de leite que acabaram de lhe estragar: 'pois bem!, safada', disse lançando sua porra sobre a velha e continuando a apertar fortemente as nádegas de Lucile, 'Pois bem!, puta, baterás as botas, o infortúnio não será tão grande'. E acabando de soltar seu esperma: 'se isso acontecer, apenas terei um único arrependimento, o de não ter apressado esse momento eu mesmo'. Mas tudo ainda não estava dito, o conde não era um homem a se apaziguar com um esporro. Lucile, que tinha seu papel, cuidou, assim que ele acabara, de impedir que a velha visse suas manobras, e o conde, xeretando por todo canto, apoderou-se de uma taça de ouro, único resto do pequeno bem-estar que a infeliz tivera outrora, e a colocou em sua bolsa. Esse redobramento do ultraje tendo-o feito ficar de pau duro de novo, tirou novamente a velha da cama, despiu-a, e ordenou que Lucile o masturbasse sobre o corpo murcho da velha matrona. Mais uma vez ela teve de se entregar, e o celerado lançou sua porra sobre essa carne velha, redobrando suas injúrias e dizendo àquela pobre infeliz que ela podia ter certeza de que ele não pararia por aí, e que ela logo teria notícias dele e de sua filhinha que ele lhe anunciou encontrar-se em seu poder. Ele conseguiu este último esporro com transportes de lubricidade vivamente acesos pelo que sua pérfida imaginação já lhe deixava conceituar de horrores para toda essa infeliz família, e saiu. Mas para não ter mais de voltar a esse caso, escutai, senhores, até que ponto levei minha perversidade. Vendo que podia confiar em mim, o conde me informou da segunda cena que preparava para essa velha e sua filhinha; disse-me que precisava mandar raptá-la imediatamente, e que, ademais, como queria reunir toda a família, eu também devia lhe ceder Lucile cujo belo corpo o tinha vivamente emocionado, e da qual não me escondia projetar a perda, assim como das outras duas. Eu amava Lucile, mas amava o dinheiro mais ainda; ele pagava um preço altíssimo por essas três criaturas, consenti com tudo. Quatro dias depois, Lucile, sua irmãzinha e sua velha mãe foram reunidas: caberá à senhora Desgranges contar-vos como. No que me diz respeito, retomo o fio de meus relatos interrompidos por essa anedota, que deveria ter vos narrado apenas no final de meus relatos, como uma das minhas mais fortes."

"Um momento", disse Durcet. "Não consigo escutar essas coisas e ficar de sangue frio; elas têm um império sobre mim que dificilmente se retrataria. Estou segurando minha porra desde o meio do relato, achai bom que a perca." E lançando-se em seu gabinete com Michette, Zelamir, Cupido, Fanny, Thérèse e Adélaïde, ouviram-no berrar após alguns minutos, Adélaïde voltou chorando e dizendo que era muito infeliz por inflamarem a cabeça de seu marido com relatos como aqueles, e que cabia àquela que os narrava tornar-se vítima ela mesma. Enquanto isso, o Duque e o Bispo não perderam seu tempo, mas a maneira como operaram sendo ainda entre as que as circunstâncias nos obrigam a velar, pedimos que nossos leitores achem bom que fechemos a cortina e passemos logo aos quatro relatos que restavam a Duclos para terminar sua vigésima primeira noite.

"Oito dias depois da partida de Lucile, lidei com um devasso dotado de uma mania bastante prazerosa. Avisada com vários dias de antecedência, deixara acumular na minha latrina um grande número de troços, e solicitei que algumas de minhas moças acrescentassem mais ainda. Nosso homem chegou, vestido de Savoyard; era de manhã, varreu meu aposento, apossou-se do pote da latrina, subiu até o lugar de esvaziá-lo (o que, diga-se de passagem, o ocupou por muito tempo); voltou, mostrou-me com que cuidado o limpara e me pediu seu pagamento. Avisada do cerimonial, voei sobre ele com o cabo de vassoura na mão. 'Teu pagamento, celerado?', disse-lhe, 'toma, aqui está o teu pagamento!' Dei-lhe pelo menos uma dúzia de pancadas. Ele quis fugir, segui-o, e o libertino, cujo momento chegara, esporrou por toda a escada berrando com toda a força que o estavam estropiando, que o estavam matando, e que estava na casa de uma patifa, e não na casa de uma honesta mulher, como acreditara."

"Outro queria que lhe insinuasse no canal da uretra um pauzinho cheio de nós que levava para esse fim num estojo; precisava chocalhar vivamente o pauzinho e enfiá-lo em três polegadas, e com a outra mão masturbar-lhe o pau com a cabeça descoberta; na hora de seu esporro, retirava-se o pauzinho, levantava-se a parte dianteira das saias para ele esporrar na moita."

"Um padre, que eu vi seis meses depois, queria que eu deixasse gotejar cera de vela ardente sobre seu pau e seus colhões; ele esporrava apenas com essa sensação e sem que fosse necessário tocá-lo; mas nunca ficava de pau duro, e para que sua porra jorrasse, precisava que tudo fosse inteiramente recoberto de cera e não apresentasse mais forma humana."

"Um amigo deste último mandava crivarem sua bunda com alfinetes de ouro, e quando seu traseiro, assim guarnecido, parecia muito mais com uma caçarola do que com uma bunda, ele se sentava para melhor sentir as picadas; era preciso, então, apresentar-lhe as nádegas muito abertas, ele se masturbava e esporrava sobre o olho do cu."

"Durcet", disse o Duque, "gostaria bastante de ver tua bela bunda carnuda assim, toda coberta de alfinetes de ouro: estou convencido que seria extremamente interessante." "Senhor Duque", disse o financista, "sabeis que há quarenta anos tenho a glória e a honra de vos imitar; tende a bondade de me dar o exemplo e garanto que o seguirei." "Renego Deus", disse Curval, "que ainda não se manifestara, como a história de Lucile me deixou de pau duro! Não é porque fiquei quieto que deixei de pensar: olhai", disse, mostrando seu pau colado ao seu ventre, "vede se vos minto. Tenho uma impaciência furiosa de conhecer o desfecho da história dessas três safadas; acredito que um mesmo túmulo vai reuni-las." "Devagar, devagar", disse o Duque, "não vamos precipitar as coisas. Porque estais de pau duro, senhor Presidente, gostaríeis que falássemos logo em roda e em forca; pareceis muito com as pessoas de vossa casta, cujo pau, dizem, sobe sempre que condenam à morte." "Deixemos de lado o estado e a magistratura", disse Curval. "O fato é que estou encantado com os procedimentos de Duclos, que eu a considero uma moça encantadora, e que sua história do conde me deixou num estado pavoroso, num estado em que acredito que teria muito prazer em ir até a estrada parar e assaltar um coche." "É preciso pôr ordem nisso tudo, Presidente", disse o Bispo, "senão não estaríamos mais em segurança aqui, e o mínimo que conseguirias seria condenar-nos todos à forca." "Não, vós não, mas não vos escondo que condenaria com prazer essas moças, e principalmente a senhora Duquesa, que aqui está deitada como um bezerro em meu sofá, e que, porque tem um pouco de porra modificada em seu útero, imagina que se não pode mais tocá-la." "Oh!", disse Constance, "certamente não contaria que meu estado me valesse tal respeito por parte de alguém como o senhor; sabe-se demais o quanto detestai mulheres grávidas." "Oh!, prodigiosamente", disse Curval, "é verdade." E, no seu transporte, ia cometer, acredito, algum sacrilégio neste belo ventre, quando a Duclos o segurou. "Vinde, vinde", disse ela, "senhor Presidente, uma vez que fui a causa de seu mal, quero remediá-lo." Juntos passaram à alcova do fundo, seguidos por Augustine, Hébé, Cupido e Thérèse. Não demorou muito antes que se ouvisse o Presidente bramir, e apesar de todos os cuidados de Duclos, a pequena Hébé voltou coberta de lágrimas; havia até algo mais que lágrimas, mas ainda não ousamos dizer do que se tratava; as circunstâncias não o permitem. Um pouco de paciência, amigo leitor, e logo não te esconderemos mais nada. Curval voltou ainda resmungando entre seus dentes, dizendo que todas aquelas leis impediam que se esporrasse à vontade, etc., e passaram à mesa. Depois do jantar, trancafiaram-se para as correções; naquela noite, eram pouco numerosas: apenas Sophie, Colombe, Adélaïde e Zelamir haviam sido encontrados em falta. Durcet, cuja cabeça, desde o começo da noite, estava fortemente aquecida contra Adélaïde, não a poupou; Sophie, cujas lágrimas durante o relato da história do conde haviam sido flagradas, foi punida pelo seu primeiro delito e por este; e o pequeno casal do dia, Zelamir e Colombe, foi, diz-se, tratado pelo Duque e Curval com uma severidade que beirava a barbárie. O Duque e Curval, singularmente animados, disseram que não queriam ir deitar, e tendo mandado trazer licores, passaram a noite bebendo com as quatro narradoras e Julie, cuja libertinagem aumentava a cada dia, transformando-a numa criatura muito adorável e que merecia ser elevada à condição de objeto para o qual se tem consideração. No dia seguinte, os sete foram encontrados mortos de bêbados por Durcet que veio visitá-los; encontrou a filha nua entre o pai e o marido, numa atitude que não demonstrava nem a virtude, nem mesmo a decência na libertinagem. Em suma, para não manter o leitor em suspenso, parecia que os dois haviam gozado nela ao mesmo tempo. A Duclos, que, muito provavelmente, servira de ajudante, estava estirada, morta de bêbada perto deles, e o resto estava amontoado, num outro canto, em frente ao grande fogo que tiveram o cuidado de manter aceso a noite toda.

VIGÉSIMO SEGUNDO DIA

Resultou, dessas bacanais noturnas que fizeram, poucas coisas naquele dia; esqueceram metade das cerimônias, almoçaram em desordem, e foi apenas no café que começaram a reentender-se por gente. Era servido por Rosette e Sophie, Zelamir e Gitão. Para se recuperar, Curval mandou Gitão cagar, e o Duque engoliu o troço de Rosette; o Bispo se fez chupar por Sophie e Durcet, por Zelamir; mas ninguém esporrou. Passaram ao salão; a bela Duclos, muito abalada pelos excessos da véspera, lá se apresentou com os olhos se cerrando, e seus relatos foram tão curtos e incluíram tão poucos episódios, que escolhemos substituí-la e resumir para o leitor o que ela disse aos amigos.

Segundo o uso, ela narrou cinco paixões.

A primeira foi a de um homem que se fazia masturbar a bunda com um consolo de estanho que enchiam com água quente, e que lhe seringavam no ânus na hora de sua ejaculação, à qual chegava sozinho, sem que ninguém o tocasse.

O segundo tinha a mesma mania, mas recorria a um número bem maior de instrumentos; começava por um muito pequeno, e ia aumentando aos poucos, linha por linha, até chegar ao último cujo tamanho era enorme, e apenas esporrava com aquele.

O terceiro precisava de muito mais mistério. Logo de saída mandava colocarem um enorme na sua bunda; em seguida o retiravam; ele cagava, comia o que acabara de botar, e então chicoteavam-no. Feito isso, colocavam de volta a ferramenta no seu traseiro e retiravam-na de novo. Dessa vez, era uma puta que cagava e o chicoteava, enquanto ele comia o que ela acabara de fazer. Reenfiavam pela terceira vez a ferramenta: dessa vez, ele soltava sua porra sem que o tocassem enquanto acabava de comer o troço da moça.

No quarto relato, Duclos falou de um homem que se fazia atar todas as articulações com barbantes. Para tornar seu esporro mais delicioso, apertavam-lhe até o pescoço, e, nesse estado, ele soltava sua porra diante da bunda da puta.

E, no seu quinto, de outro que se fazia atar com força a glande com uma corda; na outra extremidade do aposento, uma moça nua passava entre suas coxas o fim da corda e o puxava até ela apresentando suas nádegas ao paciente; ele esporrava assim.

A narradora, verdadeiramente exausta uma vez cumprida sua tarefa, pediu permissão para se retirar; foi-lhe concedida. Brejeiraram mais alguns instantes antes de passarem à mesa, mas tudo ainda se ressentia da desordem de nossos dois atores principais. Também foram tão comportados durante as orgias quanto tais libertinos podem ser, e todo mundo foi para sua cama bastante tranquilo.

VIGÉSIMO TERCEIRO DIA

"Será possível alguém bramir, será possível alguém berrar como fazes quando esporras!", disse o Duque a Curval, assim que se encontraram no dia vinte e três de manhã. "Quem diabos te deixou tão irritado a ponto de gritar de tal modo? Nunca vi ninguém esporrar com tanta violência." "Ah!, por Deus", disse Curval, "justo tu, que ouvimos num raio de uma légua, me censuras por isso! Aqueles gritos, meu amigo, vêm da extrema sensibilidade da organização: os objetos de nossas paixões dão uma comoção tão viva ao fluido elétrico que corre em nossos nervos, o choque recebido pelos espíritos animais que compõem esse fluido tem um tal grau de violência que toda a máquina se vê abalada, e que não somos mais capazes de reter nossos gritos com essas sacudidas terríveis do prazer do que o seríamos com as poderosas emoções da dor." "Isso é muito bem definido. Mas qual era o delicado objeto que assim colocava teus espíritos animais em vibração?" "Estava chupando violentamente o pau, a boca e o olho do cu de Adônis, meu companheiro de cama, desesperado por ainda não poder fazer muito mais com ele, enquanto Antínoo, ajudado por vossa cara filha Julie, trabalhavam, cada um no seu gênero, a fazer evacuar esse licor cujo escoamento propiciou os gritos que ecoaram em vossos ouvidos." "De modo que hoje", continuou o Duque, "estais exausto." — "Nada disso", disse Curval. "Se vos dignardes a me acompanhar e me fizerdes a honra de examinar-me, vereis que me comportarei no mínimo tão bem quanto vós." Estavam nesses discursos, quando Durcet veio dizer que o desjejum era servido. Passaram ao aposento das moças, onde viram as oito encantadoras pequenas sultanas nuas apresentarem xícaras e café com água. O Duque perguntou então a Durcet, o diretor do mês, por que servir café com água, de manhã. "Pode ser com leite quando quiserdes", disse o financista. "Assim quereis?" "Sim", disse o Duque. "Augustine", disse Durcet, "servi leite ao senhor Duque." A moça preparada veio então colocar sua linda bundinha em cima da xícara, e derramou pelo ânus, na xícara do Duque, três ou quatro colheradas de um leite muito claro e absolutamente imaculado. Riram muito da brincadeira, e cada um pediu leite. Todas as bundas haviam sido preparadas como a de Augustine: era uma surpresa agradável que o diretor dos prazeres do mês queria oferecer a seus amigos. Fanny veio derramar leite na xícara do Bispo, Zelmire, na de Curval e Michette, na do financista; tomaram mais uma xícara, e as quatro outras sultanas vieram realizar, nessas novas xícaras, a mesma cerimônia que suas companheiras haviam feito nas primeiras. Acharam a brincadeira muito boa; aqueceu a cabeça do Bispo que quis outra coisa do que leite, e a bela Sophie veio satisfazê-lo. Embora todas estivessem com vontade de cagar, fora-lhes muito recomendado que se retivessem durante o exercício do leite, e que, nessa primeira vez, dessem apenas leite. Passaram aos rapazes: Curval fez Zelamir cagar, e o Duque, Gitão. Aos *garde-robes* da capela apenas foram dois fodedores subalternos, Constance e Rosette; esta era uma das que haviam provado, na véspera, o truque das indigestões, ela sentira tremendas dificuldades para se reter no café e então soltou o mais magnífico troço que fosse possível ver. Felicitaram Duclos pelo seu segredo, e usaram-no todos os dias, desde então, com o maior sucesso. A brincadeira do desjejum animou a conversa do almoço e fez imaginar, no mesmo gênero, coisas de que, talvez, teremos a oportunidade de falar mais adiante. Passaram ao café, servido por quatro jovens sujeitos da mesma idade: Zelmire, Augustine, Zéfiro e Adônis, os quatro com quinze anos. O Duque fodeu Augustine nas coxas, fazendo cócegas em seu ânus, Curval fez a mesma coisa com Zelmire, o Duque, com Zéfiro, e o financista fode a boca de Adônis. Augustine disse que esperava que a fizessem cagar naquele momento, e que não aguentava mais: era mais uma das que experimentaram as indigestões na véspera. Na hora, Curval estendeu seu bico, e a encantadora mocinha nele depositou um troço monstruoso que o Presidente engoliu em três bocados, não sem perder entre as mãos de Fanchon, que o chocalhava, um abundante rio de porra. "Pois bem!", disse ao Duque, "vedes que os excessos da noite não trouxeram nenhum prejuízo ao prazer do dia, e já estais para trás, senhor Duque!" "Não por muito tempo", respondeu aquele, em quem Zelmire, toda atarefada, prestava o mesmo serviço que Augustine acabara de prestar em Curval. E no mesmo instante o Duque se jogou para trás, soltou gritos, engoliu merda, e esporrou furiosamente. "Basta", disse o Bispo. "Dois de nós ao menos devem conservar suas forças para as narrações." Durcet, que não soltava porra a pedidos, como esses dois senhores, consentiu com boa vontade e, depois de um instante de sesta, foram acomodar-se no salão, onde a interessante Duclos retomou nos seguintes termos o fio de sua brilhante e lasciva história:

"Como podem, senhores", disse essa bela moça, "existir pessoas neste mundo a quem a libertinagem tenha entorpecido tanto o coração, embrutecido tanto todos os sentimentos de honra e de delicadeza, que as vemos deleitar-se e divertir-se somente com aquilo que as degrada e as avilta? Parece que apenas em meio ao opróbrio encontram seu gozo, e que este apenas pode existir para elas no que as aproxima da desonra e da infâmia. No que vou narrar-vos agora, senhores, nos diferentes exemplos que vos darei para comprovar minha asserção, não me alegais haver sensação física; bem sei que ela está presente neles, mas tenhais a perfeita certeza de que ela apenas existe, por assim dizer, em razão da poderosa escora que lhe dá a sensação moral, e que se providenciásseis a essas pessoas a mesma sensação física sem a ela acrescer tudo o que elas extraem da sensação moral, não conseguiríeis comovê-las. Vinha com muita frequência a minha casa um homem cujo nome e qualidade eu ignorava, mas que eu sabia ser, com certeza, um homem de condição. O tipo de mulher com quem eu o casava pouco lhe importava: bela ou feia, velha ou jovem, tudo lhe era indiferente; tratava-se apenas de bem desempenhar seu papel, e eis do que se tratava. Ele costumava vir de manhã, entrava como que por descuido num aposento onde estava uma moça numa cama, as saias levantadas até o meio do ventre e na posição de uma mulher que se masturba. Assim que o via entrar, a mulher, fingindo surpresa, logo se jogava ao pé da cama. 'O que vieste fazer aqui, celerado', lhe dizia. 'Quem te deu, tratante, a permissão de me perturbar?' Ele pedia desculpas, não era ouvido, e enquanto o cobria de um novo dilúvio das mais duras e mais picantes invectivas, ela voava para cima dele enchendo-o de fortes pontapés na bunda, e era-lhe muito difícil errar seu alvo, pois o paciente, longe de esquivar-se, nunca deixava de se virar para apresentar seu traseiro, embora desse a impressão de evitar e querer fugir. Os golpes redobravam, implorava piedade; as pancadas e os palavrões eram as únicas respostas que recebia; e assim que se sentia suficientemente excitado, sacava prontamente seu pau de um calção que, até aquele instante, mantivera cuidadosamente abotoado e, com três ou quatro punhetadas ligeiras, esporrava enquanto batia asas sob as invectivas e as pancadas que continuavam."

"Um segundo, quer mais duro, quer mais acostumado a esse tipo de exercício, apenas queria proceder com um grosseirão ou um mariola que contava seu dinheiro. O libertino entrava furtivamente, o grosseirão gritava: 'ladrão, ladrão'; a partir daquele momento, como com o precedente, choviam pancadas e palavrões, mas com essa diferença, que aquele, mantendo sempre seu calção abaixado, queria receber em cheio e no meio das nádegas nuas as pancadas que lhe aplicavam, e precisava que o agressor usasse grossos sapatos ferrados cheios de lama. No momento de seu esporro, aquele não se esquivava; plantado, seus calções bem abaixados, no meio do aposento, sacudindo-se com toda sua força, afrontava as pancadas de seu inimigo, e, nesse último instante, desafiava-o de lhe fazer pedir clemência, insultando-o por sua vez e jurando que estava morrendo de prazer. Quanto mais o homem que eu fornecia àquele era torpe, quanto mais era vinculado ao povão e quanto mais seus sapatos eram grosseiros e sujos, mais o enchia de volúpia; eu devia ter, para esses refinamentos, os mesmos cuidados que seriam precisos empregar, com outro homem, para maquiar e embelezar uma mulher."

"Um terceiro queria encontrar-se no que, numa casa, se chama de serralho, no momento em que dois homens, pagos e postados de propósito, começavam a discutir. Voltavam-se contra ele, ele implorava piedade, caía de joelhos, não o escutavam; um dos dois campeões voava logo sobre ele e o enchia de bengaladas até chegarem na entrada de um aposento preparado e no qual ele se safava; lá, uma moça o recebia, o consolava, o acariciava como se faria com uma criança que vem pedir colo, levantava suas saias, mostrava-lhe o traseiro, e o libertino esporrava em cima."

"Um quarto exigia os mesmos preliminares, mas, assim que as bengaladas começavam a chover nas suas costas, masturbava-se diante de todo mundo. Então suspendiam um instante a última operação, embora as bengaladas e as invectivas continuassem, para em seguida, assim que o viam animar-se e que sua porra estava prestes a sair, abrirem uma janela, apanhavam-no pelo meio do corpo e lançavam-no do outro lado sobre um estrume preparado de propósito, o que lhe valia uma queda, quando mais, de uns seis pés. Este era o momento de seu esporro; seu moral estava excitado pelos preparativos que antecederam, e seu físico apenas o era pelo impulso da queda, e era apenas no estrume que sua porra corria. Ele não reaparecia mais; uma pequena porta da qual ele tinha a chave ficava lá em baixo, e ele sumia imediatamente."

"Um homem, pago para isso e vestido de arruaceiro, entrava repentinamente no aposento em que o homem que nos fornecerá o quinto exemplo encontrava-se trancafiado com uma moça, cujo traseiro beijava à espera da execução. O arruaceiro, voltando-se contra o freguês, perguntava-lhe insolentemente, ao arrombar a porta, com que direito ele usava assim sua amante e, empunhando sua espada, pedia-lhe para se defender. Constrangidíssimo, o freguês caía de joelhos, pedia perdão, beijava o chão, beijava os pés de seu inimigo, jurava-lhe que podia retomar sua amante, que ele não queria brigar por uma mulher. O arruaceiro, que as molezas de seu adversário tornavam mais insolente, ficava bem mais imperioso: tratava seu inimigo de covarde, de sonso, de imprestável, e ameaçava retalhar seu rosto com a lâmina de sua espada. Quanto mais um se tornava mau, mais o outro se humilhava. Finalmente, após alguns instantes de debate, o agressor oferecia uma saída a seu inimigo: 'Bem vejo que és um sonso', dizia-lhe. 'Perdoo-te, mas com a condição que beijes minha bunda.' 'Oh! senhor, tudo o que quiserdes', dizia o outro, encantado. 'Eu a beijaria até merdosa, se assim quiserdes, contanto que não me façais mal algum.' O arruaceiro, colocando sua espada de volta na bainha, expunha na hora seu traseiro; feliz demais, o freguês voava nele com entusiasmo, e enquanto o moço lhe soltava meia dúzia de peidos no nariz, o velho devasso, no cúmulo de sua alegria, soltava porra morrendo de prazer."

"Todos aqueles excessos se concebem", disse Durcet gaguejando (porque o libertino estava de pau muito duro com o relato dessas torpezas). "Nada mais simples do que gostar de aviltamento e conseguir gozos no desprezo. Aquele que ama com ardor as coisas que desonram encontra prazer em ser aviltado e deve ficar de pau duro quando lhe dizem que é aviltado. A torpeza é um gozo muito conhecido por certas almas; amam ouvir dizer o que amam merecer, e é impossível saber até que ponto pode chegar neste quesito o homem que não cora mais por nada. Como a história de certos doentes que se comprazem em seu cacoquismo[44]." "Tudo isso é questão do cinismo", disse Curval enquanto manuseava as nádegas de Fanchon. "Quem não sabe que a própria punição produz entusiasmos? E já não se viram pessoas ficarem de pau duro enquanto eram publicamente desonradas. Todo mundo conhece a história do marquês de... que, assim que ficou sabendo da sentença de que seria queimado em efígie, sacou o pau de seu calção e gritou: 'Porra de Deus! Estou no ponto que desejava, eis-me coberto de opróbrio e de infâmia; deixai-me, deixai-me, preciso esporrar!'. O que fez na mesma hora." "Esses são fatos", disse então o Duque, "mas explicai-me sua causa." "Ela está em nosso coração", retomou Curval. "Uma vez que o homem se degradou, se aviltou por excessos, sua alma adquire uma espécie de feição viciosa da qual nada mais pode tirá-la. Em qualquer outro caso, a vergonha serviria de contrapeso aos vícios aos quais seu espírito lhe aconselharia entregar-se, mas neste caso, isso não é mais possível: é aquele primeiro sentimento que ele apagou, é o primeiro que baniu para longe de si; e do estado em que se encontra quem não se envergonha mais, ao gostar de tudo o que faz envergonhar-se, apenas há um passo. Tudo o que afetava desagradavelmente, ao encontrar uma alma diferentemente preparada, se metamorfoseia então em prazer, e, a partir daquele momento, tudo o que lembra o novo estado que se adotou apenas pode ser voluptuoso." "Mas que caminho é preciso ter trilhado no vício para ali chegar!", disse o Bispo. "Concordo", disse Curval, "mas essa estrada se faz imperceptivelmente, apenas a seguimos num mar de rosas; um excesso leva ao outro; a imaginação, sempre insaciável, nos leva logo ao último termo, e como apenas seguiu seu curso endurecendo o coração, assim que chega ao alvo, esse coração, que costumava conter algumas virtudes, já não reconhece mais nenhuma. Acostumado com coisas mais vivas, ele se livra prontamente das primeiras impressões moles e sem doçura que o inebriavam até então, e como pressente que a infâmia e a desonra vão constituir a sequência de seus novos movimentos, para não ter de teimá-las, começa por familiarizar-se com elas. Mal as acariciou, e já as ama, porque se devem à natureza de suas novas conquistas, e ele não muda mais." "Eis, portanto, o que torna a correção tão difícil", disse o Bispo. "Diga impossível, meu amigo. Como as punições infligidas àquele que quereis corrigir conseguiriam convertê-lo, uma vez que, salvo algumas privações, o estado de aviltamento que caracteriza aquele em que o colocais ao puni-lo agrada-o, diverte-o, deleita-o, e que ele goza por dentro de si mesmo por ter ido longe o bastante para merecer ser tratado assim?" "Oh!, que enigma é o homem!", disse o Duque. "Sim, meu amigo", disse Curval. "Isso levou um homem de muito espírito a dizer que era melhor enrabá-lo do que compreendê-lo." E como o jantar veio interromper nossos interlocutores, passaram à mesa sem nada ter feito da noite. Mas Curval, na sobremesa, de pau duro como um diabo, declarou que queria arrebentar um cabaço, nem que tivesse de pagar vinte multas, e apoderando-se logo de Zelmire que lhe era destinada, ia arrastá-la para a alcova, quando os três amigos intervieram e suplicaram que se submetesse ao que ele mesmo havia prescrito, e que, uma vez que eles, que tinham no mínimo tanta vontade de infringir essas leis quanto ele, a elas se submetiam, ele devia pelo menos imitá-los, nem que fosse por complacência. E como haviam imediatamente mandado chamar Julie de quem ele gostava, esta se apoderou dele com a Champville e Quebra-cu, e todos passaram ao salão, onde os outros amigos, juntando-se logo a eles para começar as orgias, os encontraram entretendo-se, e Curval acabou soltando sua porra, em meio às mais lúbricas posturas e aos episódios mais libertinos. Nas orgias, Durcet mandou as velhas lhe darem duzentos ou trezentos pontapés na bunda; o Bispo, o Duque e Curval o imitaram com os fodedores. Ninguém, antes de ir deitar, foi isento de perder mais ou menos porra, segundo a faculdade que recebera da natureza. Como se temia algum novo retorno da fantasia defloradora que Curval acabara de anunciar, cuidaram de mandar as velhas deitarem no aposento das moças e dos rapazes. Mas esse cuidado não foi necessário; e Julie, que dele se apoderou a noite toda, o devolveu à sociedade, no dia seguinte, tão macio quanto uma luva.

VIGÉSIMO QUARTO DIA

A devoção é uma verdadeira doença da alma; por mais que se faça, ninguém se corrige dela. Com mais facilidade para se impregnar na alma dos infelizes, porque os consola, porque lhes oferece quimeras para consolá-los de seus males, ela se torna bem mais difícil ainda de extirpar dessas almas do que de outras. Este era o caso de Adélaïde: quanto mais o quadro da devassidão e da libertinagem se desenrolava sob seus olhos, mais ela se entregava nos braços daquele Deus consolador que ela esperava ter, um dia, como libertador dos males, os quais via bem demais a que sua infeliz situação ia levá-la. Ninguém melhor do que ela percebia seu estado; seu espírito lhe prenunciava perfeitamente tudo o que havia de seguir o funesto começo de que já era vítima, embora ainda apenas de leve; ela compreendia maravilhosamente bem que à medida que os relatos se tornassem mais fortes, os procedimentos dos homens para com suas companheiras e ela também se tornariam mais ferozes. Tudo isso, por mais que a ameaçassem, fazia com que buscasse avidamente a companhia de sua cara Sophie. Não ousava mais ir vê-la de noite; já haviam percebido claramente suas manobras, e tomaram medidas demais contra a possibilidade de essa afronta ocorrer de novo, mas assim que vislumbrava uma oportunidade, voava até ela; nessa mesma manhã cujo relato estamos escrevendo, tendo levantado muito cedo de perto do Bispo com quem havia se deitado, viera ao aposento das moças conversar com sua cara Sophie. Durcet que, por causa das funções de seu mês, também se levantava mais cedo que os outros, lá a encontrou, e lhe disse que não havia como ele não relatar o fato, e que a sociedade decidiria sobre o caso a seu bel-prazer. Adélaïde chorou, essa era sua única arma, e submeteu-se; a única piedade que ousou pedir a seu marido foi a de livrar Sophie da punição, esta não podia ser culpada, uma vez que fora ela, Adélaïde, quem a procurara, e não Sophie que fora ao seu aposento. Durcet disse que relataria o fato como ocorrera e que nada disfarçaria: nada mais difícil de se enternecer do que um corretor que tem o maior interesse na correção. Este era o caso; não havia ninguém mais lindo para se punir do que Sophie: por que motivo Durcet a pouparia? Reuniram-se, e o financista fez seu relato. Era uma recidiva; o Presidente relembrou que, quando oficiava no palácio de justiça, seus engenhosos confrades afirmavam que, como uma recidiva comprovava que a natureza agia num homem mais fortemente que a educação e os princípios, e como, consequentemente, ao recidivar, este atestava, por assim dizer, que não era dono de si mesmo, precisava puni-lo duplamente; ele quis raciocinar de maneira tão consequente e com tanto espírito como seus antigos condiscípulos, e declarou que, em consequência, precisava puni-las, ela e sua companheira, com todo o rigor das ordenanças. Mas como essas ordenanças previam a pena de morte para um tal caso, e que ainda tinham vontade de se divertir algum tempo com essas damas antes de chegar a esse ponto, contentaram-se em mandar chamá-las, fazê-las se ajoelhar, e ler-lhes o artigo da ordenança, para que sentissem tudo o que acabavam arriscando ao se exporem a um tal delito. Feito isso, infligiram-lhes uma penitência três vezes maior do que a que sofreram no sábado anterior; fizeram-lhes jurar que isso não ocorreria mais; afirmaram-lhes que, caso isso ocorresse de novo, usariam de todo o rigor contra elas; e inscreveram-nas no livro fatal. A inspeção de Durcet acrescentou mais três nomes: dois no aposento das moças e um no dos rapazes. Era o resultado da nova experiência das pequenas indigestões; funcionavam muito bem, mas delas resultava que essas pobres crianças, não podendo mais se reter, encontravam-se a todo momento em situação de serem punidas. Este foi o caso de Fanny e Hébé entre as sultanas, e de Hiacinto entre os rapazes: o que acharam em seus vasos era enorme, e Durcet divertiu-se por muito tempo. Nunca haviam sido pedidas tantas permissões de manhã, e todo mundo xingava Duclos por ter revelado esse segredo. Apesar da multidão de permissões pedidas, concederam-nas apenas a Constance, Hércules, dois fodedores subalternos, Augustine, Zéfiro e a Desgranges. Divertiram-se rapidamente com isso antes de passar à mesa. "Vês", disse Durcet a Curval, "o erro que cometeste ao deixar dar instrução religiosa à tua filha; agora não conseguimos mais fazê-la renunciar a essas imbecilidades: bem que te avisei, na época." "Meu Deus", disse Curval, "eu achava que conhecê-las seria para ela mais um motivo para detestá-las, e que com a idade, ela se convenceria da imbecilidade dessas infames doutrinas." "O que dizes vale para cabeças razoáveis", disse o Bispo. "Mas não serve para uma criança." "Seremos obrigados a tomar medidas violentas", disse o Duque, que bem sabia que Adélaïde o estava escutando. "Chegaremos lá", disse Durcet. "Garanto de antemão que se eu for seu único advogado, ela estará mal protegida." "Oh!, acredito, sim, senhor", disse Adélaïde chorando. "Vossos sentimentos para comigo são bastante conhecidos." "Sentimentos?", disse Durcet. "Começo, minha bela esposa, por avisar-vos que nunca tive nenhum por mulher alguma e, certamente, muito menos por vós que sois a minha do que por qualquer outra. Tenho ódio à religião assim como a todos aqueles que a praticam, e, da indiferença que sinto por vós, já aviso que passarei muito prontamente para a mais violenta aversão, se continuais a venerar infames e execráveis quimeras que sempre foram objeto de meu desprezo. É preciso ter perdido a cabeça para admitir um Deus, e ter se tornado completamente estúpido para adorá-lo. Declaro-vos, numa palavra, diante de vosso pai e desses senhores, que não haverá limites à minha reação para convosco, caso vos flagre de novo em tal erro. Precisáveis vos tornar religiosa se quisésseis adorar vosso Deus Zé porrinha; terias rezado à vontade." "Ah!", retrucou Adélaïde gemendo, "religiosa, justo Deus! Quisesse o céu que eu fosse religiosa!" E Durcet, que, naquele momento, se encontrava então em frente dela, impacientado por sua resposta, lhe jogou de lado um prato de prata no rosto, que a teria matado caso a atingisse na cabeça, pois o choque foi tão violento que se retorceu contra a muralha. "Sois uma criatura insolente", disse Curval à sua filha, que, para evitar o prato, havia se jogado entre seu pai e Antínoo. "Mereceríeis que eu vos desse cem pontapés na barriga." E arremessando-a para longe dele com um soco: "Ide de joelhos pedir desculpas a vosso marido", disse, "ou já inflingir-vos-emos a mais cruel das punições". Ela foi se jogar em prantos aos pés de Durcet, mas este, que tinha ficado de pau fervorosamente duro ao lançar o prato, e jurava que daria mil luíses para não ter errado, afirmou ser preciso aplicar imediatamente um castigo geral e exemplar, sem prejuízo do de sábado; requeria que, dessa vez, dispensassem imediatamente as crianças do café, e que essa operação substituísse a hora em que costumavam divertir-se tomando café. Todo mundo tendo consentido, Adélaïde e as duas únicas velhas, Louison e Fanchon, as mais malvadas das quatro e as mais temidas das mulheres, passaram ao salão do café. Embora as circunstâncias nos obriguem a baixar uma cortina sobre o que lá ocorreu, o que está certo é que nossos quatro heróis esporraram, e permitiram que Adélaïde fosse se deitar. Cabe ao leitor tirar suas conclusões, e achar agradável, se assim lhe convier, que o transportemos logo às narrativas de Duclos. Cada um tendo se colocado junto às esposas, exceto o Duque a quem, naquela noite, cabia Adélaïde e que mandou Augustine substituí-la, cada um, portanto, tendo-se acomodado, Duclos retomou assim o fio de sua história:

"Um dia", disse essa bela moça, "eu afirmava a uma de minhas companheiras de proxenetismo ter certamente visto, em termos de flagelações passivas, tudo o que era possível ver de mais forte, uma vez que eu tinha açoitado e visto açoitar homens com espinhos e vergalhos: 'Oh, por Deus!', disse-me ela, 'para te convencer que estás muito longe de ter visto o que há de mais forte nesse gênero, vou te mandar amanhã um de meus clientes'. E tendo me mandado avisar, de manhã, da hora da visita e do cerimonial a observar com aquele velho *fermier des postes*[45], que, lembro-me, se chamava de Grancourt, eu preparei tudo o que precisava, e esperei nosso homem; era comigo que devia lidar, a coisa fora assim arranjada. Ele chegou, e depois de nos termos trancafiado: 'Senhor', disse-lhe, 'estou desesperada com a notícia que tenho a vos comunicar, mas ei-vos prisioneiro, e não podereis mais sair daqui. Estou desesperada que o Parlamento tenha me escolhido para executar vossa sentença, mas assim o quis, e tenho sua ordem em meu bolso. A pessoa que vos mandou à minha casa atraiu-vos numa armadilha, pois sabia muito bem de que se tratava, e certamente poderia ter vos poupado esta cena. De resto, conheceis vosso caso; ninguém se entrega impunemente aos crimes negros e pavorosos que tendes cometidos, e considero-vos feliz por vos safardes por tão pouco'. Nosso homem escutara minha arenga com a maior atenção, e, assim que acabei, jogou-se em prantos aos meus pés, suplicando que o poupasse. 'Bem sei', disse, 'que fui longe demais. Ofendi poderosamente a Deus e à Justiça; mas, uma vez que a vós, minha boa senhora, confiaram minha correção, insto-vos a me poupar.' 'Senhor', disse-lhe, 'cumprirei meu dever. Quem sabe se eu mesma não estou sendo observada, e se estou livre de me entregar à compaixão que me inspirais? Despi-vos e seja dócil, é a única coisa que posso vos pedir'. Grancourt obedeceu, e, num segundo, ficou nu como veio ao mundo. Mas, meu Deus do céu! Que corpo ele oferecia à minha vista! Apenas posso compará-lo a um tafetá furta-cor. Não havia um lugar naquele corpo cheio de marcas que não arvorasse o vestígio de algum rasgo. Entretanto, tinha colocado no fogo umas disciplinas de ferro armadas de pontas agudas, que me foram mandadas de manhã com a instrução. Essa arma assassina ficou em brasa aproximadamente no mesmo momento em que Grancourt ficou nu. Dela me apoderei e, começando a flagelá-lo com elas, primeiro devagar, e cada vez mais forte até chegar à força toda, e isso indistintamente da nuca até os calcanhares, num instante deixei meu homem em sangue. 'Sois um celerado', dizia-eu enquanto batia, 'um velhaco que cometeu todas as espécies de crimes. Nada é sagrado para vós, e dizem que, ultimamente, envenenastes vossa mãe.' 'É verdade, senhora, é verdade', dizia masturbando-se, 'sou um monstro, sou um criminoso; não há infâmia que não tenha cometido e que ainda esteja disposto a cometer. Vamos, vossas pancadas são inúteis; nunca me corrigirei, sinto volúpia demais no crime; mesmo que me matasse, continuaria cometendo-o. O crime é meu elemento, é minha vida, nele vivi e nele quero morrer.' E bem percebeis o quanto, animando-me ele mesmo com esses discursos, redobrei tanto minhas invectivas como minhas pancadas. Um 'porra!' lhe escapou, entretanto, era o sinal; nessa palavra, redobrei de vigor e esforcei-me por bater nos lugares mais sensíveis. Ele saltou, pulou, escapou-me, e foi se jogar, esporrando, numa cuba de água morna preparada de antemão para purificá-lo daquela sangrenta cerimônia. Oh!, depois disso, cedei à minha companheira a honra de ter visto mais do que eu neste ponto, e acredito que podíamos mesmo dizer, então, que éramos as duas únicas em Paris a ter visto tanto, pois nosso Grancourt nunca variava, e havia mais de vinte anos que ele ia a cada três dias na casa daquela mulher executar essa operação."

"Pouco depois, essa mesma amiga me mandou outro libertino cuja fantasia, acredito, vos parecerá no mínimo tão singular. A cena se passava em sua pequena casa, no Roule. Introduziram-me num aposento bastante escuro, onde vi um homem em sua cama e, no meio do aposento, um caixão. 'Vedes', disse-me nosso libertino, 'um homem em seu leito de morte que não quis fechar os olhos sem antes prestar uma última homenagem ao objeto de seu culto. Adoro cus, e quero morrer beijando um. Assim que fechar os olhos, colocar-me-eis pessoalmente naquele caixão depois de ter me sepultado, e nele me pregareis. Minha intenção é a de morrer assim, no meio de prazer, e ser servido, neste último momento, pelo objeto mesmo de minha lubricidade. Vamos', continuou com uma voz fraca e entrecortada, 'apressai-vos, pois estou nas últimas.' Aproximei-me, e virei-me para mostrar-lhe minhas nádegas. 'Ah!, que bela bunda!', disse, 'que felicidade levar ao túmulo a ideia de um traseiro tão bonito!' E ele o manuseava, abria-o e beijava-o, como o homem com a melhor saúde do mundo. 'Ah!', disse após um instante, abandonando sua tarefa e virando-se para o outro lado, 'eu bem sabia que não gozaria muito tempo deste prazer! Estou expirando, lembrai-vos daquilo que vos recomendei.' E, ao dizer isso, soltou um forte suspiro, enrijou-se, e representou tão bem seu papel que o diabo me carregue se não acreditei que estivesse morto. Não perdi a cabeça: curiosa de ver o fim de tão prazerosa cerimônia, sepultei-o. Não se mexia mais, e quer ele tivesse um segredo para parecer assim, quer minha imaginação que ficou impressionada, mas estava rígido e frio como uma barra de ferro; apenas seu pau dava alguns sinais de vida, pois estava duro e colado contra seu ventre e gotas de porra pareciam dele se exalarem contra sua vontade. Assim que foi empacotado num lençol, levei-o, isso não era a parte mais fácil, pois a maneira como ficou rijo o tornava tão pesado como um boi. Entretanto, levei a empreitada até o fim, e estendi-o em seu caixão; assim que lá ficou, comecei a recitar o ofício dos mortos e finalmente preguei-o. Esse era o momento da crise: mal ouviu as marteladas e gritou como um furioso: 'Ah! Santo nome de Deus, estou esporrando! Fuja puta, fuja, pois se eu te pegar, estás morta'. O medo me invadiu, precipitei-me na escada, onde encontrei um serviçal ágil e a par das manias de seu mestre, que me deu dois luíses, e entrou rapidamente no aposento do paciente para livrá-lo do estado em que eu o deixara."

"Eis um gosto muito agradável", disse Durcet. "Pois bem! Curval, concebes este aí?" "Maravilhosamente bem", disse Curval, "esse personagem é um homem que quer se familiarizar com a ideia da morte, e, para tanto, não viu nada melhor do que juntá-la a uma ideia libertina. Está certíssimo que aquele homem morreu manuseando bundas." "O que está certo", disse Champville, "é que é um belo de um ímpio; conheço-o, terei a oportunidade de vos revelar como ele usa os mais santos mistérios da religião." "Há de ser", disse o Duque. "Trata-se de um homem que não se importa com nada e quer se acostumar a pensar e agir do mesmo modo em seus últimos instantes." "Quanto a mim", acrescentou o Bispo, "vejo algo muito picante nessas paixões, e não vos escondo que fiquei de pau duro. Continua, Duclos, continua, pois sinto que farei alguma besteira e não quero cometer mais nenhuma hoje."

"Pois bem", disse essa bela moça, "eis algo menos complicado: trata-se de um homem que me seguiu por mais de cinco anos pelo único prazer de se fazer costurar o olho do cu. Deitava-se de bruços numa cama, sentava-me entre suas pernas, e lá, armada de uma agulha e de meia-vara de linha encerada grossa, costurava completamente o redor de seu ânus; neste homem, a pele dessa parte era tão dura e acostumada às agulhadas, que minha operação nem lhe custava uma gota de sangue. Ele se masturbava sozinho enquanto isso, e esporrava como um diabo com a última agulhada. Uma vez sua embriaguez dissipada, desfazia prontamente minha obra e tudo estava feito."

"Outro me mandava esfregar com álcool todos os lugares de seu corpo onde a natureza tinha colocado pelos, em seguida eu acendia esse licor espirituoso, que consumia na hora todos os pelos. Ele esporrava ao ver-se em fogo enquanto eu lhe mostrava meu ventre, minha moita e o resto, pois aquele tinha o mau gosto de apenas olhar partes dianteiras."

"Ora, quem entre vós, senhores, conheceu Mirecourt, hoje em dia Presidente da *grand-chambre* e naquela época *conseiller-clerc*[46]?" "Eu", respondeu Curval. "Pois bem! Senhor", disse Duclos, "sabeis qual era e qual, que eu saiba, continuou sendo sua paixão?" "Não, mas como ele passa, ou quer se passar, por um devoto, teria muito prazer em conhecê-la." "Pois bem", retomou Duclos, "quer que o tomem por um asno." "Ah!, pela morte de Deus", disse o Duque a Curval, "meu amigo, este é um gosto de sua condição! Apostaria que, então, aquele homem acredita que vai julgar..." "Pois bem, e depois...", disse o Duque. "Depois, Monsenhor, é preciso levá-lo pelo cabresto, passear com ele assim uma hora no aposento; quando ele zurra, é preciso montá-lo e, assim que se está em cima dele, açoitar todo seu corpo com um feixe de chibatas de vime como que para apressar seu passo; ele o redobra, e como se masturba enquanto isso, assim que esporra, solta altos gritos, dá um coice, e lança a moça de pernas para o ar." "Oh!, esta", disse o Duque, "é mais divertida do que lúbrica. E diga-me, por favor, Duclos, aquele homem te disse se tinha alguma colega com o mesmo gosto?" "Sim", disse a adorável Duclos entrando com espírito na brincadeira, e descendo de seu estrado porque sua tarefa estava cumprida. "Sim, Monsenhor; disse-me que havia muitos, mas que nem todos queriam se deixar montar." A sessão estando acabada, quiseram fazer algumas besteiras antes do jantar; o Duque apertava Augustine de muito perto. "Não estranho", dizia, masturbando-lhe o clitóris e fazendo-a empunhar seu pau, "não estranho que, às vezes, Curval esteja tentado a romper o pacto e arrebentar um cabaço, pois sinto que nesse momento, por exemplo, teria muito prazer em mandar o de Augustine ao diabo." "Qual?", disse Curval. "Meu Deus, os dois", disse o Duque. "Mas precisamos nos comportar: esperando assim por nossos prazeres, torná-los-emos bem mais deliciosos. Vamos mocinha", prosseguiu, "mostrai-me vossas nádegas, talvez isso me ajude a mudar a natureza de minhas ideias... Santo Deus!, que bela bunda tem esta putinha! Curval, o que me aconselhas fazer com ela?" "Molho vinagrete", disse Curval. "Quisesse Deus!", disse o Duque. "Mas paciência... Verás que tudo virá a seu tempo." "Meu muito caro irmão", disse o prelado com a voz entrecortada, "vossos discursos sentem a porra." "É!, tenho mesmo muita vontade de perder porra." "Ei!, quem vos impede?", disse o Bispo. "Oh!, um monte de coisas", retomou o Duque. "Primeiro não há merda, como eu quereria; depois, não sei, tenho vontade de um monte de coisas." "E do quê?", disse Durcet, na boca do qual Antínoo estava cagando. "Do quê?", disse o Duque. "De uma pequena infâmia à qual é preciso me entregar." E passando na alcova do fundo com Augustine, Zélamir, Cupido, Duclos, Desgranges e Hércules, ouviram-se após um minuto gritos e xingamentos que provavam que o Duque acabara finalmente por acalmar tanto sua cabeça como seus colhões. Não se sabe ao justo o que ele fez com Augustine, mas apesar de seu amor por ela, viram-na voltar chorando com um dos dedos torcido. Sentimos muito ainda não poder explicar tudo isso, mas está certo que esses senhores, por debaixo do pano, e antes mesmo de que isso fosse permitido, entregavam-se a coisas que ainda não haviam sido narradas, e nisso, faltavam terminantemente com as convenções que haviam estabelecido; mas, quando uma sociedade inteira comete os mesmos erros, estes costumam ser perdoados. O Duque voltou, e viu com prazer que Durcet e o Bispo não perderam seu tempo, e que Curval, entre os braços de Quebra-cu, fazia deliciosamente tudo o que se pode fazer com tudo o que conseguira juntar daqueles objetos voluptuosos.

Serviram o jantar. Depois das costumeiras orgias, foram deitar-se. Por mais estropiada que estivesse Adélaïde, o Duque, a quem ela cabia naquela noite, a quis, e como ele voltara das orgias ligeiramente bêbado, segundo seu costume, dizem que não a poupou. Finalmente a noite correu como todas as anteriores, isto é em meio ao delírio e à devassidão; e a loira Aurora tendo vindo, como dizem os poetas, abrir as portas do palácio de Apolo, este deus, ele mesmo bastante libertino, apenas subiu em seu carro azulado para vir iluminar novas luxúrias.

VIGÉSIMO QUINTO DIA

Uma nova intriga configurava-se pelas caladas nos muros impenetráveis do castelo de Silling, embora não tivesse consequências tão perigosas como a de Adélaïde e Sophie. Essa nova associação se tramava entre Aline e Zelmire; a conformidade de caráter dessas duas moças ajudara muito a ligá-las: ambas eram doces e sensíveis, eram separadas, no máximo, por dois anos e meio de idade, havia muita infantilidade, muita bonomia em seu caráter... Em suma: ambas tinham quase as mesmas virtudes e quase os mesmos vícios, pois Zelmire, doce e terna, era indolente e preguiçosa como Aline. Elas combinavam tão bem que, na manhã do dia vinte e cinco, encontraram-nas na mesma cama, e eis como isso aconteceu. Zelmire, sendo destinada a Curval, dormia, como se sabe, no aposento deste; aquela mesma noite; Aline era mulher de cama de Curval; mas Curval, que voltara caindo de bêbado das orgias, não quis deitar-se senão com Vara-ao-céu, e por isso, as duas pombinhas, abandonadas e reunidas por esse acaso, acomodaram-se, por medo do frio, na mesma cama e, ali, há quem pretenda que seus dedinhos ficaram coçando outras partes do que o cotovelo. Curval, assim que abriu os olhos de manhã e viu esses dois passarinhos no mesmo ninho, perguntou-lhes o que estavam fazendo ali; ordenou-lhes para virem imediatamente à sua cama, farejou-as abaixo do clitóris, e reconheceu claramente que ambas ainda estavam cheias de porra. O caso era grave: consentiam que essas moças fossem vítimas de impudicidade, mas exigiam que houvesse decoro (o que a libertinagem não requer em suas perpétuas inconsequências!), e se aceitavam, às vezes, que fossem impuras entre elas, havia de ser por ordem dos senhores e sob seus olhos. Por este motivo, o caso foi levado ao conselho, e mandaram as duas delinquentes, que não puderam ou não ousaram negar, mostrar o que fizeram, e revelar diante de todo mundo qual era seu pequeno talento particular. Assim fizeram corando muito, chorando, e pedindo perdão por aquilo que haviam feito. Mas era doce demais ter de punir este casalzinho tão lindo, no sábado seguinte, para que imaginassem conceder-lhes clemência, e elas foram imediatamente inscritas no fatal livro de Durcet, que, diga-se de passagem, estava ficando muito agradavelmente cheio, naquela semana. Feito isso, acabaram o desjejum e Durcet fez suas inspeções. As fatais indigestões valeram mais uma delinquente: a pequena Michette; não aguentara mais, dizia, fizeram-na comer demais na véspera, e mil outras pequenas desculpas infantis que não impediram que fosse inscrita. Curval, que estava de pau muito duro, agarrou o penico e devorou tudo o que estava dentro. E jogando em seguida sobre ela olhos irados: "Oh!, sim, por Deus, pequena patifa", disse-lhe. "Oh!, sim, por Deus, sereis corrigida, e ainda por minhas próprias mãos. Não é permitido cagar assim; bastava avisar-nos, ao menos; bem sabeis que não há hora em que não estejamos dispostos a receber merda." E, enquanto lhe fazia a lição, manuseava-lhe fortemente as nádegas. Os rapazes estavam intactos; não concederam nenhuma permissão para a capela, e passaram à mesa. Raciocinou-se muito, durante o almoço, sobre a ação de Aline: acreditavam que fosse uma santinha e, de repente, sua índole veio à tona. "Pois bem, meu amigo", disse Durcet ao Bispo, "pode-se confiar na aparência das moças, hoje em dia?" Concordaram unanimemente que nada havia de mais enganador, e que, como todas eram falsas, apenas usavam seu espírito para sê-lo mais habilmente. Essas falas fizeram a conversa verter sobre as mulheres, e o Bispo, que as abominava, deu vazão a todo o ódio que lhe inspiravam; relegou-as ao estado dos mais vis animais, e provou sua existência ser tão perfeitamente inútil no mundo, que todas poderiam ser extirpadas de cima da terra sem que isso prejudicasse em nada as visadas da natureza que já encontrara, antigamente, um meio de procriar sem elas, e encontraria outro de novo, mesmo que existissem apenas homens. Passaram ao café; era servido por Augustine, Michette, Hiacinto e Narciso. O Bispo, do qual um dos maiores prazeres simples era o de chupar o pau de mocinhos, estava brincando assim havia alguns minutos com Hiacinto, quando de repente gritou ao retirar sua boca cheia: "Ah!, santo Deus, meus amigos, foi-se um cabaço! Foi a primeira vez que esse engraçadinho esporrou, tenho certeza". E, de fato, ninguém ainda vira Hiacinto chegar a esse ponto; pensavam até que fosse jovem demais para conseguir; mais ele completara quatorze, idade em que a natureza costuma agraciar-nos com seus favores, e nada era mais real do que a vitória que o Bispo imaginava ter vencido. Quiseram, entretanto, constatar o fato e, cada um querendo testemunhar a aventura, sentaram-se em meio-círculo em torno do mocinho. Augustine, a mais ilustre masturbadora do harém, recebeu ordem de bater uma punheta na criança perante a assembleia, e o moço recebeu permissão para manuseá-la e acariciar qualquer parte de seu corpo que ele desejasse: não há espetáculo mais voluptuoso do que o de ver uma moça de quinze anos, bela como a luz, prestar-se às carícias de um menino de quatorze anos e excitá-lo a esporrar pela mais deliciosa polução! Hiacinto, talvez ajudado pela natureza, mas, mais certamente ainda pelos exemplos que tinha sob seus olhos, apenas tocou, manuseou e beijou as lindas nadeguinhas de sua masturbadora, e, depois de um instante, suas lindas bochechas coraram, ele soltou dois ou três suspiros, e seu lindo pauzinho lançou a três pés dele cinco ou seis jatos de uma porrinha doce e branca como creme, que caiu na coxa de Durcet, o qual estava mais perto dele e se fazia masturbar por Narciso enquanto assistia à operação. Constatado o fato, acariciaram e beijaram a criança por todos os lados; cada um quis recolher uma pequena porção daquele jovem esperma, e como acharam que, na sua idade e por uma primeira vez, seis esporros não eram demais, aos dois que acabava de ter, nossos libertinos acrescentaram um cada, que lhes verteu na boca. O Duque tendo-se aquecido com esse espetáculo, apoderou-se de Augustine e masturbou-lhe o clitóris com a língua até que ela esporrasse duas ou três vezes, o que a pequena patifa, cheia de fogo e de índole, fez logo. Enquanto o Duque poluía Augustine assim, nada havia de mais agradável do que ver Durcet, vindo recolher os sintomas de um prazer que ele não proporcionava, beijar mil vezes essa bela criança, e engolir, por assim dizer, a volúpia que outro fazia circular em seus sentidos. Era tarde, foram obrigados a omitir a sesta e a passar ao salão de história, onde Duclos esperava havia muito tempo. Assim que todo mundo se acomodou, ela retomou o relato de suas aventuras nos seguintes termos:

"Como já tive a honra de dizer-vos, senhores, é muito difícil compreender todos os suplícios que o homem inventa contra si mesmo para reencontrar, em seu aviltamento ou em suas dores, essas centelhas de prazer que a idade ou a saciedade lhe fez perder. Acreditariam que uma pessoa dessas, homem de sessenta anos, e singularmente embotado com todos os prazeres da lubricidade, apenas os despertava em seus sentidos mandando que o queimassem com uma vela em todas as partes de seu corpo e principalmente nas que a natureza destine a esses prazeres? Apagavam-na com força nas nádegas, no pau, nos colhões e, sobretudo, no olho do cu; enquanto isso, ele beijava um traseiro e quando haviam vivamente renovado quinze ou vinte vezes essa dolorida operação, ele esporrava enquanto chupava o ânus que sua queimadora lhe apresentava."

"Conheci outro, pouco tempo depois, que me obrigava a usar uma almofaça de cavalo e, com ela, escovar-lhe o corpo inteiro, exatamente como se faria com o animal que acabo de nomear. Assim que seu corpo estava inteiramente em sangue, eu o esfregava com álcool, e essa segunda dor o fazia esporrar abundantemente em meu peito: este era o campo de batalha que ele queria regar com sua porra. Eu ficava de joelhos diante dele, apertava seu pau entre minhas mamas, e ali vertia com muita vontade o acre supérfluo de seus colhões."

"Um terceiro mandava arrancar fio por fio todos os pelos das nádegas. Masturbava-se durante a operação em cima de um troço quentinho que eu acabava de pôr. Depois, no momento em que uma *porra* de convenção informava-me da aproximação da crise, precisava, para determiná-la, que eu lhe desse em cada nádega uma tesourada que o fizesse sangrar. Ele tinha a bunda coberta por essas chagas, e mal conseguia encontrar um lugar intacto para lhe infligir minhas duas feridas; naquele instante, seu nariz mergulhava na merda com a qual lambuzava seu rosto inteiro, e rios de esperma coroavam seu êxtase."

"Um quarto enfiava seu pau na minha boca e ordenava que o mordesse com todas minhas forças. Enquanto isso, rasgava-lhe as duas nádegas com um pente de ferro com dentes muito afiados, depois, no momento em que eu sentia sua ferramenta prestes a esporrar, o que me era anunciado por uma ereção muito leve e muito fraca, então, digo, arregaçava prodigiosamente suas duas nádegas, e aproximava o olho de seu cu da chama de uma vela colocada no chão para esse fim. Apenas essa sensação de queimadura da vela em seu ânus determinava a emissão: redobrava então minhas mordidas, e minha boca logo se enchia."

"Um instante", disse o Bispo. "Não escutarei falar hoje de esporra em boca sem que isso me lembre a boa fortuna que acabei de conhecer, e incline meus espíritos a prazeres da mesma espécie." Ao dizer isso, puxou para si Vara-ao-céu, que estava a postos perto dele naquela noite, e começou a chupar seu pau com toda a lubricidade de um verdadeiro bugre. A porra jorrou, ele a engoliu, e logo iniciou a mesma operação em Zéfiro. Ele estava de pau muito duro, e raramente as mulheres ficavam perto dele quando estava nessa crise. Infelizmente, havia Aline, sua sobrinha. "Que estás fazendo aqui, safada", disse-lhe, "quando são homens que quero?" Aline tentou esquivar-se, mas ele a agarrou pelos cabelos, e arrastando-a até seu gabinete com Zelmire e Hébé, duas moças de seu harém: "Ides ver, ides ver", disse a seus amigos, "como vou ensinar essas meretrizes por me deixarem conas à mão quando são paus que quero!". Fanchon seguiu as três donzelas por sua ordem, e após um instante ouviram Aline gritar vivamente e os berros da esposa de Monsenhor juntarem-se aos acentos doloridos de sua cara sobrinha. Todos voltaram... Aline chorava, apertava e contorcia o traseiro. "Deixa-me ver isso!", disse o Duque. "Estou louco por ver os vestígios da brutalidade do senhor meu irmão." Aline mostrou não sei o quê, pois sempre me foi impossível descobrir o que ocorria nesses infernais gabinetes, mas o Duque gritou: "Ah!, porra, que delícia! Acho que não vou fazer igual". Mas Curval tendo-lhe observado que já era tarde e que iria lhe comunicar um projeto de divertimento para as orgias, o qual requeria toda sua cabeça e toda a sua porra, rogaram que Duclos fizesse o quinto relato com o qual sua noite devia se encerrar, e ela retomou nestes termos:

"Dentre essas pessoas extraordinárias", disse essa bela moça, "cuja mania consiste em se fazer aviltar e degradar, estava um certo Presidente do Tribunal das Contas que se chamava Foucolet. Era impossível imaginar até que ponto este levava essa mania; era preciso dar-lhe uma amostra de todos os suplícios. Eu o enforcava, mas a corda se rompia em tempos, e ele caía sobre colchões; a seguir, estendia-o numa cruz de Santo André e fingia romper seus membros com uma barra de papelão; marcava-o no ombro com um ferro quase quente, que deixava uma marca leve; açoitava suas costas, exatamente como faz um carrasco e precisava entremear tudo isso com invectivas atrozes, censuras amargas de diferentes crimes, pelos quais, durante cada uma dessas operações, ele rogava, de camisa e com um círio na mão, muito humildemente perdão a Deus e à Justiça. Finalmente, a sessão se encerrava no meu traseiro, sobre o qual o libertino vinha perder sua porra quando sua cabeça estava no último grau de embrasamento."

"Pois bem, vais me deixar esporrar em paz, agora que Duclos acabou?", disse o Duque a Curval. "Não, não", disse o Presidente. "Guarda tua porra: disse que vou precisar dela nas orgias." "Oh!, sou o teu criado", disse o Duque. "Achas, portanto, que sou um homem gasto, e imaginas que um pouco de porra que vou perder logo me impedirá de ceder e corresponder a todas as infâmias que te passarão pela cabeça dentro de quatro horas? Não temas, sempre estarei pronto; mas agradou ao senhor meu irmão dar-me um pequeno exemplo de atrocidade que muito gostaria de executar com Adélaïde, tua cara e adorável filha." E empurrando-a imediatamente no seu gabinete com Thérèse, Colombe e Fanny, as mulheres de sua quadrilha, ele fez muito provavelmente o que o Bispo fizera com sua sobrinha, e esporrou com os mesmos episódios, pois ouviram, como havia pouco, um grito tremendo da jovem vítima e o urro do devasso. Curval quis decidir qual dos dois irmãos havia se comportado pior; mandou as duas mulheres se aproximarem e, tendo examinado ambos traseiros à vontade, decidiu que o Duque não apenas imitara como superara. Passaram à mesa e, tendo por meio de alguma droga, recheado de ventos as entranhas de todos os sujeitos, homens e mulheres, brincaram, após o jantar, de peido-na-cara. Os quatro amigos estavam deitados de costas em sofás, a cabeça levantada, e cada um vinha por sua vez peidar em sua boca; Duclos estava encarregada de contar e marcar e, como havia trinta e seis peidadores ou peidadoras para apenas quatro engolidores, houve quem recebeu até cento e cinquenta peidos. Era para essa lúbrica cerimônia que Curval queria que o Duque se reservasse, mas isso era perfeitamente inútil; ele era amigo demais da libertinagem para que um novo excesso deixasse de exercer nele o maior efeito, em qualquer situação que viessem lhe propor, e ele não deixou de esporrar uma segunda vez completamente com os ventos suaves de Fanchon. Curval deitou porra graças aos peidos de Antínoo, enquanto Durcet perdeu a sua excitado por aqueles de Martaine, e o Bispo, por aqueles de Desgranges. Todavia, as jovens beldades nada obtiveram, pois é mesmo verdade que tudo há de se aparelhar e que devem sempre ser pessoas crapulosas que executam coisas infames.

VIGÉSIMO SEXTO DIA

Como nada havia de mais delicioso que as punições, nada que preparasse tantos prazeres, e desses tipos de prazeres que apenas se podiam provar ali, até que os relatos permitissem, ao abordá-los, a eles se entregarem mais extensamente, imaginaram tudo para tentar fazer os sujeitos caírem em erros, propiciando a volúpia de puni-los. Para tanto, os amigos tendo se reunido extraordinariamente naquela manhã para raciocinar sobre esse caso, acrescentaram diferentes artigos aos regulamentos, cuja infração devia necessariamente acarretar punições. Primeiro, proibiram expressamente às esposas, aos moços e às moças que peidassem em outro lugar senão na boca dos amigos; assim que sentissem essa vontade, precisavam ir procurar imediatamente um e lhe administrar o que retinham; uma forte pena aflitiva seria infligida aos delinquentes. Do mesmo modo, proibiram terminantemente o uso dos bidês e as limpezas das bundas: foi ordenado a todos os sujeitos, de modo geral e sem nenhuma exceção, para nunca se lavarem e, acima de tudo, nunca limparem a bunda depois de cagarem; que caso sua bunda fosse encontrada limpa, o sujeito haveria de provar que fora um dos amigos que a tinha limpado e citar seu nome. Deste modo, o amigo interrogado, tendo a liberdade de negar o fato quando quisesse, proporcionar-se-ia dois prazeres ao mesmo tempo: o de limpar uma bunda com a língua, e o de mandar punir o sujeito que acabara de lhe dar esse prazer... Veremos exemplos disso. Além do mais, introduziram uma nova cerimônia: de manhã, no desjejum, assim que entravam no aposento das moças, e do mesmo modo quando, depois disso, passavam ao dos rapazes, cada um desses sujeitos devia, um após o outro, abordar cada um dos amigos, e lhe dizer em alto e bom-tom: "Desprezo Deus! Quereis minha bunda? Está com merda". E aqueles ou aquelas que não pronunciassem tanto a blasfêmia como a afirmação em voz alta seriam imediatamente inscritos no livro fatal. Imagina-se facilmente o quanto a devota Adélaïde e sua jovem aluna Sophie penaram para pronunciar tais infâmias, o que os divertiu infinitamente.

Tudo isso acertado, permitiram as delações; aquele meio bárbaro de multiplicar os vexames, admitido por todos os tiranos, foi abraçado com afã. Foi decidido que todo sujeito que se queixaria de outro ganharia a supressão de metade de sua punição no primeiro erro que cometesse; isso não os comprometia em nada, uma vez que o sujeito que vinha acusar outro sempre ignorava até onde iria a punição da qual lhe prometiam que metade lhe seria poupada; desse modo, era muito fácil dar-lhe tudo o que queriam dar, e ainda persuadi-lo de que ganhara. Decidiram e publicaram que a delação seria acreditada sem prova, e que bastaria ser acusado por quem quer que seja para ser inscrito na hora. Aumentaram, ademais, a autoridade das velhas, e a menor queixa sua, verdadeira ou não, o sujeito seria imediatamente condenado. Impuseram, em suma, ao baixo povo todo o vexame, toda a injustiça que se pudesse imaginar, certos de extraírem somas tanto mais fortes de prazeres que a tirania seria melhor exercida. Feito isto, visitaram os guarda-roupas. Colombe foi encontrada em falta; pediu desculpas dizendo que a haviam feito comer na véspera entre suas refeições e que ela não conseguira resistir, que era muito infeliz, pois era a quarta semana seguida que seria punida. O fato era verdadeiro, e sua bunda era a única responsável por isso, pois era a mais fresca, a mais bem torneada e a mais bonitinha que se pudesse ver. Ela objetou que não havia se limpado, e que isso, ao menos, devia lhe valer pontos. Durcet examinou, e lá tendo efetivamente encontrado um emplastro de merda muito grosso e muito amplo, garantiram-lhe que não seria tratada com tanto rigor. Curval que estava de pau muito duro dela se apoderou, e tendo-lhe limpado completamente o ânus, mandou que lhe trouxessem o troço, o qual comeu fazendo-se masturbar por ela, e entremeando à refeição com muitos beijos na boca e injunções positivas de engolir por sua vez o que ele lhe devolvia de sua própria obra. Inspecionaram Augustine e Sophie, às quais haviam recomendado, depois de suas fezes da véspera, para ficarem no estado mais impuro. Sophie estava em regra, embora houvesse deitado no aposento do Bispo, assim como seu lugar exigia; mas Augustine estava perfeitamente limpa. Segura de sua resposta, ela se avançou orgulhosamente, e disse que sabiam muito bem que ela tinha deitado, seguindo seu costume, no aposento do senhor Duque, o qual, antes de adormecer, a chamara em sua cama, onde lhe chupou o olho do cu enquanto ela masturbava seu pau com a boca. Interrogado, o Duque disse não se lembrar disso (embora fosse verdadeiro) e haver adormecido com o pau no cu da Duclos, e que se podia averiguar o fato. Colocaram nisso toda a seriedade e a gravidade possível; mandaram buscar Duclos que, vendo logo do que se tratava, confirmou tudo o que o Duque afirmara, e sustentou que Augustine apenas fora chamada um instante para a cama de Monsenhor, o qual havia cagado na sua boca para nela voltar comer o próprio troço. Augustine quis manter sua tese, e disputou contra Duclos, mas impuseram-lhe silêncio e ela foi inscrita, embora perfeitamente inocente. Passaram aos rapazes, e Cupido foi encontrado em falta: deixara, em seu penico, o mais belo troço que se pudesse ver. O Duque dele se apoderou e o devorou, enquanto o moço chupava seu pau. Recusaram todas as permissões de capela, e passaram à sala de jantar. A bela Constance que, às vezes, dispensavam de lá servir por causa de seu estado, estando presente naquele dia, pareceu nua, e seu ventre, que começava a inflar ligeiramente, aqueceu muito a cabeça de Curval, e como viram que ele começava a manusear um tanto duramente as nádegas e os seios dessa pobre criatura, para a qual ficava cada dia mais claro que seu horror iria redobrando, sobre suas instâncias e por causa da vontade que se tinha de conservar seu fruto pelo menos até uma certa época, permitiram-lhe reaparecer, naquele dia, apenas nas narrativas, das quais nunca era isenta. Curval tornou a dizer horrores das botadeiras de crianças, e protestou que se ele mandasse, estabeleceria a lei da ilha de Formosa, onde as mulheres grávidas antes dos trinta anos são esmagadas num pilão com seu fruto, e que mesmo que se mandasse adotar essa lei na França, ainda haveria duas vezes mais população do que o necessário. Passaram ao café; era servido por Sophie, Fanny, Zélamir e Adônis, mas de um modo muito singular: foi com sua boca que o fizeram engolir. Sophie serviu o Duque, Fanny, Curval, Zélamir, o Bispo, e Adônis, Durcet. Eles recebiam os goles em sua boca, que enxaguavam com eles, e os devolviam assim na goela de quem os serviam. Curval, que saíra da mesa muito aquecido, tornou a ficar de pau duro com essa cerimônia, e quando ela acabou, apoderou-se de Fanny e lhe esporrou na boca, ordenando que ela engolisse tudo, ameaçando-a das mais duras penas, o que essa infeliz criança fez sem mesmo ousar pestanejar. O Duque e seus dois outros amigos mandaram peidar ou cagar e, acabada a sesta, foram escutar Duclos, que retomou assim a sequência de seus relatos:

"Vou passar rapidamente", disse essa adorável moça, "sobre as duas últimas aventuras que me restam a vos contar desses homens singulares que apenas encontram sua volúpia na dor que outros lhes infligem, para depois trocarmos de assunto se assim vos convir. Enquanto eu masturbava o primeiro nu e de pé, ele queria que por um buraco feito no teto, nós jogássemos o tempo todo que a sessão devia durar, rios de água quase fervendo sobre o corpo. Por mais que insistisse que, não tendo a mesma paixão que ele, eu ia, entretanto, ser vítima dela junto com ele, ele me garantiu que eu não sentiria nenhuma dor, e que aquelas duchas eram ótimas para a saúde. Acreditei nele, e consenti; como tudo ocorria na casa dele, não tive poder sobre o grau de calor da água: estava quase fervendo. Não imaginam o prazer que ele sentiu ao recebê-la. Quanto a mim, enquanto operava o mais prontamente que podia, gritava, confesso, como um gato que se escalda: minha pele descascou, e jurei nunca retornar à casa daquele homem."

"Ah!, por Deus", disse o Duque, "deu-me vontade de escaldar assim a bela Aline." "Monsenhor", respondeu humildemente esta, "não sou um porco." E a franqueza ingênua de sua resposta infantil tendo feito rir todo mundo, perguntaram a Duclos qual era o segundo e último exemplo que tinha a citar do mesmo gênero.

"Este não era tão pesaroso para mim", disse Duclos. "Apenas se tratava de calçar minha mão com uma boa luva, e pegar com ela cascalhos fervendo numa frigideira, sobre um rescaldo e, com a mão assim enchida, precisava esfregar meu homem com esses cascalhos quase em fogo, da nuca até os calcanhares. Seu corpo era tão singularmente endurecido por esse exercício que parecia feito de couro. Quando chegava ao pau, precisava pegá-lo e masturbá-lo em meio a um punhado daquele saibro fervendo; logo ficava muito duro; então, com a outra mão, eu colocava sob seus colhões uma pá em brasa preparada para esse fim. Essa esfrega por um lado, esse calor devorador pelo qual seus testículos eram devorados, talvez umas poucas carícias nas minhas nádegas, que eu devia sempre manter bem apresentadas durante a operação, tudo isso o movia, ele esporrava e, tomando todo o cuidado de deixar seu esperma cair sobre a pá ardente, deliciava-se observando-o borbulhar."

"Curval", disse o Duque, "este é um homem que não me parece gostar da população mais do que tu." "Parece sim", disse Curval. "E não te escondo que gosto da ideia de querer queimar a própria porra." "Oh!, bem vejo todas as ideias que isso te dá", disse o Duque. "E mesmo se tivesse nascido, tu a queimarias com o mesmo prazer, não é?" "Meu Deus, assim temo de fato", disse Curval, fazendo não sei o que em Adélaïde que lhe fez soltar um grande grito. "E o que houve contigo, puta", disse Curval a sua filha, "para urrar desse modo?... Não vês que o Duque está me falando de queimar, atormentar, corrigir porra nascida; e quem és tu, peço-te, senão um pouco de porra nascida ao sair de meus colhões? Vamos, continuai, Duclos", acrescentou Curval, "pois sinto que os choros dessa safada far-me-iam esporrar, e não quero."

“Eis-nos chegados”, disse essa heroína, “a detalhes que, por carregarem em si caracteres de singularidade mais picantes, agradar-vos-ão talvez mais ainda. Sabeis que, em Paris, costumam expor os mortos nas portas das casas. Havia um homem da sociedade que me pagava doze francos por cada um desses aparatos lúgubres em que conseguisse levá-lo de noite. Toda sua volúpia consistia em ficar o mais próximo possível, na beira mesma do caixão, de preferência, e lá, eu devia masturbá-lo de modo a que sua porra ejaculasse no caixão. Percorríamos assim três ou quatro por noite, segundo o quanto eu conseguira descobrir, e executávamos a mesma operação em todos, sem que ele me tocasse em outra parte que o traseiro enquanto eu o masturbava. Era um homem de aproximadamente trinta anos, que foi meu freguês por mais de dez, durante os quais tenho certeza de tê-lo feito esporrar sobre mais de dois mil caixões.”

“Mas ele dizia algo durante sua operação?” perguntou o Duque. “Dirigia alguma palavra a vós ou ao morto?” “Ele invectivava o morto”, disse Duclos. “Dizia-lhe: ‘Toma, tratante! Toma, bugre! Toma, celerado! Leva minha porra contigo aos infernos!’.” “Eis uma mania singular”, disse Curval. “Meu amigo”, disse o Duque, “tem certeza de que aquele homem era um dos nossos e que certamente não parava por aí.” “Tendes razão, Monsenhor”, disse Martaine, “e terei a oportunidade de vos apresentar mais uma vez esse ator em cena.” Duclos, então, aproveitando o silêncio, retomou assim:

“Um outro, levando muito mais longe uma fantasia praticamente similar, queria que eu tivesse espiões a postos para avisá-lo, cada vez que se enterrava, em algum cemitério, uma moça morta sem doença perigosa (era a coisa que ele mais me recomendava). Assim que eu encontrava seu desejo, e pagava-me sempre muito caro essas descobertas, partíamos à noite, introduzíamo-nos no cemitério como podíamos, e indo logo ao buraco indicado pelo espião, e cuja terra estava o mais recentemente removida, nós dois trabalhávamos prontamente para afastar com nossas mãos tudo o que cobria o cadáver; assim que ele o podia tocar, eu o masturbava em cima enquanto ele o manuseava por toda parte, e sobretudo nas nádegas, quando conseguia. Às vezes, ficava de pau duro uma segunda vez, mas então ele cagava e me mandava cagar sobre o cadáver, e esporrava em cima, apalpando sempre todas as partes do corpo que conseguia apanhar.”

“Oh!, esta, eu concebo”, disse Curval, “e se for preciso aqui me confessar, já a pratiquei, algumas vezes, em minha vida. É bem verdade que a ela acrescentava alguns episódios que ainda não está em tempo de contar. Seja como for, ela me deixou de pau duro; abri vossas coxas, Adélaïde...” Não sei o que ocorreu, mas o sofá gritou, cedeu sob o fardo, ouviu-se um esporro muito comprovado, e acredito que, muito simplesmente e muito virtuosamente, o senhor Presidente acabara de cometer um incesto. “Presidente”, disse o Duque, “aposto que acreditaste que ela estava morta.” “Sim, de fato”, disse Curval, “pois do contrário não teria esporrado.” E a Duclos, vendo que não diziam mais nada, terminou assim sua noite:

“Para não vos deixar, senhores, com ideias tão lúgubres, vou encerrar minha noite pelo relato da paixão do Duque de Bonnefort. Esse jovem fidalgo, que diverti cinco ou seis vezes, e que para a mesma operação, via frequentemente uma de minhas amigas, exigia que uma mulher, armada com um consolador, se masturbasse nua diante dele, tanto pela frente como por trás, três horas seguidas, sem parar. Um relógio estava lá para conferir, e se parasse a obra antes de completar a terceira hora, não se era pago. Ele ficava bem em frente de vós, observava-vos, girava-vos e virava-vos por todos os lados, exortava-vos a desmaiar de prazer, e se, transportada pelos efeitos da operação, chegásseis realmente a perder os sentidos no prazer, certamente apressaríeis o seu. Caso contrário, na hora precisa em que o relógio batesse a terceira hora, ele se aproximava e vos esporrava no nariz.”

“Meu Deus”, disse o Bispo, “não vejo, Duclos, por que não preferiste deixar-nos com as ideias anteriores do que com esta. Elas tinham algo de picante e que nos irritava poderosamente, ao passo que uma paixão água com açúcar como a com que encerraste tua noite, não nos deixa nada na cabeça.” “Ela tem toda a razão”, disse Julie, que estava com Durcet. “Por minha parte, agradeço-a, pois assim deixar-nos-ão todas deitar mais tranquilas, por não terem na cabeça aquelas ideias feias que a senhora Duclos iniciou agora há pouco.” “Ah!, podes estar muito enganada nisso, bela Julie!”, disse Durcet, “pois, eu nunca me lembro senão do antigo quando o novo me aborrece, e para vos provar isso, tendes a bondade de seguir-me.” E Durcet voou até seu gabinete com Sophie e Michette, para esporrar não sei bem como, mas de uma maneira, entretanto, que não agradou Sophie, pois ela soltou um tremendo grito e voltou vermelha como uma crista de galo. “Oh!, quanto a esta”, disse-lhe o Duque, “não quis tomá-la por morta, pois acabas de lhe fazer soltar um furioso sinal de vida!” “Ela gritou de medo”, disse Durcet. “Pergunta-lhe o que fiz, e ordena-lhe que o diga em vosso ouvido.” Sophie aproximou-se do Duque para lhe dizer. “Ah!”, disse aquele em voz alta, “não havia nada que justificasse um tal grito, nem um esporro.” E como o jantar tocou, interromperam todos os discursos e todos os prazeres para irem gozar dos da mesa. As orgias se celebraram com bastante tranquilidade, e foram deitar virtuosamente, sem que houvesse mesmo nenhuma aparência de embriaguez, o que era extremamente raro.

VIGÉSIMO SÉTIMO DIA

De manhã, as delações autorizadas na véspera já haviam começado, e as sultanas, tendo visto que apenas faltava Rosete para que as oito estivessem na lista das correções, fizeram questão de acusá-la. Garantiram que ela peidara a noite toda, e como era caso de implicância por parte das moças, ela teve todo o harém contra ela, e foi imediatamente inscrita. Todo o resto correu maravilhosamente e, exceto Sophie e Zelmire, que balbuciaram ligeiramente, os amigos foram decididamente abordados com a nova saudação: "Porra de Deus! Quereis minha bunda? Está com merda". E certamente havia muita merda por todo canto, pois, de medo da tentação de limpeza, as velhas haviam retirado todos os vasos, todas as toalhas e toda a água. O regime da carne sem pão começando a inflamar todas essas boquinhas que não se lavavam, percebeu-se, naquele dia, que já existia uma grande diferença nos bafos: "Ah!, por Deus", disse Curval enquanto dava lambidas em Augustine, "isso ao menos faz sentido, agora! A gente fica de pau duro ao beijar isso!". Foram unânimes em concordar que era infinitamente melhor. Como não houve novidade até o café, para lá vamos logo transportar o leitor. Era servido por Sophie, Zelmire, Gitão e Narciso. O Duque disse estar perfeitamente certo de que Sophie devia esporrar, e que era absolutamente necessário tentar essa experiência. Pediu a Durcet para que a observasse, e deitando-a num sofá, ele a poluiu ao mesmo tempo nas bordas da vagina, no clitóris, e no olho do cu, primeiro com os dedos, em seguida com a língua. A natureza triunfou: após quinze minutos, essa bela moça se perturbou, ficou vermelha, suspirou; Durcet fazia observar todos esses movimentos a Curval e ao Bispo, o qual não conseguia acreditar que ela já esporrasse, e, quanto ao Duque, ele teve melhores condições que todos para se convencer disso, uma vez que essa jovem coninha se embebeu por toda parte, e que a pequena gatuna lhe molhou os lábios inteiros com porra. O Duque não conseguiu resistir à lubricidade de sua experiência; levantou-se e, curvando-se sobre a moça, esporrou-lhe sobre a moita e, com seus dedos, introduziu-lhe a maior quantidade possível de seu esperma na cona. Curval, a cabeça aquecida pelo espetáculo, agarrou-a e lhe pediu outra coisa do que porra; ela virou sua linda bundinha, o Presidente nela grudou sua boca, e o leitor inteligente adivinha facilmente o que ele recebeu. Enquanto isso, Zelmire divertia o Bispo: chupava-o e masturbava-lhe o ânus, ao passo que Curval se fazia masturbar por Narciso, cujo traseiro ele beijava ardentemente. Contudo, o Duque foi o único a perder sua porra: Duclos tendo anunciado relatos mais lindos que os precedentes, para aquela noite, quiseram reservar-se para escutá-los. Chegada a hora, foram até lá, e eis como se exprimiu essa interessante moça:

"Um homem de quem nunca conheci, senhores", disse ela, "nem os traços, nem a existência, e que, por este motivo, apenas poderei vos descrever muito imperfeitamente, me mandou um bilhete em que me pedia que fosse até a casa dele, na rua Blanche-du-Rempart, às nove da noite. Avisava-me, no bilhete, para não ter nenhuma desconfiança, e que, embora ele não se deixasse conhecer por mim, eu não teria nenhum motivo para me queixar dele. Como dois luíses acompanhavam a missiva, e apesar de minha prudência costumeira, que certamente devia ter se oposto a esse procedimento por não conhecer aquele que me mandava segui-lo, arrisquei tudo, entretanto, confiando plenamente em não sei que pressentimento que parecia avisar-me em voz baixa que nada tinha a temer. Cheguei, um serviçal tendo me avisado para me despir completamente, pois apenas poderia introduzir-me naquele estado no aposento de seu mestre, executei a ordem, e assim que me viu no estado desejado, pegou-me pela mão, e após atravessarmos dois ou três apartamentos, acabou batendo a uma porta. Esta se abriu, entrei, o serviçal se retirou, e a porta se fechou; entre um forno e o lugar em que fora introduzida, em termos de luz, não havia a menor diferença; absolutamente nem luz nem ar entravam nessa peça de lado algum. Mal havia entrado e um homem nu veio a mim e me agarrou sem proferir uma única palavra; não perdi a cabeça, convencida de que tudo não passava de um pouco de porra que precisaria fazer correr para me livrar desse noturno cerimonial; levei imediatamente a mão na parte inferior de seu ventre, com o propósito de fazer o monstro perder muito rapidamente um veneno que o tornava tão mau. Lá encontrei um pau muito grosso, muito duro e extremamente malicioso, mas na hora, ele afastou meus dedos, dando a impressão que não queria nem que eu o tocasse, nem que eu o examinasse, e sentou-me num banquinho. O desconhecido plantou-se perto de mim, e agarrando minhas mamas uma depois da outra, apertou-as, comprimiu-as com tal violência que lhe disse bruscamente: 'Estais me machucando!'. Então parou, levantou-me, deitou-me de bruços num sofá elevado, e sentando-se entre minhas pernas por trás, começou a fazer em minhas nádegas o que acabara de fazer em minhas mamas: apalpou-as e comprimiu-as com uma violência sem igual, abriu-as, apertou-as, sovou-as, beijou-as mordiscando-as, chupou o olho do meu cu, e como essas compressões reiteradas tinham menos perigo por aquele lado do que pelo outro, não me opus a nada e, deixando-me fazer, estava tentando adivinhar qual podia ser o intuito de tanto mistério para coisas que me pareciam tão simples, quando de repente ouvi meu homem soltar gritos medonhos: 'Foge, maldita puta! Foge', disse-me, 'foge, safada! Estou esporrando e não respondo por tua vida'. Tende certeza que meu primeiro movimento foi o de me dar no pé; um fraco clarão se ofereceu a mim: era luz; provinha da porta pela qual eu havia entrado; joguei-me nela, encontrei o serviçal que me recebera, precipitei-me em seus braços, ele me devolveu minhas roupas, deu-me dois luíses, e eu bati asas, muito feliz por me safar dessa tão facilmente."

"Tínheis de que vos alegrar", disse a Martaine, "pois esta era apenas uma amostra de sua paixão comum. Eu vos mostrarei esse mesmo homem, senhores", continuou a matrona, "sob um aspecto mais perigoso." "Mas não tão funesto quanto aquele sob o qual eu o apresentarei a esses senhores", disse Desgranges, "e faço coro à senhora Martaine para garantir-vos que fostes muito feliz em vos safar dessa assim, pois esse mesmo homem tinha outras paixões bem mais singulares." "Esperaremos, portanto, para raciocinar sobre ele, até conhecermos toda sua história", disse o Duque, "e apressa-te, Duclos, de nos narrar outra, para nos tirar da mente uma espécie de indivíduo que não deixaria de aquecê-la."

"Aquele que vi em seguida, senhores", prosseguiu Duclos, "queria uma mulher que tivesse um peito muito lindo, e como este era um de meus encantos, depois de ter visto o meu, preferiu-me a todas minhas moças. Mas que uso, tanto de meu peito como de meu rosto, o insigne libertino pretendia então fazer? Deitou-me num sofá, completamente nua, escarranchou-se sobre meu peito, colocou seu pau entre minhas mamas, ordenou-me para apertar o mais que podia, e após uma curta carreira, o malandro as inundou de porra jogando-me em seguida mais de vinte cuspidelas muito espessas no rosto."

"Então", resmungou Adélaïde ao Duque que acabara de lhe cuspir no nariz, "não vejo que necessidade há de se imitar essa infâmia! Quereis parar?", acrescentou, enxugando-se, para o Duque que não conseguia esporrar. "Quando eu bem quiser, minha bela criança", respondeu-lhe o Duque. "Lembrai-vos uma vez na vida que apenas estais aqui para obedecer e vos entregar. Vamos prossiga,

Duclos, pois talvez eu faça coisas piores, e como adoro essa bela criança", disse zombando, "não quero ultrajá-la completamente."

"Não sei, senhores", disse Duclos ao retomar o fio de seus relatos, "se já ouviram falar da paixão do comendador de Saint-Elme. Possuía uma casa de jogo em que todos que iam arriscar seu dinheiro eram rudemente esfolados; mas o que há de muito extraordinário é que o comendador ficava de pau duro quando os extorquia: a cada golpe que lhes aplicava, ele esporrava em seu calção, e uma mulher que conheci muito bem, e que ele sustentara por muito tempo, me disse que, às vezes, a coisa o aquecia a ponto de ele se ver obrigado a buscar com ela um refresco para o ardor que o devorava. Mas ele não parava por aí: todo tipo de roubo tinha para ele o mesmo encanto, e nenhum móvel estava em segurança com ele: se estivesse a vossa mesa, roubava talheres; dentro de vosso gabinete, vossas joias; perto de vosso bolso, vosso dinheiro ou vosso lenço. Qualquer coisa servia contanto que pudesse tomá-la, e tudo o deixava de pau duro, e fazia-o até esporrar, assim que o pegara."

"Mas nisso, era certamente menos extraordinário que o Presidente do Parlamento com o qual lidei muito pouco tempo depois de chegar à casa da Fournier e que continuava sendo meu cliente, pois seu caso sendo bastante delicado, ele apenas queria lidar comigo. O Presidente tinha um pequeno apartamento alugado ao ano que dava na praça de Grève; uma velha criada o ocupava sozinha como empregada, e as únicas consignas que recebera eram a de limpar o apartamento e de mandar avisar o Presidente assim que se via na praça algum preparativo de execução. Logo o Presidente me mandava ficar pronta, disfarçava-se e vinha me buscar de fiacre, para irmos a seu pequeno apartamento. A janela do quarto dominava exatamente e de muito perto o cadafalso; instalávamo-nos lá, o Presidente e eu, junto de uma gelosia, numa viga na qual apoiava um excelente óculo e, enquanto esperávamos que o paciente aparecesse, o apóstolo de Témis divertia-se numa cama beijando-me as nádegas, episódio que, diga-se de passagem, o deleitava extraordinariamente. Finalmente, o burburinho nos anunciava a chegada da vítima, o togado retomava seu lugar na janela e mandava-me retomar o meu, ao seu lado, com a injunção de manusear-lhe e masturbar-lhe levemente o pau, pautando minhas sacudidas na execução que ia observar, de tal modo que o esperma apenas escapasse no momento em que o paciente entregava sua alma a Deus. Tudo ficava pronto, o criminoso subia no cadafalso, o Presidente observava; quanto mais o paciente se aproximava da morte, mais o pau do celerado ficava furioso entre minhas mãos. As pancadas eram finalmente aplicadas: era o momento de seu esporro: 'Ah!, Santo Deus', dizia ele então, 'Deus duplamente fodido! Como eu mesmo quereria ser seu carrasco, e como bateria mais forte do que isto!'. De resto, as impressões de seus prazeres se mediam pelo gênero de suplício: um enforcado apenas produzia nele uma sensação muito simples, um homem rodado lançava-o no delírio, mas fosse queimado ou esquartejado, ele desmaiava de prazer. Homem ou mulher, pouco lhe importava: 'Apenas', dizia, 'uma mulher grávida produziria em mim um pouco mais de efeito, e infelizmente isto é impossível'. 'Mas, senhor', disse-lhe um dia, 'pelo vosso cargo cooperastes com a morte dessa infeliz vítima.' 'Certamente', respondeu-me, 'e é o que mais me diverte: em trinta anos de juizado, nunca votei de outro modo senão pela morte.' 'E não acrediteis', continuei, 'que deveríeis vos censurar a morte daquelas pessoas como assassinato.' 'Bom!', disse-me, 'será preciso esmiuçar tanto as coisas?' 'Entretanto', disse-lhe, 'é o que, no mundo, se chamaria de um horror.' 'Oh!', retorquiu-me, 'é preciso saber tomar seu partido quanto ao horror de tudo o que deixa de pau duro, e isso por uma razão bem simples: é que essa coisa, por mais horrenda que a quisésseis supor, não é mais horrível para vós desde que vos faz esporrar; portanto, ela apenas é horrenda aos olhos dos outros; mas quem me garante que a opinião dos outros, quase sempre falsa sobre todos os objetos, não o é também sobre aquele? Não há', prosseguiu ele, 'nada de essencialmente bem e nada de essencialmente mal; tudo é apenas relativo a nossos costumes, a nossas opiniões e a nossos preconceitos. Estabelecido esse ponto, é extremamente possível que uma coisa, perfeitamente indiferente em si mesma, seja, entretanto, indigna a vossos olhos e muito deliciosa aos meus, e contanto que me agrade, dada a dificuldade em lhe designar um lugar justo, contanto que me divirta, não seria eu um louco se dela me privasse apenas porque vós a censurais? Vai, vai, minha cara Duclos, a vida de um homem é uma coisa tão pouco importante que se pode dispor dela o quanto nos agrada, como faríamos com a de um gato ou de um cão; cabe ao mais fraco defender-se; ele tem, praticamente, as mesmas armas que nós. E já que és tão escrupulosa', acrescentou meu homem, 'o que dirias, então, da fantasia de um amigo meu?' Achareis bom, senhores, que esse gosto que ele me contou faça as vezes de quinto relato e encerre minha noite."

"O Presidente disse-me que esse amigo não queria lidar senão com mulheres que iam ser executadas. Quanto mais o momento em que se podia a ele entregá-las estivesse próximo daquele em que elas iam perecer, mais ele pagava; mas era preciso que elas sempre já tivessem sido notificadas de sua sentença. Sua posição deixando esses tipos de boas fortunas ao alcance de sua mão, ele nunca perdia uma, e eu o vi pagar até cem luíses por encontros desse tipo. Entretanto, ele não gozava delas, apenas requeria que mostrassem suas nádegas e cagassem; ele afirmava que nada iguala o gosto da merda de uma mulher em quem se acaba de provocar tal comoção. Não há nada que ele não tenha imaginado para se proporcionar tais encontros, e além do mais, como bem podeis acreditar, ele não queria ser reconhecido. Às vezes se passou pelo confessor, outras, por um amigo da família, e sempre escora suas propostas na esperança de ser-lhes útil se elas forem complacentes. 'E quando ele acabou, quando se satisfez, por onde imaginas que ele terminava sua operação, minha cara Duclos?', dizia-me o Presidente... 'Pela mesma coisa que eu, minha cara amiga: ele reservava sua porra para o desfecho, e soltava-a vendo-as deliciosamente expirar.' 'Ah!, é muito celerado!', disse. 'Celerado?', interrompeu ele... 'Palavreado, minha filha! Nada há de celerado naquilo que deixa de pau duro, e o único crime no mundo é recusar-se algo nesse ponto.'"

"E este não se recusava nada", disse Martaine, "e a senhora Desgranges e eu teremos, espero, a oportunidade de entreter essa sociedade com algumas anedotas lúbricas e criminosas desse mesmo personagem."

"Ah!, tanto melhor", disse Curval, "pois eis um homem de quem já estou gostando muito. Eis como é preciso pensar a respeito dos prazeres, e sua filosofia me agrada infinitamente. É incrível o quanto o homem, já impedido em todos seus divertimentos, em todas suas faculdades, procura restringir mais ainda os limites de sua existência por seus indignos preconceitos. Não se imagina, por exemplo, até que ponto aquele que erige o assassinato em crime limitou todas suas delícias; ele se privou de cem prazeres, mais deliciosos uns que os outros, por ousar adotar a quimera odiosa daquele preconceito. E que diabo pode valer para a natureza um, dez, vinte, quinhentos homens a mais ou a menos no mundo? Será que os conquistadores, os heróis, os tiranos, se impõem essa lei absurda de não ousar fazer aos outros o que não queremos que nos seja feito? Na verdade, meus amigos, eu não escondo que estremeço quando ouço tolos ousar me dizer que esta é a lei da natureza, etc. Justo céu! Ávida de assassinatos e de crimes, é em fazê-los cometer e inspirá-los que a natureza tem sua lei, e a única que ela imprime no fundo de nossos corações é a de nos satisfazer não importa à custa de quem. Mas paciência, talvez terei logo uma melhor oportunidade para vos falar amplamente sobre essas matérias; eu as estudei a fundo, e espero, ao comunicá-las, convencer-vos tanto quanto estou que o único modo de servir à natureza é seguir cegamente seus desejos, de qualquer espécie que possam ser, porque, para a manutenção de suas leis, o vício lhe sendo tão necessário quanto a virtude, ela sabe nos aconselhar, alternadamente, o que cada momento torna necessário a suas visadas. Sim, meus amigos, eu vos entreterei outro dia disso tudo, mas, por enquanto, é preciso que eu perca porra, pois esse diabo de homem das execuções da Grève me inchou completamente os colhões." E passando para a alcova do fundo com Desgranges e Fanchon, suas duas boas amigas, porque eram tão celeradas quanto ele, os três se fizeram seguir por Aline, Sophie, Hébé, Antínoo e Zéfiro. Não sei ao certo o que o libertino imaginou em meio a essas sete pessoas, mas demorou; ouviram-se muitos gritos: "Ides logo, virais logo! Mas não é isso que vos peço!", e outras falas irritadas, entremeadas de xingamentos aos quais, sabe-se, ele era muito sujeito durante essas cenas de devassidão; as mulheres acabaram reaparecendo muito vermelhas, muito descabeladas e com o ar de quem foi furiosamente amassado em todos os sentidos. Enquanto isso, o Duque e seus dois amigos não perderam tempo, mas o Bispo foi o único a esporrar e de um modo tão extraordinário que ainda não nos é permitido contá-lo. Foram para a mesa, onde Curval filosofou mais um pouco, pois as paixões, nele, em nada influíam sobre os sistemas; firme em seus princípios, era tão ímpio, tão ateu, tão criminoso quando acabava de perder porra do que no fogo do temperamento, e eis como todas as pessoas sábias deveriam ser. A porra nunca deve ditar nem dirigir os princípios; cabe aos princípios regular a maneira de perdê-la. E quer se esteja de pau duro ou não, a filosofia, independente das paixões, deve sempre ser a mesma. O divertimento das orgias consistiu numa verificação da qual ainda ninguém se avisara, e que, entretanto, era interessante: quiseram decidir quem no aposento das moças e quem entre os rapazes tinha a mais bela bunda. Em consequência, mandaram primeiro os oito rapazes ficarem em fila, de pé, embora ligeiramente curvados: essa é a verdadeira maneira de examinar e julgar corretamente uma bunda. O exame foi muito demorado e muito severo; combateram suas opiniões, mudaram-nas, inspecionaram quinze vezes seguidas, e o prêmio foi, de comum acordo, concedido a Zéfiro: concordaram unanimemente que era fisicamente impossível encontrar nada de mais perfeito e de melhor torneado. Passaram às moças; adotaram as mesmas posturas; primeiro, a decisão foi muito demorada: era quase impossível decidir entre Augustine, Zelmire e Sophie. Augustine, maior e melhor desenvolvida que as duas outras, teria incontestavelmente ganhado caso se tratasse de pintores; mas libertinos querem mais graças do que precisão, mais volumes do que regularidade. Teve contra si um ligeiro excesso de magreza e de delicadeza; as duas outras ofereciam uma carnação tão fresca, tão rechonchuda, nádegas tão brancas e tão redondas, uma curva lombar tão voluptuosamente definida que levaram a melhor sobre Augustine. Mas como decidir entre as duas que restavam? Dez vezes as opiniões foram divididas. Finalmente Zelmire venceu; juntaram essas duas encantadoras crianças, beijaram-nas, manusearam-nas, masturbaram-nas a noite inteira, ordenaram a Zelmire que masturbasse Zéfiro, o qual, esporrando maravilhosamente, deu o maior prazer de se observar em meio ao prazer e, por sua vez, masturbou a moça, que se pasmou em seus braços; todas essas cenas de uma lubricidade indizível fizeram perder porra ao Duque e a seu irmão, mas mal comoveram Curval e Durcet, que concordaram em precisar de cenas menos água com açúcar para emocionar suas velhas almas gastas, e que todas essas brincadeiras apenas serviam para jovens. Finalmente foram se deitar, e Curval, em meio a algumas novas infâmias, foi se compensar das ternas pastorelas que acabara de testemunhar.

VIGÉSIMO OITAVO DIA

Era dia de casamento, e cabia a Cupido e Rosette serem unidos pelos laços do Himeneu, e, por uma singularidade fatal, ambos estavam no caso de serem corrigidos à noite. Como ninguém foi encontrado em falta naquela manhã, empregaram toda essa parte do dia para a cerimônia das núpcias, e assim que esta foi realizada, reuniram ambos no salão para ver o que iriam fazer juntos. Como os mistérios de Vênus costumavam ser celebrados diante dos olhos dessas crianças, embora nenhuma, ainda, a eles tivesse servido, elas tinham bastante teoria para fazer, nesses pontos, aproximadamente tudo o que se podia fazer. Cupido, que estava de pau muito duro, colocou então seu pauzinho entre as coxas de Rosette, que o deixava fazer, com toda a candura da inocência mais inteira; o mocinho procedia tão bem que ia muito provavelmente conseguir, quando o Bispo, agarrando-o em seus braços, o fez enfiar nele o que a criança teria, acredito, apreciado muito mais enfiar em sua pequena mulher. Enquanto perfurava o cu amplo do Bispo, olhava-a com olhos que provavam sua pena, mas ela mesma foi logo ocupada, pois o Duque a fodeu nas coxas. Curval veio manipular lascivamente a bunda do pequeno fodedor do Bispo, e como esta bundinha tão linda se achava, segundo as ordens, no estado desejado, ele a lambeu e ficou de pau meio duro. Quanto a Durcet, ele fazia a mesma coisa na mocinha que o Duque segurava pela frente. Entretanto, ninguém esporrou, e passaram à mesa; os dois jovens esposos, que nela haviam sido admitidos, foram servir o café com Augustine e Zelamir. A voluptuosa Augustine, toda confusa por não ter vencido, na véspera, o prêmio de beleza, tinha, como que por birra, deixado reinar em sua cabeleira uma desordem que a tornava mil vezes mais interessante. Curval comoveu-se com ela e, examinando suas nádegas: "Não concebo", disse, "como essa pequena gatuna não ganhou a palma ontem, pois o diabo me carregue se existe no mundo uma bunda mais bela que esta!". Ao mesmo tempo, escancarou-a e perguntou a Augustine se estava disposta a satisfazê-lo. "Oh, sim", disse ela, "e completamente, pois não estou aguentando mais de necessidade." Curval a deitou num sofá, e ajoelhando-se diante do belo traseiro, devorou seu troço num segundo. "Santo nome de Deus", disse virando para seus amigos e mostrando-lhes seu pau colado contra seu ventre, "eis-me num estado em que empreenderia coisas furiosamente." "E o quê?", perguntou-lhe o Duque, que gostava de ouvi-lo dizer horrores quando estava naquele estado. "O quê?", respondeu Curval. "Qualquer infâmia que quiserem me propor, nem que levasse a desmembrar a natureza e a deslocar o universo." "Vem, vem", disse Durcet, que o via lançar olhares furiosos em Augustine, "vem, vamos escutar Duclos, está na hora; pois estou convencido que se soltássemos tuas rédeas agora, essa bezerrinha passaria por maus bocados." "Oh!, sim", disse Curval em fogo, "muito maus: posso garantir isso terminantemente." "Curval", disse o Duque, que também estava de pau furiosamente duro após fazer Rosette cagar, "que nos entreguem o harém agora, e em duas horas daremos conta dele." O Bispo e Durcet, mais calmos, por enquanto, tomaram cada um por um braço, e foi naquele estado, isto é, com o calção rebaixado e o pau para cima, que esses libertinos se apresentaram diante da assembleia já reunida no salão de história, disposta a escutar os novos relatos de Duclos, que, tendo previsto, pelo estado desses dois senhores, que seria logo interrompida, começou, entretanto, nesses termos:

"Um fidalgo da corte, homem de aproximadamente trinta e cinco anos, acabara de me mandar pedir", disse Duclos, "uma das mais lindas moças que me fosse possível encontrar. Ele não me havia avisado de sua mania, e, para satisfazê-lo, dei-lhe uma jovem operária em moda que nunca tinha tido encontros, e que era certamente uma das mais lindas criaturas que fosse possível encontrar. Deixo-os a sós, e, curiosa de observar o que vai ocorrer, corro instalar-me no meu buraco. 'Onde diabo a senhora Duclos', começou dizendo, 'foi buscar uma safada feia como vós? Na lama, provavelmente!... Devíeis estar agarrando alguns soldados de guarda quando foram vos buscar.' Envergonhada, a jovem, que não fora avisada de nada, não sabia que atitude adotar. 'Vamos! despi-vos logo', continuou o cortesão... 'Como sois desajeitada!... Nunca vi puta mais feia nem mais estúpida em toda minha vida... Pois bem! Vamos logo, será que ainda conseguireis acabar hoje?... Ah!, este é, portanto, o corpo que tanto me elogiaram? Que mamas... Parecem tetas de vaca velha!' E ele as manuseou brutalmente. 'E esse ventre! Como está rijo!... Será que tendes parido vinte crianças?' 'Nem uma única, senhor, garanto.' 'Ah!, sei, nem uma única: é o que todas dizem, aquelas safadas; se as escutarmos, são sempre donzelas... Vamos, virai-vos! Que bunda infame... Que nádegas flácidas e nojentas... É com muitos pontapés na bunda, sem dúvida, que vos deixaram o traseiro deste modo!' Queiram notar, senhores, que era o mais belo traseiro que fosse possível ver. Entretanto, a moça começava a se perturbar; eu distinguia quase as palpitações de seu coraçãozinho e vi seus belos olhos se cobrirem de uma nuvem. Quanto mais ela parecia se perturbar, mais o maldito gatuno a mortificava. Ser-me-ia impossível dizer-vos todos os insultos com que a cobriu; não se ousaria dizer coisas tão picantes à mais vil e à mais infame das criaturas. Finalmente o coração disparou e as lágrimas desandaram: era para aquele instante que o libertino, que se poluía com todas suas forças, tinha reservado o remate de suas ladainhas. É impossível repetir-vos todos os horrores que ele lhe dirigiu sobre sua pele, sua cintura, seus traços, o cheiro infecto que pretendia emanar dela, sua vestimenta, seu espírito: em suma, procurou tudo, inventou tudo para desesperar seu orgulho, e esporrou nela, vomitando atrocidades que um grosseirão não ousaria pronunciar. Resultou dessa cena algo muito agradável: ela valeu um juramento a essa moça; ela jurou que nunca mais se exporia em sua vida a tal aventura, e fiquei sabendo, oito dias depois, que entrara num convento para o resto de seus dias. Eu o disse ao moço, que se divertiu prodigiosamente, e depois me pediu alguma para lhe arranjar mais uma conversão dessas."

"Um outro", prosseguiu Duclos, "pedia que lhe encontrasse moças extremamente sensíveis, e que estivessem à espera de uma notícia que, caso fosse ruim, pudesse lhes causar uma das mais fortes comoções de pesar. Dava-me muito trabalho encontrar moças desse gênero, pois era impossível tentar burlá-lo. De tanto tempo que jogava esse mesmo jogo, nosso homem era um conhecedor e via de relance se o golpe que aplicava atingia mesmo em cheio. Portanto, não o enganava, e sempre lhe fornecia moças positivamente na disposição de espírito que ele desejava. Um dia, eu lhe apresentei uma que esperava de Dijon notícias de um moço chamado Valcourt que ela idolatrava. Deixei-os a sós. 'De onde sois, senhorita', lhe perguntou honestamente nosso libertino. 'De Dijon, senhor.' 'De Dijon? Ah!, pela morte de Deus, aqui está uma carta que acabo de receber de lá e me trouxe uma notícia que me desola.' 'E qual?', perguntou a moça, interessada. 'Como conheço toda a cidade, essa notícia talvez possa me interessar.' 'Oh!, não', retomou nosso homem, 'ela apenas interessa a mim; trata-se da notícia da morte de um jovem pelo qual eu estava me interessando vivamente. Ele acabara de desposar uma moça que meu irmão, que mora em Dijon, lhe havia apresentado, moça pela qual estava apaixonadíssimo, e no dia após as núpcias ele faleceu subitamente.' 'Seu nome, senhor, por favor.' 'Chamava-se Valcourt; era de Paris, da rua tal, casa tal...

Oh!, certamente não o conhecíeis.' Na hora a moça cai de costas e desmaia. 'Ah!, porra', disse então nosso libertino arrebatado, enquanto desabotoava seu calção e se masturbava sobre ela, 'ah!, Santo Deus, eis como a queria! Vamos nádegas, nádegas! Preciso apenas de nádegas para esporrar.' Virando-a e levantando suas saias, toda imóvel que estava, soltou-lhe sete ou oito jatos de porra sobre o traseiro, e fugiu, sem se preocupar nem com as sequelas do que dissera, nem com o que aconteceria com a infeliz."

"E ela morreu?", disse Curval que enrabavam descadeiradamente. "Não", disse Duclos, "mas ela ficou doente por mais de dez semanas." "Oh!, que boa coisa", disse o Duque. "Mas eu", prosseguiu esse celerado, "quereria que nosso homem houvesse escolhido a época de suas regras para lhe dar essa notícia." "Sim", disse Curval. "Diga mais, senhor Duque: estais de pau duro, estou vendo daqui, e quereria simplesmente que ela tivesse morrido no local." "Pois bem, que assim seja!", disse o Duque. "Uma vez que assim quereis, confesso; não sou muito escrupuloso quanto à morte de uma moça." "Durcet", disse o Bispo, "se não mandar esses dois marotos esporrarem, teremos tumultos hoje à noite." "Ah!, por Deus", disse Curval ao Bispo, "temeis muito pelo vosso rebanho! Dois ou três a mais ou a menos mudariam o quê? Vamos, senhor Duque, vamos à alcova e vamos nela juntos, e em companhia, pois bem vejo que esses senhores não querem que os escandalizemos esta noite." Dito e feito; nossos dois libertinos se fazem seguir por Zelmire, Augustine, Sophie, Colombe, Cupido, Narciso, Zélamir e Adônis, escoltados por Quebra-cu, Vara-ao-céu, Thérèse, Fanchon, Constance e Julie. Após um instante, ouviram-se dois ou três gritos de mulheres, e os berros de nossos dois celerados que derramavam sua porra juntos. Augustine voltou, com seu lenço no nariz que sangrava, e Adélaïde com um lenço no seio. Quanto a Julie, sempre bastante libertina e hábil para se livrar de qualquer perigo, ria feito uma louca, e dizia que sem ela, eles nunca teriam esporrado. A tropa toda voltou; Zelamir e Adônis tinham ainda as nádegas cheias de porra; e tendo garantido a seus amigos que haviam se comportado com todo o decoro e o pudor possível, de modo que não havia nenhuma censura para lhes dirigir, acrescentaram que, então, perfeitamente calmos, tinham condição de escutar e mandaram Duclos continuar, o que ela fez nestes termos:

"Aborrece-me", disse essa bela moça, "que o senhor de Curval tenha se apressado tanto em aliviar suas necessidades, pois eu tinha duas histórias de mulheres grávidas a lhe contar que talvez lhe tivessem trazido algum prazer. Conheço seu gosto por esse tipo de mulheres, e tenho certeza de que, caso ainda tenha alguma veleidade, esses dois contos o divertiriam." "Conta, conta logo", disse Curval. "Sabes muito bem que a porra nunca teve o mesmo efeito sobre meus sentimentos, e que o momento em que mais me encontro inclinado ao mal é sempre aquele em que acabo de praticá-lo?"

"Pois bem", disse Duclos, "vi um homem cuja mania era ver uma mulher parir. Masturbava-se vendo suas dores, e esporrava na cabeça da criança assim que podia entrevê-la."

"Um segundo instalava uma mulher grávida de sete meses num pedestal isolado, a mais de quinze pés de altura. Obrigava-a a lá se manter de pé e sem perder os sentidos, pois se, infelizmente, sentisse vertigens, ela e seu fruto seriam esmagados para sempre. O libertino de quem vos falo, muito pouco comovido pela situação dessa infeliz, que pagava para isso, mantinha-a assim até esporrar, e se masturbava diante dela, gritando: 'Ah!, que bela estátua, que belo ornamento, que bela imperatriz!'."

"Terias chacoalhado a coluna, não é, Curval?", disse o Duque. "Oh!, de maneira alguma, engano vosso; conheço demais o respeito que se deve à natureza e a suas obras. Não é a propagação de nossa espécie o mais interessante de todos? Não é uma espécie de milagre que devemos incessantemente adorar, e que deve nos inspirar, para aquelas que o realizam, o mais terno interesse? Quanto a mim, nunca vejo uma mulher grávida sem ficar comovido: conseguis imaginar o que é uma mulher que, como um forno, choca um pouco de ranho no fundo de sua vagina! Existiria algo mais belo, mais terno do que isso? Constance, vinde por favor, vinde para eu beijar em vós o altar onde se opera agora tão profundo mistério." E como ela se encontrava justamente em seu nicho, ele não teve de ir buscar muito longe o templo que queria honrar. Mas, ao que tudo indica, não foi exatamente como o entendia Constance, a qual, por sinal, não confiava muito nele, pois ouviram-na imediatamente soltar um grito que não parecia em nada se dever a um culto ou a uma homenagem. E Duclos, vendo que o silêncio voltara, terminou seus relatos pelo conto seguinte:

"Conheci", disse essa bela moça, "um homem cuja paixão consistia em ouvir crianças soltarem altos gritos. Precisava de uma mãe que tivesse um filho entre três e quatro anos, no máximo; exigia que ela batesse rudemente nessa criança diante dele e, quando, irritada por esse tratamento, a criaturinha começava a soltar altos berros, essa mãe precisava apossar-se do pau do devasso e masturbá-lo vigorosamente na frente da criança, no nariz da qual esporrava assim que a via em prantos."

"Aposto", disse o Bispo a Curval, "que aquele homem não gostava mais de propagação do que tu." "Concordo", disse Curval. "Ele devia ser, por sinal, segundo o princípio de uma dama de muito espírito, ao que dizem, ele devia ser, dizia, um grande celerado; pois, segundo essa dama, todo homem que não gosta de animais, de crianças, nem de mulheres grávidas, é um monstro que deve ser rodado. Meu processo está perdido de antemão no tribunal dessa velha comadre", disse Curval, "pois, certamente não gosto de nenhuma dessas três coisas." E, como já era tarde, e a interrupção ocupara uma grande parte da noite, passaram à mesa. Levantaram, no jantar, as seguintes questões: para que servia a sensibilidade no homem e se ela era útil para sua felicidade ou não. Curval provou que apenas era perigosa e que era o primeiro sentimento que se devia embotar nas crianças, acostumando-as, desde cedo, com os mais ferozes espetáculos. E cada um tendo tratado a questão diferentemente, alinharam-se à opinião de Curval. Depois do jantar, o Duque e ele disseram que era preciso mandar as mulheres e os moços se deitarem e fazer orgias apenas entre homens. Todos tendo concordado com esse projeto, trancafiaram-se com os oito fodedores e passaram quase a noite inteira sendo enrabados e tomando licores. Foram para a cama por duas horas, no raiar do dia, e o dia seguinte trouxe os acontecimentos e as narrações que o leitor encontrará se se der à pena de ler o que se segue.

VIGÉSIMO NONO DIA

Há um provérbio (e os provérbios são uma excelente coisa), há um, disse, que afirma que o apetite nasce à mesa. Por mais tosco que seja, esse provérbio tem, entretanto, um sentido muito extenso: quer dizer que de tanto fazer horrores nasce o desejo de fazer novos e que quanto mais horrores se fazem, mais se deseja fazer. Este era o caso de nossos insaciáveis libertinos. Por uma dureza imperdoável, por um detestável refinamento de devassidão, haviam condenado, como já se disse, suas infelizes esposas a lhes prestar, quando saíam do guarda-roupas, os mais vis e sórdidos serviços; não pararam por aí e, naquele dia, proclamaram uma nova lei, que parecia se dever à libertinagem sodomita da véspera, uma nova lei, disse eu, que estatuía que elas serviriam, a contar do dia primeiro de dezembro, completamente de vaso às suas necessidades, e que essas necessidades, em suma, grossas e pequenas, nunca mais seriam aliviadas senão em suas bocas; que cada vez que os senhores quisessem satisfazer suas necessidades, seriam seguidos por quatro sultanas para lhes prestarem, uma vez a necessidade satisfeita, o serviço que costumavam lhes prestar suas esposas, e que estas não podiam mais lhes prestar agora, uma vez que iam servir a algo mais sério; que as quatro sultanas oficiantes seriam Colombe para Curval, Hébé para o Duque, Rosette para o Bispo e Michette para Durcet; e que o menor erro quando de uma ou outra dessas operações, seja a que cabia às esposas, seja a que cabia às quatro moças, seria punido com extremo rigor. As pobres mulheres mal ficaram sabendo dessa nova ordem, desandaram a chorar e se desolaram sem, infelizmente, conseguir comover ninguém. Prescreveram apenas que cada mulher serviria seu marido, e Aline, o Bispo, e que, para essa operação, não seria permitido trocá-las. Duas velhas, que se revezariam, foram encarregadas de estarem presentes, do mesmo modo, para o mesmo serviço, cuja hora foi invariavelmente fixada à noite, ao sair das orgias. Concluíram que a isso procederiam sempre em comum; que, enquanto operavam, as quatro sultanas, à espera do serviço que haveriam de prestar, apresentariam suas nádegas, e que as velhas passariam de ânus em ânus para apertá-los, abri-los e excitá-los finalmente à operação. Promulgado esse regulamento, procederam, naquela manhã, às correções que não haviam aplicado na véspera, para respeitar o desejo de fazer orgias entre homens apenas. A operação ocorreu no aposento das sultanas; todas as oito foram expedidas, e, depois delas, vieram a vez de Adélaïde, Aline e Cupido, que também se encontravam na lista fatal. A cerimônia, com os detalhes e todo o protocolo de uso em tal caso, durou quase quatro horas, ao cabo das quais desceram para o almoço, a cabeça muito abrasada, sobretudo Curval que, adorando prodigiosamente essas operações, nunca a elas procedia sem a mais certa ereção. Quanto ao Duque, havia esporrado, assim como Durcet. Este último, que começava a ficar com um humor de libertinagem muito implicante contra sua cara mulher Adélaïde, não a corrigiu sem violentas sacudidas de prazer que lhe custaram porra. Depois do almoço, passaram ao café; nele queriam muito poder oferecer bundas frescas como, nos homens, as de Zéfiro e Gitão, e de muitos outros, se assim quisessem: era possível; mas em sultanas era impossível. Foram, portanto, seguindo simplesmente a ordem estabelecida, Colombe e Michette que o serviram. Curval, examinando a bunda de Colombe cuja variegação, em parte sua obra, suscitava nele desejos muito singulares, enfiou seu pau entre suas coxas por trás, manuseando muito suas nádegas; às vezes, sua ferramenta, voltando para trás, esbarrava, como que sem querer, no lindo cuzinho que muito queria perfurar. Ele o olhava, observava-o. "Santo Deus!", disse a seus amigos, "dou duzentos luíses agora à sociedade se quiserem me deixar enrabar esta bunda..." Conteve-se, entretanto, e nem mesmo esporrou. O Bispo fez Zéfiro esporrar em sua boca, e perdeu sua porra engolindo a daquela deliciosa criança; quanto a Durcet, mandou Gitão dar-lhe pontapés na bunda, mandou-o cagar, mas permaneceu virgem. Passaram ao salão de história, onde cada pai, por um arranjo que voltava bastante frequentemente, tinha, naquela noite, sua filha em seu sofá, e escutaram, de calções rebaixados, os cinco relatos de nossa cara historiadora.

"Parecia que desde que retomara o pio legado da Fournier, a felicidade afluíra em minha casa", disse essa bela moça. "Nunca havia tido conhecidos tão ricos. O pregador dos Beneditinos, um de meus melhores clientes, veio me dizer um dia que, tendo ouvido falar de uma fantasia bastante singular e tendo-a visto executar por um de seus amigos que era entusiasmado por ela, queria executá-la por sua vez, e pediu-me, para tanto, uma moça que tivesse muitos pelos. Dei-lhe uma grande criatura de vinte e oito anos que tinha tufos de uma vara de comprimento, tanto sob as axilas como na moita. 'É exatamente disso que preciso', disse-me. E como tínhamos um excelente relacionamento e já havíamos nos divertido juntos muitas vezes, ele não se escondeu a meus olhos. Mandou a moça se despir, e ficar meio deitada num sofá, com os dois braços levantados; armado de um par de tesouras muito afiladas, começou a tosar até o couro as duas axilas dessa criatura. Das axilas, passou à moita; tosou-o do mesmo modo, mas com tão grande precisão, que em nenhum desses lugares que ele operara parecia ter havido o mais leve vestígio de pelo. Seu negócio acabado, beijou as partes que acabara de tosar, e derramou sua porra sobre essa moita tosada extasiando-se sobre sua obra."

"Um outro exigia sem dúvida uma cerimônia bem mais bizarra: era o Duque de Florville. Recebi ordem de levar em sua casa uma das mais lindas mulheres que pudesse encontrar. Um camareiro nos recebeu, e entramos no palacete por uma porta de lado. 'Arrumemos essa bela criatura', disse-me o serviçal, 'como convém que esteja para que o senhor Duque possa com ela se divertir... Segui-me.' Por desvios e corredores tão obscuros quanto imensos, acabamos chegando a um apartamento lúgubre, apenas iluminado por seis círios, colocados no chão em torno de um colchão de cetim negro; todo o aposento estava forrado de luto, e ficamos apavoradas ao entrar. 'Tranquilizai-vos', disse nosso guia, 'não vos acontecerá mal algum; mas prestai-vos a tudo', disse à moça, 'e executai bem sobretudo o que vou vos prescrever.' Mandou que se despisse completamente, soltou sua cabeleira, e deixou pender seus cabelos, que ela tinha esplêndidos. Em seguida, deitou-a no colchão, em meio aos círios, instou que fingisse estar morta e, sobretudo, que tomasse o mais perfeito cuidado, durante toda a cena, de se mexer e respirar o menos possível. 'Pois, se, infelizmente, meu mestre, que vai se figurar que estais realmente morta, percebesse o fingimento, ficaria furioso, e certamente não sereis paga.' Assim que colocara a moça no colchão, na atitude de um cadáver, mandou que sua boca e seus olhos exprimissem dor, deixou flutuar seus cabelos sobre seu peito nu, colocou perto dela um punhal, e com a mão lambuzou-lhe, do lado do coração, uma chaga grande com sangue de frango. 'Sobretudo não tenhais nenhum temor', disse ainda à moça, 'nada tenhais a dizer, nada a fazer: trata-se apenas de ficar imóvel e de respirar somente nos momentos em que o vereis menos perto de vós. Retiremo-nos agora', disse-me o serviçal. 'Vinde, senhora; para que não vos preocupais por vossa moça, deixar-vos-ei num lugar de onde podereis escutar e observar toda a cena.' Saímos, deixando a moça que, embora tivesse ficado emocionada, estava, entretanto, mais tranquila após as falas do camareiro. Este me levou até um gabinete vizinho do aposento em que o mistério ia se celebrar, e, através de uma parede mal juntada, na qual o estofo preto estava aplicado, pude escutar tudo. Observar tornava-se ainda mais fácil, pois esse estofo era de crepe: distinguia todos os objetos através dele, como se estivesse dentro do próprio aposento. O serviçal puxou a corda de um sino; era o sinal; alguns minutos depois, vimos entrar um grande homem seco e magro, de aproximadamente sessenta anos. Estava inteiramente nu sob um robe flutuante de tafetá das Índias. Ele parou logo na entrada; cabe dizer-vos, aqui, que nossas espiadas eram insuspeitadas, pois o Duque, que acreditava estar absolutamente só, estava muito longe de pensar que o olhassem. 'Ah!, que belo cadáver!', gritou ele logo... 'Que bela morta!... Oh!, meu Deus do céu!', disse ao ver o sangue e o punhal, 'acaba de ser assassinada há pouco... Ah! Santo Deus, como aquele que fez isso deve estar de pau duro!' E, masturbando-se: 'Como queria tê-la apunhalado eu mesmo!'. E manuseando seu ventre: 'Estava grávida?... Não, infelizmente'. E continuando a manuseá-la: 'Que lindas carnes! Ainda estão quentes... Que belo peito!' Então dobrou-se sobre ela, e beijou sua boca com um furor incrível: 'Ela ainda está babando', disse... 'como gosto dessa saliva!'. E, uma segunda vez, enfiou-lhe a língua até a goela. Era impossível desempenhar melhor esse papel do que essa moça; ela não se mexeu mais que um tronco, e cada vez que o Duque estava próximo, não respirou absolutamente. Finalmente, agarrou-a e, virando-a de bruços: 'Preciso observar essa bela bunda', disse. E assim que a viu: 'Ah! Santo Deus, que lindas nádegas!'. Então beijou-as, escancarou-as, e o vimos distintamente colocar sua língua no lindo cuzinho. 'Eis, por minha honra', gritou entusiasmadíssimo, 'um dos mais esplêndidos cadáveres que já tenha visto em minha vida! Ah! Como deve ser feliz aquele que privou essa bela moça da vida, e quanto prazer deve ter sentido!' Essa ideia fê-lo esporrar; estava deitado perto dela, apertava-a, suas coxas grudadas contra as nádegas, e esporrou-lhe sobre o olho do cu com marcas incríveis de prazer, e gritando como um diabo ao perder seu esperma: 'Ah!, porra, porra! Como quereria tê-la matado!'. Tal foi o fim da operação. O libertino levantou-se e desapareceu. Estava mais do que na hora de irmos levantar nossa moribunda: não aguentava mais; o constrangimento, o pavor, tudo tinha absorvido seus sentidos, e ela estava a ponto de representar de verdade a personagem que acabara de imitar tão bem. Fomos embora com quatro luíses que nos entregou o serviçal, que, como bem imaginais, nos roubava pelo menos metade."

"Viva Deus!", gritou Curval, "isso que é paixão! Há sal, picante, ao menos, nisso tudo." "Estou de pau duro como um asno", disse o Duque. "Aposto que aquele personagem não parava por aí." "Podei ter certeza, senhor Duque", disse

Martaine, "às vezes, gostava de mais realidade. A senhora Desgranges e eu teremos a oportunidade de vos convencer disso." "Mas que diabo estás fazendo enquanto isso?", disse Curval ao Duque. "Deixa-me, deixa-me!", respondeu o Duque, "estou fodendo a minha filha, e acredito que ela está morta." "Ah!, celerado", disse Curval, "eis, portanto, dois crimes na tua cabeça". "Ah!, porra!", disse o Duque, "como queria que fossem mais reais!" E seu esperma impuro escorreu na vagina de Julie. "Vamos, prossiga, Duclos", disse logo que acabou, "prossiga, minha cara amiga, e não deixe o Presidente esporrar, pois o estou ouvindo incestar sua filha: o engraçadinho está se infundindo ideias ruins na cabeça; seus pais o confiaram a mim, e devo ficar de olho na sua conduta, não quero que ele se perverta." "Ah!, já está tarde", disse Curval, "não está mais em tempo, estou esporrando! Ah!, duplo Deus, que bela morta!" E, enquanto enconava Adélaïde, o celerado figurava-se, como o Duque, que fodia sua filha assassinada: que incrível desvario da mente do libertino este de ele nada poder escutar, nada poder ver, sem logo querer imitá-lo! "Duclos, continua", disse o Bispo, "senão o exemplo desses marotos seduzir-me-á, e no estado em que me encontro, faria coisas talvez piores do que eles."

"Algum tempo depois dessa aventura, fui sozinha à casa de outro libertino", disse Duclos, "cuja mania, talvez mais humilhante, não era, entretanto tão sombria." Recebeu-me num salão cujo parquete estava ornamentado por um tapete muito lindo, mandou que me despisse, e ficasse de quatro: 'Vamos ver', disse, falando de dois grandes dinamarqueses que tinha a seus lados, 'vamos ver quem, meus cães ou tu, será mais rápido; vai buscar!'. E, ao mesmo tempo, lançou uma grande castanha assada ao chão, falando-me como a um animal: 'Traga, Traga!', disse-me. Corro de quatro atrás da castanha, para entrar no espírito de sua fantasia e de trazê-la, mas os dois cães, partindo depois de mim, logo tomaram a dianteira; apanharam a castanha e levaram-na de volta a seu dono. 'Sois francamente desajeitada', disse-me, então, o dono, 'estaríeis com medo de que meus cães vos comesse? Não temais nada, não vos farão mal nenhum, mas, interiormente, caçoam de vós quando vos veem menos hábil que eles. Vamos, vossa revanche... traga!' Nova castanha jogada, e nova vitória dos cães sobre mim. O jogo acabou durando duas horas, durante as quais apenas tive a habilidade de apanhar a castanha uma única vez, e levá-la na boca daquele que a jogara. Mas que eu triunfasse ou não, nunca esses animais, adestrados para esse jogo, me fizeram algum mal; pareciam, pelo contrário, brincar e divertir-se comigo como se eu fosse de sua espécie. 'Vamos', disse o dono, 'pronto, já trabalharam bastante; é preciso comer.' Ele tocou uma campainha, um serviçal de confiança entrou.

'Traga de comer às minhas feras', disse. Na hora, o serviçal deixou no chão uma gamela de ébano cheia de uma espécie de picadinho de carne muito delicado. 'Vamos', disse-me, 'janta com meus cães, e trata de não deixá-los serem tão ágeis na refeição como foram na corrida.' Não havia nada a se responder, precisei obedecer, e, ainda de quatro, pus minha cabeça na gamela, e como tudo estava muito limpo e muito bom, comecei a pastar com os cães que, muito educadamente, me deixaram minha parte, sem a menor disputa. Este era o momento da crise de nosso libertino: a humilhação, o rebaixamento ao qual reduzia uma mulher aquecia incrivelmente seus espíritos. 'Que bugra!', disse então, masturbando-se, 'que safada, está comendo com meus cães! Eis como seria preciso tratar todas as mulheres, e se assim o fizessem, elas não seriam tão impertinentes; são animais domésticos como esses cães, que razão teríamos para tratá-las de outro modo que este? Ah!, safada, ah!, puta!', exclamou ele, então, avançando e soltando sua porra em cima do meu traseiro. 'Ah!, bugra, portanto, fiz-te comer com meus cães!' Foi tudo; nosso homem desapareceu, vesti-me prontamente, e encontrei dois luíses no meu casaco, soma combinada, com a qual o devasso costumava, provavelmente, pagar seus prazeres."

"Agora, senhores", continuou Duclos, "terei de voltar sobre meus passos, e a vos narrar, para acabar a noite, duas aventuras que me ocorreram em minha juventude. Como elas são um tanto fortes, teriam sido deslocadas na sequência dos fracos acontecimentos pelos quais ordenais que começasse; fui, portanto, obrigada a deslocá-las e guardá-las para o fim. Tinha então apenas dezesseis anos, e ainda estava na casa da Guérin; tinham me acomodado no gabinete inferior do apartamento de um homem muito distinto, dizendo-me simplesmente para esperar, ficar tranquila, e bem obedecer ao fidalgo que viria se divertir comigo. Mas fizeram questão de nada mais me dizerem; se me haviam avisado, não teria sentido tanto medo, mas, certamente, nosso libertino não teria sentido tanto prazer. Estava naquele gabinete havia aproximadamente uma hora, quando finalmente alguém abriu a porta. Era o mestre em pessoa. 'Que fazes aqui, piranha', disse-me com ar surpreso, 'nesta hora, em meu apartamento? Ah!, puta', gritou agarrando-me pelo pescoço até me fazer perder o fôlego, 'ah!, meretriz, vieste para me roubar!' Na hora, chamou ajuda; um serviçal de confiança apareceu: 'La Fleur', disse seu mestre cheio de raiva, 'eis uma ladra que encontrei escondida; dispa-a completamente e prepara-te para executar, em seguida, a ordem que vou te dar'. La Fleur obedeceu; num instante estava nua, e jogaram meus trajes fora à medida que os tirava. 'Vamos', disse o libertino a seu serviçal, 'vai buscar um saco, agora, costura essa safada dentro, e vai jogá-la no rio!' O serviçal saiu para ir buscar o saco. Bem imaginais que aproveitei esse intervalo para me jogar aos pés do mestre, e suplicá-lo que me concedesse sua clemência, garantindo-lhe que fora a senhora Guérin, sua cafetina habitual, que me colocara pessoalmente ali, mas que eu não era uma ladra... Mas o devasso, sem nada escutar, agarrou minhas nádegas, e sovando-as com brutalidade: 'Ah!, porra', disse, 'então vou dar essa bela bunda de comer aos peixes!'. Foi o único ato de lubricidade que pareceu permitir-se, e mesmo assim nada expôs à minha vista que pudesse me deixar acreditar que a libertinagem tivesse algo a ver naquela cena. O serviçal voltou com um saco; por mais que instasse, jogaram-me dentro, nele me costuraram, e La Fleur me carregou sobre seus ombros. Foi então que ouvi os efeitos da comoção da crise em nosso libertino, pois, muito provavelmente, ele começara a se masturbar assim que me colocaram no saco. No mesmo instante em que La Fleur me carregou, a porra do celerado jorrou. 'No rio... no rio... ouviste bem, La Fleur', dizia ele gaguejando de prazer. 'Sim, no rio, e põe uma pedra no saco para que a puta seja logo afogada.' Tudo era dito; saímos, passamos para um aposento vizinho, onde La Fleur, após descosturar o saco, devolveu-me minhas roupas, deu-me dois luíses, algumas provas inequívocas de um modo de se comportar no prazer muito diferente do de seu mestre, e voltei à casa da Guérin a quem repreendi muito por não ter me avisado, e que, para fazer as pazes comigo, me mandou ter, dois dias depois, o encontro seguinte para o qual me avisou menos ainda."

"Tratava-se aproximadamente, como na que acabo de narrar, de ficar no gabinete do apartamento de um *fermier général*, mas, dessa vez, com o próprio serviçal que fora me buscar na casa da Guérin a mando de seu mestre. Enquanto esperávamos a chegada de seu mestre, o serviçal divertia-se me mostrando várias joias que se encontravam na escrivaninha daquele gabinete. 'Por Deus', disse-me o honesto Mercúrio, 'mesmo se pegásseis alguma, não seria um grande mal; o velho Creso é rico o bastante: aposto que ele mal sabe a quantidade ou a espécie das joias que guarda nessa escrivaninha. Acreditai em mim, ficai à vontade, e não tenhais medo de que eu vos traia.' Infelizmente! Estava mais do que nunca disposta a seguir esse pérfido conselho: conheceis minhas inclinações, já vos contei. Passei então a mão, sem me fazer de rogada, numa pequena caixa de prata com sete ou oito luíses, não ousando apossar-me de um objeto de maior valor. Era tudo o que o serviçal tratante desejava e, além do mais, fiquei sabendo depois, que, se eu tivesse me recusado a tomar algo, sem que eu percebesse, ele teria enfiado uns desses bens no meu bolso. O mestre chegou, recebeu-me muito bem, o serviçal saiu, e ficamos juntos. Aquele não fazia como o outro, divertia-se a valer: beijou-me muito o traseiro, fez-se chicotear, fez-me peidar na sua boca, colocou seu pau na minha, e se fartou, numa palavra, de lubricidades de todos os gêneros e todas as espécies, exceto a da frente; mas por mais que fizesse, não esporrou. O momento ainda não havia chegado, tudo o que ele acabara de fazer não passava, para ele, de premissas; vereis o desfecho. 'Ah!, por Deus, disse-me, esqueci que um doméstico está esperando na minha antecâmara uma pequena joia que prometi mandar agora a seu mestre. Permiti que cumpra minha palavra, e assim que eu acabar, retomaremos nossa tarefa.' Culpada do pequeno delito que acabara de cometer instigada por aquele maldito serviçal, deixo-vos pensar o quanto essa fala me fez estremecer. Por um momento, pensei em retê-lo; mas após rápida reflexão, achei melhor não fazer nada e arriscar tudo. Ele abriu a escrivaninha, procurou, revistou, e não achando o que buscava, lançou-me olhares furiosos. 'Sacana!', acabou dizendo, 'apenas vós e um serviçal de minha confiança entraram desde então; meu bem está faltando, portanto, apenas vós o podeis ter tomado.' 'Oh! Senhor', disse-lhe tremendo, 'tenha certeza de que eu seria incapaz...' 'Vamos, santo Deus!', disse cheio de raiva (ora, ficais sabendo que seu calção estava sempre desabotoado e seu pau colado contra seu ventre: isso devia ter me esclarecido e impedir-me de ficar tão preocupada, mas eu não via nem vislumbrava mais nada), 'vamos, bugra, preciso reencontrar meu bem.' Mandou que me despisse. Vinte vezes me joguei a seus pés para rogar que me poupasse a humilhação de tal revista: nada o comoveu, nada o enterneceu, ele mesmo arrancou minhas roupas com raiva, e assim que fiquei nua, revistou meus bolsos, e, como adivinhais, não levou muito tempo para encontrar a caixa. 'Ah!, celerada', disse-me, 'agora tenho certeza. Bugra! Vens à casa das pessoas para roubá-las.' E chamando logo seu homem de confiança: 'Ide', disse-lhe inflamado, 'ide me buscar imediatamente o comissário!'. 'Oh! Senhor', exclamei, 'tende piedade de minha juventude, fui seduzida, eu não fiz isso de vontade própria, instigaram-me a isso.' 'Pois bem!', disse o devasso, 'guardai essas razões para o homem de justiça, pois quero vingança.' O serviçal saiu; ele se jogou numa poltrona, sempre de pau duro e sempre numa grande agitação, cobrindo-me com mil invectivas. 'Que meretriz, que celerada!', dizia, 'e eu que pensei em recompensá-la como se deve, vir assim na minha casa para me roubar!... Ah!, por Deus, vamos ver.' Nessa hora bateram à porta, e vi entrar um homem de toga. 'Senhor comissário', disse o mestre, 'eis uma patifa que vos entrego, e entrego-a nua, no estado em que a deixei para revistá-la; aqui estão a moça de um lado, seus trajes do outro, e, além do mais, o bem roubado; e, sobretudo, mandai-a enforcar, senhor comissário.' Foi então que ele se jogou para trás em sua poltrona esporrando. 'Sim, faze-a enforcar, santo Deus! Que eu a veja enforcar, santo Deus, senhor comissário! Que eu a veja enforcar, é tudo o que vos peço.' O pretenso comissário levou-me com o bem e meus trapos num aposento vizinho, retirou sua toga, e reconheci o mesmo serviçal que me recebera e instigara ao roubo que, de tão transtornada, não conseguira reconhecer. 'Pois bem!', disse-me, 'sentistes muito medo?' 'Infelizmente', disse-lhe, 'não aguento mais.' 'Acabou', disse-me 'e estou aqui para vos recompensar.' Entregou-me, então, por parte de seu mestre, o próprio efeito que eu roubara, devolveu minhas roupas, me deu um copo de licor, e me levou de volta à casa da senhora Guérin."

"Essa mania é prazerosa", disse o Bispo. "Pode-se tirar maior proveito dela para outras coisas, e empregando menos delicadeza, pois eu confesso não ser muito a favor da delicadeza na libertinagem. Colocando menos delicadeza", disse, "pode-se aprender com este relato uma maneira segura de impedir uma puta de se queixar, qualquer que seja a iniquidade dos procedimentos que se queira empregar com ela. Basta apresentar-lhe assim armadilhas, e fazê-la cair, e assim que se tem certeza de tê-la tornado culpada, pode-se, por sua vez, fazer tudo o que se quer; não se deve mais temer que ela ouse se queixar, ela terá medo demais de ser presa ou recriminada." "Está certo", disse Curval, "que no lugar do financista teria me permitido muito mais coisas, e vós poderíeis, minha encantadora Duclos, não ter vos safado dessa tão facilmente." Os relatos tendo sido longos, naquela noite, a hora do jantar chegou sem que houvesse tempo de devassar-se um pouco, antes. Portanto, foram sentar à mesa, bem decididos a compensar-se depois da refeição. Foi apenas quando todo mundo estava reunido que determinaram constatar finalmente as moças e os moços que podiam considerar como homens e mulheres. Tratou-se, para decidir a coisa, de masturbar todos aqueles de um e do outro sexo para os quais se tinha alguma dúvida. Nas mulheres tinham certeza absoluta de Augustine, Fanny e Zelmire: todas essas três criaturinhas encantadoras, de quatorze e quinze anos, esporravam às mais leves carícias; nem cogitaram testar Hébé e Michette, que tinham apenas doze anos. Tratava-se, portanto, entre as sultanas, apenas de provar Sophie, Colombe e Rosette, a primeira com quatorze anos e as duas outras, com treze. Entre os rapazes sabia-se que Zéfiro, Adônis e Celadão soltavam porra como homens feitos; Gitão e Narciso eram jovens demais para serem postos à prova. Portanto, apenas incluíram Zelamir, Cupido e

Hiacinto. Os amigos fizeram um círculo em torno de uma pilha de grandes almofadas que arranjaram no chão; Champville e Duclos foram designadas para as masturbações; uma, em sua qualidade de tríbade, devia masturbar as três moças, e a outra, como exímia na arte de masturbar paus, devia poluir os rapazes. Elas entraram no meio-círculo formado pelas poltronas dos amigos, no qual estavam de almofadas, apoderaram-se de Sophie, Colombe, Rosette, Zelamir, Cupido e Hiacinto, e cada amigo, para se excitar durante o espetáculo, instalou uma criança entre suas coxas. O Duque escolheu Augustine; Curval, Zelmire; Durcet, Zéfiro; e o Bispo, Adônis. A cerimônia começou pelos rapazes, e a Duclos, com o peito e as nádegas de fora e o braço nu até o cotovelo, empregou toda sua arte em poluir um após o outro cada um desses deliciosos ganimedes[47]. Era impossível pôr nisso mais volúpia; ela agitava sua mão com uma ligeireza... Seus movimentos tinham uma delicadeza e uma violência... Ela oferecia a esses jovens rapazes sua boca, seu peito ou suas nádegas com tanta arte, que todos tinham certeza que quem não esporrasse ainda não tinha tal poder. Zelamir e Cupido ficaram de pau duro, mas por mais que ela fizesse, nada saiu. Quanto a Hiacinto, a comoção ocorreu imediatamente, na sexta punhetada a porra pulou no seu peito, e a criança desfaleceu manuseando o seu traseiro; observação que foi tanto mais notada que, durante toda a operação, ele nem imaginara tocar a parte dianteira. Passaram às moças. Champville, quase nua, muito bem penteada e elegantemente arrumada pelo resto, não parecia ter mais de trinta anos, embora tivesse cinquenta. A lubricidade dessa operação, da qual, enquanto tríbade inveterada, esperava tirar o maior prazer, animava seus grandes olhos negros que sempre foram muito bonitos. Empregou no mínimo tanta arte na sua parte do que a Duclos empregara na sua: poluiu ao mesmo tempo o clitóris, a entrada da vagina e o olho do cu; mas a natureza nada desenvolvera em Colombe e Rosette; não houve a menor aparência de prazer. Este não foi o caso da bela Sophie: na décima dedilhada, ela desmaiou no peito da Champville; pequenos suspiros entrecortados, suas lindas bochechas que se animaram do mais terno encarnado, seus lábios que se abriram e molharam, foram tantas provas do delírio com o qual a natureza acabava de agraciá-la, e ela foi declarada mulher. O Duque, que estava de pau extraordinariamente duro, ordenou que a Champville a masturbasse uma segunda vez, e, na hora de seu esporro o celerado veio misturar sua porra impura à da jovem virgem. Quanto a Curval, seu caso ocorria entre as coxas de Zelmire; e os dois outros, com os jovens rapazes que seguravam entre suas coxas. Foram deitar e, a manhã seguinte não tendo fornecido nenhum acontecimento que mereça ser mencionado nesta coletânea, assim como o almoço e o café, passaram logo para o salão, onde Duclos suntuosamente vestida, pareceu sobre sua tribuna para acabar, com os cinco relatos seguintes, a parte das cento e cinquenta narrativas que a ela fora confiada para os trinta dias do mês de novembro.

TRIGÉSIMO DIA

"Não sei, senhores", disse essa bela moça, "se ouvistes falar da fantasia, tão singular como perigosa, do conde Lernos, mas a minha relação com ele tendo me permitido conhecer a fundo suas manobras, as quais achei muito extraordinárias, acredito que tenham seu lugar entre as volúpias que me ordenastes detalhar-vos. A paixão do conde Lernos consistia em maltratar o maior número de moças e mulheres casadas que podia e, independentemente dos métodos que usava para seduzi-las, não havia recursos que não inventara para entregá-las a homens; quer favorecia suas inclinações unindo-as ao objeto de seus desejos, quer lhes encontrasse amantes caso não os tivessem. Ele tinha uma casa reservada para isso, onde todos os casos que arranjava se encontravam; ele os unia, garantia-lhes tranquilidade e descanso, e, num gabinete secreto, ia gozar do prazer de vê-los em ação. Mas é incrível o quanto multiplicava esses desregramentos, e tudo a que recorria para formar esses pequenos casamentos: tinha suas entradas em quase todos os conventos de Paris, na casa de muitas mulheres casadas, e procedia de tal modo que não se passava um único dia sem que houvesse três ou quatro encontros em sua casa. Nunca deixava de espiar essas volúpias sem que os casais desconfiassem, mas uma vez no buraco de seu observatório, como sempre estava sozinho, ninguém sabe nem como ele procedia para seu esporro, nem de que natureza era: sabe-se apenas o fato, aqui está, e achei-o digno de vos ser narrado."

"A fantasia do velho Presidente Desportes talvez vos divirta muito mais. Prevenida da etiqueta a ser cumprida na casa desse devasso, costumava chegar em torno das dez horas da manhã, e, completamente nua, ir apresentar-lhe minhas nádegas para que as beijasse numa poltrona em que estava gravemente sentado e, de saída, peidar-lhe no nariz. Irritado, meu Presidente levantava-se, agarrava um punhado de varas que ele tinha perto de si, e começava a correr atrás de mim, cujo primeiro cuidado era o de fugir. 'Impertinente!', dizia-me, enquanto me perseguia; 'vou ensinar-te a vir fazer em minha casa infâmias dessa espécie!' Ele perseguia, eu não parava de fugir. Acabava chegando numa ruazinha onde me escondia como num refúgio impugnável, mas logo era alcançada; as ameaças do Presidente redobravam ao ver-se dono de mim; brandia suas varas, ameaçando bater-me; eu encolhia, agachava-me, tentava ficar menor que um camundongo: este ar de pavor e de aviltamento acabava determinando sua porra, e o espertalhão a lançava em meu peito berrando de prazer."

"O quê! Sem te dar uma única varada?", disse o Duque. "Sem mesmo abaixá-las sobre mim", respondeu Duclos. "Eis um homem bem paciente", disse Curval; "meus amigos, convenhamos que não somos tão pacientes assim, quando temos em mãos o instrumento de que fala Duclos." "Um pouco de paciência, senhores", disse Champville, "logo vos apresentarei outros desse mesmo gênero, que não serão tão pacientes como o Presidente de quem a senhora Duclos acabou de vos falar." E esta, vendo que o silêncio que se instalara deixava-lhe a liberdade de retomar seu relato, prosseguiu do seguinte modo:

"Pouco tempo depois dessa aventura, fui à casa do marquês de Saint-Giraud, cuja fantasia consistia em colocar uma mulher nua num balanço, e fazê-la subir assim até uma altura muito grande. A cada impulso, passava-se diante de seu nariz; ele vos esperava, e era preciso, naquele momento, quer soltar um peido, quer receber uma bofetada na bunda. Eu o satisfiz do melhor modo que pude; ganhei algumas bofetadas, mas soltei-lhe muitos peidos. E o devasso, tendo finalmente esporrado após uma hora dessa enfadonha e cansativa cerimônia, o balanço parou, e recebi licença para me retirar."

"Aproximadamente três anos depois de eu me tornar dona da casa de Fournier, chegou um homem em minha casa com uma proposta singular: tratava-se de encontrar libertinos que brincassem com sua mulher e sua filha, com a única condição de deixá-lo se esconder num canto para ver tudo o que lhes fariam. Ele as entregaria, dizia, e não somente o dinheiro que eu arrecadaria com elas seria meu, mas ele me daria mais dois luíses por orgia que lhes organizasse. Havia apenas um detalhe: ele apenas queria, para sua mulher, homens de um certo gosto, e para sua filha, homens de uma outra espécie de fantasia: para sua mulher, ele queria homens que lhe cagassem nas mamas, e para sua filha, homens que, após levantar suas saias e expor seu traseiro bem na frente do buraco onde ele observaria, de modo a poder contemplar tudo à vontade, fossem esporrar em sua boca; para qualquer outra paixão que não essas duas, ele não entregaria sua mercadoria. Após fazer esse homem prometer que se responsabilizava por qualquer problema caso sua mulher e sua filha viessem a se queixar de terem vindo à minha casa, aceitei tudo o que ele quis, e prometi-lhe que as pessoas que ele me traria seriam abastecidas assim como ele queria. Trouxe-me sua mercadoria já no dia seguinte: a esposa era uma mulher de trinta e seis anos, de pouca beleza, mas grande e bem-feita, com um ar de muita doçura e modéstia; a mocinha tinha quinze anos, era loira, carnuda, e tinha a fisionomia mais terna e mais agradável do mundo. 'Na verdade, senhor', disse a esposa, 'nos submeteis a tais coisas...' 'Estou mortificado por isso', disse o devasso, 'mas é preciso que assim seja; acreditai em mim, tomai vosso partido, pois não abrirei mão disso. E caso resistis contra a menor coisa das propostas e ações às quais vamos vos submeter, vós, senhora, e vós, senhorita, envio-vos amanhã mesmo num fim de mundo, de onde nunca mais voltareis em vossa vida.' A esposa derramou então algumas lágrimas, e como o homem ao qual eu a destinava estava à espera, pedi-lhe para passar ao aposento que lhe era destinado, enquanto sua filha ficaria em segurança num outro aposento com minhas moças, até chegar sua vez. Naquele cruel momento, houve mais alguns prantos, e vi claramente que era a primeira vez que esse marido brutal exigia tal coisa de sua mulher; infelizmente o começo seria duro, pois, independentemente do gosto barroco da personagem a quem eu a entregava, era um velho libertino muito imperioso e brusco, e que não a trataria muito honestamente. 'Vamos, nada de lágrimas', disse-lhe o marido entrando. 'Lembrai que vos observarei, e que caso não satisfizerdes amplamente o honesto homem ao qual vos entrego, entrarei pessoalmente para vos sujeitar a isso.' Ela entrou, e fomos, o marido e eu, ao aposento de onde podíamos ver tudo. Não imaginais o quanto esse velho celerado aqueceu a imaginação ao contemplar sua infeliz esposa vítima da brutalidade de um desconhecido. Ele se deleitava com cada coisa que dela se exigia; a modéstia, a candura dessa pobre mulher, humilhada pelos atrozes procedimentos do libertino que com ela se divertia, compunham-lhe um delicioso espetáculo. Mas quando ele a viu brutalmente jogada no chão, e o velho grotesco a quem eu a havia entregue lhe cagar no peito, e quando ele viu o pranto, os desgostos de sua mulher pelas falas e a execução dessa infâmia, ele não aguentou, e a mão com a qual eu o masturbava se cobriu imediatamente de porra. Finalmente, essa primeira cena terminou, e se esta lhe havia dado prazer, as coisas tomaram outra proporção quando gozou da segunda. Não sem muitas dificuldades e, sobretudo, fortes ameaças, conseguimos convencer a moça, pois vira as lágrimas de sua mãe e ignorava o que lhe fizeram. A pobrezinha criava todo tipo de dificuldades; finalmente conseguimos convencê-la. O homem a quem a entregava estava perfeitamente instruído de tudo o que devia fazer; era um de meus fiéis clientes que eu agraciei com essa boa fortuna, e que, por reconhecimento, consentia a tudo o que dele exigira. 'Oh!, que bela bunda!', exclamou o pai libertino assim que o cliente de sua filha a expôs inteiramente nua. 'Oh!, santo Deus, que lindas nádegas!' 'Ei! O quê?', disse-lhe, 'é a primeira vez que as vedes?' 'De fato', disse-me, 'precisei deste expediente para gozar deste espetáculo; mas, se esta é a primeira vez que vejo essa bela bunda, garanto que não será a última.' Eu o masturbava vivamente, ele se extasiava; mas quando ele viu a indignidade que se exigiu dessa jovem virgem, quando ele viu as mãos de um libertino passearem sobre esse belo corpo que ainda não sofrera tal carícia, quando ele viu que faziam-na ajoelhar-se, que forçavam-na a abrir a boca, que nela se introduzia um pau grosso e que nela se esporrava, ele se lançou para trás, xingando como um possuído, jurando que nunca, em toda sua vida, provara tanto prazer, e deixou entre meus dedos provas certas daquele prazer. Tudo estava dito, as pobres mulheres foram embora chorando muito, e o marido, embalado demais por tal cena, sem dúvida achou um meio de convencê-las a lhe dar de novo o espetáculo de tal cena com certa frequência, pois as recebi em minha casa por mais de seis anos, e fiz, segundo a ordem que o marido me dava, essas duas infelizes criaturas passarem por todas as diferentes paixões que acabo de vos relatar, exceto umas dez ou doze, que elas não podiam satisfazer porque não ocorriam em minha casa."

"Quantos modos, só para prostituir uma mulher e uma filha!", disse Curval. "Como se aquelas vacas fossem feitas para outra coisa! Não nasceram elas para nossos prazeres e, então, não devem elas satisfazê-los não importa como? Tive muitas mulheres", continuou o Presidente, "três ou quatro filhas, das quais, graças a Deus, apenas me resta a senhorita Adélaïde, que o senhor Duque está fodendo agora, ao que me parece, mas se alguma dessas criaturas houvesse recusado às prostituições às quais as submeti regularmente, que eu seja danado vivo, ou condenado, o que é pior, a foder apenas em conas pelo resto da minha vida, se eu não lhe tivesse dado um tiro nos miolos." "Presidente, estais de pau duro", disse o Duque; "as porras das vossas falas sempre vos denunciam." "Eu, de pau duro? Não", disse o Presidente; "mas estou a ponto de fazer a senhorita Sophie cagar, e espero que sua merda deliciosa talvez surta algum efeito. Oh! meu deus, eis mais do que esperava", disse Curval, após ter engolido o troço: "eis, por esse Deus que pouco me importa, que meu pau está tomando consistência! Quem de vós, senhores, quer passar comigo à alcova?" "Eu", disse Durcet arrastando Aline que estava amassando havia uma hora. E nossos dois libertinos tendo mandado Augustine, Fanny, Colombe, Hébé, Zelamir, Adônis, Hiacinto e Cupido segui-los, e a eles acrescentando Julie e duas velhas, Martaine e Champville, Antínoo e Hércules, reapareceram triunfantes após meia hora, e cada um tendo perdido sua porra nos mais doces excessos da crápula e da libertinagem. "Vamos", disse Curval à Duclos, "dá-nos teu desfecho, minha cara amiga. E se conseguir me deixar de pau duro de novo, poderás gabar-te de ter conseguido um milagre, pois, há mais de um ano, meu Deus, que eu não perdia tanta porra ao mesmo tempo. Embora..." "Bom", disse o Bispo; "caso o escutarmos, será bem pior que a paixão que Duclos deve nos contar. Assim, como não se deve ir do forte ao fraco, acharás bom que te mandássemos calar e que escutássemos nossa narradora." Essa bela moça logo terminou seus relatos com a paixão seguinte:

"Chegou finalmente a hora, senhores", disse ela, "de vos narrar a paixão do marquês de Mesanges, para o qual, como deveis vos lembrar, eu vendera a moça do infeliz sapateiro que apodrecia na prisão com sua pobre mulher, enquanto eu gozava da herança que sua mãe deixara. Como foi Lucile que o satisfez, será, se assim quiserdes, pela sua boca que vos contarei esse relato. 'Cheguei à casa do marquês', disse-me essa encantadora criatura, 'em torno das dez horas da manhã. Assim que entrei, todas as portas se fecharam.' 'Que vieste fazer aqui, celerada?', disse-lhe o marquês todo em fogo. 'Quem te permitiu vir me interromper?' 'Como vós não me havíeis prevenido de nada, imaginais facilmente o quanto essa recepção me apavorara.' 'Vamos, dispa-te!', prosseguiu o marquês. 'Uma vez que estás entre minhas mãos, safada, não sairás mais de minha casa... Vais perecer; eis-te no teu último momento.' 'Então, desandei a chorar, lancei-me aos pés do marquês, mas não houve como demovê-lo de sua ideia. E como eu não me apressava o bastante para me despir, ele mesmo rasgou minhas roupas arrancando-as à força do meu corpo. Mas, o que me deixou completamente apavorada, foi vê-las jogadas ao fogo à medida que as retirava.' 'Tudo isso se tornou inútil', dizia, lançando o que retirava, peça por peça, numa grande lareira. 'Não precisas mais de vestido, de casaquinho, de adereços: apenas precisas de um caixão.' 'Num minuto fiquei completamente nua. Então, o marquês, que nunca me vira, contemplou um instante meu traseiro, manipulou-o xingando, entreabriu-o, fechou-o, mas não o beijou.' 'Vamos, puta', disse, 'acabou! Vais seguir tuas roupas, e vou prender-te a esses cães de lareira; sim, porra! Sim, santo deus! Vou queimar-te viva, safada, ter o prazer de respirar o odor que tua carne queimada exalará!' 'E, ao dizer isso, caiu desmaiado em sua poltrona, lançando sua porra nas minhas roupas que ainda estavam queimando. Ele tocou uma campainha, um serviçal entrou e me levou; no aposento vizinho, encontrei roupas para me vestir inteiramente, com adereços duas vezes mais lindos que os que ele consumira'."

"Este foi o relato que Lucile me fez; resta saber, agora, se foi a isso ou a coisa pior que ele submeteu a jovem donzela que eu lhe vendera." "A coisa muito pior", disse Desgranges, "e fez muito bem ao apresentar um pouco desse marquês, pois terei a oportunidade de falar dele a esses senhores." "Tomara, senhora", disse Duclos à Desgranges, "e vós, minhas caras companheiras", acrescentou dirigindo-se a suas outras colegas, "tomara que o façais com mais sal, espírito e agrado do que fiz. Chegou vossa vez, a minha acabou, e só me resta rogar esses senhores de bem querer desculpar o enfado que eu talvez lhes tenha causado com a monotonia quase inevitável em semelhantes relatos que, todos presos a um mesmo quadro, apenas podem se ressaltar por si mesmos." Depois dessas falas, a bela Duclos saudou respeitosamente a companhia, e desceu da tribuna para ir perto do sofá dos senhores, onde foi unanimemente aplaudida e acariciada. Serviram o jantar, para o qual ela foi convidada, favor que ainda não havia sido concedido a nenhuma mulher. Ela foi tão adorável na conversa como fora divertida no relato de sua vida, e, como recompensa pelo prazer que fornecera à assembleia, foi nomeada diretora geral dos dois haréns, com promessa, dada a parte pelos nossos quatro amigos, de que por maiores as extremidades às quais pudessem chegar contra as mulheres no decorrer da temporada, ela seria sempre poupada, e muito certamente levada de volta a sua casa em Paris, onde a sociedade compensaria amplamente o tempo que lhe fizera perder, e as penas que se dera para proporcionar-lhes prazeres. Curval, o Duque e ela se embriagaram tão completamente no jantar, que ficaram quase incapazes de poder participar das orgias. Deixaram Durcet e o Bispo dirigi-las a seu bel-prazer, e foram fazer as suas à parte, na alcova do fundo, com Champville, Antínoo, Quebra-cu, Thérèse e Louison, e pode-se garantir que fizeram e disseram nelas no mínimo tantos horrores e infâmias que os dois outros amigos puderam inventar por seu lado. Às duas horas da manhã todos foram se deitar, e assim terminou o mês de novembro e a primeira parte dessa lúbrica e interessante narração, da qual não tardaremos a entregar a segunda ao público, se virmos que ele acolheu bem a primeira.

Erros que cometi.

Desvendei demais as histórias de garde-robes *no começo; apenas devem ser desenvolvidas depois dos relatos que os mencionam.*

Demais falas sobre sodomia ativa e passiva; velai-a até que os relatos falem dela.

Errei ao deixar Duclos sensível com a morte de sua irmã; isso não corresponde ao resto de seu caráter; mudai isso.

Se eu disse que Aline era donzela ao chegar ao castelo, foi um erro: ela não é; e não deve ser: o Bispo a deflorou por todos os lados.

E, não tendo conseguido reler-me, isto deve formigar de outros erros.

Quando passar a limpo, um de meus primeiros cuidados deverá ser o de sempre ter perto de mim um caderno de notas, onde haverei de colocar exatamente cada acontecimento e cada retrato, à medida que o escrevo, pois, sem isso, vou me embaralhar horrivelmente por causa da profusão de personagens.

Parti, para a segunda parte, do princípio que Augustine e Zéfiro já dormem no aposento do Duque desde a primeira parte, assim como Adônis e Zelmire, no de Curval; Hiacinto e Fanny, no de Durcet; Celadão e Sophie no do Bispo, embora todos ainda não tenham sido deflorados.

Segunda parte

As cento e cinquenta paixões de segunda classe, ou duplas, que compõem as trinta e uma jornadas de dezembro, ilustradas pela narração de Champville, às quais acresceu-se o diário exato dos acontecimentos escandalosos do castelo durante esse mês.

(Plano)

Dia primeiro de dezembro. A Champville começa seus relatos, e conta as cento cinquenta histórias seguintes. (Os números precedem os relatos.)

1. Deflora apenas entre três e sete anos, mas em cona. Ele é quem deflorou Champville aos cinco anos.

2. Manda amarrar uma moça de nove anos em bola e a deflora de quatro.

3. Quer estuprar uma moça entre doze e treze anos, e a deflora com uma pistola no peito.

4. Ele quer masturbar um homem sobre a cona de uma donzela; a porra lhe serve de pomada; ele encona, a seguir, a donzela segurada pelo homem.

5. Ele quer deflorar três moças em seguida, uma no berço, uma de cinco anos, outra de sete.

Dia dois. 6. Ele apenas quer deflorar entre nove anos e treze. Seu pau é enorme; quatro mulheres precisam lhe segurar a donzela. É o mesmo da Martaine, que só enraba aos três anos, e o mesmo do inferno.

7. Ele manda deflorar entre dez e doze anos, diante dele, por seu serviçal, e apenas os toca, durante a operação, na bunda; ele manipula ora a da donzela, ora a do serviçal; ele esporra sobre a bunda do serviçal.

8. Ele quer deflorar uma moça que deve se casar no dia seguinte.

9. Ele quer que o casamento se celebre, e deflora a esposa entre a missa e a hora de se deitar.

10. Ele quer que seu serviçal, homem muito hábil, vá desposar por todo canto moças, e as traga até ele. O mestre as fode, mas as revende, a seguir, para alcoviteiras.

Dia três. 11. Ele somente quer deflorar duas irmãs.

12. Ele desposa a moça, deflora-a, mas a enganou, e assim que o caso é consumado, ele a abandona.

13. Ele só fode a donzela logo depois de um homem acabar de deflorá-la diante dele; ele quer que ela tenha a cona toda lambuzada de esperma.

14. Ele deflora com um consolador, e esporra sobre a abertura que acaba de fazer, sem introduzir-se.

15. Ele só aceita donzelas de condição e as paga a peso do ouro. Este será o Duque, o qual confessará ter deflorado, em trinta anos, mais de mil e quinhentas.

Dia quatro. 16. Ele força um irmão a foder sua irmã diante dele, ele a fode em seguida; ele faz ambos cagarem antes.

17. Ele força um pai a foder sua filha, depois de ele tê-la deflorado.

18. Ele leva sua filha de nove anos ao bordel, e lá a deflora, segura pela cafetina. Ele teve doze filhas, e assim deflorou todas.

19. Ele somente quer deflorar entre trinta e quarenta anos.

20. Ele só quer deflorar religiosas, e gasta rios de dinheiro para ter umas; e consegue.

Estamos no dia quatro, à noite, e, nessa mesma noite, nas orgias, o Duque deflora Fanny, segura pelas quatro velhas, enquanto Duclos o serve. Ele a fode duas vezes em seguida; ela desmaia; ele a fode de novo, sem sentidos.

Dia cinco, em consequência dessas narrativas, para celebrar a festa da quinta semana, casam, nesse dia Hiacinto e Fanny, e o casamento se consuma diante de todo mundo.

21. Ele quer que a mãe segure sua filha; ele fode primeiro a mãe para, em seguida, deflorar a criança segura pela mãe. É o mesmo de vinte de fevereiro, de Desgranges.

22. Ele só gosta de adultério; é preciso encontrar-lhe mulheres comportadas e publicamente em seu casamento; ele as desgosta de seus maridos.

23. Ele quer que o marido em pessoa lhe prostitua sua mulher e a segure enquanto ele a fode. (Os amigos imitarão isso imediatamente.)

24. Ele coloca uma mulher casada numa cama e a encona enquanto a filha dessa mulher, em perspectiva acima dele, lhe deixa beijar sua cona; um instante depois, ele encona a filha beijando o olho do cu da mãe. Quando beijava a cona da moça, mandou-a mijar; quando beijava o cu da mãe, mandou-a cagar.

25. Ele tem quatro filhas legítimas e casadas; ele quer foder as quatro; ele faz filhos às quatro, de modo a ter o prazer de deflorar um dia os filhos que fez em cada filha, e que o marido acredita serem seus.

O Duque conta a esse respeito, mas não entra na lista, pois não podendo haver duplicações, isso não conta como paixão, ele conta, disse, que conheceu um homem que fodera três filhos que tivera com sua mãe, de quem tivera uma filha que casara com seu filho, de modo que ao fodê-la, fodia sua irmã, sua filha e sua nora, e que ele obrigava seu filho a foder sua irmã e sua sogra. Curval acrescenta a de um irmão e de uma irmã que fizeram o projeto de se entregarem mutuamente seus filhos. A irmã tinha um menino e uma moça, e seu irmão também; eles se misturaram de tal modo que ora fodiam com seus sobrinhos, ora com seus filhos, e ora os primos irmãos ou os irmãos e irmãs se fodiam, enquanto os pais e as mães, isto é, o irmão e a irmã, se fodiam também. À noite, Fanny é entregue pela boceta à assembleia, mas como o Bispo e o senhor Durcet não fodem em bocetas, ela apenas é fodida por Curval e o Duque. A partir daquele momento, ela usa uma pequena fita em cachecol, e depois da perda de seu segundo cabaço, ela usará outra, muito ampla, cor de rosa.

Dia seis de dezembro. 26. Ele se faz masturbar enquanto masturbam o clitóris de uma mulher, e quer esporrar ao mesmo tempo em que a moça, mas ele esporra nas nádegas do homem que masturba a mulher.

27. Ele beija o olho de um cu enquanto uma segunda moça lhe masturba o cu e uma terceira o pau; elas alternam, de modo que cada uma lhe deixa beijar o olho de seu cu, masturbe o seu pau e a sua bunda. É preciso peidar.

28. Ele lambe uma cona enquanto fode uma segunda na boca, e uma terceira lhe lambe a bunda, e eles se revezam do mesmo modo que acima. É preciso que as bocetas esporrem, e ele engole a porra.

29. Ele chupa uma bunda merdosa, manda masturbar sua bunda merdosa com a língua, e se masturba sobre uma bunda merdosa; em seguida, as três moças se alternam.

30. Ele faz duas moças se masturbarem diante dele, e fode alternadamente as masturbadoras de quatro enquanto continuam safotizando-se.[48]

Descobrem, nesse dia, que Zéfiro e Cupido se masturbam, mas ainda não se enrabaram; eles são punidos. Fanny é muito enconada nas orgias.

Dia sete. 31. Ele quer que uma moça grande maltrate uma menor, que ela a masturbe, lhe dê maus conselhos, e acabe por segurá-la para ele enquanto ele a fode, virgem ou não.

32. Ele quer quatro mulheres; fode duas em cona e duas em boca, tomando o cuidado de apenas pôr seu pau na boca após sair da cona de outra. Durante todo esse tempo, uma quinta o segue masturbando seu cu com um consolador.

33. Ele quer doze moças, seis jovens e seis velhas, e, se possível, seis mães e seis filhas. Ele lhes chupa a cona, a bunda e a boca; quando está na cona, quer urina; quando está na boca, quer saliva; e quando chega à bunda, quer peidos.

34. Ele emprega oito mulheres para masturbá-lo, todas diferentemente postadas. Será preciso retratar isso.

35. Quer ver três homens e três moças se foderem em diferentes posturas.

Dia oito. 36. Ele forma doze grupos de duas moças cada, mas elas estão abraçadas de modo a apenas mostrarem suas bundas; todo o resto do corpo sendo escondido. Ele se masturba vendo todas essas nádegas.

37. Ele manda seis casais se masturbarem ao mesmo tempo, numa sala de espelhos. Cada casal é composto por duas moças masturbando-se em atitudes lúbricas e variadas. Ele está no meio do salão, olha tanto os casais como sua repetição nos espelhos, e esporra no meio disso, masturbado por uma velha. Ele beijou as nádegas desses casais.

38. Ele manda embriagar e surrar quatro meretrizes diante dele, e quer que quando estão assim bem embriagadas, elas lhe vomitem na boca; ele escolhe as mais velhas e feias possíveis.

39. Ele manda uma moça cagar em sua boca, mas não come, e, enquanto isso, uma segunda moça chupa o seu pau e masturba o seu cu; ele caga ao esporrar na mão daquela que o socratiza; elas trocam.

40. Ele manda um homem cagar na sua boca, e come, enquanto um mocinho masturba-o, em seguida, o homem masturba-o e ele manda o mocinho cagar.

Nessa noite, nas orgias, Curval deflora Michette, sempre segundo o mesmo costume, segura pelas quatro velhas e servido por Duclos. Não repetiremos mais isso.

Dia nove. 41. Ele fode uma moça em boca após ter lhe cagado na boca; uma segunda fica acima dessa, tendo a cabeça dessa entre suas coxas, e, sobre o rosto dessa segunda, uma terceira solta um troço, e ele, enquanto fode assim o próprio troço na boca dessa primeira, vai comer a merda que a terceira bota no rosto da segunda, em seguida, elas se alternam, de modo que cada uma desempenhe sucessivamente os três papéis.

42. Ele passa por trinta mulheres ao dia, e faz todas cagarem em sua boca; ele come o troço das três ou quatro mais lindas. Ele faz essa orgia cinco vezes por semana, o que faz com que ele veja sete mil e oitocentas moças por ano. Quando Champville o vê, ele tem setenta anos, e há cinquenta exerce essa profissão.

43. Ele vê doze todas as manhãs, e engole os doze troços; ele as vê todas juntas.

44. Ele entra numa banheira que trinta mulheres enchem mijando e cagando; ele esporra recebendo e nadando em meio a tudo isso.

45. Ele caga diante de quatro mulheres, exige que elas o olhem e ajudem a botar seu troço; em seguida, ele quer que elas o compartilhem e o comam; então, elas botam um cada uma; ele os mistura e engole os quatro, mas é preciso que sejam velhas de ao menos sessenta anos.

Nessa noite, a boceta de Michette é entregue à assembleia; desse momento em diante, ela passa a usar o pequeno cachecol.

Dia dez. 46. Ele manda uma moça A e uma moça B cagarem; ele força então B a comer o troço de A e A, a comer o de B; em seguida, as duas cagam e ele come seus dois troços.

47. Ele quer uma mãe e três filhas, e ele come a merda das filhas sobre a bunda da mãe, e a merda da mãe sobre a bunda de uma de suas filhas.

48. Ele obriga uma moça a cagar na boca de sua mãe, e a limpar a bunda com as mamas de sua mãe; em seguida, ele vai comer o troço na boca dessa mãe e, depois, faz a mãe cagar na boca de sua filha, aonde ele vai, do mesmo modo, comer o troço. (Melhor usar um filho e sua mãe para variar em relação à precedente.)

49. Ele quer que um pai coma o troço de seu filho, e ele come o troço do pai.

50. Ele quer que um irmão cague na cona de sua irmã, e ele come o troço; em seguida, é preciso que a irmã venha cagar na boca do irmão, onde ele come o troço.

Dia onze. 51. Ela avisa que vai falar de impiedades e fala de um homem que quer que a puta, enquanto o masturba, profira blasfêmias medonhas; ele, por sua vez, diz umas pavorosas. Seu divertimento, enquanto isso, consiste em beijar a bunda; ele só faz isso.

52. Ele quer que a moça venha masturbá-lo à noite, numa igreja, sobretudo nas épocas em que o Santo Sacramento está exposto. Ele se coloca o mais perto que pode do altar, e manuseia sua bunda enquanto isso.

53. Ele somente vai à confissão para deixar seu confessor de pau duro; conta-lhe infâmias, e masturba-se no confessionário enquanto fala.

54. Ele quer que a moça vá à confissão; ele espera o momento em que ela sai para foder sua boca.

55. Ele fode uma puta durante uma missa dita numa capela sua, e esporra na elevação.

Nessa noite o Duque deflora Sophie pela cona, e blasfema muito.

Dia doze. 56. Ele suborna um confessor que lhe cede o lugar para confessar jovens pensionistas; ele obtém assim sua confissão, e lhes dá, enquanto as confessa, os piores conselhos possíveis.

57. Ele quer que sua filha vá confessar-se com um monge que subornou, e colocam-no de modo a poder escutar tudo; o monge requer que sua penitente tenha as saias levantadas durante a confissão, e sua bunda é postada de modo que o pai possa vê-la: assim ele escuta a confissão de sua filha e vê sua bunda ao mesmo tempo.

58. Manda putas nuas celebrarem a missa; e masturba-se ao ver isso sentado nas nádegas de outra moça.

59. Ele manda sua mulher confessar-se com um monge subornado, que a seduz e a fode diante do marido, que está escondido. Se a mulher recusar, ele sai para ajudar o confessor.

Nesse dia, celebrou-se a festa da sexta semana com o casamento de Celadão e Sophie, que se consuma e, à noite, a boceta de Sophie é entregue e ela passa a usar o cachecol. Esse acontecimento faz com que se contem somente quatro paixões.

Dia treze. 60. Fode putas no altar, no momento em que se vai dizer a missa; elas têm a bunda nua sobre a pedra sagrada.

61. Ele manda uma moça nua montar a cavalo sobre um grande crucifixo; ele fode sua boceta de quatro, nessa atitude, e de modo que a cabeça do Cristo masturbe o clitóris da puta.

62. Ele peida e faz peidar no cálice; nele mija e faz mijar; nele caga e faz cagar, e nele acaba esporrando.

63. Ele faz um mocinho cagar na pátena, e ele come enquanto a criança o chupa.

64. Ele faz duas moças cagarem sobre um crucifixo no qual caga depois delas; e masturbam-no sobre os três troços que cobrem a face do ídolo.

Dia quatorze. 65. Ele quebra crucifixos, imagens da Virgem e do Pai Eterno, caga sobre os destroços e queima tudo. Esse mesmo homem tem a mania de levar uma puta ao sermão, e de se fazer masturbar durante a palavra de Deus.

66. Ele vai comungar, volta e manda quatro putas cagarem na sua boca.

67. Ele a manda comungar e fode sua boca quando ela volta.

68. Ele interrompe o padre numa missa dita em sua casa, ele o interrompe, disse, para se masturbar em seu cálice, obriga a moça a nele fazer esporrar o padre, e força este a engolir o todo.

70. Ele o interrompe, quando a hóstia é consagrada, e força o padre a foder a puta com sua hóstia.

Descobrem, nesse dia, que Augustine e Zelmire se masturbam juntas; ambas são rigorosamente punidas.

Dia quinze. 71. Ele manda a moça peidar sobre a hóstia, ele mesmo peida nela e, depois, engole a hóstia enquanto fode a puta.

72. Aquele mesmo homem que se fez pregar num caixão, de quem Duclos falou, força a puta a cagar sobre a hóstia; nela também caga, e joga tudo na latrina.

73. Masturba o clitóris da puta com a hóstia, fazendo-a esporrar sobre ela; depois enfia nela a hóstia e a fode, por sua vez, esporrando por cima.

74. Ele fura a hóstia com facadas e manda que enfiem os pedaços em seu cu.

75. Ele se faz masturbar sobre a hóstia, esporra nela e, em seguida, de sentido frio após sua porra ter corrido, faz um cão comer tudo.

Nessa mesma noite, o Bispo sagra uma hóstia, e Curval deflora Hébé com ela; ele a enfia na boceta e esporra por cima. Sagram várias outras, e as sultanas já defloradas são todas fodidas com hóstias.

Dia dezesseis. Champville anuncia que a profanação, que até então constituía a parte principal de seus relatos, passará a ser apenas acessória, e o que, nos bordéis, chamam de pequenas cerimônias em paixões duplas constituirá seu objeto principal. Ela pede para que se lembrem que tudo o que será relacionado a isso não passará de acessório, mas que a diferença que haverá, entretanto, entre seus relatos e os de Duclos sobre esse mesmo objeto é que a Duclos sempre falou de um homem com uma mulher, ao passo que ela sempre juntará várias mulheres com o homem.

76. Ele se faz açoitar durante a missa por uma moça, fode a boca de uma segunda, e esporra quando da elevação.

77. Ele se faz açoitar de leve na bunda por duas mulheres com um açoite; elas dão dez pancadas cada e masturbam-lhe o olho do cu entre cada vez.

78. Ele se faz açoitar por quatro moças diferentes, enquanto lhe peidam na boca. Elas trocam, de modo que, cada uma por sua vez, todas açoitem e peidem.

79. Ele se faz açoitar por sua mulher enquanto fode sua filha, e em seguida, por sua filha enquanto fode sua mulher. É o mesmo de quem Duclos falou, que prostitui sua filha e sua mulher no bordel.

80. Ele se faz açoitar por duas moças ao mesmo tempo: uma o bate pela frente e a outra, por trás; quando está bem animado, fode uma, enquanto a outra açoita; em seguida, a segunda, enquanto a primeira açoita.

Nessa mesma noite, a boceta de Hébé é entregue, e ela passa a usar o cordão pequeno, podendo apenas receber o grande quando tiver perdido seus dois cabaços.

Dia dezessete. 81. Ele se faz açoitar beijando a bunda de um menino, enquanto fode a boca de uma moça; em seguida, fode o menino na boca, beijando a bunda da moça, sempre recebendo chicotadas de outra moça; em seguida, ele se faz açoitar pelo menino, fode a boca da puta que o açoitava, e se faz açoitar por aquela de quem ele beijava a bunda.

82. Ele se faz açoitar por uma velha, fode um velho na boca, e se faz cagar na boca pela filha desse homem com essa mulher; em seguida, alterna, de modo que cada um desempenhe os três papéis.

83. Ele se faz açoitar, masturbando-se e esporra sobre um crucifixo encostado nas nádegas de uma moça.

84. Ele se faz açoitar, enquanto fode uma puta de quatro com a hóstia.

85. Ele passa um bordel inteiro em revista; recebe chicotadas de todas as putas, beijando o olho do cu da cafetina que lhe peida e lhe caga na boca.

Dia dezoito. 86. Ele se faz açoitar por cocheiros de fiacre e *garçons maréchaux*[49] usando-os dois por dois e fazendo sempre aquele que não açoita peidar em sua boca; ele usa dez ou dezesseis por manhã.

87. Ele se faz segurar por três moças; uma quarta montada sobre ele, de quatro, o almofaça; as quatro se revezam e sobem uma a uma sobre seu corpo.

88. Ele chega no meio de seis moças, nu; pede perdão, cai de joelhos. Cada moça ordena uma penitência, e ele recebe cem chicotadas por cada penitência recusada; A moça recusada é quem o açoita. Ora, essas penitências são todas muito sujas: uma vai querer cagar-lhe na boca, a outra fazê-lo lamber suas cuspidelas no chão; outra ainda se faz lamber a cona com suas regras, outra entre os dedos dos pés, aquela seu ranho etc.

89. Quinze moças são necessárias, três de cada vez; uma açoita, uma o chupa, a outra caga; em seguida, a que cagou açoita, a que chupou caga, e a que açoitou, chupa. Ele utiliza, assim, as quinze; não vê nada, não escuta nada, está embriagado. É uma cafetina que dirige tudo. Ele recomeça essa orgia seis vezes por semana. (Esta é encantadora de se fazer, recomendo-a. É preciso que tudo vá muito rápido; cada moça deve dar vinte e cinco chicotadas, e é no intervalo dessas vinte e cinco pancadas que a primeira chupa e a terceira caga. Se ele quiser que cada moça dê cinquenta pancadas, terá recebido setecentas e cinquenta, o que não é demais.)

90. Vinte e cinco putas amolecem-lhe a bunda, de tantas pancadas e beliscões; apenas o deixam quando seu traseiro está completamente insensível.

Nessa noite açoitam o Duque enquanto deflora Zelmire pela cona.

Dia dezenove. 91. Ele se faz julgar por seis moças; cada uma tem seu papel. Condenam-no a ser enforcado. Enforcam-no de fato, mas a corda se rompe: é o momento de seu esporro. (Relacionar esta com uma das de Duclos, que se parece com ela.)

92. Ele faz seis velhas formarem um meio-círculo; três moças o almofaçam diante daquele meio-círculo de aias que lhe cospem todas no rosto.

93. Uma moça lhe masturba o olho do cu com o cabo das varas, uma segunda açoita suas coxas, pela frente, e seu pau: é assim que ele esporra sobre as mamas da açoitadora da frente.

94. Duas mulheres o espancam com vergalhos, enquanto uma terceira, de joelhos diante dele, o faz esporrar sobre suas mamas.

Nessa noite, contam-se apenas quatro por causa do casamento de Zelmire e Adônis que celebra a sétima semana, e que se consuma, uma vez que a boceta de Zelmire fora deflorada na véspera.

Dia vinte. 95. Ele briga com seis mulheres cujas chicotadas finge tentar evitar; ele quer arrancar-lhes as varas das mãos, mas elas são mais fortes, e fustigam-no contra sua vontade; ele está nu.

96. Ele passa pelas varas, entre duas fileiras de doze moças cada; ele é açoitado no corpo inteiro, e esporra depois de nove vezes.

97. Ele se faz açoitar na planta dos pés, no pau, nas coxas, enquanto, deitado num sofá, três mulheres, a cavalo sobre ele, lhe cagam na boca.

98. Três moças o açoitam alternadamente, uma com açoite, outra com vergalho, a terceira com varas; uma quarta, de joelhos diante dele, e da qual o serviçal do devasso masturba o cu, lhe chupa o pau, enquanto ele masturba o pau do serviçal, e o faz esporrar sobre as nádegas de sua chupadora.

99. Ele está entre seis moças; uma o fura, outra o belisca, a terceira o queima, a quarta o morde, a quinta o arranha e a sexta o açoita: tudo isso indistintamente, por todo canto; ele esporra em meio a tudo isto.

Nessa noite, a boceta de Zelmire, deflorada na véspera, é entregue à assembleia, isto é, apenas a Curval e ao Duque, uma vez que são os dois únicos que fodem em cona. Assim que Curval fodeu Zelmire, seu ódio por Constance e Adélaïde redobra; ele quer que Constance sirva Zelmire.

Dia vinte e um. 100. Ele se faz masturbar por seu servo, enquanto a moça está nua num pedestal; ela não deve nem se mexer, nem perder equilíbrio, enquanto masturbam-no.

101. Ele se faz masturbar pela cafetina, manuseando-lhe as nádegas, enquanto a moça segura entre seus dedos um pedacinho de vela, que ela não deve soltar antes de o devasso esporrar; e ele toma todo o cuidado de apenas esporrar quando ela se queima.

102. Ele manda seis moças se deitarem de bruços na sua mesa de comer, cada uma com um pedaço de vela no cu enquanto janta.

103. Ele manda uma moça ajoelhar-se sobre pedras pontiagudas enquanto janta, e se ela se mexer durante a refeição, ela não é paga. Acima dela estão duas velas deitadas, cuja cera quente corre por suas costas e peitos. Se fizer o menor movimento, é mandada embora sem ser paga.

104. Ele a obriga a ficar numa gaiola de ferro muito estreita, durante quatro dias; ela não pode nem sentar, nem deitar; ele lhe dá comida através das barras. (É deste que Desgranges falará no balé dos perus.)

Nessa mesma noite, Curval deflora a boceta de Colombe.

Dia vinte e dois. 105. Ele faz uma moça dançar nua numa coberta, com um gato que a belisca, a morde e a arranha quando ela cai; ela precisa pular, independentemente do que ocorra, até o homem esporrar.

106. Ele esfrega uma mulher com certa droga que causa coceiras tão violentas que ela mesma se põe em sangue; ele a olha fazer enquanto se masturba.

107. Ele para as regras de uma mulher com uma bebida e, assim, torna-a sujeita a contrair graves doenças.

108. Ele lhe dá um remédio forte demais que lhe causa cólicas horrendas; ele a olha cagar e sofrer o dia todo.

109. Esfrega uma moça com mel, em seguida, amarra-a nua a uma coluna, e solta sobre ela um enxame de moscas.

Nessa mesma noite, Colombe é entregue pela cona.

Dia vinte e três. 110. Ele coloca a moça sobre um pivô que gira muito rapidamente; ela está atada nua e gira até seu esporro.

111. Ele deixa uma moça suspensa de cabeça para baixo, até esporrar.

112. Faz-lhe engolir uma forte dose de emético, persuade-a que está envenenada, e masturba-se a vendo vomitar.

113. Ele lhe sova o peito até que fique completamente azul.

114. Ele lhe sova a bunda por nove dias seguidos, três horas por dia.

Dia vinte e quatro. 115. Ele faz uma moça subir numa escada até vinte pés de altura. Lá, um degrau quebra, e ela cai, mas sobre colchões preparados. Ele vem esporrar sobre seu corpo no momento de sua queda, e às vezes ele a fode naquele momento.

116. Ele dá bofetadas com toda a força, e esporra enquanto as dá; ele está numa poltrona e a moça está de joelhos diante dele.

117. Dá-lhe palmatórias nas mãos.

118. Fortes tapas nas nádegas, até que seu traseiro fique em chamas.

119. Ele a incha com um fole de forja pelo cu.

120. Ele lhe administra uma lavagem de água quase fervendo, diverte-se com suas contorções e esporra sobre sua bunda.

Nessa noite, Aline recebe bofetadas dos quatro amigos na bunda, até que esta fique escarlate; uma velha segura-a em seus ombros. Dão também algumas em Augustine.

Dia vinte e cinco. 121. Ele procura devotas que açoita com crucifixos e rosários; em seguida, coloca-as, como estátuas da virgem, num altar, numa postura embaraçosa, que elas não devem deixar. Ela deve ficar ali durante uma missa muito demorada, na elevação da qual ela deve soltar um troço sobre a hóstia.

122. Manda-a correr nua, numa noite gelada de inverno, em meio a um jardim, onde cordas foram esticadas, de intervalos em intervalos, para fazê-la cair.

123. Assim que ela está nua, ele a joga, como que sem querer, numa cuba de água quase fervendo, e impede que ela saia até esporrar sobre seu corpo.

124. Ele a manda ficar nua numa coluna, no meio de um jardim, em pleno inverno, até que ela tenha dito cinco pai-nossos e cinco ave-marias, ou até ele perder sua porra, que uma outra moça excita diante desse espetáculo.

125. Ele manda passar cola no assento de um *garde-robes* preparado, ele pede que ela vá cagar lá; assim que ela senta, sua bunda fica presa; enquanto isso, do outro lado, colocam um rescaldo aceso sob seu traseiro; ela foge, e esfola-se deixando toda a pele colada no aro.

Nessa noite, mandam Adélaïde e Sophie, ambas devotas, fazerem profanações e o Duque deflora Augustine, pela qual é apaixonado há muito tempo; ele esporra três vezes em seguida, na sua cona. E, nessa mesma noite, ele propõe fazê-la correr nua pelo pátio, no frio pavoroso que faz. Ele o propõe insistentemente; os outros recusam, porque ela é muito linda e querem conservá-la; além do mais, ela ainda não foi deflorada por trás. Ele oferece duzentos luíses à sociedade para poder levá-la ao jazigo ainda nessa noite: recusam. Ele quer ao menos que lhe batam na bunda; ela recebe vinte e cinco sopapos de cada amigo. Mas o Duque dá os seus com tanta força que esporra uma quarta vez enquanto o faz. Ele dorme com ela, e a encona mais três vezes durante a noite.

Dia vinte e seis. 126. Ele faz a moça se embriagar; ela se deita; assim que ela dorme, suspendem sua cama. No meio da noite, ela se vira para achar seu penico. Não o encontrando, ela cai porque a cama está de pé e a derruba assim que ela se vira. Ela cai sobre colchões preparados; o homem a espera lá, e a fode assim que ela cai.

127. Ele a faz correr nua num jardim, perseguindo-a com um chicote de diligência com o qual apenas a ameaça. É preciso que ela corra até cair de cansaço: este é o instante em que ele se joga sobre ela e a fode.

128. Ele açoita a moça em rodadas de dez golpes, até cem, com um açoite de seda negra; ele beija muito as nádegas entre cada rodada.

129. Ele açoita com varas marinadas em álcool, e apenas esporra nas nádegas da moça quando as vê em sangue.

Nesse dia, Champville narra apenas quatro paixões por causa da festa da oitava semana. Celebram-na com o casamento de Zéfiro e Augustine, que pertencem ambos ao Duque e dormem em seu aposento; mas antes da celebração, o Duque quer que Curval açoite o menino, enquanto ele acoitará a moça. Isso se dá; eles recebem cada um cem chicotadas, mas o Duque, mais animado que nunca contra Augustine, porque ela o fez esporrar muito, a açoita até o sangue. (Será preciso, nessa noite, explicar o que são as penitências, como são aplicadas, e o número de chicotadas que nelas se recebe. Podereis elaborar um quadro das faltas com, ao lado, o número de açoitadas.)

Dia vinte e sete. 130. Ele só quer chicotear mocinhas de cinco a sete anos, e sempre procura um pretexto para melhor dar a impressão de estar punindo.

131. Uma mulher vai se confessar com ele; ele é padre; ela conta todos seus pecados, e, como penitência, ele lhe dá quinhentas chicotadas.

132. Ele usa quatro mulheres, e dá, em cada uma, seiscentas chicotadas.

133. Ele manda dois criados que se revezam executarem a mesma cerimônia diante dele; usam vinte mulheres com seiscentas açoitadas em cada uma; elas não estão atadas; ele se masturba assistindo à operação.

134. Ele só açoita mocinhos entre quatorze e dezesseis anos, e os faz esporrarem depois em sua boca. Ele lhes dá cem chicotadas cada e sempre recebe dois ao mesmo tempo.

Nessa noite, a boceta de Augustine é entregue. Curval a encona duas vezes seguidas, e quer, como o Duque, chicoteá-la depois. Ambos encarniçam-se contra essa moça encantadora; eles propõem quatrocentos luíses à sociedade para se tornarem donos dela nessa mesma noite: foi-lhes recusado.

Dia vinte e oito. 135. Ele manda uma moça entrar nua num aposento; dois homens caem em cima dela e açoitam cada um uma nádega até o sangue; ela é atada. Quando acabam, ele masturba os homens por cima do traseiro em sangue da puta, e ele mesmo se masturba ali.

136. Ela é amarrada à parede pelos pés e pelas mãos. Diante dela, também presa na parede, está uma chapa de aço cortante que levantam contra seu ventre. Se ela quiser escapar do golpe, precisa se jogar para frente: então ela se corta; se quiser escapar da máquina, precisa se jogar para as pancadas.

137. Ele açoita uma moça nove dias seguidos, com cem golpes no primeiro dia, sempre os dobrando até o nono incluído.

138. Ele manda a puta ficar de quatro, escarrancha-se sobre ela, o rosto virado para suas nádegas e apertando-a fortemente entre suas coxas. Lá, ele almofaça suas nádegas e sua cona por trás, e como para essa operação ele se serve de um açoite, é-lhe fácil dirigir seus golpes para dentro da vagina, e é o que ele faz.

139. Ele quer uma mulher grávida; ele a manda curvar-se para trás num cilindro que sustenta suas costas. Sua cabeça, atrás do cilindro está virada para trás numa cadeira, seus cabelos estão soltos; suas pernas estão na maior abertura possível, e seu ventre grosso extraordinariamente tenso; então, a boceta se encontra o mais arreganhada possível. É nela e no ventre que ele dirige seus golpes, e quando ele vê sangue, passa para o outro lado do cilindro para esporrar em seu rosto.

N.B. — Meus rascunhos indicam as adoções apenas após as deflorações, e, em consequência, dizem que o Duque adota aqui Augustine. Verificai se isso não está errado, e se a adoção das quatro sultanas não ocorre logo no começo, e se, desde esse momento, não está dito que elas dormem no quarto daqueles que as adotaram. O Duque, nessa noite, repudia Constance, que cai no maior descrédito; entretanto, poupam-na, por causa de sua gravidez para a qual têm projetos. Augustine é promovida a mulher do Duque, e apenas cumpre as funções de esposa no sofá e nos garde-robes. *Constance cai, hierarquicamente, abaixo das velhas.*

Dia vinte e nove. 140. Ele só quer moças de quinze anos, e açoita-as até o sangue com azevinho e urtigas; é muito difícil quanto à escolha das bundas.

141. Apenas açoita com vergalho, até que as nádegas estejam todas contundidas; ele vê quatro mulheres em seguida,.

142. Ele só chicoteia com açoites com pontas de ferro, e somente esporra quando o sangue corre por toda parte.

143. O mesmo homem de quem Desgranges falará no dia vinte de fevereiro quer mulheres grávidas; ele lhes bate com um chicote de diligência, com o qual arranca grandes pedaços de carne das nádegas e, de vez em quando, solta algumas chibatadas no ventre.

Açoitam Rosette nessa noite, e Curval a deflora pela cona. Descobrem nesse dia a intriga entre Hércules e Julie: ela se fez foder. Quando a advertem, ela responde libertinamente; açoitam-na extraordinariamente; em seguida, como ela é amada, assim como Hércules que sempre se comportou bem, perdoam-nos e divertem-se com eles.

Dia trinta. 144. Ele coloca uma vela numa certa altura; a moça tem, no dedo do meio de sua mão direita, um pedacinho de vela atado, o qual é muito curto, e a queimará se ela não se apressar. Ela precisa, com esse pedacinho de vela, acender uma vela em cima, mas, como esta é colocada bem alto, ela precisa pular para alcançá-la, e o devasso, armado de um chicote de correias de couro, espanca-a com toda a força para fazê-la saltar mais alto, ou acender mais rapidamente. Se ela conseguir, tudo está feito: caso contrário, ela é açoitada com toda a força.

145. Ele açoita alternadamente sua mulher e sua filha, e as prostitui no bordel para lá serem chicoteadas sob seus olhos, mas este não é aquele que já mencionamos.

146. Ele açoita com varas, desde a nuca até a batata da perna; a moça está atada, ele lhe põe todo o lombo em sangue.

147. Somente açoita nas mamas; ele as quer enormes, e paga dobrado quando as mulheres estão grávidas.

Nessa noite, Rosette é entregue pela cona; depois de Curval e o Duque a foderem à vontade, eles e seus amigos açoitam-na na cona. Ela está de quatro, e dirigem os golpes para dentro com um açoite.

Dia trinta e um. 148. Ele apenas açoita no rosto, com varas; ele precisa de figuras encantadoras. É aquele de quem Desgranges falará no dia sete de fevereiro.

149. Ele açoita com varas todas as partes do corpo indiferentemente; nada é poupado, nem o rosto, a cona ou o peito.

150. Dá duzentas vergalhadas por todo o lombo, em rapazes de dezesseis a vinte anos.

151. Ele está num aposento; quatro moças aquecem-no e açoitam-no. Quando ele está bem fogoso, joga-se sobre uma quinta moça, nua num aposento vizinho, e espanca todo seu corpo indiferentemente com fortes vergalhadas, até esporrar; contudo, para que isto ocorra o quanto antes e que a paciente sofra menos, apenas o soltam quando está muito perto seu esporro. (Verificai, pois há uma a mais.)

Champville é aplaudida, prestam-lhe as mesmas honras que recebera a Duclos, e, nessa noite, ambas jantam com os amigos. Nessa noite, nas orgias, Adélaïde, Aline, Augustine e Zelmire são condenadas a serem chicoteadas com varas por todo o corpo, exceto o peito, mas como ainda querem gozar delas por pelo menos dois meses, elas são muito poupadas.

Terceira parte

As cento e cinquenta paixões de terceira classe, ou criminosas, que compõem as trinta e uma jornadas de janeiro, ilustradas pela narração da Martaine, às quais acresceu-se o diário dos acontecimentos escandalosos do castelo durante aquele mês.

Dia primeiro de janeiro. 1. Ele só gosta de ser enrabado, e não se sabe onde lhe encontrar paus suficientemente grossos. Mas ela não se deterá, diz, sobre essa paixão, por ser um gosto simples e conhecido demais de seus auditores.

2. Ele só quer deflorar o cu de meninas de três a sete anos. É o homem que arrancou seu cabaço dessa maneira: ela tinha quatro anos. Ela ficou doente, sua mãe implorou o socorro desse homem; como ele foi duro. Esse homem é o mesmo de quem a Duclos falou no dia 29 de novembro, na última; é o mesmo de 2 de dezembro, de Champville, e o mesmo do inferno. Ele tem um pau monstruoso. É um homem extraordinariamente rico. Ele deflora duas mocinhas por dia; uma pela boceta, de manhã, como disse Champville, a 2 de dezembro, e outra pelo cu, à noite, e tudo isso, independentemente de suas outras paixões. Quatro mulheres seguravam Martaine quando a enrabou. Seu esporro dura seis minutos e ele muge enquanto goza. Maneira hábil e simples que ele usa para arrancar o cabaço do cu, embora ela tivesse apenas quatro anos.

3. Sua mãe vende o cabaço do irmãozinho de Martaine para outro homem que apenas enraba garotinhos, e os quer com sete anos exatos.

4. Ela tem treze anos e seu irmão quinze; eles vão à casa de um homem que obriga o irmão a foder sua irmã, e que fode alternadamente ora o cu do rapaz, ora o da mocinha, enquanto estão em ação.

Ela elogia a própria bunda; pedem que a mostre; ela a mostra de cima da tribuna. O homem de quem acabou de falar é o mesmo que aquele do dia 21 de novembro de Duclos, o conde, e de 27 de fevereiro da Desgranges.

5. Ele se faz foder enquanto enraba o irmão e a irmã; é o mesmo homem de quem Desgranges falará no dia 24 de fevereiro.

Nessa mesma noite, o Duque deflora Hébé no cu, que apenas tem doze anos. Ele tem dificuldades infinitas para conseguir; ela é segura pelas quatro velhas, e ele é servido por Duclos e Champville; e como há uma festa no dia seguinte, para não atrapalhar nada, nessa mesma noite, o cu de Hébé é entregue, e os quatro amigos gozam dela. Levam-na sem sentidos; foi enrabada sete vezes.

Que Martaine não diga que é lacrada; está errado.

Dia dois de janeiro. 6. Ele manda quatro moças peidarem em sua boca enquanto enraba uma quinta; em seguida, alterna. Todas peidam, e todas são enrabadas; ele somente esporra na quinta bunda.

7. Ele se diverte com três rapazinhos; ele enraba e faz cagar, alternando os três, e masturba aquele que está sem fazer nada.

8. Ele fode a irmã no cu, fazendo-se cagar na boca pelo irmão, em seguida, ele os troca, e, em ambos os prazeres, enrabam-no.

9. Ele apenas enraba mocinhas de quinze anos, mas não sem antes tê-las chicoteadas com toda a força.

10. Ele molesta e belisca as nádegas e o cu durante uma hora; em seguida, enraba enquanto o açoitam com toda a força.

Celebram, nesse dia, a festa da nona semana. Hércules esposa Hébé e fode sua boceta. Curval e o Duque enrabam, cada um por sua vez, o marido e a mulher, alternadamente.

Dia três de janeiro. 11. Ele só enraba durante a missa, e esporra na elevação.

12. Ele só enraba calcando um crucifixo com os pés e fazendo a moça calcá-lo.

13. O homem que se divertiu com Eugénie na décima primeira jornada de Duclos faz cagar, limpa a bunda merdosa, tem um pau enorme, e enraba com uma hóstia na ponta de sua ferramenta.

14. Enraba um menino com a hóstia, faz-se enrabar com a hóstia. Na nuca do menino que ele enraba está outra hóstia, sobre a qual um terceiro menino caga. Ele esporra assim sem trocar, mas proferindo blasfêmias medonhas.

15. Ele enraba o padre enquanto diz sua missa, e quando aquele consagrou, o fodedor se retira um momento; o padre enfia a hóstia no próprio cu, e ele volta a enrabá-lo em cima.

À noite, Curval deflora, com uma hóstia, o cu do jovem e encantador Zelamir. E Antínoo fode o Presidente com outra hóstia; enquanto fode, o Presidente enfia uma terceira, com sua língua, no olho do cu de Fanchon.

Dia quatro. 16. Ele só gosta de enrabar mulheres muito velhas enquanto o açoitam.

17. Enraba somente velhos enquanto o fodem.

18. Tem uma intriga regulada com seu filho.

19. Quer enrabar somente monstros, ou negros, ou pessoas disformes.

20. Para reunir o incesto, o adultério, a sodomia e o sacrilégio, ele enraba sua filha casada com uma hóstia.

Nessa noite, entregam o cu de Zelamir aos quatro amigos.

Dia cinco. 21. Ele se faz foder e chicotear alternadamente por dois homens, enquanto enraba um mocinho e um velho solta em sua boca um troço que ele come.

22. Dois homens o fodem alternadamente, um na boca, outro no cu; é preciso que isso dure três horas, marcadas no relógio. Ele engole a porra daquele que o fode pela boca.

23. Ele se faz foder por dez homens, pagando por vez; ele sustenta até oitenta vezes num dia sem esporrar.

24. Ele prostitui, para serem fodidas no cu, sua mulher, sua filha e sua irmã, e as olha em ação.

25. Ele quer oito homens em torno dele: um na boca, um no cu, um sob a axila direita, um sob a esquerda; ele masturba um com cada mão; o sétimo está entre suas coxas, e o oitavo se masturba sobre seu rosto.

Nessa noite o Duque deflora o cu de Michette, causando-lhe dores pavorosas.

Dia seis. 26. Ele manda enrabar um velho diante dele; retiram várias vezes o pau da bunda do ancião, colocam-no na boca do examinador que o chupa; em seguida, ele chupa o velho, chupa seu cu e o enraba enquanto aquele que acaba de foder o velho o enraba por sua vez e é açoitado pela governanta do devasso.

27. Ele aperta violentamente o pescoço de uma moça de quinze anos enquanto a enraba, de modo a lhe estreitar o ânus; açoitam-no com um vergalho enquanto isso.

28. Ele manda enfiarem grandes bolas de mercúrio misturadas com azougue no seu cu. Essas bolas sobem e descem de volta, e durante a cócega excessiva que isto ocasiona, ele chupa paus, engole porra, faz cus de moças cagarem, engole a merda. Ele fica nesse êxtase por duas horas.

29. Ele quer que o pai o enrabe, enquanto sodomiza o filho e a filha desse homem.

À noite, o cu de Michette é entregue. Durcet leva Martaine para dormir no seu aposento, a exemplo do Duque que leva Duclos e de Curval, que leva a Fanchon; essa moça está tomando o mesmo império lúbrico sobre ele do que a Duclos sobre o Duque.

Dia sete. 30. Ele fode um peru cuja cabeça está presa entre as coxas de uma moça deitada de bruços, de modo que ele pareça estar enrabando a moça. Enrabam-no enquanto isso, e na hora de seu esporro, a moça corta o pescoço do peru.

31. Ele fode uma cabra de quatro enquanto o açoitam. Ele faz um filho nessa cabra, que ele enraba por sua vez, embora seja um monstro.

32. Ele enraba bodes.

33. Quer ver uma mulher esporrar, masturbada por um cão; ele mata o cão com um tiro de pistola no ventre da mulher, sem ferir esta.

34. Ele enraba um cisne, colocando-lhe uma hóstia no cu, e ele mesmo estrangula o animal enquanto esporra.

Nessa mesma noite, o Bispo enraba Cupido pela primeira vez.

Dia oito. 35. Ele manda colocarem-no numa cesta preparada, que tem uma abertura apenas num lugar, onde ele põe o cu esfregado com porra de égua. A cesta, não apenas é coberta por uma pele desse animal como imita o seu corpo. Um cavalo inteiro, adestrado para tanto, enraba-o, e, enquanto isso, na sua cesta, ele fode uma linda cadela branca.

36. Ele fode uma vaca, a faz parir, e fode o monstro.

37. Numa cesta arrumada de modo semelhante, ele manda instalar uma mulher que recebe o membro de um touro; ele se diverte com o espetáculo.

38. Ele tem uma cobra adestrada que se introduz em seu ânus e o sodomiza, enquanto ele enraba um gato numa cesta, que, preso pelos quatro membros, não pode lhe fazer mal algum.

39. Ele fode uma jumenta enquanto se faz enrabar por um jumento em máquinas preparadas que detalharemos.

À noite, o cu de Cupido é entregue.

Dia nove. 40. Ele fode uma cabra nas narinas, a qual, enquanto isso, lhe lambe os colhões com sua língua; enquanto isso, almofaçam-no e lambem-lhe o cu, alternadamente.

41. Ele enraba um carneiro, enquanto um cão lambe o olho de seu cu.

42. Ele enraba um cão, ao qual cortam a cabeça enquanto está esporrando.

43. Ele obriga uma puta a masturbar um asno diante dele, e fodem-no durante esse espetáculo.

44. Ele fode o cu de um macaco; o animal está preso numa cesta; atormentam-no enquanto isso, de modo a redobrar os apertos de seu ânus.

Celebram nessa noite a festa da décima semana com o casamento de Quebra-cu e de Michette que se consuma e dói muito em Michette.

Dia dez. Champville anuncia que vai mudar de paixão, e que o chicote, que, até então, era o ponto principal nos seus relatos, não passará mais de acessório.

45. Ele manda encontrar moças culpadas de alguns delitos. Vai apavorá-las, diz-lhes que vão ser presas, mas que se encarrega de tudo se elas aceitarem receber uma violenta fustigação; no terror em que se encontram, deixam-se chicotear até o sangue.

46. Manda buscar uma mulher que tenha cabelos lindos, sob o único pretexto de examiná-los; mas ele os corta de supetão, e esporra vendo-a desolar-se com esse infortúnio, do qual ele ri muito.

47. Com muitas cerimônias, ela entra num aposento obscuro. Ela não vê ninguém, mas ouve uma conversa a seu respeito, e que vos detalhareis, a qual é capaz de matá-la de pavor. No fim, ela recebe um dilúvio de bofetadas e socos, sem saber de onde vêm; ela ouve os gritos de um esporro, e soltam-na.

48. Ela entra numa espécie de sepulcro debaixo da terra, iluminado apenas por tochas; ela vê todo seu horror. Assim que ela conseguiu observar um momento, tudo se apaga, um barulho horrível de gritos e de correntes se faz ouvir; ela desmaia. Caso contrário, redobram a causa do pavor com alguns novos episódios, até que ela desmaie. Assim que ela perdeu os sentidos, um homem cai sobre ela e a enraba; em seguida, ele a deixa, e criados vêm socorrê-la. Ele precisa de moças muito jovens e muito inexperientes.

49. Ela entra num lugar semelhante, mas que diferenciareis ligeiramente nos detalhes. Trancafiam-na nua num caixão, a pregam nele, e o homem esporra com o barulho dos pregos.

Nessa noite, deixaram propositadamente Zelmire faltar aos relatos. Fazem na descer no jazigo que já mencionamos e que foi preparado como aqueles que acabam de ser descritos. Os quatro amigos lá estão nus e todos armados; ela desmaia, e enquanto isso Curval deflora seu cu. O Presidente concebe por essa moça os mesmos sentimentos de amor misturado com raiva lúbrica que o Duque sente por Augustine.

Dia onze. 50. Esse mesmo homem, o Duque de Florville, de quem Duclos falou, na sua segunda do dia 29 de novembro, o mesmo também que a quinta do dia 26 de fevereiro, de Desgranges, quer que coloquem numa cama de cetim negro um belo cadáver de moça que acaba de ser assassinada; ele a manipula de todos os jeitos e a enraba.

51. Outro quer dois, o de uma moça e o de um menino, e ele enraba o cadáver do mocinho beijando as nádegas da moça e enfiando-lhe a língua no ânus.

52. Ele recebe a moça num gabinete cheio de cadáveres de cera, muito bem imitados; eles estão todos furados de diferentes maneiras. Ele pede à moça para que escolha, pois vai matá-la como aquele dentre os cadáveres cujas feridas mais lhe agradam.

53. Ele a amarra sobre um cadáver de verdade, boca a boca, e a açoita nessa atitude até o sangue correr em todo seu lombo.

Nessa noite, Zelmire é entregue pelo cu, mas, antes, fazem seu processo, e dizem-lhe que será morta durante a noite. Ela acredita, mas, ao invés disso, uma vez que foi bem enrabada, contentam-se em lhe aplicar cem chicotadas cada um, e Curval a leva para deitar com ele, e enraba-a mais uma vez.

Dia doze. 54. Ele quer uma moça que tenha suas regras. Ela chega perto dele, mas ele está instalado perto de uma espécie de tanque de água gelada com mais de doze pés quadrados por oito de profundidade; tudo está escondido, de modo que a moça nada perceba. Assim que ela chega perto do homem, ele a empurra para dentro, e o instante de sua queda é o do esporro do homem; retiram-na logo, mas, como ela tinha suas regras, ela raramente deixa de contrair uma doença violenta.

55. Ele a desce nua num poço muito profundo e ameaça enchê-lo com pedras; ele joga algumas moitas de terra para apavorá-la, e esporra no poço sobre a cabeça da puta.

56. Ele introduz em sua casa uma mulher grávida, e apavora-a com ameaças e falas; ele a açoita, renova seus maus tratos para fazê-la abortar, seja em sua casa, seja assim que ela voltar à casa dela. Se ela parir em sua casa, ele a paga em dobro.

57. Ele a trancafia numa masmorra sem luz, em meio a gatos, ratos e camundongos; ele a persuade de que ela ficará aí pelo restante de seus dias, e vai todo dia masturbar-se na sua porta, escarnecendo-a.

58. Ele lhe enfia girândolas de fogo no cu, cujas fagulhas chamuscam suas nádegas quando nelas recaem.

Nessa noite Curval faz reconhecer Zelmire como sua mulher, e esposa-a publicamente. O Bispo os casa; ele repudia Julie, que cai no maior descrédito, mas cuja libertinagem se impõe, entretanto, e a quem o Bispo protege discretamente, até ele se declarar completamente para ela, como veremos. Percebe-se melhor do que nunca, nessa noite, o ódio implicante de Durcet por Adélaïde; ele a atormenta, molesta-a, ela se desola; e o Presidente, seu pai, não a apoia.

Dia treze. 59. Ele amarra uma moça sobre uma cruz de Santo André suspensa no ar, e lá a açoita com toda a força por todo o lombo. Depois disso, desatam-na e jogam-na por uma janela, mas ela cai sobre colchões preparados; ele esporra ao ouvi-la cair. Detalhai a encenação que ele usa para legitimar isso.

60. Ele lhe faz engolir uma droga que lhe faz ver o aposento cheio de objetos horrendos. Ela vê um lago cuja água está subindo até ela, e sobe numa cadeira para evitar a água. Dizem-lhe que ela não tem alternativa a não ser jogar-se e nadar; ela se joga, mas estatela-se numa almofada, e geralmente se machuca muito. É o instante do esporro de nosso libertino, cujo prazer, antes, foi o de beijar muito seu traseiro.

61. Ele a segura suspensa por uma roldana no alto de uma torre; ele está ao alcance da corda colocada uma janela acima; ele se masturba, dá sacudidas na corda, e ameaça cortá-la enquanto esporra. Açoitam-no durante isso, e, antes, ele faz a puta cagar.

62. Ela é presa por quatro cordinhas finas pelos quatro membros. Assim suspensa na mais cruel atitude, abrem um alçapão debaixo dela que lhe descortina um braseiro ardente: se as cordas quebrarem, ela cai dentro dele. Chacoalham-nas, e o devasso corta uma enquanto esporra. Às vezes, ele a põe na mesma atitude, com um peso sobre os quadris e levanta muito as quatro cordas, de modo que ela, por assim dizer, se fure o estômago e se quebre os quadris. Ela fica assim até o esporro.

63. Ele a amarra num banquinho; um pé acima de sua cabeça está um punhal muito afiado, suspenso por um cabelo; se o cabelo romper, o punhal, muito pontiagudo, perfura-lhe o crânio. O homem se masturba diante dela, e goza com as contorções que o temor arranca de sua vítima. Após uma hora, ele a solta, e lhe ensanguenta as nádegas com a ponta daquele mesmo punhal, para lhe mostrar que fura mesmo; ele esporra sobre a bunda ensanguentada.

Nessa noite, o Bispo deflora o cu de Colombe e açoita-a até o sangue depois de seu esporro porque ele não consegue suportar que uma moça o faça esporrar.

Dia quatorze. 64. Ele enraba uma jovem inexperiente que não sabe nada, e, ao esporrar, ele dispara dois tiros de pistola perto das orelhas que lhe queimam os cabelos.

65. Ele a manda sentar-se numa poltrona de molas; com seu peso ela dispara todas as molas que correspondem a aros de ferro que vem amarrá-la; outras molas, ao dispararem, apresentam vinte punhais contra seu corpo. O homem se masturba dizendo-lhe que, ao menor movimento da poltrona, ela será perfurada, e, enquanto esporra, faz jorrar sua porra sobre ela.

66. Ela cai, por meio de uma báscula, num gabinete forrado de preto e mobiliado por um genuflexório, um caixão e caveiras. Ela vê seis espectros armados de maças, espadas, pistolas, sabres, punhais e lanças, cada um prestes a furar um lugar diferente. Ela cambaleia, o medo a invade; o homem entra, agarra-a ali e açoita-a por todo o corpo com toda a força; em seguida, esporra enquanto a enraba. Caso ela esteja desmaiada quando ele entra, o que acontece com frequência, ele a faz voltar a si com varadas.

67. Ela entra no aposento de uma torre; no centro, ela vê um grande braseiro; sobre uma mesa, veneno e um punhal. Pedem-lhe escolher entre esses três tipos de morte. Geralmente, ela escolhe o veneno: É um ópio preparado que a faz cair num torpor profundo, durante o qual o libertino a enraba. É o mesmo homem de quem Duclos falou no dia 27 e de quem Desgranges falará no dia 6 de fevereiro.

68. O mesmo homem de quem Desgranges falará no dia 16 de fevereiro faz todas as cerimônias para cortar a cabeça da moça; quando vem o golpe, uma corda retira prestamente o corpo da moça, o golpe cai no cepo, no qual o sabre penetra em três polegadas. Se a corda não retirasse a moça em tempo, ela morreria. Ele esporra ao desferir seu golpe. Mas, antes, ele a enrabou com o pescoço no cepo.

À noite, Colombe é entregue pelo cu; ameaçam-na e fingem cortar seu pescoço.

Dia quinze. 69. Ele enforca a puta completamente; ela tem os pés apoiados num banquinho, uma corda está presa ao banquinho; ele está de frente, instalado numa poltrona, onde se faz masturbar pela filha dessa mulher. Enquanto esporra, ele puxa a corda; a mãe, não sendo mais sustentada, fica suspensa; ele sai, criados entram, soltam a moça e, por meio de uma sangria, ela se recupera, mas esse socorro se dá sem que se saiba. Ele vai deitar com a moça, e a sodomiza a noite toda lhe dizendo que enforcou sua mãe; ele não quer saber se ela se recuperou. (Dizei que Desgranges falará dele.)

70. Ele puxa a moça pelas orelhas e, desse modo, passeia com ela, nua, pelo meio do aposento; então ele esporra.

71. Ele belisca a moça extraordinariamente em todo seu corpo, exceto no peito; deixa-a inteiramente preta.

72. Ele belisca seu peito, molesta-o e sova-o até que fique completamente contundido.

73. Ele lhe desenha números e letras com a ponta de uma agulha nas mamas, mas a agulha é envenenada, o peito incha, e ela sofre muito.

74. Ele lhe enfia mil ou dois mil alfinetinhos nas mamas, e esporra quando ela tem o peito coberto.

Surpreendem Julie, nesse dia, mais libertina que nunca, masturbando-se com Champville. Desde então, o Bispo passa a protegê-la mais ainda, e admite-a em seu aposento, com o Duque, Duclos; Durcet, Martaine; e Curval, a Fanchon. Ela confessa que desde seu repúdio, como fora condenada a ir deitar-se no estábulo dos animais, Champville a tinha levado para seu aposento e dormia com ela.

Dia dezesseis de janeiro. 75. Ele enfia grandes alfinetes, geralmente por todo o corpo da moça, mamas incluídas; ele esporra quando ela está toda coberta. (Dizei que Desgranges falará dele; é uma que ela explica, a quarta do dia 27 de fevereiro.)

76. Ele a enche de bebida e, em seguida, costura-lhe a cona e o cu; ele a deixa assim até vê-la desmaiar de necessidade de urinar ou cagar sem conseguir, ou que a queda e o peso das necessidades venham romper os fios.

77. Eles estão os quatro num aposento e surram a moça com socos e pontapés, até que ela caia. Os quatro masturbam-se mutuamente e esporram quando ela está no chão.

78. Retiram-lhe e lhe devolvem o ar a seu bel-prazer numa máquina pneumática[50].

Para festejar a décima primeira semana, celebram, nesse dia, o casamento de Colombe com Antínoo, o qual se consuma. O Duque, que fode prodigiosamente a boceta de Augustine, enche-se, nessa noite, de uma raiva lúbrica contra ela: manda Duclos segurá-la, e lhe dá trezentas chicotadas, do meio das costas até a batata da perna; em seguida, enraba Duclos beijando a bunda açoitada de Augustine. Depois, faz loucuras com Augustine, quer que ela jante perto dele, coma somente de sua boca, e mil outras inconsequências libertinas que retratam o caráter desses devassos.

Dia dezessete. 79. Ele amarra a moça de bruços numa mesa, e come uma omelete fervendo em suas nádegas, cujos pedaços ele fura com força por meio de um garfo muito afiado.

80. Ele prende sua cabeça num rescaldo com brasa até que ela desmaie, e enraba-a nesse estado.

81. Chamusca-lhe ligeira e paulatinamente a pele do seio e das nádegas com varinhas com enxofre numa das pontas.

82. Ele apaga, muitas vezes em seguida, velas na cona, na bunda, e nas mamas.

83. Ele lhe queima as pálpebras com um palito de fósforo, o que impede que ela consiga descansar à noite ou fechar os olhos para dormir.

Nessa noite, o Duque deflora Gitão, que passa mal, porque o Duque é enorme, porque ele o fode muito brutalmente e porque Gitão tem apenas doze anos.

Dia dezoito. 84. Ele a obriga, com uma pistola contra o peito, a mascar e engolir um carvão em brasa, e em seguida, esguicha-lhe, com uma seringa, água-forte na cona.

85. Ele a faz dançar as *olivettes*[51] nua, em torno de quatro pilares preparados; mas o único caminho que ela pode seguir descalça, em torno desses pilares, é guarnecido com ferros pontiagudos, pontas de pregos e cacos de vidro, e há um homem em cada pilar, com um punhado de varas na mão, que a vergasta quer pela frente, quer por trás, conforme a parte que ela apresenta, cada vez que passa perto dele. Ela é obrigada a dar assim um certo número de voltas, conforme for mais ou menos jovem e linda; as mais lindas são sempre as mais atormentadas.

86. Ele lhe dá violentos socos no nariz, até que ela sangre, e continua ainda, apesar de ela estar em sangue; ele esporra e mistura sua porra ao sangue que ela está perdendo.

87. Ele belisca suas carnes, principalmente nas nádegas, na moita e nas mamas, com tenazes de ferro muito quentes. (Dizei que Desgranges falará dele.)

88. No seu corpo nu, ele junta vários montinhos de pólvora de canhão, sobretudo nos lugares mais sensíveis, e ateia fogo.

À noite, entregam o cu de Gitão, e ele é fustigado, depois da cerimônia, por Curval, o Duque e o Bispo, que o foderam.

Dia dezenove. 89. Ele lhe enfia na cona um cilindro de pólvora, a cru, sem ser revestido de papelão; ele ateia fogo e esporra vendo a chama. Antes ele beijou sua bunda.

90. Ele a embevece, da cabeça aos pés, exclusivamente com álcool; ateia fogo, e diverte-se até seu esporro vendo assim essa pobre moça toda em fogo. Ele repete duas ou três vezes a operação.

91. Ele lhe administra uma lavagem de óleo fervente no cu.

92. Ele lhe enfia um ferro em brasa no ânus, e outro na cona, depois de tê-la caprichosamente açoitado.

93. Ele quer calcar aos pés uma mulher grávida, até que ela aborte. Antes, ele a açoita.

Nessa mesma noite, Curval deflora o cu de Sophie, mas ela é, antes, açoitada até o sangue por cem golpes de cada um dos amigos. Assim que Curval esporrou em sua bunda, ele oferece quinhentos luíses à sociedade para levá-la nessa mesma noite ao jazigo e divertir-se à vontade com ela; recusam-lhe. Ele a enraba de novo, e ao sair de seu cu nesse segundo esporro, ele lhe dá um pontapé no traseiro, que a lança sobre colchões a quinze pés dali. Nessa mesma noite, ele vai se vingar em Zelmire, que açoita com toda a força.

Dia vinte. 94. Ele parece acariciar a moça que o masturba, ela não desconfia; mas na hora de seu esporro, ele lhe agarra a cabeça e a bate com força contra uma parede. O golpe é tão imprevisto e tão violento que ela geralmente desmaia.

95. Quatro libertinos se reúnem; julgam uma moça e condenam-na devidamente: sua sentença é de cem bastonadas, aplicadas vinte e cinco por vinte e cinco por cada um dos amigos e distribuídos assim: um, das costas até embaixo dos quadris, o segundo dos quadris até a batata da perna, o terceiro do pescoço até umbigo, inclusive no peito, e o quarto do baixo-ventre até os pés.

96. Ele dá uma picada com alfinete em cada olho, em cada bico do seio e no clitóris.

97. Goteja-lhe cera de Espanha nas nádegas, na cona e no peito.

98. Ele a sangra no braço, e apenas estanca o sangue quando ela desmaia.

Curval propõe sangrarem Constance por causa de sua gravidez: fazem-no até ela desmaiar; é Durcet quem a sangra. Nessa noite, entregam o cu de Sophie, e o Duque propõe sangrá-la, que isto não lhe fará mal, pelo contrário, é fazer chouriço com seu sangue para o desjejum. Fazem-no; Curval a sangra; Duclos o masturba enquanto isso, e ele só quer dar sua picada quando a porra escapar; ele a faz larga, mas não erra. Não obstante isso, Sophie agradou ao Bispo, que a adota como mulher e repudia Aline, a qual cai no maior descrédito.

Dia vinte e um. 99. Ele a sangra nos dois braços, e quer que ela permaneça de pé enquanto o sangue corre; de vez em quando, ele para o sangue para chicoteá-la; em seguida, reabre as chagas, e tudo isso até que ela desmaie. Ele apenas esporra quando ela cai; antes, a faz cagar.

100. Ele a sangra nos quatro membros e na jugular, e masturba-se vendo jorrar esses cinco chafarizes de sangue.

101. Ele a escarifica ligeiramente nas carnes, sobretudo nas nádegas, mas não nas mamas.

102. Ele a escarifica fortemente, sobretudo no seio, perto do bico, e perto do olho do cu quando chega às nádegas; em seguida, ele cauteriza as chagas com um ferro em brasa.

103. Atam-no de quatro como um animal feroz; ele está coberto por uma pele de tigre. Neste estado excitam-no, irritam-no, açoitam-no, batem-no, masturbam-lhe o cu. Na sua frente está uma moça muito carnuda, nua, e presa ao chão pelos pés, e ao teto pelo pescoço, de modo que não possa se mover. Assim que o devasso está bem fogoso, soltam-no, ele se joga como um animal feroz sobre a moça, e morde todas suas carnes, principalmente o clitóris e o bico das mamas, que ele costuma arrancar com os dentes. Berra e grita como uma fera, e esporra berrando. É preciso que a moça cague; ele vai comer seu troço no chão.

Nessa mesma noite, o Bispo deflora Narciso; ele é entregue nessa mesma noite, para não atrapalhar a festa do dia vinte e três. Antes de enrabá-lo, o Duque manda-o cagar em sua boca para que nela devolva também a porra dos que o precederam. Depois de tê-lo enrabado, ele o chicoteia.

Dia vinte e dois. 104. Ele arranca dentes e arranha as gengivas com agulhas. Às vezes ele as queima.

105. Ele lhe quebra um dedo da mão, às vezes vários.

106. Ele lhe esmaga vigorosamente um dos pés com uma martelada.

107. Ele desarticula um de seus punhos.

108. Ele lhe dá uma martelada nos dentes da frente, enquanto esporra. Seu prazer, antes, consiste em chupar muito a sua boca.

Nessa noite, o Duque deflora o cu de Rosette, e no instante em que seu pau o penetra, Curval arranca um dente da mocinha, para que ela sinta duas dores terríveis ao mesmo tempo. Na mesma noite, ela é entregue para não atrapalhar a festa do dia seguinte. Quando Curval lhe esporrou no cu (e foi o último), quando ele fez isso, dizia eu, ele joga a mocinha para trás com uma bofetada de toda sua força.

Dia vinte e três, por causa da festa apenas se contam quatro.

109. Ele desarticula um dos pés.

110. Ele lhe quebra um braço enquanto a enraba.

111. Ele lhe quebra um osso das pernas, com um golpe de barra de ferro, e a enraba a seguir.

112. Ele a amarra numa escada dupla, os membros presos em sentido bizarro. Uma corda está presa à escada; puxam a corda, a escada cai. Ela quebra ora um membro, ora outro.

Nesse dia, celebram o casamento de Vara-ao-céu e Rosette para comemorar a décima segunda semana. Nessa noite, sangram Rosette assim que foi fodida e Aline que mandaram Hércules foder; ambas são sangradas de modo que seu sangue jorre nas coxas e nos paus de nossos libertinos, que se masturbam diante desse espetáculo, e esporram quando ambas desmaiam.

Dia vinte e quatro. 113. Ele lhe corta uma orelha. (Tratai de especificar em toda parte o que todas essas pessoas fazem antes.)

114. Ele racha seus lábios e suas narinas.

115. Ele fura sua língua com um ferro quente, depois de tê-la chupado e mordido.

116. Ele lhe arranca várias unhas dos dedos das mãos ou dos pés.

117. Ele lhe corta a última ponta de um dedo.

A narradora, questionada, tendo afirmado que tal mutilação tratada imediatamente não acarreta sequelas lastimáveis, Durcet, nessa mesma noite, corta a ponta do dedinho de Adélaïde, contra a qual sua implicância lúbrica estoura cada vez mais. Nisso, ele esporra com arrebatamentos inauditos. Nessa mesma noite, Curval deflora o cu de Augustine, embora seja mulher do Duque. Por que suplício passou! Raiva de Curval contra ela, depois; ele faz cabala com o Duque para levá-la ao jazigo nessa mesma noite, e eles dizem a Durcet que, se assim lhes permitirem, eles permitirão a ele, Durcet, expedir Adélaïde também; mas o Bispo arenga e obtém que eles esperem mais um pouco, pelo próprio interesse de seu prazer. Portanto, Curval e o Duque contentam-se em chicotear vigorosamente Augustine, cada um nos braços do outro.

Dia vinte e cinco. 118. Ele destila quinze ou vinte gotas de chumbo fundido ainda fervendo em sua boca, e queima suas gengivas com água-forte.

119. Ele corta uma ponta da língua, depois de ter limpado o cu merdoso com essa mesma língua; em seguida, enraba-a quando sua mutilação foi feita.

120. Ele tem uma máquina de ferro redonda que penetra nas carnes e corta, a qual, ao ser retirada, arranca um pedaço redondo de carne tão profundo quanto se deixou a máquina descer, pois ela continua cavando se não é retida.

121. Ele torna eunuco um menino de dez a quinze anos.

122. Ele aperta e levanta com tenazes os bicos dos seios e corta-os com tesouras.

Nessa mesma noite, Augustine é entregue pelo cu. Curval, enquanto a enraba, quer beijar os seios de Constance; ao esporrar, arranca-lhe o bico com seus dentes; mas como fazem logo um curativo garantem que isso em nada afetará seu fruto. Curval diz a seus compadres, que caçoam da sua raiva contra essa criatura, que ele não é dono dos sentimentos de raiva que ela lhe inspira. Quando por sua vez o Duque enraba Augustine, o que ele sente contra essa bela moça manifesta-se de tal modo que dificilmente seria mais viva: se não ficassem de olho, ele a teria ferido, quer nos seios, quer apertando seu pescoço com toda a força, enquanto esporrava. Ele ainda pediu à assembleia para virar dono dela, mas objetaram-lhe ser preciso esperar as narrativas de Desgranges. Seu irmão roga para que seja paciente até ele mesmo lhe dar o exemplo com Aline; o que ele quer fazer antes perturbaria toda a economia dos arranjos. Entretanto, como ele não aguenta mais, e precisa absolutamente de um suplício contra essa bela moça, permitem-lhe infligir uma leve ferida em seu braço: ele a faz nas carnes do antebraço esquerdo, chupa seu sangue, esporra, e curam essa ferida, de modo que, quatro dias mais tarde, não tenha mais nem sinal.

Dia vinte e seis. 123. Ele quebra uma garrafa leve de vidro branco no rosto da moça, atada e indefesa; antes, ele chupou muito sua boca e sua língua.

124. Ele lhe amarra ambas as pernas, ata uma de suas mãos nas costas, deixa-lhe na outra mão um pequeno bastão para se defender; em seguida, ele a ataca com duros golpes de espada, infligindo-lhe várias feridas nas carnes, e vai esporrar sobre as chagas.

125. Ele a deita numa cruz de Santo André, faz a cerimônia de rodá-la, fere três membros sem luxação, e quebra decididamente um braço ou uma perna.

126. Ele a faz colocar-se de perfil, e dispara um tiro carregado com chumbo que lhe raspa os dois peitos; ele visa a arrancar um dos biquinhos.

127. Ele a coloca de quatro, a vinte passos dele, e atira uma bala de fuzil nas suas nádegas.

Nessa mesma noite, o Bispo deflora o cu de Fanny.

Dia vinte e sete. 128. O mesmo homem de quem Desgranges falará no dia 24 de fevereiro faz uma mulher grávida abortar de tantas chicotadas no ventre; ele quer vê-la botar diante dele.

129. Ele torna eunuco rente ao ventre um mocinho de dezesseis a dezessete anos. Antes, enraba-o e açoita-o.

130. Quer uma donzela; corta-lhe o clitóris com uma navalha, em seguida, deflora-a com um cilindro de ferro quente que ele enfia a marteladas.

131. Faz abortar no oitavo mês, graças a uma poção que faz a mulher botar na hora sua criança morta. Outras vezes, ele determina um parto pelo cu, mas a criança sai sem vida e a mãe corre risco de morte.

132. Ele corta um braço.

Nessa noite, Fanny é entregue pelo cu. Durcet a salva de um suplício que lhe preparavam; toma-a como mulher, faz-se casar pelo Bispo, e repudia Adélaïde, a quem infligem o suplício destinado a Fanny, que consistia em ter um dedo quebrado. O Duque a enraba enquanto Durcet lhe quebra o dedo.

Dia vinte e oito. 133. Ele corta os dois punhos e cauteriza com um ferro quente.

134. Ele corta a língua desde a raiz e cauteriza com um ferro quente.

135. Ele corta uma perna e, mais frequentemente, manda que a cortem enquanto ele enraba.

136. Ele arranca todos os dentes, e põe no lugar um prego em brasa que ele enfia com um martelo; ele faz isso logo depois de foder a mulher na boca.

137. Ele arranca um olho.

Nessa noite, açoitam Julie com toda a força, e furam todos os seus dedos com uma agulha. Essa operação se faz enquanto o Bispo a enraba, embora ele goste muito dela.

*Dia vinte e nove.*138. Ele apaga e absorve os dois olhos deixando cair cera de Espanha dentro.

139. Ele lhe corta uma mama rente, e cauteriza com um ferro quente. Desgranges dirá então ter sido esse homem que arrancou a mama que lhe falta, e que tem certeza que ele as come grelhadas.

140. Ele corta as duas nádegas, depois de a ter enrabado e açoitado. Também dizem que ele as come.

141. Ele corta rente as duas orelhas.

142. Corta todas as extremidades, os vinte dedos, o clitóris, o bico dos seios, a ponta da língua.

Nessa noite, depois de ter sido vigorosamente açoitada pelos quatro amigos e enrabada pelo Bispo pela última vez, Aline é condenada a ter um dedo de cada membro cortado por cada um dos amigos.

Dia trinta. 143. Ele arranca vários pedaços de carne de todo seu corpo, assa-os, e obriga-a a comê-los com ele. É o mesmo homem dos dias 8 e 17 de fevereiro de Desgranges.

144. Ele corta os quatro membros de um mocinho, enraba o tronco, alimenta-o bem, e o mantém vivo assim; ora, como os membros não são cortados

rente demais do tronco, ele vive por muito tempo. Ele o enraba por mais de um ano assim.

145. Ele amarra fortemente a mão de uma moça, deixando-a assim, sem alimentá-la; ao lado dela está uma faca enorme, e diante dela uma excelente refeição: se ela quiser alimentar-se, precisa cortar a própria mão; caso contrário, ela morre assim. Antes, ele fodeu o seu cu. Ele a observa por uma janela.

146. Ele amarra a filha e a mãe; para que uma das duas viva e faça a outra viver, precisa cortar a própria mão. Ele se diverte assistindo ao embate para saber qual das duas se sacrificará pela outra.

Ela apenas conta quatro histórias, de modo a celebrar, nessa noite, a festa da décima terceira semana, na qual o Duque esposa, como mulher, Hércules na qualidade de marido, e como homem, Zéfiro na qualidade de mulher. O jovem *bardache*, que, como se sabe, tem a mais bela bunda dos oito rapazes, é apresentado vestido de moça e é tão lindo como o Amor. A cerimônia é consagrada pelo Bispo e ocorre perante todos. Esse mocinho somente é deflorado nesse dia; o Duque tira muito prazer disto, e tem muita dificuldade; deixa-o em sangue. Hércules fode-o durante toda a operação.

Dia trinta e um. 147. Ele lhe fura os dois olhos, e a deixa trancada num aposento, dizendo-lhe que há comida diante dela, que basta pegá-la. Mas, para isto, ela precisa passar sobre uma chapa de ferro que ela não vê e que mantém sempre em brasa. Ele se diverte, por uma janela, vendo como ela vai proceder: se ela vai preferir se queimar ou morrer de fome. Antes, ela manda açoitá-la muito.

148. Ele lhe aplica o suplício da corda, que consiste em ter os membros amarrados a cordas e a ser, por essas cordas, elevada muito alto; ele vos deixa cair verticalmente de toda essa altura: cada queda desloca e quebra todos os membros, porque ela se faz no ar e se é sustentado apenas pelas cordas.

149. Inflige-lhe profundas feridas nas carnes, nas quais ele destila pez fervendo e chumbo fundido.

150. Ele a amarra nua e desamparada, no momento em que acaba de parir; amarra seu filho diante dela, o qual berra sem que ela possa socorrê-lo. Ela deve vê-lo morrer assim. Na sequência ele açoita com toda a força a mãe na boceta, dirigindo seus golpes para dentro da vagina. Geralmente, ele é o pai da criança.

151. Ele a incha com água; em seguida, costura-lhe a cona e a bunda, assim como a boca, e deixa-a assim até que a água estoure os canais, ou que ela morra. (Verificai por que há uma a mais, e se o caso for suprimir uma, que seja essa última que acredito já ter feito.)

Nessa mesma noite, Zéfiro é entregue pelo cu, e Adélaïde é condenada a uma rude fustigação depois da qual a queimam com um ferro quente, bem perto do interior da vagina, sob as axilas, e chamuscam ligeiramente cada mama. Ela aguenta tudo como uma heroína e invocando Deus, o que irrita mais ainda seus carrascos.

Quarta parte

As cento e cinquenta paixões assassinas, ou de quarta classe, que compõem as vinte e oito jornadas de fevereiro, ilustradas pelas narrativas de Desgranges, às quais acresceu-se o diário exato dos acontecimentos escandalosos do castelo durante aquele mês.

Estabeleci primeiro que tudo muda de aparência neste mês; que as quatro esposas são repudiadas, que, entretanto, Julie encontrou graças junto ao Bispo que a recebeu em seu aposento na qualidade de criada, mas que Aline, Adélaïde e Constance estão sem eira nem beira, exceto, entretanto, essa última, que deixaram Duclos abrigar no seu aposento porque querem poupar seu fruto. Mas quanto Adélaïde e Aline, elas dormem no estábulo dos animais destinados à comida. São as sultanas Augustine, Zelmire, Fanny e Sophie que substituíram as esposas em todas suas funções, a saber: nos *garde-robes*, no serviço do almoço, nos sofás, e na cama dos senhores, à noite. De modo que, nessa época, os aposentos de senhores durante as noites estão assim compostos. Além de um dos fodedores, que se revezam, eles têm: o Duque, Augustine, Zéfiro e Duclos em sua cama com o fodedor; ele se deita no meio dos quatro, e Marie no sofá; do mesmo modo, Curval se deita entre Adônis, Zelmire, um fodedor e Fanchon; ninguém mais; Durcet se deita entre Hiacinto, Fanny, um fodedor e Martaine (verificai) e, no sofá, Louison; o Bispo se deita entre Celadão, Sophie, um fodedor e Julie, e, no sofá, Thérèse. O que mostra que os casaizinhos Zéphire e Augustine, Adônis e Zelmire, Hiacinto e Fanny, Celadão e Sophie, que foram todos casados juntos, pertencem a um mesmo mestre. Restam apenas quatro mocinhas no harém das moças, e quatro mocinhos no dos rapazes. Champville dorme no das moças e Desgranges, no dos rapazes, Aline no estábulo, como já se disse, e Constance no aposento da Duclos, sozinha, uma vez que Duclos se deita com o Duque todas as noites. O almoço é sempre servido pelas quatro sultanas que representam as quatro esposas, e o jantar pelas quatro sultanas que restam; uma quadrilha sempre serve o café; mas as quadrilhas dos relatos, em frente a cada nicho de espelho, são compostas apenas por um menino e uma menina. A cada relato, Aline e Adélaïde encontram-se amarradas aos pilares do salão de história dos quais falamos; estão presas neles, com as nádegas de frente para os sofás, e perto delas está uma mesinha com varas, de modo que estão sempre prontas a receber o chicote. Constance recebeu permissão de sentar-se com as narradoras. Cada velha segura o seu casal, e Julie, nua, erra de um sofá a outro, para receber ordens e executá-las imediatamente. De resto, como sempre, há um fodedor em cada sofá. É neste estado que Desgranges começa seus relatos. Num regulamento particular, os amigos estatuíram que, na série desse mês, Aline, Adélaïde, Augustine e Zelmire seriam entregues à brutalidade de suas paixões, e que eles poderiam, no dia prescrito, quer imolá-las sozinhos quer convidar ao sacrifício qualquer um de seus amigos, sem que os outros se ofendam com isto; que no que concerne a Constance, ela serviria na celebração da última semana, assim como será explicado na hora e no lugar certos. Quando o Duque e Curval que, por este arranjo tornar-se-ão viúvos de novo, quiserem, para acabar o mês, retomar uma esposa para as funções, poderão escolhê-la entre as quatro sultanas restantes. Mas os pilares permanecerão desguarnecidos assim que as duas mulheres que os guarnecem não estiverem mais neles. Desgranges começa, e depois de ter prevenido que apenas falará em assassinatos, ela diz que terá o cuidado, assim como lhe recomendaram, de entrar nos mais minuciosos detalhes e, sobretudo, de informar os gostos comuns que antecedem as paixões desses assassinos de devassidão, de modo que possam julgar as relações e os encadeamentos e ver que tipo de libertinagem simples, quando aperfeiçoada por cabeças sem costumes nem princípios, pode levar ao assassinato, e a que tipo de assassinato. Logo, ela começa.

Dia primeiro. 1. Ele gostava de se divertir com uma pobretona que não tivesse comido por três dias; e sua segunda paixão é a de deixar morrer de fome uma mulher no fundo de uma masmorra, sem lhe prestar o menor socorro; ele a observa e masturba-se a examinando, mas apenas esporra no dia em que ela perece.

2. Ele a mantém presa muito tempo, diminuindo cada dia ligeiramente sua ração; ele a faz cagar antes, e come o troço num prato.

3. Ele gostava de chupar a boca, engolir a saliva, e, como segunda,[52] ele empareda a mulher numa masmorra, com vitualhas para apenas quinze dias; no trigésimo dia, ele entra e se masturba sobre o cadáver.

4. Ele fazia mijar e, como segunda, ele mata paulatinamente impedindo-a de beber e dando muita comida.

5. Ele açoitava, e mata a mulher impedindo-a de dormir.

Nessa mesma noite, Michette é enforcada pelos pés, depois de ter comido muito, até que ela tenha vomitado tudo sobre Curval, que se masturba embaixo e engole.

Dia dois. 6. Ele fazia cagar em sua boca e comia ao mesmo tempo; sua segunda é de alimentar apenas com miolo de pão e vinho. Ela morre disso após um mês.

7. Ele gostava de foder bocetas; ele transmite à mulher uma doença venérea por injeção, mas de uma espécie tão terrível que ela morre disso logo depois.

8. Ele fazia vomitar em sua boca, e, como segunda, ele lhe dá, por meio de uma bebida, uma febre maligna da qual ela morra muito rapidamente.

9. Ele fazia cagar, e, como segunda, ele administra uma lavagem de ingredientes envenenados em água fervente ou em água-forte.

10. Um famoso fustigador coloca uma mulher sobre um pivô no qual ela gira incessantemente até a morte.

À noite, administram uma lavagem de água fervente em Rosette, no momento em que o Duque acaba de enrabá-la.

Dia três. 11. Ele gostava de dar bofetadas, e, como segunda, faz girar o pescoço da frente para trás, de modo que ela tenha o rosto do lado das nádegas.

12. Ele gostava de bestialidade, e, como segunda, gosta de fazer deflorar uma moça diante dele por um garanhão que a mata.

13. Ele gostava de foder em cu, e, como segunda, ele enterra metade de seu corpo, e a alimenta assim até que metade do corpo esteja podre.

14. Ele gostava de masturbar o clitóris, e ele manda um de seus serviçais masturbar o clitóris de uma moça até a morte.

15. A fim de aperfeiçoar sua paixão, um fustigador açoita até a morte a mulher em todas as partes de seu corpo.

Nessa noite, o Duque quer que Augustine seja masturbada no clitóris, o qual é muito sensível, por Duclos e Champville, que se revezam e a masturbam até ela desmaiar.

Dia quatro. 16. Ele gostava de apertar o pescoço e, como segunda, ele amarra a moça pelo pescoço. Em sua frente está um banquete, mas para alcançá-lo, ela precisa estrangular a si mesma, senão morre de fome.

17. O mesmo homem que matou a irmã de Duclos, e que gosta de amassar as carnes por muito tempo, sova o peito e as nádegas com tão furiosa força que acaba matando com esse suplício.

18. O homem de quem Martaine falou no dia 20 de janeiro, que gostava de sangrar mulheres, mata-as de tantas sangrias repetidas.

19. Aquele cuja paixão consistia em fazer uma mulher nua correr até cair, e do qual se falou, tem, como segunda, a de trancafiá-la numa estufa fervente, onde ela morre como que sufocada.

20. Aquele de quem Duclos falou, que gostava de ser posto em fraldas e a quem a moça dava sua merda em vez de papinha, aperta uma mulher tão estreitamente num cueiro que a mata assim.

Nessa noite, pouco antes de passarem ao salão de história, haviam encontrado Curval enrabando uma das criadas da cozinha. Ele pagou a multa; a moça recebeu ordem de ir às orgias, nas quais o Duque e o Bispo a enrabam por sua vez, e ela recebe duzentas chicotadas da mão de cada um. É uma *Savoyarde*[53] gorda de vinte e cinco anos, bastante fresca, e que tem uma bela bunda.

Dia cinco. 21. Ele gostava, como primeira paixão, de bestialidade, e, como segunda, ele costura a moça numa pele de asno bem fresca, com a cabeça de fora, alimenta-a e a deixa lá dentro até que a pele do animal a sufoque ao encolher-se.

22. Aquele de quem Martaine falou no dia 15 de janeiro, e que gostava de enforcar de mentira, enforca a moça pelos pés e a deixa aí até que seja sufocada no próprio sangue.

23. Aquele do dia 27 de novembro, de Duclos, que gostava de embriagar a puta, mata a mulher enchendo-a de água com um funil.

24. Ele gostava de molestar as mamas, e aperfeiçoa isso engastando as duas mamas da mulher dentro de duas espécies de potes de ferro; em seguida, colocam a criatura, com as mamas assim revestidas, em cima de dois escaldos, e deixam-na morrer nessas dores.

25. Ele gostava de ver uma mulher nadar, e, como segunda, ele a joga dentro d'água, e a retira meio afogada; a seguir ele a enforca pelos pés para deixá-la expelir a água. Assim que ela volta a si joga-a na água de novo, e assim por diante, até ela morrer.

Nesse dia, na mesma hora que na véspera, encontram o Duque enrabando outra criada; ele paga a multa; mandam a criada para as orgias, onde todo o mundo goza dela, Durcet pela boca, o resto pelo cu, e também pela boceta, pois era donzela, e ela é condenada a duzentas chicotadas por cada um. É uma moça de dezoito anos, grande e bem-feita, ligeiramente ruiva, e com uma bunda muita linda. Nessa mesma noite, Curval diz ser essencial sangrar mais Constance por causa de sua gravidez; o Duque enraba-a e Curval sangra-a, enquanto Augustine o masturba nas nádegas de Zelmire enquanto o fodem. Ele a fura quando esporra, e não erra.

Dia seis. 26. Sua primeira paixão consistia em jogar uma mulher num braseiro com um pontapé na bunda, mas de onde ela saía cedo o bastante para não sofrer muito. Ele a aperfeiçoa obrigando a moça a se manter de pé entre dois fogos, um que a grelha pela frente, a outro, por trás; deixa-a lá até que suas gorduras tenham derretido.

Desgranges avisa que vai falar de assassinatos que acarretam uma morte rápida e na qual quase não se sofre.

27. Ele gostava de impedir a respiração com suas mãos, quer apertando o pescoço, quer fazendo pesar por muito tempo sua mão sobre a boca, e ele aperfeiçoa isto sufocando entre quatro colchões.

28. Aquele de quem Martaine falou e que dava a escolha entre três mortes (vede no dia 14 de janeiro), queima os miolos com um tiro de pistola sem deixar escolha; ele enraba e, quando esporra, dispara o tiro.

29. Aquele de quem Champville falou no dia 22 de dezembro, que fazia saltar numa coberta com um gato, precipita-a do alto de uma torre sobre pedras, e esporra ao ouvir sua queda.

30. Aquele que gostava de apertar o pescoço enquanto enrabava, e de quem a Martaine falou no dia 6 de janeiro, enraba a moça, com uma corda de seda negra em torno do pescoço, e esporra estrangulando-a. (Que ela diga que essa volúpia é uma das mais refinadas que um libertino possa experimentar.)

Celebram, nesse dia, a festa da décima quarta semana e Curval esposa, como mulher, Quebra-cu na qualidade de marido e, como homem, Adônis, na qualidade de mulher. Essa criança somente é deflorada nesse dia, diante de todo o mundo, enquanto Quebra-cu fode Curval. Embebedam-se no jantar; e açoitam Zelmire e Augustine nos quadris, nas nádegas, nas coxas, no ventre, na moita e na parte dianteira das coxas; em seguida, Curval manda Adônis foder Zelmire, sua nova esposa, e enraba os dois, cada um por sua vez.

Dia sete. 31. Ele gostava primitivamente de foder uma mulher adormecida, e aperfeiçoa matando mediante uma forte dose de ópio; ele a encona durante o sono de morte.

32. Aquele mesmo homem de quem se falou há pouco, que joga várias vezes dentro da água, também tem como paixão afogar uma mulher com uma pedra no pescoço.

33. Ele gostava de dar bofetadas, e, como segunda, ele lhe verte chumbo fundido nos ouvidos enquanto ela dorme.

34. Ele gostava de chicotear o rosto. Champville falou dele no dia 30 de dezembro. (Verificai.) Ele mata logo a moça com uma vigorosa martelada na têmpora.

35. Ele gostava de ver queimar até o fim uma vela no ânus da mulher: ele a amarra no cabo de um condutor, e a deixa ser aniquilada pelos raios.

36. Um fustigador. Ele a coloca de quatro, num canhão cuja bala a arrebata pelo cu.

Nesse dia encontram o Bispo enrabando a terceira criada. Ele paga a multa; mandam a moça para as orgias; o Duque e Curval a enrabam e a enconam, pois era virgem; em seguida, aplicam-lhe oitocentas chicotadas: duzentas cada. Trata-se de uma suíça de dezenove anos, muito branca, muito gorda, e com uma bunda muita linda. As cozinheiras se queixam e dizem que o serviço não poderá mais ser garantido se continuarem atormentando as criadas, e deixam-nas de lado até o mês de março. Nessa mesma noite cortam um dedo de Rosette, e cauterizam com fogo. Ela está entre Curval e o Duque durante a operação; um a fode no cu, o outro na cona. Nessa mesma noite, Adônis é entregue pelo cu, de modo que o Duque fodeu, nessa noite, uma criada e Rosette na cona, a mesma criada no cu, Rosette também no cu (eles tocaram) e Adônis. Ele está exausto.

Dia oito. 37. Ele gostava de chicotear por todo o corpo com um vergalho, e é o mesmo de quem Martaine falou, que rodava de leve três membros e quebra apenas um. Ele gosta de fazer rodar completamente a mulher, mas sufoca-a na própria cruz.

38. Aquele de quem a Martaine falou, que fingia cortar o pescoço da moça, a qual retiravam com uma corda, o corta muito efetivamente esporrando. Ele se masturba.

39. Aquele do dia 30 de janeiro, de Martaine, que gostava de escarificar, faz passar pela masmorra.

40. Ele gostava de chicotear mulheres grávidas no ventre, e incrementa deixando cair no ventre de uma mulher grávida um peso enorme que a esmaga imediatamente tanto ela como seu fruto.

41. Ele gostava de ver o pescoço nu de uma moça, apertá-lo, molestá-lo um pouco: ele enfia um alfinete perto da nuca, num certo lugar, e ela morre imediatamente.

42. Ele gostava de queimar devagar, com uma vela, diferentes partes do corpo.

Ele a aperfeiçoa lançando a mulher numa fornalha ardente, tão violenta que ela é consumada na hora.

Durcet, que está de pau muito duro, e que foi, durante os relatos, chicotear duas vezes Adélaïde no pilar, propõe deitá-la no fogo; e depois de ela ter tido tempo amplamente suficiente para estremecer com a proposta, a qual só não foi aceita por pouco, decidem queimar-lhe o bico dos seios: Durcet, seu marido, um; Curval, seu pai, o outro; ambos esporram com a operação.

Dia nove. 43. Ele gostava de furar com alfinetes, e, como segunda, esporra enquanto desfere três punhaladas no coração.

44. Ele gostava de queimar fogos de artifícios na cona: ele amarra uma moça magra e bem-feita, como vara de um grande foguete voador; ela é levada e recai com o foguete.

45. Este mesmo enche todas as aberturas de uma mulher de pólvora, ateia fogo, e todos os membros se partem e se estraçalham ao mesmo tempo.

46. Ele gostava de fazer a moça tomar emético sem saber, no que comia: ele lhe faz, como segunda, respirar um pó, dentro de tabaco ou num ramalhete, que a joga morta para trás imediatamente.

47. Ele gostava de chicotear no seio e no pescoço: ele a aperfeiçoa abatendo-a com um golpe de barra vigorosamente aplicado na goela.

48. O mesmo de quem Duclos falou no dia 27 de novembro e Martaine no dia 14 de janeiro. (Verificai.) Ela vem cagar diante do devasso, ele a ralha, persegue-a com grandes golpes de chicote de diligência, numa galeria. Uma porta que dá para uma escadinha se abre, ela acredita lá encontrar sua salvação, ela se joga nela, mas falta um degrau, o que a arremessa numa banheira de água fervente que se fecha imediatamente sobre ela e onde ela morre queimada, afogada e sufocada. Seus gostos são fazer cagar e chicotear a mulher enquanto está cagando.

Curval fizera Zelmire cagar de manhã e, nessa noite, no final desse relato, o Duque lhe pede merda. Ela não consegue; condenam-na imediatamente a ter a bunda furada com uma agulha de ouro até que sua pele fique completamente encharcada de sangue; como foi o Duque o lesado por essa recusa, é ele quem opera. Curval pede merda a Zéfiro: este disse que o Duque o fizera cagar de manhã. O Duque nega; chamam Duclos como testemunha, ela nega, embora isso seja verdade. Em consequência, Curval tem o direito de punir Zéfiro, embora amante do Duque, assim como este acaba de punir Zelmire, embora mulher de Curval. Zéfiro é açoitado até o sangue por Curval e recebe seis petelecos no alto do nariz, que desanda a sangrar, o que faz o Duque rir muito.

Dia dez. Desgranges anuncia que vai falar de assassinatos e traição, nos quais a maneira é o ponto principal e o efeito, isto é, o assassinato é apenas acessório. Em consequência, diz que vai começar pelos venenos.

49. Um homem, cujo gosto consistia em foder no cu, e nunca de outro modo, envenena todas suas mulheres; está na sua vigésima segunda. Ele só as fodia pelo cu e nunca as deflorava.

50. Um bugre convida amigos a um festim, e envenena parte deles, cada vez que serve comida.

51. Aquele do dia 26 de novembro, de Duclos, e do dia 10 de janeiro, da Martaine, o qual é bugre, finge aliviar pobres; ele lhes dá víveres, porém, envenenados.

52. O bugre faz uso de uma droga que, jogada ao chão, faz caírem mortos aqueles que andam por cima, e ele se serve dela muito frequentemente.

53. Um bugre faz uso de outro pó que vos mata em meio a tormentos inconcebíveis; duram quinze dias, e nenhum médico consegue entender do que se trata. Seu maior prazer é o de ir visitar-vos quando estais nesse estado.

54. Um bugre, com homens e mulheres, utiliza outro pó, cujo efeito é o de vos privar de vossos sentidos e de vos deixar como se estivésseis mortos. Todos assim acreditam, enterram-vos, e morreis desesperado em vosso caixão, no qual mal ficastes e os sentidos voltam. Ele faz todo o possível para encontrar-se em cima do lugar onde sois enterrados, para ver se não consegue ouvir alguns gritos; caso consiga, ele desmaia de prazer. Ele matou assim parte de sua família.

Nessa noite, enquanto brincam, fazem, Julie tomar um pó que lhe dá cólicas pavorosas; dizem-lhe que está envenenada, ela acredita, e se desola. Durante o espetáculo de suas convulsões, o Duque se fez masturbar diante dela por Augustine. Esta tem o infortúnio de recobrir a glande com o prepúcio, o que é uma das coisas que mais desagrada ao Duque; estava a ponto de esporrar, isso o interrompe. Diz que quer cortar um dedo dessa bugra, e o corta da mão que errou, enquanto sua filha Julie, que se acredita envenenada, vem fazê-lo esporrar. Julie sara na mesma noite.

Dia onze. 55. Um bugre costumava ir à casa de conhecidos ou amigos, e nunca deixava de envenenar o que este amigo tinha de mais caro em criaturas humanas. Servia-se de um pó que matava, após dois dias, em meio a dores horrendas.

56. Um homem cujo gosto consistia em molestar seios, aperfeiçoa-o envenenando crianças no próprio seio das amas-de-leite.

57. Ele gostava que lhe devolvessem lavagens de leite na boca, e, como segunda, ele aplica lavagens envenenadas que matam em meio a cólicas viscerais pavorosas.

58. Um bugre, de quem ela terá ocasião de falar de novo nos dias 13 e 26, gosta de atear fogo em casas de pobres, e sempre procede de modo a queimar muitas pessoas, sobretudo crianças.

59. Outro bugre gosta de matar mulheres no parto, indo visitá-las tendo sobre si um pó cujo cheiro as lança em espasmos e convulsões que levam à morte.

60. Aquele de quem Duclos fala em sua vigésima oitava noite, quer ver uma mulher parir; ele mata a criança assim que saiu do ventre da mãe e debaixo de seus olhos, fingindo acariciá-la.

Nessa noite, Aline é logo açoitada até o sangue por cem golpes de cada amigo; em seguida, pedem-lhe merda; ela a deu de manhã a Curval, que nega. Em consequência, queimam-na nos dois peitos e na palma de cada mão; vertem-lhe cera de Espanha sobre as coxas e o ventre, e enchem-lhe o umbigo, queimam-lhe os pelos da boceta com álcool. O Duque hostiliza Zelmire, a quem Curval corta dois dedos, um em cada mão. Augustine é açoitada na moita e na bunda.

Dia doze. Os amigos reúnem-se de manhã, e decidem que, havendo as quatro velhas se tornado inúteis e podendo ser facilmente substituídas em suas funções pelas quatro narradoras, deviam divertir-se com elas e martirizá-las uma após a outra, a começar já nessa noite. Propõem às narradoras tomarem seu lugar; estas aceitam, com a condição de que não serão sacrificadas. Assim prometem.

61. Os três amigos, D'Aucourt, o padre e Desprès, de quem Duclos falou no dia 12 de novembro, brincam juntos de novo nessa paixão: eles querem uma mulher grávida de oito a nove meses, abrem-lhe o ventre, arrancam a criança, queimam-na sob os olhos da mãe; no lugar, dentro do estômago, colocam um pacote de enxofre combinado com mercúrio e azougue que eles acendem; em seguida, costuram o ventre de volta e deixam-na morrer assim diante deles em meio a dores incríveis, fazendo-se masturbar por essa moça que está com eles. (Verificai o nome.)

62. Ele gostava de arrancar cabaços, e aperfeiçoa isso fazendo uma grande quantidade de filhos em várias mulheres; em seguida, assim que estes têm cinco ou seis anos, ele os deflora, sejam meninas ou meninos, e os joga num rescaldo ardente assim que os fodeu, no próprio momento de seu esporro.

63. Esse mesmo homem de quem Duclos falou no dia 27 de novembro, a Martaine, no dia 15 de janeiro, e ela mesma, no dia 5 de fevereiro, cujo gosto consistia em enforcar de brincadeira, de ver enforcar, etc., esse mesmo, digo,

esconde pertences nos cofres de seus serviçais e diz que o roubaram. Ele faz tudo o que está ao seu alcance para mandá-los enforcar, e quando consegue, vai gozar do espetáculo; caso contrário, trancafia-os num aposento e os mata estrangulando-os. Ele esporra durante a operação.

64. Um grande amador de merda, aquele de quem Duclos falou no dia 14 de novembro, tem em sua casa uma latrina preparada; ele convida a pessoa que quer matar a nela se instalar, e assim que esta sentou, a latrina cede e a precipita numa fossa muito profunda cheia de merda onde a deixa morrer.

65. Um homem de quem Martaine falou e que se divertia vendo cair uma moça de cima de uma escada aperfeiçoa assim sua paixão (mas verificai qual). Ele manda colocar a moça num pequeno cavalete, diante de uma lagoa profunda, do outro lado da qual está uma parede que lhe oferece um refúgio tanto mais garantido que há uma escada nela. Mas ela precisa jogar-se na lagoa, e ela é tanto mais compelida a fazer isso que atrás do cavalete sobre o qual ela se encontra, um fogo lento vem chegando paulatinamente até ela. Se o fogo alcançá-la, ela vai ser consumada, e, como não sabe nadar, caso se jogue na água para evitar o fogo, afogar-se-á. Quando o fogo a alcança, ela decide, entretanto, pular na água e ir até a escada que vê na parede. Geralmente, ela se afoga, e tudo está consumado. Se for bastante feliz para alcançar a escada, ela sobe, mas um degrau preparado, quase em cima, se quebra sob seus pés quando ela o atinge e a precipita num buraco recoberto de terra que ela não tinha visto, o qual, cedendo sob seu peso, a joga num braseiro ardente onde ela perece. O libertino, perto do espetáculo, masturba-se o observando.

66. O mesmo de quem Duclos falou no dia 29 de novembro, o mesmo que deflorou Martaine pelo cu aos cinco anos, e o mesmo também de quem ela anuncia que falará de novo na paixão com a qual encerrará seus relatos (a do inferno), esse mesmo, disse, enraba uma moça de dezesseis a dezoito anos, a mais linda que podem lhe fornecer. Pouco antes de seu esporro, ele solta uma mola, que deixa cair, no pescoço nu e desembaraçado da moça, uma máquina de aço dentada que serra paulatina e precisamente o pescoço da moça, enquanto ele tem seu esporro, o qual é sempre muito demorado.

Descobrem, nessa noite, a intriga de um dos fodedores subalternos com Augustine. Ele ainda não a havia fodido, mas para conseguir, propunha-lhe uma evasão que reputava muito fácil. Augustine confessa que estava a ponto de ceder-lhe o que queria dela, para se salvar de um lugar onde acredita que sua vida corre perigo. É Fanchon quem descobre tudo e vai relatar. Os quatro amigos atacam o fodedor de surpresa, amarram-no, garroteiam-no e levam-no ao jazigo, onde o Duque o enraba a força, sem pomada, enquanto Curval lhe corta o pescoço e os dois outros queimam todo o seu corpo com um ferro em brasa. Essa cena ocorreu ao saírem do almoço, substituindo o café; passam ao salão de história, como de costume, e, no jantar, perguntam-se entre si se, devido à descoberta da conjuração, não deveriam agraciar Fanchon que, em consequência da decisão da manhã, devia ser brutalizada na mesma noite. O Bispo opõe-se a que a poupem, e diz ser indigno deles cederem ao sentimento da gratidão, e que sempre o verão defender as coisas que possam acrescentar mais uma volúpia à sociedade, e se opor àquelas que possam privá-la de um prazer. Em consequência, depois de haver punido Augustine por ter se prestado à conjuração, primeiro fazendo-lhe assistir a execução de seu amante, depois a enrabando e deixando-a acreditar que também iriam cortar sua cabeça e, definitivamente, arrancando-lhe dois dentes, operação realizada pelo Duque enquanto Curval enrabava essa bela moça e finalmente, tendo-a açoitado muito, após isso, disse, mandam chamar Fanchon, fazem-na cagar, cada amigo lhe dá cem chicotadas, e o Duque lhe corta a mama esquerda rente à carne. Ela protesta contra a injustiça do processo. "Se fosse justo", disse o Duque, "não nos deixaria de pau duro!" Em seguida, fazem-lhe um curativo, de modo que possa servir para outros suplícios. Percebem que havia um comecinho de motim geral entre os fodedores subalternos, e que esse acontecimento do sacrifício de um deles o acalmou completamente. As três outras velhas são, assim como Fanchon, destituídas de todas as funções, e substituídas pelas narradoras e Julie. Elas estremecem, mas como evitar sua sorte?

Dia treze. 67. Um homem que gostava muito de bunda atrai uma moça, que diz amar, num encontro íntimo na água; a barca está preparada, ela racha, e a moça se afoga. Às vezes, ele procede diferentemente: ele tem uma sacada preparada num aposento muito alto, a moça nela se encosta, a sacada cede, e ela morre.

68. Um homem que gostava de chicotear e depois enrabar, aperfeiçoa sua paixão atraindo uma moça num aposento preparado. Um alçapão abre-se, ela cai num jazigo onde está o devasso; ele lhe enterra um punhal nas mamas, na cona e no olho do cu, quando de sua queda; em seguida, ele a joga, morta ou não, em outro jazigo, cuja entrada é logo tampada por uma pedra, e onde ela cai sobre um monte de outros cadáveres que a precederam, onde ela expira enraivecida, caso não esteja morta. E ele toma muito cuidado em apenas apunhalar de leve, de modo a não matá-la e deixá-la morrer no último jazigo. Ele sempre enraba, açoita e esporra antes. É de sentido frio que ele procede a isso.

69. Um bugre faz a moça montar num cavalo selvagem que a leva a precipícios onde a mata.

70. Aquele de quem Martaine falou no dia 18 de janeiro, e cuja primeira paixão era a de queimar com escorvas de pólvora, aperfeiçoa-a mandando a moça deitar numa cama preparada. Assim que lá deitou, a cama cai num braseiro ardente, mas do qual ela consegue sair. Ele está por perto, e cada vez que ela tenta sair, ele a impede com fortes espetadas no ventre.

71. Aquele de quem ela falou no dia 11, e que gostava de incendiar casas de pobres, tenta atrair alguns em sua casa, homem ou mulher, sob pretexto de caridade; enraba-os, homens ou mulheres; em seguida, quebra-lhes os quadris, e os deixa morrer de fome numa masmorra, assim descadeirados.

72. Aquele que gostava de jogar uma mulher pela janela sobre esterco, e de quem Martaine falou, executa o que vamos ver como segunda paixão. Ele deixa a moça se deitar num aposento que ela conhece e do qual ela sabe que a janela é muito baixa; dá-lhe ópio; assim que ela estiver profundamente adormecida, transportam-na num aposento perfeitamente igual ao primeiro, mas cuja janela é muito alta e se abre sobre pedras afiadas. Em seguida, irrompem em seu aposento causando-lhe um pavor enorme; dizendo que vão matá-la. Sabendo que sua janela é baixa, ela a abre e se joga muito prontamente, mas cai sobre as pedras afiadas, de mais de trinta pés de altura, e mata a si mesma e sem que a toquem.

Nessa noite, o Bispo, esposa, como mulher, Antínoo na qualidade de marido, e, como homem, Celadão na qualidade de mulher, e esta criança só é enrabada pela primeira vez nesse dia. Essa cerimônia comemora a festa da décima quinta semana. O prelado quer que, para acabar de celebrá-la, maltratem fortemente Aline, contra a qual sua raiva libertina aflora surdamente. Enforcam-na e desenforcam-na muito rapidamente, e todo mundo esporra vendo-a enforcada. Uma sangria, que Durcet lhe aplica, consegue recuperá-la, e ela já não apresenta marca alguma no dia seguinte, mas isso a deixou mais alta em uma polegada. Ela conta o que sentiu durante esse suplício. O Bispo, para quem tudo é festa nesse dia, corta uma mama rente do peito da velha Louison: então as duas outras veem muito bem qual será sua sorte.

Dia quatorze. 73. Um homem, cujo gosto simples consistia em chicotear uma moça, aperfeiçoa-o arrancando todos os dias pedaços de carne grandes como uma ervilha do corpo da moça; mas não lhe fazem curativos, e ela perece assim, paulatinamente. Desgranges adverte que vai falar de assassinatos muito doloridos, e que a extrema crueldade passará a ser o ponto principal; recomendam-lhe, então, mais que nunca, entrar nos detalhes.

74. Aquele que gostava de sangrar retira todos os dias uma meia-onça de sangue até a morte. Esta é muito aplaudida.

75. Aquele que gostava de furar a bunda com alfinetes apunhala de leve todos os dias. Estancam o sangue, mas não fazem curativos, e ela morre assim, lentamente.

75 bis. Um fustigador serra todos os membros devagar, um após o outro.

76. O marquês de Mesanges, de quem Duclos falou relativamente à filha do sapateiro Petignon que ele comprou de Duclos, e cuja primeira paixão consistia em se fazer chicotear quatro horas sem esporrar, tem, como segunda, a de colocar uma mocinha na mão de um colosso, que suspende esta criança pela cabeça acima de um grande braseiro, o qual a queima muito devagar; é preciso que as moças sejam virgens.

77. Sua primeira paixão era a de queimar paulatinamente as carnes do seio e das nádegas com um fósforo, e sua segunda, colocar em todo o corpo de uma moça estopins de fósforo que ele acende um após o outro; ele a fica olhando morrer assim.

"Não há morte mais dolorida", disse o Duque, que confessou ter se entregue a essa infâmia, e ter esporrado vigorosamente com ela. "Dizem que a mulher vive seis ou oito horas." À noite, Celadão é entregue pelo cu; o Duque e Curval excedem-se com ele. Curval quer que sangrem Constance para sua gravidez, e ele mesmo a sangra enquanto esporra no cu de Celadão; em seguida, ele corta uma mama de Thérèse enquanto enraba Zelmire, e o Duque enraba Thérèse enquanto ele opera.

Dia quinze. 78. Ele gostava de chupar a boca e engolir saliva, e ele aperfeiçoa sua paixão fazendo engolir todos os dias, durante nove dias, uma pequena dose de chumbo fundido, com um funil; ela morre no nono.

79. Ele gostava de torcer um dedo, e, como segunda, quebra todos os membros, arranca a língua, fura os olhos, e deixa viver assim, diminuindo todos os dias a comida.

80. Um sacrilégio, o segundo de quem a Martaine falou no dia 3 de janeiro, amarra um belo moço com cordas numa cruz muito elevada, e o deixa lá para ser comido por corvos.

81. Um que cheirava as axilas e as fodiam, de quem Duclos falou, enforca uma mulher pelas axilas, atada por toda parte, e vai furar todos os dias alguma parte de seu corpo, para que o sangue atraia moscas; ele a deixa assim morrer aos poucos.

82. Um homem, apaixonado por bundas, incrementa enterrando a moça num jazigo onde ela tem o suficiente para viver três dias; ele a fere antes, para tornar sua morte mais dolorosa. Ele as quer virgens, e beija suas bundas durante oito dias antes de entregá-las a esse suplício.

83. Ele gostava de foder bocas e cus muito jovens: ele aperfeiçoa sua paixão arrancando o coração de uma moça viva; faz um buraco nele, fode esse buraco quentinho, e coloca o coração de volta no lugar com sua porra dentro; ele costura a chaga ao redor, e deixa a moça acabar sem nenhum socorro; o que, neste caso, não demora muito.

Nessa noite, Curval, sempre tentado contra a bela Constance, disse que se pode muito bem parir com um membro quebrado e, em consequência, quebram o braço direito dessa infeliz. Durcet, na mesma noite, corta uma mama de Marie, que açoitaram, não sem antes fazê-la cagar.

Dia dezesseis. 84. Um fustigador aperfeiçoa sua paixão descarnando devagar os ossos; ele chupa seu tutano e verte chumbo fundido no lugar.

Aqui, o Duque exclama que nunca mais foderá um cu na sua vida, caso não seja este o suplício destinado a Augustine. Essa pobre moça, que ele enrabava enquanto isso, solta gritos e derrama uma torrente de lágrimas. E como, com essa cena, ela o impede de esporrar, ele lhe dá, masturbando-se sozinho e esporrando, uma dúzia de tabefes que fazem a sala ecoar.

85. Numa máquina preparada, um carrasco pica a moça em pedacinhos; é um suplício chinês.

86. Ele gostava de cabaços de moças, e sua segunda é a de enfiar uma estaca pontiaguda na cona de uma donzela; ela fica lá, como que a cavalo, colocam-lhe uma bala de canhão em cada pé, e deixam-na morrer assim, paulatinamente.

87. Um fustigador esfola a moça três vezes; ele unta a quarta pele com um cáustico devorador que a mata em meio a dores horrendas.

88. Um homem, cuja primeira paixão era a de cortar um dedo, tem, como segunda, a de puxar um pedaço de carne com tenazes em brasa; ele corta esse pedaço de carne com tesouras e em seguida, queima a chaga. Ele fica quatro ou cinco dias descarnando assim, aos poucos, o corpo inteiro, e ela morre nas dores dessa cruel operação.

Nessa noite, punem Sophie e Celadão, que foram flagrados brincando juntos. Ambos são açoitados por todo o corpo pelo Bispo, a quem pertencem. Cortam dois dedos de Sophie e de Celadão, que sara logo. Nem por isso deixam de servir, depois, aos prazeres do Bispo. Colocam Fanchon de volta em cena, e, depois de tê-la açoitado com um vergalho, queimam-lhe a planta dos pés, cada coxa por diante e por trás, a testa, a palma de cada mão, e arrancam-lhe os dentes que lhe restam. O Duque tem quase sempre o pau em sua bunda enquanto operam. (Dizei que prescreveram por lei não estragar as nádegas senão no próprio dia do último suplício.)

Dia dezessete. 89. Aquele do dia 30 de janeiro, de Martaine, e que ela narrou no dia 5 de fevereiro, corta as mamas e as nádegas de uma moça, come-as e aplica, sobre as chagas, emplastros que queimam as carnes com tal violência que ela morre. Ele a força a comer também de sua própria carne que ele acaba de cortar e grelhar.

90. Um bugre ferve uma mocinha num caldeirão.

91. Um bugre a assa viva no espeto, após enrabá-la.

92. Um homem, cuja primeira paixão consistia em mandar enrabar rapazes e moças diante dele por paus muito grossos, empala pelo cu, e deixa morrer assim, observando as contorções da moça.

93. Um bugre amarra uma mulher numa roda, e, sem ter-lhe feito nenhum mal antes, deixa-a morrer de sua bela morte.

Nessa noite, o Bispo, muito fogoso, quer que Aline seja atormentada; sua raiva contra ela está no grau máximo. Ela parece nua, ele manda que cague e a enraba, a seguir, sem esporrar, saindo cheio de furor daquela bela bunda; ele lhe administra uma lavagem de água fervendo que a obriga a devolver assim, ainda fervendo, sobre o nariz de Thérèse. Em seguida, cortam todos os dedos das mãos e dos pés que restavam a Aline, quebram-lhe os dois braços, não sem antes queimá-los com um ferro em brasa. Então, açoitam-na e esbofeteiam-na; em seguida, o Bispo, todo em fogo, corta-lhe uma mama e esporra. Dela passam a Thérèse, queimam-lhe o interior da cona, as narinas, a língua, os pés e as mãos, e dão-lhe seiscentas vergalhadas; arrancam-lhe o que lhe restava de dentes e queimam-lhe a goela por dentro da boca. Augustine, testemunha, desanda a chorar; o Duque a açoita no ventre e na cona, até o sangue.

Dia dezoito. 94. Ele tinha como primeira paixão escarificar as carnes, e como segunda, ele manda esquartejar jovens entre quatro árvores.

95. Um fustigador suspende a moça numa máquina que a mergulha num grande fogo e a retira quase imediatamente, e isso dura até que ela seja toda queimada.

96. Ele gostava de apagar velas em seu corpo. Ele a envolve em enxofre e a usa como archote, tomando cuidado para que a fumaça não a sufoque.

97. Um bugre arranca as entranhas de um mocinho e de uma mocinha, coloca as entranhas do mocinho no corpo da moça e as da moça no corpo do moço; em seguida, costura as chagas de volta, amarra-os um de costas para o outro, tendo um pilar que os sustenta e, postado entre os dois, olha-os morrerem assim.

98. Um homem, que gostava de queimar ligeiramente, aperfeiçoa sua paixão assando numa grelha, virando e revirando.

Nessa noite, expõem Michette ao furor dos libertinos. Primeiro, os quatro açoitam-na, a seguir, cada um arranca-lhe um dente; cortam-lhe quatro dedos (cada um corta um); queimam suas coxas por diante e por trás, em quatro lugares; o Duque sova-lhe uma mama, até deixá-la toda machucada, enquanto enraba Gitão. Em seguida, chamam Louison. Fazem-na cagar, dão-lhe oitocentas vergalhadas, arrancam-lhe todos os dentes, queimam-lhe a língua, o cu, a boceta, a mama que lhe resta e seis lugares nas coxas. Assim que todos se deitam, o Bispo vai buscar seu irmão. Eles levam consigo Desgranges e Duclos; os quatro levam Aline ao jazigo; o Bispo a enraba, o Duque também, anunciam-lhe sua morte, a qual ocorre em meio a tormentos excessivos e que duram até o dia raiar. Ao subirem de volta, louvam essas duas narradoras e aconselham aos dois outros sempre empregá-las nos suplícios.

Dia dezenove. 99. Um bugre: ele coloca uma estaca com cabeça de diamante no traseiro de uma mulher, cujos quatro membros são seguros no ar apenas por barbantes; os efeitos dessa dor provocam risadas e o suplício é pavoroso.

100. Um homem, que gostava de tirar lascas da bunda, aperfeiçoa sua paixão mandando serrar a moça bem devagar entre duas tábuas.

101. Um bugre com os dois sexos manda trazer um irmão e uma irmã. Ele diz ao irmão que vai matá-lo num suplício pavoroso do qual ele lhe mostra os preparativos, mas que, entretanto, poupará sua vida se ele quiser primeiro foder sua irmã e estrangulá-la em seguida, diante dele. O moço aceita, e enquanto ele fode sua irmã, o libertino enraba ora o menino, ora a moça. Em seguida, o irmão, de medo da morte que lhe anunciaram, estrangula sua irmã, e no momento em que acaba, um alçapão preparado abre-se, e ambos, sob os olhos do devasso, caem num braseiro ardente.

102. Um bugre exige que um pai foda sua filha diante dele. Ele enraba em seguida a moça segura pelo pai; então, diz ao pai ser absolutamente necessário que sua filha pereça, mas que ele pode escolher entre matá-la ele mesmo, estrangulando-a, o que evitará que ela sofra e, se ele não quiser matar a própria

filha, deixar que ele mesmo a mate, mas que será diante de seus olhos e mediante suplícios pavorosos. O pai prefere matar sua filha apertando uma corda em seu pescoço a vê-la sofrer tormentos medonhos, mas enquanto ele se prepara, atam-no, garroteiam-no e esfolam sua filha diante dele, e fazem-na rolar sobre espinhos de ferro ardentes antes de jogá-la num braseiro, e o pai é estrangulado para lhe ensinar, diz o libertino, a consentir em querer estrangular a própria filha. Jogam-no, depois, no mesmo braseiro que sua filha.

103. Um grande amador de cus e de chicote reúne a mãe e a filha. Ele diz à filha que vai matar sua mãe se ela não consentir em ter as duas mãos cortadas: a moça consente; cortam-nas. Então ele separa esses dois seres, atam uma corda ao pescoço da filha, cujos pés estão num banquinho; no banquinho está atada outra corda que vai até o aposento onde seguram a mãe. Mandam a mãe puxar essa corda: ela a puxa sem saber o que faz; levam-na imediatamente a contemplar sua obra, e, no momento de seu desespero, cortam-lhe, por trás, a cabeça, com um golpe de sabre.

Nessa mesma noite, Durcet, com ciúmes do prazer que tiveram, na noite passada, os dois irmãos, quer que atormentem Adélaïde, cuja vez, ele garante, logo virá. Em consequência, Curval, seu pai, e Durcet, seu marido, beliscam-lhe as coxas com tenazes ardentes, enquanto o Duque a enraba sem pomada. Furam-lhe a ponta da língua, cortam-lhe as duas pontas das orelhas, arrancam-lhe quatro dentes; em seguida, açoitam-na com toda a força. Nessa mesma noite, o Bispo sangra Sophie diante de Adélaïde, sua cara amiga, até o desmaio; ele a enraba enquanto a sangra, e permanece o tempo todo em seu cu. Cortam dois dedos de Narciso, enquanto Curval o enraba; em seguida, mandam chamar Marie, enfiam-lhe um ferro fervendo no cu e na cona, queimam-na com um ferro quente em seis lugares nas coxas, no clitóris, na língua, na mama que lhe resta, e arrancam-lhe o que lhe sobrava de dentes.

Dia vinte de fevereiro. 104. Aquele do dia 5 de dezembro, de Champville, cujo gosto consistia em fazer prostituir o filho pela mãe, para enrabá-lo, aperfeiçoa sua paixão reunindo mãe e filho. Diz à mãe que vai matá-la, mas que a agraciará se ela matar seu filho. Caso ela não o mate, degolam a criança diante dela, caso ela o mate, amarram-na ao corpo de seu filho, e deixam-na perecer assim, aos poucos, sobre o cadáver.

105. Um incestuoso notável reúne duas irmãs depois de tê-las enrabado; ele as amarra numa máquina cada uma com um punhal na mão; a máquina entra em movimento, as moças se chocam, e se matam assim mutuamente.

106. Outro incestuoso quer uma mãe e quatro filhos; trancafia-os num lugar de onde ele possa observá-los; ele não lhes dá comida alguma, para ver os efeitos da fome sobre essa mulher e qual de seus filhos ela comerá primeiro.

107. Aquele do dia 29 de dezembro, de Champville, que gostava de chicotear mulheres grávidas, quer a mãe e a filha, ambas grávidas; ele amarra cada uma numa chapa de ferro, uma acima da outra; uma mola dispara, as duas chapas vão se juntar estreitamente com tal violência que as duas mulheres são reduzidas a pó, elas e seus frutos.

108. Um homem muito bugre se diverte do seguinte modo. Ele reúne o amante e a amante: "Um único ser no mundo", diz ele ao amante, opõe-se à vossa felicidade. "Vou entregá-lo em vossas mãos." Levam-no num aposento obscuro onde uma pessoa dorme numa cama. Vivamente excitado, o moço vai furar essa pessoa. Assim que ele o fez, mostram-lhe que é sua amante que ele acaba de matar; desesperado, ele mata a si mesmo. Se ele não o fizer, o devasso o mata com tiros de fuzil, não ousando entrar no aposento onde está esse moço furioso e armado. Antes, ele fodeu o mocinho e a moça, prometendo-lhes servi-los e reuni-los, e é somente após ter gozado deles que ele aplica esse golpe.

Nessa noite, para celebrar a décima sexta semana, Durcet esposa, como mulher, Vara-ao-céu na qualidade de marido e, como homem, Hiacinto na qualidade de mulher; mas, para as núpcias, ele quer atormentar Fanny, sua esposa feminina. Em consequência, queimam-na nos braços e nas coxas em seis lugares, arrancam-lhe dois dentes, açoitam-na, obrigam Hiacinto,que a ama e é seu marido pelos arranjos voluptuosos de que falamos acima, obrigam-no, disse, a cagar na boca de Fanny e esta a comer. O Duque arranca um dente de Augustine e a fode na boca logo depois. Fanchon reaparece; sangram-na, e enquanto o sangue corre de seu braço, quebram-no; em seguida, retiram-lhe as unhas dos pés e decepam-lhe os dedos das mãos.

Dia vinte e um. 109. Ela anuncia que os próximos são bugres que apenas querem assassinatos masculinos. Ele enfia o cano de um fuzil, carregado com metralha grossa, no cu do menino que acaba de foder, e dispara o tiro esporrando.

110. Ele obriga o moço a ver sua amante ser mutilada diante de seus olhos, e faz-lhe comer sua carne, principalmente as nádegas, as mamas e o coração. Ele precisa comer essas iguarias ou morrer de fome. Assim que ele comeu, se este for o partido que toma, inflige-lhe várias feridas no corpo, e deixa-o morrer assim perdendo seu sangue, e se ele não comer, ele morre de fome.

111. Ele lhe arranca os colhões e o faz comê-los sem que ele saiba; em seguida, coloca no lugar desses testículos bolas de mercúrio, azougue e enxofre, que lhe causam dores tão violentas que ele morre. Durante essas dores, ele o enraba, e as aumenta queimando-o por todo canto com estopins de enxofre, e arranhando-o e queimando-o nas feridas.

112. Ele prega seu cu numa estaca muito estreita, e deixa-o acabar assim.

113. Ele enraba, e enquanto sodomiza, abre o crânio, retira os miolos, e os substitui por chumbo fundido.

Nessa noite Hiacinto é entregue pelo cu, e vigorosamente fustigado antes da operação. Narciso é apresentado; cortam-lhe os dois colhões. Trazem Adélaïde; passam uma pá em brasa por cima de suas coxas, queimam seu clitóris, furam sua língua, açoitam seu peito, cortam seus dois bicos dos seios, quebram seus dois braços, cortam o que lhe resta de dedos, arrancam os pelos de sua boceta, seis dentes e um punhado de cabelos. Todo mundo esporra, exceto o Duque, que, de pau duro e furioso, pede para executar Thérèse sozinho. Concedem-lhe; ele lhe arranca todas as unhas com um canivete e lhe queima os dedos um por um com uma vela; em seguida, quebra-lhe um braço, e não tendo esporrado ainda, encona Augustine e lhe arranca um dente soltando porra na sua boceta.

Dia vinte e dois. 114. Ele roda um mocinho, em seguida, amarra-o à roda onde o deixa expirar; ele está virado de modo a expor as nádegas de perto e o celerado que o atormenta manda instalar sua mesa debaixo da roda, e vai almoçar lá todos os dias, até que o paciente expire.

115. Ele esfola um mocinho, unta-o com mel, e deixa-o assim ser devorado pelas moscas.

116. Ele lhe corta o pau, os mamilos, e coloca-o numa estaca na qual é pregado por um pé, sustentando-se numa outra estaca na qual está pregado pela mão; ele o deixa assim morrer de sua bela morte.

117. O mesmo homem, que fizera Duclos comer com seus cães, deixa um leão devorar um mocinho diante dele, dando-lhe apenas uma varinha para se defender, o que somente excita mais ainda a fera contra ele. Ele esporra quando tudo é devorado.

118. Ele entrega um mocinho a um cavalo adestrado para isso, que o enraba e o mata. A criança é recoberta por uma pele de égua, e tem o olho do cu untado de porra de égua.

Na mesma noite, Gitão é entregue aos suplícios: o Duque, Curval, Hércules e Quebra-cu o fodem sem pomada; açoitam-no com toda a força, arrancam-lhe quatro dentes, cortam-lhe quatro dedos (sempre quatro, pois cada amigo oficia), e Durcet esmaga-lhe um colhão entre seus dedos. Augustine é açoitada pelos quatro com toda a força; sua bela bunda é posta em sangue; o Duque enraba-a enquanto Curval lhe corta um dedo; em seguida, Curval enraba-a enquanto o Duque a queima nas coxas, com um ferro em brasa, em seis lugares; ele lhe corta mais um dedo da mão no instante do esporro de Curval; não bastando isso, ela ainda se deita com o Duque. Quebram um braço de Marie, arrancam-lhe as unhas dos dedos e queimam-nos. Nessa mesma noite, Durcet e Curval levam Adélaïde ao jazigo, ajudados por Desgranges e Duclos. Curval a enraba pela última vez; em seguida, fazem-na perecer em meio a suplícios pavorosos que detalhareis.

Dia vinte e três. 119. Ele coloca um mocinho numa máquina que o puxa deslocando-o ora para cima, ora para baixo; ele é totalmente rodado; retiram-no e recolocam-no assim vários dias em seguida, até a morte.

120. Ele manda uma linda moça poluir e extenuar um mocinho; este se esgota e, como não o alimentam, acaba morrendo em meio a convulsões terríveis.

121. Ele o submete, no mesmo dia, à cirurgia da pedra, do trépano, da fístula no olho e no ânus. Ele erra todas de propósito; em seguida, abandona-o assim sem socorro até a morte.

122. Depois de ter cortado rente o pau e os colhões, ele faz uma boceta no moço com uma máquina de ferro em brasa que abre um buraco e o cauteriza logo; ele o fode nessa abertura e estrangula-o com as próprias mãos enquanto esporra.

123. Ele o esfola com uma almofaça para cavalo; após deixá-lo em sangue dessa maneira, ele o esfrega com álcool que acende; em seguida, almofaça mais, e esfrega de novo com álcool que ele inflama, sempre assim, até a morte.

Nessa mesma noite, trazem Narciso para os tormentos; queimam suas coxas e seu pau, esmagam seus dois colhões. Retomam Augustine, a pedido do Duque que se encarniça contra ela; queimam suas coxas e axilas, enfiam um ferro quente na sua boceta. Ela desmaia; o que apenas deixa o Duque mais furioso; corta-lhe uma mama, bebe seu sangue, quebra-lhe os dois braços, arranca-lhe os pelos da cona e todos os dentes, e corta-lhe todos os dedos das mãos, que cauteriza com o fogo. Ele ainda se deita com ela, e, segundo garante a Duclos, ele a fode na boceta e no cu a noite toda, anunciando-lhe que acabará de matá-la no dia seguinte. Surge Louison; quebram-lhe um braço, queimam-na na língua, no clitóris, arrancam-lhe todas as unhas e queimam a ponta de seus dedos ensanguentados.

Curval a sodomiza neste estado e, em sua raiva, calca e sova com toda a força uma mama de Zelmire ao esporrar. Não contente com esse excesso, ele a retoma e a açoita com toda a força.

Dia vinte e quatro. 124. O mesmo que o quarto do dia primeiro de janeiro da Martaine quer enrabar o pai entre seus dois filhos e, enquanto esporra, com uma mão apunhala um desses filhos, com a outra, estrangula o segundo.

125. Um homem, cuja paixão consistia em chicotear mulheres grávidas no ventre, tem como segunda a de reunir seis em seu oitavo mês. Ele amarra todas, de costas uma para as outras, de modo que todas apresentem seu ventre; ele racha o estômago da primeira, fura o da segunda com punhaladas, dá cem pontapés no da terceira, cem bastonadas no da quarta, queima o da quinta e lixa o da sexta; em seguida, mata com maçadas no ventre aquelas que esse suplício não conseguiu matar.

Curval interrompe com alguma cena furiosa, pois essa paixão o aquece muito.

126. O sedutor de quem Duclos falou reúne duas mulheres. Ele exorta uma, para salvar sua vida, a renegar Deus e a religião, mas ela foi prevenida e lhe disseram para não fazer isso, pois, em caso contrário, morreria, e, se não o fizesse, nada tinha a temer. Ela resiste, ele lhe queima os miolos: "Esta vai para Deus!". Ele manda a segunda aproximar-se, a qual, chocada por esse exemplo e informada de que não tinha outro modo de safar sua vida senão renegar, faz tudo o que se lhe propõem. Ele lhe queima os miolos: "Esta outra vai para o diabo!". O celerado recomeça esse joguinho todas as semanas.

127. Um bugre ilustríssimo adora dar bailes, mas há um teto preparado que desaba assim que está carregado, e quase todo mundo perece. Se ele morasse sempre na mesma cidade, teria sido descoberto, mas, como muda de cidade muito frequentemente, é descoberto apenas na quinquagésima vez.

128. O mesmo de Martaine, do dia 27 de janeiro, cujo gosto era o de fazer abortar, põe três mulheres grávidas em três posturas cruéis, de maneira a formar três grupos prazerosos. Ele as olha parirem nessa situação; em seguida, amarra-lhes os filhos ao pescoço, até que a criança morra, ou que elas a tenham comido, pois ele as deixa nessa postura sem alimentá-las.

128 bis. O mesmo tinha mais uma paixão: mandava parir duas mulheres diante dele, vendava-lhes os olhos, misturava os filhos, que apenas ele reconhecia por uma marca; em seguida, ordenava-lhes que os reconhecessem. Caso elas não errassem, deixava-as viver; caso errassem, rachava-as com golpes de sabre por cima da criança que pensaram ser sua.

Nessa mesma noite, apresentam Narciso nas orgias; acabam de lhe cortar todos os dedos das mãos. Enquanto o Bispo o enraba e Durcet opera, enfiam-lhe uma agulha fervendo no canal da uretra. Mandam trazer Gitão, batem-no e fazem-no de bola, jogando com ele; quebram-lhe uma perna enquanto o Duque o enraba sem esporrar. Chega Zelmire: queimam seu clitóris, sua língua, suas gengivas, arrancam-lhe quatro dentes, queimam-na em seis lugares nas coxas por diante e por trás, cortam-lhe os bicos dos seios, todos os dedos das mãos, e Curval enraba-a nesse estado sem esporrar. Trazem Fanchon a quem furam um olho. Durante a noite, o Duque e Curval, escoltados por Desgranges e Duclos, levam Augustine ao jazigo. Sua bunda está em péssimo estado; açoitam-na e cada um a enraba sem esporrar; depois, o Duque inflige-lhe cinquenta e oito feridas nas nádegas, e verte óleo fervendo em cada uma delas. Ele lhe enfia um ferro quente na cona e no cu, e a fode sobre as feridas com um *condom*[54] de pele de cão-do-mar, o qual rasga de novo as queimaduras. Feito isto, descarnam-lhe os ossos e serram-nos em vários lugares. Em seguida, descobrem seus nervos em quatro lugares formando uma cruz, amarram cada ponta desses nervos a um torniquete e giram, o que lhe alonga essas partes delicadas e a faz sofrer dores incríveis. Dão-lhe uma trégua, para melhor fazê-la sofrer, e retomam a operação, dessa vez, esfolando-lhe os nervos com um canivete, à medida que os alongam. Feito isto, abrem-lhe um buraco na goela, pelo qual trazem para baixo e fazem passar sua língua; queimam-lhe em fogo brando a mama que lhe resta; em seguida, enfiam na sua boceta uma mão armada de um escalpelo com o qual rasgam a parede que separa o ânus da vagina; tiram o escalpelo, enfiam a mão de volta, vasculham suas entranhas e forçam-na a cagar pela boceta; então, pela mesma abertura, vão romper-lhe a bolsa do estômago. Depois voltam ao rosto: cortam-lhe as orelhas, queimam-lhe o interior do nariz, furam-lhe os olhos deixando destilar cera de Espanha fervendo dentro, retalham-lhe o crânio, enforcam-na pelos cabelos amarrando pedras em seus pés, para que ela caia, arrancando seu crânio. Depois dessa queda, como ela ainda respira, o Duque fode sua boceta nesse estado; ele esporra e fica ainda mais furioso. Abrem-na, queimam-lhe as entranhas no próprio ventre, antes de enfiarem uma mão armada de um escalpelo que vai furar seu coração por dentro, em vários lugares. Só então ela devolve sua alma. Assim pereceu, aos quinze anos e oito meses uma das mais celestes criaturas que a natureza criara etc. Seu elogio.

Dia vinte e cinco. 129. (Nessa mesma manhã, o Duque toma Colombe como mulher, e ela cumpre essas funções.) Um grande amador de cus enraba a amante sob os olhos do amante e o amante sob os olhos da amante; em seguida, ele prega o amante sobre o corpo da amante, e os deixa morrerem assim um sobre o corpo do outro e boca a boca.

Este será o suplício de Celadão e Sophie, que se amam; então interrompem para obrigar Celadão a destilar ele mesmo cera de Espanha nas coxas de Sophie; ele desmaia; o Bispo o fode nesse estado.

130. O mesmo que se divertia jogando uma moça dentro da água e retirando-a depois tem, como segunda, a de jogar sete ou oito moças num lago e vê-las se debaterem: manda lhes apresentarem uma barra em brasa, elas a agarram, mas ele as rechaça, e para que elas pereçam mais certamente, ele corta um membro de cada uma antes de jogá-las.

131. Seu primeiro gosto era o de fazer vomitar: ele o aperfeiçoa usando um segredo por meio do qual espalha a peste numa província inteira; é incrível quantas pessoas ele já fez perecer. Ele envenenava também os chafarizes e os rios.

132. Um homem que gostava de chicote manda pôr três mulheres grávidas numa gaiola de ferro, cada uma com uma criança. Aquecem a gaiola por baixo; à medida que a chapa aquece, elas pulam, tomam seus filhos em seus braços, e acabam por cair e morrer assim. (Mencionou-se essa nalgum lugar mais acima, vede onde.)

133. Ele gostava de furar com sovela, e aperfeiçoa sua paixão trancafiando uma mulher grávida num barril cheio de pontas; em seguida, faz o barril rodar com muita força num jardim.

Constance sentiu tanto desgosto nesses relatos de suplícios de mulheres grávidas quanto Curval sentiu prazer. Ela vê claramente seu fim. E, como este se aproxima, acreditam poder começar a maltratá-la: queimam suas coxas em seis lugares, deixam-lhe cair cera de Espanha no umbigo, e furam-lhe as mamas com alfinetes. Gitão aparece; enfiam-lhe uma agulha fervendo no pau, de parte a parte, furam-lhe os colhões, arrancam-lhe quatro dentes. Em seguida, chega Zelmire cuja morte está se aproximando. Enfiam-lhe um ferro em brasa na cona, abrem-lhe seis feridas no peito e doze nas coxas, furam seu umbigo muito profundamente, ela recebe vinte bofetadas de cada amigo, arrancam-lhe quatro dentes, furam-na num olho, açoitam-na, e enrabam-na. Enquanto a sodomiza, Curval, seu esposo, lhe anuncia sua morte para o dia seguinte; ela se alegra, dizendo que será o fim de seus males. Rosette aparece; arrancam-lhe quatro dentes, marcam-na com ferro quente nas duas omoplatas, cortam-na nas duas coxas e nas batatas da perna; em seguida, enrabam-na sovando-lhe as mamas. Surge Thérèse, furam-lhe um olho e dão-lhe cem vergalhadas nas costas.

Dia vinte e seis. 134. Um bugre se coloca em baixo de uma torre, num lugar guarnecido com pontas de ferro. Jogam em sua direção, do alto da torre, várias crianças dos dois sexos que ele enrabou antes: ele se deleita vendo-as serem trespassadas e sendo salpicado por seu sangue.

135. O mesmo de quem ela falou nos dias 11 e 13 de fevereiro, e cujo gosto era o de incendiar, também tem como paixão trancafiar seis mulheres grávidas num lugar em que se encontram amarradas em matérias combustíveis; ateia fogo, e se elas quiserem se salvar, ele as espera com um espeto de ferro, agride-as e joga-as de volta no fogo. Entretanto, quando estão meio assadas, o teto cede; e elas caem numa grande cuba de óleo fervente preparada em baixo, onde acabam de perecer.

136. O mesmo de Duclos que detestava tanto os pobres, e que comprou Lucile, sua irmã e sua mãe, que foi também citado por Desgranges (verificai isto), tem como outra paixão a de reunir uma família pobre sobre uma mina e vê-la explodir.

137. Um incestuoso, grande amador de sodomia, para reunir esse crime ao do incesto, do assassinato, do estupro, do sacrilégio e do adultério, se faz enrabar por seu filho com uma hóstia no cu, estupra sua filha casada e mata sua sobrinha.

138. Um grande partidário dos cus estrangula uma mãe enquanto a enraba; quando faleceu, ele a vira e fode-a na boceta. Enquanto esporra, mata a filha no peito da mãe com punhaladas no seio; em seguida, fode a filha no cu, embora morta; então, acreditando que elas não estão ainda mortas e que sofrerão, joga os cadáveres no fogo, e esporra vendo-os queimar. É o mesmo de quem Duclos falou no dia 29 de novembro, que gostava de ver uma moça numa cama de cetim negro; é também o mesmo de Martaine, o primeiro do dia 11 de janeiro.

Narciso é apresentado aos suplícios; cortam-lhe um punho. Fazem a mesma coisa em Gitão. Queimam Michette dentro da cona; mesma coisa com Rosette; e ambas são queimadas no ventre e nas mamas. Mas Curval, que não se controla mais, apesar das convenções, corta uma mama inteira de Rosette enquanto enraba Michette. Chega então Thérèse, no corpo da qual aplicam duzentas vergalhadas e a quem furam um olho. Nessa noite, Curval chama o Duque e, escoltados por Desgranges e Duclos, levam Zelmire ao jazigo, onde os suplícios mais requintados são empregados para fazê-la perecer. Todos são ainda piores que os de Augustine, e encontraram-nos ainda operando, de dia, na manhã seguinte, na hora do desjejum.

Essa bela moça morreu aos quinze anos e dois meses: era a que possuía a bunda mais bela do harém das meninas. No dia seguinte, Curval, que já não tem mais mulher, toma Hébé.

Dia vinte e sete. Adiam para o dia seguinte a celebração da festa da décima sétima e última semana, para que essa festa acompanhe o encerramento dos relatos; Desgranges conta as paixões seguintes:

139. Um homem de quem a Martaine falou no dia 12 de janeiro, e que queimava fogos de artifício no cu, tem como segunda paixão atar duas mulheres grávidas juntas, em forma de bola, e de arremessá-las com um pedreiro.[55]

140. Um cujo gosto consistia em escarificar obriga duas mulheres grávidas a brigarem num aposento (observa-as sem perigo), a brigar, dizia, com punhais. Elas estão nuas; ele as ameaça com um fuzil apontado para elas, caso elas não se empenhem. Se elas se matarem, é o que ele quer; caso contrário, ele irrompe no aposento em que se encontram, com uma espada na mão e, após matar uma, estripa a outra e lhe queima as entranhas com águas-fortes, ou pedaços de ferro ardente.

141. Um homem que gostava de chicotear mulheres grávidas no ventre, aperfeiçoa sua paixão, amarrando a moça grávida numa roda, debaixo da qual, atada numa poltrona na qual não consegue se mexer está a mãe dessa moça, boca aberta para cima e obrigada a receber na sua boca todas as sujeiras que correm do cadáver, e a criança se ela parir.

142. Aquele de quem Martaine falou no dia 16 de janeiro, e que gostava de furar bundas, amarra uma moça sobre uma máquina toda guarnecida de pontas de ferro; ele a fode em cima, de modo que cada sacudida que lhe dá a pregue; em seguida, ele a vira e a fode no cu para que ela se fure também do outro lado, empurrando suas costas para que os ferros perfurem suas mamas. Quando acabou, coloca em cima dela uma segunda tábua igualmente preparada e, por meio de parafusos de pressão, aperta as duas tábuas. Ela morre assim, esmagada e furada por toda parte. Esse aperto ocorre aos poucos, dando-lhe todo o tempo de morrer com dores.

143. Um fustigador coloca uma mulher grávida numa mesa; ele a prega sobre essa mesa enfiando primeiro um prego fervendo em cada olho, um na boca, um em cada mama; em seguida, queima-lhe o clitóris e o bico dos seios com uma vela, e, lentamente, serra-lhe os joelhos ao meio, quebra-lhe os ossos das pernas, e acaba por lhe enfiar um prego em brasa enorme no umbigo, que acaba com ela e a sua criança. Ele a quer a ponto de parir.

Nessa noite, açoitam Julie e Duclos, mas por divertimento, já que ambas fazem parte das conservadas. Apesar disso, queimam Julie em dois lugares nas coxas, e depilam-na. Constance, que deve perecer no dia seguinte, aparece, mas ela ainda ignora seu destino. Queimam-lhe os dois bicos dos seios, destilam-lhe cera de Espanha no ventre, arrancam-lhe quatro dentes e furam-na com uma agulha no branco dos olhos. Narciso, que também deve ser imolado no dia seguinte, aparece; arrancam-lhe um olho e quatro dentes. Gitão, Michette e Rosette, que também devem acompanhar Constance no túmulo, têm um olho cada arrancado e quatro dentes; Rosette tem os dois bicos dos seios cortados, e seis pedaços de carne cortados, tanto nos braços como nas coxas; decepam-lhe todos os dedos das mãos, e enfiam-lhe um ferro em brasa na cona e no cu, Curval e o Duque esporram duas vezes cada. Chega Louison, em quem aplicam cem chibatadas e de quem arrancam um olho que a obrigam a engolir; o que ela faz.

Dia vinte e oito. 144. Um bugre manda buscar duas boas amigas, ele as amarra uma na outra boca a boca; na sua frente está uma excelente refeição, mas elas não podem alcançá-la; ele as olha se devorarem entre si quando a fome aperta.

145. Um homem, que gostava de chicotear mulheres grávidas, trancafia seis dessas num círculo formado por aros de ferro: o conjunto forma uma gaiola, dentro da qual se encontram todas frente a frente. Aos poucos, os aros se comprimem e apertam, e as seis são assim achatadas e sufocadas com seus frutos; mas, antes, ele cortou uma nádega e uma mama de cada uma, que dispõe sobre elas como se fossem palatinas.

146. Um homem, que também gostava de chicotear mulheres grávidas, amarra duas, cada uma numa vara que, por meio de uma máquina, as arremessa e as faz se estatelarem uma contra a outra. De tanto se chocarem, matam-se mutuamente, e ele esporra. Ele faz o possível para conseguir a mãe e a filha, ou duas irmãs.

147. O conde de quem Duclos falou, e que Desgranges também mencionou no dia 26, aquele que comprou Lucile, sua mãe e sua irmãzinha, de quem Martaine também falou, o quarto do dia primeiro de janeiro, tem como última paixão prender três mulheres acima de três buracos: uma é enforcada pela língua, e o buraco abaixo dela é um poço muito profundo; a segunda é enforcada pelas mamas, e o buraco abaixo dela é um braseiro; a terceira, tem o crânio retalhado, é enforcada pelos cabelos, e o buraco abaixo dela está guarnecido de pontas de ferro. Quando o peso do corpo dessas mulheres as força para baixo e os cabelos se arrancam com a pele do crânio, as mamas se rasgam e a língua se corta, elas

apenas se livram de um suplício para cair em outro. Quando ele pode, utiliza mulheres grávidas, ou, caso contrário, uma família, e foi a isso que serviram Lucile, sua irmã e sua mãe.

148. A última. (Verificai por quê essas duas faltam, todas estavam nos rascunhos.) O grande fidalgo que se entrega à última paixão, a qual designaremos pelo nome de inferno, foi citado quatro vezes: é o último do dia 29 de novembro de Duclos, é o de Champville que só deflora aos nove anos, o de Martaine que deflora pelo cu aos três anos, e o de quem a própria Desgranges falou um pouco mais acima (Verificai onde). É um homem de quarenta anos, de um tamanho enorme, e dotado como um jumento; seu pau tem quase nove polegadas de circunferência por um pé de comprimento. Ele é muito rico, muito fidalgo, muito rígido e muito cruel. Ele tem uma casa extremamente isolada num recanto de Paris reservada para essa paixão. O aposento onde se desenrola sua volúpia é um grande salão muito simples, mas acolchoado e almofadado por toda parte; uma grande janela é a única abertura que se vê nesse aposento; ela abre para um vasto subterrâneo vinte pés abaixo do solo do salão onde fica, e, debaixo da janela, estão colchões que recebem as moças à medida que as joga nesse jazigo, cuja descrição retomaremos logo abaixo. Ele precisa de quinze moças para essa orgia, todas entre quinze e dezessete anos, nem acima nem abaixo. Seis alcoviteiras trabalham em Paris, e doze nas províncias, para lhe conseguir tudo o que é possível encontrar de mais encantador nessa idade, e são reunidas em viveiros, à medida que as encontram, num convento de campanha do qual ele é o dono; de lá se extraem os quinze sujeitos para sua paixão que se executa regularmente, a cada quinze dias. Ele examina pessoalmente, na véspera, os sujeitos; o menor defeito faz com que sejam reformados: ele quer que sejam absolutamente modelos de beleza. Elas chegam, levadas por uma cafetina, e permanecem num aposento vizinho a seu salão de volúpia. Começam por mostra-lhe as quinze nuas nessa primeira peça; ele as toca, as manuseia, as examina, chupa suas bocas, e manda todas cagarem, uma após a outra, em sua boca, mas não engole. Realizada essa primeira operação com uma seriedade pavorosa, ele marca no ombro de todas, com um ferro em brasa, o número da ordem em que vão passar. Feito isto, ele vai sozinho ao seu salão, onde fica só um instante, sem que se saiba como emprega esse momento de solidão. Em seguida, ele bate; jogam-lhe a moça de número 1, e jogam-na literalmente: a cafetina a lança, e ele a recebe em seus braços; ela está nua. Ele fecha sua porta, empunha varas, e começa a chicoteá-la na bunda; feito isto, ele a sodomiza com seu pau enorme, e nunca precisa de ajuda. Ele não esporra. Retira

seu pau duro, retoma as varas e açoita a moça nas costas e nas coxas, por diante e por trás; a seguir, deita-a de volta e deflora-a pela frente; então, ele retoma as varas e açoita-a com toda a força no peito, antes de agarrar seus dois seios e sová-los com toda a força. Feito isto, ele abre seis feridas, com uma sovela, nas carnes, entre as quais uma em cada mama contundida. Depois, ele abre a janela que dá para o subterrâneo, coloca a moça em pé e de costas para ele, quase no meio do salão, de frente para a janela; de lá, ele lhe dá um pontapé na bunda tão violento que a faz voar pela janela e cair sobre os colchões. Mas antes de precipitá-las assim, ele lhes passa uma fita ao pescoço, e essa fita, que significa um suplício, corresponde àquele para o qual ele imagina que elas serão mais bem apropriadas ou que será o mais voluptuoso de lhes infligir, e o tato e conhecimento que ele demonstra a este respeito são incríveis. Todas as moças assim se sucedem, uma após a outra, e todas sofrem rigorosamente a mesma cerimônia, de modo que ele colhe trinta cabaços no seu dia, e tudo isso sem derramar uma gota de porra. O jazigo onde as moças caem é guarnecido com quinze diferentes sortimentos de suplícios pavorosos, e um carrasco sob a máscara e o emblema de um demônio, preside a cada suplício, vestido da cor atribuída a esse suplício. A fita no pescoço corresponde a uma das cores atribuídas a esses suplícios e, assim que a moça cai, o carrasco dessa cor apodera-se dela e a leva ao suplício ao qual ele preside; mas apenas começam a aplicá-los depois de a décima quinta moça ter caído. Assim que esta caiu, nosso homem, no estado de fúria de quem arrancou trinta cabaços sem esporrar, desce quase nu e o pau colado contra o ventre nesse covil infernal. Então tudo começa e todos os tormentos entram em ação, e entram em ação simultaneamente.

O primeiro suplício é uma roda sobre a qual está a moça, e que gira incessantemente aflorando um círculo guarnecido com lâminas de navalha onde a infeliz se arranha e se corta por todas as partes, a cada volta; mas como ela é apenas aflorada, ela gira ao menos duas horas antes de morrer.

2. A moça está deitada a duas polegadas de uma chapa em brasa que a derrete lentamente.

3. Ela é fixada pelo traseiro numa peça de ferro fervendo, e cada um de seus membros retorcido numa deslocação medonha.

4. Os quatro membros presos em quatro molas que se afastam paulatinamente e os puxam lentamente, até que acabem por se soltar e o tronco caia num braseiro.

5. Um sino de ferro em brasa lhe serve de touca, sem apoio para a sua cabeça, de modo que seus miolos derretam lentamente e que sua cabeça torre inteiramente.

6. Ela está acorrentada numa cuba de óleo fervente.

7. Exposta de pé numa máquina que lhe lança seis vezes por minuto um dardo no corpo, e sempre num lugar diferente; a máquina apenas para quando ela está coberta.

8. Os pés numa fornalha, uma massa de chumbo sobre sua cabeça rebaixa-a paulatinamente, à medida que ela vai se queimando.

9. Seu carrasco a fura a todo momento com um ferro em brasa; ela está atada diante dele; ele fere assim aos poucos todo seu corpo completamente.

10. Ela é acorrentada a um pilar debaixo de um globo de vidro e vinte cobras famintas devoram-na viva inteiramente.

11. Ela é enforcada por uma mão com duas balas de canhão nos pés; se ela cair, será numa fornalha.

12. Ela é empalada pela boca, os pés para cima; um dilúvio de fagulhas ardentes lhe cai a todo momento no corpo.

13. Os nervos extraídos de seu corpo são amarrados em cordinhas que os estiram; enquanto isso, furam-nos, aqui ou acolá, com pontas de ferro ardentes.

14. Alternadamente torturada com tenazes e chicoteada na cona e na bunda com açoites de ferro com rodinhas de aço em brasa, e, de vez em quando, esfolada por unhas de ferro ardentes.

15. É envenenada com uma droga que lhe queima e rasga as entranhas, provocando-lhe convulsões medonhas, fazendo-lhe soltar berros pavorosos, e somente deve deixá-la morrer por último; esse suplício é um dos mais terríveis. O celerado passeia por seu jazigo assim que lá desceu; examina quinze minutos de cada suplício, blasfemando como um danado e cobrindo a paciente de invectivas. Quando, no final, não aguenta mais, e que sua porra, retida por tanto tempo, está prestes a jorrar, ele se joga numa poltrona de onde pode observar todos os suplícios. Dois dos demônios aproximam-se dele, mostram-lhe o cu e o masturbam, e ele perde sua porra soltando berros que cobrem totalmente os das quinze pacientes. Feito isto, ele sai; dão o golpe de misericórdia naquelas que ainda não morreram, enterram seus corpos, e tudo está feito por quinze dias.

Com isso Desgranges encerra seus relatos; ela é cumprimentada, festejada, etc. Houve, desde a manhã desse dia, preparativos terríveis para a festa que cogitam. Curval, que detesta Constance, foi fodê-la na boceta logo cedo, pela manhã, e lhe anunciou sua sentença enquanto a fodia. O café foi apresentado pelas cinco vítimas, a saber: Constance, Narciso, Gitão, Michette e Rosette. Fizeram horrores, então; após o relato do que se acaba de ler, o que puderam arranjar da quadrilha estava nu. E assim que Desgranges acabou, fizeram aparecer primeiro Fanny; cortaram-lhe os dedos que lhe restavam nas mãos e nos pés, e ela foi enrabada sem pomada por Curval, o Duque e os quatro primeiros fodedores. Sophie chegou; obrigaram Celadão, seu amante, a queimar-lhe o interior da cona, cortaram-lhe todos os dedos das mãos e sangraram-na nos quatro membros, rasgaram-lhe a orelha direita e arrancaram seu olho esquerdo. Celadão foi obrigado a ajudar em tudo e, muitas vezes, a agir sozinho e o menor esgar lhe valia chicotadas com açoites munidos de pontas de ferro. A seguir, jantaram; a refeição foi voluptuosa, e nela beberam apenas champanha e licores. O suplício ocorreu na hora das orgias. Vieram, à sobremesa, avisar os senhores que tudo estava pronto; eles desceram, e encontraram o jazigo muito ornamentado e muito bem arranjado. Constance estava deitada numa espécie de mausoléu, e as quatro crianças ornavam seus quatro cantos. Como as bundas ainda estavam muito saudáveis, tiveram muito prazer em molestá-las. Finalmente começaram o suplício: Curval abriu ele mesmo o ventre de Constance enquanto enrabava Gitão, e arrancou seu fruto, já muito formado e do sexo masculino; em seguida, continuaram os suplícios sobre essas cinco vítimas, que foram todos tão cruéis como variados.

No dia primeiro de março, vendo que as neves ainda não haviam derretido, decidiram expedir completamente tudo o que restava. Os amigos formaram novos casais em seus aposentos, e decidiram dar uma fita verde a todos os que deviam ser levados de volta à França, conquanto que ajudassem nos suplícios do resto. Nada disseram às seis mulheres da cozinha, mas decidiram supliciar as três criadas que valiam a pena, e salvar as três cozinheiras por causa de seus talentos. Em consequência, estabelecemos a lista, e vemos o que, nessa época, já havia sido sacrificado:

Entre as esposas: Aline, Adélaïde e Constance 03
Entre as moças do harém:
Augustine, Michette, Rosette e Zelmire 04
Entre os *bardaches*: Gitão e Narciso 02
Entre os fodedores: um dos subalternos 01
Total: 10

Passai à marca da última faixa do reto.
Fol. 33 reto
Aqui começa o fim e a sequência do verso

Os novos casais logo se organizam. O Duque toma com ele ou sob sua proteção: Hércules, Duclos e uma cozinheira 04

Curval: Quebra-cu, Champville e uma cozinheira 04

Durcet : Vara-ao-céu, Martaine e uma cozinheira 04

E o Bispo: Antínoo, Desgranges e Julie 04

Total: 16

Decidem que, na hora, e pelo ministério dos quatro amigos, dos quatro fodedores e das quatro narradoras (não querendo empregar as cozinheiras), apanharão tudo o que resta, do modo mais traiçoeiro possível, exceto as três criadas que apenas agarrarão nos últimos dias; e que formarão, nos apartamentos de cima, quatro prisões; que neles colocarão os três fodedores subalternos acorrentados, na mais forte; na segunda, Fanny, Colombe, Sophie e Hébé; na terceira, Celadão, Zelamir, Cupido, Zéfiro, Adônis e Hiacinto; e na quarta, as quatro velhas; e que, como vão expedir um sujeito por dia, quando quiserem prender as três criadas colocarão-nas na prisão que se encontra vazia. Feito isto, dão a cada narradora a responsabilidade de uma prisão. E os senhores vão se divertir, quando isso lhes agradar, com essas vítimas, quer em sua prisão, ou os mandam trazer nas salas ou em seu aposento; tudo conforme seu bel-prazer. Em consequência, expedem, portanto, como acabamos de dizer, um sujeito por dia na seguinte ordem:

Dia primeiro de março, Fanchon. Dia 2, Louison. Dia 3, Thérèse. Dia 4, Marie. Dia 5, Fanny. Dia 6 e 7, Sophie e Celadão juntos, como amantes, e que eles pereçam, como foi dito, pregados um no outro. Dia 8, um dos fodedores subalternos. Dia 9, Hébé. Dia 10, um dos fodedores subalternos. Dia 11, Colombe. Dia 12, o último dos fodedores subalternos. Dia 13, Zelamir. Dia 14, Cupido. Dia 15, Zéfiro. Dia 16, Adônis. Dia 17, Hiacinto. Dia 18, de manhã, agarraram as três criadas, que trancafiaram na prisão das velhas e expedem dia 18, dia 19 e dia 20.

Total: 20

Essa recapitulação mostra o emprego de todos os sujeitos, uma vez que havia, ao todo, quarenta e seis, a saber:

Senhores 04

Velhas 04

Na cozinha 06

Narradoras 04

Fodedores 08
Mocinhos 08
Esposas 04
Mocinhas 08
Total: 46

Deste total, trinta foram imolados e dezesseis voltam a Paris.

Conta do total:

Massacrados antes do dia primeiro de março nas primeiras orgias 10
Depois do dia primeiro de março 20
Voltam .... 16 pessoas
Total: 46

Quanto aos suplícios dos vinte últimos sujeitos e a vida que levam até a partida, detalhareis à vontade. Direis primeiro que os doze restantes comiam todos juntos, e os suplícios de vossas escolhas.

Notas

Não vos afasteis em nada deste plano: tudo está nele combinado várias vezes e com a maior precisão.

Detalhai a partida. E no total, misturai, sobretudo, a moral dos jantares.

Quando passardes a limpo, tende um caderno onde colocareis os nomes de todas os personagens principais e de todos aqueles que desempenham um papel importante, tais como os que têm várias paixões e de quem tornareis a falar várias vezes, como o do inferno; deixai uma grande margem perto desses nomes, e preenchei-a com tudo o que encontrardes, ao recopiar, de análogo a eles. Essa nota é muito essencial, e é o único modo de ver claro em vossa obra e evitar as repetições.

Suavizai muito a primeira parte: tudo está nela desenvolvido demais; ela não deve ser fraca demais nem dissimulada demais. Sobretudo, nunca fazei os quatro amigos fazerem nada que não foi narrado, e vós não tivestes este cuidado.

Na primeira parte, dizei que o homem que fode em boca a mocinha prostituída por seu pai é aquele que fode com um pau sujo e de quem ela já falou.

Não esqueçais de colocar, em dezembro, a cena das mocinhas servindo o jantar, que acabam seringando licores nos copos dos amigos com seus cus: vós o anunciastes, e não falastes disso no plano.

Suplícios em suplemento.

Por meio de um cano, introduzem-lhe um camundongo na cona; retiram o cano, costuram a cona, e o animal, não podendo sair, lhe devora as entranhas.

Fazem-lhe engolir uma cobra que vai devorá-la do mesmo modo.

No geral, retratai Curval e o Duque como celerados fogosos e impetuosos. É assim que os mostrastes na primeira parte e no plano; e retratai o Bispo como um celerado frio, racional e endurecido. Quanto a Durcet, ele deve ser implicante, falso, traiçoeiro e pérfido. Fazei-lhes fazer, segundo isso, tudo o que se torna análogo a esses caracteres.

Recapitulai com cuidado os nomes e as qualidades de todas as personagens que vossas narradoras designam, para evitar repetições.

Prevede, no caderno de vossas personagens que o plano do castelo, aposento por aposento, ocupe uma folha, e no branco que deixareis ao lado, colocai os tipos de coisas que fazem em tal ou tal cômodo.

Toda essa grande faixa foi começada em 22 de outubro de 1785 e acabada em trinta e sete dias.

NOTAS DA TRADUÇÃO

[1] Literalmente, Câmara de Justiça. Segundo o *Littré* (Édition de 1872): "Nome dado a uma comissão nomeada para conhecer as malversações do erário público etc.".

[2] No original, "*maltôte*". Segundo o *Littré* (1872): "Cobrança de uma taxa ("*droit*") indevida".

[3] Do nome do deus Mercúrio, que desempenhou um importante papel em várias intrigas amorosas de Júpiter. Aqui usado no sentido de proxeneta.

[4] No original, todas as medidas, estão em "*pieds*" (pés), "*pouces*" (polegadas) e "*lignes*" (linhas). Embora o leitor brasileiro esteja tão pouco familiarizado com elas quanto o leitor francês atual, optamos por mantê-las assim como aparecem no original. Segundo o *Littré* (1872), um "*pied*" (12 "*pouces*") = 32,4 cm, o que nos permitiu calcular que um "*pouce*" (12 "*lignes*") = 2,7 cm e uma "*ligne*" = 0,225 cm.

[5] Famoso suplício, muito recorrente em Sade. Consistia em quebrar os membros do condenado para em seguida deixá-lo morrer numa roda.

[6] Nome da prisão adjacente ao Palácio de Justiça de Paris.

[7] Sujeito de "deboche", vale dizer, de "libertinagem"; o termo "sujeito" aqui tem o sentido de "objeto". A *Édition de la Pléiade* traz a seguinte nota: "Pessoa submetida aos caprichos do libertino. Sade emprega indiferentemente, nas próximas páginas, sujeito e objeto."

[8] Palavra de difícil tradução. A *Édition de la Pléiade* traz a seguinte nota: "Essa palavra designa manchas ou outras coisas antinaturais que surgem no corpo dos recém-nascidos, geralmente atribuídas ao poder que a imaginação das mulheres grávidas tem de imprimir no corpo das crianças ainda em sua barriga", *Encyclopédie*, t. V. p. 783, col. A.

[9] "*Bougre*" (masculino) e "*bougresse*" (feminino). Até o começo do século XVI e mesmo em Rabelais, o termo significava principalmente "herético". Devido aos costumes atribuídos aos heréticos búlgaros (que dão origem à palavra), o termo adquiriu um sentido ligado à homossexualidade. O termo era amplamente difundido nos séculos XVI e XVII com esse sentido. Embora a palavra exista em português como originária do francês, nenhum de seus sentidos manteve algum parentesco com esta tradição. Mesmo assim, por falta de opção melhor, optou-se pela tradução "bugre" e "bugra".

[10] A *Édition de la Pléiade* traz a seguinte nota: "Este nome não reaparece em outro lugar dos *120 dias de Sodoma*. Talvez Elvire tenha sido uma personagem de um episódio projetado e finalmente abandonado".

[11] Embora os números desempenhem um papel bastante importante nos textos de Sade, ele parece, aqui, apenas levar em conta dezesseis "fornecedoras", o que explica o total de 144 sujeitos.

[12] A *Édition de la Pléiade* traz a seguinte nota: "Embora a maioria dos nomes femininos seja realista (Augustine, Fanny, Sophie, Colombe, Rosette, Mimi ou Michette), os nomes masculinos são antes emprestados da Antiguidade (Celadão, Narciso, Zéfiro, Adônis, Hiacinto e Gitão). Celadão é um herói de *Astrée* de Honoré D'urfé, Gitão é um dos personagens do *Satíricon* de Petrônio. O primeiro representa o amor ideal, o segundo é um devasso. Os dois nomes haviam se tornado termos genéricos (...). Gitão é então sinônimo de *bardache*, jovem homossexual ou prostituído passivo. Por outro lado, Zelmire, Zelamir e Zéfiro inscrevem-se na onomástica exótica (...) Entre os fodedores, ainda encontramos dois nomes emprestados da mitologia antiga (Hércules e Antínoo) e dois nomes familiares ou vulgares (Quebra-cu e Vara-ao-céu)" Por esse motivo, decidimos "traduzir" os nomes dos mocinhos e dos fodedores para o português, e manter os outros conformes à sua grafia no original.

[13] *Grand chambre* ou *chambre du plaidoyer*, primeira e principal câmara de cada parlamento, onde estava o trono no qual o Rei sentava para pronunciar suas sentenças, espécie de tribunal de apelação.

[14] Antiga medida de capacidade, correspondendo a 0,931l.

[15] Derivado do italiano "*bardascia*", esse termo refere-se àquele que se presta à lubricidade de outro homem. Cabe notar que, por vezes, Sade recorre aos termos "Ganimedes", "gitão" e "*bardache*", indiferentemente, para designar o jovem que serve, como vítima e sujeito de devassidão, ao libertino.

[16] No original, "Bande-au-ciel", literalmente "de-pau-duro-para-o-céu".

[17] A *Édition de la Pléiade* traz a seguinte nota: "Marcar se diz das coisas que tornam uma pessoa odiosa ou notada. Marcam-se [com fero quente], aviltam-se os gatunos com uma flor de lis no ombro (Trévoux)".

[18] Representação grosseira (quadro, manequim) de um condenado, a quem se fazia experimentar ficticiamente a pena pronunciada por contumácia. A execução *en effigie* tinha dois objetivos: o de imprimir uma maior ignomínia ao acusado e o de inspirar no povo, mediante tal aparato, maior horror pelo crime. Sade e seu serviçal foram condenados e executados (queimados) *en effigie*, na Place des Prêcheurs (Aix-en-Provence), em 12 de setembro de 1772, por crimes de libertinagem, sodomia e envenenamento praticados entre si (menos o envenenamento) e em quatro prostitutas, dando início ao chamado "caso de Marselha". O envenenamento das mulheres fora causado por balas de anis e cantárida, que o marquês as forçou a comer para fins afrodisíacos e "para fazê-las peidar".

[19] O "*garde-robe*" pode ser identificado ao gabinete secreto, ao gabinete de deboches e ao reservado (latrina), local onde se fazem as "necessidades". O *garde-robe* é um lugar de intimidades, local onde se despe etc. A *Édition de la Pléiade* traz a seguinte nota: "Termo que designa quer um pequeno cômodo em que se guarda roupa, quer uma latrina (*lieu d'aisance*)".

[20] O original usa "*capucin*". A *Édition de la Pléiade* traz a seguinte nota: "Diz-se também de um aposento mal mobiliado, que oferece apenas uma cama ruim, uma mesa e duas cadeiras de palha, que está mobiliado à moda *capucine*" (Trévoux. O adjetivo *joli* [lindo] matiza essa definição)".

[21] Iguarias servidas junto com os assados, mas que se comem depois, como confeitarias, ovos, frituras, saladas etc.

[22] Antigo convento (construído em 1604) localizado no 10º *arrondissement* de Paris. Foi criado por Maria de Médici para abrigar uma ordem mendicante.

[23] Antiga moeda de prata que valia três francos.

[24] Deus da alegria e da boa mesa, que surge no fim da Antiguidade grega. Presidia aos banquetes, às danças noturnas e à libertinagem.

[25] Moeda que valia cinco francos. O soldo valia cinco centavos de francos. O luís valia vinte francos.

[26] O Marquês de Sade usa o nome de Deus em várias xingações. A maioria pode ser traduzida sem grandes dificuldades. Três delas, *Ventrebleu*, *Morbleu* e *Corbleu*, síncopes e corruptelas de "pelo ventre de Deus", "pela morte de Deus" e "pelo corpo de Deus", respectivamente, foram traduzidas ao pé da letra, apesar de soarem um tanto artificiais em português, para manter o efeito original.

[27] Os "*gens de robe*" são quer eclesiásticos, quer oficiais da justiça, das finanças ou da polícia.

[28] No original "*taquinisme*". Como a palavra não consta nem dos *Dictionnaire de l'académie lère édition* (1694) e *6e édition* (1835) nem do Littré (1872), escolhemos criar a palavra "*impliquismo*". Segundo a *Édition de la Pleiade*: "O termo é um dos ancestrais de nosso atual 'sadismo', usado pelo próprio Sade". O termo reaparece outras vezes no livro como adjetivo, substantivo (dessas vezes na forma dicionarizada "taquinerie") e verbo, e foi traduzido por "implicante", "implicância" e "implicar", respectivamente.

[29] Palácio de Paris, residência dos reis de França, as "*Tuileries*" já eram, no século XVIII, um dos maiores palcos da prostituição.

[30] Segundo o *Littré*: "Termo obsceno significando '*mignon*' '*giton*'", palavras que reencontraremos neste livro. O mesmo dicionário define "*giton*" como: "Moço que serve para prazeres vergonhosos".

[31] Literalmente habitante da Savoia (que, na época, ainda não havia sido anexada à França). Essa palavra designa um grosseirão.

[32] Não foi possível obter mais informações a respeito dessa profissão, para a qual a *Édition de la Pléiade* não traz nota. Possivelmente, trata-se de algum tipo de "contramestre das minas".

[33] Marca com ferro quente que estigmatizava as pessoas que haviam sido condenadas pela justiça: V = voleur (ladrão), M = meurtrier (assassino).

[34] Segundo o *Littré*, moças vaidosas das camadas populares assim chamadas por usar roupas de "*grisette*", ou seja, de um tecido cinza de pouco valor.

[35] Aquele a quem o Rei conferia o direito de arrecadar dados impostos.

[36] Do nome do laço de fitas que fechava o calção dos cortesãos de Luís XIV, essa metáfora designava educadamente em público a ação privada que é a masturbação.

[37] Aquele ou aquela que arrenda parte ou a totalidade da fazenda de um fazendeiro.

[38] Magistrado encarregado de expor os requerimentos ao Conselho de Estado.

[39] Nome da principal casa da ordem dos Cistercienses.

[40] "*Socratiser*", no original. O próprio Sade explica este termo do seguinte modo: "Todos os libertinos sabem que socratizar é a ação de enfiar um ou vários dedos no olho do cu do paciente" (*La nouvelle Justine*. Paris, Union Générale d'Éditions, col. "10/18", v. 1, 1978, pp. 48-49. Tradução L. A. Borges).

[41] Oficial de justiça das "*Chambres de comptes*" (Tribunal de Contas) estabelecidas nas principais cidades francesas, situado, hierarquicamente, abaixo do presidente.

[42] Alto funcionário dos *Domaines* (Ministério da Fazenda).

[43] Espécie de comissário de polícia encarregado de um bairro.

[44] A *Édition de la Pléiade* traz a seguinte nota: "Neologismo para doença. Talvez se deva ler 'cacoquimia', termo técnico ao qual a *Encyclopédie* dedica um verbete que a define como 'o estado depravado dos humores'" (t. II, p. 509, col. B).

[45] Diretor geral dos Correios da época.

[46] Conselheiro religioso que julgava os casos judiciários importantes e aprovava, modificava ou rejeitava as leis aprovadas pelo governo.

[47] Nome tirado da mitologia grega. Tratava-se de um pastor que Júpiter raptou para dele fazer seu amante.

[48] A *Édition de la Pléiade* traz a seguinte nota : "Trata-se provavelmente de um neologismo de Sade que, numa nota de *Aline et Valcour*, propõe a criação do substantivo *safotismo*".

[49] Domésticos que cuidam dos cavalos.

[50] "Machine pneumatique": "também chamada máquina de bombear ar ou máquina de Boyle, ou máquina do vazio, é uma máquina com a qual esvazia-se, ou pelo menos rarefaz-se o ar contido em um vaso (*Encyclopédie*, t. XII, p. 805, col. A).

[51] Dança provençal que se executava após a colheita das azeitonas.

[52] A palavra "paixão" passa a ser subentendida. As menções no imperfeito remetem às paixões das três primeiras partes.

[53] Moradora da região de Savoia, nos Alpes, que ainda não pertencia à França.

[54] Do inglês *condom*, trata-se de um preservativo masculino geralmente feito de borracha, mas, a julgar pelo texto, nem sempre. É o precursor das populares camisas de vênus.

[55] Antiga peça de artilharia que arremessava projéteis de pedras.

COLEÇÃO PÉROLAS FURIOSAS

Diálogo entre um padre e um moribundo
e outras diatribes e blasfêmias

A filosofia na alcova

Os infortúnios da virtude

A *Iluminuras* dedica suas publicações à memória de sua sócia Beatriz Costa [1957-2020] e a de seu pai Alcides Jorge Costa [1925-2016].